Un lugar a donde ir

María Oruña

Un lugar a donde ir

María Oruña

Ediciones Destino
Colección Áncora y Delfín
Volumen 1392

© María Oruña, 2017

© Editorial Planeta, S. A. (2017)
Ediciones Destino es un sello de Editorial Planeta, S. A.
Diagonal, 662-664. 08034 Barcelona
www.edestino.es
www.planetadelibros.com

Primera edición: febrero de 2017
Segunda impresión: marzo de 2017
Tercera impresión: febrero de 2021
Cuarta impresión: mayo de 2024

ISBN: 978-84-233-5185-5
Depósito legal: B. 1.288-2017
Impreso por CPI Black Print
Impreso en España - *Printed in Spain*

El papel de este libro procede de bosques gestionados de forma sostenible
y de fuentes controladas.

La lectura abre horizontes, iguala oportunidades y construye una sociedad mejor. La propiedad intelectual es clave en la creación de contenidos culturales porque sostiene el ecosistema de quienes escriben y de nuestras librerías. Al comprar este libro estarás contribuyendo a mantener dicho ecosistema vivo y en crecimiento. En **Grupo Planeta** agradecemos que nos ayudes a apoyar así la autonomía creativa de autoras y autores para que puedan seguir desempeñando su labor. Dirígete a CEDRO (Centro Español de Derechos Reprográficos) si necesitas fotocopiar o escanear algún fragmento de esta obra. Puedes contactar con CEDRO a través de la web www.conlicencia.com o por teléfono en el 91 702 19 70 / 93 272 04 47.

*Para Alan, que sin pretenderlo me enseñó nuevos caminos.
Y para todos los Juan Salvador Gaviota del mundo*

El viajero del Sótano de las Golondrinas
Primera reflexión

Nuestro mundo es solo un envoltorio, una cáscara delgada y fina que esconde un enorme útero de piedra donde se guarda el secreto de lo que somos. El interior de la Tierra es húmedo, caliente e incógnito, como otro planeta en el que retorcidas venas huecas y pétreas perfilan caminos hacia el misterio, el origen y la verdad.

Siempre me ha parecido de una simpleza abrumadora dirigir la vista solo hacia arriba; hacia lo visualmente inmediato —lo obvio— y todo lo imaginario que lo acompaña: las estrellas y los planetas, los extraterrestres, los meteoritos y los agujeros negros... ¿No habría que estar ciego para no comprender que la verdad de lo que fuimos y de lo que somos se encuentra sembrada bajo la propia corteza del mundo y en la vida intraterrestre?

Mi princesa tuvo la audacia de intentar comprenderlo. La observo y me detengo por unos segundos, fascinado por su belleza, por su melena larga y rubia, ondulada como suaves dunas de agua. Seducido por su mera presencia, que me impone el máximo respeto, aunque, al fin y al cabo, hayan sido su inteligencia y su curiosidad —y también mi estupidez—, las que han hecho que ahora esté muerta. Cierro sus ojos y acaricio su delicada figura con la mirada. Cuánto lo siento, princesa. Esto no tendría que haber pasado. Pero no puedo detenerme ahora, todavía no; a pesar de esta nueva angustia, de esta tristeza que me estrangula por dentro, debo continuar hasta el final. Te debo este último homenaje, amor. No te abandono, te reverencio en el centro de esta diana perfecta: tres ondas de agua que se forman tras arrojar una piedra en un charco de tierra. Te encontrarán por la mañana y creerán que eres un sueño, un hermoso tulipán blanco que encaja a la perfección con este lugar, que acariciabas en sueños. Hasta la vista, princesa.

I

—¿Por qué, Juan, por qué? —preguntaba su madre—. ¿Por qué te resulta tan difícil ser como el resto de la Bandada, Juan? [...]
— [...] Solo pretendo saber qué puedo hacer en el aire y qué no. Nada más. Solo deseo saberlo.

Juan Salvador Gaviota, RICHARD BACH

Oliver Gordon era consciente de haber cambiado radical y deliberadamente el rumbo de su vida, y le caía bien el extraño en que se había convertido. Se sentía satisfecho de sí mismo: sabía que la mayoría de las personas deseaban una llama, un momento brillante en sus vidas, pero muchas se limitaban a envidiar la chispa de otros y a contemplar su brillo desde lejos por pura prudencia. Sin embargo, él había asumido todos los riesgos, y eso le había hecho más fuerte.

Eran las ocho menos cuarto de la mañana de un lunes del mes de febrero de 2014. Oliver preparaba el café, y acompañaba la tarea con un suave silbido, alegre e improvisado, que iba adaptando a la música que sonaba en su reproductor; ahora, James Blunt con su *Bonfire Heart*, que se amoldaba exactamente a sus pensamientos: por fin había llegado su turno. Sentía que estaba en el lugar correcto, en el momento adecuado y que solo él era el responsable de su situación. Esta libertad de pensamiento, de movimiento, le resultaba tan novedosa que solo en este período de su vida comprendía que antes, incluso en su pasado inmediato, había sido libre solo a medias, porque se había limitado a dejarse moldear por la corriente.

Llevaba ya más de medio año viviendo en Suances, un acogedor pueblo costero que se dibujaba en el mapa de Cantabria entre acantilados, prados y arena. Era londinense de nacimiento, aunque tenía el corazón dividido entre Escocia e Inglaterra. Oliver, que había cumplido treinta y seis años, había decidido arrojar por la borda su vida anterior para concederle un margen a la posibilidad de algo mejor, así que había abandonado Inglaterra para empezar de nuevo en Villa Marina, la magnífica mansión colonial que había heredado de su madre y que se encontraba a los pies de la recogida playa de la Concha.

Vivía en la singular cabaña que antiguamente ocupaba el servicio y en cuyo exterior, entre madera y piedra, se mezclaban los estilos montañés y canadiense. Aunque desde la entrada de la finca no lo aparentaba, la cabaña disponía de dos plantas bien aprovechadas que se disimulaban gracias al desnivel del terreno.

—Chef, se te va a quemar el tocino.

—¿El qué? ¡Aaah! —gritó Oliver.

Retiró la sartén de la vitrocerámica al tiempo que hacía una mueca de teatralizado disgusto a Valentina que, ya vestida, se acercaba a él con una sonrisa. Ella se había dado una ducha rápida y dejaba a su paso una fragancia ligera y fresca.

—Ya que me obligas a desayunar al estilo británico y me embutes de calorías, lo menos que podrías hacer es no incendiar la cocina —lo reconvino divertida.

Valentina abrazó a Oliver por la espalda y, deteniéndose en el abrazo, se puso de puntillas y lo besó en la nuca.

—Lo intentaré —contestó Oliver, que se dio la vuelta y le devolvió el achuchón rozándole los labios con los suyos para, finalmente, darle a Valentina un fugaz beso de esquimal—. Pero le advierto, señorita, que si sigue distrayendo al jefe de cocina será severamente castigada.

—Y yo le advierto que soy teniente de la Guardia Civil y voy armada.

—Mucho más interesante, *milady*, así tendremos la acción asegurada. Por cierto, espero que no te dé un patatús, pero...

—¿Patatús? Vaya, ¡parece que te vas adaptando al vocabulario local! —se burló ella refiriéndose a ese español tan estricto y pulcro de Oliver, del que progresivamente se iba desprendiendo.

—Ya ves, localicé la palabra en el diccionario, justo antes de «siroco» y «telele»; así puedo elegir cada vez que tengo que ir a ver una obra de teatro de tu colega Sabadelle.

—Qué desagradecido. Con lo bien que hizo de Nerón la semana pasada.

Se referían al subteniente del equipo de investigación de Valentina, un hombre bajito, con cierto sobrepeso y malhablado que dedicaba su tiempo libre al teatro. Valentina y el subteniente Sabadelle no siempre se habían llevado bien; de hecho, seguían teniendo roces, lo que evidenciaba cuánto le molestaba a él que ella —mujer y más joven— fuese su superior en la Sección de Investigación de la Unidad Orgánica de la Policía Judicial —la UOPJ— de la Guardia Civil de Cantabria, en Santander.

—A ver, dime —suspiró Valentina con aire suspicaz—. ¿Por qué tenía que darme un patatús?

Oliver señaló con un gesto la mesa de la cocina, sobre la que se apilaban, en desorden, varios libros y algunos cedés de música. Todo el mobiliario tenía un toque colonial desgastado, británico y funcional, así que aquel ligero desorden le añadía cierto encanto a la vivienda. Valentina suspiró por segunda vez mientras contemplaba aquel desastre. Oliver le dio la espalda para seguir cocinando; luego, siguió hablando:

—Dile a tu amiguito TOC que se haga el despistado, que para un par de tazas y platos tenemos hueco.

—Mi TOC, dice —murmuró Valentina hablando consigo misma; acto seguido elevó el tono y se dirigió a él—. De todos los trastornos obsesivos compulsivos, listillo, el mío es de los más encantadores.

—Si tú lo dices...

—Orden y limpieza: no es para tanto —replicó ella con una sonrisa al tiempo que colocaba los libros perfectamente alineados y volvía a repetir, casi en un susurro: «No es para tanto».

Oliver la observaba y negaba con la cabeza poniendo sus ojos azules en blanco; había renunciado a corregirla, así que siguió con su tarea de cocinero mientras desviaba su vista de vez en cuando hacia la ventana. Tras ella, un porche con vigas y cubierta de madera miraba hacia la playa y el mar, donde la escarpada isla de los Conejos rompía ininterrumpidamente las mareas.

Pasaron unos minutos en silencio, y él volvió a observar a Valentina, que terminaba de ordenar la mesa. Oliver contempló su belleza humilde y sencilla, sin artificios ni maquillaje, absolutamente natural; y admiró de nuevo su mirada gatuna, inteligente y comedida, pero también insólita: un ojo verde brillante, cristalino y seductor. El otro, negro y opaco, como el tizón de una hoguera que, sin embargo, guarda dentro astillas incandescentes y brillantes. La obsesión por el orden y el control de Valentina tenía su origen en el día en que aquel ojo verde se había vuelto oscuro e indescifrable. Habían pasado muchos años, pero la cicatriz de aquel día y, sobre todo, de aquella noche, seguía en la mirada de la teniente.

Oliver saboreaba ahora momentos de serena, tranquila y moderada felicidad; incluso la gran casona de Villa Marina, a pesar de tener solo nueve dormitorios dobles disponibles, estaba cumpliendo sus expectativas hosteleras con creces: el joven inglés había ideado su reforma para convertirla en un pequeño hotel con encanto; además, gracias a sus contactos con la University College de Londres —donde había sido profesor de filología hispánica—, también pretendía que fuera un punto de referencia para los estudiantes extranjeros que deseasen mejorar su español. Sin embargo, Oliver no había imaginado encontrarse, durante la reforma de la casona, seis meses atrás, con el inquietante cadáver de un bebé momificado.

Aquel diminuto cuerpecito había dado un latigazo al silencio, al olvido y a los secretos para convertirlos en ruido, recuerdo y verdad. Gracias a lo que había ocurrido entonces había conocido a Valentina y había descubierto su sorprendente historia familiar.

Quizás todo fuese cuestión de actitud, de determinación: se estaba adaptando muy bien a su nueva vida. Además, y gracias a la recomendación de su antigua universidad británica, Oliver había terminado colaborando con la Oficina de Relaciones Internacionales de la Universidad de Cantabria, en Santander, y dos mañanas a la semana impartía clases en la Facultad de Filología, en un máster de aprendizaje y enseñanza de segundas lenguas.

—Venga, siéntate, que esto ya está listo —anunció Oliver a Valentina.

Se dirigió hacia ella cafetera en mano. Valentina miró por la ventana. Ya había amanecido, pero aún parecía de noche y hacía frío; las ventanas, ligeramente empañadas, confirmaban la evidencia. Estaba siendo un mes de febrero ligero, sin un frío radical y sin las lluvias incesantes del mes anterior, pero la humedad y una ya habitual y persistente neblina hasta media mañana hacían que la sensación térmica fuese gélida.

En el reproductor de música, tras la canción de James Blunt, comenzaron a escucharse los primeros acordes, en acústico, de *Did You Hear The Rain*, de George Ezra. Su voz, con apenas veinte años, sonaba como un disparo, inesperadamente poderosa, adulta, desnuda y gruesa, y calaba en el ánimo como un trueno. La canción hablaba de alguien que regresaba a su hogar con ánimo de venganza; o de justicia, quizás. Es difícil a veces ordenar a nuestros demonios que nos abandonen, porque para liberarse solo saben ir por nuestro propio camino, que es el de vuelta a casa. Justo cuando Valentina daba su primer sorbo de café, comenzó a vibrar su teléfono móvil.

—¿Caruso? —se preguntó Valentina en voz alta, extrañada, al ver ese nombre en la pantalla del teléfono. Descolgó al momento, apurada por una sensación de gravedad. El capitán Marcos Caruso no la llamaría tan temprano salvo que hubiese ocurrido algo importante.

—Redondo, perdona que te llame a estas horas. ¿Estabas despierta?

—Sí, capitán, preparándome para salir hacia la Comandancia.

—Bien, porque tenemos un nuevo asunto del que quiero que te encargues; ah, y te pido, especialmente, total discreción. ¡Discreción, Redondo! ¿Me oyes? ¡Discreción!

—Mi capitán, no me consta que haya habido nunca filtraciones desde mi Sección, yo...

—Ya, joder, Redondo, si no digo que andéis colando datos a la prensa, pero, después de lo del año pasado en Suances, no quiero que la zona parezca un escenario habitual del crimen —le aclaró. El capitán aludía a la cadena de asesinatos relacionados con Villa Marina que Valentina y su equipo habían tenido que resolver hacía solo unos meses—. Voy a tener a los concejales de turismo y a los alcaldes de la zona dándonos la tabarra, así que a ver si somos capaces de resolver esto rápido y sin mucho ruido.

Valentina suspiró en silencio. Sabía que ese «a ver si somos capaces» no incluía, en realidad, al capitán, a excepción de las llamadas de rigor que él le haría para presionarla y conseguir una solución rápida que, además, fuera cómoda para los políticos y la prensa. El capitán Marcos Caruso, de ascendencia italiana, moreno, de casi cincuenta años y con un porte bastante atlético para su edad, no era un mal capitán: le dejaba a Valentina margen de maniobra y confiaba en su capacidad de decisión y en su inteligencia; pero Caruso no se olvidaba de otros estamentos de la Comandancia ante los que él mismo tenía que responder, de modo que su flexibilidad no era ilimitada; además, tenía cierto apego a las condecoraciones, al reconocimiento militar y, especialmente, al trabajo de despacho en detrimento del trabajo de campo.

—Señor, yo...

—Sí, que sí, Redondo, que no me digas nada. Si ya sabemos todos que eres el máximum de la eficiencia, pero lo que ha pasado es lo bastante insólito como para que salgamos mañana en la prensa nacional. Y, si te descuidas, en la internacional. Y entonces aquí ya sí que no iba a parar de sonar el puto teléfono... el súmmum de los colmos. Como si tuviésemos ya poco que hacer, no sé si me explico.

—Capitán... Claro, pero ¿qué ha pasado?

—¿Que qué ha pasado, teniente? Que nos van a joder las vacaciones de Semana Santa como no encontréis pronto a quien se ha ventilado a una muchacha en el barrio de la Gándara, que está por... A ver, déjame leer... Hinojedo, en el municipio de Suances.

—¿En Hinojedo? Pero cómo, señor, ¿un asesinato? ¿De una mujer?

—De una mujer exactamente no, o sí, pero vestida de princesa y colocada sobre unas ruinas medievales. Vamos, de lo más retorcido. Nos ha llamado a la Comandancia el cabo Maza, del cuartel de Suances, pensando que se había encontrado a Isabel la Católica, hay que joderse. Hemos enviado a la Patrulla Ciudadana para que haga el reconocimiento in situ, y han confirmado que al parecer tenemos allí a la Bella Durmiente. No sé qué desayunan estos chavales del cuartel, Redondo, espero que a los tuyos los tengas más espabilados.

¿Una princesa? ¿Ruinas medievales en Hinojedo? ¿El cabo Maza? Por lo que Valentina había podido conocer de él el año anterior, era un muchacho bastante cabal y eficiente. No le cuadraba que dijese barbaridades a la Comandancia de Santander de forma gratuita. Además, la Patrulla Ciudadana refrendaba sus palabras, en este caso.

—Mi capitán, me encargaré de inmediato. Llamaré ahora a Riveiro y a los demás, si le parece.

—Sí, claro; organiza tu equipo como consideres. Tenme informado. Recuerda: el *display*, ¿eh? Siempre atenta al *display*, teniente, ¿estamos?

—Estamos, capitán —suspiró abiertamente Valentina. Sabía que el *display*, para el capitán Marcos Caruso, no era otra cosa que la pantalla del teléfono móvil. Responder siempre a sus llamadas y mensajes, estar atenta. Colgó tras una fugaz despedida a su superior y, de inmediato, sonó de nuevo su teléfono móvil. El dichoso *display* decía que era el sargento Jacobo Riveiro, su mano derecha, quien la llamaba. Valentina, por su rango, imponía la pauta en las investigaciones, pero Riveiro, gracias a su templanza y a la experiencia que le daba su edad, era para la teniente uno de los compañeros más valiosos, no solo de su propia Sección, sino de toda la Comandancia.

—Teniente, buenos días.

—Hola, Riveiro, iba a llamarte. Acabo de hablar con Caruso.

—Entonces ya lo sabes.

—¿Lo del cadáver que tenemos esperándonos en Hinojedo? Sí, para eso me ha contactado. Si me llamas tú también a estas horas, es que ya te han informado. ¿Quién te lo ha dicho?

—El cabo Maza. Me ha llamado hace unos minutos alucinado con lo que tienen allí.

—Pues cuéntame, porque Caruso no ha entrado en detalles; de momento solo le preocupaba que tuviésemos controlada a la prensa.

—Ya, lo de siempre. Te cuento: encontraron el cadáver de la mujer cerca de Masera de Castío, en Hinojedo.

—¿Masera de Castío? ¿La montaña? —Se sorprendió Valentina, que meses atrás había visto cómo, en cierto modo, aquella singular elevación de terreno la acompañaba durante sus investigaciones.

—La montaña, en efecto. En un lugar que se llama la Mota de Trespalacios. ¿Te suena?

—¿Trespalacios? No. De nada.

—Lo imaginaba. La verdad es que yo tampoco lo conocía. Como te he dicho, está cerca de Masera de Castío; yo saldré ahora para allí, en cinco minutos. De todos modos, habrá algún guardia del cuartel de Suances esperándonos en la carretera general.

Valentina asintió, y comenzó a materializar en palabras las cuestiones que empezaban a atropellarse en su cabeza:

—Vale, pero... ¿qué cree Maza que ha pasado? ¿Un robo con homicidio, violencia de género...? ¿El cadáver tiene signos de agresión? Dime, ¿qué te ha dicho exactamente?

—Pues... a ver... —comenzó a decir el sargento despacio, como rebuscando las palabras, mientras Valentina esperaba, extrañada, a que brotase la voz de ese murmullo titubeante. Por fin, Riveiro siguió hablando—: Según Maza, lo que tienen ante ellos es una especie de princesa medieval.

—¿Cómo? A ver... ya, eso es lo que me ha dicho Caruso, pero... en serio: ¿una princesa medieval? —repitió con sorna Valentina. Estaba atónita y había enarcado las cejas.

—Bueno, algo por el estilo. Una mujer vestida a juego con el castillo que debió de haber allí hace siglos. Dice el cabo que parece Ginebra, la mujer del rey Arturo.

—Ginebra, la mujer del rey Arturo —volvió a repetir lentamente Valentina, pronunciando con detenimiento cada sílaba. Hizo una pausa para reflexionar y continuó con tono escéptico—: No te refieres a una mujer disfrazada, ni a una momia del medievo, entiendo... Sino a un cadáver fresco que parece salido de hace siglos. ¿Correcto?

—Correcto.

—Y dices que está sobre las ruinas de un castillo o algo similar, ¿no?

—Sí, exacto. Ahí está también el quid de la cuestión. Resulta que la Mota de Trespalacios es una construcción medieval circular que, al parecer, es bastante poco habitual por aquí. Y solo quedan los restos, una especie de base redonda con fosa que sobresale del terreno... algo así me ha contado Maza por teléfono; la verdad es que no lo he entendido muy bien, no tenía ni idea de que eso estuviese ahí.

—Yo tampoco —reconoció Valentina—. Pero vamos a ver, ¿cómo han encontrado el cadáver? —resopló Valentina, al tiempo que compartía una mirada de incredulidad con Oliver, que seguía desayunando tranquilamente, aunque atento a la conversación.

—Ha sido un jubilado que paseaba al perro por la mañana el que se ha tropezado con el pastel y ha llamado al cuartel de Suances. La mujer estaba a la vista, tendida justo en medio del círculo de las ruinas, como si estuviese dormida.

—Joder. ¿No será un crimen ritual?

—Ni idea. Lo veremos ahora, supongo. Ya han avisado al SECRIM, al juez y a la forense, en fin, a toda la Comisión Judicial; también han acordonado la zona, que tiene casas cerca.

Valentina suspiró y se levantó e hizo una breve pausa para dar un sorbo a su café antes de continuar hablando:

—Riveiro, mal vamos cuando un cabo no sabe distinguir una princesa medieval de una mujer disfrazada... De todos modos, avisa al resto del equipo; los que estén disponibles, que vengan, echaremos un vistazo y esperaremos hasta que terminen los del SECRIM —concluyó, haciendo alusión al Servicio de Criminalística, que procesaría la zona, y al equipo de la Sección de Investigación que ella misma dirigía, en el que trabajaban el sargento Riveiro, el subteniente Santiago Sabadelle, el cabo Roberto Camargo y los agentes más jóvenes, Marta Torres y Alberto Zubizarreta.

—Sabadelle ya está avisado, vendrá conmigo —confirmó Riveiro a la teniente—. El resto, en principio, tenía previsto terminar esta mañana el tema de Liérganes en la Comandancia.

—Es verdad, los informes... —asintió Valentina, que, absorbida por los matices medievales del nuevo caso, había olvidado momentáneamente la burocracia pendiente de un asunto anterior que estaban cerrando—. Sí, que terminen con ese expediente, pero que los informen del nuevo caso; después ya nos reuniremos todos en mi despacho.

—Bien. ¿Voy para la Mota, entonces?

—Sí, Riveiro, ve para allá. Yo saldré en cinco minutos.

—Eh...Vale, pero ¿estás aquí o en Suances? —preguntó, tímido, a pesar de los años de confianza que tenía con Valentina; sabía que ella podía estar en su apartamento de Santander o en Villa Marina con Oliver, con quien había iniciado su relación hacía seis meses.

—En Suances, así que creo que llegaré enseguida.

—Bien. Nos vemos allí, teniente —concluyó Riveiro despidiéndose.

—Conforme, hasta ahora. —Colgó el teléfono y se volvió hacia Oliver, que la miraba con una sonrisa y aguardaba expectante. Él se había acostumbrado a escuchar las conversaciones de Valentina con sus subordinados y a enterarse, de soslayo, de datos de crímenes sórdidos vinculados a drogadictos, mujeres maltratadas y prostitución; de modo que, frente a lo áspero, cruel y miserable del crimen corriente, aquello le pareció sugerente y literario.

—Así que mientras yo ejerzo de hostelero y de reputado y aburrido profesor, resulta que tú vas a arrancar el día investigando a una doncella del rey Arturo. Esto es completamente injusto —se quejó, al tiempo que empujaba el plato con tocino y huevos revueltos hacia Valentina.

Ella sonrió sin ganas, pensativa: a pesar de su evidente escepticismo, el hallazgo de la «princesa medieval» había hecho germinar en ella la curiosidad. Sin embargo, fuese una dama del medievo o una mujer del siglo XXI, el hecho objetivo era que la chica que habían encontrado estaba muerta, de modo que la teniente Redondo no pudo evitar que la intriga que le planteaba el caso pasase a un segundo plano, barrida por una creciente e inesperada sombra de inquietud.

2

Benditos sean los muertos buenos y las almas arrepentidas [...]. Que el sol de los muertos aplaque los sus tormentos y los sus dolores. Amén.

Oración cántabra dedicada a los muertos

La niebla en aquel tramo era consistente: húmeda y etérea, pero, a la vez, de apariencia casi sólida. Valentina conducía despacio —conteniendo su impaciencia— e intuía el paisaje entre los velos de aire que, como si fuesen los de una novia, teñían de blanco esponjoso el filtro intangible a través del cual veía la carretera.

Conforme se aproximaba a su objetivo, comenzaba a sentir una extraña quietud en el aire que provocaba que se mantuviera alerta, como si fuese un soldado que va en primera fila oteando, desconfiado, el horizonte. Sentía que tras la niebla se ocultaba algo que sus ojos, a pesar de la cotidianidad, nunca habían visto. Valentina conducía por una carretera por la que circulaba prácticamente a diario. Habitualmente saboreaba cada curva, cada paraje salpicado de casas familiares y amables; era un camino revestido de prados acogedores, de rincones bucólicos. ¿Por qué un lugar que normalmente le parecía hermoso se le antojaba hoy, de pronto, desconocido? ¿Era posible sentirse incómodo ante la belleza?

La teniente Redondo observó, cuando por fin pudo avanzar un poco más rápido, cómo se aproximaba por el otro sentido de la carretera el vehículo del sargento Riveiro, acompañado por el subteniente Sabadelle. A causa de la compacta niebla que ella había tenido que sortear, habían llegado todos al mismo tiempo. Terminaron por formar, junto a otra patrulla que les esperaba al borde del camino, una silenciosa comitiva de vehículos que tardó menos de cinco minutos en llegar al barrio de la Gándara. Allí, en lugar de las casas unifamiliares que abundaban en la zona, se había construido una urbanización de pisos que no excedía de tres alturas. Aparcaron y se aproximaron a la zona iluminada que custodiaba la Patrulla Ciudadana.

La imagen era impresionante. Al otro lado de la acera se identificaba perfectamente la base circular de una antigua construcción; en el centro, un círculo elevado sobre el terreno rodeado por un foso de unos dos metros de profundidad; tras el foso, otro anillo de tierra elevado que casi se equiparaba en altura al círculo central, y en cuyo exterior había otro foso, profundo como el primero y completamente rodeado por otro segundo anillo de tierra elevada sobre el nivel normal del suelo. Solo desencajaba en la visión, a la derecha, la urbanización de apartamentos, que se asentaban allí como una burla a la naturaleza ancestral de aquel lugar.

Una valla de madera separaba la acera de aquellos restos medievales, y unos paneles informativos daban a entender que aquel emplazamiento tenía alguna historia pasada que contar. El conjunto alcanzaba unos ochenta metros de diámetro y estaba cubierto por una suave tela de hierba verde, frondosa y tupida.

Y, por supuesto, estaba ella, la princesa, que lo llenaba todo inundando el aire de una extraña magia muerta, como un paréntesis en el espacio y en el tiempo, en la lógica y en la razón. En el círculo central de la Mota reposaba, estirada y con las manos sobre su regazo, como dormida, una mujer que aun en la distancia se adivinaba hermosa: la piel de la dama era clara y perfecta; sus rasgos griegos, aunque con un toque de suavidad y dulzura mezcladas con fortaleza; su cabello rubio, suelto, ondulado y largo, parecía haber sido peinado con esmero; el rubio natural de su melena estaba en perfecta sintonía con el tono de la piel de su rostro, donde los labios, moderadamente carnosos, ya habían perdido su viveza y su color.

Según le pareció a Valentina, la princesa vestía, en efecto, como una dama medieval: llevaba una especie de túnica blanca que parecía de lino y le llegaba hasta los pies. Esa prenda se ceñía a su cuerpo con un cinto de color dorado desgastado que descendía suavemente hasta las caderas.

Alrededor del cuerpo, varios agentes del Servicio de Criminalística de la Guardia Civil, ataviados con los monos blancos habituales, para no contaminar la zona, trabajaban sin descanso aplicando potentes focos de luz sobre la mujer, haciendo croquis, fotografías, grabando en vídeo y recogiendo muestras. Dos hombres del equipo se afanaban por terminar de rodear el cadáver de pantallas verticales para proteger la escena y preservar a la víctima de las miradas de los curiosos, que no tardarían en aparecer.

La imagen, en conjunto —con la niebla húmeda en pleno proceso de descomposición por el arañazo de los rayos del amanecer—, no podía ser más desconcertante, casi cinematográfica, como si se hubiesen entremezclado una expedición lunar con una princesa de cuento que solo podía estar allí por error, por una inexplicable colisión espaciotemporal.

Valentina tomó aire. Pudo localizar visualmente a Clara Múgica, la forense, que al verla se había alejado del cadáver y había superado los anillos de tierra para acercarse hacia ella. La teniente, viendo que Múgica se aproximaba, hizo lo propio, con cuidado de no pisar la zona intervenida por el SECRIM y procurando caminar exclusivamente por el estrecho pasillo de tránsito. Clara, pequeñita, delgada, rubia trigueña, de unos cincuenta años, era amiga de Valentina desde que esta, casi seis años atrás, había llegado a Santander desde su Galicia natal.

—¿Qué te parece con lo que nos hemos despertado hoy? —le preguntó Clara a Valentina a modo de saludo; ella también estaba sorprendida por el hallazgo.

—Pues, de entrada, extraño; esa pobre chica, puesta ahí como si fuese Blancanieves... parece que entrásemos en un cuento de los hermanos Grimm. Dime, ¿has podido echar un vistazo al cuerpo? ¿Te han dejado? —preguntó señalando con un movimiento de cabeza a los del SECRIM.

—Sí. —confirmó la forense—, son buenos chicos. Con la amenaza de recibirlos y de procurarles una atención expeditiva en la sala de autopsias ha sido suficiente para que me dejen meter mano —bromeó guiñándole un ojo a Redondo, quien le devolvió una sonrisa, aunque bañada en una ligera preocupación.

—Ya veo. E imagino que la chica va indocumentada, claro.

—Imaginas bien. Ni DNI, ni documentos... ni un triste papel encima. Por no llevar, no lleva ni cartera, ni monedero, ni bolso. Por lo menos los de Criminalística no han localizado ninguno a cien metros a la redonda, de momento.

—Vale, pues antes de que nos volvamos todos locos, dime que sí habéis localizado la etiqueta de unos grandes almacenes en la ropa de esa mujer, porque hasta ahora solo he oído hablar de una princesa medieval... ¿qué te parece? —preguntó con sarcasmo.

—¿Que qué me parece? Demencial, pero no hay etiquetas, teniente.

—¿No? ¿Seguro? —Valentina obvió que Clara se había referido a ella por su graduación militar. A menudo, como en una interminable broma, se hablaban entre ellas con un fingido formalismo que, en realidad, buscaba que sus conversaciones fuesen más distendidas, a pesar de lo sórdido o espeluznante de su contenido.

—De momento no las hemos visto por ninguna parte. Parece un vestido artesanal antiguo, hecho a mano, y el chaleco de piel, que, por cierto, parece también bastante viejo, tiene algún remiendo bien trabajado por dentro. De todos modos, he llegado hace solo unos diez minutos, así que tampoco he tenido tiempo de analizar en profundidad.

Valentina reflexionó unos segundos para asimilar la información. Confiaba plenamente en las impresiones y opiniones profesionales de Clara. Ambas habían estrechado aún más su relación desde el terrible episodio, seis meses antes, del bebé momificado de Villa Marina. Aquel hallazgo había supuesto un desafío personal y profesional rotundo y había hecho que Oliver Gordon se colara en sus vidas. Para la forense, con vínculos inesperados. Para Valentina, con la determinación de un amor que llega haciendo que todo el puzle encaje cuando, en realidad, si las circunstancias hubieran sido otras, difícilmente ella y Oliver habrían coincidido nunca. ¿Dónde y cómo se encuentra el amor? Quizás el encanto de enamorarse resida en su carencia de conveniencia y lógica y, en definitiva, en la inexistencia de pautas fiables.

Clara Múgica había observado, complacida, cómo avanzaba la relación entre Oliver y Valentina. Lo que había sucedido durante el caso de Villa Marina, incluyendo la muerte de su madre en las mismas fechas, había logrado que su habitual sarcasmo se suavizase, como si de pronto, tras años de práctica, le resultase terriblemente difícil insensibilizarse ante los casos forenses que debía afrontar a diario.

—De acuerdo, ¿y a ti qué te parece? ¿Cuánto tiempo llevará muerta? —indagó Valentina. Clara Múgica dudó unos instantes. No le gustaba ofrecer impresiones que no hubiera contrastado formalmente, pero comprendía la urgencia de los investigadores por obtener datos concretos sin detenerse inicialmente en los posibles matices, que casi siempre aportaban valiosa información.

—Podré darte datos más fiables tras examinar con detalle el cuerpo... pero, de entrada, y por su temperatura, diría que lleva muerta, como mucho, unas seis horas. El cadáver, a pesar del frío, conserva cierto grado de tibieza; sin embargo, ya está completamente rígido. No sé, es... raro.

—¿Por qué es raro?

—Porque el *rigor mortis* comienza a aparecer entre las tres y las seis horas desde el óbito, y en este cuerpo la rigidez ya es muy sólida. No encaja con su temperatura.

—¿No... encaja?

—No. Para que te hagas una idea: desde el momento de la muerte, el cuerpo humano comienza a perder calor a razón de un grado centígrado por hora. Partiendo de que esta mujer tuviese una temperatura media normal, es decir, de 36 grados y medio en la superficie cutánea y de 37 en las mucosas, ahora mismo, y aun teniendo en cuenta este maldito frío polar, debería llevar un máximo de seis horas muerta, ya que su temperatura es de casi 31 grados...

—Ah. Ya entiendo. Y justo ahora tendría que estar empezando a ponerse rígida, en lugar de estarlo ya por completo, ¿no?

—Exacto.

Valentina suspiró: intentaba elaborar en su cerebro explicaciones plausibles para todo aquello. Observó el rostro de la forense, que comenzaba a dibujar una sonrisa burlona.

—Tranquila, teniente, casi siempre hay una explicación lógica, sencilla y científica para todo.

—Ya. Ilumíname con tus conocimientos. ¿Qué crees que puede haber pasado? Y... ¿de qué puede haber muerto?

—Es pronto para aventurar un diagnóstico forense, Pero puede que haya muerto envenenada. La dilatación de las pupilas y el tono ligeramente amarillento de la piel son indicios de intoxicación; además, no presenta signos externos de violencia, ni hemos detectado pinchazos, rojeces o contusiones, aunque aún tenemos que desnudarla por completo, por supuesto. Hay otro factor que me ha hecho pensar en el envenenamiento y que explicaría la disfunción entre la rigidez del cuerpo y su temperatura: los cadáveres que han sufrido una intoxicación suelen llegar antes al *rigor mortis*; además, si hubiera sufrido una hipertermia como consecuencia de un envenenamiento, su temperatura corporal actual no sería fiable, ya que habría fallecido varias horas antes de lo inicialmente estimado... por eso no puedo darte datos muy concluyentes —y añadió, en tono introspectivo y reflexivo—: de momento estamos más cerca de la especulación que de resultados contrastables.

—¿Hipertermia?

—Sí. Cuando el organismo reacciona contra algún agente externo tóxico puede elevar temporalmente su temperatura a un nivel muy alto, incluso hasta 42 o 43 grados.

—Vaya, eso es tener fiebre.

—Y tanto. Un individuo normal que mantenga durante cinco minutos seguidos esa temperatura tendrá la muerte asegurada. Cuando podamos examinar el cuerpo en el Instituto de Medicina Legal te daré datos más fiables —concluyó Clara, que levantó la mano para impedir que Valentina hablase, pues parecía tener la intención de hacerlo—. Que sí, que sí, terminaremos enseguida, y sí, tendré los datos de la autopsia lo antes posible, ¿de acuerdo, teniente?

Valentina suspiró casi con alivio, viendo que las explicaciones médicas de Clara Múgica respaldaban una vez más su habitual escepticismo ante lo paranormal.

—Vale. Entonces, por lo menos, sabemos que no es una momia medieval, sino que acaba de fallecer.

—Sí —confirmó la forense—, y no creo que haya muerto con quinientos años de edad —concluyó, cómplice y mordaz, aunque el cadáver parecía, cada vez más, sacado de un sueño, de un cuento infantil.

Valentina sonrió asintiendo con la cabeza al tiempo que veía cómo, sin despedirse, Clara Múgica se giraba para volver sobre sus pasos y dirigirse hacia donde se encontraba el cadáver de la mujer. Valentina se alejó de la Mota en dirección a sus compañeros de la Sección de Investigación. De pronto, la forense se detuvo y la llamó:

—¡Teniente!
—¿Señora Múgica? —contestó imprimiendo una fingida formalidad a sus palabras.
—Olvidaba algo importante.
—El qué.
—La moneda.
—¿La moneda?
—Sí, la mujer tenía una moneda entre sus manos...
Valentina, sorprendida, guardó silencio esperando a que la forense se explicase. Clara Múgica, apurada, y haciendo el ademán de volverse en cualquier momento para terminar su trabajo y marcharse, continuó hablando:
—Es una moneda muy antigua; tiene una especie de león coronado y parece que pone año mil quinientos no sé qué... no la he visto con detenimiento, la tienen los del SECRIM, háblalo con ellos. Yo de momento no soy experta en numismática —añadió, guiñando un ojo—. Cuando vaya teniendo información forense más concreta te avisaré, no te preocupes.
—Vale, solo una cosa más.
—A ver —suspiró Clara impaciente.
—¿Crees que podría ser un suicidio?
La forense se mostró sorprendida por la pregunta; no había considerado esa posibilidad, así que tardó unos segundos en contestar.
—Podría, sí. Incluso podría tratarse de una muerte natural y que hubiesen colocado aquí el cadáver. Pero ambas posibilidades me parecen muy improbables: en caso de tratarse de un envenenamiento o de una intoxicación planeada por la propia víctima, siempre se habrían sucedido una serie de reacciones corporales *post mortem*, especialmente si al final hablamos de un veneno: desde vómitos a espasmos, pasando por diarreas u otros efectos. Y después de la muerte, incluso cuando es tranquila y natural, se suceden también otros posibles fenómenos cadavéricos, como espasmos involuntarios —y estos pueden implicar también alguna contracción muscular—, o

como la liberación de esfínteres; vamos, que, de tratarse de un suicidio o de una muerte natural, el cadáver no estaría en una posición tan placentera. Da la sensación de que la hubiesen preparado para su lucimiento: las manos puestas así, una sobre la otra, de forma relajada, la caída del cabello, la posición de la cabeza... el cuerpo ha sido cuidadosamente colocado.

—Tiene su lógica —asintió Valentina—; es decir, que lo más probable es que la hayan matado en otra parte y que hayan venido a depositar aquí el cuerpo —reflexionó, hablando más consigo misma que con la forense—. Entonces, otra observación...

—Dijiste que solo una cosa más —replicó Clara.

— Ya, ya. La última: veo que los del SECRIM están rastreando en espiral los accesos —dijo señalando con la cabeza el terreno sobre el que se asentaba la Mota, que los agentes barrían siguiendo la pauta imaginaria del dibujo de una concha de caracol—. ¿Sabes si han encontrado algo? ¿Pisadas? ¿De cuántas personas? ¿De una?, ¿de dos? ¿Alguna huella? ¿Alguna pista fiable?

—Ni idea. La zona donde he visto la hierba más machacada está en el acceso central, pero tampoco es nada especialmente escandaloso. Además, aquí puede entrar cualquiera, de modo que es muy posible que haya huellas y restos de toda clase; en fin, ya te dirán ellos en su informe, porque de momento aún les queda bastante para terminar de procesar toda la zona. Si quieres acercarte a nuestra doncella, ponte ya uno de los trajes del SECRIM y vente por el camino por el que yo he venido, que ya ha sido intervenido —concluyó.

Valentina, tras vocalizar un «gracias» sin sonido a Clara, que le respondió con una suave sonrisa, se acercó a sus compañeros, que estaban aún junto a los paneles informativos de la Mota.

—Sargento —dijo, dirigiéndose exclusivamente a Riveiro—, voy a ponerme uno de los trajes de los de Criminalística para acercarme hasta el cadáver, ¿vienes?

—Sí, teniente —asintió.

Sabadelle, a su lado, hacía como que no había escuchado lo que había dicho Valentina, agradecido, en realidad, de que no lo obligase a aproximarse al cuerpo. La teniente Redondo sabía de las debilidades de cada miembro de su equipo y, a fin de cuentas, él era, en realidad, el encargado de patrimonio, se había graduado en Historia del Arte y tenía un máster en Arqueología y Ciencias de la Antigüedad, pero no en Criminología. Sabadelle detestaba la proximidad del olor de la muerte. Sin embargo, y queriendo justificar la utilidad de su presencia, intervino:

—Teniente, los paneles explicativos sobre la Mota son bastante interesantes...

—¿Sí? ¿Conocías este lugar, Sabadelle?

—Eeeh... no, en realidad no... Aunque sí te puedo decir que la Mota es un tipo de estructura militar de planta concéntrica, con base de tierra... tenía torreones circulares de madera que no se conservan, claro. En fin... es el modelo de fortificación medieval más original que haya conocido la Edad Media; y es muy poco común en la península —concluyó con una expresión de concentrado conocimiento. Valentina pudo leer, de forma sesgada, lo mismo que había dicho el subteniente en los paneles informativos que tenían a menos de un metro. Comprendió que Sabadelle no tenía más idea que ella misma de aquel lugar tan extraño.

—Ya. Cuando regresemos a la Comandancia tendrás que investigar todo lo relativo a esta Mota y a las estructuras medievales similares de la zona, por si tuviesen que ver con este asunto, ¿de acuerdo? Entretanto, mientras Riveiro y yo nos cambiamos y vamos hasta el cadáver, controla a los vecinos de los apartamentos: está amaneciendo y no quiero fotos de curiosos ni muchedumbres en un perímetro de doscientos metros. Coordínate con los de Criminalística y con los de la Patrulla Ciudadana, que ya veo que siguen por aquí —dijo.

—Muy bien.

—Ah, y poned un panel más grande o una tela que haga de pantalla entre el cuerpo y esos bloques; desde los balcones el campo de visión es total. Utilizad lo que tengáis a mano: en mi coche hay un par de mantas térmicas, cogedlas. Y que den instrucciones a los vecinos de no asomarse a los balcones ni a las ventanas y, sobre todo, con advertencia expresa de la prohibición de tomar fotografías. Que te ayuden también los operativos del cuartel de Suances que estén disponibles: el capitán Caruso me ha trasmitido su especial interés en que no se filtre nada a la prensa. Vamos a tener que interrogar a todos los inquilinos de los apartamentos... y al otro lado de la Mota hay algunas casas unifamiliares, habrá que despacharlas también.

—Sí, teniente —contestó Sabadelle, ahogando un resoplido de resignación ante la tarea que tenía por delante.

Valentina y Riveiro se pusieron los trajes especiales del SECRIM, con los que parecían cirujanos de un quirófano espacial, se aproximaron lentamente hacia el centro de la diana perfecta que era la Mota, y se dejaron engullir, conforme avanzaban, por lo que parecía un pozo del tiempo plano y concéntrico.

Conforme se aproximaba, Valentina se embriagaba más con aquel ambiente, y no pudo evitar sentirse salpicada por una sensación de extrañeza y una curiosidad inquieta ante algo que le resultaba ajeno y desconocido. En su carrera, había visto varias docenas de cadáveres en las más variadas circunstancias, pero nunca nada similar a lo que tenía ante sus ojos. Si no fuese por la palidez de la mujer que observaba allí, tumbada, habría pensado que aquello no era más que una representación teatral, como si estuviesen en el majestuoso escenario de un teatro romano, como el de Mérida, al que había ido con sus padres y sus hermanos cuando era niña; pero este teatro estaba hecho de otras ruinas, más recientes y peor conservadas.

Cuando estuvo al lado del cuerpo, aclaró sus dudas sobre un posible suicidio: el cadáver estaba tan perfectamente colocado que había algo de artificio en su posición. Una suave brisa comenzó a mover el aire y a disipar la niebla, y entregó a la teniente un soplo de alma que le llegó, desde donde se encontraba el cadáver, como un último suspiro. Se agachó seguida por Riveiro.

—¿Lo hueles? —preguntó ella mirando al sargento.

—Sí, es muy suave, pero se llega a percibir claramente. Conozco el aroma, pero no acierto ahora a identificarlo. Valentina asintió convencida.

—Vainilla. Creo que nuestra princesa huele a vainilla. Increíble. Encima la han dejado perfumada.

—Hay que joderse.

—Ya.

Valentina observó el rostro de la mujer: parecía relajado. De cerca le recordó más a un perfil nórdico femenino que a uno español o centroeuropeo.

—¿Cuál es tu historia, princesa? ¿De dónde sales? —se preguntó en alto, negando con leves gestos de su cabeza mientras observaba la ropa de la mujer.

El escote del vestido, discreto y trabajado con pasamanerías en tono de oro viejo, estaba parcialmente cubierto con una gasa de seda. Las mangas, sencillas, se ajustaban a la forma de los brazos y llegaban hasta las muñecas. Los delicados bordados de los puños, a juego con el cinturón, no dejaban lugar a dudas de que, de provenir de un tiempo remoto, aquella mujer, que no aparentaba más de treinta o treinta y cinco años, no había sido una campesina. Como única prenda de abrigo llevaba un ropón de piel marrón clara que se extendía hasta casi rozar sus pies, calzados con lo que parecían unas sandalias artesanales de tono marrón parduzco.

—No parece española —reflexionó Riveiro.

—No —concedió la teniente—, yo diría que escandinava. Claro, que cualquiera sabe. La ropa parece realmente antigua, aunque no está muy desgastada. ¿Qué te parece?

—Que no me extraña que el cabo Maza estuviese tan alterado. Mira el calzado: parece hecho de cuero puro... y sí que ha sido usado: tiene hasta la forma del pie de la chica.

—¡Vaya! No me digas que tú también crees que tenemos aquí una dama medieval. No te dejes sugestionar por el escenario, sargento. No existen las máquinas del tiempo.

—Lo sé, teniente, pero la verdad es que creo que nunca antes nos habíamos encontrado algo así.

—Eso no puedo negarlo. Supongo que los chalados se van perfeccionando. Quizás el que nos ha tocado ha visto demasiadas películas de princesas y dragones y se le ha ido del todo la cabeza.

Riveiro sonrió. Una sonrisa triste.

—Es posible. Qué pena, una chica tan joven.

—Sí —reconoció Valentina—, pobre mujer. Fíjate, las uñas no llevan laca, pero están cuidadas y limadas. Tampoco lleva collares ni anillos... al menos a simple vista no se aprecia en los dedos ninguna marca de haberlos llevado, ¿no crees? —preguntó sin esperar una respuesta—. No tiene ni siquiera agujeros en las orejas, de modo que, de entrada..., no, desde luego no parece provenir del ámbito urbano. ¿Aprecias algún tatuaje o alguna marca?

Riveiro negó con la cabeza. La forense, Clara Múgica, que se hallaba a su lado, intervino:

—Eso os lo confirmaré yo misma en unas horas. De entrada, ya he echado un vistazo bajo la falda y no he visto ni marcas, ni moratones, ni signos de violencia.

—¿Entonces...? —comenzó a preguntar Valentina mirándola a los ojos.

—No, no parece que haya sido violada.

—Bien —repuso la teniente con cierto alivio, como si de alguna forma la tranquilizase saber que aquella mujer no había sido humillada antes de morir. De pronto, le vino una idea a la cabeza y volvió a dirigirse a la forense—: ¿Y la ropa interior? ¿Es moderna o antigua?

—Ya veo por dónde vas. No eres el primer bombero que pisa esa manguera, amiga. Pero por ahí no vamos a sacar nada: no lleva ropa interior.

—Oh —Valentina reflexionó medio segundo—. ¿Y va rasurada?

—Tampoco.

La teniente miró al sargento Riveiro, en vez de a la forense.

—Si no fuese por un pequeño detalle, al final hasta yo misma acabaría pensando que en estas ruinas hay un túnel del tiempo.

—¿Qué detalle? —preguntaron a la vez Múgica y Riveiro.

—Las cejas. La forma en que están depiladas. ¿No os parece muy...? No sé, ¿de peluquería? ¿Muy como de siglo XXI?

—Sí, ahora que lo dices... —asintió la forense—. Pero, aun así, tanto las cejas como el rostro siguen teniendo un toque muy natural; ni siquiera va maquillada.

—Quién sabe, a lo mejor ya usaban la cera depilatoria hace quinientos años —intervino Riveiro con un tono cansado, dando a entender que hablaba sin convicción—. En todo caso, desde luego, no tiene aspecto de *choni* de discoteca, si vas por ahí.

—Voy por todos los caminos posibles, Riveiro, porque lo que sí sé es que esta chica no viene del medievo. De todos modos, cuando tengamos los resultados forenses podremos partir de una base más sólida. Múgica, ¿no le habéis encontrado nada bajo las uñas?

—Nada de nada, estaba perfecta. Como si viniese directa de un *spa*.

—Y oliendo a perfume de vainilla —añadió Riveiro.

—Sí, además, eso. Bueno, y la moneda, la que encontraron entre sus manos. La tiene Lorenzo Salvador —dijo la forense aludiendo al jefe del equipo del SECRIM—. Mira, está allí, al lado de su furgoneta, preguntadle.

—Lo haremos —dijo Valentina—; gracias por todo, Clara. Llámanos cuando tengas algo, que nosotros poco más podemos hacer aquí y todavía tenemos que reunir al equipo e interrogar a todos los vecinos.

—Vale, os voy informando, pero dadme cancha, que nos conocemos. No quiero el móvil sonando dentro de una hora, no sé si me explico —afirmó en un tono afable pero firme.

—Que no, tranquila. Esperaremos la hora y cuarto reglamentaria —dijo Valentina guiñándole un ojo. Inmediatamente, le hizo un gesto a Riveiro para que la siguiese por el pasillo de tránsito.

De pronto, empezaron a escuchar gritos:

—¡Tengo derecho! ¿No lo entiende?

La teniente y el sargento se volvieron hacia el lugar de donde venían los chillidos, que parecían masculinos. El personal de Criminalística paralizó momentáneamente sus movimientos. El hombre continuó su perorata:

—Se ve que usted no tiene hijos, claro. Se pone un uniforme y ya se cree Dios, pero no, no lo es. ¡Y suélteme ya, me cago en la hostia puta!

—Cuando se tranquilice. Y cuidado con esa boquita, porque me lo llevo a la Comandancia y ya verá usted: mano de santo.

El subteniente Sabadelle agarraba de frente a un hombre rubio y delgado, de mediana edad, que iba en pijama, bata y zapatillas, y que no dejaba de gesticular y proferir gritos. El rostro de Sabadelle se mantenía impasible, incluso con una mueca de hastío, como si aquello no fuese más que otro de los aburridos inconvenientes de un trabajo convencional. En un alarde de chulería de barrio, el subteniente terminó chasqueando la lengua. El hombre del pijama contuvo un exabrupto, y el esfuerzo le hizo ponerse rojo de ira. Por fin, dejó de patalear y Sabadelle, al que ya había ido a socorrer un guardia enorme, soltó poco a poco al hombre, que claudicó murmurando de forma casi ininteligible un rencoroso «picoletos de mierda».

Valentina se acercó. Con el traje de Criminalística puesto, parecía salida del futuro. Puso un tono formal para dirigirse a Sabadelle ya que, además de ser siempre necesario en público, las circunstancias imponían que no relajara las formas.

—Dígame, subteniente, ¿qué ocurre aquí?

—¿Que qué ocurre? ¡Eso digo yo! ¿Qué coño ocurre aquí? —interrumpió el hombre sin dejar que Sabadelle contestase—. ¿Ustedes saben quién soy? ¿Eh? ¿Saben quién soy?

—Que alguien llame a un médico —intervino Sabadelle fingiendo preocupación—, que este señor no sabe quién es.

—¡Sabadelle! —lo recriminó Valentina; de inmediato, se dirigió al hombre—. A ver, primero, tranquilícese. Soy la teniente Valentina Redondo. Le ruego que se identifique.

—Soy Manuel Cerdeño, presidente de esta comunidad —dijo señalando el bloque de apartamentos. Su rostro reflejaba una evidente satisfacción por no tener que seguir dando explicaciones al subteniente. Suavizó un poco el tono—. Aquí hay niños pequeños, ¿sabe? ¿Entiende? Yo mismo tengo dos. Y aquí nadie nos explica nada, y parece que hay una chica muerta ahí, que la ha visto la del segundo A. Por mucho que tapen sabemos que hay algo en la Mota; y, encima, nos dicen que ni nos asomemos a las ventanas, eso es anticonstitucional. Su deber es informarnos, que para eso pagamos impuestos, y no tratarnos como a delincuentes, que era lo que nos faltaba.

—Caballero, nuestro deber es garantizar, en la medida de lo posible, su seguridad y su bienestar. Comprenda que lo que haya ocurrido en la Mota está siendo, de momento, investigado, y debemos ser discretos para no dar crédito a alarmas injustificadas. Seguro que, como presidente de la comunidad, se hace cargo. Por supuesto, tan pronto tengamos autorización para facilitarles información concreta, contactaremos primero con usted como representante de los vecinos. De momento, precisaremos de su colaboración para que nos informe de si ha visto o escuchado algo extraño desde ayer noche hasta hoy por la mañana.

Manuel Cerdeño pareció relajarse un poco, como si el que alguien se interesase por lo que le pudiese contar apaciguase sus ansias de saber qué ocurría en la Mota. La estrategia de Valentina, aparentar otorgarle cierto privilegio informativo por su condición de presidente de la comunidad de vecinos, a pesar de tratarse de un farol muy simple, había surtido efecto.

—Yo, este... No, no he visto ni escuchado nada raro hasta hace un rato, cuando los he visto a ustedes por la ventana de la cocina... me he levantado temprano para ir a trabajar.

—Ya veo. ¿Su apartamento, por favor?

—¿Cómo? ¿Quieren ver mi apartamento?

—No, queremos saber cuál es su apartamento para ir interrogando a todos los vecinos de forma ordenada y molestarlos lo menos posible, si le parece bien.

—Claro, claro. Bloque Uno, primero B.

—Bien, gracias. Y ahora, si no le importa, y mientras terminamos de hacer nuestro trabajo, le ruego que regrese a su casa o despeje nuestra zona de actuación. Contactaremos con usted para un posible interrogatorio más completo y para facilitarle información... de forma confidencial, claro.

—Claro, claro. ¿Me avisarán, entonces?

—Por supuesto, vaya tranquilo.

El hombre, titubeando, terminó por dar media vuelta y marcharse. Valentina, cuando ya se había alejado, se volvió hacia Sabadelle, furiosa.

—¿Era tan difícil? ¿Eh? Te estoy hablando, ¡mírame! —le exigió enfurecida.

Sabadelle había bajado la mirada. La teniente Redondo nunca llamaba la atención a sus subordinados en público, pero no podía tolerar comportamientos infantiles en el escenario de un crimen.

—Como habrás observado, el pobre hombre ya se ha marchado para su casa sin un ápice de información y, al menos, un poco más tranquilo. Que no tenga que volver a encargarme de estas chorradas por causa de tu negligencia, joder, que esto parece un patio de recreo.

—Teniente, vino directamente gritando hacia mí, no pude hacer nada.

—Ya, no pudiste hacer nada. ¿Y qué acabo de hacer yo ahora? —Valentina Redondo resopló conteniendo su furia—. Ya hablaremos en la Comandancia.

Sin molestarse siquiera en volver a mirar a Sabadelle, la teniente se dirigió caminando hacia Lorenzo Salvador, el jefe del Servicio de Criminalística. El sargento Riveiro la siguió en silencio. Por el camino se cruzaron con los dos impresionantes pastores alemanes del Servicio Cinológico, que iban a rastrear la zona. Si el asesino había dejado alguna huella, sería difícil que no la detectasen los perros policía de la Guardia Civil.

—Buenos días, teniente Redondo —la saludó alegremente Salvador, incluso antes de que ella llegase a su lado.

El jefe del equipo del SECRIM era de estatura media, tenía el cabello liso y lo llevaba peinado con mimo, salpicado por abundantes canas que le daban cierto encanto de madurez bien llevada. A sus cuarenta y ocho años, a pesar de una incipiente barriguita, se conservaba aceptablemente bien, quizás porque su actitud era habitualmente jovial y positiva a pesar de lo escabroso que a veces resultaba su trabajo. Su rostro, esta mañana, evidenciaba una sonrisa burlona.

—¡Vaya por Dios!, tan temprano y ya tienes revolucionado el gallinero.

—Muy gracioso, Salvador.

—Por un momento pensé que el fulano se iba a sacar

una zapatilla en plan arma de destrucción masiva —dijo riendo. Pero enseguida, al ver que Valentina no estaba para bromas, se centró en el caso—. Bueno, Redondo, dime, ¿qué te parece la chica renacentista?

—¿La qué?

—El cadáver de la Mota, teniente.

—Ah. ¿Por qué has dicho lo de renacentista?

—Por la moneda. ¿No vienes a eso?

—Sí, justo a eso venía.

—Toma, aquí la tengo; para que la veas —dijo mostrándole, a través de una pequeña bolsa de plástico, una moneda de poco grosor y oscura, muy desgastada, como si fuera de plastilina de color amarillo opaco y viejo. Los dibujos y las letras estaban muy desdibujados, aunque sí parecían intuirse claramente un león coronado en el reverso y un torreón o un castillo en el anverso—. Yo creo que es de cobre; y, por la pinta, no debe de ser falsa. Y, si mi vieja vista no me falla, ahí pone que pertenece al año 1563.

—Siglo XVI, entonces.

—Exacto. Por eso digo lo de renacentista.

—Tiene gracia, porque hasta ahora todos la han comparado con la más variada clase de personajes medievales.

—Claro. Es que viste como una mujer medieval, pero que yo sepa el medievo se terminó allá por el siglo XV como mucho, ¿no? ¿Luego no viene el Renacimiento y después el Barroco y después...? Bueno, ni idea de lo que viene después, ¿la revolución industrial? —preguntó encogiéndose de hombros—. En fin, esta vez vas a tener ocupado al encargado de patrimonio, teniente —concluyó, recuperando la sonrisa socarrona y desviando la mirada con fingida inocencia.

Valentina Redondo siguió aquella mirada, que había surcado el aire hasta Sabadelle, y suspiró. Ella no tenía demasiados conocimientos frescos de historia general, pero lo cierto es que, cuanto más sabía sobre el caso, más incertidumbres se le presentaban.

—Es decir, que tenemos a una mujer indocumentada, vestida, según todos, como en el medievo, pero que parece que lleva en sus manos una moneda del Renacimiento. Encima, es posible que ni siquiera haya muerto aquí, sino que la hayan trasladado y colocado en la Mota, con lo que tampoco tenemos escenario del crimen. Maravilloso —reflexionó, desanimada.

—Mira, ya llega el juez con el secretario —intervino Riveiro señalando la entrada de asfalto hacia la Mota.

—Estupendo —replicó Valentina—. Cuanto antes se levante el cadáver, mejor.

La teniente Redondo pudo ver cómo aparcaba su coche el juez Jorge Talavera, que seguía igual de fornido y orondo que siempre. A pesar de que entre ambos la relación era estrictamente profesional, ella valoraba mucho la personalidad tenaz de Talavera, que solía facilitarles mucho las investigaciones más delicadas. La forma en que el juez tramitaba los protocolos judiciales y su burocracia era intachable y no muy habitual. Curiosamente, a pesar del buen carácter de él, afable y bromista, la relación entre ambos nunca había llegado a cuajar. Ella era racional, perfeccionista, obsesiva y rigurosa en su trabajo; él, en cambio —más mayor y de vuelta de muchas batallas—, quizás no se tomaba tan radicalmente en serio todos los casos que llevaba entre manos: Tras uno llegaba otro, o había varios al mismo tiempo. Y así constantemente. Además, al terminar la jornada, Talavera también tenía una mujer, y dos hijas adolescentes con las que lidiar y a las que malcriar con devoción.

Por su parte, Talavera apreciaba el tesón de la teniente, su implicación personal en todos los asuntos de los que debía encargarse, pero detectaba cierto punto enfermizo en aquel perfeccionismo obsesivo. Y aquella mirada... el único ojo verde de Valentina era brillante, magnético, inusual: hermoso. Su otro ojo, de negrura opaca, hacía que quien conociese por primera vez a Valentina Redondo se quedase pasmado ante aquel desequilibrio de su mirada. Y él, aun conociéndola desde hacía años, adivinaba en esa variación de color algo hostil y turbio. El hecho de que Valentina solo compartiese con muy pocas personas detalles de su vida personal hacía que el juez, aunque la apreciara, no terminase de conectar con ella.

Cuando Talavera salió de su vehículo y vio a Valentina, la saludó con un suave movimiento de cabeza que no implicaba desidia, sino respeto. La teniente observó cómo él y el secretario avanzaban hacia el pasillo de tránsito y eran recibidos por Clara Múgica, amiga personal del juez. Los miró unos segundos como una mera espectadora, aun sabiendo que, de inmediato, su siguiente paso sería acercarse a ellos para hablar con Talavera. Habría que despachar diligencias a todas las Comandancias y Jefaturas de Policía para averiguar si alguien había alertado sobre su ausencia o si la extraña joven de la Mota estaba en alguna lista de desaparecidos.

El sargento Riveiro interrumpió sus pensamientos.

—¿Qué te preocupa, Redondo?

Ella sonrió.

—¿Además de lo evidente?

—Sí, además de eso. Te veo intranquila.

Ella asintió.

—¿Recuerdas las técnicas de investigación criminal que habíamos comentado cuando regresé del curso en la SAC? —le preguntó; la teniente se refería a un curso de la Sección de Análisis de Conducta de la Unidad Central de Inteligencia Criminal de la Policía Judicial española al que había asistido hacía ya casi tres años.

—Sí... lo del perfil psicológico del criminal, ¿no?

—Exacto. Pues no solo me preocupa la puesta en escena del cadáver, sino la aparente conciencia forense del asesino.

—Es verdad. Ha sido cuidadoso. Si llegó a dejar huellas o rastros por aquí, desde luego los ha eliminado.

—Aparentemente sí. Esperemos que no haya sido tan escrupuloso como sin duda se cree y los de Criminalística puedan localizar algo; aunque tengo la sensación de que no se va a sacar mucho de la inspección ocular. Pero hay algo más: el asesino ha querido que encontrásemos la única pista fuerte de la que disponemos de momento.

—¿La moneda? —preguntó Riveiro, formulando la pregunta más como una afirmación que como una duda.

—Sí, la moneda. ¿Qué nos quiere contar con ella? Es como si hubiese dejado una firma, ¿comprendes? ¿Entiendes lo que significa?

—Creo que... creo que sí —contestó Riveiro, en un tono reflexivo, haciendo esfuerzos por recordar todo lo que Valentina le había contado sobre su experiencia en la SAC. Este organismo incorporaba técnicas de investigación con las que también trabajaban Scotland Yard en Inglaterra o la prestigiosa Sûreté en Francia. El sargento comenzó a discurrir en alto cerrando los ojos, como si así aguzase su memoria:

—Cuando un asesino deja una firma, quiere decir que es metódico, que sabe que será perseguido pero que se siente seguro, ¿no? Se cree más listo que nosotros... la verdad es que no sé exactamente qué mierda psicológica implica lo de la firma, Redondo; qué quiere el asesino, ¿jugar al gato y al ratón?

—Es posible. O quizás deja su sello por un motivo concreto que aún no alcanzamos a ver. Pero lo que sí creo es que se trata de una declaración de intenciones.

—¿En qué sentido? ¿Qué quieres decir?

—Que volverá a hacerlo, Riveiro. —La teniente suspiró, observando de nuevo el centro de la Mota, donde ya estaba el juez Talavera. Endureció la mirada y la volvió a conectar con el sargento. No tuvo ninguna duda cuando se lo repitió—: Volverá a hacerlo.

Nördlingen, Baviera (Alemania)
Cinco años atrás

Era octubre, y aquel frío alemán, denso y húmedo, calaba hasta los huesos. Sin embargo, Paolo Jovis avanzaba con decisión. Jovis había nacido y se había criado en Sorrento, Italia. Junto a su casa, situada sobre un profundo e imponente desfiladero, disponía de un eterno mirador sobre el golfo de la ciudad de Nápoles, a la que por entonces acudía muy de vez en cuando.

Sus veranos, sin embargo, no guardaban el sabor de Sorrento, ni el de ninguna de las turísticas villas de la costa amalfitana: para él, lugares tan hermosos como Positano o Amalfi no eran más que excéntricos destinos para turistas. Los veranos de Paolo estaban a solo una hora en *ferry*, al otro lado de las aguas del mar Tirreno: cada mes de junio lo surcaba, feliz, para llegar a la isla de Capri. Allí, sus abuelos y sus primos lo ayudaban a perfilar sus futuros recuerdos estivales, y las noches oscuras se vestían con salitre de estrellas en un cielo tan nítido que parecía tangible.

La madre de Paolo, viuda, accedía a darle aquel respiro estival a su hijo porque su trabajo como camarera de piso en dos hoteles de Sorrento apenas le dejaba tiempo libre, por lo que le resultaba imposible encargarse de su hijo en verano. Su pequeño Paolo merecía tener veranos alegres, ingenuos y llenos de expectativas. La vida ya se encargaría de oscurecérselos, como a ella. Un cáncer de páncreas se había llevado a su marido hacía tiempo, y la dejó sola con un niño de cuatro años; y ahora ella solo podía darle veranos isleños a su hijo para no contagiarle su melancolía.

El abuelo de Paolo se llamaba Carlo y era marinero desde niño. Vivía en una vieja y enorme casa encalada que pertenecía a la familia de su mujer, Sofia, desde hacía varias generaciones. La finca estaba a medio camino entre Marina Grande, a pie de mar, y la villa de Capri. Llegar hasta esta villa, salvo que cogiesen el funicular, suponía una caminata ascendente de más de veinte minutos desde su casa, y no solían visitarla: Capri era otro nido de turistas, de tiendas de lujo, de hoteles elegantes.

Paolo acompañaba a su abuelo algunas mañanas cuando iba a pescar, y disfrutaba enormemente navegando sobre las templadas aguas del Tirreno, admirando los farallones majestuosos de los acantilados y entrando en las decenas de cuevas de la isla. Los turistas se conformaban con adentrarse en la Gruta Azul, y esperaban horas en barcazas bajo el sol para vivirla solo unos minutos, pero él sabía que las mejores joyas se escondían lejos de las rutas señalizadas.

—¡Vamos, abuelo! Entremos en esta, ¡yo nunca he estado! —gritaba en la proa de la barca, mientras señalaba con insistencia una abertura del acantilado.

—¿En esa? —cuestionaba Carlo—. Paolo, eso no es ni una gruta, es un agujero en la piedra, sin más. Y está subiendo la marea. Podría ser peligroso.

—¿Y si detrás hubiese una gran cueva? ¿Eh, abuelo? ¿Te imaginas? ¡Y un tesoro! Sería un escondite genial para los corsarios; solo podrían entrar y salir en bajamar.

—Ay, qué niño... ¡vaya imaginación! —negaba Carlo, que admiraba la inocencia y la ilusión en los ojos de Paolo—. Tú lo que tienes es que jugar al fútbol, como Maradona, y dejarte de tantas fantasías, que ya tienes diez años.

Paolo negaba con la cabeza, feliz y risueño, porque ya entonces sabía que lo suyo no era el balón, sino la ciencia:

saber, averiguar, llegar al fondo de las cosas. Quizás fuese aquel contacto directo con las cuevas de la costa amalfitana lo que le despertó el afán por saber qué historia había detrás de las piedras. O quizás fuesen aquellos paseos en barco con su abuelo Carlo, que no solo lo enamoraron de Capri, sino de sus grutas y sus misterios. Paolo Jovis no tardó mucho en decidir que, de mayor, sería geólogo: el tiempo lo confirmaría como uno de los más viajeros, intrépidos y reconocidos de toda Italia.

Ahora, pasados los años, Paolo se encontraba en la extraordinaria localidad alemana de Nördlingen, en una expedición conformada por cuatro hombres. Era un grupo variopinto: el mayor, ya largamente cuarentón, Marc Llanes, era un arqueólogo catalán de semblante eternamente tranquilo, con una barriga cada vez más pronunciada y oronda. El resto, superaba la treintena: Helder Nunes, bajito, fibroso y siempre en movimiento; antropólogo experto en arqueología subacuática y arqueometría, de nacionalidad portuguesa. Paolo Jovis, italiano, no solo se había convertido en un magnífico geólogo, sino que además era un reputado fotógrafo científico que había desarrollado su afición por la fotografía gracias a su trabajo de forma natural. Paolo parecía el más joven de todos, quizás porque lucía un atractivo bronceado que parecía no disiparse nunca. Era un viajero incansable: quizás el fallecimiento prematuro de su madre, a causa de una enfermedad pulmonar, había hecho que le resultara poco tentador permanecer demasiado tiempo en su apartamento, nido de recuerdos y nostalgia. Y, finalmente, el corpulento historiador, geólogo y arqueólogo suizo Arturo Dubach —de madre española—, especializado en arqueometría.

Entre ellos solían hablar en español, porque tras muchos viajes y exploraciones por Sudamérica, era una lengua común que dominaban con soltura, aunque también hablaban inglés.

Ninguno de ellos estaba casado, quizás porque su

vida de trotamundos no facilitaba especialmente la estabilidad amorosa. Marc estaba divorciado. Helder no tenía pareja conocida, aunque el hecho de que fuese gay y su idolatrada admiración por Marc habían hecho suponer al grupo que estaba discretamente interesado por este. Paolo ejercía de italiano irresistible y mujeriego en todos los países que visitaba y Arturo, el suizo, había resultado ser el más convencional: tenía una novia en Ginebra a la que veía con la frecuencia que sus actividades se lo permitían.

Su común afición a la espeleología profesional hacía que los cuatro amigos coincidieran con relativa frecuencia, pero su estancia en Nördlingen obedecía exclusivamente a la obligación de desarrollar un proyecto científico. Allí fue donde la conocieron: lo cierto es que llamaba la atención.

Wanda Karsávina.

Wanda era moderna, liberal, curiosa y políglota. Mujeres como Wanda hacían que un día cualquiera junto a ella se convirtiese en un recuerdo imborrable e inesperado. Poseía una belleza joven, nórdica y estoica; su figura, de líneas suaves, se veía realzada por una aguda inteligencia en la mirada, de un azul claro e incomparable. De nacionalidad polaca, aquella rubia natural y hermosa iba a empezar a trabajar el semestre siguiente como profesora de Arqueología e Historia Medieval en la universidad alemana de Friburgo. Por entonces, apuraba sus últimas semanas trabajando en el Stadtmauermuseum o Museo de la Muralla. Lo que más le había impresionado de Nörlindgen era el cráter sobre el que estaba construida. El cráter era la herida que había dejado en el terreno un meteorito caído hacía millones de años.

Marc, como de costumbre, y quizás por ser el de mayor edad, había asumido la condición de líder del pequeño grupo que exploraba la ciudad, a pesar de que él mismo seguía las indicaciones de Wanda, que era su guía y la que explicaba todos los detalles históricos de las localizaciones que veían en su paseo por Nördlingen. Tras Marc, Helder y Arturo escuchaban con atención y hacían anotaciones. Paolo no perdía detalle, pero se dedicaba a fotografiar las calles: no le interesaba el carácter bucólico del lugar, ni su corte medieval indiscutible, sino el material de que estaban compuestos los edificios. Por eso estaban allí.

—Entonces, el meteorito cayó aquí hace cuánto, ¿trece millones de años? —preguntó Marc a Wanda.

—No, más bien quince millones de años —contestó ella—, pero solo se conservan trozos muy pequeños del meteorito.

—Me lo imagino; ¿y la estructura de la ciudad no se ha modificado? Quiero decir que tiene una forma circular casi perfecta, como si literalmente se hubiese aprovechado el cráter para construir las murallas y se hubiese parado el tiempo aquí dentro...

Wanda Karsávina sonrió.

—Bueno, supongo que los veinticinco kilómetros de diámetro del cráter debieron de parecerles suficientes para el asentamiento definitivo. Es cierto que en Nördlingen parece que estemos en el medievo. Tiene veinte mil habitantes, y creo que todos ellos participan en la fiesta medieval de septiembre. En realidad, por eso vine a trabajar aquí.

—¿Por la fiesta?

—No —se rio ella—, para poder estudiar la franja temporal que va del siglo XII al siglo XV. La estructura de la ciudad conserva once torres, la vieja Bastilla e incluso las cinco puertas originales de las murallas.

—¡Vaya! —exclamó Marc, admirado—, así que le interesa la Baja Edad Media. Lo cierto es que nosotros estamos aquí más bien por temas ajenos al siglo XV, señorita.

—Lo sé —asintió Wanda—: geología y arqueología, ¿verdad?

—Verdad —confirmó Marc, con una sonrisa—.

Nördlingen debe de ser el único lugar del mundo donde los edificios están fabricados con diamante.

—Bueno, elementos microscópicos de diamante —matizó ella.

Era cierto que, cuando cayó el meteorito, se habían formado rocas con diminutos fragmentos de carbono que sirvieron para construir parte de las murallas y de los edificios de la ciudad. Marc y los demás estaban allí por el proyecto Diamond, patrocinado, entre otros, por la revista con la que habitualmente colaboraba el catalán, la prestigiosa *Science*. No solo se trataba de estudiar la geología del lugar, sino su vinculación con la arquitectura y la forma de vivir de los «hombres anatómicamente modernos» según las condiciones del lugar. Cuando Wanda Karsávina terminó de mostrarles la ciudad, se dirigieron con ella a un local que emulaba para los turistas una típica taberna medieval. Pasaron cerca de la iglesia de San Jorge, y pudieron escuchar nítidamente un grito masculino que rebotaba por la ciudad, invariablemente, cada media hora. «*So G'sell, so!, So G'sell, soooo!*», gritaba serenamente aquella voz firme y rotunda.

—¿Qué dice? —preguntó Paolo a Wanda, que seguía dirigiendo la comitiva.

—¿Quién? —replicó ella sorprendida.

—Esa voz, la que grita desde la torre. Suena cada poco...

—Ah, ya casi ni la escucho —sonrió ella—; debe de ser que me he acostumbrado. Dice algo así como que «Todo va bien compañero, todo va bien». Es un eco que suena en la ciudad desde las diez de la mañana hasta la medianoche... otra de las costumbres del medievo que se conservan aquí, como si el vigía estuviese realmente custodiando el horizonte —explicó risueña. Se notaba que estaba encantada de vivir en un lugar así.

Cuando ya llevaban un par de rondas de cervezas, y con Wanda a punto de despedirse, algo en la conversación hizo que ella, la joven promesa de arqueología, se quedase clavada a su asiento ante la mesa de la taberna:

—¿Utilizan la espeleología como método de investigación formal? ¿En serio? ¿También para el medievo? —preguntó sorprendida viendo cómo Marc, Paolo, Helder y Arturo se animaban hablando de hallazgos e investigaciones vinculados a cuevas de todo el mundo.

—Oh, ¡sí! —replicó Arturo encendido por la cerveza y emocionado por el tema de conversación—. ¿Pensaba usted que solo hablábamos de hallazgos prehistóricos? ¡En absoluto! Las cuevas han sido utilizadas también en la época romana, en el alto y bajo medievo... claro que de forma más puntual.

—Ya, lo supongo —contestó ella con cierto desapego, como si sus conocimientos de historia fuesen cuestionados—. Pero me refiero a excavaciones de relevancia, no solo a un par de utensilios o a restos humanos medievales de escasa entidad.

—Bueno —intervino Marc—, de gran relevancia no, pero curiosos sí; por ejemplo, la Cueva de Royston, en Reino Unido, ¿la conoce?

—No —reconoció ella.

—Pues allí, en las paredes de piedra, hay unas tallas increíbles e inscripciones medievales que pueden llegar incluso hasta los ochocientos años de antigüedad.

La joven levantó las cejas sorprendida.

—¿Templarios?

—Posiblemente —asintió Marc—. Por no hablar de otros restos curiosos, como los que hay en Cantabria.

—¿Cantabria? ¿Dónde es eso, en España?

—Sí, al norte. En la Cueva de la Garma se hallaron cerámicas de la alta Edad Media muy elaboradas, por no hablar de otros restos absolutamente increíbles encontrados en diferentes complejos kársticos de la zona.

—Por eso... —interrumpió Arturo con un orgullo inflamado, como si las cavidades de las rocas cántabras fuesen su propia patria—, y por la cantidad de cuevas de interés geológico y arqueológico que hay allí, vamos a proponer que el próximo Congreso Internacional de Espeleología se realice en Cantabria.

—¡Un congreso internacional de espeleología! ¿En serio? Desconocía que existiese algo así... ese congreso tendrá carácter científico, entiendo —indagó Wanda, cada vez más sorprendida.

—¡Por supuesto! —contestó rápido Arturo—. Reúne a historiadores, arqueólogos, biólogos, geólogos... ¡científicos de primer nivel, señorita!

—En definitiva, querida compañera —intervino Paolo—: le aseguro que el interior de la Tierra contiene todas las respuestas y muchos más secretos de los que usted pueda imaginar. Por eso tenemos que estudiar la forma de hacer el gran viaje.

—¿El gran viaje? ¿A dónde? —preguntó Wanda sin disimular su curiosidad.

—A dónde va a ser —contestó Paolo con una sonrisa traviesa, mientras se repantigaba en su asiento—; al centro de la Tierra, señorita. Al mismísimo centro de la Tierra.

3

Ahora, él se ha marchado de este extraño mundo un poco antes que yo. Eso no significa nada. La gente como nosotros, que creemos en la física, sabemos que la distinción entre pasado, presente y futuro es solo una terca y persistente ilusión.

Condolencia de Albert Einstein a la familia de su amigo Michele Besso tras su fallecimiento

A la niebla y al mar, como a los amantes infieles, les cuesta separarse. Deben hacerlo, es su propia naturaleza la que les marca caminos divergentes, pero a veces se entretejen de forma difusa y, en lugar de que todo sea opaco y triste, su encuentro se convierte en algo que sabemos que va a morir, que va a deshacerse en el aire pero que destila belleza.

A Oliver le gustaban las mañanas de niebla. Sabía que aquellas nubes bajas terminarían por disiparse o por escalar hacia el cielo; pero, entretanto, permanecerían cosidas a la tierra, dando cierto toque de familiar quietud al ambiente. Le recordaban a la infancia junto a su hermano Guillermo, que había discurrido entre Londres, Stirling y Edimburgo; en Escocia, la famosa niebla o *haar* era una bruma densa y mucho más fría que la cántabra: se formaba sobre el mar y era arrastrada hacia el interior con la complicidad del viento. Duraba muchos días, y a él le calaba dentro y le mordía los huesos, dándole la sensación de que estaban húmedos. Aquella niebla española, por el contrario, era para Oliver más agradable y efímera, porque sabía que se marcharía a media mañana.

Se sentó en el porche con una segunda taza de café en la mano y pensó en Valentina. A veces lo desconcertaba: su mirada bicolor se perdía en un infinito que solo ella veía, y su gesto se volvía duro y desconocido. Aun así, cuando regresaba de visitar sus demonios le ofrecía una sonrisa que a él lo amarraba a la vida, porque sabía que era cálida, limpia y sincera. Y cuando hacían el amor, ella solía entregarse en gestos tranquilos, confiados, sin desafíos de pasión ante los que sintiera la presión de estar a la altura. Sin imposturas. Con Valentina se terminaba el pasado, la nostalgia, la evocación de otros tiempos, de otra vida, porque la abrazaba y en su cuerpo encontraba un nuevo hogar, a pesar de que ella siempre reservara una parte de sí misma, un punto de intimidad que él nunca alcanzaba. No era fácil traspasar los filtros de seguridad de Valentina y alcanzar su confianza absoluta.

Tiempo atrás, para Oliver hubo otra mujer. Una que lo había llenado todo y a la que le había entregado un anillo, un símbolo ancestral de promesa, como si solo en el círculo continuo de una sortija se escondiese la verdad del secreto de la vida. Una mujer que, aun amándolo, tras sentir la quietud de la muerte en una sala de oncología, decidió renunciar a él para estrujar un futuro menos previsible y con más alicientes.

Oliver Gordon había sido abandonado a pesar de su atractivo innato, de su inteligente mirada azul, de su conversación agradable. Esta decepción lo convirtió en un descreído del amor, y decidió estar solo una larga temporada; pero ahora, asombrado, comprobaba cómo, tras aquel amor fuerte y profundo, otro extraordinariamente potente había traspasado su piel y eclipsaba al primero, no porque fuera mejor, sino porque era completamente distinto.

Oliver, sentado en su pequeño porche, se sintió afortunado: un amor, una casa y un proyecto. Aquella ilusión que se había colado en los huecos vacíos de sus pulmones llenándolos de aire, de ganas y de ánimo lo empujaba todo. El futuro se extendía como un prado inexplorado ante sus pies, que, ahora sí, estaban listos para hacer camino. A Oliver le daba miedo incluso expresarlo en voz alta, pero sabía que él y Valentina, a su manera, eran felices. Empalagosamente felices, incluso. Sin embargo, ambos se empeñaban en no aparentarlo; especialmente ella, que nunca dejaba de estar alerta y de reservar un suave poso de desconfianza ante el hecho de que todo fuese tan bien. Pero, a pesar de eso, él saboreaba conscientemente estos soplos de felicidad como el sabio que conoce que nada es eterno, y confiaba en ganarse la confianza total de Valentina con el tiempo.

Sin embargo, en su interior, la tenaza más dolorosa, perenne y constante, como una úlcera de estómago cuya intensidad sufriera vaivenes incontrolables, seguía siendo la desaparición de su hermano Guillermo, del que llevaba casi dos años sin saber nada, salvo por una extraña llamada de teléfono, casi seis meses atrás. Habían retomado la investigación, y Valentina había sido un gran apoyo —no solo personal, sino práctico— para tratar de localizarlo, aunque de momento no habían logrado avanzar.

Por eso, a Oliver le resultaba difícil enfocar el mañana con una sonrisa limpia: porque llevaba el sabor de la incertidumbre y la tristeza clavado en las tripas. La desaparición de su hermano no era un hecho del que su memoria pudiese prescindir. ¿Cómo iba a comportarse con normalidad si en su familia había ocurrido algo así? ¿Podría acostumbrarse algún día a convivir con la inquietud, la incertidumbre y la sospecha?

Oliver necesitaba desesperadamente hablar con su hermano o, al menos, saber qué había sido de él. Deseaba contarle todo lo que había ocurrido desde que había desaparecido, como si así pudiese desmenuzar más fácilmente el dolor, la sorpresa y los cambios. Desde que Guillermo se había ido, había muerto su madre en un accidente de tráfico, él se había mudado a Cantabria desde su Londres natal y habían encontrado un cadáver infantil en la casa familiar española. Y, tras todo ello, habían sucedido más muertes y habían salido a la luz más lazos de sangre y más sorpresas; y Oliver había conocido lo inesperado, lo inimaginable. Qué fácil era todo cuando eran niños. Ahora solo podía navegar en mares adultos llenos de sombras.

—*Morning, mate!* ¿Y esa cara? ¿Te ha mandado Lara Croft al sofá esta noche? No me digas más... —dijo su inesperado interlocutor con un teatralizado abatimiento—. ¿Problemas en el barco del amor?

—*Good morning, Michael, did you sleep well?*

—*In spanish, please!*, tengo que perfeccionar mi buen español, tío.

Oliver sonrió. Miró al hombre que, mientras hablaba —con un ligero e indefinible acento andaluz, resultado de haber recibido, durante varios años, clases particulares de español de un profesor originario de Sevilla—, terminaba de apoyarse en una de las columnas de su porche. Michael Blake, jovial y socarrón, era amigo suyo desde primer curso del instituto en Londres. Su cabello rubio cobrizo y su barba de tres días le daban un aire desenfadado —rozando el desaliño— que esquivaba con un polo de cuello blanco y unos vaqueros azules perfectamente planchados a juego con unas deportivas de marca en tonos marinos.

—Anda, *spanish*, pasa y sírvete un café, que he dejado la cafetera encendida.

—¿Pensando en mí?

—Claro, eres el único gorrón de la zona.

—¿Yo? ¿Un pobre inmigrante? Culpa de mi jefe: me maltrata y no me da un salario digno —contestó el invasor con simulada inocencia al tiempo que entraba en la cabaña y se servía con soltura una taza de café. Estaba claro que sabía dónde estaban los utensilios de la cocina.

—¿El mismo jefe que te deja vivir gratis en esa casita de ahí? —preguntó Oliver, irónico, señalando con la cabeza la imponente mansión de Villa Marina.

—Desde que eres un terrateniente no hay quien te aguante, chiquillo —contestó Michael con una amplia sonrisa burlona; se sentó junto a Oliver y le dio una palmada afectuosa en la rodilla. Un ligerísimo amaneramiento en los gestos de Michael dejaba intuir su preferencia por los hombres. Pero, ahora, tras dos relaciones largas, atravesaba una de esas épocas tranquilas en las que ni buscaba con especial ahínco compañía estable ni la deseaba.

Michael llevaba cinco semanas en Villa Marina; el año anterior había decidido que pasaría una breve temporada en España con su amigo Oliver buscando nuevos horizontes para su música, ya que era clarinetista y compositor. De paso, perfeccionaría su español, aún un poco tosco. A cambio del hospedaje y la manutención, Oliver había acordado con Michael que este lo ayudaría en la recepción de los clientes y atendería pequeñas tareas administrativas. No había mucho más que su invitado pudiera hacer: en Villa Marina solo se servían desayunos, y para ello ya había empleado a Matilda, una cántabra de mediana edad, sólida y fuerte, de pocas palabras aunque de gesto amable que, además, se encargaba de la limpieza de forma asombrosamente eficiente.

En realidad, Oliver había insistido en acoger a Michael de forma desinteresada el tiempo que le apeteciese, ya que él se encargaba de gestionar el hospedaje, pero su amigo se había empeñado en, según sus palabras, «no ser un vividor chupóptero y parásito». Michael había preferido no convivir con Oliver en la cabaña, porque sabía que su incipiente relación con Valentina requeriría intimidad y espacio. Curiosamente, y a pesar del desorden que afectaba a las pertenencias del bohemio músico, Michael estaba resultando ser un anfitrión excelente: quizás lo hubiera logrado gracias a su aspecto de irlandés soñador, a pesar de ser tan inglés como el mismísimo Shakespeare, o a su sonrisa descreída y amable y sus ojos oscuros de ardilla juguetona. O tal vez su encanto para los clientes residiera en su manera de expresarse en español, en la que hilaba cierto amaneramiento, seriedad y broma, inteligencia y ligereza. También suscitaba interés entre los huéspedes cuando tocaba por las tardes su clarinete, sin criterio aparente, en el jardín, en su propio cuarto o en la biblioteca de Villa Marina.

—Cuéntele todo a su mayordomo, señor Gordon —dijo Michael con exagerada afectación—. Tenías una mirada que ni Clint Eastwood; ¿en qué pensabas?

—En Guillermo —contestó Oliver serio y contemplativo, sin dejar de mirar hacia el mar, que ya empezaba a desvelarse tras la niebla.

—Ah... ya veo. Guillermo.

Viendo el gesto de su amigo, Michael había cambiado momentáneamente su tono desenfadado por otro más adusto y cercano. Reflexionó unos instantes recordando al hermano de Oliver, al que él también conocía, y prosiguió la conversación planteando una pregunta en la que era previsible la respuesta negativa:

—¿Todavía no sabéis nada sobre la llamada de teléfono?

—No, nada. Pero oye, ¿seguro que no prefieres que hablemos en inglés? —A Oliver se le hacía raro hablar con su amigo en otro idioma.

—Que no, que te he dicho que no. *In spanish, please*, ¿no ves que soy un músico internacional?

—Pues nada, no se hable más: a partir de ahora, *in spanish* siempre. Y yo que pensaba que solo habías venido para hacer una visita de cortesía a tu mejor amigo...

—Que sí, chiquillo, que eso también. Pero déjame practicar un poco.

—Qué cabezón eres, de verdad —suspiró Oliver, sonriendo—; como quieras.

—*Thank you, Mr. Gordon* —replicó Michael, con una sonrisa, contradiciendo su propia petición lingüística—. A ver, a lo que íbamos... Entonces, ¿no sacan nada de la llamada de Guillermo?

—Nada —negó Oliver con gesto desencantado—. Para empezar, ya sabes que no consiguieron localizar la señal del móvil de Guillermo cuando lo tenía encendido y que han intentado una geolocalización del terminal vía satélite... pero la mayoría de los satélites no son propiedad de las operadoras ni de Google o Apple, sino del gobierno de Estados Unidos, así que la burocracia se retrasa tanto que creo que me va a explotar la cabeza. Además, todas las gestiones con las operadoras son tan lentas que se hacen eternas.

—Buf. Lo siento, tío. Pero tu hermano qué tenía, ¿móvil de contrato o de tarjeta?

—Tenía no, tiene.

—Tiene, tiene, a eso venía yo a referirme, compadre, claro que sí, ya me has entendido. Intento ayudarte, ¿sabes?

—Sí, lo sé, perdona.

—Perdonado —replicó Michael, guiñándole un ojo—. A ver, entonces, ¿contrato o tarjeta?

—Tarjeta. Nunca ha querido contratos con las operadoras telefónicas, siempre ha dicho que ya tienen bastante información sobre nosotros, y que al final el gobierno era el que manejaba los datos y que, cuanto menos supieran de él, mejor.

—Un alma libre.

—No. Un resentido. De ser el más patriótico y de venerar a la Armada Británica, después de la Operación Telic pasó a detestar todo lo militar o lo que tuviese que ver con el gobierno. Apenas dormía, se despertaba entre pesadillas, desorientado... Llegó a tener alucinaciones incluso a plena luz del día.

—Sí, lo de Irak le debió de dejar frito el cerebro. Las dos veces en que yo me atreví a preguntarle... Nunca me quiso contar nada.

—Ni a mí —confirmó Oliver bajando la vista.

—¿Y no se medicaba?

—Al principio sí, pero a los pocos meses de iniciar el tratamiento decidió dejarlo. Mi madre tardó solo unas semanas en darse cuenta; el muy idiota tenía escondidas las pastillas que no tomaba en el cajón de los calzoncillos. En fin... —suspiró Oliver. Ambos amigos se quedaron pensativos unos segundos. Michael se puso en pie y volvió a apoyarse en una de las columnas del porche.

—Vale, pues algo se nos ha pasado por alto —dijo en tono reflexivo.

—¿Cómo?

—Que sí, hazme caso; tiene que haber algún detalle que nos diga a dónde se dirigió desde su última localización confirmada. Vamos a comenzar desde el principio... Tengo una idea. —Y, mientras hablaba, Michael entró en la cabaña. Salió a los pocos segundos con una libreta y un bolígrafo; se sentó de nuevo al lado de su amigo y se puso a escribir:

—A ver, ¿fecha exacta de la desaparición? —preguntó a Oliver sin mirarlo, concentrado en su hoja de papel. Oliver negó con la cabeza.

—Te lo agradezco, pero ya lo he repasado en mi cabeza cientos de veces, por no hablar de la policía española y la inglesa, y...

—Y nada —lo interrumpió Michael—; venga, compadre, déjame repasarlo. Oye, que yo también conozco a tu hermano y también quiero saber dónde demonios se ha metido. Vamos —insistió, haciendo ademán de escribir—, quizás encontremos algo.

Oliver suspiró, agradecido en realidad por el esfuerzo de su amigo, aunque ya habían hecho juntos especulaciones sobre aquel mismo asunto en otras ocasiones.

—El 26 de marzo de hace casi dos años.

—Vale —dijo Michael mientras anotaba—. ¿Qué día de la semana era?

—¿Y qué más da?

—Y yo qué sé, por si acaso. No será lo mismo largarse un sábado que un miércoles, digo yo.

Oliver volvió a suspirar sin ocultar ahora una sonrisa.

—Martes.

—¿Ves? Lo que yo te diga, compadre: a lo mejor eso es importante. ¿Sabías que las estadísticas dicen que hay más crímenes los sábados?

—No me digas, ¿en serio?

—En serio. Y en el mes de diciembre.

—Las reuniones navideñas tienen que dar mucho de sí —replicó Oliver con ironía—; pero te recuerdo que aquí, de momento, no estamos hablando de ningún crimen.

—Bueno, pero sí de una desaparición.

—Vale, pero en este caso el día de la semana es indiferente. No vamos a conseguir nada por este camino —negó Oliver con descreimiento en la mirada.

—Esa no es la actitud, compadre —le recriminó Michael frunciendo el ceño. Convencido, siguió hablando—: Bueno, vamos a resumirlo y a reenfocarlo —dijo mirando de nuevo a Oliver, quien aceptó sin demasiada esperanza.

Michael continuó hablando; su expresión denotaba sus esfuerzos por hacer memoria.

—Guillermo era, perdón, es, militar, y tiene a día de hoy cuarenta y un años... ¿correcto?

—Correcto.

—Con veintinueve se fue a la guerra de Irak y pasó varios años destinado en Basora; volvió antes de que terminase el conflicto, y fue uno de los militares que testificaron en contra de compañeros y superiores por prácticas de tortura y asesinatos injustificados... un asunto muy chungo en el que nunca entró en detalles con vosotros, ¿es así o no?

—Sí. Más o menos.

—¿Ves, tío?, si hasta yo me lo sé ya de memoria. Ea, sigamos... Guillermo regresa muy jodido y empieza, en plan *hare krishna*, a querer salvar el mundo.

—Qué idiota eres. ¿Cómo que «en plan *hare krishna*»? —le reprochó Oliver riéndose.

—Es una forma de hablar. Vamos, que empieza a repartirse por las ONG de todo el mundo y le perdéis la pista de vez en cuando porque él también pierde la sana costumbre de llamar por teléfono y aparece cuando le sale de los huevos. En fin, que se vuelve gilipollas —aquí Michael hizo un gesto para evitar que Oliver hablase, pues había hecho ademán de interrumpirle—, que ya, que tranquilo, que no digo gilipollas de volverse idiota perdido, sino de estar en trauma de guerra y tal.

—Neurosis traumática, más exactamente.

—Eso. Bien, sigamos. Cuando desapareció no tenía novia conocida desde hacía una eternidad, y sus amigos de Londres hacía meses que no sabían de él porque llevaba al menos tres o cuatro años salvando ballenas por continentes varios.

—¿Salvando ballenas? No te digo yo que no, pero también estuvo con Amnistía Internacional, con UNICEF, con Born Free...

—¿Born Free? ¿Esa no es inglesa? ¿No es la que lucha contra el tráfico de animales salvajes?

—La misma. También colaboró con Greenpeace y con otra británica, Earth Action, ¿te suena?

—Claro. —Michael pareció concentrarse, y adoptó, por fin, un tono más serio—. ¿Qué buscaba? ¿Redimirse de las maldades de la guerra? ¿Salvar el mundo?

—No lo sé. Algo así, supongo. Quiero pensar que fue una manera de ser consecuente con sus principios; al menos, con los que se marcó después de volver de Basora.

—Pues esos principios tan nobles no os incluían ni a ti ni a tus padres, por lo que veo.

Al instante, Michael lamentó haber dicho eso. Sus ojos transmitieron una disculpa a Oliver, que le devolvió una mirada sin reproches que aceptaba la evidencia:

—Sí, eso parece. Y si quieres —dijo poniéndose en pie y sonriéndole— continúo yo con el resumen y tú apuntas lo que quieras en tu libretita de Sherlock Holmes.

Michael asintió cerrando suavemente los párpados y volviéndolos a abrir. Oliver siguió hablando:

—Guillermo solía despedirse cuando se marchaba a una de sus «misiones»; nos decía a dónde iba y en qué proyecto pensaba trabajar; lo único que desconocíamos era cuándo volvería y cuándo llamaría para decir si estaba bien. Al principio telefoneaba a mis padres, pero empezó a espaciar las llamadas y a ir a lo suyo. A mí, apenas me hablaba. De hecho, me rehuía. No sé por qué. Aparecía por Navidad, o un día cualquiera, sin motivo aparente y sin aviso previo. La única vía de contacto que teníamos con él era su dichoso teléfono móvil, que casi siempre estaba apagado. Cuando queríamos hablar con Guillermo, terminábamos enviándole un mensaje y, con suerte, nos llamaba unos días más tarde.

—Un amor de hijo.
—Un hombre con estrés postraumático, más bien.
—Pero ¿no era neurosis?
—Parecido. ¿Sigo?
—Por favor.
—Unos días antes de desaparecer del mapa, llamó a mi madre desde Lanzarote y le dijo que estaba estudiando un nuevo proyecto muy importante que le llevaría tiempo; su centro operativo estaba lejos de Londres. Parece que se trataba de algo vinculado al medio ambiente, pero no sabemos más.

—¿Y qué demonios hacía tu hermano en Lanzarote, compadre? ¿De vacaciones?
—No. Claro que no. ¿No te acuerdas?
—Hombre, compadre, que cuando eso pasó yo estaba en París, y al principio hicisteis poco caso pensando que era otra de esas escapadas...
—Sí, es verdad, perdona. Fue cuando preparabas aquellos conciertos en el Conservatorio Superior de Música de París, ¿no?
—Exacto —confirmó Michael con orgullo no disimulado.
—Cuando estabas viviendo con Pierre... Por cierto, ¿no sabes nada de él?
—Qué pesadito eres, ¿no ves que estoy concentrado en mi música? Además, estábamos hablando de tu hermano... —replicó con un amable gesto de desaprobación.

—Vale, perdona; entonces... ¿sigo?
—Sigue.
—Bien, pues Guillermo había ido a las islas Canarias para reunirse con representantes de otras cinco ONG medioambientales: iban a denunciar unas prospecciones petrolíferas que el gobierno español pretendía aprobar. Incluso me habló de unos estudios que iban a presentar al gobierno con un modelo energético sostenible basado en fuentes renovables... en fin, ya sabes, ese tipo de argumentos ecologistas.
—¿Y ya está? ¿Eso es lo último que sabes de él?
—No. Lo último que sé es que asistió a varias reuniones en Lanzarote y que le dijo a dos colaboradores de Greenpeace que iba a tener que marcharse por un nuevo proyecto, pero no les dijo a dónde. Supongo que sería algo sobre ecología...
—Pues tuvo que salir de la isla de alguna manera. Sus datos tienen que estar registrados en algún aeropuerto.
—No. ¡Qué más quisiera! Se verificaron todos los pasajes expedidos desde que se despidió de sus compañeros, pero no constan sus datos. De hecho, el aeropuerto de Arrecife tiene indicación de avisar a las autoridades si, en algún momento, a mi hermano se le ocurriese embarcar allí.
—¿Y no será que, sencillamente, tu hermano no ha salido de Lanzarote? Pudo cogerse una cogorza y caerse por un barranco, o liarse con una chica que en realidad fuese una prostituta y que el chulo matara a Guillermo...
Oliver interrumpió a Michael:
—Pero vamos a ver, menuda imaginación, chico. Y qué manía, ¿se puede saber por qué crees que está muerto?
—Es una posibilidad, Oliver. Deberías empezar a tenerla en cuenta.
Se abrió entonces entre los dos amigos un silencio hueco, como un precipicio temporal oscuro en el que no se podía ver el fondo. Después, Oliver asintió.
—Lo sé, pero está lo de la llamada. Y una sensación

aquí dentro —se señaló el estómago— que me dice que no, que está vivo.

—No es malo tener esperanza, pero tampoco lo es ser realista. Piensa... ¿cómo pudo salir de la isla? Y si no salió, ¿por qué no iba a contactar con vosotros en casi dos años? Tu madre ha muerto y parece que él ni siquiera se ha enterado, por Dios.

—Lo sé. Pero hemos verificado que hay quien sale de la isla vía marítima, de forma extraoficial. Enseñas el pasaporte y ni siquiera te registran. ¿Te acuerdas de cuando cumpliste los dieciocho y nos fuimos todos en autobús desde Londres hasta Normandía?

—Claro, ¡el viaje a Normandía!

—Pues acuérdate de que pagamos el billete en la estación como si fuera el ticket del aparcamiento... y, luego, en la aduana, solo nos pidieron que enseñáramos los pasaportes a mano alzada, ni siquiera nos bajamos del autobús para subir al *ferry*. Dentro de Europa es fácil pasar fronteras si eres europeo y no pareces sospechoso.

—Es verdad —reconoció Michael.

—Además, seguro que mi hermano buscó la vía más económica. Tenía la cuenta prácticamente a cero y estaba sin trabajo, que yo sepa. En Londres vivía con mis padres, y eran ellos los que le daban el dinero que necesitaba para sus *proyectos*. Creo que fue un error financiarle esa vida de *hippy*, pero mi madre quería que se recuperase de una vez de lo de Irak.

Michael seguía tomando notas.

—Bien, ¿y descartarías que aún estuviese en Lanzarote?

—No lo sé. Puede que sí. La Guardia Civil lo ha buscado por todas partes. Ya sabes que mi madre incluso facilitó su ADN para que, si encontraban su cadáver, pudiesen identificarlo. Pero nada. Yo mismo viajé a la isla para hablar con las últimas personas que tuvieron contacto con él, pero parece que Guillermo no le dijo a nadie lo que iba a hacer, ni con quién ni dónde.

—¿Y una secta?

—Es posible. Eso no lo descarto. Supongo que Guillermo cumplía los parámetros para ser captado. Necesitaba algo en lo que creer.

—Ajá —dijo Michael; anotaba todo en la libreta como si fuese un médico redactando los síntomas de un paciente—. ¿Y sus cuentas bancarias? ¿Y sus tarjetas? Habrá actividad registrada, digo yo.

—No usaba tarjeta bancaria.

Michael abrió mucho los ojos.

—¿En serio? Pero ¿en qué planeta vivía este Guillermo?

—Y yo qué sé —replicó Oliver cansado—. No utilizaba tarjetas porque, según él, era «otro método de control gubernamental». Así que siempre llevaba dinero en metálico. Y su cuenta estaba prácticamente a cero, así que tampoco hubiera podido sacar dinero.

—Vamos, que de guita, nada de nada.

—Bueno, existe un depósito de 15.000 libras a su nombre en el Lloyds Bank: es su parte de la herencia de mi madre, pero como seguramente no sabe ni que ha muerto... ah, y también le dejó el apartamento de Chelsea...

Michael lanzó un silbido de admiración.

—*Wow!*

Oliver guardó silencio unos segundos y continuó hablando:

—Así que, después de todo este tiempo, y después de que la policía española y la inglesa hayan interrogado a todo el mundo y haya registrado todos los sitios en los que ha podido estar, lo único que tenemos es la dichosa llamada de hace seis meses...

—Oliver, sobre la llamada... —intervino Michael, meditabundo—: a lo mejor no la hizo él. Puede que alguien encontrase su teléfono y te llamara sin querer —insinuó.

—Lo sé. Ni te imaginas lo que me tortura no haber

escuchado la llamada. Si hubiese contestado, posiblemente ahora no tendríamos esta conversación.

—Ea, que ahora encima vas a tener tú la culpa... nada, nada, olvídalo. No nos queda otra que esperar a que los yanquis nos digan algo sobre los registros telefónicos de esos malditos satélites.

—Pues sí, eso parece —contestó Oliver con una sonrisa cansada—, unos treinta satélites, que orbitan a 20.000 kilómetros sobre la tierra. Son los únicos que pueden darme alguna pista sobre dónde está mi hermano.

—¿Y no hay otra manera? Quiero decir que lanzamos naves al espacio y... ¿no somos capaces de localizar un ridículo móvil?

—Bueno, también han intentado la triangulación.

—¿La qué?

—La triangulación telefónica. Se trata de sondear la potencia procedente de las antenas que llegan al terminal móvil incluso cuando está apagado. Comparan la intensidad de varias antenas y pueden averiguar la zona aproximada donde se encuentra el teléfono. Claro que esto tampoco ha sido fácil, porque aquí ya sí que están implicadas las operadoras, y la de mi hermano es inglesa, así que ha habido que coordinar a las españolas, que abarcan el territorio donde se recibió la llamada, y a las británicas, que son las que controlan originalmente el terminal. Si no fuese por Valentina y por el juez Jorge Talavera... —suspiró—. ¿Qué te parece si seguimos otro día con tus pesquisas de Sherlock Holmes? —le pidió a Michael con una mirada amable, de la que no se había molestado en ocultar un destello de tristeza.

—Claro, compadre. Además, tengo que ir a Correos —dijo Michael, que se puso la libreta bajo el brazo y se levantó con rapidez.

—¿A Correos? ¿A qué? ¿Vas a mandar algo a casa?

—No, hombre. ¿No ves que yo también soy un nómada? Como no tenía claro exactamente dónde me iba a quedar, he pedido que reenvíen todo mi correo aquí, a un apartado postal. Ya hice lo mismo cuando estuve viviendo en Ámsterdam y en París —concluyó, guiñándole un ojo—. En Ámsterdam viví en tres casas diferentes, ¿te imaginas que hubiese tenido que hacer un cambio postal por cada mudanza? Qué problema más grande, por Dios.

Y, mientras se alejaba, añadió, elevando la voz:

—¡Los que no tenemos domicilio fijo tenemos que apañárnoslas! —Se despidió con la mano, pero, señalando su libreta, hizo una última declaración de intenciones—: Algo encontraremos, ya verás.

Oliver le devolvió la sonrisa, agradecido, y observó cómo su amigo subía el sendero hasta Villa Marina.

Michael se iba a Correos. Tenía un apartado postal. Un nómada. Un puñetero apartado postal. Era lo más barato. Lo más rápido. Servicio de Correos. De toda la vida. ¿Cómo no se le había ocurrido?

Entró en su cabaña con un gesto veloz. En su pecho, en su alma, bombeaba rápido un tambor por corazón.

Valentina Redondo, tras haber hablado con el capitán Caruso, se disponía a reunirse con su equipo de investigación en Peñacastillo, a las afueras de Santander, donde estaba la sede de la Comandancia de la Guardia Civil. Tenían que abordar el nuevo caso y organizar el trabajo. No eran ni las doce de la mañana pero, por fortuna, la investigación se desarrollaba de forma rápida y ágil; el juez Talavera, siempre diligente, ya había ordenado el levantamiento del cadáver de la misteriosa dama medieval. Valentina entró en silencio a la sala de juntas anexa a su despacho, y pudo observar que su equipo, reunido en un corrillo, mantenía una animada conversación. Como su entrada había sido tan mesurada, solo Riveiro pareció percatarse de su presencia. La teniente se mantuvo callada escuchando discretamente las teorías de algunos de los miembros de su Sección sobre la princesa de la Mota de Trespalacios.

—¿Os imagináis? —preguntaba Marta Torres, la agente más joven—. ¡Un viaje en el tiempo! ¿Por qué no? Hace cien años hubiera sido impensable que existiesen los teléfonos móviles, por ejemplo, o curar un cáncer...

—Pues no es que yo me crea nada de eso, vamos, aunque sería la hostia marinera —intervino Sabadelle chasqueando la lengua—. Pero es verdad que no hace tanto el propio Albert Einstein, con su teoría de la relatividad, cambió nuestro entendimiento y nuestro concepto del tiempo y del espacio —dijo, vanidoso y paternalista, dirigiéndose no solo a Torres, sino también al guardia Alberto Zubizarreta y al cabo Roberto Camargo, que también eran más jóvenes que él. Sin embargo, Camargo, que era algo mayor que sus jóvenes compañeros, y, sobre todo, tenía más carácter, negó con la cabeza:

—Imposible. Totalmente imposible. Cuando lo vea me lo creeré. Además, en caso de viajar en el tiempo, tendría que hacerse solo hacia el futuro, no hacia el pasado, porque ya no existe, y cualquier mínimo cambio en el pasado haría que la persona que viajase, por ejemplo, ni siquiera llegase a nacer; con lo cual, volvemos al principio. Es decir, que no puede ser. Es una absurdez. Esa chica iba disfrazada y ya está.

—Los disfraces medievales en Cantabria no se llevan hasta el verano. Y estamos en febrero —replicó Torres, que se refería a las numerosas ferias medievales que se celebraban en la zona durante la época estival; además, le fascinaba la posibilidad de abordar un caso más literario.

—Torres, mujer, no hace falta estar de fiesta para disfrazarse. Además, te digo yo que esa no es de aquí. Tiene aspecto de extranjera. —Camargo intentaba imprimir cierta autoridad profesional en sus palabras, ya que en la práctica era él quien se encargaba de formar a Marta Torres y Alberto Zubizarreta: Redondo había sabido delegar en él cierta autoridad sobre las nuevas incorporaciones. Roberto Camargo, en realidad, solo tenía cuatro o cinco años más que los agentes, pero ese tiempo era una experiencia ganada, salpicada de cientos de batallitas que el cabo no dudaba en contar a aquel que se aventuraba a preguntarle. Y le encantaba su trabajo.

—Además, ¿qué os creéis?, ¿que esto es *Stargate* y que la gente viaja por puertas estelares?

—Pues no, Camargo, porque para empezar las puertas estelares conectan dos mundos distintos, no dos momentos temporales diferentes —replicó Torres con rapidez y con una sonrisa llena de suficiencia.

—Perdone usted, eminencia de las galaxias. Desde luego, Torres, hija mía, de verdad, a quien se le cuente... —le reprochó Camargo, negando con la cabeza y con gesto burlón. Ella estaba jugando, era una mujer inteligente y, en realidad, no se creía nada de lo que planteaba; pero Camargo sabía que Marta Torres se resistía a endurecerse y perder la implicación personal en los casos, y que imprimía a todo lo que tocaba un soplo de color que a veces resultaba incluso infantil. Marta Torres era delgada, pequeñita, de cabello liso y castaño, siempre recogido en una descuidada pero femenina cola de caballo: era bonita, la agente Torres. A Camargo, por lo menos, cada vez se lo parecía más. Quizás porque hacía cuatro meses que había terminado con su última novia, o quizás por el matiz soñador que destilaban sus gestos. O quizás por nada: tal vez solo confundiera un cariño fraternal y protector con una ilusión que, en realidad, es inconfundible.

El subteniente Sabadelle volvió a intervenir, frunciendo el ceño como si eso lo hiciera parecer más sabio e instruido:

—Pues creo que incluso el propio Stephen Hawking le llegó a dar la razón a Einstein sobre la posibilidad de viajar en el tiempo a través de agujeros de gusano...

—Podría ser... —concedió Zubizarreta, interviniendo por fin, pues apenas hablaba nunca, salvo para exponer reflexiones meditadas y sentenciosas—. ¡Hay tantos caminos de la ciencia sin explorar! Además, ¿qué es el tiempo? ¿Eh? ¿Qué es el tiempo? —repitió—. Depende de la perspectiva, porque todo es relativo. Vemos el brillo de una estrella que pudo haber muerto hace miles de años y pensamos que aún está ahí; pero no, en su medida del tiempo ya no existe. El tiempo está en nosotros mismos, que somos lo que hacemos; y, hagamos lo que hagamos, no perduraremos.

—Ya salió el intenso —murmuró Sabadelle, resoplando sin disimulos, como si tuviese que echar mano de sus reservas de paciencia.

Marta Torres volvió a hablar, jugando a no hacerlo completamente en serio y haciendo caso omiso al comentario pseudocientífico-filosófico de Zubizarreta:

—Una dama medieval... es cierto que suena a ciencia ficción, al doctor Who viajando en una cabina a través de los siglos...

—¿Conoces esa serie de la tele? —se sorprendió Sabadelle, nuevamente animado—. Es de mi época... ¡Ah!, el viejo doctor viajando en TARDIS, ¡la máquina del tiempo! —exclamó con nostalgia. Torres iba a intervenir de nuevo, pero lo hizo Valentina Redondo en su lugar, que los sorprendió con su presencia; el grupo se volvió hacia ella.

—Ya veo que estáis muy concentrados en este caso; espero que estas teorías tan profesionales y objetivas no aparezcan en vuestros informes... —objetó poniéndose en jarras. Su gélida mirada bicolor les advertía de que ya se habían divertido bastante—. Os diré una verdad sobre la que puede partir la investigación: no existen las puertas interestelares. Ni los viajes en el tiempo. Punto. Y todos los que nacieron en el medievo están muertos desde hace más de quinientos años. Punto. Y la víctima —señaló con la mirada hacia las fotos que había esparcidas sobre la mesa de la sala de juntas— murió, posiblemente envenenada y, probablemente, en otro lugar. Y no hace siglos, sino, seguramente, unas seis u ocho horas antes de que la encontrasen.

Se levantó un suave murmullo. No solo por haberse visto sorprendidos en medio de la conversación, sino por lo que Valentina acababa de decirles. ¿Envenenada? ¿Ocho horas? Parecía increíble que la noche anterior, en algún lugar, esa mujer, cuya apariencia antigua los había cautivado, aún pudiera estar viva. La teniente Redondo siguió hablando:

—Parece que llevaba una moneda del siglo XVI entre las manos; algo que, y esto lo digo especialmente por Mulder y Scully —añadió mirando a Marta Torres y a Zubizarreta con un suave gesto socarrón—, en ningún caso significa que esta mujer haya viajado desde ningún otro siglo que no sea el siglo XXI.

El resto del equipo, tras la alusión de la teniente a los dos agentes del FBI que investigaban estrafalarios casos paranormales en *Expediente X*, se rio con prudencia. A fin de cuentas, estaban ante un superior y hablando de un posible crimen que, por el momento, no parecía nada convencional. Marta Torres, que admiraba y reverenciaba a Redondo, miró hacia el suelo avergonzada. Alberto Zubizarreta, ruborizado, desvió la mirada hacia la ventana. Resultaba chocante ver a un hombre, tan alto y delgado como él, perdido en un gesto de torpe e infantil consternación. Para una vez que hablaba, había dicho algo inapropiado. Él, que era un ejemplo de prudencia y de razonamiento lógico.

El subteniente Sabadelle soltó una carcajada.

—¿Algún problema, doctor Who? ¿Algún agujero de gusano sobre el que desee informarme? —le espetó Valentina, que le clavó una mirada de hierro. Él comprendió que Valentina no había olvidado aún el incidente con el presidente de la comunidad de vecinos de la Mota.

Pero, ahora, tenía un equipo que organizar. Torres, Zubizarreta y Camargo irían inmediatamente a interrogar a todos los vecinos de los alrededores de la Mota. El subteniente Sabadelle investigaría aquellas ruinas y trataría de averiguar datos sobre la moneda del siglo XVI, sin olvidarse del tipo de ropa que llevaba la princesa. En el medievo también debía de haber modas, ¿no? Aquel vestido tenía que corresponder a un período concreto, y el material de las telas podría ser analizado en los laboratorios del SECRIM: hablaría con Lorenzo Salvador respecto a ello. Riveiro, por su parte, se encargaría de ir preparando el atestado y de actualizar la base de datos de personas desaparecidas. Y ella había decidido que, mientras tanto, regresaría a la Mota para colaborar en los interrogatorios a los testigos, empezando por el anciano que había encontrado el cadáver.

A pesar de que Valentina había podido tomar por fin las riendas del asunto, tenía la sensación de que, tras el cadáver de aquella princesa nórdica, se ocultaba, como aletargado, algo mucho más terrorífico y cruel de lo que podía intuirse. Desde que había visitado la escena del crimen, la teniente no dejaba de aventurar hipótesis, aunque con una urgencia que no era habitual en ella. ¿Estaría sugestionada por las circunstancias que rodeaban al caso? ¿Tanto le había impactado lo que había visto? Era como si el aire en aquella Mota fuese más denso, más pesado, y se le hubiese instalado dentro. Como si aquella mañana hubiese percibido la maldad, casi siempre invisible, como algo latente y real. Valentina intentó desechar aquellas sensaciones. Pensó en Oliver: ¿qué estaría haciendo? Lo llamaría más tarde.

—Redondo —escuchó Valentina a sus espaldas. Era el capitán Caruso, cuyo gesto desprendía preocupación—. Ven a mi despacho, por favor.

—Sí, señor... estábamos acabando la reunión sobre el asunto de la mujer de la Mota —contestó Valentina extrañada: había hablado con el capitán hacía un solo rato.

—Lo sé. Ven —ordenó tajante. Todos se miraron en silencio, extrañados y expectantes. Valentina siguió al capitán, entró en su despacho y cerró la puerta—. Tenemos otro, Redondo.

—Cómo otro. ¿Otro qué?

—Otro cuerpo. Otro cadáver, joder. Me lo acaban de comunicar.

—¿Cómo? Pero ¿dónde? ¿En la Mota? No, en la Mota no puede ser, vengo de allí...

—No, en la Mota no. En Comillas.

—Pero... no entiendo, ¿cómo que en Comillas? —preguntó Valentina, sorprendida. Las preguntas comenzaron a desfilar y a posicionarse en tropel, atolondradas, en el borde de sus labios—. ¿En la ciudad, en otras ruinas medievales...? ¿Dónde?

—¿Dónde? ¡Dónde, dice! Si es que ya no se trata de dónde, sino de cómo. En este caso, hundido en el fango de un pantano; en una reserva natural o algo así... en Oyambre, ¿te suena?

—¿Oyambre? Sí, claro, está saliendo de Comillas, yendo hacia San Vicente de la Barquera; tiene una playa enorme...

—Pues allí mismo, teniente. En un puto pantano que al parecer está llegando a la playa de Oyambre, que desemboca allí un río, o una ría, o algo así. Ya está en el lugar la Patrulla Ciudadana de Comillas, custodiando el cadáver y esperando a la comisión judicial. Y con la Semana Santa a la vuelta de la esquina —suspiró, con evidente preocupación— Esto es el súmmum de las desgracias, Redondo. Me cago en la mar salada.

Valentina, asombrada por la noticia, guardó silencio unos segundos.

—Pero ¿es otra chica vestida con ropa medieval?

—¿Una chica? No —replicó el capitán Caruso, que por fin pareció empezar a salir de su espiral de monólogo informativo y nervioso; miró a la teniente a los ojos—. Se trata de un fulano muy bien vestido, desde luego, y, que yo sepa, va con indumentaria de nuestra época.

—¿Lo han identificado ya?

—No, todavía no. Y parece que podría llevar ya bastantes días en el fango.

—Pero, mi capitán, entonces... —Valentina pareció dudar—, ¿debemos llevar ambos asuntos a la vez desde nuestra Sección? —preguntó, a pesar de que, en realidad, no era inusual que llevasen varios casos al mismo tiempo.

—¿Ambos asuntos?

—Sí, capitán, el del hombre del pantano y el de la chica de la Mota; por lo que veo no se trata de casos vinculados... —le aclaró como si tuviese que explicarle algo muy obvio a un niño pequeño. Caruso esbozó una mueca cansada y sarcástica que quería ser una sonrisa.

—No, Redondo, no son dos asuntos. Ahí está la gracia, ya ves. Es solo uno, porque parece que ambos cadáveres sí que están vinculados. El tipo también llevaba una moneda, como la chica medieval, ¿comprendes? Una puta moneda que lo cambia todo.

—La moneda...

—Sí, teniente, la moneda. Espero que no tengamos entre manos otro psicópata como el del año pasado... no, ¡de ninguna de las maneras! Demasiados locos en una misma demarcación en demasiado poco tiempo. ¡A ver si es que ahora a los muy cabrones les va a dar por venir aquí a veranear! —exclamó riéndose con desgana de su propia ocurrencia—. En fin, la moneda todavía hay que examinarla, y cabe la posibilidad de que se trate de una coincidencia, pero dudo que haya muchos cadáveres por la zona con esa firma —razonó.

Valentina recordó al instante la conversación que había tenido con Riveiro hacía solo unas horas. Un cadáver en una mota con una «firma», como dijo Riveiro, entre sus manos. Un hombre en un pantano, quizás desde hacía ya varios días, con idéntica señal. Comprendió que se había equivocado. Había pensado que el asesino volvería a hacerlo cuando este, al parecer, ya lo había hecho. Ya había marcado su paso antes de encontrarse con su princesa de la Mota de Trespalacios. Asombrada, la teniente Redondo tuvo la certeza de adentrarse en un juego pautado por otro, en un cuadrilátero de lucha de dimensiones extraordinarias. Supo, por fin, que entraba en un juego que ya hacía tiempo que había comenzado.

Nördlingen, Baviera (Alemania)
Cinco años atrás

Wanda observó detenidamente a los cuatro hombres que se sentaban con ella en la encantadora taberna medieval de Nördlingen. Se había informado sobre ellos antes de que llegasen a la ciudad, ya que iba a ser la encargada de guiarlos y de darles apoyo logístico en el proyecto Diamond.

El calor de la taberna y de las cervezas había logrado que la rigidez profesional se relajase, y la conversación, sin perder las formas, había tomado un tono más ligero. A su lado estaba sentado Marc Llanes, que era uno de los mayores especialistas en cavidades y yacimientos del paleolítico. Le había caído bien, y estaba impresionada por sus conocimientos, resultado de las muchas excavaciones en las que había participado más que de su formación universitaria, según intuía ella.

Wanda desvió la vista hacia Arturo Dubach, sentado frente a ella, al otro lado de la mesa. Dubach, el más grande y corpulento de los cuatro, era suizo y tenía una piel blanca y quebradiza. Sabía de él que era geólogo e historiador, y que había llegado a colaborar con la NASA estudiando contextos geológicos que pudiesen adaptarse a escenarios de misiones espaciales. Wanda, que había pensado que sería un hombre insípido y aburrido, admiró la pasión con la que hablaba de su trabajo.

La joven no le prestó especial atención a Helder Nunes, quizás porque hasta ahora había resultado ser el menos hablador, y porque no le había caído especialmente bien: parecía seguir a Marc como un perrillo faldero, y en la taberna incluso había disimulado maniobras para sentarse a su lado, como un guardián solícito al que su dueño no le hacía especial caso.

Pero Paolo Jovis, en cambio, sí que había captado poderosamente el interés de Wanda: no se correspondía con el prototipo de arqueólogo y científico al que ella estaba acostumbrada. Paolo se parecía más a un atractivo y mediterráneo modelo italiano, con un suave bronceado que desafiaba el frío mes de octubre en el que se encontraban. De él solo sabía que también era geólogo, como Arturo, y que trabajaba en la Universidad Federico II de Nápoles, en un departamento denominado Tierra, Medioambiente y Recursos de la Ciencia, aunque su reputación se la había ganado como fotógrafo. Revistas como *Nature*, *Science* o *Geology* se disputaban la exclusiva de sus fotografías científicas con relativa frecuencia.

—Disculpe, ¿ha dicho usted un viaje al centro de la Tierra? —preguntó a Paolo, incrédula.

—Eso he dicho, señorita —contestó él con una sonrisa que hacía dudar, de forma razonable, de que hablase en serio.

—Se cree usted Julio Verne, por lo que veo —se burló Wanda, arqueando irónicamente las cejas.

—Oh, no, señorita. Si se refiere a ese librito que se inventó Verne sobre el mundo subterráneo, a mí me parece más bien un libro de aventuras, que además se podría desarrollar tanto dentro de la Tierra como en una zona perdida del Amazonas. Sería más adecuado recurrir a Poe, en este caso.

—¿Edgar Allan Poe? —La pregunta de Wanda sonó como una exclamación.

—El mismo —replicó él sin despegar la sonrisa de su rostro—. Su única novela habla, precisamente, del encuentro de sus protagonistas con seres intraterrestres.

—Está de broma.

—No, señorita. Le recomiendo que lea *La narración de Arthur Gordon Pym*; es de lo más terrorífico y enigmático que he leído en mi vida.

—Ya... me imagino que a usted le encantará leer ciencia ficción.

—Me encanta leer, sin más.

—Pero... usted no cree en serio que se pueda viajar al centro de la Tierra, ¿no?

—Claro que no. Pero sí se puede investigar más sobre ella, rascar la corteza para comprender nuestra historia.

Marc intervino, encantado por el giro de la conversación:

—Señorita Karsávina, lo cierto es que yo no soy geólogo, pero coincido con mi colega Paolo en que las respuestas para los grandes enigmas de la ciencia y de la historia se encuentran en el interior de la Tierra. Piénselo: ¿por qué nuestro mundo es tan diferente al resto de los planetas que lo rodean? ¿Por qué nosotros tenemos actividad tectónica de placas y actualmente otros planetas conocidos no la tienen? ¿Por qué en la Tierra hay agua y en el resto de planetas conocidos de la Vía Láctea no encontramos ni una gota? Son cuestiones que hay que investigar buscando en el corazón del planeta. Ese es el camino, y no el de la exploración espacial —concluyó, haciendo un gesto desdeñoso en su última frase que evidenciaba su poca fe en la investigación del universo.

Arturo, que en efecto colaboraba con la NASA en diversos proyectos, intervino sin perder un segundo:

—Estoy de acuerdo, Marc, pero el conocimiento de otros planetas puede darnos respuestas sobre el nuestro. Deberías reflexionar sobre el hecho de que las piedras del desierto de Arizona sean similares a las de Marte. O sobre Río Tinto...

—¿Río Tinto? —preguntó Wanda, perpleja, sin apenas acertar a pronunciarlo correctamente.

—Sí, es un lugar que se encuentra en España, en Huelva; la composición del suelo y de las bacterias de ese lugar son sorprendentemente parecidos a lo que hay en el planeta rojo —explicó Arturo.

Wanda pareció reflexionar unos segundos.

—Bueno, señores, la verdad es que yo estoy más interesada en la historia del medievo y en la de la humanidad reciente en general, así que los datos científicos sobre geología o sobre cavidades intraterrestres y las exploraciones espaciales...

—Ah, querida —replicó Marc, con una amplia sonrisa—, en realidad... ¡todo está vinculado! ¿Quién le dice a usted que, con el movimiento de placas tectónicas, no tengamos oculta bajo nuestros pies una historia de la humanidad independiente y compleja, con sus propias épocas medievales y sus propios ritos y creencias?

—No digo que sea imposible, pero lo veo improbable, señor Llanes —contestó Wanda con seriedad—. Además, en caso de que algo así existiese, ¿cómo podrían llegar hasta ello? ¿Haciendo espeleología? —preguntó con cierta sorna, escéptica.

—Quién sabe —contestó Marc, que, visiblemente animado por la conversación, se había inclinado sobre la mesa y se había acercado más a la joven arqueóloga, creando cierta aura de confidencialidad—. ¿Conoce usted la Biblioteca Metálica?

—¿La qué...? —replicó ella, cada vez más asombrada al ver que Marc parecía hablar completamente en serio. Fue Paolo el que, divertido con el desconcierto de Wanda, contestó por su compañero:

—La Biblioteca Metálica. Es un registro extraordinario que proviene de una civilización perdida y que podría relatar la historia de la humanidad de los últimos 250.000 años. Está formada por planchas de cerámica, de piedra y de metal con grabados y dibujos, aunque la mayor parte del material se ha perdido en saqueos...

—¡No me diga! —replicó la joven, convencida de que le estaban tomando el pelo—. Suena algo disparatado. ¿Y se puede saber dónde se encuentra lo que queda de esa maravilla? ¿No debería estar en el Museo Británico, al lado de la piedra de Rosetta? —se burló, refiriéndose a la famosa piedra que había desvelado el significado de los jeroglíficos egipcios.

—Debería —confirmó Paolo—; pero, lo crea o no, muchas piezas fueron robadas para colecciones privadas, y otras se fundieron con otros fines... tenga en cuenta que algunas planchas eran de oro macizo. En realidad, el paradero de las tablas metálicas es actualmente un misterio. Lo poco que quedaba desapareció cuando murió, en los años ochenta, el cura salesiano que las custodiaba.

—¿Dónde? —preguntó ella, directa.

—En el Cantón de Limón Indanza, en Ecuador. Las planchas metálicas se encontraron en una formación geológica de hace doscientos millones de años.

—En una cueva...

—Sí, en una impresionante cueva a las faldas de la cordillera del Cóndor. Las tablas que en su día se localizaron fueron difíciles de datar, y contenían representaciones de pirámides, elefantes y hasta de dinosaurios. Pero lo mejor es el interior de la cueva: sus formas geométricas y sus dinteles perfectamente simétricos sugieren un origen artificial evidente.

—Vaya, yo... no tenía ni idea —reconoció Wanda, vencida ya por la curiosidad. Había perdido el miedo profesional a que le estuviesen tomando el pelo. La noche estaba ganando en magia, interés y consistencia—. ¿Y cómo es que no se investiga más sobre ello? Algún científico o algún arqueólogo se habrán interesado por ese material, supongo.

Paolo asintió con vehemencia:

—Hubo varios investigadores que entraron en la cueva, acompañados incluso por el ejército ecuatoriano... claro que uno de sus visitantes más famosos fue Neil Armstrong.

Wanda no daba crédito.

—¿El astronauta?

—El mismo. De hecho, tras pasar tres días en la cueva, aseguró que sus vivencias en ella superaban las que había experimentado en la Luna.

—Vaya, ¡eso sí que no me lo creo! —exclamó Wanda, moviendo al reír su melena rubia, que se acomodó de nuevo sobre sus hombros con elegancia natural.

—Pues no tiene más que echar un vistazo en internet, señorita —la retó Paolo—. Mucha información puede contrastarla ahí mismo, hay reportajes científicos muy serios publicados en la red.

—De acuerdo —resolvió ella, enérgica—. Supongamos que alguna de estas teorías fuese cierta, que hubiese algo de verdad tras las cuevas, las especulaciones y los hallazgos materiales. ¿Por qué, entonces, no se ha seguido investigando y excavando la Tierra?

Paolo volvió a arrellanarse en su asiento y dio un trago a su cerveza. Sonrió con desgana:

—Por lo de siempre, querida colega. Por la financiación. No son la ciencia ni el conocimiento lo que interesa a los políticos. Eso es algo con lo que tenemos que pelear constantemente; supongo que usted también tendrá que lidiar con subvenciones, patrocinios... ¿me equivoco?

Wanda asintió con la cabeza:

—No, no se equivoca —reconoció.

Por un momento, todos guardaron silencio, y una ola invisible de desánimo pareció barrer el gesto despreocupado de los que estaban sentados a la mesa, que, de pronto, parecían haber asumido sus limitaciones para investigar y estudiar el mundo.

Helder, que hasta el momento no había abierto la boca, sorprendió a todos interviniendo en la conversación: mantuvo la mirada fija sobre Wanda y, concentrado y sereno, comenzó a hablar.

—Señorita Karsávina, sin perjuicio de lo que han dicho mis compañeros, deje que le exponga mi opinión: el secreto de lo que somos, el espejo de la historia, puede indagarse, en efecto, tanto en el espacio como en las cuevas que abren vías hacia el submundo; sin embargo, estas últimas son, en términos materiales de proporción con la masa terrestre, diminutas y finitas. Por eso, en general, por ese camino solo obtendremos datos sesgados y especulación.

—¿Qué propone usted, entonces? —preguntó ella, devolviendo la intensidad de la mirada al arqueólogo portugués.

—Explorar la superficie terrestre en un lugar en el que apenas haya habido interacción humana, y donde me consta que existe información única sobre la verdadera historia del planeta.

Wanda, con una creciente sensación de extrañeza pero también con curiosidad, apoyó sus codos sobre la mesa, aproximándose al portugués; y con un arqueo de cejas descreído y receloso, esperó la explicación de Helder Nunes sobre cómo averiguar la verdadera historia del mundo y de la humanidad.

4

> Nuestro equipo no tenía ningún objetivo, ninguna idea de qué íbamos a encontrar en una misión; si como explorador hubiera sabido lo que iba a encontrar, no hubiera ido. Del mismo modo, el científico se aventura en la célula, el átomo o el cosmos sin saber lo que le espera.
>
> *Los humanos, las orquídeas y los pulpos*,
> JACQUES COUSTEAU

Valentina Redondo y el sargento Jacobo Riveiro estaban a punto de llegar a la desembocadura de la ría del Capitán, que, en efecto, moría en una de las esquinas de la playa de Oyambre. La teniente, que conducía, había cambiado sus planes iniciales solo ligeramente: el subteniente Sabadelle seguiría encargado de verificar todo lo relativo a la Mota de Trespalacios y a la moneda del año 1563, mientras que el cabo Camargo y los guardias Torres y Zubizarreta despacharían los interrogatorios en el barrio de la Gándara, donde había aparecido el cadáver de la que, tácitamente, todos habían acordado denominar princesa medieval. Pero el cabo Camargo tendría la tarea añadida de rastrear información en la base de datos de personas desaparecidas, ya que Riveiro debía acompañarla a Comillas: el asunto no pintaba bien. En el fondo, Valentina deseaba que la moneda que habían encontrado en manos del hombre del pantano no tuviese nada que ver con su princesa.

Eran casi las dos del mediodía, y tanto ella como Riveiro habían comido un rápido bocadillo en la cafetería de la Comandancia para poder dirigirse enseguida a Comillas. Valentina ni siquiera había podido hablar con Oliver, y ambos se habían limitado a enviarse un par de mensajes por WhatsApp; él le había dicho que tenía novedades, que ya le contaría por la noche. Ella, que tenía ya dos cadáveres, y que desde luego, aunque poco podría contarle sobre su trabajo —cuya información no dejaba de ser confidencial—, sí que estaba deseando que terminase el día y poder así refugiarse con él en la cabaña. Además, en la Comandancia, prácticamente de pasada, Valentina había leído un breve informe técnico que acababa de llegar, y que arrojaba un destello de esperanza para poder localizar al hermano de Oliver, Guillermo: se lo explicaría cuando llegara a casa. Pero aún quedaban unas cuantas horas para que llegase ese momento de reposo, refugio y descanso.

Redondo y Riveiro estaban a punto de llegar al lugar donde había sido hallado el nuevo cadáver. La carretera comarcal esbozaba curvas suaves, y el paisaje, a pesar del tono grisáceo del día, era agradable: a la derecha se intuía el mar, aunque solo resultaba visible según el tramo de carretera por el que fuesen avanzando. A la izquierda, discurrían prados que bailaban como si fuesen algas bajo el agua del océano. Habían dejado atrás el centro de Comillas, y debían de faltar solo siete u ocho kilómetros para llegar a San Vicente de la Barquera; la ría Capitán trazaba ahora el dibujo de la carretera comarcal y, conforme avanzaban, parecían acompañarlos, como inesperados anfitriones, unas esbeltas garcetas blancas y un par de zarapitos reales que sobrevolaban el camino sin prisa, al ritmo de los que ya saben el camino.

—Joder, ¿se puede saber qué es eso? —preguntó Riveiro.

En lo que debía de ser la desembocadura de la ría podía observarse, como si fuese una gran laguna ovalada y de contornos irregulares, un pantano siniestro, lúgubre incluso, anegado de agua turbia y con árboles de los que solo quedaba la base oscura del tronco, como si la parte superior hubiese sido retorcida y arrancada por el diablo.

—Las marismas, Riveiro. ¿Nunca habías venido por aquí? —le preguntó Valentina con una sonrisa.

—Creo que no, la verdad. Lo recordaría. Menos mal que se ha levantado la niebla, porque esto parece la ciénaga de los muertos, joder.

—¿La qué?

—¡La ciénaga! Pero, bueno, ¿tú no has visto *El Señor de los Anillos*?

—Sí, pero no recuerdo nada por el estilo.

—Pues a mis hijos les encanta. He tenido que ver todas las pelis dos o tres veces —le aclaró—; te juro que este pantano parece la Ciénaga de los Muertos, en serio: tiene el mismo aspecto fétido y espeluznante. ¿No te suena? ¿De verdad? Sí, mujer, cuando Gollum lleva a Frodo y a Sam hasta Mordor a través de la Ciénaga, que está llena de fango y de cadáveres de guerreros bajo el agua... —insistió, como si fuese imposible que ella no recordase aquella escena de la película—. Increíble, esto es igualito, qué tétrico, coño.

—¿Mordor? —Valentina rio de buena gana—. Pero ¡si esto no es más que un estuario! Lo que nos faltaba, *La princesa prometida* en Suances y aquí, *El señor de los anillos*; como el nuevo cadáver sea el de Gandalf nos lo vamos a pasar pipa. ¡Espera! ¡Mira! ¿Qué es eso de ahí? —le preguntó a Riveiro con gesto de preocupación: había visto varios coches de la Guardia Civil aparcados a poca distancia; aminoró la marcha—. Lo sabía... nos están esperando unos elfos disfrazados de guardias. Y nosotros sin la espada de *Star Wars* a mano —se lamentó, con una mueca de aparente disgusto.

Riveiro se rio. Valentina lo acompañó de buen grado, al tiempo que maniobraba para aparcar en el margen izquierdo de la carretera, donde estaban los demás vehículos. En realidad, ambos liberaban tensión: se enfrentaban a un caso sin matices agradables.

Uno de los agentes de la Patrulla Ciudadana de Comillas los acompañó hasta el otro lado de la carretera. Se adentraron en un terreno vallado que limitaba con la fantasmagórica marisma en la que, como había observado Riveiro, había un eucaliptal muerto e inundado de agua cenagosa.

Valentina pudo ver, en la entrada a la propiedad, un viejo y maltrecho cartel, apenas legible a causa del óxido, que rezaba: «Salón de Baile Las calabazas: Mira cómo bailan». La casa principal, aparentemente la única de la finca, era una construcción sencilla de dos plantas, alargada, que debía de tener al menos cincuenta o sesenta años de antigüedad y destilaba una imagen de extraño y estrafalario abandono. La pintura de la vivienda, blanca, estaba desgastada y agrietada en algunas partes.

Delante de la casa, sobre la acera, unos viejos y destartalados palés hacían de corral doméstico para al menos una docena de patos. Dos largas mesas, cubiertas solo con hules amarillos y floridos, ocupaban también gran parte del espacio ante la fachada de la vivienda, y sobre ellas había docenas de calabazas en perfecta alineación. A través de las ventanas podía intuirse el amontonamiento de mobiliario y de enseres inclasificables. Sorprendentemente, entre algunas enredaderas secas que devoraban la fachada sobresalía una moderna antena parabólica.

—¿Qué lugar es este? —preguntó al guardia.

—Un viejo salón de baile; lo cerraron allá por los noventa, creo, más o menos cuando yo nací —dijo, mirando a la teniente primero con una sonrisa que delataba su juventud y luego con estupor. Valentina estaba acostumbrada a esa reacción ante su mirada bicolor. Supuso lo que pensaba el muchacho que los acompañaba: «Esta es la teniente esa de Santander, la que tiene al personal acojonado por si les encuentra la mesa desordenada; la de los ojos de dos colores, ¿de dónde coño sale? ¿Qué le habrá pasado en el ojo? ¿Solo verá por uno? Pues no parece tan cabrona».

Sabía que los compañeros especulaban sobre ella, pero Valentina era totalmente reacia a hablar de sí misma y aclarar a nadie que no le importase quién era y por qué tenía dos miradas diferentes. ¿Cómo sería su vida si todavía viviese su hermano? Fue él quien provocó, cuando era solo una niña, aquella dualidad en su mirada. Un golpe certero y ya nada volvió a ser igual. Ahora, tras mucho tiempo de aquello, incluso disfrutaba moderadamente ante el desconcierto que provocaba en los demás. Su hermano Agustín murió por algo que no valía la pena, y Valentina generó dentro de sí misma una obsesión enfermiza por luchar contra lo que había terminado con él. Por eso se había doctorado en Psicología Jurídica y Forense, y por eso había entrado en la Guardia Civil: lo primero lo hizo para entender los mecanismos de las mentes pervertidas por la maldad, y lo segundo para combatirlas. Decidirse por la Guardia Civil no le había resultado difícil: su propio tío Marcial era sargento en Santiago de Compostela; la había convencido con solo una charla ligera de sobremesa. Trabajar en Cantabria y no en Galicia tampoco fue algo casual: quería estar sola y combatir el crimen lejos de su familia, sin nada que perder. Era la única forma de implicarse de verdad. Solo cuando regresaba a Galicia para ver a sus padres, a su hermana y a sus dos sobrinos pequeños, se permitía relajarse, como si por fin fuese correcto no estar constantemente alerta.

Conforme se acercaban al lugar donde sin duda se encontraba el cadáver, Valentina pudo escuchar, proveniente de la casa, el sonido de *Have You Ever Seen The Rain*, una canción de Creedence Clearwater Revival. Alguien ponía una y otra vez la misma canción, que hablaba de la calma tras la tormenta, que solo las personas afortunadas logran disfrutar. ¿Sería cierto, quizás, que algunos en sus vidas solo alcanzan a vivir momentos de lluvia? Para ellos, el sol no debía de ser más que un disco ajeno y brillante, lleno de frío y dureza.

—¿Quién hay en la casa? —preguntó Valentina al guardia.

—El dueño —resopló el joven—, un viejo que parece que tiene el síndrome de Diógenes. Él y su mujer estuvieron muchos años en Norteamérica, volvieron y montaron el salón de baile, que en su tiempo creo que fue muy concurrido. El tipo no es mal hombre, pero desde que murió su mujer cerró el negocio y se aisló en la casa.

Mi abuela lo conoce; ya le digo, no es mala persona, no se mete con nadie. Es más, fue él quien nos avisó de que había visto algo raro en el agua. Cuando llegamos, la corriente había arrastrado el cadáver casi hasta la orilla de su finca.

—Ya veo, gracias —contestó Valentina, al tiempo que se asombraba viendo el verdadero tamaño de la vivienda, que en realidad tenía tres plantas; desde la carretera, apenas podía apreciarse, pero el desnivel del terreno, que se deslizaba hacia la marisma, escondía una vivienda mucho más grande de lo esperado, además de una finca alargada y amplia donde aún podía verse abundante y antiguo mobiliario de jardín abandonado, al que las inclemencias del tiempo le habían dado un aspecto de sucio, triste y romántico juguete roto.

Valentina se acercó hacia el pasillo de tránsito que había marcado el Servicio de Criminalística. Pudo ver a un par de compañeros del GREIM, el Grupo de Rescate e Intervención en Montaña de la Guardia Civil, y a Lorenzo Salvador, que estaba ordenando el rastreo de la zona por cuadrículas de terreno. A su lado, en el suelo, un bulto alargado, que sin duda sería el cadáver. Clara Múgica estaba en Santander practicando la autopsia a la princesa de la Mota, así que Almudena Cardona, su joven ayudante, era la forense de guardia que revisaba el cuerpo.

Valentina saludó al sargento de Comillas que se había personado con otros guardias locales en el lugar, y decidió no perder tiempo e ir directamente con Riveiro a ver el cadáver. Tras ponerse ambos el traje blanco del SECRIM, se aproximaron al cuerpo a través del pasillo de tránsito. La teniente esperaba encontrarlo en un estado lamentable, pero, aunque estuviera mojado y tuviera restos de lodo, estaba sorprendentemente limpio; eso sí, la visión no era nada agradable.

—Hola, Cardona, ¿qué tal vas? —le preguntó Valentina a la forense mientras se acercaba a saludarla.

—Voy yendo —respondió con una sonrisa invisible,

porque llevaba una mascarilla blanca cubriéndole medio rostro, aunque el hedor del cadáver no era especialmente intenso. El cuerpo estaba boca arriba, y vestía un elegante traje gris azulado que, seco y sin barro, debió de tener buen aspecto. Camisa azul, sin corbata, y un zapato negro. El otro estaría hundido en alguna parte de aquella ciénaga, o perdido en el maletero de un coche, o en cualquier otro lugar que su dueño, sin duda, jamás habría considerado.

Era difícil describir al hombre que tenían ante sí. Valentina y Riveiro guardaron silencio unos segundos mientras lo observaban: era de complexión delgada, aunque con una incipiente panza cervecera, que quizás no fuese más que el resultado de los gases producidos por la putrefacción; tenía el cabello corto y castaño, y debía de tener unos cuarenta y cinco años; era pálido hasta el extremo y tenía la piel floja y arrugada. El rostro era irreconocible, aparentemente como consecuencia de la acción de los mubles, las jarguetas y las lochas que nadaban en aquel estuario, pues parecía que lo habían mordisqueado, especialmente en la parte izquierda de la cara.

—Hombre, ¡ya está aquí el Equipo A! —exclamó Lorenzo, saludándolos con la mano—. ¿Qué os parece? Hoy tenemos doblete: la princesa y el ahorcado.

—¿El ahorcado? —se extrañó Valentina.

—Sí, a este lo han estrangulado. De eso parece que no cabe duda, ¿no, Carmona?

La forense asintió, y les hizo gestos para que se aproximasen.

—¿Veis? —les preguntó señalando un suave surco rojo que se dibujaba, indeleble, en el cuello del hombre—. Debieron de estrangularlo con un lazo o una cuerda delgada... creo que alguien lo cogió por la espalda y, sencillamente, apretó... fijaos, el surco es un poco más profundo aquí, ¿veis? —remarcó, sin mirarlos y señalando el lugar del cuello donde antes habría estado subiendo y bajando la nuez.

—Es decir, que tuvo que ser alguien fuerte, ¿no? —preguntó Riveiro viendo que el hombre, a pesar de ser delgado, debía de medir al menos un metro ochenta de estatura.

—Eso creo; pero, como siempre dice Múgica, mejor que esperemos los resultados de la autopsia y de momento no demos nada por sentado.

—Claro, claro —asintió Riveiro—. Pero ¿cuánto crees que lleva en el pantano?

La forense contestó cogiendo una mano al cadáver, como para mostrársela.

—Pies y manos de lavandera —afirmó, dejando caer la extremidad sin delicadeza alguna—: este lleva en el agua una semana por lo menos.

—¿De lavandera? —preguntó Valentina, mirando alternativamente a Riveiro y a Cardona.

—Sí —respondió ella—. ¿No veis cómo ya ha empezado a despegarse la epidermis? Es como un guante o un calcetín flojo: de seguir en el agua, la piel terminaría por desprenderse; lo llamamos manos de lavandera porque la inhibición cadavérica provoca que la epidermis se torne blanquecina, arrugada y más gruesa... además, el cadáver ya ha comenzado el período enfisematoso, se ha hinchado por efecto de los gases —divagó como hablando consigo misma—. Espero que eso no nos dificulte demasiado la toma de huellas para la identificación. Justo ahora mismo estaba intentado tomar una necrorreseña en condiciones —concluyó un tanto desesperanzada.

—Ah, por cierto, ¿no llevaba nada encima? Ni anillo de casado, ni cartera, ni tarjetas, ¿nada?

—No que yo sepa —negó la forense, mirando a Lorenzo Salvador. Para esas cuestiones debían hablar con él.

—Bueno, tenemos la moneda, eso sí —apuntó Salvador, dándose por aludido.

—Eso espero —dijo Valentina—; de lo contrario, no estaríamos aquí.

—Ya. Esperad, ahora mismo os la enseño —dijo Salvador.

Este sacó una bolsita transparente de un maletín que reposaba en el suelo, a menos de un metro de distancia. Valentina y Riveiro se acercaron: en efecto, era una moneda muy parecida a la que habían visto por la mañana, aunque esta no tenía aquel brillo mate dorado y viejo, sino que era de color marrón claro, menos gastado, y parecía estar dentro de otro plástico, cerrado y anudado por un cordel azul.

—¿Es del mismo año que la otra? —indagó Riveiro.

—No lo sé —reconoció Lorenzo—. La verdad es que no he podido ver lo que pone, pero revisándolo con mi lupa quizás... no sé, parece igual de antigua, pero la verdad es que no he visto ninguna fecha, solo una especie de castillo, un león y las iniciales F e Y a uno y otro lado... ¿o será una A? —se preguntó encogiéndose de hombros.

—No, no, parece una Y —dijo Valentina, aguzando la vista para observar la moneda—... y sobre cada letra hay una corona, ¿no?

—¡Exacto! —exclamó Lorenzo—. Una puñetera corona encima de cada consonante. Y una inscripción en el borde, ¿la veis? *Casti... Rex...* —leyó, haciendo evidentes esfuerzos.

—Joder, al final vamos a tener que rastrear toda la numismática del medievo —se quejó Riveiro mirando a Valentina, que, reflexiva, alternaba su atención entre el cadáver y la bolsita de plástico que Lorenzo les mostraba.

—¿Y ese cordel azul? ¿Dónde llevaba la moneda? Me extraña que no la perdiese en el agua —preguntó por fin Redondo.

—Pues eso es lo mejor, teniente —contestó Lorenzo, negando con la cabeza—: estaba dentro de una bolsita de plástico, atada con este lazo que, a su vez, había sido anudado a una de las presillas del pantalón... debieron de ponérsela dentro del bolsillo, y terminó saliéndose y quedándose colgada como si fuese un llavero.

Valentina y Riveiro se miraron, asombrados.

—Es decir, que el asesino quería que encontrásemos la dichosa moneda —suspiró la teniente recordando de nuevo la conversación que habían tenido por la mañana sobre la firma en el cadáver de la chica—. ¿Es posible que ese lazo sea el mismo con el que estrangularon a este hombre?

—Por la longitud, es posible, pero tendremos que analizarlo en el laboratorio y compararlo con las fibras textiles que encuentren en el cadáver, claro que, después de tanto tiempo en el agua, difícil...

—¿Y los nudos? ¿Cómo son? ¿Marineros, sencillos, normales...? Habrá que ver la composición de la tela del lazo... incluso el posible origen de la bolsa de plástico... —dijo Valentina.

—Y verificar si este hombre está o no en la base de datos de personas desaparecidas —completó Riveiro mirando el cadáver. Ojalá que el traje y la camisa fuesen lo bastante exclusivos como para poder determinar la identidad de su dueño lo antes posible.

—Dadme tiempo y os contestaré a todo —dijo Lorenzo guardando de nuevo las pruebas en el maletín.

—De acuerdo; vamos a echar un vistazo por aquí y a hablar con quien encontró el cadáver —dijo Valentina mirando a Riveiro para buscar su aprobación. Él afirmó con la cabeza, y volvió la mirada hacia la vieja casa de baile de las calabazas.

El viajero del Sótano
de las Golondrinas
Segunda reflexión

El pensamiento es un artilugio peligroso. Que resulte abstracto e intangible lo hace todavía más amenazador. Cualquier individuo puede pensar, por ejemplo, al menos una vez en su vida, en vivir una gran aventura; sin embargo, muy pocas personas encuentran dentro de sí mismas el valor necesario para adentrarse en un camino incierto. Algunos creen pensar en grande, pero actúan con gestos tímidos y diminutos. Como la gran masa, como ese gran banco de peces que sigue el baile de la corriente.

Mi princesa se habría atrevido a vivir de otra manera. Lo llevaba en la sangre, como yo: era una recolectora del tiempo. Solo con recordarla se me retuerce algo aquí adentro que exprime mi dolor y mi impotencia. Debo olvidarla, sé que ahora ya no es más que una sombra, pero dudo que la culpa vaya a permitírmelo.

Yo decidí mirar hacia un lado del mundo en el que pocas miradas se posan. Decidí cuál sería mi ilusión, mi misión y mi forma de vivir, y eso me dio fuerza para decidir, para no decaer y para darle un sentido a mi paso por la Tierra. Pensé en grande y busqué el valor y la determinación que necesitaba para hacer tangibles mis pensamientos. Ahora, la duda me reconcome: ¿tomé la decisión equivocada? Lo que ha pasado, lo que está pasando... Sé que no conseguiré que cambie el mundo, pero al menos muchos volverán la mirada, y quizás algunos puedan ver que hay algo más allá. Con suerte, unos pocos elegidos llegarán a comprender que un hombre con pensamientos firmes es tremendamente poderoso. ¿No es eso lo que codician los hombres, el poder?

Valentina y Riveiro se aproximaron a la vivienda. La música había cesado, y un hombre los observaba a través de la ventana de la planta baja. Era como si su mirada les traspasase y llegase hasta la marisma, escrutándolo todo con absoluta tranquilidad. El individuo desapareció un instante de su ángulo de visión y reapareció ante la puerta que daba al maltrecho jardín.

El hombre era de complexión delgada, pero no era difícil intuir que alguna vez había sido musculoso y fornido; estaba afeitado, aseado y peinado. Su cabello era completamente blanco y estaba cuidadosamente recortado, dándole aspecto de venerable anciano escocés. Su ropa, aunque ajada, también había sido planchada y lavada recientemente. Valentina se sorprendió al detectar un gesto de aguda inteligencia en su mirada. Incluso resultaba evidente su aplomo y serenidad, aun cuando no hubiera dicho todavía ni una sola palabra y se hubiera limitado, imperturbable, a saludarlos con una levísima inclinación de cabeza.

—Buenas tardes, soy la teniente Redondo, de la UOPJ de la Guardia Civil —se presentó cuando estaban a menos de dos metros de distancia—, y este es mi compañero, el sargento Jacobo Riveiro —añadió señalando al sargento con la mirada. Este, libreta en mano, saludó con una sonrisa de circunstancias.

—Buenas tardes, teniente; Benjamín Velarde, dueño

de la finca, como ya sabrán —el hombre calibraba descaradamente con la mirada a su interlocutora—. Les he explicado todo a sus compañeros, no tengo nada nuevo que decirles —declaró, con un ánimo que parecía más informativo que defensivo.

—Entiendo, pero si no le importa me gustaría confirmar directamente con usted algunos puntos, ¿le parece?

—Me parece. Qué remedio. Diga.

—Terminaremos rápido, señor Velarde, no se preocupe —le aclaró antes de empezar—. Según nos han informado, al parecer usted ya divisó el cadáver a primera hora, al amanecer, pero lo confundió con unos troncos o materia pantanosa, verificando solo a media mañana que realmente era un cuerpo humano lo que flotaba en el agua... ¿es así?

—Así es —se limitó a confirmar, hastiado, como si cada amanecer le resultase habitual encontrarse cadáveres flotando ante su ventana. Riveiro empezaba a realizar anotaciones.

—Entonces, cuando el cuerpo se aproximó por la inercia de la corriente hasta la orilla, usted pudo ver claramente que se trataba de un cadáver, de manera que llamó inmediatamente a la Guardia Civil. ¿Correcto?

—Correcto. Aunque el cuerpo casi ni se desplazaba, tenga en cuenta que en esta zona apenas hay corriente y sí mucho fango; parte del agua permanece estancada mucho tiempo, según la vegetación que se acumule ahí —explicó, señalando con la cabeza hacia donde se encontraba ahora el cadáver.

—Ya veo... ¿Y no tocó el cuerpo?

—No.

—¿Y no encontró ningún objeto, ninguna prenda personal que pudiese asociar al cadáver?

—No.

—¿Seguro?

—No hay nada que resulte siempre seguro, teniente. Usted quiere saber. Yo tengo el deber de informar. Vi algo en el agua. ¿Supe al momento qué era o solo lo intuí? ¿Les llamé de inmediato o esperé a confirmar lo que en realidad ya sabía? ¿Ha visto usted el cadáver como yo lo he visto o solo lo ha mirado vagamente? Ver, mirar... es el matiz el que le aporta riqueza a nuestras palabras. La certeza sobre lo que yo le cuente solo será una cuestión de confianza. La que yo le inspire, la que yo quiera darle. Todo es un juego en el que nada es seguro por completo, ¿no cree? —dijo con una sonrisa aburrida.

Valentina lo miró, disimulando su asombro ante el inesperado discurso de Velarde. Esperaba tener que interrogar a un loco, a un perturbado, a un pobre y viejo diablo que esperaba la muerte amparado en la rutina, y resultaba que su interlocutor, que tenía la casa llena de basura, era un perro viejo que hablaba con propiedad y cuyos gestos destilaban una sabiduría asentada que se dejaba pautar por el cansancio, no por la soberbia.

—De momento, me veo obligada a creer lo que usted nos cuente, señor Velarde. ¿Ha visto o escuchado algo anormal en las inmediaciones estos días?

—Nada que me llamase la atención. Al menos, nada concreto que recuerde ahora mismo. Claro que de vez en cuando olvido cosas... la edad, ya sabe.

—Entiendo —asintió Valentina, mirando a Riveiro, sin acertar a concluir con certeza si el anciano hablaba en serio o se burlaba de ellos descaradamente. Consciente de que a duras penas podría obtener más información, fue cerrando la conversación:

—Señor Velarde, es posible que le requiramos para realizar algunas aclaraciones en un futuro inmediato, especialmente cuando determinemos el tiempo que ese cuerpo llevaba en el agua. En todo caso, si recuerda algo...

—No lo dude, la llamaré —la interrumpió él con suficiencia, aunque sin apuro aparente por terminar la conversación.

—Ya. Gracias, señor Velarde. —Valentina le entregó una tarjeta de contacto—. Parece que tiene cierta acumulación de muebles ahí dentro —dijo, provocadora, con la intención de saber hasta qué punto había cordura en la cabeza de aquel hombre.

—Son cosas de Cilia, mi mujer. Está muerta —aclaró sin hostilidad pero con firmeza—, pero, como comprenderá, son recuerdos y no voy a tirarlas. Sería una falta de respeto. También hay cosas mías, pero las necesito todas. Son importantes. Pero entiendo que usted no es una asistente social sino una teniente de la Benemérita, por lo que cómo tenga o no amueblada mi casa debiera resultarle indiferente.

—Por supuesto. Siempre y cuando ni los vecinos ni el Servicio de Sanidad municipal tengan nada que decir al respecto.

—Aquí no hay vecinos hasta la playa de Oyambre, a medio kilómetro. Y los de Asuntos Sociales ya han venido. Vivo como quiero y no molesto a nadie.

Valentina comprendió que no era la primera vez que aquel hombre se había visto obligado a esgrimir aquel discurso defensivo, así que guardó silencio, porque ella, doctorada en psicología jurídica y forense, ya había comprobado lo que necesitaba: Velarde, posiblemente, no tuviese el síndrome de Diógenes, sino el llamado TA o Trastorno por Acumulación, que era diferente. No sufría deterioro físico, ni dejadez personal, sino que, al parecer, se limitaba a acumular pertenencias. Posiblemente guardaba todo aquello como forma de retener consigo, de forma obsesiva, el recuerdo de su esposa difunta. Pero no estaba loco. Podía dar por cierto su testimonio, aunque con cautela. A fin de cuentas, sufría, como ella misma, una variante de un TOC, un trastorno obsesivo compulsivo, que en el caso del anciano se circunscribía a la acumulación de enseres en vez de a la limpieza. Un enfermo como aquel se aferraría a cualquier objeto como a un tesoro y le encontraría a todo una estrafalaria utilidad. Normal que la casa estuviese atestada de pertenencias.

—Señor Velarde —dijo Valentina como si, repentinamente, hubiese recordado algo—, disculpe, una última pregunta...

El hombre suspiró.

—Diga.

—¿Colecciona usted cosas?

—¿Cosas?

—Sí, como sellos, por ejemplo.

Riveiro miró a Valentina. ¿A dónde demonios quería ir a parar con aquel anciano? El hombre se encogió de hombros, como si estuviese acostumbrado a que le hiciesen preguntas absurdas a diario.

—Tengo calabazas.

—¿Calabazas...?

—Y sombreros.

—Ajá. ¿Nada más? ¿Monedas antiguas, por ejemplo?

—No, ¿para qué? Si tuviese dinero, lo gastaría. No dispongo de una pensión tan extraordinaria como para dedicarme a enmarcar monedas y billetes, teniente.

—Ya veo —asintió Valentina, mirando a Riveiro. Era extremadamente improbable que aquel hombre tuviese nada que ver con los dos cadáveres del día ni con las monedas antiguas que los acompañaban, pero no estaba de más apaciguar las suspicacias que siempre anidaban en la cabeza de la teniente.

—Señor Velarde... su mujer, Cilia... disculpe mi atrevimiento, pero... ¿hace mucho que falleció?

El anciano, por primera vez, se mostró sorprendido, Pero solo tardó un par de segundos en restaurar la seguridad en su expresión.

—Nueve años —respondió, observando fijamente a Valentina. Ella mantuvo la mirada.

—Eso es mucho tiempo.

—El tiempo es relativo. Una eternidad puede transcurrir en unos segundos.

—Sí, posiblemente es así. Pero debemos cerrar ciclos para no enfermar la mente. Su mujer, Cilia... ¿se ha despedido de ella?

Riveiro enarcó las cejas. No entendía a qué venía aquello, ni en qué juego dialéctico se habían sumergido la teniente y el anciano señor Velarde; parecía que, de pronto, ambos hubieran conectado de una manera que al sargento se le escapaba.

—No... no lo sé. Supongo.

—Vaya al cementerio, señor Velarde. O a donde pueda decirle adiós a su mujer. Decir adiós es definitivo, pero no hará que la olvide, sino que conserve su recuerdo cerrado, cuidado y protegido en su memoria.

El señor Velarde no dijo nada, no movió ni una pestaña, y permaneció con su rostro inexpresivo y concentrado escrutando a Valentina. Ella se giró y comenzó a caminar con firmeza hacia la marisma seguida por Riveiro.

—¿Qué demonios acaba de pasar? —preguntó el sargento cuando ya estaban a una distancia prudencial.

—Nada, solo he tratado de ayudarlo. Parece un buen hombre. Y es inteligente. Su trastorno obsesivo responde a una tristeza a la que no se enfrenta. Si se despide de su mujer, creo que podrá cerrar ese círculo vicioso en el que se ha metido —le explicó Valentina, con gesto cansado—, aunque creo que necesitaría un tratamiento intenso y no solo un par de consejos de una desconocida.

Riveiro asintió pensando que a veces él mismo olvidaba que Valentina estaba doctorada en Psicología Jurídica y Forense.

—Bueno, supongo que ese hombre necesitaría unas cuantas sesiones de terapia para curarse... de todos modos —se atrevió a añadir Riveiro—, tu propio trastorno por el orden y la limpieza...

Valentina, sin parar de caminar, le miró a los ojos:

—Buen intento, Riveiro, aunque lo mío va más allá de despedirme o no de alguien... es más complejo —sentenció sin querer entrar en más detalles. En su caso, ella sentía que el asunto de su hermano estaba cerrado, prácticamente curado, aunque cierta sensación de culpa seguía golpeándola en la sien de vez en cuando. Y aquella certeza con la que se levantaba todas las mañanas... el horror, la gente malvada, existía. Y ella quería y necesitaba un mundo perfecto en el que almas oscuras no torciesen el camino de personas demasiado inocentes. Quizás por ello le resultaba completamente imposible deshacerse de su obsesión por el control, por el orden y la limpieza.

Valentina y Riveiro llegaron en silencio al borde de la marisma, y allí mantuvieron una interesante charla con los dos compañeros del GREIM: querían orientarse sobre cómo era la zona, sobre las corrientes, y sobre cómo podría haber llegado el cadáver a aquella orilla cenagosa. Por suerte, y a pesar de que aquel equipo estaba especializado en la zona de montaña, uno de ellos conocía bien las marismas y la escasa fuerza del agua en aquella ría: lo más probable era que el cadáver hubiese sido arrojado al agua allí mismo o en un sitio muy próximo y hubiera salido a la superficie por efecto de los gases de putrefacción, o bien empujado por una marea en el caso de que hubiese estado hundido o enganchado entre la vegetación del fondo del pantano.

Sondearían a los vecinos, aunque los más próximos parecían ser los establecimientos de hostelería de la playa de Oyambre, que estaba a medio kilómetro. Otra tarea ingrata. Por fin, agotados, y ya con la noche sobre sus hombros, la teniente y el sargento se despidieron de sus compañeros del SECRIM, del GREIM y de la Guardia Civil local, y Valentina condujo hasta Santander. Por el camino, y vía telefónica, el sargento Riveiro comprobó que el resto del equipo todavía no tenía novedades concluyentes, de modo que se fijó una reunión de toda la Sección de Investigación para el día siguiente a las nueve de la mañana.

El único compañero que no estaba localizable era el cabo Camargo, que, según había dicho a sus compañeros, estaba verificando una posible pista. Valentina se prometió llamarlo un poco más tarde. Tras dejar a Riveiro en la

Comandancia para que cogiese su propio vehículo y pudiese irse a casa a descansar con su mujer y sus dos hijos pequeños, Valentina hizo lo propio y se dirigió hacia Suances.

Deseaba llegar a su refugio. Estaba agotada: dos cadáveres en dos escenarios extraordinarios en un mismo día. Ambos con una extraña moneda como firma y cada uno con una muerte muy diferente. Al menos, en apariencia. Estaba deseando ver a Oliver: tenía la sensación de no haber estado con él desde hacía una eternidad; deseaba contarle la pequeña novedad que tenía sobre el asunto de su hermano, una ligera y esperanzadora nueva vía de investigación; él también le había dicho que tenía noticias: ¿a qué se referiría?

Aparcó su vehículo dentro de la finca de Villa Marina y le sorprendió descubrir tantas luces encendidas en la cabaña de Oliver. Normalmente, a aquellas horas solo se veía luz en el porche y en la cocina. Se acercó con una extraña sensación de intranquilidad palpitándole entre los pulmones, como si una súbita taquicardia auricular le advirtiese de que algo no estaba bien.

Al llegar al porche, pudo ver a través de la ventana a Michael y a Oliver escuchando a una mujer, que hablaba gesticulando de forma suave pero firme. Llevaba unos sencillos vaqueros ajustados y una camisa blanca ligera salpicada de flores diminutas. Era una mujer muy guapa, de una belleza de rasgos dulces y amables. De cutis blanco, fino, delicado y perfecto, sus ojos eran de un color almendra intenso: los dos del mismo color, por supuesto. Su figura esbelta y ágil, casi adolescente, con pechos pequeños, se movía con esa elegancia innata en el gesto que solo algunos afortunados poseen. Y aquella cabellera larga, lisa y pelirroja... Valentina lo supo al instante. Solo había visto un par de fotografías suyas, pero tenía que ser ella. La mujer que estaba en su cocina era Anna Nicholls, la loca salvaballenas que había dejado a Oliver, a *su* Oliver, para salvar el mundo en la India después de superar un cáncer linfático. Allí, en su cocina, embobando a su hombre. Los celos empezaron, de inmediato, a escalar por la espalda de Valentina, más por la pobre comparativa que ella podía ofrecer de sí misma ante aquella mujer tan femenina que porque esta le hubiese dado motivos para ello. Era una sensación desagradable, incomprensible, infantil y absurda, lo sabía, pero se había incrustado dentro de su estómago nada más reconocerla.

Sonó su teléfono.

Todos lo escucharon y volvieron la vista hacia ella, que se sintió siniestra y ridícula mirándolos desde el porche. Oliver y Valentina, a través del cristal de la ventana, sostuvieron durante dos segundos unas miradas cargadas de sentido: el de él, de acogerla. El de ella, de culparlo: ¿qué hacía aquella pelirroja allí?

Tuvo que descolgar.

—¿Camargo? Sí, dime. ¿Cómo? Riveiro estuvo intentando contactar contigo hasta hace un rato... ¿En qué caballerizas? Ah. Pero entonces... no puede ser. ¿En serio? Alemania... Increíble. Entonces la chica... sí claro, tranquilo, ya, ya... de acuerdo, mañana lo vemos en la reunión. ¿Y quién ha identificado...? Vaya trago, sí. Entonces, ¿estás aún en el Instituto de Medicina Legal? Ah, pero ya te marchas, bien. ¿Y ya se ha avisado a la familia? Habrá que contactar mañana con el consulado. Cuéntame, claro... ya veo. Ese número de teléfono, pásamelo... sí, mañana se lo damos a Talavera. Caruso se va a poner como una moto. Sí, yo me encargo. Lo llamo ahora. Buen trabajo, Camargo. Descansa... Sí, por supuesto. Hasta mañana.

Valentina colgó y llamó enseguida a Caruso. La conversación resultó ser un alivio. La información que Valentina le facilitaba parecía encauzar la investigación, y el capitán aflojaba un poco la presión: sus chicos estaban haciendo el trabajo. Cuando la teniente colgó, tras una breve pero intensa conversación con Caruso, Oliver ya había salido al porche y estaba a su lado, esperando.

—¡Valentina! Hoy han pasado un montón de cosas, tengo que contarte...

—Ya, ya imagino que tienes cosas que contarme —replicó ella irónica, señalando con la cabeza hacia el interior de la cabaña, cuyos ocupantes parecían mantener una conversación ligera, gracias, sin duda, a la pericia de Michael para abordar situaciones comprometidas.

—Sí, bueno, eso también; ha llegado hace solo un rato, por sorpresa, es... es Anna, en fin... Anna... ya sabes —acertó a explicar, como si con solo decir su nombre pudiese aclararlo todo.

—Sé quién es Anna, Oliver. ¿Pero qué hace aquí?

—Ha venido por sorpresa —repitió Oliver mediante un susurro confidente—. Yo no tenía ni idea... Ha llegado hoy mismo a Europa, va a pasar dos semanas en Londres antes de regresar a la India, y antes ha venido a verme un par de días.

—Qué amable —replicó Valentina, que con la mirada afectuosa de Oliver sintió que sus celos se desvanecían ligeramente—. Es decir, que no te llama desde hace casi tres años y ahora viene de visita. Todo muy normal. ¿Y viene sola?

—Sí...

—¿Sí? Pero ¿no tenía un novio *hippy*?

—Creo que ya no.

—Qué pena —replicó ella con fingida tristeza.

Oliver sonrió, encantado por la punzada de celos de Valentina. En realidad, a él también le había extrañado la inesperada visita de Anna. ¿Un ataque de nostalgia? ¿Se habría aburrido de su ONG en la India? Cuando la había visto llegar —hacía menos de una hora—, él mismo se había sorprendido de su falta de sentimientos románticos hacia ella; era como si aquella mujer fuese ya otra persona que nada tenía que ver con aquella chica de la que se había enamorado hacía ya tantos años. Quizás él también fuese ya otro hombre: distinto, evolucionado y, además, feliz. Estaba con otra mujer. Valentina tenía embrujo, una forma de mirar y de ser que lo condensaba todo: la furia, la inteligencia, el amor, la nobleza. Pero ella parecía no percatarse de la admiración que le profesaban las personas que la rodeaban. Su atractivo residía no solo en su aspecto, sino en su fuerza interior, y era tan evidente que se clavaba en la retina: ¿algún día comprendería ella la verdadera sensación que provocaba en los demás? A Oliver le enterneció mirar a Valentina, verla celosa, y se apresuró a tranquilizarla.

—Valentina, le he dicho a Anna que puede dormir en una de las habitaciones libres de Villa Marina; sé que puede resultarte un poco incómodo, pero solo serán un par de días.

—¿Incómodo? ¿Por qué? ¿Una exnovia que se plante en casa después de tres años y que parezca salida de un desfile de Victoria's Secret? Completamente normal. Vamos, que estoy encantada, deseando saludarla —dijo resuelta, mostrando una sonrisa teatral.

—¿Y qué quieres que haga? —replicó Oliver riéndose con suavidad—. Se ha plantado aquí, sin más, y no sabía que tú y yo...

—Ya. Pobre. Si estará pasando apuro y todo —lamentó ella sarcástica—. Anda, vamos a saludarla y que me cuente la película que quiera, porque hoy no puedo más, de verdad.

—Oye —le dijo Oliver deteniéndola para besarla y cogerle la mano—, no me has dicho qué tal tu día con la princesa. Has puesto una cara horrible con esa llamada.

—Hombre, gracias.

—Digo horrible de preocupación, tonta —replicó achuchándola y volviendo a besarla.

Valentina recibió el beso como una inyección de fortaleza; era una mujer fuerte, dura e inquebrantable en su trabajo, pero débil e insegura bajo su coraza personal: pensaba que lo que tenía que ofrecer no era tan especial, ni ella era tan guapa, ni tan perfecta, ni tan femenina. Y, todo ello, así, en general, no solo frente a Anna la pelirroja, que por culpa sin duda de un indeseable complot cósmico parecía salida de la portada de una revista de moda. Valentina cogió aire para entrar en la cabaña y enfrentarse —agotada pero con cierto humor desvaído— a lo que fuese que la esperase allí dentro, y sintió que los celos se iban evaporando, quizás por la certeza de que su suerte ya estaba echada y de que nada podía hacer en aquel momento para cambiarla.

Justo antes de entrar en la cabaña, miró a Oliver para contestarle:

—Quien me ha llamado ha sido Camargo —aclaró—, resulta que ya tiene más datos sobre el nuevo caso —suspiró, todavía asimilando, asombrada, la información—. Ya sabemos quién es la princesa de la Mota de Trespalacios.

Nördlingen, Baviera (Alemania)
Cinco años atrás

Helder Nunes disfrutó durante unos segundos de la expectación que había causado con sus palabras a la joven Wanda Karsávina. Sus compañeros lo observaban en respetuoso silencio, aunque Marc echó al traste enseguida su pretensión efectista:

—Joder, ¿le vas a contar tu teoría sobre el fondo del océano? —Marc se giró hacia Wanda para hacerle una aclaración—: Es experto en arqueología subacuática, ¡no tenemos nada que hacer ante sus investigaciones marinas! —exclamó, burlón, al tiempo que se dirigía al camarero para pedir otra ronda.

Helder suspiró con un gesto de suficiencia, haciendo caso omiso a las palabras de su compañero, y comenzó a hablar dirigiéndose a Wanda, que parecía seguir hechizada con sus últimas palabras sobre cómo indagar sobre la verdadera historia de la humanidad.

—Verá, si lo piensa, los mares y los océanos no solo ocupan algo más del setenta por ciento de la superficie terrestre, sino que la preservan, la custodian y la esconden del ojo y de la acción humana. Bajo el fondo marino, oculta entre la corteza terrestre, se conserva información única sobre la historia del planeta, no solo a nivel geológico, sino también sobre los aspectos que hablan del origen y la extinción de especies vegetales y animales... en fin, ¡sobre la vida misma!

—Ya... —asintió Wanda, algo decepcionada, que esperaba un argumento menos científico y más vinculado a la historia y a posibles secretos de antiguas culturas. El arqueólogo no pareció percibir la desilusión de la joven, y continuó hablando:

—En el proyecto Paleopark —dijo, como si Wanda tuviese que saber a qué proyecto se refería— pudimos datar el ADN de diversas praderas marinas, y obtuvimos resultados asombrosos. Los sedimentos marinos constituyen una especie de diario gracias al cual podemos determinar la evolución de ecosistemas. No es fácil lograr financiación para ello, pero con el tema del cambio climático, al menos, se nos permite trabajar.

—Sí, parece interesante —declaró Wanda, evidenciando por el gesto moderado de su rostro que, en realidad, era un tema que no la atraía en absoluto.

—En efecto, es un tema de extraordinario interés —afirmó él, exaltado y sin apreciar el desapego de su interlocutora hacia su discurso—, dese cuenta de que así podemos obtener información sobre la dinámica de los cambios climáticos...

Paolo empezó a reírse, interrumpiéndolo, y guiñó un ojo a Wanda:

—Helder, estás aburriendo a nuestra compañera con tus dataciones de praderas marinas. Tus estudios científicos están bien, pero, al final, los que bajamos a las cuevas somos los que más hallazgos reveladores encontramos. Es cierto que la parte de la Tierra que es observable es mínima, pero para entender lo que somos, nuestra procedencia y nuestro destino, no podemos limitarnos a observar lo visualmente accesible, aunque sea en el fondo del mar. Debemos explorar, llegar a la raíz del conocimiento.

—Un discurso muy bonito —replicó Helder—, pero te recuerdo que hasta hace muy pocos años ni siquiera se tenía clara la configuración de las tierras emergidas, y la exploración del fondo marino no ha sido todavía exhaustiva. Aún hay mucho por descubrir.

—En eso estamos de acuerdo. Los más grandes descubrimientos están por llegar —concedió Paolo—, pero creo que es más posible lograrlo excavando la tierra que observándola.

Wanda estudió con renovado interés a Paolo. No solo era guapo e interesante, el geólogo y fotógrafo italiano, sino que parecía tener sus ideas y sus objetivos de investigación claros.

—Vaya, entonces, ¿por qué no hacen eso? —preguntó Wanda a Paolo, en un gesto de provocativa y burlona incredulidad.

—¿Hacer el qué?

—Excavar. Usted ha dicho que los grandes descubrimientos se lograrían excavando la Tierra.

Paolo calibró durante unos segundos el escepticismo y la inteligencia de Wanda antes de replicar. Comenzó a hablar despacio, mirándola fijamente.

—La Tierra no es perfectamente esférica, pero su radio, dependiendo desde donde se mida, es de casi seis mil cuatrocientos kilómetros. Esta distancia hasta el centro de la tierra no puede perforarse así como así, señorita Karsávina.

—Ya me lo imagino —contestó ella sin eliminar el gesto descreído de su rostro—, pero de alguna manera podrá excavarse hasta algún punto cercano a la corteza, al menos. ¿No lo hacen las empresas petrolíferas?

—En efecto, pero a profundidades mucho menores. En la actualidad, el pozo más profundo que el hombre ha podido perforar en la Tierra no supera los trece kilómetros.

—¿Trece mil metros? —preguntó Wanda asombrada—. ¿Nada más?

—Y nada menos —intervino Arturo que, como geólogo, parecía más interesado en este tema que en las praderas marinas de Helder—. El Pozo de Kola: un proyecto increíble. Se perforó en los setenta en Rusia, pero no para buscar petróleo, sino únicamente con fines de investigación.

Paolo asintió, retomando la explicación:

—La idea inicial era llegar a quince mil metros de profundidad, pero tuvieron que parar pasados los doce mil...

—¿Por qué? —preguntó Wanda, con una renacida chispa de curiosidad—. ¿Por qué tuvieron que parar?

—Hubo multitud de problemas técnicos, pero también fallos en las predicciones. Se encontraron con que a poco más de los doce mil metros la temperatura era de más de ciento ochenta grados, cuando habían previsto que fuese solo de ochenta o noventa. Las masas de fango e hidrógeno imposibilitaron que se continuase excavando.

—¡Vaya! —exclamó ella, genuinamente sorprendida—. Pero si eso fue en los setenta, con los avances técnicos de hoy en día seguro que se podría continuar cavando —aventuró.

—Bueno, en realidad se terminó de perforar casi en los noventa, les llevó su tiempo —contestó Paolo, destensando la mirada con una sonrisa amigable—. Pero en realidad aquí nos encontramos con el problema de siempre: la falta de apoyo financiero y científico internacional hizo que el proyecto se cerrase definitivamente. Hoy está completamente abandonado.

—¡Vaya! —repitió la joven arqueóloga, extrañada—. Entonces, ¿no valió para nada?

—Al contrario. A seis mil metros de profundidad se encontraron fósiles microscópicos, especies desconocidas de plancton, sales de yodo y bromo. También pudieron identificar ciclos de cambios climáticos y comprobaron que, de forma inexplicable, y a pesar de lo elevado de las temperaturas, el agua seguía siendo líquida allí abajo.

—Y eso —intervino Helder con una sonrisa de ganador— confirmaría mi teoría de la canica azul.

Paolo entornó los ojos, como si aquella fuese una cantinela que estaba aburrido de escuchar. Wanda, divertida, predispuso el gesto para escuchar al portugués, que estaba encantado de poder exponer su teoría de la canica azul:

—Es muy posible que la Tierra se haya formado con cantidades enormes de agua en su interior, que irían fluyendo hacia la superficie por el movimiento de placas. No es algo que diga solo yo, sino que es una teoría que expone formalmente la Universidad Estatal de Ohio.

Wanda sonrió abiertamente, negando con gestos de su cabeza.

—Después de lo de la Biblioteca Metálica, era difícil que ustedes se superasen. Pero con las praderas marinas, los viajes hacia el centro de la Tierra y las canicas azules voy a tener que contarle mañana a mi jefa que están ustedes completamente chalados, caballeros.

Ellos rieron ante el comentario, aunque Paolo mantuvo cierta seriedad en la mirada, sin apartarla de Wanda.

—Hay nuevos proyectos para perforar la Tierra, señorita Karsávina. Y le aseguro que yo, al menos, tengo toda la intención de participar en ellos.

—No lo dudo —contestó ella, que dio un sorbo a su propia cerveza sintiendo con agrado cómo la mirada de Paolo, intensa y explícita, se le quedaba dentro.

Aquella noche, la acumulación de cervezas ayudó a que los remilgos se desvanecieran. Los temas de conversación se volvieron más banales, y la velada se hizo más larga, interesante y provocativa. Fue el audaz italiano el que se ofreció a acompañar a Wanda a su apartamento, mientras sus colegas, comprendiendo hacia dónde se dirigía aquello, se marchaban a descansar.

—Qué cabronazo, se las lleva todas —había rezongado Marc en el recibidor del hotel.

—Y a las más guapas —había reconocido Arturo sonriendo, pues por mucha novia que tuviese en Ginebra sabía admirar una mujer hermosa cuando la veía.

—Es una chica interesante —había concedido Helder, que, aunque le gustasen los hombres, apreciaba los conocimientos de Wanda y su interés por aprender. A él sí le había caído simpática, a pesar de que ella apenas hubiese reparado en el portugués.

Por supuesto, Wanda y Paolo terminaron pasando juntos aquella noche, que recordarían siempre como un punto de inflexión en sus vidas, como si pudiese trazarse una línea invisible en aquella fecha: un antes y un después. Hicieron el amor de una forma animal, intensa y desmedida, como si fuesen dos verdaderos enamorados que llevasen años sin verse y supiesen que aquella volvía a ser su última noche.

Se encontraron todos los días mientras duró el proyecto Diamond: una semana de miradas intensas y desnudas y caricias ilimitadas. Al principio, se reunían siempre en el apartamento de ella; después, sin pudor alguno, en el hotel de Paolo. Tras aquella semana de pasión y complicidad, se despidieron sin promesas contundentes ni aspavientos dramáticos.

—Te llamaré.

—Mentiroso —se rio ella, conformándose con la tristeza que escondía tras su sonrisa—. Me olvidarás en cuanto aterrices en Nápoles. Seguro que te preguntarás «¿Cómo se llamaba aquella chica? A ver, a ver... —dijo, impostando la voz y chasqueando los dedos como si intentara hacer memoria—. Creo que la conocí en un pueblo medieval perdido de Europa, me suena...».

Paolo la cogió entre sus brazos, levantándola del suelo unos centímetros y obligándola a dar dos vueltas con él en el aire como si fuesen dos bailarines que no necesitaban música.

—¡Wanda, Wanda, Wanda! ¿Ves como no me olvido?

—Aún no has llegado a Nápoles —replicó ella suspirando descreída y mostrando su conformidad risueña, de nuevo, ante lo inevitable.

—Nos veremos —declaró él convencido—. Tengo

bastantes viajes programados, algunos cerca de esta zona. Si tú quieres y tampoco te importa desplazarte...

—Hum. Me lo pensaré —replicó Wanda, simulando que dudaba sobre si le apetecía o no volver a ver a Paolo.

Ambos se rieron, se besaron y se despidieron de la forma más dulce. El sacrificio de perderse el uno al otro se compensaba con ese sentimiento de libertad que les daba indagar qué era el mundo y cuál era su origen y finalidad. No hizo falta que sopesaran ni discutieran: era algo que iba en su naturaleza, especialmente en la de Paolo. Necesitaba volar, investigar y exprimir los segundos para poder respirar. Esa semana estaría allí, con ella, y la siguiente quizás en Nápoles, ofreciendo una ponencia en la universidad en la que colaboraba; o quizás fotografiando cuevas en Tailandia sin un plazo determinado. ¿Cómo saberlo? ¿Cómo negarse a vivir esa experiencia? ¿Por qué, para qué atarse a un amor? Uno de los dos terminaría estrangulándolo, víctima de las ausencias, de los planes que no eran para dos y de viajes sin fecha definida de regreso. Además: ¿estaban enamorados? ¿Bastaba una semana de sexo, de confidencias y caricias para saberlo? Tal vez no, pero tampoco podían negar que aquello había ocurrido de verdad, sí, había sucedido; y aquellas noches intensas se guardaron en la memoria de los amantes, que siguieron sus caminos fingiendo que nunca miraban hacia atrás.

Sin embargo, dos años más tarde, ocurriría muy lejos de Nördlingen algo que, con el tiempo, cambiaría el destino de Wanda y Paolo definitivamente, haciendo que ambos se enredasen en telarañas inesperadas. ¿Cómo iban a suponer que su futuro —la vida y la muerte— encontraría su camino en el corazón de piedra de una perdida selva mexicana?

5

Recemos a Dios el Creador, que por su gracia y misericordia él quiera moderar los siniestros advenimientos que nos presagian los astros en este presente año de 1563 [...]. Amén.

Almanaque para el año 1563, Nostradamus

Martes, 8.30 h de la mañana

Clara Múgica preparaba el material para realizar la autopsia al hombre que habían encontrado, la tarde anterior, en el pantano de las marismas de Oyambre. La forense distribuía las herramientas sobre la mesa auxiliar: su imprescindible sierra Stryker, unas gasas, cuchillos, bisturís, pinzas y frascos.

La sierra Stryker era, sin duda, una de las más infalibles compañeras para cualquier médico forense: su hoja circular no giraba, sino que oscilaba hacia delante y hacia atrás, de modo que permitía cortar el hueso de un cadáver pero no la piel. Normalmente se utilizaba en las autopsias para cortar la tapa del cráneo y extraer el cerebro: no parecía una tarea muy agradable, pero la rutina, la lógica y la practicidad hacían que Clara Múgica realizase el trabajo de forma eficiente, limpia y sin remilgos de principiante.

La forense miró hacia el techo y sonrió agradecida. Por fin, tras solicitarlo varias veces, había logrado que actualizasen aquella sala instalando una lámpara cialítica como la de los quirófanos normales, cuya maravillosa virtud era la de proyectar luz sin sombras, facilitando su trabajo. Una mañana como esta, cualquier elemento técnico que facilitase su trabajo era bienvenido. Clara presagiaba que estos nuevos casos le llevarían bastantes más horas de lo normal.

Hoy habría sido feliz remoloneando en la cama junto a su marido Lucas, estirando los minutos y haciendo que sonase una hora más tarde su despertador. Él también era médico, pero de medicina general en un centro de salud, y su trabajo no solía incluir misteriosas chicas vestidas de princesa ni pobres desgraciados encontrados en siniestros pantanos.

—Qué pasa, dormilona, ¿hoy no quieres levantarte? —le había preguntado él esa mañana, abrazándola por la espalda y con un único ojo abierto, como si a él también le molestase la claridad que llegaba hasta la cama.

—No, hoy voy a quedarme aquí todo el día.

—Buena idea, digamos que estamos enfermos.

—Qué listo eres, llama por mí y di que tengo malaria —replicó ella, sonriendo y subiéndose el edredón hasta taparse la cabeza. Él se echó a reír.

—Como si fueses a dejar que otro metiese mano en el caso ese nuevo que tenéis...

Ella se volvió y le acarició el rostro a Lucas. En él encontraba calma.

—No, en serio, a veces lo pienso. Venderlo todo y marcharnos a un paraíso tropical, a no hacer nada, a disfrutar de la vida sin estas tragedias forenses todos los días.

Lucas abrió los ojos. Sonrió a su mujer, le acarició el cabello y le habló confiado.

—Nos aburriríamos.

—Seguramente —concedió Clara, riéndose de sí misma en silencio.

Pero aquella era una posibilidad factible. Su propio patrimonio no estaba mal, pero el que había heredado de su madre era tan importante que de momento, mientras un bufete de abogados lo custodiaba y arreglaba los papeles, todavía estaba decidiendo qué iba a hacer con él.

Normalmente Clara era fuerte y se mostraba ajena a las emociones de su trabajo, pero lo que había sucedido seis meses atrás había hecho que abandonase la ironía y dejase de fingir descreimiento ante todo lo que la rodeaba. Lucas la había ayudado a sobrellevar la muerte de su madre: entender quién había sido ella había ayudado a dar más solidez a la identidad de la propia Clara y al concepto que tenía de sí misma.

La madre de Clara se había suicidado. Pero no en un acto que mostrase la última valentía de un cobarde, sino en un gesto que expresaba la declaración de firmeza de una mujer extraordinaria. En general, la forense no simpatizaba con los suicidas: le parecían seres débiles y egoístas que despreciaban la vida. Sin embargo, había logrado entender por qué su madre había adoptado aquella decisión. Un conjunto de sentimientos, de circunstancias, la habían precipitado hacia esa decisión final de enfrentarse a la maldad, por fin. Respecto a su madre, Clara Múgica había cambiado el resentimiento por la admiración. Y ahora, ella, que estaba tan acostumbrada a saludar a la muerte a diario, sentía cómo cada vez le resultaba más difícil separar sus sentimientos de su trabajo. Aquella pobre chica polaca, tan joven, tan bella y prometedora... ¿Cuál sería su historia? ¿Tendría secretos que, como su madre, nunca había contado a nadie y que decían de verdad quién era?

En los últimos meses, parecía que su trabajo y su vida se habían vinculado con siniestra fatalidad. Y lo que había sucedido a partir del hallazgo en Villa Marina... al menos, gracias a aquello, había incorporado más intensamente a Valentina a su vida, y también a Oliver: empezaba a ser habitual que algunos viernes al atardecer quedasen los cuatro para tomar unas rabas en la zona del muelle de Suances. Su marido y Oliver parecían haber congeniado especialmente, y se saludaban como viejos amigos.

—Qué tal, Lucas, ¿cómo has llevado la semana? ¿Clara ha vuelto a llevarse el trabajo a casa?

—Sí, ya sabes, lo de siempre. Diseccionando cosas raras mientras yo veo la tele.

—Ánimo, compañero. La mía me obliga a ver las

obras de teatro de un compañero suyo; como va armada no puedo decirle nada.

—Tendríamos que pedir una subvención para parejas de alto riesgo —replicaba Lucas, muy serio. Mientras, Oliver fingía asentir compungido, y Clara y Valentina se limitaban a entornar los ojos, devolverles la broma o pedir directamente otra ronda de tapas.

El marcado sonido de unos pasos firmes sacó a Clara de su ensimismamiento. Almudena Cardona, su ayudante, entró en la sala acompañada de Ulloa, el agente de la Guardia Civil que tenía habitualmente asignada la tarea de preservar la cadena de custodia de los cadáveres, y al que no le quedaba más remedio que estar presente en las necropsias; solía sentarse en una esquina de la habitación, desviando la mirada y su pensamiento hacia otra parte, guardando un respetuoso silencio.

—¡Buenos días, Clara! ¿Qué tal te fue ayer con la princesa? —preguntó Cardona directamente sin ocultar su curiosidad.

—Hola, guapa, buenos días. Fue bien, Pedro y yo terminamos el trabajo en menos de tres horas —contestó; Pedro Míguez era otro de sus ayudantes en el Instituto de Medicina Legal—, aunque, hasta que recibamos los informes de Madrid, me temo que vamos a estar un poco a ciegas. He solicitado prioridad indicando que era una causa con preso, así que espero resultados esta misma mañana bien temprano.

—¿Una causa con preso? Pero si no hay ningún imputado en prisión provisional ni nada, ¿no? ¿Por qué tanta urgencia? ¿No pondrán pegas los de Toxicología? —preguntó Cardona.

—No, no creo. Son órdenes directas de Talavera, que es el juez que lleva el caso, porque el expediente de la chica puede estar vinculado al del hombre del pantano, con lo que ya estaríamos hablando de algo más grave, un asesino en serie o algo así.

—Ostras, ¿en serio? ¿En plan peli de Hollywood?

—No, en plan hacedlo rapidito que urge y no estamos para coñas.

—Entonces, como siempre.

—Exacto —contestó Múgica con una sonrisa. Cardona retomó su curiosidad por la dama medieval:

—¿Pudiste sacar algo en claro de la chica?

—Por el contenido del estómago, creo que debió de morir muy poco tiempo después de la cena o, al menos, de su última ingesta de comida. Y no creas que cenó mal: pescado y langosta, o algo que se le parecía mucho, por lo menos.

—Vaya, un paladar fino, la muchacha.

—Ya ves. Pero no encontré lo que buscaba, que eran restos de algún tipo de veneno en el estómago, ya sabes: líquidos, bayas, hongos, esporas... nada. Y, sin embargo, murió envenenada.

—¡Qué raro que tú afirmes eso sin el informe de las vísceras en la mano! ¿Estás segura?

—Sí, no me cabe duda. El veneno que se le administró actuó sobre el sistema cardiovascular y, al final, la causa inmediata de la muerte fue un ataque al corazón, pero la causa fundamental fue el envenenamiento, aún no sé por qué vía. Los riñones estaban decolorados, en el corazón había degeneración grasosa y hemorragias miocárdicas, y el hígado tenía también una evidente degeneración grasosa: la acción hepatotóxica era evidente.

—¿Y no tenía pinchazos ni marcas?

—Nada. Te confieso que no tengo la menor idea de cómo pudieron suministrarle un veneno tan potente sin que hayan quedado restos en el estómago y sin que haya marcas, ni rojeces, ni señales de pinchazos. Por eso espero que los análisis de sangre y de las muestras del cuerpo puedan desvelarlo, porque nunca me he encontrado nada igual: parecía el cadáver de una muñeca, estaba perfecto, y con ese aroma a vainilla tan peculiar...

—¿Vainilla?

—Sí. Es como si hubiesen untado todo el cuerpo con

crema de vainilla o algo parecido, aunque había otro olor, no sé... —Múgica hizo una pausa, como buscando las palabras adecuadas—, otro... matiz... que ni Pedro ni yo hemos podido identificar.

—Vaya, pues me dejas intrigada.

—Ya. Yo llevo dándole vueltas toda la noche. Por cierto, ¿algo que comentar sobre el del pantano, que es el que nos toca ahora?

—Psé. Nada en particular. Estrangulado, según parece. El juez de guardia de Comillas llegó tardísimo, así que los de la Comisión Judicial tuvimos que quedarnos allí hasta las nueve de la noche; imagínate, ¡si ya a las seis apenas hay luz! —se quejó—. No me veía ni las manos.

—Exagerada —se rio Cardona—. Anda, vamos a sacar a tu hombre del frigorífico, a ver qué nos cuenta.

—Si pudiese hablar, también se quejaría del juez, qué horas de llegar. Encima nos echó la culpa de que lo habíamos sacado de su partida de cartas, ¡casi lo hundo yo misma en el pantano!

—Vamos, vamos, no te quejes, con lo que te gusta a ti ir de paseo y el trabajo de campo.

—Muy graciosa. Tardó tanto que aquello empezó a llenarse de curiosos, tuvimos que hacer filigranas para que no se colase nadie; menos mal que no se veía apenas, porque de lo contrario ya habría algún anormal colgando fotos en internet.

—Querida, el teléfono con cámara fotográfica incorporada es el invento más letal contra el secreto de sumario.

—Seguro —contestó Almudena Cardona riendo—, pero, aun sin fotos, a estas alturas todo Comillas y parte de Santander debe de saber ya que ha aparecido un cuerpo en el pantano.

—No lo dudo —suspiró Múgica dirigiéndose ya hacia el gran frigorífico donde reposaba el hombre que habían encontrado en las marismas. Su autopsia no prometía grandes sorpresas, ni curiosidades, ni intrigas medievales. Sin embargo, las dos forenses, en solo unas horas, estarían completamente atónitas, buscando respuestas científicas y razonables para lo que les iba a contar el cuerpo del misterioso hombre del pantano.

El viajero del Sótano de las Golondrinas
Tercera reflexión

Lo movían intereses parciales y egoístas. Por eso ha terminado en la ciénaga, que es donde debieran estar todos los corruptos, los que se creen grandes y poderosos, inconscientes de su insignificancia. Los reconozco enseguida: esa forma de gesticular, esa mirada de suficiencia arrogante y ridícula. Quizás se hubiese hecho un gran favor a la Tierra si en aquel pantano se hubiesen hundido no solo él, sino unos cuantos más de su especie. Son como una plaga, como un error social que todos aceptan. Me resulta completamente inexplicable la dejadez humana, la falta de ansia por vivir, por descubrir, por venerar su entorno.

Ahora, por fin, lo han encontrado. No pensé que fuesen a tardar tanto, ni que la marea de la ría, antes de regurgitarla, fuese a tragarse a su presa y a envolverla en sus lodos tantos días. En realidad, si el resto del plan no sale como debe, necesito —necesitamos—, al menos, que su muerte sirva para algo. Que el mundo sepa la verdad: que nuestra senda es la única que puede salvarlo porque es la única que le ofrece respeto.

Sin embargo, y a medida que pasan los minutos, me derrumba el convencimiento de que ya nada saldrá bien; me atrapa la culpa y me abruma pensar que todo esto no haya valido para nada. Al menos, si todo se descubre, habrá quien comprenda que fue un sacrificio necesario para salvar al mundo de sí mismo, de hombres como el del pantano que no sabían ni querían mirar más allá de sus intereses. Quizás todavía haya esperanza.

Para ser tan temprano, el martes ya se presentaba lleno de actividad. A las ocho y media, Clara Múgica había recibido a Almudena Cardona en la sala de autopsias; solo quince minutos más tarde, Valentina Redondo, en su despacho de la Comandancia en Santander, procesaba desde hacía un rato lo que había sucedido en las últimas horas.

Era increíble: a veces pasaban semanas sin más novedades que el transcurso de las horas. Y, sin embargo, en un breve espacio de tiempo podía condensarse todo, lo esperado y lo imposible, lo frágil y lo feroz. Todavía no tenía claro si Anna le caía bien o no. La inglesa se había disculpado media docena de veces ante ella por irrumpir así, sin avisar; no quería ocasionar molestias. Su decisión, en el último momento, de hacer escala en España parecía obedecer a una deuda kármica que ella consideraba tener con Oliver. En la India se había hecho budista, y le había explicado a Valentina, completamente convencida, cuál era el objetivo de su visita:

—Aunque en Occidente no siempre lo sepamos ver, Valentina, las personas, si no actuamos correctamente, si no seguimos unas pautas espirituales elevadas, terminamos acumulando mal karma.

—¿Mal karma?

—Sí, el karma, nuestra energía... es invisible, inmensurable, pero está ahí. En realidad, es algo tan obvio y sencillo como la ley de causa y efecto; esa es la ley del karma: lo bueno que hagas y entregues te será devuelto, igual que lo malo, ya sea en esta o en otra vida. Es el samsara, el círculo, ¡la rueda de la vida!

—La rueda de la vida —había repetido despacio Valentina, estupefacta, mirando alternativamente a Michael y a Oliver, buscando en ellos apoyo escéptico ante la abrumadora espiritualidad de la invitada.

—¡Exacto! La rueda de la vida —reafirmó Anna con un marcado acento inglés; al igual que Oliver, había estudiado español durante años, pero la falta de práctica, quizás, resaltaba su evidente, y hasta exagerado, acento anglosajón—; se trata de acumular *dharma* para cultivar nuestra paz y felicidad interior, procurando la de los demás, y compensando nuestra propia energía negativa y la que hayamos desprendido hacia los demás con el paso de los años.

—Ajá. De modo que tienes que conseguir puntos positivos para minimizar las putadas que hayas hecho en la vida. Así te aseguras de que no vas directa al infierno, ¿no?

Hubo un breve silencio: Valentina había sido extraordinariamente directa; quizás por el cansancio acumulado a lo largo del día, quizás por la punzada de celos, o quizás porque no le acababa de convencer la teoría angelical y misionera de aquella inesperada invitada. Sin embargo, en su tono no había habido agresividad, sino un amable sarcasmo. Anna, aparentemente, reaccionó de forma natural, alegre, como si estuviese encantada de argumentar y explicar sus nuevos principios espirituales:

—Pues, en realidad, es cierto que dicho así suena egoísta e interesado, pero digamos que, sencillamente, la felicidad de los demás procura la propia. De todos modos, no pensaba descender a los infiernos.

—¿No? Entonces no has sido tan mala —había replicado Valentina sonriendo con malicia. Los hombres, mientras tanto, parecían no atreverse a abrir la boca ante el duelo femenino.

—No creas, he tenido mis momentos, pero en el budismo no existe el infierno, sino la rueda de la vida, como te dije. La reencarnación: nada se extingue, todo se concatena y termina teniendo una consecuencia. Por eso hay que limpiar las deudas kármicas.

Oliver, por fin, había intervenido:

—Anna, no tienes ninguna deuda conmigo. Lo que pasó, pasó. Las parejas se separan todos los días, y el mundo sigue girando. Yo estoy perfectamente, y muy feliz, además —había asegurado, mirando expresa y detenidamente a Valentina, que se sintió reconfortada por esa muestra de cariño de Oliver: si él hubiese seguido adoptando la cómoda posición del silencio, disfrazada de diplomática educación, ella se habría sentido cuestionada.

—Lo sé, querido —contestó Anna con una sonrisa—. Lo veo, lo siento, lo percibo, aquí tenéis buen karma —añadió extendiendo los brazos y abarcando la cabaña en un abrazo imaginario—. Pero tenía la sensación de haber cortado con mi vida anterior de forma demasiado abrupta. Solo quería asegurarme de que estabas bien, de que no te había dejado mala onda.

—¿Y no se te ocurrió llamarlo por teléfono? —intervino Michael, que se estaba divirtiendo con la situación y con la cara de asombro de Valentina, que normalmente parecía imperturbable.

—Michael —replicó Anna—, tú tan sensible como siempre. Hay cosas que hay que hablarlas de frente, percibirlas directamente, y no disfrazadas por la tecnología.

—Pues bien que utilizas el Facebook, chiquilla.

—Oh, Michael, siempre tan... eh... frívolo: solo lo uso para la ONG, ¿cuándo madurarás? —se lamentó ella riendo.

Oliver volvió a intervenir para dar por finalizada la improvisada reunión. Tranquilizó a Anna sobre su estancia: era bienvenida en Villa Marina. Tanto ella como Valentina, al despedirse, se sonrieron amistosamente; parecían haber llegado a un inesperado y misterioso entendimiento gracias al que, en apariencia, ambas habían desestimado cualquier tipo de rivalidad.

Ahora, en su despacho, Valentina apenas tenía margen para repasar la conversación en su memoria, y mucho menos para aventurarse a imaginar qué tal les iría a Oliver, Michael y Anna pasando el día juntos: posiblemente, Michael y Oliver terminasen por hacerle un recorrido turístico a aquella budista de nuevo cuño. Aunque... Michael solía ensayar con su clarinete por las mañanas y hoy Oliver no tenía clase en la universidad... ¿Se irían solos él y Anna? No, Oliver solía gestionar los intercambios universitarios y la web y las reservas de Villa Marina por las mañanas. No quería ni imaginarse a Nicholls paseando con Oliver por las idílicas costas cántabras... especialmente cuando ella misma, con toda seguridad, tendría que dedicar todo el día a la investigación del caso de la princesa y del hombre del pantano. Pero ¿por qué demonios estaba tan preocupada? Oliver la quería, le había propuesto incluso que viviesen juntos... era ella la que se resistía a dar el paso. ¿Por qué entonces aquella angustia, aquellos celos enfermizos?

—¡Buenos días, teniente!

—Hola, Riveiro, ¿qué tal? —le contestó al sargento distraída mientras seguía ordenando la documentación para comenzar, a las nueve en punto de la mañana, la reunión con su equipo.

—¿Cómo te fue ayer?

—¿Ayer?

—Sí, con Oliver, cuando le contaste lo del posicionamiento wifi...

—Ah, ¿lo del móvil de su hermano? Bien..., le expliqué que cabía la posibilidad de que el móvil de Guillermo fuese localizable por esa vía, pero claro, eso solo valdría para el caso de que estuviese en un área urbana y el teléfono buscase automáticamente accesos inalámbricos... en realidad, sería más factible encontrarlo por su energía residual.

—Cómo que por su energía residual.

—Sí, el informe técnico que leí ayer hablaba también de esa energía latente que hay en los teléfonos cuando están apagados, como cuando actualizan la hora, o suena la alarma aunque estén desconectados... pero también es difícil encontrarlo así, porque dependeríamos de la cobertura y, como el teléfono no tenga ya ni siquiera esa energía mínima, será imposible localizarlo.

—Vaya.

—Sí, me parece que al final esa va a ser una vía muerta, aunque hoy mismo voy a solicitarle a Talavera que despache nuevos oficios a las compañías telefónicas para revisar esa posibilidad. De todos modos, a Oliver se le ocurrió investigar por un camino que a los policías ingleses y a nosotros se nos había pasado por alto.

—No me digas, ¿cuál?

—El apartado postal. Oliver no había caído en ello hasta ahora, pero Guillermo no solía recibir correspondencia en casa, o por lo menos a él no le sonaba que así fuese. Nunca lo había pensado ni le había llamado la atención, porque Guillermo no tenía mucha vida social, especialmente en los últimos años. Como no dejaba de viajar y no disponía de una dirección estable, a Oliver se le ocurrió que podría tener un apartado postal, de modo que llamó a la oficina de Correos en Londres, la Royal Mail, y le confirmaron que sí, que tenía un apartado, pero que los datos eran confidenciales, de modo que ha tenido que llamar a su padre para que se acerque a la oficina de Londres en persona y consiga los datos disponibles, si es necesario incluso a través de Scotland Yard.

—Vaya, ¡es un avance, entonces!

—Veremos. Dependerá de la ubicación actual de ese apartado y de lo que se encuentre dentro de él. Quizás Guillermo no lo haya tocado desde hace un par de años, así que estaríamos en las mismas. Pero bueno, al menos Oliver tiene una nueva esperanza, de momento.

—Ojalá se encuentre algo —deseó sinceramente Riveiro, que vio la documentación que Valentina llevaba entre las manos—. ¿Tenemos ya más datos sobre la princesa y el del pantano?

—Sí; iba a llamarte ayer por la noche, pero estuve un poco, digamos... *ocupada* con una visita, y después se me hizo tarde —se justificó—. Camargo parece que pudo identificar a última hora a nuestra princesa, aunque aún tendremos que confirmar hoy su verdadera identidad.

—¡Vaya! ¿En serio? ¿Y quién es? ¿Quién es? —preguntó Riveiro, súbitamente emocionado y lleno de curiosidad.

—Una prima hermana de Isabel la Católica.

—¿Cómo...? Pero... no puede ser, quiero decir... ¿una prima hermana de su época o de la nuestra?

—De su época. Es más, estamos verificando que no se trate en realidad de Cristóbal Colón disfrazado, así que mira si la cosa es grave.

Riveiro, tras dos segundos de silencio incrédulo, comenzó a reírse, comprendiendo que Valentina le tomaba el pelo.

—Muy graciosa, teniente.

Valentina, imitando la voz de Riveiro, cambió su tranquila expresión habitual por una de sorpresa:

—¿Una prima hermana de su época o de la nuestra?

Repitió la pregunta de Riveiro riéndose, al tiempo que él negaba con la cabeza y decoraba sus labios con una sonrisa. La teniente Redondo liberaba así, en parte, la tensión que ya se había empezado a acumular en su estómago; la semana no se presentaba fácil: una princesa en un castillo. Un hombre en un pantano, sin rostro y sin identidad. Monedas medievales. Anna Nicholls. El capitán Caruso exigiendo resultados y discreción absoluta... Valentina Redondo tomó aire y, dando por finalizada la broma, siguió hablando tras un suspiro:

—La chica se llamaba Wanda Karsávina, y parece que era una profesora de historia y arqueología de nacionalidad polaca, aunque llevaba varios años viviendo en Alemania. Resulta que había venido a pasar unos días a Cantabria para impartir unos seminarios de Arqueología e Historia Medieval en la Universidad Menéndez Pelayo, en Santander.

—¿En la Universidad Internacional?, ¿la que da cursos de verano en el palacio de la Magdalena?

—La misma, pero no los da en la Magdalena, sino en la zona de las antiguas caballerizas. Por lo visto, en invierno también usan a veces las instalaciones para seminarios, másteres y esa clase de cosas, ya sabes. Los del SECRIM ya estuvieron allí ayer por la noche, casi de madrugada. Veremos si han podido dar con algo en la habitación de la chica; no es fácil conseguir huellas fiables en un sitio por el que pasa tanta gente.

—Ya, me imagino. Es decir, que tenemos a una profesora polaca que viene a dar un seminario de Historia Medieval, y nos la encontramos muerta y vestida de princesa sobre los restos de un castillo, ¡menuda historia! ¿Y cómo sabemos que es ella?

—Porque la universidad y su compañera de cuarto de las Caballerizas denunciaron su desaparición. Y, ayer mismo, la compañera de habitación, a última hora y asistida por Camargo, identificó el cadáver en el Instituto de Medicina Legal.

—Pero cómo que su compañera de cuarto de las Caballerizas. ¿Dormía allí, donde daba el curso? —preguntó Riveiro sorprendido.

—No, hombre, el curso lo darían en el paraninfo anexo, que para eso lo tienen. Las antiguas caballerizas ahora son cuartos para estudiantes y profesores.

—Ah.

—Lo de las caballerizas lo sé porque estuve allí el año pasado, en una jornada de Psicología Criminal —le aclaró Valentina—. El caso es que nuestra princesa se fue a pasar el fin de semana a Comillas; parece que el sábado y el domingo tenía programadas varias actividades...

—¡Comillas! ¡Donde encontramos al hombre del pantano!

—Exacto. ¿Puedo seguir?

—Por supuesto, perdona.

—Bien, pues se supone que fue el fin de semana a Comillas para asistir al Congreso Internacional de Espeleología que se celebró en la fundación que hay allí...

—Espeleología —repitió Riveiro lentamente, como si analizara la etimología de la palabra—. ¿Cómo que espeleología? ¿Eso no es lo de explorar cuevas? Pero ¿no era arqueóloga?

Valentina suspiró... sabía que sería imposible terminar de dar la información completa sin que la curiosidad de Riveiro la interrumpiese de nuevo.

—Imagino que algunos arqueólogos, por razones vinculadas a su trabajo, tendrán interés por las cuevas y la espeleología, sargento... el caso es que, llegado el lunes, Wanda Karsávina no asistió a impartir su seminario en Santander, de modo que su compañera de cuarto y la propia universidad dieron la voz de alarma a la policía sobre su desaparición; no lo hicieron hasta ayer por la tarde, por si la profesora se hubiese indispuesto y hubiese decidido pasar la noche en Comillas...

—Vamos, por si se había pillado una cogorza y no estaba para seminarios, ¿no? —dijo Riveiro sin disimular su sorna.

—Puede ser, pero tendremos que hablar con la universidad, con esa compañera de cuarto y con la propia Fundación de Comillas: parece que se ha confirmado que Wanda asistió al congreso y a la cena posterior del sábado, y también a una comida el domingo, pero nada más. Ni siquiera saben dónde durmió en Comillas. Lo que sí es seguro es que la noche del domingo, quizás ya de madrugada, alguien la dejó muerta en la Mota de Trespalacios.

—Sí —suspiró Riveiro—, tenemos trabajo por delante. Quizás el hombre del pantano esté vinculado al tema de la espeleología también, ¿no crees? Es mucha casualidad que él aparezca en Comillas y que ella haya sido vista por última vez justo en ese lugar.

—Sí, ya lo había pensado, aunque el hombre del pantano parece que lleva bastantes días muerto... como siempre, tendremos que esperar los resultados forenses para afinar un poco más las deducciones.

—Va a ser un día largo —pronosticó Riveiro, que frunció el ceño masticando una duda—: ¿Y no tenía familia? La chica, Karsávina... ¿Hijos? ¿Marido?

—Nada. De lo poco que parece que Camargo pudo sacarle a la compañera de cuarto, ni niños, ni marido; y creo que ni novio, pero eso tendremos que comprobarlo, claro.

—Claro. Bueno, padre y madre sí tendría, o primos, digo yo. En Alemania o en Polonia...

—Me dijo Camargo que solo la madre y un hermano, y que vivían en Cracovia. Poco más.

Riveiro esbozó una sonrisa triste; no pudo evitar pensar en su mujer Ruth y en sus dos hijos pequeños. Si alguien le comunicase sus condolencias por la pérdida de cualquiera de ellos, se volvería loco de dolor. Compadeció, especialmente, a la madre de Wanda Karsávina: perder un hijo debía de ser, con mucho, una de las formas más horribles de orfandad.

Valentina, por su parte, solía mantenerse mucho más fría ante las connotaciones familiares y sentimentales de las víctimas, pero hasta el propio Riveiro había visto quebrarse a la teniente cuando habían tenido que enfrentarse a crímenes con niños. Valentina tenía dos sobrinos, los hijos de su hermana Silvia, que era un poco más joven que ella, y quizás el amor que sentía por ellos hacía que cada vez la horrorizaran más los sucesos con niños implicados. El sargento suspiró, intentando alejar el retortijón helado y el escalofrío que le habían dejado esos pensamientos; desvió la mirada hacia la puerta, por donde ya habían empezado a entrar el resto de compañeros.

Una vez que todos estuvieron sentados en la sala de

juntas, la teniente los puso al día de las novedades en relación a la chica de la Mota de Trespalacios, a la que seguían denominando princesa, a pesar de saber que su nombre y su historia no eran los de una dama medieval, sino los de una profesora llamada Wanda Karsávina.

—Sabadelle —requirió Valentina clavándole la mirada—, ¿qué sabemos sobre la Mota de Trespalacios y sobre las monedas?

El subteniente Santiago Sabadelle se estiró en su silla y, con gesto de suficiencia, abrió una gran carpeta marrón que había traído consigo: su mirada altiva evidenciaba que traía los deberes hechos:

—En cuanto a la Mota, teniente, resulta que es un recinto fortificado que es característico de países centroeuropeos, pero que no es nada habitual encontrar en España, y mucho menos en Cantabria. Tiene un diámetro exacto de 76 metros y fue construido con tierra y arcilla, haciendo amurallamientos concéntricos reforzados con fosos.

Sabadelle hizo una pausa de efecto, para comprobar que todos seguían el hilo de sus explicaciones. Dado que el equipo guardaba un atento silencio, continuó hablando, encantado de ser el centro de atención:

—Es muy posible que los fosos estuviesen llenos de agua, porque por la zona hay antiguos cursos de riachuelos, aunque hoy han sido desviados.

Todos siguieron en silencio. Dado que Sabadelle parecía haber dado por terminada su exposición, intervino Valentina:

—Pero vamos a ver, ¿esa es toda la información de que dispones? Dinos, por ejemplo, ¿qué antigüedad tiene?

—No lo sé, teniente. Este tipo de fortificación surgió a partir del año 1000 después de Cristo, y pudo construirse en cualquier época desde ese momento hasta el bajo medievo.

—Guau, ¡mil años de antigüedad! —exclamó Marta Torres asombrada.

—¿Y para qué servía? —se interesó Riveiro, que, de momento, no parecía impresionado con la información—, porque parece un espacio muy pequeño para un castillo.

—Claro, es que no era un castillo propiamente dicho, que yo sepa, sino un puesto de control para Portus Blendium.

—¿Portus Blendium? ¿Qué es eso? —preguntó Valentina.

—Un lugar que conoce bien, teniente —respondió Sabadelle con una sonrisa maliciosa—, porque Portus Blendium es Suances. Resulta que era un puerto muy importante para el transporte de mercancías, y lo más probable es que la Mota ejerciese de puesto de paso y control. Pero vamos, que apenas he tenido tiempo para documentarme, como siempre —se quejó chasqueando la lengua; pero se arrepintió de inmediato, dada la mirada gélida que le dirigió Valentina.

—Bien, ¿y qué más? —preguntó la teniente, seria y concentrada—. ¿Tienes algo que podamos vincular a nuestra princesa?

—No, no creo. Solo sé que no se supo a nivel oficial y a ciencia cierta que los restos del castillo estaban ahí hasta que hicieron la urbanización de apartamentos al lado, hace solo unos años; al quitar la maleza encontraron los restos arqueológicos. Parece que desde entonces la Mota está bajo la protección de la Consejería de Cultura del Gobierno de Cantabria.

—Pues en ese caso estamos como al principio —se lamentó Valentina—. Como clase de historia, perfecto, pero toda esta información, por ahora, no parece ayudarnos demasiado para el caso de Wanda Karsávina. El único vínculo que de momento se me ocurre entre esa Mota y nuestra profesora sería el interés de ella por la arqueología.

—Y por la historia medieval —puntualizó Riveiro—. A fin de cuentas, el seminario que estaba dando en Santander trataba de eso, ¿no?

La teniente asintió, al tiempo que hacía anotaciones en una libreta. Volvió a dirigirse a Sabadelle:

—¿Y qué sabemos sobre las monedas?

El subteniente Sabadelle pareció palidecer ligeramente, y su expresión denotaba que la información que iba a aportar tampoco tendría un valor extraordinario.

—Pues... teniente, apenas he tenido tiempo para ponerme con ello, pero tengo algo de información, sí —afirmó sin convicción, al tiempo que rebuscaba en sus papeles—. En relación a la moneda, que parece haber sido acuñada en 1563... en ese año no he detectado ningún acontecimiento reseñable en Cantabria, al menos de momento. En España reinaba por entonces Felipe II y las coronas de Castilla y Aragón permanecían unidas... ¿qué más? Ah, sí, desde la Corte se denominaba a la región cántabra como «la Montaña», por evidentes razones geográficas, en contraposición a las tierras de Castilla, que eran conocidas como «la Meseta». El año anterior había nacido Lope de Vega y, el siguiente, nacieron Galileo Galilei y Shakespeare...

—¡Sabadelle! —lo cortó Valentina.

—¿Teniente?

—Me parece muy entretenida tu búsqueda por Google, pero estaba pensando en información numismática más concreta y profesional, no sé si me explico —dijo, frunciendo suavemente el ceño, mientras el resto del equipo murmuraba.

—Por supuesto, teniente —asintió Sabadelle recomponiendo el gesto y haciendo caso omiso a los murmullos de sus compañeros, que no había podido entender, pero que indudablemente se revestían de mofa—. El caso es que estaba haciendo una composición del escenario histórico y cultural que acompaña a la moneda —se justificó, mirando con un exagerado aire de reproche a sus compañeros—, pero de momento no dispongo de datos fiables, puesto que el equipo del SECRIM no tiene ningún experto en numismática y ayer solo pude enviar al

MAN fotografías de la moneda de la princesa. Hoy, a primera hora, saldrán para Madrid esa moneda y la del hombre del pantano para que puedan examinarlas al detalle en el laboratorio de la Fábrica de Moneda.

—¿Qué es el MAN? —preguntó Marta Torres.

Sabadelle, con cierta displicencia ante aquella insolente incultura general, contestó tras un suspiro:

—El Museo Arqueológico Nacional. A pesar de que las monedas debemos enviarlas al laboratorio de la Fábrica Nacional de Moneda y Timbre, pensé en agilizar el trabajo enviando fotografías al MAN, porque conozco personalmente a alguno de los expertos en numismática del museo —declaró en tono profesional, enfatizando con un gesto de suficiencia su manifestación de tener contactos en el sector.

—¿El Museo Arqueológico tiene expertos en monedas medievales? —preguntó Valentina sorprendida.

Sabadelle asintió con la cabeza:

—Yo conozco personalmente a Alfredo Cánovas, que estudió Historia conmigo, y que ahora es profesor de Epigrafía y Numismática de la Universidad Complutense de Madrid, y que también trabaja para el museo. En realidad, el MAN tiene la colección de monedas más importante de España y una de las más relevantes de Europa —concluyó, con un tono revestido de cierto orgullo patriótico.

—Vaya —dijo Valentina—; estupendo entonces, bien hecho, Sabadelle.

El subteniente sonrió con fingida modestia, dedicándole la sonrisa a sus compañeros, en respuesta a las burlas de hacía solo unos minutos. La teniente Redondo continuó solicitándole información:

—¿Y cómo has conseguido un envío tan rápido a la Fábrica de Moneda? Cuando hablé ayer con el juez Talavera me dijo que libraba orden de estudio inmediato, pero al CNAM —se refería al Centro Nacional de Análisis de Monedas del Banco de España.

—Sí, pero contactamos con ellos por teléfono y nos confirmaron que lo que solían llevar eran temas de monedas actuales, falsificaciones y tal, esa clase de cosas. Que si queríamos ir rápido nos saltásemos el paso y lo enviásemos a la Fábrica de Moneda. Así que la secretaria de Talavera despachó el oficio enseguida.

—Bendito juez y bendita secretaria. Al menos en eso tenemos suerte. Buen trabajo, Sabadelle —dijo Valentina, lo que provocó que el subteniente resplandeciese alardeando de su eficiencia. Pero la teniente Redondo quería más detalles:

—¿Y qué te dijo tu amigo el profesor sobre las fotos de la moneda de la princesa?

—Pues que, para certificar su autenticidad, el laboratorio al que se la pasemos tendrá que analizar el grado de oxidación, el metal de que está compuesta... en fin, esa clase de cosas. De todos modos, Alfredo ha quedado en darme algo más de información esta misma tarde, y cuando acabemos la reunión le pasaré una foto de la moneda que llevaba el hombre del pantano. Ayer no estaba todavía disponible —se justificó.

—De acuerdo —asintió Valentina—. Infórmame de cualquier novedad en relación a eso, ¿conforme?

—Conforme, teniente.

—Bien —continuó Valentina, dirigiéndose ahora a todos sus compañeros—, distribuyamos el trabajo. Sabadelle se encargará de la información sobre la Mota y las monedas —dijo, y se volvió hacia él para matizar las instrucciones—: Profundiza en ello e intenta establecer posibles vínculos con Wanda Karsávina. Infórmate también sobre el Congreso de Espeleología: cada cuánto se celebra, quiénes suelen acudir, qué materias trata, si hay algo vinculado con el medievo... ya sabes. Si tienes tiempo, intenta conseguir también información sobre el curso que impartía nuestra princesa en la universidad. Nosotros iremos ahora a las Caballerizas, pero cualquier dato sobre el contenido del curso que ella impartía, su duración o los requisitos formales para apuntarse, nos resultará de gran utilidad.

—Sí, teniente —contestó Sabadelle intentando imprimir un tono profesional a su respuesta.

—De acuerdo. Torres y Zubizarreta: quedáis encargados de hacer las gestiones con el consulado para avisar a la familia de Karsávina y para controlar el tema de la repatriación del cadáver. Especialmente, y según cómo acoja la familia la noticia, indicadles a los del consulado que intenten sondear a la madre y al hermano sobre cualquier problema que la chica les hubiese trasladado en los últimos meses o que ellos mismos hubiesen detectado. ¿Conforme?

—Conforme —contestaron Torres y Zubizarreta al unísono.

—Bien. Después os vais a la Mota de Trespalacios. Seguid con los interrogatorios a los vecinos e informadme inmediatamente ante cualquier novedad. Os llevará tiempo, hay bastantes residentes en los bloques. Mirad si por la zona hay algún bar o negocio que pueda estar abierto de noche hasta tarde o que disponga de videovigilancia.

Ambos guardias asintieron.

—Camargo, ayer hiciste un trabajo magnífico. No solo conectaste rápidamente la denuncia de la profesora desaparecida con el caso de la princesa, sino que agilizaste la identificación del cadáver en el Instituto de Medicina Legal. ¿Sacaste algo en limpio de la compañera de cuarto de Karsávina?

—No, estaba muy afectada, apenas podía hablar. Es profesora, como la fallecida, y solo pude sacarle el número de móvil de la víctima y poco más. Hubo que suministrarle tranquilizantes después de identificar el cuerpo. Espero que hoy esté más comunicativa —respondió el cabo, que, aunque serio, no pudo ocultar cierto brillo de satisfacción en la mirada: la teniente Redondo no solía felicitar en público, ni caía en fáciles adulaciones. Había hecho un buen trabajo.

—Ya. Veremos qué le sacamos ahora Riveiro y yo. El teléfono móvil se lo pasaremos al juez para que despache oficio a la compañía telefónica. ¿Te dijo la chica cuándo había hablado por última vez con Karsávina?

—Creo que el sábado, por WhatsApp. El domingo la llamó pero no le cogió el teléfono.

—Sin embargo, sabemos que el domingo al mediodía estaba viva, ¿no? —apuntó Riveiro—. Claro, que tendremos que confirmar si en efecto comió en la Fundación de Comillas...

—Sí —confirmó Valentina—, hoy por la mañana verificaremos esos detalles. Pero no podemos olvidar a nuestro hombre del pantano, recordad que las dos víctimas llevaban la dichosa moneda. Camargo, rastrea la base de datos de personas desaparecidas, a ver si localizas algún individuo que se ajuste a sus características. No sé si Carmona logró ayer finalmente obtener una necrorreseña en condiciones, pero llámala y, si es así, que te pase urgentemente el fichero para hacer la comparativa en nuestro sistema de identificación dactilar —ordenó.

—De acuerdo —asintió el cabo.

—Por cierto —añadió la teniente dirigiéndose todavía a él, como si hubiese recordado algo—, los compañeros de Comillas acordaron con nosotros colaborar e interrogar a los vecinos más próximos al pantano, aunque están a más de medio kilómetro de donde apareció el cadáver; de modo que contacta con ellos y que te informen a ti directamente de cualquier novedad. Riveiro y yo iremos a la Fundación de Comillas, pero habla con ellos por teléfono y averigua todos los detalles que puedas sobre el programa del fin de semana del congreso y sobre dónde se alojaban los asistentes. Que te envíen todos los folletos informativos, documentos gráficos si los hay, todo. Tenemos que saber lo antes posible dónde durmió Karsávina la noche del sábado.

—Sí, teniente —contestó Camargo con una sonrisa, encantado de que la confianza de Valentina Redondo se ampliase lo bastante como para darle margen de maniobra. El hecho de que la teniente fuese tan rigurosa y controladora en el trabajo hacía que su gesto adquiriese un matiz muy valioso.

—Riveiro, tú, conmigo. Nos vamos a las Caballerizas y después a la Fundación de Comillas, a ver qué sacamos en limpio. Voy a llamar ahora a Clara Múgica, a ver qué nos puede ir adelantando de la autopsia de la princesa, pero dudo que hasta la tarde tenga datos asentados.

Valentina se dirigió a su despacho para llamar a la forense. Sin embargo, el teléfono sonó justo antes de que la teniente lo descolgase. Era la propia Clara Múgica la que llamaba. En el Instituto de Medicina Legal, en aquellos momentos, apenas habían comenzado con la autopsia del hombre del pantano, pero acababan de recibir los informes urgentes del Instituto Nacional de Toxicología y Ciencias Forenses de Madrid en relación a Wanda Karsávina.

Cuando Valentina, tras la conversación, colgó y trasladó a su equipo el contenido del informe forense sobre la princesa, un silencio fascinado inundó la sala; todos comenzaron a hacer preguntas con la mirada, desconcertados, pues sabían ya una de las respuestas.

Aquismón, San Luis Potosí (México)
Tres años atrás

5.45 h de la mañana

Aminoraron la marcha. Allí el camino era un poco más escarpado, aunque para bajar por aquella parte de la selva se habían habilitado toscos peldaños de piedra. Paolo estaba deseando llegar, al igual que Marc, Helder y Arturo. Su estancia en Aquismón para descender por el Sótano de las Golondrinas era el postre, el colofón, a una semana entera de trabajo en la Cueva de Lechuguilla, a casi tres horas en avión de distancia hacia el norte, en Nuevo México; aquella había resultado ser una cavidad inmensa, todavía no completamente cartografiada, que solo podían visitar los espeleólogos e investigadores profesionales.

Arturo llamaba la atención: su corpulencia y su pálida piel resaltaban todavía más por culpa de las gruesas capas de crema de protección solar que se había puesto en las mejillas y la nariz. Hoy, el objetivo de los cuatro exploradores era el mayor pozo natural del mundo, un lugar que muchos espeleólogos habían llegado a describir como la caverna vertical más bella del planeta.

Por una vez, su visita no obedecía a una investigación formal, sino a la curiosidad por aquel pozo en forma de cono hueco e invertido. Unas pequeñas vacaciones arañadas a sus respectivas agendas y encargos.

A su regreso a Europa, Paolo tenía previsto visitar

brevemente a Wanda y seguir inmediatamente trabajando. Siempre trabajando. Él y Wanda, desde que se habían conocido dos años atrás en Nördlingen, mantenían una relación inconstante. A veces, se veían cada muy poco tiempo. En otras ocasiones, se reunían pasados más de seis meses desde su último encuentro. Dependía de los viajes y programas de investigación de cada uno. No eran novios, ni una pareja abierta, ni tampoco, en realidad, amigos: no eran nada en absoluto y, a la vez, superaban con creces cualquiera de aquellos conceptos. Paolo lo llevaba mejor: era él quien viajaba con más frecuencia, quien sentía la adrenalina de las nuevas expediciones, del conocimiento de nuevos países y culturas. Y de otras mujeres, por supuesto: las personas se vuelven menos nostálgicas cuando están entretenidas. Sin embargo, aunque Wanda disponía de total libertad para tener relaciones con otros, sufría más aquel ser y no ser pareja, aquellas idas y venidas: su vida era interesante, pero mucho más rutinaria que la de Paolo, sin duda. Y disponía de más tiempo para reflexionar hacia dónde iba aquello, qué le aportaba y cuánta melancolía de amor podía soportar.

Los cuatro exploradores llevaban varias mochilas, incluyendo las de los paracaídas, porque habían decidido tirarse de cabeza al abismo. Caída libre: inyección de adrenalina natural. Aumento radical de la frecuencia cardíaca, contracción de vasos sanguíneos; en fin: sensación de estar vivo.

—Por aquí, licenciados —les señaló el guía, Marcelo, que iba a la cabeza del grupo—; si lo desean, pueden degustar en el puesto de Teresa un delicioso café autóctono; aún es pronto, tenemos tiempo —dijo señalando con la mano una tosca mesa de madera sobre la que trabajaba una señora regordeta de mediana edad y con una larga trenza. La mujer estaba preparando café y disponiendo *souvenirs* sobre un tapete de color verde marino.

—¡Por santa Elena! —exclamó Arturo Dubach con asombro—. Pero ¿aquí también venden *souvenirs*? ¿En mitad de la selva?

—Oh, sí, licenciado, tenemos otro puesto más allá, casi llegando al pozo; enseguida estará abierto —le aclaró el guía con su suave acento local.

—Pero ¿no decía que solo eran veinte minutos de travesía? —preguntó Marc mirando hacia el guía—. Mucho repostaje para tan poco trayecto, ¿no?

Marcelo sonrió risueño.

—Licenciado, en un rato, a las seis y media de la mañana, esto se encontrará llenito de turistas. Y a las seis y media de la tarde, también.

—¿Y por qué a las seis y media? ¿Qué es, la hora mágica? —preguntó Arturo riendo, al tiempo que el grupo, una vez descartado el café de Teresa, seguía caminando.

—No, licenciado —contestó Marcelo, que pareció entender la pregunta de forma literal, sin desgranar su ironía—. Es la hora de salida y entrada de las aves de la cueva. Salen al amanecer, con el sol, y regresan al atardecer, un poco antes de que llegue la noche.

—Sí, yo ya lo había tenido en cuenta —intervino Paolo—. ¿No lo recuerdas, Marc? Te dije que convenía venir temprano, pero que teníamos que esperar a que saliesen los pájaros de la caverna para poder realizar bien el salto.

—Sí, es verdad, lo recuerdo. Pero vamos a ver, ¿tantas golondrinas hay? —preguntó Marc dirigiéndose de nuevo al guía.

—Ya lo verá. Pero no son golondrinas, licenciado, sino vencejos.

—Entonces, ¿el nombre de la cueva...? —preguntó extrañado Helder, el portugués, sabiendo que aquel lugar era famoso por la alusión, en su nombre, a las golondrinas.

—La costumbre, supongo —respondió el guía con

paciencia—. Pero la realidad es que, aunque se parecen a las golondrinas, la mayor parte de las aves que habitan la cueva son vencejos; también verán algunas cotorras y unos cuantos periquitos.

—Pues eso de ahí creo que son halcones, jefe —intervino Arturo, oteando el cielo entre los árboles de la selva. Aunque bromista y hablador, el suizo parecía estar continuamente alerta, observando el entorno para calar con prudencia su verdadera definición.

—Puede ser —concedió Marcelo—, pero esos no viven en la cueva.

—¿Y la gente aquí se pega estos madrugones solo para ver pájaros? —se extrañó el suizo.

—Oh, sí, licenciado, aunque es cierto que vienen más personas a verlos por la tarde. Ya verán, el pozo es impresionante, pero la salida de los vencejos también es todo un espectáculo para los turistas.

Arturo asintió y, con curiosidad, siguió avanzando a paso suave, al igual que sus compañeros, que iban cargados con sus mochilas y con los equipos de paracaidismo. La cueva, con forma de pozo vertical, tenía más de quinientos metros de profundidad, pero solo permitía una caída libre de menos de cuatrocientos. Sería divertido. Emocionante. Al que menos gracia le hacía el salto era al propio Arturo, que estaba acostumbrado a asumir riesgos vitales por razón de su trabajo, pero no por la simple práctica de deporte extremo. Ya habían hecho cosas parecidas en otras ocasiones, pero no compartía el entusiasmo inagotable y excéntrico de Marc y Paolo, que eran los que siempre terminaban por contagiar a todos su gusto por la aventura radical. Arturo pensaba que lo suyo era más bien el barranquismo, la escalada, el rápel, todo lo que implicase una cuerda, un asidero fijo entre él y el abismo.

—Bueno, si hay muchos pájaros saliendo del pozo a lo mejor no nos podemos tirar... tampoco pasa nada, claro —aventuró el suizo. No tardó en escuchar las burlas de sus compañeros, mientras el guía, sabio y discreto, callaba.

—Anda, ¡se nos echa atrás Dubach, chicos! —exclamó Marc, entre risas.

—Sí, el pobre tiene que ir a poner un huevo —se burló Helder mientras imitaba el cacareo de una gallina.

—Dejadlo tranquilo —lo defendió Paolo—. Si no quiere, no tiene por qué saltar —añadió, y se dirigió directamente al suizo—: Arturo, si quieres puedes bajar haciendo rápel. La caverna, desde abajo, dicen que es una pasada, desciendas como desciendas. No les hagas caso a estos cavernícolas.

—Pero si le va a encantar, Paolo, no jodas —replicó Marc—. No lo ayudes a echarse atrás, hombre.

—Ya soy mayorcito, Marc —atajó el suizo, ligeramente colorado—. Cuando lleguemos y vea el terreno, decidiré cómo bajo a la caverna... porque vosotros, ya veo que no, pero yo sí tengo aprecio por la vida.

—Anda, mira este —respondió Marc, que se sintió directa e individualmente aludido—; y yo, pero la vida es algo que hay que morder, Arturo.

—Claro que sí, para eso estamos aquí —añadió Helder mostrando su devoción por Marc una vez más—: para ver la caverna y para sentir la adrenalina.

—Bueno, chicos, qué más da. Cada uno que baje como le apetezca —resolvió de nuevo Paolo, conciliador—. Cuando lleguemos tendremos tiempo para decidir: hay que esperar la salida de los pájaros. —No deseaba conflictos entre ellos; en definitiva, la idea del viaje a Aquismón había partido de él mismo y de Marc, y el objetivo era tener una experiencia positiva, no traumática.

Todos continuaron caminando, en silencio, haciendo caso omiso al nuevo puesto de venta de *souvenirs* y alimentos que encontraron en el camino; en un claro de la selva, entre vegetación y abruptas piedras calizas y grises, vieron una pequeña pero ancha pasarela de madera que, como un mirador, se extendía al borde de un impresionante abismo. A ellos, que ya habían visto tanto, les hizo enmudecer su belleza. Su tamaño era colosal, majestuoso. La sensación ante el vacío que se abría ante ellos, indescriptible. Habían llegado, por fin, al Sótano de las Golondrinas.

6

El vulgo cree, y las brujas confiesan, que en ciertos días y noches untan un palo y lo montan para llegar a un lugar determinado, o bien se untan ellas mismas bajo los brazos, y en otros lugares donde crece el vello.

> Diligencia inquisitorial del siglo XV sobre la intoxicación leve con plantas para producir placer y visiones

La sala de autopsias del Servicio de Patología ocupaba la planta baja de los antiguos mortuorios, que ocupaban un anexo del Hospital Universitario Marqués de Valdecilla, pero los despachos de los forenses se encontraban ahora calle arriba, en el mismo edificio donde se ubicaban los juzgados de Santander. Clara Múgica no solía acceder por la entrada principal, en la calle Simancas, sino por una secundaria, que daba acceso al Juzgado de Guardia y al Registro Civil, y que estaba en la calle Pedro San Martín. Había entrado por allí a la velocidad del relámpago, dejando a Pedro Míguez y a Almudena Cardona haciendo la autopsia al hombre del pantano. Que hubiese hecho el camino con tanta celeridad no obedecía al hecho de que Valentina Redondo le hubiese comunicado que pensaba presentarse inmediatamente en su despacho, sino a su propia curiosidad. Clara Múgica sabía que en la universidad había estudiado algo similar a lo que habían encontrado en el cuerpo de Wanda Karsávina, pero su concepto solo le sonaba vagamente y nunca lo habría tomado en consideración para un análisis forense contemporáneo. ¿A quién podría ocurrírsele, en pleno siglo XXI, utilizar una forma de matar tan extraordinaria?

En vez de normalizar la situación, el hecho de que Valentina le hubiese desvelado por teléfono que ya habían identificado a la princesa no había hecho más que acrecentar su curiosidad. Llevaba casi cuarenta minutos revisando internet, sus libros y archivos, y ya disponía de una idea bastante clara de la situación; pero tener la certeza de cómo había sido realizado el asesinato no aminoraba el pálpito acelerado de su corazón, todavía desconcertado. Cuando había recibido el resultado de los análisis de Karsávina, apenas una hora antes, apenas había podido dar crédito. Con la documentación en la mano, se había dejado caer en el sillón de su despacho para releer el informe que había entrado por fax desde Madrid. Decidió llamar a Valentina por teléfono inmediatamente: la forma de matar era casi secundaria, pero decía tanto del asesino —de su complejidad— que resultaba imprescindible explicar los detalles de forma exhaustiva.

La forense sintió unos pasos urgentes y marcados por el pasillo, y supo que Valentina Redondo y el sargento Jacobo Riveiro estaban a punto de entrar por la puerta. Por suerte, su despacho era amplio, con grandes ventanales y una considerable mesa de juntas de color haya, de modo que podrían reunirse cómodamente. Los recibió sin despegar la mirada de la pantalla de su ordenador.

—Ya estáis aquí. Pensé que llegaríais antes.

—Y yo. Pero tuve que explicarle las novedades al capitán, y por poco le da un síncope, no sé si me explico —se justificó Valentina, que tampoco tenía tiempo para formalismos y saludos.

—Te explicas, te explicas..., conozco a Caruso —contestó Múgica con una sonrisa comprensiva.

—Además tuve que hablar con tu amigo Talavera para pedirle que despachase los oficios a las compañías telefónicas, a ver si somos capaces de localizar el teléfono móvil de nuestra princesa.

—¿Tan temprano y llamando a su señoría? Valentina, así nunca vais a terminar de haceros amiguitos —le reprochó irónicamente la forense, que sabía que Redondo y el juez, aun respetándose, no terminaban de congeniar.

Valentina aceptó el comentario con una mueca sonriente y ella y Riveiro se sentaron ante la mesa del despacho, quizás por inercia ante la posible fuente de datos que podía ser aquel ordenador sobre el que trabajaba Clara Múgica. Riveiro miró de reojo la gran mesa de juntas, que ya quedaba claro que no iban a utilizar. Valentina, por su parte, parecía decidida a no perder un minuto.

—Gracias por atendernos tan rápido, sé que estabas con la autopsia del hombre del pantano, pero resultaría fundamental saber todos los detalles concretos de la muerte de Wanda Karsávina antes de comenzar las indagaciones en las Caballerizas y en la Fundación de Comillas.

—¿Las Caballerizas? ¿Os vais al palacio de la Magdalena?

—Sí, en un rato. Al parecer la chica estaba alojada allí mientras daba un curso de Historia Medieval o algo por el estilo.

—Madre mía, os lo estáis pasando bomba, ¿no?

—Sí, soy todo felicidad —rezongó Valentina, con una media sonrisa.

Riveiro, que ya había sacado su inseparable libreta para realizar anotaciones, intervino:

—Ya sabes, Múgica, cuéntanoslo clarito, ¿eh? Sin palabreo forense, que luego ni yo me aclaro con mis propios apuntes.

—Qué rico es —se burló Múgica dirigiéndose a Valentina—, si hasta sabe tomar notas.

Riveiro sonrió, acostumbrado al intercambio de pullas con la forense, a la que conocía desde hacía años, y con la que mantenía una buena relación, profesional pero distendida.

—Vale, cuéntanos —dijo Valentina centrándose en la investigación—. Según nos has dicho, sabemos que han asesinado a Wanda Karsávina untándole una especie de ungüento medieval por todo el cuerpo... estramonio, ¿no? ¿Cómo me dijiste que también era conocida esa planta?

—Berenjena del diablo —contestó Riveiro en lugar de la forense, apuntándose un tanto.

—Exacto —confirmó Múgica—, esa es la forma en

que popularmente se conoce a la planta desde el medievo. De hecho, se supone que esa leyenda de que las brujas volaban sobre sus escobas obedece en realidad a que ellas mismas declarasen haberlo hecho tras introducirse en la vagina un palo untado con ungüentos cuyo principal activo era el estramonio: esto les provocaría alucinaciones extraordinarias y orgasmos muy intensos.

—Joder, ¿en serio? —Riveiro levantó la vista de su cuaderno de anotaciones con gesto de sorpresa.

—Y tan en serio. La belladona, la mandrágora y el estramonio estaban en las despensas de todas las brujas, querido. Se usaban como psicotrópicos y con fines chamánicos... y para orgías, por supuesto. El problema es que la concentración de las sustancias activas de la planta, que son alcaloides tipo atropina o escopolamina, es muy difícil de medir porque varía mucho de unas semillas a otras, de modo que, por lo general, popularmente el estramonio ha sido usado solo de forma externa y en muy pequeñas cantidades, como anestésico o analgésico. Si alguien lo consume excediéndose mínimamente en la dosis, tiene prácticamente asegurada la muerte; de hecho, el estramonio es la más venenosa de todas las plantas solanáceas.

—¿*Sola* qué? —preguntó Riveiro.

—Solanáceas. Son las plantas herbáceas, arbustos... en fin: los tomates y los pimientos, por ejemplo, son plantas solanáceas. Pero tranquilo, sargento, tienen los alcaloides tan bajos que de momento no producen alucinaciones —dijo la forense guiñando un ojo a Valentina; esta volvió a intervenir:

—Entonces, ¿la han matado siguiendo un método medieval o algo por el estilo?

—No. Yo sabía que había estudiado algo similar hace mucho tiempo, pero hasta que he revisado mis libros no he dado con ello. Bueno, también he navegado un poco por internet —confesó—... y, revisando los resultados de los informes de Toxicología, he confirmado que la forma de asesinarla obedece a un método romano.

—¿Cómo? ¿Romano? ¡Romano! Lo que faltaba —gruñó Riveiro negando con la cabeza—; ¡joder!, ahora solo tenemos pendiente que aparezca Julio César con la cuádriga.

—A ver —suspiró Valentina—. ¿Cómo que un método romano? Será broma.

—Estoy yo para bromitas. Se trata de una forma de matar utilizada ya en distintas culturas ancestrales, pero los romanos la normalizaron y la dotaron de nombre propio —aseguró. Volvió la mirada hacia su ordenador y leyó lentamente la expresión que aparecía en pantalla: *Digito interficiebat uxores*.

—Ya estamos. Nombrecitos. Espera, que lo anoto —suspiró Riveiro, acercándose al ordenador para copiar la frase en latín—. ¿Y qué significa?

—Pues algo así como «Esposas que matan con el dedo». Aunque creo que también lo usaban a veces los hombres... en fin, os lo explico: se ungía a la víctima con un aceite o crema donde se hubiese diluido el estramonio; esto solía hacerse, evidentemente, en encuentros sexuales, incidiendo en las zonas genitales y anales, que sería donde se provocaría mayor y más inmediato efecto. De ahí lo del nombre del método... —explicó, elocuente—. El organismo absorbería muy rápidamente la toxina, provocando a la víctima aturdimiento, alucinaciones... en fin, un desbarajuste en el ritmo respiratorio y circulatorio que terminaba, en nuestro caso, con un ataque al corazón y con la muerte.

—Qué barbaridad —murmuró Valentina, asombrada—. Pero no entiendo... a ver, ¿las romanas solían matar a sus maridos o qué?

—Bueno, digamos que hubo cierta época en que supongo que no debió de ser muy aconsejable cabrearlas. Por cierto —continuó Múgica, ahora dirigiéndose exclusivamente a Valentina—, he visto que algunos de los efectos de este tipo de intoxicación, además de las alucinaciones, la dilatación de las pupilas, etcétera, es la hipertermia, incluso hasta 42 grados. Eso explicaría la disfunción entre la rigidez del cuerpo y su temperatura cuando lo encontramos.

—Sí, recuerdo que lo comentamos —asintió Valentina—. Entonces, ¿cuánto tiempo llevaba muerta cuando la examinaste?

—Los cronotanatodiagnósticos no son una ciencia exacta, Valentina —le contestó frunciendo el ceño, con la resignación del que sabe que tendrá que dar una respuesta—, pero, analizando las influencias ambientales, los fenómenos cadavéricos y los resultados de Toxicología, yo diría que entre once y doce horas. Es decir, que la mataron entre las ocho y las nueve de la noche. A la chica no le dio ni tiempo a hacer la digestión... al menos, la pobre cenó marisco.

—¿Sí? —preguntó Valentina, que desconocía ese dato—. Revisaré el menú en la Fundación de Comillas, que es donde se supone que comió Wanda la noche en que murió. Claro que, desde la comida hasta la cena... demasiado tiempo, ¿no? Es posible que cenase en alguna otra parte.

—Te será fácil cotejar los tiempos: la comida pasa de la boca al estómago en solo unos segundos, pero tarda unas tres horas en empezar a pasar al intestino delgado, de modo que, dado el contenido del estómago y su estado, desde que tomó su última comida hasta su fallecimiento no pasaron más de esas tres horas, te lo aseguro. Yo diría que incluso menos de dos.

El sargento Jacobo Riveiro anotaba la información casi de forma febril en su libreta, con ánimo de que no se le escapase nada. Comenzó a plantear sus dudas:

—Pero, vamos a ver, si la untaron con el aceite ese empozoñado, y ella no tiene signos de violencia, ¿se supone que estaba manteniendo relaciones sexuales consentidas con quien la asesinó?

—Eso creo. Sin embargo, y aun teniendo en consideración que el asesino pudo usar preservativo, os adelanto que no hemos encontrado manchas de esperma en cavidades bucal, rectal o anal, ni siquiera utilizando la luz de Wood.

—¿La luz de qué?

—De Wood. Es una luz ultravioleta que produce fluorescencia ante manchas de esperma.

—Joder, qué modernos os habéis puesto —comentó Riveiro mientras seguía realizando anotaciones.

—Sí, somos el paradigma tecnológico para los forenses de todo el país —contestó Clara Múgica con ironía—... Sin embargo, hay algo más.

—Si habéis encontrado escamas de un dragón me pido la baja —declaró Valentina en tono cáustico.

—No, tranquila, de momento con el medievo y los romanos vamos despachados. Os cuento: en la vagina, el cadáver tenía un fluido, una sustancia compuesta de glucosa, fosfatasa ácida prostática y creatinina.

—¿Y? ¿Qué quiere decir eso exactamente? —preguntó Valentina impaciente.

—Que había eyaculado.

¿Eyaculado? ¿Qué relevancia podía tener aquello? —pensó Valentina; se sorprendió a sí misma alegrándose por el hecho de que Wanda Karsávina, al menos, pudiese haber tenido una muerte placentera. Aunque era difícil concebir algo semejante entre delirios, alucinaciones y a un paso de la muerte: sufrir un ataque al corazón no debía de ser precisamente agradable.

—Es decir —intervino Riveiro, que comenzó a hablar despacio, como si concibiera su teoría al mismo tiempo que buscaba las palabras para formularla—, que no solo mantuvo relaciones sexuales consentidas, sino que las culminó con un orgasmo antes de morir.

—Exacto. Uno o varios orgasmos, pero esto no sé si os servirá de gran cosa para la investigación. Pudo tenerlos en sueños, entre delirios y visiones ocasionados por el estramonio sin que incluso nadie la tocase, o pudo ser masturbándose o mientras la masturbaban... en fin, las secreciones glandulares están sujetas a múltiples factores endógenos y exógenos. Lo que sí os puedo asegurar es que no la violaron, no hay muestra alguna de violencia, ni marcas, ni rozaduras.

Valentina guardó silencio unos segundos, reflexiva.

—¿Y puede ser que la drogasen durante la cena para, no sé, desinhibirla o atontarla y que así accediese después a tener relaciones?

—De ser así, desde luego, no han quedado restos de drogas ni en el estómago ni en la sangre. Precisamente, el nivel de alcohol en sangre era mínimo, prácticamente inexistente. Imagino que se tomó una o dos copas de vino en la cena, pero poco más. Nada que hayamos detectado, por lo menos.

—Ya... ¿Y el olor a vainilla?

Clara Múgica asintió, dando a entender que también tenía respuesta para ello.

—El estramonio tiene un olor fuerte, incluso desagradable, que evita que el ganado, por ejemplo, se atreva a consumirlo. Para aminorar este olor, lo habitual era mezclar el ungüento con aceites esenciales. Que se haya escogido el aroma de vainilla es especialmente significativo, al menos en términos sexuales, ya que se le atribuyen propiedades afrodisíacas.

—¿En serio? —preguntó Riveiro incrédulo.

—Eso parece. Hay varios estudios de laboratorio que demuestran su efectividad. ¿Sabías que era el afrodisíaco preferido de los indios precolombinos? Lo consideraban digno de los dioses.

—Múgica, no me mezcles ya a los precolombinos con esto que no está el horno para bollos —replicó el sargento resoplando. Valentina esbozó una leve sonrisa ante el comentario, aunque la expresión concentrada de su rostro no desapareció. Volvió a intervenir dirigiéndose a la forense:

—Vale, ¿y dónde puede conseguirse estramonio? ¿Tienes alguna idea? O, al menos, ¿en qué lugar puede encontrarse una plantación de ese tipo?

—Me temo que por todas partes. Al menos, eso es lo que he visto ahora en internet. Revisadlo con un especialista, pero parece que, aunque proviene de Sudamérica y de la India, sus semillas están completamente extendidas por toda la península. Orillas de los ríos, estercoleros, establos... vamos, todo el país.

—Qué barbaridad —dijo Riveiro—, ¿cómo es posible que no se pongan medios para eliminar una planta tan peligrosa?

—Creo que no valdría de nada intentarlo. Es prácticamente imposible de erradicar: aunque quemases un campo entero, las semillas del estramonio pueden subsistir hasta ocho años en el subsuelo sin brotar.

—Pues sí que debe de ser una berenjena del diablo, entonces —replicó Riveiro sin dejar de anotar lo que decía la forense. Valentina se aproximó a la ventana del despacho. No pudo evitar, a su paso, cuadrar una silla de la mesa de juntas. Desde la ventana se veían los austeros jardines del Instituto de Medicina Legal, donde una gran explanada de césped daba aire al cemento urbano. Su cerebro, entretanto, rápido, unía cables invisibles que le proponían teorías, pistas y, sobre todo, muchas preguntas:

—¿Habéis tenido últimamente algún otro caso en el que hubiese estramonio de por medio? Me refiero a aquí o incluso a otras provincias, por si te suena que hubiese habido algún otro asunto similar.

—En absoluto —negó Múgica, convencida—. Nada como esto en toda mi carrera, ni me suena que ningún compañero haya tenido algo parecido. El estramonio se sigue usando pero de otra forma, especialmente en macrofiestas de adolescentes: en infusión, fumado... por sí mismo causa alucinaciones considerables y durante horas, pero normalmente no ocurre nada extraordinario, salvo cuando se pasan con la dosis y lo mezclan con cocaína o alcohol. Hace un par de años fallecieron dos chicos en Valencia por culpa de una infusión de estramonio, aunque la ingesta de estupefacientes ayudó a reventar sus organismos, claro.

—Ya. Los chicos parece que a veces no se enteran de qué es lo que realmente les hacen las drogas. No me lo explico —reflexionó Valentina, más seria y concentrada que nunca.

Riveiro y Múgica guardaron silencio, pues ambos sabían que la teniente Redondo había perdido a su hermano mayor por causa de las drogas, aunque por otras menos legendarias que las que habían motivado aquella reunión improvisada en el despacho del Instituto de Medicina Legal.

—Hay algo que no entiendo —continuó Valentina—, y es que, si mataron a Wanda Karsávina en un juego sexual, con masaje incluido, ¿cómo es que no se intoxicó el asesino? Sus manos también tuvieron que estar en contacto con el veneno —razonó.

—Pudo llevar guantes —insinuó Riveiro.

—No suena muy erótico —replicó la teniente, que continuó argumentando—: si diésemos por sentado que fue una relación consentida, me figuro que la víctima, como mínimo, se extrañaría de que su amante se enguantase para tocarla. No, no lo veo.

—Yo tampoco —coincidió Clara—, y creo que en este caso la solución es, en realidad, la más sencilla y evidente.

La teniente Redondo y el sargento Riveiro miraron a la forense con curiosidad y guardaron un silencio expectante. Clara Múgica sonrió:

—Creo que el asesino disponía del antídoto.

—¿Hay antídoto para eso? —se sorprendió el sargento.

—Claro, Riveiro, hay antídoto para casi todo. Lo que sale de la naturaleza suele tener esa suerte de equilibrio. Por supuesto, se trata de otra planta: la fisostigmina o eserina. También puede llegar a funcionar como veneno, pero tiene efectos contrarios a la atropina y a la escopolamina, que son los activos tóxicos del estramonio.

—¿Y sabes dónde puede encontrarse ese antídoto? —preguntó Valentina.

—En principio, que yo sepa es una planta que crece en África occidental, pero supongo que no debe de ser difícil encargarla o hacerse con muestras; de hecho, hay comercializados varios medicamentos compuestos básicamente de eserina, especialmente indicados para el glaucoma, pero no sé deciros mucho más respecto a ello. Quizás un especialista en la materia pueda ser de mayor ayuda.

—De momento, creo que con esto tenemos ya una base bastante sólida con la que empezar a trabajar —concluyó Valentina—. Gracias, de verdad, sin tu ayuda estaríamos perdidos.

—Anda, anda, no me hagas la pelota —replicó la forense, negando con la mano pero sin poder evitar una sonrisa de modesta autocomplacencia ante su expeditivo trabajo—. En fin, si no me necesitáis para nada más, os recuerdo que he dejado una autopsia a medio empezar por vosotros... ¿no teníais que ir a capturar a un asesino o algo?

—Sí —asintió Riveiro suspirando—... que si brujas del medievo, que si romanos, que si un tipo en el pantano, que si monedas del Renacimiento... parece que estuviésemos rastreando a un puto viajero del tiempo.

—Pues vuestro viajero parece que sabe algo de historia y de venenos. Cuidado, porque tiene claro qué hacer y cómo hacerlo.

—Debe de creerse muy original —dijo Valentina—, pero, con suerte, se confiará lo bastante como para meter la pata —concluyó suspirando y comenzando a despedirse—. Bueno, Clara, si no hay nada más, te dejamos tranquila; tan pronto tengáis novedades sobre la autopsia del hombre del pantano...

—Que sí, pesada —replicó la forense, entornando los ojos con fingida desesperación—. Están con ello ahora mismo Cardona y Míguez; yo iré para allá en un rato... un segundo y medio y ya me pides más cosas, teniente.

Clara se dirigía a Valentina con la confianza maternal con la que siempre solía hacerlo. Esa confianza obviaba los cargos profesionales de cada una, aunque mantenía el respeto personal que la teniente le inspiraba. Tantas tardes de viernes compartiendo paseos en pareja, tapas, bromas y conversaciones de mayor calado habían logrado una química bien equilibrada entre lo profesional y lo personal.

—¿No os he llamado por la princesa? ¿Eh? —se quejó, poniéndose en jarras—. ¡Y eso que no he tenido tiempo aún de redactar el informe forense! Anda, largo de aquí, que tendréis que interrogar a algún lunático por el camino —concluyó, afable—; o a vuestro viajero del tiempo —añadió burlona dirigiéndose a Riveiro.

Él, que ya se había puesto en pie y guardaba su libreta, sonrió y aceptó con familiaridad el comentario.

—Es increíble, que te maten haciéndote el amor, ¡con un masaje! ¿A quién se le ocurre? Una simple cremita por el cuerpo y te liquidan. Joder con los romanos.

Clara, que ya los acompañaba a la puerta, sonrió ante el comentario.

—Riveiro, hay unas cuantas muertes a lo largo de la historia causadas por *cremitas*, como tú dices. ¿Te suena Iván el Terrible, el primer zar de Rusia? Pues es muy posible que la palmase sin querer, usando una pomada para aliviar su artritis.

—¿Estramonio? —inquirió Riveiro, interesado. Múgica negó con la cabeza.

—Mercurio. Quién sabe si la composición excesivamente tóxica de la crema fue errónea o intencionada... ya ves, hay de todo.

—Ya veo, ya. Empezamos bien el día —suspiró, dirigiendo más la mirada hacia la teniente Redondo que hacia la forense. Tanto él como Valentina volvieron a agradecer a Clara su trabajo y salieron del despacho. Ambos caminaban hacia la salida, esquivando abogados con toga que hacían tiempo entre vista y vista. Trataban de encajar toda la información en un gran esquema invisible.

—Vamos a tener que mantener los ojos muy abiertos esta mañana —dijo por fin Valentina, ya fuera del edificio—; especialmente con las personas que interroguemos que tuviesen un vínculo personal con nuestra princesa. Recuerda que en el noventa y cinco por ciento de los casos de envenenamiento, el asesino es una persona próxima a la víctima.

—Y tan próxima, en este caso —dijo el sargento en clara alusión a la forma de morir de Wanda Karsávina.

—No sabemos qué clase de vida llevaba la chica, Riveiro. Pudo ser una noche loca aislada con un desconocido, o un reencuentro con alguien con quien ya tenía confianza... o incluso un contacto dentro de una relación estable de algún tipo. Lo que nos digan los familiares y amigos sobre esta chica, posiblemente, será fundamental para saber quién la ha matado.

Riveiro asintió sin decir una palabra, concentrado e interesado por lo que les podía deparar aquel nuevo y estrafalario caso. Y así, en medio de un silencio que solo manifestaba inquietud, ambos se dirigieron, expectantes, hacia las Caballerizas del palacio de la Magdalena.

El comedor de Villa Marina era especialmente acogedor y espectacular, no solo por su decoración colonial en tonos claros y amables, sino por sus asombrosas vistas sobre la playa de la Concha y la isla de los Conejos, que ahora se dejaba acariciar por suaves olas de espuma blanca. Por fin podía disfrutarse de una mañana sin niebla y de un horizonte limpio. Hacía frío fuera, y era hermoso ver cómo el mar comenzaba a encresparse.

El ambiente en el comedor guardaba esa suave magia que ofrecen la luz del sol por la mañana, el olor del café y la promesa de todo un día por delante. Michael Blake, desde que estaba en Villa Marina, se empeñaba en aderezar los desayunos con música de fondo, en un volumen discreto pero perceptible. A fin de cuentas, él era músico;

en realidad, uno de los mejores clarinetistas contemporáneos de Europa, aunque no solía presumir de ello, ni lo delataban sus extravagantes y bohemias costumbres. Si sus compañeros del Conservatorio Superior de Música de París lo viesen pasando sus vacaciones como recepcionista a tiempo parcial, se quedarían estupefactos. Pero a él le divertía, le inspiraba, le daba nuevas ideas y sensaciones para componer. En verano, tendría que ofrecer dos conciertos en el prestigiosísimo Festival de Ravello, en Italia, y quería sorprender con una nueva pieza tipo *klezmer*: adoraba ese sonido roto, esa música que deslizaba su energía hasta las tripas y provocaba una alegría improvisada que incitaba al baile y que, en definitiva, daba calor al alma.

Hoy, nada de música instrumental. Se había decidido por melodías italianas modernas, que sonaban desde hacía más de media hora en el comedor. Ahora, Cesare Cremonini parecía estar allí mismo, deseándoles a los comensales un buen día con su *Buon Viaggio*: la canción, de melodía pegadiza y alegre, hablaba del coraje para dejar todo atrás, de mirar hacia delante en la vida, disfrutando de cada paso. Del viaje. El hecho de que Michael hubiese incorporado aquellas notas musicales, aquel encanto añadido a la casa, había resultado ser un punto a favor de Villa Marina, pues los huéspedes agradecían en sus comentarios que la música llenara su estancia en el lugar, así que Oliver había decidido introducirla definitivamente.

—Oye, has conseguido que estos amaneceres musicales se conviertan en firma de la casa —le había dicho Oliver a Michael una mañana mientras paseaban por la playa de la Concha.

—¡Pues claro! Un poco de elegancia... ¡de cariñito a tus huéspedes, chiquillo! Un toque Blake no le viene mal a nadie.

—¿Y qué voy a hacer cuando no estés? ¿Eh? Dime, ¿me prepararás unos cedés?

—Que sí, pesado. Pero no vale cualquier música para todos los días. No es lo mismo aderezar el verano que el invierno, el día nublado que el soleado. Hay una melodía para cada estado de ánimo... no sé si confiar precisamente en tu delicadeza musical a la hora de escoger... —había razonado Michael con un exagerado pero no del todo fingido desprecio hacia los gustos musicales de Oliver. Él se había reído, sabiendo que cuando su amigo se marchase tras su larga visita iba a echarlo mucho, mucho de menos.

Aunque inicialmente Oliver esperaba tener que hacer mucha publicidad para poder sostener Villa Marina como negocio, el hallazgo del bebé momificado seis meses atrás había resultado ser un macabro imán para los turistas; por fortuna, aquel hecho había comenzado a diluirse suavemente como fuente de interés. Villa Marina había comenzado a hacerse muy popular no solo gracias al apunte musical de Michael Blake, sino gracias al propio enclave de la casona —con acceso directo a la playa—, a su decoración colonial y acogedora, y a las buenas referencias que comenzaba a tener gracias a los huéspedes; muchos destacaban los auténticos y exquisitos almuerzos de Villa Marina.

El desayuno para los huéspedes de la gran casona, en efecto, estaba bien surtido y era abundante; ahora, y a pesar de ser temporada baja y encontrarse en medio de un frío mes de febrero, estaban ocupadas cinco de las nueve habitaciones disponibles, sin contar la visita sorpresa de Anna Nicholls, que en estos momentos se esforzaba por explicar a Michael, en inglés, la necesidad de aplicar una dieta sana a sus comensales, algunos de los cuales la escuchaban de forma sesgada, de refilón, pero con curiosidad.

—Michael, querido, si yo no digo que se imponga una dieta vegana en el bufet, pero sí deberíais contemplar la posibilidad de un menú opcional para, al menos, los vegetarianos. Solo con el olor de ese beicon y esos huevos revueltos se me atasca la nariz —se quejó.

—Anna, aquí en español —la cortó él, alzando la mano—, que tengo que practicar, y es de mala educación, que hay gente hispanohablante —añadió, fingiéndose ofendido.

—¿Estás bromeando? —replicó Anna sorprendida—. Hace un montón que no hablo español, y esta gente además no está en nuestra conversación, y ya te digo yo que si encima tengo que soportar estos olores en el desayuno, esta presentación de animales en bandeja...

—Nada, nada —volvió a interrumpirla, replicando en español—: tienes que adaptarte al medio —añadió, cuando en realidad solo pretendía chincharla un poco—. Y qué pasa, chiquilla, ¿los vegetarianos tampoco coméis huevos o qué?

—Ya te lo expliqué antes —suspiró Anna, hablando por fin en castellano con su marcado acento inglés y encogiendo los hombros en un gracioso gesto, que en general inspiró simpatía al resto de comensales, atentos a la conversación, pero que no dejaban de degustar el suculento desayuno, acompañado de sobaos, quesada, galletas, café, té, tostadas, mantequilla y deliciosas mermeladas caseras hechas por Matilda—. Yo no soy vegetariana, sino vegana: ve-ga-na —repitió—. Y eso quiere decir que no solo no tomo carne, sino nada de origen animal: y eso incluye la leche, los huevos y la miel, por ejemplo.

—*For God's sake!* ¿Y se puede saber qué desayunas, guapa? ¿Puerros crudos? —inquirió Michael en tono agradable pero sarcástico, ganándose así un suave murmullo de aprobación del improvisado público, que parecía comer con más lentitud de la habitual, habida cuenta de que hoy tenían espectáculo.

—Qué gracioso eres, Michael. Ya ves que no —dijo señalando lo que ella misma había seleccionado del bufet—: pan, café solo, zumo de naranja y mermelada de ciruela. De lo más normal.

—Ya veo. Sigues ese rollo de no comer nada que antes pudiese caminar y respirar.

—En efecto —replicó ella satisfecha—. Puedes llamarlo veganismo ético, si lo prefieres. Sienta fenomenal y se lo recomiendo a todo el mundo —añadió mirando a los comensales, que volvieron a desplazar disimuladamente la mirada hacia sus desayunos.

—*Ojú*. ¿Y la mantequilla? ¿Eh? ¿Qué le pasa a la mantequilla? ¿O a la miel? ¿Y a los huevos? Nadie se ha cargado a ningún bicho para ponerlos en la mesa.

—Origen animal —se limitó a argumentar Anna—, y eso de que no se han cargado a ningún animal, lo dices tú: ¿no viven hacinadas las pobres gallinas para que su producción de huevos resulte suficiente para satisfacer tus abusivas necesidades? ¿Y crees que a las abejas les hace gracia que les revienten sus panales de miel? ¿Y te parece ético y normal que le retiremos a una vaca a su ternero recién nacido para que así nosotros podamos tener leche para consumo humano, eh? ¿Le harías lo mismo a una madre humana recién parida, le quitarías a su bebé para poder consumir tú el líquido de sus glándulas mamarias?

Michael elevó los brazos al cielo, con gesto de fingida desesperación:

—La falta de vitaminas la ha desquiciado por completo... Señor, ¡hágase en su plato una rodaja de tocino para que vuelva en sí! —exclamó, señalando la enorme bandeja caliente y metálica donde estaban las salchichas y el tocino recién hecho.

Anna se rio de buena gana.

—Eres imposible.

—Y tú estás como una cabra —le replicó él afable, bajando el tono y pasando la conversación a un plano más privado—. De todos modos, te recuerdo que yo estoy de paso y que el responsable de todo aquí, incluido el menú del desayuno, es Oliver. Aunque más te valdría comer en condiciones, apuesto a que tienes que atiborrarte de pastillas de vitaminas... ¡si estás hecha un palillo! Deberías comer una dieta más completa, *for your own...*

—Te equivocas, ya tengo *una dieta de lo más completa*

—replicó citándolo con ironía—. Eres tú el que no explora otras posibilidades, estás contaminado por tu idiosincrasia cultural y gastronómica. Obsérvate a ti mismo: el *especismo* que utilizas a la hora de comer animales roza prácticamente lo absurdo.

¿El *espe* qué, chiquilla?

Especismo. ¿Por qué comes cordero y no perro, por ejemplo? ¿No tienen ambos entendimiento? ¿No ponen los dos ojitos tiernos cuando los miras? No comes gato pero sí conejo, ¿por qué? ¿No te das cuenta de que es tu mente la que está contaminada?

—No, guapa, lo mío será cultural y todo lo que quieras, pero tú te permites hacer dietitas porque sí tienes qué comer. Si nos sueltan a todos en una selva junto con otros animales, ya verías tú si comías carne o no para sobrevivir. Además... perdona, pero, ya puestos, las plantas también son seres vivos...

La llegada de Oliver interrumpió la discusión. Comenzó a sonar una música más rotunda y trascendente aunque animada: Malika Ayane inundaba de fuerza el comedor con su *Senza Fare Sul Serio*, que hablaba de no perder el tiempo, ni la oportunidad, ni el ritmo. Cantaba, en definitiva, sobre la sabiduría de mirar atrás sin ponerse demasiado serio.

—Vaya, cuando tengáis debates tan animados tenéis que avisarme —les dijo Oliver divertido; llevaba un par de minutos escuchándolos.

—Yo no tengo la culpa —se justificó Michael—. Es ella, que desde que se ha hecho budista parece que sobrevive a base de perejil —dijo con una sonrisa maliciosa mientras se levantaba y se dirigía hacia la cocina. Anna se acomodó ante su desayuno y comenzó a degustarlo al tiempo que Oliver se sentaba a su mesa.

—Siento que no te guste nuestra comida —se disculpó con una ironía que daba a entender que para él, en realidad, se trataba de un desayuno magnífico—; al menos, espero que hayas dormido bien.

—Sí, he dormido fenomenal, la casa está preciosa, Oliver, ¡y qué vistas! Y el desayuno es estupendo, pero yo a estas alturas ya estoy acostumbrada a otra cosa, en fin... esta opulencia y este abuso de materias primas... no puedo con ello.

—No me digas que ahora todos los de Occidente somos malísimos. Que dispongamos de ciertos lujos no quiere decir que no sepamos cómo es la vida en otras partes del mundo, Anna.

—No, no lo sabéis —le respondió ella, seria—. Podéis ver un documental o suponer cómo es, pero en realidad no tenéis la menor idea.

—Y tú sí —le replicó Oliver, cortante, que por un segundo estuvo a punto de recordarle la verdadera austeridad que le podría suponer a Anna dormir en la playa al raso y no en la confortable habitación de Villa Marina sin coste alguno. Le resultaba curioso cómo algunas almas libres y desinteresadas, críticas con el capitalismo en todas sus vertientes, no oponían argumento alguno a disfrutar de la generosidad ajena. A él le había costado mucho dinero, trabajo y esfuerzo llegar hasta donde había llegado.

—No quiero discutir, Oliver —dijo ella con ánimo conciliador—. Mi dieta vegana tiene más que ver con mi ética que con mi nutrición. Tampoco utilizo ropa hecha con piel de animales ni, desde luego, la que emplee mano de obra infantil... de hecho, mi ONG, Shiva, trabaja fundamentalmente para evitar el esclavismo de los niños.

—Ah, pero ¿no colaborabas en algo del medio ambiente?

—También, sí. En Bihar hay casi 85 millones de habitantes, y dependen casi íntegramente de la agricultura; así que, para evitar envenenamientos, hay que controlar el uso indiscriminado de plaguicidas y buscar el desarrollo sostenible mediante microrredes solares. En Dharnai, al sur de Patna, que es donde yo vivo, ya se ha hecho el experimento y se han logrado cubrir todas las necesidades energéticas exclusivamente con el sol.

—Estás muy cambiada, Anna. No sé, pareces otra persona.

—Es que soy otra persona, Oliver —declaró ella con orgullo—. No sé cómo en el pasado pude desperdiciar tanto tiempo de mi vida en cosas banales, en estupideces. Ahora hago cosas por los demás, por la Tierra, por cambiar las cosas. He abierto los ojos: el mundo es mucho más grande de lo que yo creía cuando vivía en Londres. Hay gente diferente que apuesta por seguir caminos no convencionales ni impuestos por su cultura ni sus obligaciones sociales... gente que hace que cambie el mundo, que mejore, que no necesita una familia tradicional para sobrevivir, sino que hace de su estilo de vida la única forma de supervivencia global.

—¿Dejándolo todo y yéndose a vivir a la India para trabajar en una ONG por ejemplo? —atacó Oliver, mordaz, cansado del discurso paternalista que estaba recibiendo y recordando vagamente las desagradables discusiones que ambos habían tenido en el pasado sobre aquel mismo tema cuando ella decidió dejarlo para marcharse a la India. Ahora, aquel episodio era algo muy lejano, parecía que le hubiese sucedido a otro con el que Oliver ya no tenía nada que ver, pero al principio lo había pasado mal: se había visto obligado a despegarse del amor y de toda la proyección de planes que había hecho junto a Anna, la antigua Anna. De pronto, él se había convertido en un lastre, en un hombre que coartaba las aspiraciones de ella, cuando no mucho tiempo atrás Anna todavía planeaba con él una vida, convencional, sí, pero agradable y sencilla, a su lado. La enfermedad que casi había terminado con ella, al final, la había convertido en una nueva persona: una desconocida.

—No, Oliver. Hablo de gente que se implica mucho más que yo, que cambia las cosas, que supedita su vida al bien común, que piensa en grande para conseguir objetivos maravillosos... ¿acaso crees que serán los políticos los que acaben con el calentamiento global? Claro que no —se contestó a sí misma, firme y encendida—. Ellos seguirán en sus despachos, con su mobiliario de lujo y con sus trajes cosidos por niñas de la India...

—Ya, solo salvarán el mundo el barco de Greenpeace y los cuatro tarados que se cuelguen del Empire State con pancartas. Venga ya, Anna. Los ideales están bien, pero hay que ser realistas. ¿Sabes que hay gente, esa *gente malvada* a la que tú aludes, que se mete en política, precisamente, para cambiar las cosas? ¿No has pensado que el sistema puede intentar cambiarse desde dentro?

Anna suspiró añadiendo a su rostro media sonrisa que parecía remarcar lo inútil de discutir con ignorantes. Entrarían en un bucle de argumentos opuestos sin salida. Le guardaba afecto a Oliver, pero despreciaba su antigua forma de vida, que no la había llevado a ninguna parte y durante la que no había hecho nada por nadie y solo se había limitado a existir. Hizo un esfuerzo por no parecer condescendiente. A fin de cuentas, aquella visita tenía una finalidad concreta, mucho más allá de su limpieza kármica.

—Oliver, dejémoslo. Ambos sabemos que no nos pondremos de acuerdo. Por cierto... quería hablarte de algo; no sé si recuerdas nuestra conversación de anoche sobre el karma...

—Claro —replicó él con una sonrisa, agradecido, en realidad, por cambiar de tema—. ¿Cómo olvidarla? El círculo de la vida. En cualquier momento pensé que te ibas a poner a hablar de *El rey león* —añadió con cierta sorna, aunque conciliador.

—Tú y Michael estáis muy graciosos; debe de ser este lugar, este aire cántabro, que os pone de buen humor —replicó ella, negando con la cabeza y volviendo la vista hacia la enorme ventana—. Reconozco que este sitio es espectacular.

Oliver asintió volviendo también su mirada hacia el paisaje que ofrecía el ventanal: el contraste entre la fina arena de color canela de la playa y el azul espumoso del mar hechizaban la mirada. Anna continuó hablando.

—Me refería a la limpieza de las deudas kármicas. Tu novia policía, al menos, parece que sí entendió bien el concepto.

—No es policía, es teniente de la Guardia Civil —replicó él, un poco a la defensiva. ¿A qué venía aquello? ¿Por qué nombraba a Valentina?

—Sí, perdona. Teniente de la Guardia Civil. Una chica dura: no te pega nada —lo provocó—. Aunque reconozco que desmonta a cualquiera con esa mirada. Un ojo negro y otro verde...

—Pues ahora que lo dices, creo que me pega bastante y que tiene una mirada preciosa —la cortó él, que no pensaba entrar en el juego comparativo propuesto por aquella nueva Anna tan espiritual y ecologista. Le resultaba lejano e irreal recordarla como lo que había sido, una profesora de literatura inglesa convencional y tranquila—. A ver, querías contarme algo sobre tus deudas kármicas, ¿no?

Anna asintió:

—Sí. Hay algo importante que tengo que decirte. Quizás este no sea el lugar adecuado. ¿Quieres dar un paseo por la playa? —propuso.

—¿Con este frío? —comenzó a excusarse Oliver.

—Nos abrigaremos. Se la ve tan bonita... —insistió ella mirando el arenal.

—Prefiero que me lo cuentes aquí, la verdad es que hoy tengo bastante lío —mintió. Se habría sentido desleal y absurdo paseando por la playa con su antigua prometida mientras Valentina se jugaba el tipo intentando atrapar a un probable asesino en serie.

—De acuerdo —concedió Anna—. Es un tema bastante serio y delicado, la verdad es que no sé muy bien cómo empezar... pero debo hacerlo. Vayamos a la biblioteca, al menos —le pidió señalando con un gesto a los pocos huéspedes que aún estaban desayunando; precisaba algo más de intimidad para lo que pretendía contarle.

Oliver asintió, y ambos comenzaron a levantarse para dirigirse a la bonita biblioteca de Villa Marina, cuyas vistas daban al jardín lateral de la gran casona, y que estaba repleta de libros sobre Cantabria y de toda clase de novelas, en español e inglés, de la colección personal de Oliver y de la propia de Villa Marina, en cuya reforma habían encontrado decenas de libros. Pero algo los detuvo.

Bip, bip, bip.

El teléfono móvil de Oliver sonó de improviso en el bolsillo de su pantalón y este, seguido por Anna, volvió a sentarse. Michael, ajeno a aquello tan importante que Anna parecía querer contar a Oliver, regresó de la cocina y se acomodó también junto a ellos. Un número largo de Inglaterra. Era su padre. Tenía noticias de la Royal Mail. Habían localizado el apartado de correos de Guillermo, su hermano, desaparecido hacía casi dos años. Su antigüedad era de aproximadamente un año y medio. ¡Solo un año y medio! La conversación de Oliver con su padre traslucía una gran agitación nerviosa.

—¿Cómo? No puede ser, pero ¡eso está en la otra punta del planeta! ¿Qué coño hacía allí Guillermo? Ya, ya... ¿Y el contenido? Ah, ¿hay que mandar abrir el buzón allí?... Vale, vale, de acuerdo. Entonces, ¿no es un apartado postal en sí, sino una dirección de reenvío postal? Del servicio de correos, no una dirección particular, entonces, ya veo. Llámame tan pronto haya novedades. Sí, claro, gracias; un beso, papá.

La conversación apenas duró cinco minutos, en que Oliver preguntaba y afirmaba lo mismo de forma repetida, incrédulo ante las novedades. Michael apenas esperó a que Oliver colgase para preguntar:

—¿Dónde? ¿Dónde estaba el apartado?

—En Nepal. El muy idiota estaba en Nepal. ¡Nepal! *What the fuck...?*

—¡Nepal! —exclamó Michael sorprendido.

—Nepal —repitió Oliver, que miró al vacío durante dos segundos—. Guillermo solicitó el reenvío postal a Katmandú, la capital, hace aproximadamente un año y medio; ¡un año y medio! ¿Sabes qué significa eso?

Michael lo sabía. Se levantó y abrazó a Oliver.

—¡El muy cabronazo! Así que sí salió de Lanzarote...

Guillermo Gordon, al menos un año y medio atrás, no solo estaba vivo sino que se encontraba en Nepal. El alivio que Oliver sintió se entremezcló con el enfado: si estaba vivo, ¿por qué no los había llamado? Y ahora, ¿dónde estaría? ¿Encontrarían algo dentro de aquel buzón nepalí de reenvío postal? Oliver y Michael comenzaron a hacer conjeturas sobre cómo Guillermo habría llegado allí, qué habría ido a hacer a aquel país y qué nuevos pasos podría seguir ahora la investigación.

Anna los escuchaba con atención, aparentemente contagiada por su mezcolanza de alegría y excitación, pero sin hacer comentarios. Su momento para contarle a Oliver aquello por lo que en realidad estaba en Cantabria, aquello que venía a decirle, se había evaporado. ¿Reuniría otra vez el valor para hacerlo? ¿Sería posible dulcificar, maquillar y corregir la verdad sin perjudicar su esencia? No, lo que venía a contarle sería difícil de matizar. Tomó aire y, con paciencia, siguió escuchando en silencio las extraordinarias novedades sobre el último paradero conocido de Guillermo Gordon.

Aquismón, San Luis Potosí (México)
Tres años atrás

6.30 h de la mañana

Arturo Dubach tenía un humor pragmático y descreído, y un instinto de supervivencia que solo podía superar la prudencia de una madre. Siempre llevaba calcetines de recambio: consideraba que todo arqueólogo debiera tener esta previsión, especialmente si hacía trabajo de campo en excavaciones abiertas. Su rasqueta también llevaba su identidad bien marcada y reconocible: ¿acaso había algo más molesto que perder esta herramienta? Vestir varias piezas de ropa era asimismo fundamental: uno nunca sabía qué se iba a encontrar durante una excavación, cuánto tiempo le iba a llevar, ni cuánto calor o frío gélido iba a tener que soportar su cuerpo.

—¿Por qué te hiciste arqueólogo? —le había preguntado Verónica la noche que lo había conocido, sin sospechar que en solo unas semanas se convertiría en su novia. Estaban con unos amigos comunes en un *pub* del bohemio barrio de Carouge, en Ginebra, años atrás, quizás solo ocho o nueve meses antes de que todo el grupo hubiese conocido a Wanda Karsávina en Nördlingen.

—¿Y por qué no? —había replicado él, resuelto—. La historia y la geología son lo bastante interesantes por sí mismas como para que requieran una explicación.

—Si tú lo dices... —contestó ella—. No sé, no es un trabajo muy habitual.

—Tampoco lo es ser marchante de arte —respondió él.

—Bueno, reconoce que mi trabajo es más convencional, aunque también viajo mucho.

—Como yo, ¿ves? No paro de viajar.

—¿Y no te cansas de ir siempre de excavación en excavación?

—No siempre hago eso. También colaboro con proyectos y ponencias en varias universidades aquí, en Suiza. Pero es verdad que viajo bastante; debe ser mi gen aventurero.

—¿Tu qué?

—Mi DRD4. El gen de los intrépidos.

—¿Estás de broma?

—Para nada. Tengo una variación en el gen DRD4-7R, que provoca mi interés por la búsqueda de novedades, de aventuras.

—¡Te lo estás inventando! —exclamó ella divertida, y bebió de nuevo de su copa de vino francés.

—Claro que no, ¿por qué iba a inventarme algo así? Se supone que es un neurocambio positivo, pero que puede hacerme perder la concentración si no recibo estímulos suficientes o si llevo una vida sedentaria. Se supone también que sería más fácil que asumiese conductas arriesgadas o peligrosas, pero en mi caso es al revés: mi instinto de supervivencia lo tengo bien asentado —explicó, riéndose.

—Vamos, que eres un bicho raro.

—Eso parece —asintió él, encogiéndose de hombros en señal de aceptación.

Ella lo miró en silencio, con curiosidad, como si desease saber qué clase de agujeros guardaba él en sus bolsillos. Arturo sintió una inyección de inesperada confianza con aquella chica, de mirada firme y divertida y casi tan alta como él.

—¿Te confieso por qué me hice arqueólogo?

—Por favor.

—Para estudiar algo no estudiado.
Verónica lo escrutó durante unos segundos. Alzó la mano y avisó al camarero y pidió dos copas más de vino.
—Eso que dices no puede ser, Arturo. Ya está todo estudiado. Incluso los fósiles, incluso las conjeturas, hasta las más absurdas fabulaciones han sido objeto de proyectos, de estadísticas.
—Pero pueden descubrirse nuevos restos, realizar nuevos hallazgos.
—Similares a los ya encontrados.
—O no —le contradijo él—. Es posible hallar nuevas verdades que incluso contradigan otras ya asentadas.
—Creo que hay un señor que ya avisó hace siglos de que la Tierra no era plana sino redonda; llegas tarde.
—¿En serio? Se me ha adelantado, entonces.
Arturo suspiró, riéndose y mirando con interés a Verónica. ¿Se burlaba de él? No, lo miraba de esa forma que saben mirar algunas mujeres, haciéndole sentir seguro, despreocupado y masculino.
—Al menos me reconocerás que sí es posible plantear nuevas hipótesis.
—Claro —concedió ella—, y reconozco que es interesante.
—Sí, para mí es más que un trabajo. Aunque no tiene nada que ver con Indiana Jones, si es lo que estabas imaginando.
—No, te aseguro que no es eso lo que me estaba imaginando. Con tu gen aventurero ya me has dejado fuera de combate —dijo riéndose—. Y, la verdad, no te pareces en nada a Harrison Ford —añadió, suavizando el gesto antes de volver a hablar, mirándolo fijamente, con una sonrisa pícara en los ojos—. Tú eres mucho más guapo.
Arturo, en plena madrugada mexicana y ante el magnífico enclave del Sótano de las Golondrinas, sonrió recordando aquella noche. Llevaban saliendo casi tres años y las cosas marchaban bien. De hecho, habían empezado a vivir juntos. A Verónica parecían no importunarle sus ausen-

cias: ella también solía estar fuera de la ciudad. Por eso Arturo había accedido a aquella aventura en el Sótano de las Golondrinas, porque aquellos días ella tampoco estaría en Ginebra. De lo contrario, habría terminado su trabajo en la Cueva de la Lechuguilla y habría regresado a casa.

Arturo observó el ambiente: los turistas habían llegado. No eran muchos, apenas una docena. Los vencejos habían amanecido, con puntualidad, agitando sus alas para salir del abismo que se había convertido en su hogar.

El Sótano de las Golondrinas era sobrecogedor. Los cuatro exploradores y los turistas habían enmudecido. Pero no a causa de la belleza del lugar, ni por la multitud de aves que, en círculos, salían del pozo de roca gris y húmeda. Era por el ruido. Por el chillido breve, monótono y agudo de los vencejos: un estrépito ensordecedor.

—Joder, abajo va a estar llenito de cagadas de pájaro —dijo Arturo, resoplando y enarcando una ceja.

—¿Qué esperabas, un palacio y un mayordomo ahí abajo para que nos recibiese? —bromeó Marc quitando importancia a lo que encontrarían en el suelo de la cueva vertical—. Vamos a ver un submundo de película, así que no seas quejica —lo reconvino.

Paolo, entretanto, y sin hacer caso a los comentarios, disparaba su cámara fotográfica sin parar, registrando la salida de los vencejos de la cueva, que volaban de forma ascendente y en espiral.

Arturo, concentrado en el Sótano de las Golondrinas, y sin despegar la mirada del abismo, pareció reflexionar en voz alta:

—La caída libre serían unos diez segundos, ¿no?

—Y con dos horas como mínimo de ascensión posterior —le confirmó Paolo sin dejar de hacer fotografías.

—¿Sabíais que esta cueva ya la conocían los huastecos, pero que no se acercaban a ella porque creían que la habitaban malos espíritus? —intervino Helder. Se refería a los indígenas, descendientes de los mayas, que en el pasado habían habitado aquellas tierras.

—Qué tranquilizador —contestó el suizo, que se ganó nuevas burlas de sus compañeros.

—Pero ¿tú no eras el que decías que tenías el gen aventurero? —dijo Helder riéndose.

—Una cosa es estar genéticamente predispuesto a la aventura y otra muy diferente a las actividades suicidas.

—¡Suicidas! Pero ¿a ti qué te ha dado hoy? —replicó el portugués poniéndose en jarras y dispuesto para una animada discusión.

Como siempre, Paolo intentó conciliar posturas retomando la conversación anterior:

—Lo de los huastecos no es nada nuevo, las culturas primitivas veían en las cuevas algo místico, una entrada al submundo... un lugar especial; que, en definitiva, es lo que son.

—¡Ah, amigos! Eso es algo que ya todos sabemos porque lo hemos experimentado por nosotros mismos —añadió Marc—: estas cuevas son la última frontera del planeta, y en su interior solo se adentran los más audaces... —concluyó aludiendo claramente a Arturo Dubach, que respondió manifestando su decisión:

—Yo pienso adentrarme, aunque creo que no voy a hacerlo con el paracaídas.

—Venga ya —se quejó Marc—, vas a tardar una eternidad rapelando.

—Iré rápido —objetó el suizo con la mayor tranquilidad—: bajaré con el descendedor de poleas.

—Qué caguetas —se burló Helder.

—Ya ves, estoy muy preocupado por tus opiniones —se rebeló Arturo, harto de las burlas, especialmente de las del portugués.

—Haya paz —cortó Paolo, previendo un conflicto mayor—. Cada cual que baje como quiera. Arturo, si quieres, prepara ya tu equipo para ir descendiendo y que podamos coincidir en el sótano de la cueva al mismo tiempo. Los demás, no estaría de más que revisaseis arneses, correas, manijas...

—Venga ya, Paolo, que no somos niños de guardería —objetó Helder—. Los paracaídas están perfectamente; a ver si este —dijo, desdeñoso, dirigiéndose al suizo con la mirada— te ha pegado su ataque de pánico.

—«Este» no tiene ningún ataque de pánico —replicó al instante el propio Arturo—. Simplemente, prefiero bajar rapelando. No tengo que demostrar nada, gilipollas.

—¿Ahora soy yo el gilipollas? Eres tú el que se ha acojonado y el que está montando el numerito. Punto. Por estadística, sería casi imposible que la palmases hoy, ya ves. De media, un muerto cada setenta y cinco mil saltos. No vamos a hacer *wingsuit* ni ningún tipo de filigrana; si es tirarse y ya está, joder.

—Pues enhorabuena —resopló Arturo—, espero que el viaje valga la pena. Yo solo quiero ver la cueva, y puedo hacerlo de la forma que me dé la gana. Además, posiblemente tus estadísticas de mierda incluyan solo el paracaidismo normal, no el que queréis hacer.

—¿El que queremos hacer? ¡El que hay que hacer! —replicó al instante Helder, comprendiendo a qué se refería el suizo—. ¡Ahora lo entiendo todo! Por eso no te quieres tirar...

—¿Por eso? ¿Por qué? —preguntó Marc con verdadera curiosidad, sin entender nada.

—Por el *paraca* de reserva, ¿me equivoco? —explicó Helder mirando con condescendencia al suizo.

—Asumís un riesgo innecesario —afirmó Arturo a modo de respuesta, confirmando lo que pensaba Helder.

—Lo hemos hecho muchas veces. No es un riesgo, es un deporte. Es morder la vida —replicó Helder.

—¿Así que todo esto es por no llevar paracaídas de reserva? —preguntó Marc—. Pero Arturo, criatura, ¿no ves que no valdría de nada? Será una caída de solo unas docenas de metros... Aunque lo llevases no podrías utilizarlo, no tendrías oportunidad de abrirlo.

—Precisamente. No tendría ninguna oportunidad.

Arturo empezó a desplegar su equipo para bajar a la

cueva, mientras los vencejos seguían chillando y saliendo de aquel enorme agujero.

Habían pasado veinte minutos, pero las aves, inagotables, seguían emergiendo en bandadas de las entrañas de la Tierra. Arturo ya había empezado a descender, ágil y seguro, por el margen del pozo que el guía le había sugerido. Los demás, Marc, Paolo y Helder se preparaban para hacer lo propio, pero en caída libre. El guía también les había recomendado a ellos el mejor margen de la cueva para arrojarse al vacío. Tomarían un poco de carrerilla y, como ángeles de piel y hueso, viajarían al abismo. Tuvieron que esperar diez minutos más hasta que la masa de aves terminó de salir. ¿Cómo era posible que hubiese tal cantidad de vencejos viviendo en el mayor pozo natural del mundo?

El primero en saltar fue Marc Llanes. Su paracaídas tardó solo unos segundos en abrirse, y sus aullidos de felicidad rebotaron, como un eco vivo, en las paredes verticales de la caverna. Cuando llegó al suelo del Sótano de las Golondrinas, comprobó que la predicción de Arturo había sido correcta: estaba lleno de excrementos de pájaro y de un verdín indescriptible, brillante y resbaladizo. El aire era como de otra época, como si la propia Tierra hubiese abierto sus labios allí abajo, dejando brotar su inclasificable y extraño aliento.

El siguiente fue Paolo Jovis. Abrió su paracaídas incluso más tarde que Marc, sin emitir un solo sonido, concentrado y disfrutando de la aceleración uniforme de su cuerpo y del aire que lo abrazaba. Aquello sí que era rozar la última frontera, el gesto máximo para estrujar la vida. La gente se montaba en montañas rusas para conseguir un vacío desagradable en el estómago, un vértigo controlado. Él, en cambio, era libre, hijo de la vida real, no de la impostada. Abrió su paracaídas y dirigió rápido la ruta de caída, maravillado por lo que estaba viendo. Los turistas disparaban fotos sobre él y sus compañeros de forma frenética, pensando sin duda que observaban a unos aventureros irreverentes con la vida, cuando en realidad se trataba de científicos, geólogos y arqueólogos de prestigio.

Cuando le tocó el turno a Helder, Arturo ya había llegado al sótano de la cueva rapelando. Junto a Marc y Paolo admiraba, maravillado, aquel abismo que había sido moldeado por la persistente erosión kárstica del agua. Era uno de aquellos instantes mágicos que se permitían compartir olvidando cualquier desencuentro: sentirse tan poderosamente vivos les hacía considerar que el esfuerzo, el viaje, había valido la pena. En aquel momento eran exploradores, viajeros atemporales de aquel Sótano de las Golondrinas; se habían atrevido a dar un paso más, a ser diferentes a los demás y a desafiar a la prudencia buscando la viveza del conocimiento.

Helder tomó carrerilla, confiado, preparado para un salto limpio y atlético, incluso elegante. Sonrió al manojo de turistas dedicándoles una mirada de ganador a través de sus gafas de protección ocular. El altímetro marcaba quinientos doce metros de profundidad, aunque la caída libre sería de menos de trescientos ochenta. Pero Helder Nunes, antropólogo y experto en arqueología subacuática, un investigador que había sido capaz de datar las secuencias de cambios climáticos del norte de Europa de los últimos 550.000 años, se trastabilló mientras corría. Quizás fuese el musgo vivo sobre la piedra, aunque lo más probable es que tropezase consigo mismo y resbalara. Quizá simplemente fuese la conciencia súbita de lo que estaba haciendo. Resbaló al llegar al borde del precipicio de la forma más absurda y menos épica imaginable. Morir debería ser más grandioso, perder la vida debería compensar. Helder cayó al vacío sin el ángulo adecuado, en un gesto torpe y casi inexplicable, golpeando su espalda contra uno de los laterales irregulares del pozo. Debió de perder la consciencia en el primer impacto, pues no hizo ademán alguno de abrir el paracaídas. Sus compañeros, desde el sótano de la cueva, contemplaron impotentes la sucesión de golpes que sufrió el cuerpo del arqueólogo portugués. Y así, de forma absurda e inesperada, como en una película vertiginosa pero interminable, el cuerpo de Helder aterrizó donde se encontraban sus compañeros como si fuese un polichinela triste, grotesco y roto.

Marcelo —el guía—, que desde la superficie del pozo lo había visto todo horrorizado, sacó su teléfono móvil para llamar a los servicios de emergencias, a pesar de comprender que ya no había nada que hacer por el joven explorador. Marc, Paolo y Arturo supieron que estaba muerto al instante: lo revelaba la posición inverosímil del cuello del portugués y su mirada abierta, vacía y terrorífica, que ya no veía nada.

Fue entonces cuando el aliento extraño, majestuoso y atemporal del Sótano de las Golondrinas se coló dentro de los tres amigos, cambiando a uno de ellos para siempre.

El viajero del Sótano de las Golondrinas
Cuarta reflexión

No puedo evitar que existan personas anodinas, banales e insípidas. Si las eliminase de la Tierra, nacerían otras idénticas, insustanciales y pueriles y, por ello, peligrosas. En su comodidad y abandono vendría nuevamente la desgracia. Pero, mientras unos se estancan, otros vulneramos las coordenadas sociales impuestas y marcamos el camino para entender la vida.

Por fortuna, como dijo alguien alguna vez, las personas iguales, las parecidas, se atraen. Es una cuestión de intereses comunes. El tiempo y mis viajes lograron que, como si yo mismo funcionase como un imán irresistible, terminásemos por encontrarnos; por formar una familia sin lazos de sangre, pero con las agallas y la determinación suficientes como para desoír lo convencional, lo impuesto y lo aprendido, y buscar otra verdad.

Éramos cuatro. Cuatro amigos, cuatro hombres que dirigían sus propios pasos sin venderse, sin doblegarse. Cuando el grupo completo se reunía, era extraordinario. Éramos aventureros, éramos diferentes. Y encontrábamos modos de vida excepcionales y lugares insólitos, desconocidos aún para las agencias de viajes.

Cuando empezamos a adentrarnos en las cuevas comprendimos que el sentido de todo lo que somos y de lo que fuimos estaba allí dentro. Y comenzamos a descender al submundo sin saber, en realidad, qué nos esperaba allá abajo.

Perder a Helder fue un mazazo duro, inesperado, difícil de asumir. Qué muerte tan absurda e incomprensible, qué pérdida tan irreparable. Cuando yo mismo descendí al Sótano de las Golondrinas, sentí que aquel era el viaje que debía hacer, que ninguna otra actividad ni ningún sueño en el mundo podría equipararse a lo que yo vivía contemplando aquella maravilla. Ver a mi compañero morir hizo que aquel Sótano, aquella cueva, se me quedase dentro.

Alguna vez, algún idiota, en algún lugar, me ha preguntado por qué practico actividades tan arriesgadas, por qué siempre estoy en movimiento, por qué desciendo tantos metros bajo la corteza terrestre, por qué no hago lo que todos, por qué no soy como los demás. Como si yo fuese extraordinario, como si no hubiese habido otros muchos como yo que en su momento fueron cuestionados. ¿Consideraron normal a Américo Vespucio cuando afirmó que las tierras a las que había llegado Cristóbal Colón eran, en realidad, un nuevo continente? Claro que no. Lo ridiculizaron. Y, sin embargo, cuando la verdad, por fin, doblegó a los ignorantes, bautizaron a las Nuevas Indias como América en su honor, eternizando su nombre.

Sin personas como Vespucio, como nosotros, la gran masa estaría vagando, y sobreviviría, esencialmente, perdida.

7

En este lugar, durante los veranos de 1933 a 1935, actuó el teatro universitario La Barraca, dirigido por Federico García Lorca. La universidad y el pueblo de Santander ofrecen este homenaje a su arte inolvidable.

Placa instalada en la torre de las caballerizas del palacio de la Magdalena

Existen lugares que, aun compuestos de materia muerta, destilan el embrujo de lo vivo. Son solo piedras, cemento, madera, pequeños edificios. Sin embargo, parecen llevar consigo una parte de las personas que los visitaron en el pasado. ¿Qué será lo que se posa sobre algunos tejados? ¿Será solo el encanto del desgaste del tiempo? ¿Será que se cuela algo de nosotros mismos entre las rendijas de todo aquello que tocamos, miramos, amamos? Hay quien no siente nada: lo que ve son solo envoltorios, casas, ventanas, puertas y tejados. Y hay quien, al instante, percibe en una estancia la energía de un lejano beso robado, de una mirada maliciosa, de una traición, de un secreto.

Valentina Redondo, en aquel lugar, aunque ya lo conocía, lo sintió todo y, a la vez, no percibió nada en absoluto. El patio principal de las Caballerizas del palacio de la Magdalena era un lugar vivo: enviaba tantos mensajes como personas habían pasado por allí. Demasiadas sensaciones como para identificarlas y definirlas. Su arquitectura medieval, con suaves trazas georgianas, no resultaba nada común. Había sido construido a principios del siglo XX, jugando a reproducir un diminuto pueblo medieval inglés, idealizado, donde puntiagudos tejados granate y entramados de madera vista del mismo color envolvían al visitante en cierto aire romántico y lejano. Atravesando una gran valla formada exclusivamente por un fabuloso y enorme seto, la teniente Redondo y el sargento Riveiro habían accedido al patio, donde dos círculos perfectos de césped, en disposición lineal, los separaban de la torre de las Caballerizas y de la entrada principal. A ambos lados del patio, cerrándolo, se imponían los edificios de corte medieval, de dos alturas; la primera, de un suave amarillo *camel*. La segunda, de blanco níveo, coloreada solo por los entramados granates de madera cara vista. Tras las ventanas blancas, en aquel momento no se adivinaba ninguna actividad. Parecía, en realidad, una enorme propiedad privada de cualquier bucólica y tranquila campiña inglesa.

—Joder, menudo sitio. Parece que estuviésemos saltando al medievo cada dos por tres —dijo Riveiro, deteniéndose admirado al ver el patio de las Caballerizas, que en realidad apenas tenía cien años de antigüedad.

—¿No lo conocías? —Se extrañó Valentina, sabedora de que resultaba prácticamente imposible que nadie que viviera en Santander hubiese dejado de entrar, al menos una vez en su vida, en la hermosa península de la Magdalena. Ella, que tenía su apartamento justo enfrente, ante la famosa playa del Camello, había dado muchos paseos por aquel trozo de tierra que se adentraba en el mar. Solía descansar sentándose en la hierba, en una zona apartada, sobre suaves acantilados de piedra caliza, donde las vistas hacia el faro de la isla de Mouro la dejaban hipnotizada. ¿Lograría algún día, por fin, que aquella calma la acompañara siempre?

Riveiro negó con la cabeza:

—Qué va. Nunca había entrado aquí. Lo había visto desde fuera, hace tiempo, cuando los niños eran más pequeños y los llevaba al parque —explicó, señalando con la mano hacia los prados exteriores, pegados al mar, donde un enorme parque de columpios solía nutrirse de gritos y travesuras infantiles.

—Pero habrás entrado alguna vez, aunque sea de pasada, hombre —replicó Valentina. Riveiro sonrió: una de esas sonrisas cansadas, pero satisfechas, que a veces destilan los que son padres.

—Con ver dónde demonios se metían los niños, tenía suficiente. Se escurrían como ardillas, te lo aseguro. Aún hoy tengo que andar con mil ojos.

—Exagerado. Pero si ya son mayores.

—Bueno, con ocho y diez años, aún no los tengo listos para mandarlos a la universidad, precisamente... —contestó con una afable sonrisa, volviendo a admirar el patio e intentando localizar la puerta principal de entrada al recinto—. Reconozco que el lugar tiene encanto.

—¡Ah, la belleza pasa desapercibida en tantas ocasiones! —exclamó un hombre a sus espaldas. Riveiro y Valentina se volvieron a la vez. Ante ellos, un hombre bajito, vestido íntegramente de verde y casi completamente calvo pero con una nutrida barba y bigote, les sonreía de forma amigable—. Disculpen, les he sobresaltado. Deben de ser ustedes los especialistas, en fin, los detectives, ¿no?

¿Detectives? ¿Especialistas? ¿De dónde salía aquel tipo? Riveiro pensó, mordaz, que si el hombrecillo de verde era un desequilibrado que se presentaba diciendo que era un elfo, a aquellas alturas le resultaría ya de lo más normal: tendrían el día completo. Pero fue Valentina la que tomó la palabra:

—Yo soy la teniente Valentina Redondo, de la UOPJ de la Guardia Civil, y este es el sargento Jacobo Riveiro —manifestó, marcando bien sus palabras y enviando un mensaje de seriedad con su mirada y su semblante. Su tono era inquisitivo: ahora le tocaba al desconocido presentarse.

—Por supuesto. Disculpe, teniente —respondió ágil el inesperado interlocutor—; es que como vienen sin uniforme ni nada, uno no sabe si son o no son... en fin —carraspeó, con una risilla nerviosa—: yo soy Ramiro Arjona, el rector de la universidad. Disculpen que los haya sobresaltado, los estaba esperando y he bajado tan pronto como los he visto entrar; he observado —y aquí se dirigió a Riveiro— que admiraba usted nuestra pequeña residencia; es bonita, ¿verdad?

—Lo es —asintió Riveiro escuetamente.

—Señor rector... Arjona —intervino Valentina, con una brusquedad comedida pero elocuente—; venimos por Wanda Karsávina.

—Claro, por supuesto. ¡Qué desgracia! Es algo difícil de digerir y de explicar, ya no solo a los familiares, sino a los propios alumnos. Y ya nos ha llamado la prensa, ¿saben? Yo no he dicho nada, ¡por supuesto! ¡Nada en absoluto! A excepción del detalle de quién era Wanda Karsávina, claro, una eminencia en su rama, la verdad, qué pena. Y tan joven... Treinta y seis años —añadió meneando la cabeza—. Síganme, querrán ver su cuarto, ¿no? Lo hemos dejado tal cual: he dado orden de que de momento no toquen ni limpien nada, aunque ya estuvieron sus compañeros ayer por aquí... ya saben. La verdad es que poco hay que ver, ustedes se han llevado sus cosas.

Valentina ya sabía que, en realidad, y dado que los de Criminalística ya habían intervenido, la visita al cuarto de su malograda princesa medieval iba a ser más testimonial que práctica. La teniente y el sargento siguieron al rector, y comprobaron que, en su interior, el inmueble era completamente moderno, funcional y sencillo, por lo que recordaba a cualquier otra residencia de estudiantes que pudiese haber en el corazón de Santander.

—No es normal que en pleno mes de febrero demos cursos aquí, ¿saben? Pero es que las jornadas y seminarios de estas dos semanas eran tantos y con tan amplia solicitud de asistencia, que el campus de las Llamas se nos quedó pequeño.

—¿No usan esto todo el año, entonces? —quiso confirmar Riveiro mientras subían por una escalera.

—Oh, no, normalmente solo en verano, y solo para alumnos, porque a los profesores solemos instalarlos en el palacio. Pero en la Magdalena estaban ahora repintando los cuartos, y como aquí tenemos más de cincuenta habitaciones dobles...

—Ya veo —replicó Valentina—. Según creo, Wanda Karsávina compartía cuarto, ¿no?

—En efecto, con otra profesora alemana, Astrid Strauss. Eran compañeras desde hacía años, y creo que buenas amigas, o eso he deducido yo tras hablar con ella, vamos. Está muy afectada, ¿saben? Normal, claro. ¡Como para no estarlo! Además, ha sido ella la que ha tenido que identificar el cadáver. Tuvo que ir ayer por la noche al hospital, al centro, ya saben; qué cosa tan horrible. La acompañó alguien de la universidad, por supuesto, no íbamos a dejarla sola en el trance.

Valentina se limitó a asentir mientras sopesaba su siguiente pregunta:

—¿De qué era exactamente el curso que había venido a dar Wanda Karsávina?

—Oh, de Historia y Arqueología Medieval. Era joven, pero una eminencia en lo suyo, se lo aseguro.

—Vaya... ¿Y podría darnos después el programa sobre el curso que ella impartía?

—Por supuesto.

—Necesitaremos también la lista de asistentes.

—Claro, yo... espero no vulnerar ningún derecho de confidencialidad de los alumnos. La universidad tiene un prestigio internacional, en fin...

—Descuide. Seremos discretos. En todo caso, si hubiese alguna dificultad por su parte, estoy segura de que el juez que lleva el caso haría un requerimiento formal —insinuó, aunque deseaba que no hubiese obstáculos burocráticos que ralentizasen su trabajo.

—No... no habrá problema... —respondió dubitativo.

Llegaron a una puerta que tenía precintos con el logotipo de la Guardia Civil. Riveiro los cortó sin ceremonias, e indicó al rector con un gesto que abriese la puerta.

—Aquí lo tienen: el cuarto donde durmió Wanda

Karsávina desde su llegada, el jueves pasado. Es la cama de la derecha, la que está al lado de la ventana.

—Así que pasó aquí dos noches antes de morir —dijo Riveiro, que en realidad pensaba en voz alta.

—Sí —confirmó el rector—. Llegó el jueves por la tarde; el viernes ofreció en el paraninfo una jornada sobre Arqueología Medieval y el sábado por la mañana se marchó a una convención o algo similar a Comillas; se suponía que el lunes comenzaría el curso sobre el medievo, que duraba toda la semana... Ay, morir tan joven, qué lástima. —Volvió a lamentarse—. Yo, es que tengo una hija casi de su edad, ¿saben...? —Su pregunta concluyó con un largo y sonoro suspiro—. En fin..., les dejo trabajar, estaré abajo, en la cafetería, la han abierto esta semana.

—Sí, tranquilo; por cierto... ¿Venían todos los profesores por el seminario que iba a impartir Wanda Karsávina?

—Oh, no. De hecho, solo su compañera de cuarto la asistía en esa temática. El resto de profesores son de otras modalidades, e incluso de diferentes países. A Astrid Strauss la hemos cambiado de cuarto, por supuesto. Habitación 34. Quizás aún esté durmiendo, ayer llegó tarde del hospital. En fin, pueden avisarme en la cafetería si precisan algo, ¿les parece? —insistió, como si estuviese deseando irse y dar por concluida su colaboración.

—Sí, gracias, pero... señor Arjona —añadió Valentina—, le ruego que también nos facilite una lista de los profesores que se han alojado aquí coincidiendo con Wanda Karsávina.

El rector dudó. Era evidente que no le hacía gracia facilitar datos que él consideraba privados e innecesarios para la investigación. Sin embargo, fue rápido al contestar.

—Por supuesto. Encargaré que le preparen una lista ahora mismo. ¿Le vale por correo electrónico? Podrían enviárselo esta misma mañana desde las Llamas.

—Sería perfecto, gracias —Valentina le entregó al

rector una tarjeta con los datos de contacto. Se despidieron y Redondo y Riveiro entraron en la habitación de la princesa.

La teniente Redondo centró su vista en aquel cuarto: nada parecía evidenciar el paso de los compañeros del SECRIM por allí. A pesar del frío que hacía en el exterior, la luz de las ventanas inundaba la habitación de cierta calidez; la decoración era básica, funcional y de corte moderno. A Valentina le recordó las residencias de estudiantes de Santiago de Compostela que había conocido, aunque ella, que había nacido allí, en Galicia, durante sus estudios de Psicología siempre había vivido con sus padres; las habitaciones de sus compañeros universitarios eran austeras, casi idénticas entre sí, sencillas, pero cuando llegaban los estudiantes se revestían de color, de ruido vivo. Quizás por eso el cuarto de Wanda Karsávina le pareció tan hueco, tan vacío. No solo era impersonal, sino que faltaba la alegría real, las voces, el color. Y la inquilina de aquella habitación, además, estaba muerta.

Valentina le pasó unos guantes de plástico a Riveiro, al tiempo que reservaba otros para ella misma; sin embargo, antes de actuar, llamó por teléfono.

—¿Lorenzo? Sí, soy la teniente Redondo... estoy en el cuarto de Wanda Karsávina... sí, nuestra princesa. Ayer estuvieron tus chicos aquí... ¿en serio? ¿No viniste? Yo pensaba que trabajabas treinta horas al día, qué raro... a los del SECRIM os vamos a dar un premio, habéis dejado esto niquelado... ya, ya... vale, entonces podemos tocar todo sin problema, ¿no? Conforme... avísame enseguida si localizáis algo en las muestras que hayáis tomado, huellas... bueno, ya sabes. Sí, pasadme un listado de todo lo que encontréis en el equipaje. ¿No había ningún portátil, ningún teléfono móvil? ¿Nada? Ya... bueno, quiero también una copia de eso. De acuerdo, luego hablamos. OK. *Bye.*

Valentina colgó a Lorenzo Salvador y miró a Riveiro con escepticismo:

—Confirmado. Ni portátil ni móvil. Tampoco ningún bolso. Solo apuntes universitarios: nos darán una copia, quiero echarles un vistazo. Y en este cuarto los chicos de Lorenzo no han dejado nada: la ropa y una maleta, se las han llevado. Están analizando todo el contenido, pero parece que solo hay ropa y enseres personales. Los del SECRIM no han podido hacer nada con las huellas. Parece que aquí hay tantas como estudiantes universitarios.

—Me imagino. ¿Y no han encontrada nada más? ¿Drogas?

—Parece que no. Al menos de momento.

—Pues si Karsávina vino a dar un curso especializado a una universidad como esta, dudo que no trajese su portátil... como mínimo tenía que tener una agenda o algo.

—Y un teléfono móvil, según confirmó a Camargo su compañera de cuarto —completó Valentina, como si ella y el sargento fuesen dos gemelos hilvanando un mismo razonamiento—. Y si fue a pasar el fin de semana a Comillas, además del teléfono, pudo llevarse perfectamente el ordenador —razonó ella recurriendo a la lógica más fundamental—. Lo que tenemos que averiguar lo antes posible es dónde durmió en Comillas; dudo que encontremos nada útil en esta habitación.

Riveiro asintió. Estaba de acuerdo, aquel cuarto no iba a proporcionarles pistas: ninguna nota escondida, ninguna curiosidad que llamase su atención... todo completamente silencioso, normal e incluso anodino. Valentina decidió no perder el tiempo e ir directamente a interrogar a Astrid Strauss.

La teniente y el sargento se dirigieron a la habitación que les había indicado el rector. Según se aproximaban a aquella parte de la residencia, podían sentir, tras las puertas de los cuartos, ciertos indicios de vida. Un móvil que sonaba, el agua en cascada de una ducha, armarios que se abrían y cerraban...

Habitación 34. Suave toque de nudillos sobre la madera. No hubo ningún movimiento en el interior. Valentina insistió, sin urgencia pero más contundente. Nada. Hubo un cruce de miradas entre ella y el sargento: estaban de acuerdo. Valentina giró despacio el pomo de la puerta.

La chica estaba de espaldas, sentada al borde de la cama desecha; fingía mirar el mar por la ventana, aunque su mirada, en realidad, era un eco perdido que buceaba en su cabeza. El cuarto era un revoltijo: había dos maletas abiertas y abandonadas en el suelo; sobre la cama libre, multitud de objetos heterogéneos desordenados, arrojados sin sentido. Sonaba música: una melodía alemana con voz masculina, de ritmo lento pero marcado, que parecía sumergir la habitación en cierta magia nostálgica, en un ambiente triste pero limpio, sin adornos sobre el dolor.

Cantaba Andreas Bourani: *Auf anderen Wegen*. Reflexionaba sobre la separación, sobre la elección de diferentes caminos, sobre lo innecesario que resulta preguntarse qué te une o te separa de alguien, cuando ya es evidente que ambos camináis en círculos: ¿puede evitarse que el corazón del otro lata más rápido que el tuyo? Valentina y Riveiro no tenían ni idea de alemán, pero la mirada perdida de Astrid Strauss, el ambiente de la habitación, revuelta y deshecha, y la belleza de la música, que evidenciaban una despedida, delataban que aquella mujer estaba viviendo, en privado, su propia despedida.

—¿Astrid Strauss? —se atrevió a preguntar Valentina quebrando la magia triste de aquel pequeño mundo en el que habían entrado.

La mujer volvió despacio la mirada, como ajustándola a una realidad conocida pero que no añoraba —quizás estaba más cómoda dentro de sí misma—. Asintió. Valentina mantuvo su mirada cinco largos segundos: aquella mujer se había saltado las tres primeras fases del duelo para pasar directamente a la tristeza. Ni negación, ni enfado, ni negociación consigo misma. Se había arrojado directamente al dolor emocional, a la tristeza.

—¿Son de la policía?

—No, de la Guardia Civil —dijo Valentina con una mirada que pretendía transmitir confianza—. Ayer estuvo con nuestro compañero, el cabo Roberto Camargo, durante la identificación del cadáver de la profesora Karsávina.

Astrid Strauss asintió, aunque parecía resultarle indiferente la identidad de sus visitantes. Valentina la observó. No debía tener más de treinta y cinco años. Su rostro aniñado y sus negras, finas y largas trenzas enredadas con mimo —convertidas prácticamente en rastas— resultaban más propias de una estudiante que de una profesora. Su ropa tenía una estética cuidada pero de aire claramente *hippy*, una extraña mezcla entre el estilo intelectual y el alternativo. Sus ojos grises reflejaban un brillo y una claridad inusuales: las lágrimas no los habían enrojecido, como sería de esperar, sino que los habían despejado.

La teniente Redondo introdujo el interrogatorio tras unas breves palabras de consuelo, seguidas de algunas preguntas sencillas. Quería que Astrid Strauss se relajase y les entregase toda la verdad que fuese capaz de ofrecerles.

—¿Conocía a Wanda Karsávina desde hacía mucho tiempo?

La mujer sonrió, como si acabase de darse cuenta de algo que nunca antes se había parado a meditar.

—No mucho. Tres años o un poco menos, aunque parece mucho más tiempo: nos hemos visto cada día.

Valentina reparó en el ritmo monocorde de su entonación y en la rudeza que imprimía a algunas consonantes: sus erres le parecían lamentos. Además, su español era bastante limitado. A la teniente, su forma de hablar le recordó a las viejas películas de Tarzán, pero intentó concentrarse:

—¿Se veían a diario? ¿Trabajaban juntas?

—Vivimos juntas. En un piso en Freiburg.

—¿Frai...? Ah, Friburgo, en Alemania, ¿no?

—Sí. Las dos trabajamos en la Universidad Albert Ludwigs. Ella imparte... impartía clases de Estudios Medievales, Historia y Arqueología. *Mein Gott*, ya no volverá a hacerlo... No puedo creerlo —dijo, bajando la mirada.

Valentina apuró otra pregunta, intentando evitar que Astrid Strauss cayese de nuevo en su triste melancolía.

—¿Usted impartía las mismas asignaturas que Wanda?

—Oh, no, solo en *la* Arqueología. Yo soy especializada en Historia Antigua y Antropología Social —dijo la profesora, en la que, por fin, pudo percibir cierto brillo en los ojos—. En el curso de Santander, queríamos hablar de la sociedad del bajo medievo, y sobre sus creencias —le costó pronunciar la palabra— y sus costumbres: la arquitectura, la ropa, la comida, el culto a los muertos... Wanda investigaba un arquitecto que había venido a España desde el norte... ella creía ver su característica en la Mota... en... donde ustedes la encontraron.

—¿Y qué relevancia podía tener que se tratase del mismo arquitecto? ¿Se trataba simplemente de identificarlo?

La profesora suspiró.

—Supongo. Wanda siempre rebuscaba en el fondo de las cosas. A todo le encontraba doble sentido, un misterio por... ¿cómo se dice en español? ¿*Destrañar*?

—Desentrañar —la ayudó Riveiro, atento a cada palabra.

Valentina observó a la profesora: dentro de su mente se dibujaban decenas de suposiciones y suspicacias.

—¿La relación entre ustedes se limitaba a lo profesional y a compartir piso, señora Strauss? —preguntó Valentina. No quería perder el tiempo. La profesora le mantuvo la mirada unos segundos. Tras el espejo de sus bellos ojos grises parecían refugiarse silencios llenos de respuestas.

—Sí. Era una relación... limitada. Hace tiempo estuvimos juntas, pero duró tan poco... *Das ist schnee von gestern*, como se dice. Ella no era como yo. No era como nadie. Pero Wanda no era lesbiana. Era libre, amaba a las personas, no a un sexo concreto.

«Vamos, que le daba a todo», pensó Riveiro, que, fiel a su método, seguía haciendo anotaciones. Valentina no tardó en volver a intervenir.

—¿Sabe si tenía alguna relación actualmente?

—No. No creo. Lo dudo. Nada para atarla, seguro. Su trabajo es la vida. Últimamente trabajaba en arqueología de cuevas. Y viajaba mucho para participar en excavaciones.

—¿En cuevas? —preguntó Riveiro.

—Oh, no, para ver restos del medievo, aunque llevaba tiempo vinculada a la espeleología también... el congreso de Comillas era de espeleología —concluyó, negando con gestos apesadumbrados—. Pero en las excavaciones... se conoce mucha gente, se habla mucho, hay nuevos amigos... ¿Comprenden?

Valentina asintió. Pero no le dio respiro: necesitaba una información concreta.

—¿Sabe usted dónde se alojó Wanda cuando fue a Comillas?

—No, no me lo dijo. Iba a pasar solo una noche. No quería preguntar... Unos amigos, tal vez...

—¿Conoce usted a alguno de esos amigos?

—No, nunca *me interesaba* la espeleología, de modo que...

—¿Y su portátil? También usaría ordenador, ¿no?

—Claro. Lo llevó a Comillas. Llevaba una maleta pequeña con ropa, el ordenador y el famoso vestido.

¿El famoso vestido?

—¿Qué vestido? —preguntó Riveiro, que no pudo controlar su curiosidad. La teniente lo indultó con la mirada: ella iba a preguntar lo mismo.

—El de su abuela. Tenían un baile el sábado *en* la noche... Un baile medieval... y el vestido era...

—¿Wanda Karsávina tenía un traje medieval de su abuela?

—O más antiguo, de su bisabuela, creo. En Polonia las fiestas medievales son muy importantes, teniente.

—Entonces... se llevó un traje que no era originalmente medieval, sino que, imitando a uno del medievo, pertenecía a su familia desde hacía años, ¿es así? —reflexionó en alto Valentina.

—Sí, así es —replicó la profesora, que, al tener que explicar una información concreta, parecía abandonar ese halo de animalillo herido, para adoptar el de profesora universitaria con muchas horas de oficio—. Wanda es... era polaca, de Krakow: iba todos los años a ver a su madre. En Krakow está el mercado medieval más grande de Europa... La familia de Wanda ha participado en las fiestas populares, en los «bailes de la Corte» desde hace generaciones. No son más que fiestas populares, pero Wanda era muy feliz en ese mercado, como en el siglo XV —dijo con una sonrisa triste.

—Ya veo... pero, dígame, ¿cómo es que no acompañó a su amiga al congreso? ¿Se quedó usted aquí, sola?

—Claro. Ya he dicho que la espeleología no es de mi interés, y en Santander he tenido visitas culturales y trabajo. Además, he tenido reuniones con otros profesores que están en las caballerizas, como yo; he estado ocupada. Cuando Wanda no volvió el domingo y tampoco me cogió el teléfono comencé a preocuparme.

—¿Y cómo se desplazó Wanda hasta Comillas? ¿La llevó alguien?

—Oh, no, fue en taxi.

—Un paseo largo... ¿Y cuándo tenía que estar aquí de regreso exactamente?

Strauss explicó, con su tosco español, que Wanda debía regresar el domingo, pues el lunes por la mañana comenzaba su seminario. Añadió que el sábado tenía la cena medieval, y el domingo una comida. El congreso duraba hasta el martes o el miércoles, pero ella pensaba acudir solo a los actos del sábado y domingo, claro. De hecho, hizo que coincidiese su seminario de Santander con estas fechas para poder acudir.

—¿Y cuándo habló con ella por última vez?

—El sábado por la noche. Me envió una foto con el traje puesto, justo antes de salir a cenar.

—Por WhatsApp.

—Sí.

—¿Me la enseña?

—Claro.

La joven profesora rebuscó entre el revoltijo que formaban las sábanas de su cama, y terminó por mostrar la imagen de Wanda Karsávina reluciente, hermosa, luciendo aquel traje medieval que había resultado ser la herencia de una antigua tradición familiar, y que era lamentablemente el mismo que le había hecho de mortaja. Era raro verla viva. A menudo, Valentina pensaba que la diferencia entre los muertos y los vivos solo era esa chispa de alma que se esconde detrás de los ojos de una persona, la que les da ese brillo vital que a veces se aprecia desvaído, diluido, en las miradas de algunos ancianos.

—Hora de envío: las veinte horas y trece minutos del sábado —dijo la teniente dirigiéndose a Riveiro, que anotó la información—. ¿Nada más? ¿Ni texto ni ningún otro contacto?

Astrid Strauss negó con la cabeza ofreciendo su teléfono para que lo revisasen.

—Solo hay llamadas y mensajes míos el domingo a última hora para preguntar dónde estaba. No contestaba y llamé a la Fundación de Comillas, y me dijeron que había ido a la comida del domingo, pero nada más.

Valentina entregó el teléfono a Riveiro, que comenzó a manipularlo con cuidado. Ella continuó preguntando.

—En la foto se ve que Karsávina iba maquillada. ¿Solía pintarse?

Astrid se mostró sorprendida por la pregunta.

—Muy poco, solo en ocasiones especiales.

—¿Y joyas o bisutería? Ni siquiera tenía marcas de pendientes ni anillos.

—Oh, no, era muy raro verla con nada de eso, era molesto para su trabajo. En excavaciones o en cuevas no se ponía ni anillos. Pero era tan guapa que no lo necesitaba... —concluyó la profesora abatida.

—Ya... Astrid, ¿dónde pasó usted la noche del sábado?

La profesora esbozó una sonrisa rota. Parecía estar sobrepasada por la situación, por lo que le había ocurrido a Wanda, por lo que le estaba ocurriendo a ella misma en aquel instante:

—Parece una pregunta de película barata de detectives. Quién iba a suponer que yo, que Wanda... —suspiró Astrid, mirando con cansancio a Valentina—. Estuve cenando con los otros profesores en la avenida de Pereda, aquí cerca.

—¿Y el domingo?

—Cené también con ellos, enfrente de la Magdalena; puede preguntar, pero ahora mismo la mayoría estarán en los cursos, supongo.

—El suyo se ha cancelado, entiendo —razonó Valentina.

—Sí, yo no tengo fuerza. Y Wanda era realmente la profesora. Hablaba muy bien... podía convencer de cualquier cosa: de extraterrestres, del santo *grial*... No habrá otra como ella... No parece verdad. Si no la hubiese visto muerta ayer... —se lamentó negando con la cabeza—. Quiero hacerles una pregunta, yo... por favor...

—Diga, Astrid, pregunte sin miedo —la animó Valentina.

—Yo... si hubiese ido con ella, quizás —la profesora dudaba, y la teniente Redondo esperó, paciente, a que desatascase lo que amenazaba con ser un monólogo lleno de culpabilidad—... yo... lo último que tendré de Wanda será esa foto con su vestido. Necesito saber... ¿Qué... qué le pasó? ¿Fue violada?

—No, Astrid, quede tranquila. No la violaron. Pero

no podemos darle más detalles de momento. La investigación apenas acaba de comenzar.

El rostro de la profesora mostró un alivio mínimo, casi invisible. Parecía que el hecho de que su amiga no hubiese sido violada atenuaba su dolor, aunque la incertidumbre de no saber qué le había pasado en sus últimas horas supusiera una angustia difícilmente controlable.

Riveiro y la teniente Redondo se miraron. Ambos parecían pensar lo mismo: era como si, telepáticamente, el uno le preguntase al otro por el dichoso vestido: si los datos forenses eran correctos, Wanda había muerto el domingo al anochecer, pero la habían encontrado con un vestido que se había puesto la noche anterior. ¿Por qué había vuelto a ponérselo? ¿O por qué alguien se lo había puesto después de la comida del domingo? ¿La habrían obligado? Lo lógico era pensar que se lo habrían puesto ya muerta: aquel masaje de placer letal tuvieron que hacérselo necesariamente desnuda.

Valentina deshojó más dudas y volvió su mirada de nuevo hacia Astrid Strauss:

—¿Sabe si Wanda tenía problemas con alguien? ¿Alguna discusión subida de tono en los últimos meses?

La profesora negó con la cabeza. Valentina insistió:

—¿Alguna nueva amistad en las últimas semanas?

—No, que yo sepa —negó Astrid.

—Cualquier anécdota o detalle puede ser relevante, aunque inicialmente no le haya dado importancia.

La mujer de ojos grises pareció reflexionar unos instantes, rebuscando en su memoria puertos en los que hubiese atracado un barco como el que describía la teniente. No encontró nada. Wanda Karsávina era una mujer hermosa en todos los sentidos. No sabía de nadie que pudiese querer hacerle daño.

Sin embargo, estaba muerta. ¿Quién había sido, entonces, Wanda Karsávina? ¿Una gran investigadora? ¿Una soñadora poco realista? ¿Una erudita del medievo? ¿O una pobre loca que con frágiles argumentos buscaba dragones, misterios inexistentes y castillos medievales? Valentina tuvo la sensación de que solo sabiendo quién era ella, qué buscaba, podrían encontrar a quien la había eliminado del juego. La teniente Redondo se despidió de Astrid Strauss asegurándose de que, como estaba inicialmente previsto, fuera a pasar el resto de la semana en Cantabria: quizás volviesen a necesitar hacerle preguntas. Y aún tendrían que comprobar su coartada con el resto de profesores que se hospedaban en las Caballerizas. Deberían entrevistarlos a todos. Además, si en el pasado la profesora Strauss había tenido una relación sentimental con la víctima, su vínculo había sido lo bastante íntimo como para poder impulsar acciones radicales.

Wanda Karsávina parecía un alma libre, y era evidente que Astrid Strauss la admiraba y hablaba de ella con devoción: posiblemente, aún estuviese enamorada de la princesa de la Mota, y la mayoría de los crímenes tenían su raíz, además de en el dinero, en los sentimientos más esenciales: la rabia, el odio, los celos, el desamor. Aquella pose de Astrid Strauss... su dolor crudo y profundo... ¿Podría estarles engañando la mujer más triste del mundo?

No encontraba nada. Nada en absoluto. La búsqueda en la base de datos PDRYH de personas desaparecidas no daba resultados. Sin embargo, el cabo Roberto Camargo no se había acomodado en la autocomplacencia después de las felicitaciones de la teniente Redondo, sino que se había sentido impulsado a trabajar con más contundencia, más interés y perseverancia. Sin embargo, el perfil del hombre del pantano tampoco era lo suficientemente definido como para ajustar la investigación: desconocían, todavía, el tiempo que llevaba fallecido. Tampoco sabían su edad exacta, ni disponían de rasgos del rostro detallados, ya que la mitad de su cara había dado de desayunar a los peces. Tendría que esperar la reconstrucción que fuesen capaces de realizar por ordenador los de Criminalística. Solo disponían, de momento, como pista contundente, de la moneda que llevaba atada a la presilla de su traje. Un traje que había resultado ser de la marca alemana Hugo Boss, pero cuyo corte no era lo bastante exclusivo como para identificar su país de procedencia, y mucho menos la tienda donde se había vendido. Los del SECRIM contactarían con la firma de moda para tratar de obtener más información.

Pero ningún desaparecido le encajaba a Camargo con el hombre del pantano. En Comillas, hacía años que no constaban denuncias por desaparición y, en general, la zona era bastante tranquila. El cabo fue ampliando el espectro de búsqueda en el ordenador. Cuanto más se alejaba, más resultados posibles encontraba, pero ninguno se acomodaba al perfil de la víctima. ¿Podría ser un empresario ibicenco? Sí, podría: desaparecido hacía tres semanas. No, el hombre del pantano no tenía el pelo blanco, sino castaño. ¿Y aquel ejecutivo andaluz? Tampoco, el peso no coincidía ni remotamente. El hecho de que la víctima llevase un traje que no pareciese sacado de un rastro tampoco eliminaba radicalmente la posibilidad de que fuese un indigente o un vagabundo: el asesino podría habérselo puesto como estrafalaria maniobra de despiste, o la propia víctima podría haberlo robado. Cosas más raras había visto. Por eso sabía que, de momento, buscaba una aguja en un pajar.

Camargo impulsó con el pie la silla con ruedines sobre la que estaba sentado y la deslizó hasta el puesto anexo, donde había otra pantalla de ordenador trabajando. La forense Almudena Carmona le había pasado el registro dactilar del hombre del pantano, y él lo había introducido en el sistema de identificación dactilar de la Guardia Civil para que el ordenador cotejara e identificara, entre miles de huellas y de impresiones dactilares latentes, las del hombre del pantano. La pantalla era una sucesión de archivos en movimiento, de números y registros dactilares superponiéndose y saliendo en imágenes a gran velocidad.

Sin embargo, de momento no había coincidencias definitivas.

—¿Qué tal, muchacho? Tendrías que echarme una mano con los espeleólogos...

El cabo miró al subteniente Sabadelle: caminaba relajado y sin prisas mientras él gestionaba varios frentes a la vez.

—Estoy con la base de datos de desaparecidos y con el SAID ahora mismo, Sabadelle.

—Bah, pero si eso lo hace el ordenador...

—También estoy esperando el programa de actividades del Congreso de Espeleología; he hablado con el responsable de la Fundación de Comillas y me lo va a enviar ahora mismo por fax. También la lista de los asistentes y los alojamientos recomendados; aunque eran más de mil personas...

—¿Mil?

—Sí. Y procedentes de más de sesenta países.

—Coño, pero ¿de dónde sale tanta gente? Hostias, ya tiene uno que estar aburrido para perder el tiempo metiéndose en una cueva, como para celebrar después la tontería en un congreso... hay que ver —resopló, chasqueando la lengua hasta tres veces consecutivas—. Entonces, ¿te encargas tú?

Camargo, a su vez, suspiró.

—Claro. Pero Sabadelle, no voy a poder con el tema de Karsávina y la universidad: de ella y su curso tendrás que encargarte tú.

—Joder, me toca todo. Que si la polaca, que si las monedas, que si la Mota de los cojones. En fin, puedo con ello, no me queda otra, chaval —concluyó, haciendo una mueca que pretendía ser amigable.

Camargo suspiró de nuevo, sin hacer comentarios por el hecho de que las pesquisas con la Fundación de Comillas, inicialmente, también eran cosa de Sabadelle, aunque este se había desembarazado del asunto con la mayor naturalidad.

—Camargo, el fax comienza a chirriar.

—Por fin, el fax.

Camargo, según salían páginas, iba leyéndolas en alto, de forma que Sabadelle pudiese escucharlo desde su puesto, al que ya se había incorporado.

—A ver... Congreso Internacional de Espeleología, organizado por la Unión Internacional de Espeleología, unos mil invitados, sesenta y tres países... se hace cada cuatro años, la anterior ocasión fue en la República Checa, ahora en Cantabria y la siguiente está programada para Sídney...

—¿Cada cuatro años? ¿Qué se creen, que van a las Olimpiadas? —se burló Sabadelle—. O sea, que la próxima tanda toca en Australia y este año lo hacen aquí... qué raro, ¿no? ¿Qué coño pinta toda esta gente en Cantabria?

Camargo se encogió de hombros. Él tampoco sabía por qué habría sido escogida Cantabria para un congreso que parecía tan importante. Siguió resumiendo, en voz alta, lo que iba leyendo:

—Sesiones de bioespeleología, paleoclima, historia, exploración... espeleólogos, científicos de alto nivel, bla, bla, bla... hacen juegos y concursos... a ver... concurso de fotografía, de películas, de cartografía, ¡incluso hacen espeleolimpiadas!

—¿Ves? Se creen atletas. Qué panda de tarados.

Camargo hizo caso omiso al comentario y siguió leyendo:

—Puestos de ventas de libros, presentación de federaciones de otros países... Espera, ¡ajá!, aquí está, el programa concreto... el sábado, charla sobre los últimos descubrimientos en espeleología, cena temática medieval... ¡medieval! ¿Has oído, Sabadelle?

—He oído, ¿y qué? Sigue leyendo, hombre.

—¡El vestido! ¡La chica llevaba un vestido del medievo y el sábado hubo una cena medieval!

—Ah. Bueno, claro... Pero ¿no la había palmado el domingo?

—Según la forense sí, pero ya sabemos de dónde pudo salir el vestido.

—Ah..., ya hombre, ya —reaccionó Sabadelle, como si súbitamente hubiese espabilado—. Que sí, que sí, ahora llamamos a Redondo y se lo contamos, pero sigue leyendo, por si hubiese algo más —añadió con gesto de suficiencia; no sabía que Valentina ya tenía conocimiento de la cena medieval a la que había asistido Wanda Karsávina. El cabo Camargo, siguiendo sus instrucciones, continuó leyendo:

—Domingo por la mañana, charlas y espeleolimpiadas... comida informal, charla de fotografía científica... y, por la noche, cena oriental. El lunes, más de lo mismo y... a ver... bla, bla, bla... eeeh... sí, para estos días hay más actividades y cenas temáticas, pero en relación a Wanda Karsávina creo que no nos interesa, ya que murió el domingo por la noche; a ver... déjame ver una cosa; sí, mira, el congreso termina este miércoles.

—Así que se supone que aún están allí todos los asistentes.

—Se supone. Voy a pasarle el programa a la teniente a su móvil y la llamo.

—No, no, deja, yo me encargo de informarla. Sigue con lo tuyo —contestó Sabadelle, guiñándole un ojo con la mayor de las camaraderías, aunque Camargo sabía que solo quería quitárselo de en medio y ponerse la medalla ante Valentina.

—Pues ya que la llamas, dile que hay reportaje gráfico de todo el congreso, así que en alguna de las fotos tiene que salir Wanda Karsávina, o incluso su asesino. Los de la fundación hablaron con los organizadores del congreso, que iban a preparar los archivos para cuando llegasen la teniente y el sargento...

—Cojonudo, gran idea chaval, llegarás lejos —dijo, volviéndole a guiñar un ojo en un gesto absurdamente paternalista.

—Ya. Que pregunten al llegar si están listos los archivos que solicitó el cabo Camargo. Así no hay pérdida —añadió el cabo para que así quedase claro quién había hecho el trabajo realmente.

—Tranquilo, Camargo, que no se van a perder. Que pregunten por las fotos del puto congreso y andando —dijo, negando con la mano y restándole importancia a la información subliminal que el cabo pretendía añadir.

A Camargo no le quedó más remedio que obedecer las instrucciones de su superior, de modo que tuvo que dejar que fuese el subteniente quien hiciese la llamada. La información fue recogida por Redondo y Riveiro cuando ya iban de camino hacia la Fundación de Comillas. A cambio, Valentina le pidió a Sabadelle que revisara los antecedentes de un listado de alumnos y profesores de la Universidad Internacional Menéndez Pelayo que le estaba enviando desde su teléfono móvil. El subteniente puso los ojos en blanco y masticó en silencio un exabrupto: ahora no le quedaría más remedio que trabajar sobre las listas que la teniente le enviase. ¿En qué momento había tenido la brillante idea de llamarla?

Mientras Sabadelle hablaba con Valentina por teléfono, el cabo observó varios puntos rojos en la pantalla del ordenador donde trabajaba con el SAID. Por fin. Doce posibles coincidencias. No estaba mal, teniendo en cuenta la deteriorada calidad de la necrorreseña: el cuerpo de la víctima había permanecido mucho tiempo sumergido en las aguas pantanosas de Oyambre. Ahora se trataba de ir eliminando perfiles dactilares erróneos e ir limitando las posibilidades. Le llevaría toda la mañana. O más. Y quizás ninguna de las coincidencias fuese realmente acertada, pero había que comprobarlo. Además, no todas las impresiones dactilares tendrían que corresponder necesariamente a personas identificadas, sino a huellas cuyo dueño era desconocido pero que se habían registrado en escenarios de crímenes, robos o secuestros. Observó el listado de nombres de las posibles huellas dactilares coincidentes: ninguno le decía nada. Sabadelle colgó el teléfono y se aproximó a su puesto a curiosear la pantalla del ordenador. Una de las fichas dactilares había sido introducida en el programa SAID directamente por la Interpol, que tenía delegaciones en todo el mundo.

—Espero que el capullo del pantano no sea ese que busca la Interpol, porque, si es así, Caruso nos va a dar por culo hasta reventar —dijo Sabadelle negando con la cabeza; y volvió a su mesa, dispuesto a adentrarse en el mundo medieval de Wanda Karsávina.

Camargo, como hechizado por la pantalla del ordenador, no apartó la vista de los datos, las líneas dactilares, las fechas de los registros. Su mente, veloz, también se perdió entre dígitos y huellas, acariciando, sin saberlo, la verdad.

Nepal, Nepal, Nepal. Esas dos sílabas rebotaban de forma incesante de una esquina a otra de la mente de Oliver: ese pensamiento, como un eco, era lo único que retumbaba en su cabeza. Estaba sentado con su portátil ante la mesa de la cocina de la cabaña, mientras Michael Blake, como si fuese su réplica exacta, aunque sentado en el lado opuesto y con su propio ordenador, conseguía por fin, impaciente, lograr una velocidad aceptable en su conexión wifi.

—Nepal... ocho de las catorce montañas más altas del mundo... entre ellas, el Everest, mitad nepalí y mitad... vaya, el resto pertenece al Tíbet, que resulta que es la región más alta de la Tierra —leyó Oliver, sorprendido conforme iba abriendo páginas en internet, buscando información—. Capital, Katmandú, república federal desde el año 2008...

—Normal; lo de que sea república, digo, porque a la familia real se la cargaron en el 2001 —replicó Michael sin apartar la vista de lo que él a su vez leía en su portátil.

—¿Se la cargaron?

—Bueno, aquí dice que se los cargó a todos el propio príncipe porque no lo dejaban casarse con una muchacha... para que veas el malaje que tienen los nepalíes.

—¿En serio?

—En serio, compadre. Claro, que a saber si en realidad fue un amaño político, porque el príncipe también la palmó tres días después, imagínate.

—Joder. No entiendo qué haría Guillermo en Nepal. Parece un país peligroso.

—No, hombre, no, qué va a ser peligroso, si eso está lleno de turistas y escaladores todo el año. Mira lo que dice aquí: entre diez y veinte mil euros por persona para conseguir permiso para subir al Everest, ¿será verdad?

—Será... qué raro.

—Qué raro el qué.

—Que no veo ninguna ONG medioambiental. ¿Tú sí? Porque es el único motivo que se me ocurre para que Guillermo cruzase siete mil kilómetros: salvar el mundo... últimamente le había dado por el cambio climático, ya sabes.

—Sí, me lo contaste.

—Sin embargo, solo encuentro organizaciones con proyectos educativos, casi todos infantiles, en contra de la explotación laboral y el tráfico de niñas.

—*Ojú* —dijo Michael sin dejar de leer—. ¿Sabes que en Nepal a los niños no se les puede tocar la cabeza porque se supone que ahí tienen el alma?

—¿Quieres concentrarte?

—Sí, perdona —se disculpó Michael—. Las ONG. Que no las encuentras medioambientales. Alguna habrá. Tendremos que investigar —resolvió.

Ambos amigos estuvieron un rato en silencio, navegando en sus respectivos ordenadores, hasta que Michael, casi involuntariamente, volvió a romper el silencio.

—*What the fuck!*

—¿Qué? ¿Has encontrado algo? —preguntó Oliver

animado. Michael siguió hablando sin responder a la pregunta:

—¿Sabías que en un templo budista nepalí tienen expuesto pelo que aseguran que pertenece al Yeti? ¿Te lo crees? Claro, ¡si es que el Himalaya está allí mismo!

—¡Michael! ¿Quieres centrarte?

—Perdona, es que salto de una página a otra y claro...

—Ya. Mira, voy a hacer un listado de las ONG y voy a ir llamando por si mi hermano hubiese colaborado con ellas o lo conociesen, ¿qué te parece?

—Buena idea, aunque te recuerdo que aún hay que abrir ese famoso apartado postal, a ver si estaba operativo o no y si tiene algo dentro.

—Lo sé, pero por alguna parte hay que empezar.

—Te ayudaré —dijo Michael con energía, al tiempo que Oliver se levantaba para buscar unos cuantos folios sobre los que realizar anotaciones. En el último momento, pareció cambiar de idea.

—Espera, voy a llamar a Valentina, tengo que contárselo —le dijo a Michael, emocionado—. Si no coge a la tercera, cuelgo —razonó; su novia ahora mismo era la teniente Redondo, no Valentina o *su* Valentina, y estaba de servicio. Pero la teniente, que acababa de aparcar ante la Fundación de Comillas, descolgó al asegundo tono, y acogió las novedades con sorpresa y alegría. Era agradable ver cómo Oliver hablaba de su hermano, por fin, con ánimo y esperanza, con determinación: al menos, se iba acercando a una verdad a la que enfrentarse.

Mientras Oliver y Valentina hablaban, Michael siguió, en silencio, descubriendo la visión que del mundo del Nepal le ofrecía internet. Anna Nicholls estaría a punto de llegar a la cabaña, pues solo había regresado a su habitación a cambiarse de ropa: la mañana despejada la había engañado, sin duda, porque el frío cántabro sabía cómo calar en los huesos y había tenido que volver para buscar un atuendo que resultase de más abrigo. A Michael le divirtió la idea de meterse con ella y con su ahora idolatrado Buda: acababa de descubrir que este había nacido precisamente en Nepal hacía unos dos mil quinientos años, pero que la mayoría de la población local lo desestimaba y practicaba el hinduismo. Le encantaría desquiciar con aquello a Anna durante un buen rato. Siguió navegando fascinado por las curiosidades que encontraba sobre aquel país: jamás habría sospechado que Nepal fuese el único lugar del mundo con una bandera que no era rectangular. Un momento. Algo le llamó la atención. Volvió a cambiar de pantalla. Miró una página concreta. Amplió la imagen. La redujo. Volvió a ampliar la escala. ¿Y si...? ¿Podría ser? ¿Cómo demonios no había caído antes en ello? Pero entonces... No, tenía que ser casualidad. Miró a Oliver mientras hablaba por teléfono. Michael, nervioso, se atusó su cabello rubio cobrizo, que siguió, tras el gesto, completamente despeinado. ¿Sería posible? Aún no podía saberlo. No podía confirmarlo. No podía decirlo, porque casi no se atrevía ni a pensarlo. Y, sin embargo, su corazón acelerado le daba latigazos y le advertía que la verdad, áspera pero firme, estaba delante de sus ojos.

Gliwice, sur de Polonia
Dos años atrás

Marc Llanes pareció ser el menos afectado de todos por el trágico accidente del Sótano de las Golondrinas. Argumentaba su frialdad ante lo ocurrido por algo que él llamaba ataraxia, que no era más que un trastorno ocasionado por un daño en el cerebro, fruto de un tremendo golpe en la cabeza que se había dado cuando era pequeño al caerse de un columpio. Este argumento era puesto en duda tanto por Paolo como por Arturo, aunque les resultaba difícil justificar de otra forma que Marc transmitiera aquella permanente sensación de tranquilidad, serenidad e imperturbabilidad.

El catalán, tras el accidente mortal del portugués, se embarcó rápidamente en otros proyectos de paleontología; solo dedicó un par de días al reposo, cuyo vacío llenó con sus habituales lecturas de novelas de misterio, de las que era asiduo consumidor. Helder ya no estaba; era una pena, cierto: demasiado joven para morir, demasiado absurda y estúpida la manera de terminar el juego. Pero ahora había que continuar, la bola del tiempo seguía girando.

Cuando Marc había decidido estudiar arqueología, se había imaginado a sí mismo en excavaciones soleadas, descubriendo tesoros reveladores para la historia de la humanidad; y, sin embargo, había terminado, como la mayoría de sus colegas, trabajando para empresas privadas y revistas, y colaborando con alguna universidad.

En su vida, muchas cosas no habían resultado como había previsto. Quiso encontrar en su matrimonio el equilibrio que le diera la felicidad, pero no había resultado. Su mujer, Marina, deseaba tener hijos, pero él no podía dárselos. Lo supieron tras dos años de intentos fallidos. Ella veía la maternidad como una posibilidad de compañía para esa soledad a la que la sometían los continuos viajes de Marc. Y la perspectiva de una adopción... él no deseaba hijos de otro. Además, qué creía, ¿que sería más feliz con un niño? Con el tiempo crecería y se marcharía. Marc podía resultar muy cruel. Ella bajaba la mirada. El desacuerdo había ido creciendo, convirtiéndose en un virus invisible. Marc deseaba viajar, explorar, conocer. Marina no podía soportar sus ausencias prolongadas, la rutina en soledad: no es que no lo hubiese previsto, pero había contado con uno, dos o tres niños llenando su tiempo. Necesitaba alguien a quien cuidar; era ese ciclo vital, ese vínculo, esa ilusión, lo que podía dar sentido a su vida. Las ausencias, los viajes y los desencuentros comenzaron a pesar demasiado entre ellos. El divorcio volvió a Marc desconfiado: sentir demasiado, implicarse en exceso, terminaba resultando doloroso. A veces se cuestionaba a sí mismo si había elegido el camino correcto, si no habría sido más feliz dando clases universitarias y disfrutando de otro tipo de vida. Casi siempre lo pensaba por las noches, cuando la cama y la soledad se le hacían inmensas: ¿iba a la deriva? ¿Valía la pena la vida que había escogido? Por las mañanas, casi siempre con planes de investigación interesantes, se esfumaba la melancolía, aunque algunas brumas permanecían dentro de sí mismo, pero él procuraba que fuesen absolutamente invisibles para los demás.

Marc detestaba perder el tiempo. Ni siquiera en duelos ni en lamentos, ni por Helder ni por nadie. Por suerte, el portugués no había dejado una pareja desconsolada ni hijos huérfanos, aunque sí a sus propios padres destrozados. El consuelo para su familia, el único, era que había vivido como había querido: al límite, entre la investigación y el protocolo científico y la más pura adrenalina.

Paolo y Arturo, en contraposición a Marc, quedaron sensiblemente afectados por el trágico suceso. Paolo se marchó un par de semanas a Capri, buscando descanso y refugio en la casa de sus abuelos: allí siempre parecía poder olvidarse del mundo y de sí mismo; la isla parecía indultar sus propias imperfecciones. Sus abuelos ya habían fallecido, pero la casa de Marina Grande y sus primos le servían de hogar y refugio. Ni siquiera cumplió con su planeada visita a Wanda, que recibió la noticia del fallecimiento de Helder por teléfono. Ella nunca había tenido especial relación con el portugués, pero lo que le había ocurrido a Helder había sido lo bastante dramático como para que incluso la joven se sintiese acongojada. Quiso pedir unos días libres y acompañar a Paolo a su retiro en Capri, pero este rechazó la idea.

—¿Se puede saber por qué no quieres que te acompañe? Íbamos a vernos de todas formas, y me da igual que sea en Alemania o en Italia, la verdad.

—No, Wanda, no estoy bien.

—Precisamente por eso, porque no debes estar solo en estos momentos.

—No estaré solo. Mi familia estará allí.

—Solo te quedan tus primos —objetó ella.

—Es algo, ¿no? Son la familia que me queda.

Wanda suspiró.

—Ya me has entendido; y tranquilo, podría alojarme en un hotel, si es que te incomoda que tus primos me conozcan... —le lanzó, como si fuese un cuchillo envenenado que llevaba tiempo oculto.

Hubo un silencio incómodo al otro lado. Ella sintió cómo su corazón, desesperado, buscaba a Paolo con más intensidad de la que debiera.

—Wanda, estaría encantado de que conocieses a mi familia, pero esta vez no, lo siento. No sería buena compañía. No me encuentro bien, ¿entiendes?

—Claro que lo entiendo. Acaba de morir un amigo tuyo. Pero eso no implica que...

—No, no lo entiendes —la interrumpió—: ha muerto por mi culpa.

—Pero ¡qué dices! Fue un accidente, uno más entre tantos. Ocurren todos los días, pero siempre creemos que las desgracias les pasan a los demás.

—No. Si yo no hubiese insistido en ir a aquella cueva ahora estaríamos todos en nuestras casas. ¡Fui yo quien propuso la excursión!

—Paolo —dijo ella suavizando el tono e intentando tranquilizarlo—. Que yo sepa, fuisteis tú y Marc, y en todo caso da lo mismo. Pudo ser el azar, el destino, el haber salido media hora antes o no del hotel, o haber escogido unas u otras botas de montaña. Qué pasa, ¿si hubieseis tenido un accidente en un taxi tras coger un avión también tendrías tú la culpa?

—No lo sé, Wanda. Pero me siento responsable. No puedo evitarlo. Un arqueólogo brillante y joven como Helder... ¡Con tanto por hacer!

—Entiendo cómo te sientes, pero precisamente por ello creo que debería acompañarte.

—Esta vez no, Wanda, lo siento. Te llamaré a mi regreso.

Ella iba a replicar, pero solo escuchó al otro lado de la línea un pitido sonoro, continuo y monótono. Paolo había colgado. Wanda, atónita y en silencio, dejó que la rabia y el desconcierto le galopasen dentro. Progresivamente, y pasados los días, intentó dejar de sentir lealtad inquebrantable, admiración ciega y deseo ilimitado por Paolo. Se propuso no jugar a cuentos de hadas y entender aquella relación como algo limitado, temporal e inestable. ¿Por qué tenía que haber sido ella la que más se había encariñado? ¿Sería verdad que, en el amor, uno de los dos siempre ama más que el otro?

Paolo, sin embargo, y ajeno a los sentimientos de Wanda, solo pensaba en reponerse, en liberarse de culpa y en no mezclarla a ella en aquella turbulencia de sentimientos grises. Quizás quería a Wanda más de lo que él mismo quería reconocer. Pasó las dos semanas en la isleña casa familiar completamente abstraído, sin hacer nada, incapaz de leer, de mantener una charla alegre. Su mirada parecía querer traspasar el mar, sin conseguirlo, buscando la manera de compensar a Helder por haber muerto en el Sótano de las Golondrinas.

Arturo, aunque dolido y también angustiado, regresó a su normalidad diaria enseguida. Se refugió en Verónica y en su trabajo en Suiza, como si al obligarse a participar en muchos proyectos hiciese un extraño homenaje al difunto: curioso, porque él y Helder habitualmente habían mantenido posiciones contrapuestas en casi todo y nunca se habían llevado especialmente bien. El aprecio por lo irrepetible parece ser algo universal.

Tanto Paolo como Arturo repasaron la secuencia de los acontecimientos en el Sótano de las Golondrinas en varias ocasiones, conjeturando qué podrían haber dicho o hecho para que Helder no se hubiese despeñado por aquel acantilado extraordinario. Quizás si Arturo no hubiese discutido con él... ¿lo habría puesto nervioso? Quizás si Paolo se hubiese tirado el último, o quizás si hubiesen revisado convenientemente la superficie desde donde se lanzarían en caída libre... ¡Había sido un tropiezo tan estúpido! ¿Cuántos pequeños gestos pueden evitar o allanar el camino a la desgracia?

Pasaron las semanas, y lo que había sucedido en el Sótano de las Golondrinas pareció irse diluyendo en el olvido. Dejó de comentarse en prensa, dejó de preguntarse a los protagonistas por la desgracia: «¿Y cómo fue?»; «¿Estaba bajo los efectos de las drogas?»; «¿Un simple resbalón?, ¿en serio?»; «He leído por ahí que podrían haberle dado un empujoncito. No, por Dios, vosotros no, algún indígena».

Paolo fue el que, a la larga, pareció sufrir más las consecuencias de lo que había sucedido en el Sótano de las

Golondrinas. Sus esfuerzos por lograr descubrimientos reveladores se redoblaron, sus reuniones y viajes para lograr financiación aumentaron. Poco tiempo le quedaba para el amor. Wanda se esforzó por encontrar una referencia lineal y estable para sí misma en su trabajo como profesora en la Universidad de Friburgo, en Alemania, pero viajaba y participaba en todos los congresos, proyectos e investigaciones que podía. Experimentaba con todo aquello que le ofrecía la vida, para sentir que no se había dejado por el camino ningún aire por respirar: amaba a hombres y a mujeres, buceaba en la investigación del medievo —que era su pasión—, pero también en otras disciplinas y materias que pudiesen darle sentido al mundo. Lo hacía de forma tranquila, pero con determinación, buscándole respuestas a todo.

Paolo y Wanda seguían encontrándose esporádicamente: a menudo pasaban semanas sin verse, a veces incluso mese enteros. Ahora, había transcurrido más de un año desde el accidente en el Sótano de las Golondrinas, y la pareja se había citado en un curioso cementerio de vampiros en Gliwice, al sur de Polonia. Tras un breve saludo formal ante colegas, ambos se encontraban dentro de una gran carpa blanca que custodiaba el hallazgo, acompañados de otro par de arqueólogos que estudiaban la excavación del extraño cementerio a cierta distancia de donde ellos se encontraban.

—Dime, ¿puedo hacer fotos de todo? —preguntó Paolo, animado al ver el material que tenía ante sus ojos—. A los de *National Geographic* les va a maravillar esto, seguro.

—Claro —asintió Wanda—. Después te pasaré las fichas con los datos que necesites. Fíjate, de los cuarenta y cuatro cuerpos, diecisiete fueron decapitados, y les pusieron el cráneo entre las piernas, en las manos o sobre los hombros.

—Joder, qué barbaridad. ¿Sabéis ya cómo los mataron?

—Supongo que los ejecutaron a espada, y luego los enterraron así para evitar que volviesen a la vida. Sin cabeza, no hay vampiro... —concluyó con una sonrisa; a la vez, pasaba su dedo índice de un lado a otro de su propio cuello simulando cortarlo. Paolo, que había empezado ya a hacer fotografías, no pudo disimular su curiosidad.

—¿Realmente creerían que eran vampiros?

—No lo sé, evaluar las creencias y miedos de entonces no es fácil, especialmente con nuestra perspectiva, que es radicalmente diferente de la de quienes vivieron en el siglo XV —contestó Wanda con cierto tono docente—. Pero sí que es muy posible que los asesinos viesen algo maligno en las personas que mataron, un elemento contra natura; algo así como un castigo divino que debían eliminar.

—Bueno, pues no creo que les viesen colmillos ni que se oteasen murciélagos sobrevolando las casas de las víctimas... —comentó Paolo, jocoso, mientras seguía haciendo pruebas de luz y disparando su cámara fotográfica.

—No, claro que no —admitió Wanda suspirando—. De hecho, si te fijas, mataron a personas que, sencillamente, eran diferentes. Demasiado altos o demasiado bajos, jorobados, deformes... lo que no es corriente genera desconfianza, incluso terror, y más en aquella época.

—Nosotros también somos algo diferentes —dijo Paolo, reflexivo y con media sonrisa.

—¿Nosotros? ¿Por qué?

—Porque no hacemos lo que todos; no trabajamos en una oficina, no tenemos hijos, ni rutinas normales; viajamos por el mundo sin parar buscando soluciones, respuestas e incluso enigmas para ver si somos capaces de dar con la clave.

—Eso vosotros, los tres mosqueteros, querrás decir... ¡yo estoy bastante tiempo en Friburgo siendo convencional, amigo mío! —exclamó sonriendo Wanda.

—Bueno, ya no hacemos tantos proyectos juntos, desde lo de Helder...

—Ya. Ojalá me hubieses dejado estar contigo cuando ocurrió aquello —dijo ella, sin rencor pero con un amable desencanto—. Nunca olvidaré vuestra visita a Nördlingen. Y la teoría de la canica azul de Helder... Tendríais que volver a juntaros los tres: Marc, Arturo y tú. Aunque fuese en vacaciones, o un fin de semana.

—De vez en cuando coincidimos, no creas, y tenemos un viaje ya medio programado, muy pronto, además —contestó Paolo, volviendo su cuerpo de nuevo hacia el tétrico cementerio—. Pero la verdad es que desde que pasó aquello ya nada volvió a ser igual. Creo que yo tampoco.

La mirada de Paolo se perdió durante un momento. ¿Qué era él? ¿Qué le llevaba a ser de aquella forma, a dejar que la investigación pautase su vida? Además, no podía engañarse: ya era así antes de que Helder se rompiese el cuello en el Sótano de las Golondrinas. Desde niño ansiaba experimentar, curiosear, escalar, saber. Quizás fuesen aquellos viajes en barca con su abuelo curioseando cuevas. O quizás fuese culpa de aquel pintor loco, Karl Wilhelm, que había dejado impresa su huella, su esencia, en aquellos cuadros de la cartuja de San Giacomo, en la mismísima Capri. Los había visto casi por casualidad cuando era niño, acompañando a su abuela Sofia a dar un paseo estival; ambos solían adentrarse en la isla, mientras Sofia le contaba decenas de anécdotas y leyendas: piratas, cuevas, secretos, amores prohibidos. La abuela sabía contar historias, desde luego. Se habían decidido a curiosear dentro de aquel antiguo monasterio, que se había transformado en un edificio basto y decadente que albergaba un desangelado museo. Las pinturas eran enormes, oscuras, potentes, como si tuviesen dentro una suerte de furia contenida. Hubo un cuadro que lo dejó pasmado, clavado al suelo: *Grotta della Minerva*; en él, gaviotas y espuma de mar se revolvían en espiral a la entrada de una gruta marina. Había algo aterrador en la visión, una extraña quietud tras la oscuridad. Alrededor de la cueva se perfilaban brumas, sombras y algo indeterminado y siniestro flotando en el ambiente que traspasaba el lienzo. ¿Serían aquellas pinturas enigmáticas las que, en realidad, empujaron al joven Paolo a ser geólogo, a destripar los misterios de la Tierra? ¿O habría sido su abuela Sofia, quizás, la que había hecho anidar en su cabeza tantos misterios y leyendas como para hacerlo explorar sin descanso? Desde luego, los paseos en barco con el abuelo Carlo tampoco habían ayudado a que decreciese su interés por lo oculto, lo ignoto y lo telúrico.

A veces recordaba aquel cuadro y sonreía: sí, quizás quería enfrentarse a la incertidumbre, desterrar el miedo de su corazón infantil y entender qué eran, qué significaban las piedras, la tierra sobre la que él mismo se movía. ¿Serían las grutas una puerta de entrada a la historia, al conocimiento?

Todavía estaba tratando de averiguarlo.

Wanda guardó silencio un par de minutos. Sabía cuánto les había afectado la muerte de Helder a todos, especialmente a Paolo y Arturo. Decidió cambiar de tema:

—Fíjate en los cadáveres, la mayoría eran pobres. Seguro que si alguno de estos deformes hubiese nacido en el seno de una familia noble no hubieran tenido tanto miedo de que fuese un vampiro.

—¿Y cómo sabes que eran pobres?

—Por los dientes: ¿no ves los blancos que los tienen? Sus dentaduras son perfectas, no como las de los clérigos y los nobles del medievo.

—Vaya, perdona, pero mi especialidad son las cuevas y los restos prehistóricos desdentados, no suelo fotografiar esqueletos del medievo... ¡así que los pobres eran los que tenían buena dentadura!

—Claro —sonrió Wanda, que comenzó a hacer anotaciones sobre algo interesante que había visto en una pieza de metal—. Los pobres solo comían cereal, nada de grasas ni azúcares, como los otros. Te aseguro que no es nada agradable abrir la tumba de un noble medieval, los dientes son casi siempre asquerosos, ni te imaginas.

—¡Chicos! Nos vamos a tomar un café, ¿os venís? —interrumpió uno de los colegas que estaba dentro de la carpa.

—No, gracias —sonrió Wanda—; de momento seguimos, que el fotógrafo no ha hecho más que empezar —añadió, señalando a Paolo. Este, haciendo caso omiso a la invitación del otro arqueólogo, paró de hacer fotos por un momento, reflexionando:

—Joder, ¡pues no me quiero ni imaginar cómo serán nuestros dientes dentro de quinientos años! Acabas de hacer que me arrepienta de haber desayunado donuts esta mañana...

Wanda se rio sin mirarlo, mientras seguía haciendo anotaciones. Paolo echó un vistazo a su alrededor y confirmó que estaban solos, sin colegas en las proximidades. Se acercó un poco a ella, dejándola trabajar pero buscando un poco más de intimidad.

—Oye, cuéntame, que últimamente solo me llamas para hacer fotos a vampiros... ¿qué tal por Friburgo? ¿Te tratan bien?

—De maravilla. Ya ves, dejan que me escape de vez en cuando para participar en estas cosas... además, aquí estoy a poco más de una hora de mi casa, y aprovecharé para visitar mañana a mi madre y mi hermano.

—Me alegro —declaró él sinceramente. Había conocido a la familia de Wanda muy brevemente en una ocasión en que ambos pasaron un fin de semana en Friburgo. Ella lo había presentado solo como a un colega de trabajo. A Paolo, el hermano le había parecido algo seco, pero la madre de Wanda era como una amable, cariñosa y bonachona pastelera: a fin de cuentas, regentaba una de las panaderías más antiguas y pintorescas de la ciudad—. Entonces... ¿No tienes un novio esperándote en Friburgo?

—Anda, como si a ti te importase... —contestó Wanda, riendo—. Ya sabes que no soy muy de relaciones estables, aunque ahora vivo con una chica.

—¿Compañera de piso?
—Compañera. Y punto.

Paolo dudó. Sin embargo, el gesto de Wanda le dejó claro el sentido de su respuesta. Ella dejó de hacer anotaciones y lo miró divertida.

—Hay que experimentar, es mejor probarlo todo antes de convertirse en uno de estos esqueletos —concluyó, guiñándole un ojo y desviando la mirada al cementerio de vampiros que tenían ante ellos.

Él, sorprendido, se la quedó mirando unos segundos. Dejó su cámara sobre el suelo y se aproximó a ella, abrazándola por detrás y acariciando su cuerpo por completo: senos, cintura, cadera, sexo... Susurró su nombre: «Wanda, Wanda, Wanda».

Las manos de Paolo se movieron con fuerza y determinación, con la irreverencia que pauta el deseo visceral que se retuerce con latigazos de sangre caliente. Se detuvo especialmente en el sexo de la joven, que masajeó con violencia. Ella inclinó la cabeza hacia atrás, dejándose hacer y disfrutando la excitación que había provocado en Paolo. El hecho de que en cualquier momento pudiese entrar alguien en la carpa excitó más a la pareja, y Paolo, con una fuerte erección, apenas pudo dominar su impulso de voltear a Wanda y desnudarla allí mismo: imaginarla con otra mujer lo había excitado, aunque clavándole un alfiler de celos. Intentó controlarse y respiró hondo, aproximando su rostro al de ella, que seguía de espaldas, dejándose abrazar por él.

—Que tengas una amiga en Friburgo no impedirá que esta noche durmamos juntos, ¿no? —le susurró él al oído.

—No, claro que no —sonrió ella, dándose por fin la vuelta, apartándolo suavemente y mirando de reojo, de nuevo, hacia la puerta de la carpa—. Esta noche es nuestra. Vamos a ver si has aprendido algo en estos últimos tiempos —añadió.

—No he estado con nadie —replicó él, serio—. He tenido trabajo, y me he acordado mucho de ti.

—Vaya, pues seguro que tengo un montón de llamadas perdidas tuyas y no me he enterado —replicó Wanda con una sonrisa irónica, que no parecía mostrar ningún reproche, sino amigable y comprensiva sorna. Sin embargo, el sentimiento de pasión y de deseo mutuo de hacía apenas unos segundos parecía haberse extinguido de golpe barrido por ese reproche gastado.

Paolo percibió el resentimiento de Wanda. De pronto, ni el lugar ni el momento parecían adecuados para acariciarse de aquella forma. La suya ya no era una relación ligera, libre, sino una que comenzaba a necesitar unas reglas por las que regirse. Wanda necesitaba saber a qué atenerse. Él disminuyó la presión de su cuerpo sobre el de ella, y terminó por apartarse.

—Sabes que ando ocupado.

—Claro. Lo de prospectar cuevas y viajar al centro de la Tierra debe de llevarte mucho tiempo. ¡Pobre!

—Wanda, estamos cerca de conseguirlo —respondió él, vehemente, contrarrestando la ironía de ella con la mayor seriedad—. Si funciona el proyecto en el que estoy colaborando ahora, los descubrimientos que podamos hacer serán de un valor incalculable.

—Incalculable para quién.

—Para la historia, para la humanidad.

—Ojalá, Paolo. Pero a veces pienso que te imaginas que de verdad existen esos submundos y esas verdades reveladoras que creas en tu cabeza; cuando en realidad, solo vas a encontrar piedras, lodo e información geológica de valor relativo.

Paolo negó con la cabeza.

—¿Eso piensas? ¿Estás segura? Entonces, ¿por qué estás aquí, rodeada de esqueletos? Son solo cadáveres, ¿qué te ha hecho viajar mil kilómetros desde Friburgo hasta Gliwice? No te engañes, tú también buscas verdades nuevas a las que agarrarte. Eres como yo.

—No, Paolo. Yo busco enriquecer un conocimiento que ya tenemos, y tú ambicionas descubrimientos grandilocuentes que asienten nuevas verdades universales. Quieres ser reconocido y aclamado. A veces pienso que es pura vanidad —afirmó con dureza y mirándolo directamente a los ojos.

Paolo mostró una sonrisa desganada e incrédula.

—¿Crees que es cuestión de ego? No me jodas, Wanda —replicó enfadado—. ¿Piensas que vivo así para que le pongan mi nombre a una plaza, o para aparecer en un libro de historia? Después de todo este tiempo... ¿Es que no me conoces?

Ella se aproximó a Paolo, y le dijo, conciliadora aunque en tono firme:

—Sí, Paolo, te conozco desde hace ya varios años, y te respeto y admiro: como fotógrafo científico, como geólogo y como investigador. Pero a veces me da la sensación de que lo tuyo es obsesivo, de que funcionas a golpes de voluntad, buscando un Dorado que no existe.

Él sonrió y relajó su enfado.

—¿Es malo ser un soñador? Si ya supiésemos todas las respuestas no iniciaríamos ningún viaje, ninguna exploración... Tú tampoco estarías hoy aquí, buscando comprender. Tus estudios del medievo son una excusa, Wanda, ¿no lo ves? Son tu curiosidad y la mía las que, al final, hacen girar al mundo.

—Si sigues hablando así voy a dejar de pensar que tienes un ego desmedido —replicó ella con cierta malicia, aunque esbozando una sonrisa de tregua—. Dime, ¿en qué andas metido?

Él sonrió, y aceptó de buen grado el armisticio dialéctico. Respondió con entusiasmo.

—En el IODP: Integrated Ocean Drilling Program.

—¿El qué?

—El Programa de Perforación de los Océanos, un proyecto extraordinario.

—¡Cómo que de los océanos! Pero ¿lo tuyo no eran las cuevas?, explorar, excavar... —preguntó Wanda, sorprendida. Paolo asintió.

—Y lo sigue siendo. El IODP es un programa de investigación marina que quiere estudiar huellas y registros geológicos en sedimentos marinos, pero también la historia de la Tierra. Pretenden perforar lo máximo posible el planeta, y hay que hacerlo desde el mar, en un punto en el que el radio hasta el centro de la Tierra sea lo menor posible.

—¿En serio? —preguntó Wanda, genuinamente sorprendida—. ¿Y quién financia semejante proyecto?

—Colaboran hasta veintisiete países —dijo él—. El proyecto tiene varias fases. La primera quiere perforar lo máximo posible la falla donde se generaron el terremoto y el tsunami de Japón en 2011.

—¿Y te vas a ir a Japón, entonces?

—Sí, a Tohoku. Posiblemente me acompañe Arturo, por cierto. En el campo de la geología, es un proyecto único. Como supondrás, lo que se financia especialmente es la investigación dedicada a evitar catástrofes naturales y prevenir cambios climáticos, aunque yo estoy interesado en la parte del proyecto que pretende perforar la Tierra hasta el máximo posible. Estamos trabajando para lograr el soporte financiero en ese aspecto.

—Sabes que eso es difícil.

—Casi imposible, lo sé. Pero si lo lográsemos, al menos todo esto tendría sentido. Nuestro trabajo, el de todos los que nos dedicamos a esto. Si Helder estuviese vivo, sería el primero en respaldar algo así.

Wanda guardó silencio observando a Paolo. La pasión que él ponía en sus sueños de explorador lo hacía único y odioso a la vez. Por una parte, a ella le merecían mucho respeto su tenacidad, su inteligencia y su cabezonería casi infantil, que hacía que pareciese un niño buscando indefinidamente el País de Nunca Jamás. Pero, por otra, todo eso suponía un objetivo fijo, primordial e inamovible que no la incluía a ella. Si él le hubiese planteado una sola vez que estuviesen juntos, que ella lo esperase, lo habría hecho con la fidelidad más inquebrantable. Pero él no se lo había pedido, y ella aceptaba que aquella era la realidad. Wanda lo miraba ahora y comprendía que Paolo no era un rebelde insustancial: solo quería hacer algo en su vida que tuviese sentido, que lo individualizase ante los demás de tal forma que, con el tiempo, hubiese valido la pena el esfuerzo de vivir.

—Espero que valga la pena, Paolo. Me alegro por ti. ¿Cuándo te irás?

—Ah, todavía quedan unos meses, y estaré en el buque de forma intermitente. Además, tengo que aprovechar el viaje para realizar más encargos de fotografía científica descriptiva. Aunque últimamente me piden más fotos ilustrativas... ¡el que paga manda! —dijo guiñándole un ojo a Wanda y recogiendo su cámara del suelo, dispuesto a continuar su trabajo.

—¿Y qué diferencia hay entre un tipo de foto y la otra? —se interesó ella, que había abandonado sus apuntes para seguir observándolo sin disimulo alguno.

—La foto descriptiva es más... digamos científica, no admite retoques. La ilustrativa es más sensacionalista, más artística.

—Vamos, con Photoshop.

—Más o menos. Pero no creas que es una mala práctica, si con ello atraemos a más personas a la ciencia...

—Qué morro tienes, Paolo.

—¿Yo? —dijo con gesto de fingida inocencia—. Así es el mundo real, necesitado de estímulos extraordinarios para poder interesarse por las cosas realmente importantes.

—Como los viajes al centro de la Tierra, claro.

—No, como los viajes en el tiempo.

—Anda, ¡lo que nos faltaba! Pero si tenemos aquí un crononauta... —se rio Wanda, negando con la cabeza y mirando a Paolo con cariño.

—¿Acaso no somos como viajeros del tiempo? Tú estás aquí, en pleno siglo XV —explicó él, señalando con su mirada la excavación que tenían a sus pies—, rebuscando en un cementerio de huesos para entender, visualizar y fotografiar en tu cabeza quién era esta gente, cómo vivía, cómo llegó hasta este lugar y cómo ha girado el mundo desde que a ellos los ejecutaron como vampiros. Hoy, posiblemente, llevarían una vida completamente normal.

Wanda, vencida, asintió con una sonrisa.

—No cambiarás nunca. Eres un soñador.

—Un explorador —corrigió él, sonriendo—. Oye, tengo una idea.

—Dime, Marco Polo —bromeó ella, retomando sus apuntes con un suave suspiro.

—Marc, Arturo y yo vamos a reunirnos en España, en Cantabria, dentro de unas semanas... formamos parte de la directiva del Congreso Internacional de Espeleología, y dentro de dos años vamos a celebrar allí la próxima reunión. Tenemos que decidir con buen margen de tiempo el enclave exacto del congreso y, de paso, vamos a visitar algunas cuevas...

—Estupendo. Me alegro de que os juntéis de nuevo.

—Lo sé... Pero ¿y qué tal si nos juntamos todos? Podrías venir...

—¿Yo? ¿Qué pinto con un montón de espeleólogos?

—Ah, ahora solo iremos nosotros, como avanzadilla. Ya te digo que vamos principalmente para localizar un enclave en el que realizar el congreso; pueden ser más de mil personas y necesitamos asegurar la infraestructura. Tú podrías prospectar alguna cueva fácil con nosotros y, además, investigar allí rastros medievales, tanto en cuevas como en aldeas. ¿No te interesaba la arquitectura del medievo? Allí hay restos de una mota singular, tú misma me hablaste de ella hace tiempo, ¿recuerdas?

Wanda asintió.

—Sí, estoy buscando un nexo de unión entre las distintas motas europeas... pero no sé si me dejarán coger vacaciones. ¿No les importaría a Arturo y a Marc que fuese?

—¡En absoluto! —replicó Paolo, animado y acercándose a ella, volviendo a dejar la cámara en el suelo y tomándola por la cintura—. Podrías coger solo unos días, una semana a lo sumo, como si fuesen unas vacaciones. A tu amiga alemana seguro que no le importará... —tanteó.

—No es nada serio —respondió Wanda desvinculándose de atadura alguna con su amiga—. La verdad es que estaría bien, y hace siglos que no me tomo unas vacaciones...

Paolo levantó a Wanda en brazos y la hizo girar en el aire como si fuese una bailarina. La dejó en el suelo cerrando la pirueta con un beso alegre e intenso en los labios.

—Será increíble, lo pasaremos sensacional...

Wanda sonrió animada por la energía contagiosa de Paolo, que volvía a aproximarse para besarla. Sin embargo, escucharon los pasos de alguien que se acercaba a la carpa y, suponiendo que de forma inmediata iban a dejar de estar solos, se separaron con una mirada cómplice. En realidad era como un juego de niños que solo ellos sabían: no tenían por qué ocultar su relación intermitente; pero por un extraño acuerdo tácito, siempre simulaban ser simplemente colegas. Quizás así era más fácil separarse constantemente, o fingir que aquello no era más que un pasatiempo amistoso y ligero, cuando ambos ya sabían que no lo era en absoluto. Wanda sufría más las despedidas y la incertidumbre. Sin embargo, Paolo quería seguir convenciéndose de que aquello era posible, aquella manera de vivir, entre el viaje constante y el sereno reposo. ¿Sería posible que ambos lograsen encontrar la proporción adecuada de trabajo, de amor y de amistad? ¿Es posible mantener un milagro en equilibrio?

Wanda y Paolo, fotógrafos del tiempo. Sin ser conscientes de ello, decidieron, con aquel improvisado viaje a Cantabria, cambiar sus vidas para siempre.

8

Cuando a la salida del pueblo enfiló la carretera del seminario [...]. Monseñor se quedó atónito, exclamando a cada paso con dulcísimo acento italiano: *¡Qué bello! ¡Qué bello!*

Crónica de la visita del nuncio papal
al seminario de Comillas para su
inauguración en 1893

Habían atravesado una gran y extravagante puerta de acceso, de color rosa salmón y granate, llena de simbolismos religiosos. Ascendieron por la colina a través de una pista perfectamente asfaltada que delimitaba, tras un largo y estrecho pasillo de cantos blancos y rodados, con un jardín de césped muy cuidado, en el que se habían plantado árboles plataneros en fila que guiaban el camino. A pesar de que el aparcamiento estaba repleto de coches, la sensación de excelente distribución y limpieza agradó a Valentina, que seguía siendo incapaz de mantenerse impertérrita ante el desorden.

Aparcaron ante el gran edificio, que ahora era la Fundación de Comillas, y Valentina recibió una llamada. Era Oliver. El sargento Riveiro decidió esperar cortésmente a unos metros, mientras ella atendía el teléfono.

Era increíble. Por fin, después de tanto tiempo, una pista sólida. Guillermo Gordon en Nepal. ¿Qué demonios habría ido a hacer allí? A pesar de que solo lo había visto en algunas fotos, se lo imaginó explorando altas montañas nevadas, buscando el sentido de la vida entre monjes tibetanos.

Y lamentó no estar al lado de Oliver en aquel momento. A cambio, era su antigua prometida la que lo acompañaba. Y Anna Nicholls era tan perfecta, tan femenina, tan valiente... había cambiado radicalmente su vida: había dejado atrás muchas comodidades para poder así ayudar a los más desfavorecidos. No pudo evitar un nudo en el estómago, una taquicardia intermitente y molesta. Pudo sentir, incluso, los latidos de su propio corazón. ¿Eran los celos que volvían a clavarse, como una alarma odiosa, dentro de su pecho? ¿No resultaba ridículo? ¿Acaso no era, no había sido hasta entonces, Oliver, su Oliver, un perfecto y enamorado caballero? La obligaba a bailar con él en la cocina le preparaba horribles pasteles de carne ingleses, y no llevaba un par de semanas convenciéndola para que adoptasen juntos un cachorro de beagle porque se había enterado de que un vecino de la Tablía disponía de una camada. Adoptar una mascota en común podía parecer algo ridículo, infantil incluso, pero para ella era un paso muy significativo... Valentina sacudió suavemente la cabeza, como si así se desprendiese de sus pensamientos y, cuando colgó el teléfono, se tomó unos segundos para observar el lugar donde se encontraban ella y Riveiro.

—¿Vamos, teniente? —preguntó Riveiro, viendo que por fin había terminado con la llamada.

—Vamos —confirmó Valentina, admirando el enclave de la fundación: a su derecha, a los pies de la colina y mirando al norte, el imponente mar Cantábrico, y a su izquierda, el palacio de Sobrellano, la villa de Comillas y un sinfín de prados verdes.

—Y esto, ¿qué sería? —se preguntó Riveiro, conforme se aproximaban al imponente edificio—, ¿una escuela para curas?

—Supongo —replicó Valentina—. He leído que antes era una universidad pontificia, un seminario, pero yo nunca había estado aquí.

—Ni yo —reconoció el sargento.

Siguieron caminando hasta la recepción, en la que entraron directamente. Allí, una joven de gesto y mirada inocente llamada Lucía, rubia, de tez blanca, casi transparente, los guio rodeando el edificio de la Fundación hasta que llegaron a una pequeña escalinata, que terminaba en unas enormes puertas de bronce.

—Esperen aquí, por favor —les pidió la joven con un gesto tímido—. Ahora mismo vendrán a recibirlos —concluyó, y se despidió con una simple inclinación de cabeza y regresó por donde habían venido.

—¿Y ya está? ¿Nos deja aquí? ¿Sin más? —se extrañó Riveiro.

—Sí, es raro, no sé por qué no nos ha hecho pasar —coincidió Valentina, centrando su mirada en la enorme e imponente entrada.

Riveiro siguió con la vista los relieves de las puertas, que no se molestó en descifrar, desviando su propio interés a las dos enormes estatuas que flanqueaban la entrada desde lo alto. A la derecha, una mujer de larga túnica, coronada. A la izquierda, otra dama similar, pero con la corona a sus pies y con un extraño e inquietante diablillo con rostro leonino asomando sobre su frente, y cuya larguísima cola le hacía de siniestra corona. El sargento no se acercaba siquiera a intuirlo, pero la mujer de la derecha representaba el cristianismo, y la de la izquierda, vencida y despojada de su corona, el judaísmo.

Al instante, con un sonoro crujido, una de las hojas de la gran puerta comenzó a abrirse en un movimiento lento y pesado.

—¡Ah del averno! —bromeó Riveiro con voz gutural, provocando la sonrisa de Valentina, que, curiosa, comenzó a subir la escalera.

—Disculpen si les hemos hecho esperar, acaban de avisarnos desde recepción de su llegada —les dijo un hombre corpulento y de mediana edad, de voz grave y acuosa, que parecía querer compensar su completa calvicie con una densa barba negra—. Es que era más fácil que entrasen ustedes por aquí, estamos reunidos en el paraninfo y Lucía no iba a ser capaz de abrirles las puertas de las Virtudes, son demasiado pesadas —se justificó, mirándoles nervioso tras sus gafas de pasta negra.

—¿Y usted es...? —preguntó Valentina antes de acercarse a su interlocutor.

—Enrique Díaz, director y responsable de la Fundación de Comillas, y miembro de la junta directiva del Centro Universitario.

—Ah, pero ¿esto sigue siendo una universidad? Pensábamos que era solo una fundación cultural —intervino Riveiro, que ya subía la escalera.

—Oh, sí, caballero, esta es la sede del CIESE —aclaró, aludiendo al Centro Internacional de Estudios Superiores de Español—, pero además funciona como fundación para todo tipo de eventos, congresos y actos culturales... especialmente los vinculados a la cultura hispánica, por supuesto. Pasen, pasen —les invitó, dejando abierta la enorme puerta y haciéndoles entrar en un gran vestíbulo, en el que el suelo estaba decorado con mosaicos exquisitos y en el que destacaban columnas exuberantes, con capiteles florales de piedra.

Valentina y Riveiro lo siguieron en silencio, subiendo una imponente escalera llena de relieves y figuras zoomórficas. Llegaron a un inmenso rellano cuyo techo artesonado estaba repleto de figuras de animales fantásticos delicadamente tallados, representando un arca de Noé invertida. Su anfitrión, Enrique Díaz, pareció pasar por alto el estupor de la teniente y el sargento, y les hizo entrar directamente en el paraninfo.

Era una sala rectangular e inmensa, con un oscuro zócalo de madera de unos dos metros de altura y un techo altísimo, que permitía la existencia de un balcón corrido a lo largo de toda la estancia, sobre el que un amplio friso de óleo sobre tela, muy colorido, interpretaba el triunfo de Jesucristo. En contraposición a todos los simbolismos religiosos y al barroquismo de algunos puntos de la sala, en el centro de la misma el eje de atención era una enorme mesa rectangular, sobre la que había numerosos ordenadores, sistemas electrónicos de sonido y abundante cableado. Un moderno televisor de plasma, que sin duda era de última generación, se encontraba en un extremo de la opulenta habitación. Los esperaban dos hombres, de gesto serio y concentrado.

—Les presento a Marc Llanes y a Paolo Jovis, miembros de la Junta Directiva del Congreso Internacional de Espeleología —dijo Enrique Díaz, con su voz gruesa y cascada, liberado, como si con aquella presentación descargase su responsabilidad sobre lo que allí pudiese ocurrir. Al instante, pareció tomar conciencia de que no sabía los nombres de la teniente y el sargento, pero Valentina, que observó la vacilación de su gesto, apuró su propia presentación y la de Riveiro para ir después directamente al grano.

—¿Son ustedes los responsables de este Congreso de Espeleología, entonces?

—En efecto —afirmó Marc Llanes, con un suave acento catalán—. Aunque faltan otros dos miembros de la Junta, que ahora están en la carpa.

—¿En la carpa? —preguntó Valentina—. ¿Qué carpa?

—La que se ha habilitado en la zona norte, para las espeleolimpiadas.

—¿Espeleo qué? —preguntó Riveiro, que ya había sacado su libreta, listo para realizar anotaciones. Al instante de realizar la pregunta, recordó que Sabadelle, cuando les había llamado por teléfono hacía solo un rato, ya les había dicho algo sobre ello.

—Espeleolimpiadas, son una especie de juegos deportivos que organizamos cuando nos reunimos.

—Verán —interrumpió Enrique Díaz—, ahora estamos en el Seminario Mayor, que es donde celebramos normalmente los Congresos, las cenas y los cócteles. Pero en esta finca hay otros tres edificios: el Seminario Menor, el Colegio Máximo y el Pabellón Hispanoamericano. Los únicos edificios que están operativos son este, en el que nos encontramos, y el Pabellón Hispanoamericano, que se terminó de restaurar el año pasado. Los otros dos edificios, me temo, esperan financiación para su restauración. Dado que este congreso reunía a muchos invitados, ha sido preciso habilitar una carpa sobre el césped de la zona norte, en la cara que mira al mar, para que allí pudiesen desarrollar parte de sus actividades.

Marc Llanes asintió para agradecer la explicación, que se animó a completar:

—De hecho, escogimos este lugar para realizar el congreso por el espacio de que disponía para poder instalar la carpa, algo materialmente imposible en los hoteles de Santander. Por eso faltan un par de compañeros de la Junta, están supervisando las actividades de los asistentes; ahora mismo la mayoría debe de estar en la carpa.

—Ya veo —asintió Valentina—, eso explicaría que haya tantos coches aparcados en la entrada y que no hayamos visto un alma. Bien, caballeros, ¿les importa que nos sentemos? —preguntó, tomando el control de la improvisada reunión y observando, de paso, a sus nuevos interlocutores.

Marc Llanes vestía como si se acabase de preparar para hacer una ruta exploradora: pantalones deportivos color caqui y calzado de montaña; añadía al atuendo una camisa de diminutos cuadros rojos, que apenas disimulaba una barriga prominente. Tendría unos cuarenta y cinco años, una mirada inteligente y un cabello rubio desaliñado, que sin duda agradecería el cariño de un buen peluquero. Paolo Jovis, sin embargo, y a pesar de llevar también ropa deportiva, gestionaba con tal naturalidad su atuendo que parecía salido de una revista de moda ambientada en la campiña británica. Se apreciaba también en él cierto desaliño, y las arruguillas en la comisura de sus ojos delataban que debía de tener una edad inferior pero cercana a la de su compañero; sin embargo, su cuerpo delgado y fibroso, así como su rostro, que estaba asombrosamente bronceado, le hacían parecer más joven.

Una vez sentados, Valentina tomó aire y se dispuso a disparar sus preguntas, mirando alternativamente tanto a Marc Llanes como a Paolo Jovis, a pesar de que este, hasta ahora, no había dicho ni una sola palabra.

—Como sabrán, venimos a causa del fallecimiento de una de las asistentes a su Congreso de Espeleología, Wanda Karsávina. Sabemos que vino a Comillas el sábado por la mañana, y que incluso participó en la cena medieval que ustedes organizaron aquella noche. Y sabemos que, según parece, también comió el domingo con ustedes... pero no tenemos constancia de que cenase aquí. ¿Pueden corroborar esta información?

—Por supuesto —se adelantó Enrique Díaz impidiendo que Marc y Paolo contestasen—. Por eso los hemos traído al paraninfo. Hablamos antes con un compañero suyo, el cabo Roberto Samargo...

—Camargo —lo corrigió Riveiro, automáticamente.

—En efecto: Camargo, disculpen. El caso es que, tanto la Fundación como la propia organización del Congreso de Espeleología, habíamos encargado un reportaje gráfico del evento, y gracias a ello esperamos que resulte posible registrar documentalmente los movimientos de la señorita Karsávina. Por eso los esperábamos en el paraninfo, ya que aquí es donde se encuentra la mayor parte de material gráfico y electrónico. Estábamos revisando las fotos y vídeos de que disponemos hasta la fecha.

—Perfecto —agradeció Valentina con alivio, viendo que por fin podría tener material sólido con el que trabajar.

—Sin embargo —añadió Enrique Díaz—, les advierto de que a este congreso asisten más de mil personas, por lo que quizás no sea fácil identificar a la señorita Karsávina entre la multitud.

—Cuento con ello. Le agradezco que nos facilite copia de todo el material fotográfico del que dispongan.

—¡Por supuesto! Como le dije, es posible que haya

algún vídeo donde salga Karsávina. La Fundación de Comillas colaborará en todo lo que ustedes precisen, faltaría más. Sin embargo, sí les rogaría cierta discreción en cuanto a la participación de la profesora en este evento... entiendo que su vínculo con Comillas es casual, ya que la encontraron en Suances, ¿no? —preguntó, nervioso, mostrando el verdadero motivo por el que había intervenido tan diligentemente—. Verán, este acontecimiento, este congreso, es muy importante para la villa de Comillas, y no quisiéramos que se ensombreciese por este... lamentable, horrible... en fin, por este incidente —añadió, carraspeando, con su voz gruesa y grave.

Valentina observó al hombre durante unos segundos. A pesar de que la temperatura en el paraninfo no era elevada, varias gotas de sudor nervioso se deslizaban por la despejada frente del señor Díaz.

—Tranquilo, intentaremos no levantar polvareda. Pero le informo de que cabe la posibilidad de que el asesino de la profesora Karsávina se encuentre entre los invitados, ya que el último sitio donde parece ser que se la vio con vida es aquí; asistió a la comida que se celebraba el domingo y falleció esa misma tarde o noche, sin que de momento nos conste que antes, desde aquí, hubiese acudido a ningún otro lugar —razonó Valentina, haciendo caso omiso al nuevo gesto de preocupación del señor Díaz; la teniente continuó con su explicación—: no siempre podemos controlar a la prensa, y mucho menos las declaraciones que extraoficialmente puedan hacer, en su caso, los que asisten al congreso. Además, es posible que a los propios invitados les solicitemos vídeos o fotografías que hayan realizado con sus teléfonos móviles, por si en ellos pudiesen salir la propia Karsávina o su posible agresor —concluyó mirando a Marc y Paolo.

—Dicen que a este congreso asisten unas mil personas, ¿cierto?

—Cierto —repuso Marc—. De hecho, aunque a veces fallan asistentes, hay anotadas mil catorce personas.

Muchos no vienen a todo el congreso, sino solo días sueltos, cuando hay actividades o ponencias que les interesan especialmente.

—Ya. ¿Y dónde alojan a tanta gente? Imagino que organizar esto debe de ser una pequeña locura —añadió, ofreciéndoles una sonrisa en un intento por mostrarles que podían hablar en confianza.

—Sí, sí que es un poco locura —respondió Marc, devolviéndole una sonrisa forzada—. La verdad es que supone un jaleo tremendo, pero vale la pena. Nos reunimos cada cuatro años... para dormir, la mayoría de los asistentes se han acomodado aquí, en el Pabellón Hispanoamericano.

El señor Díaz, que no había dejado de sudar, volvió a intervenir, como si fuese su obligación dar una explicación más detallada:

—Tiene capacidad para mil doscientos alumnos, aunque muchos de nuestros estudiantes prefieren alojarse en casas particulares; como les dije, ese edificio se acabó de rehabilitar el año pasado, de modo que ya habíamos limitado su ocupación esta semana contando con este congreso.

—Ajá —asintió Valentina—, entiendo que tendrán un listado de todos los asistentes al congreso que se han alojado aquí.

—Por supuesto —replicó Díaz—, y ya le adelanto que entre los alojados sí se encontraba inscrita la señorita Karsávina, pero el sábado no hizo uso de su habitación, al parecer. Lo he comprobado a primera hora. Es posible que cambiase de opinión y que tuviese una reserva en algún hotel de los alrededores, quién sabe.

—O que durmiese en el cuarto de otro invitado al congreso... —especuló Valentina.

—Bueno, no lo sé... todo es posible. Ya le digo que en principio solo venía a pasar una noche —explicó mirando a Marc Llanes y esperando confirmación.

—En efecto, solo venía para las jornadas del sábado y

el domingo. Le hacía mucha ilusión la cena medieval del sábado.

—¿La conocía personalmente? —preguntó Valentina. Era una pregunta que iba a formular de todas formas, pero, con mil asistentes al congreso, no esperaba tener tanta suerte.

—Claro. Desde hace años. Habíamos coincidido en algunas investigaciones, yo soy arqueólogo... —afirmó Marc con rostro serio—. Era una mujer increíble. La noche de la cena llamaba la atención. Estaba espectacular —dijo, terminando la frase en un susurro que parecía apesadumbrado.

—¿Y no observó ningún comportamiento extraño en ella, ninguna incidencia a lo largo de la jornada que le llamase la atención?

—No —dijo, tras unos segundos en los que pareció haber meditado la respuesta—. Quizás el domingo estaba más callada de lo habitual, pero tras la fiesta de la noche anterior no me pareció extraño. Yo mismo tenía una fuerte resaca.

—Entiendo —asintió Valentina con gesto comprensivo—. ¿Y podría identificar a las personas con las que estuvo Wanda Karsávina a lo largo del día? Tendría un grupo de conocidos más específico, supongo.

—Sí, de hecho, su grupo habitual en este encuentro fue el mío.

—¿El suyo? —Valentina no daba crédito. ¿Aquello iba a ser tan fácil? Hasta ahora, todo había sido extraño, estrafalario incluso, y ahora resultaba que uno de sus testigos principales era uno de los organizadores del Congreso de Espeleología.

—Sí, ya le dije que la conocía desde hace años. Es una gran pérdida. Ella era amiga de muchos de los asistentes, en este mundillo de la espeleología profesional todos nos conocemos, teniente.

—Ya veo. Reconozco que desconocía que hubiese una afición tan extendida por el *espeleísmo*.

—¿*Espeleísmo*? —preguntó, elevando el tono, como si le hubiese ofendido—. El *espeleísmo* es un simple deporte, pero la espeleología es una ciencia: no solo estudia la morfología de las cavidades de la Tierra, sino que implica otras muchas disciplinas de investigación; aquí tenemos a topógrafos, historiadores, zoólogos, científicos, paleontólogos, hidrólogos, expertos en arqueología... el mundo intraterrestre es extraordinario, y supone una gran fuente de información, teniente Redondo.

—Ya... —dijo Valentina, mostrando con la frialdad de su mirada bicolor que no le había impresionado el pequeño discurso didáctico—. ¿Y sabe usted dónde durmió Wanda Karsávina el sábado por la noche?

—No tengo la menor idea, la verdad.

—Había entendido que eran ustedes amigos.

—En efecto, pero supuse que habría dormido aquí, en la Fundación, como la mayoría de los asistentes. De hecho, que yo sepa y tal y como le ha dicho Enrique, tenía reservado un cuarto en el Pabellón Hispano.

—Ajá. ¿Podremos ver ese cuarto, señor Díaz? —preguntó Valentina dirigiéndose al director de la Fundación.

—Por supuesto, aunque ya le digo que esa habitación no fue finalmente ocupada —replicó Díaz—; al menos, la cama no estaba desecha: allí no durmió, seguro.

—Pero en algún sitio tuvo que dejar su equipaje. Este punto tendremos que aclararlo —razonó la teniente que, acto seguido, y mirando de reojo a Riveiro, siguió interrogando a Marc Llanes—. Y dígame, antes nos comentó que vio a Wanda más callada de lo habitual el domingo. ¿En qué momento del día estuvo con ella?

—Al mediodía. Comió conmigo.

—¿Con usted? —preguntó Valentina llegando casi a la exclamación.

—Sí, bueno, conmigo y con otros dos amigos: Paolo —comenzó a enumerar, señalando con la mirada a su compañero—..., y Arturo, que es otro de los organizadores; ya le dije que estaba en la carpa; vendrá en un rato. En total, éramos cuatro en nuestra mesa, contando con ella.

—¿Y sucedió algo de relevancia en esa comida?

—No, que yo recuerde.

—¿No dijo Wanda nada que le llamase la atención?

—No, la verdad. Ya le dije que habló poco, aunque todos estábamos cansados tras la fiesta de la noche anterior. Normalmente solo hablábamos de trabajo, de nuestras respectivas investigaciones.

Valentina desvió la mirada hacia Paolo Jovis esperando una respuesta. Este se limitó a negar con la cabeza con convicción. A la teniente empezaba a desesperarla su silencio.

—Y usted, Paolo, ¿desde cuándo conocía a Wanda Karsávina?

—Desde hace cinco años. Todos la conocimos a la vez, en Nördlingen.

—¿Todos?

—Sí, Marc, Arturo, Helder y yo.

—Bien —meditó Valentina durante dos segundos, comenzando a enumerarlos—: Marc, aquí presente —dijo señalando con el mentón al catalán—; Arturo, el compañero que está en la carpa... y usted mismo. ¿Helder también participa en este congreso?

—No, no —negó con gesto sorprendido—. Es un compañero ya fallecido.

—Un accidente en Sudamérica hace ya un par de años —explicó Marc.

—Ya veo —replicó Valentina, desviando la mirada de uno a otro de sus interlocutores—. ¿Y cómo es que coincidieron en Nörd... Nördlingen?

—Un trabajo científico, el proyecto Diamond. Ella vivía y trabajaba allí, en el museo, y era nuestra guía. De vez en cuando hemos vuelto a coincidir en algún proyecto.

—Ajá. ¿Todos juntos?

—No, no, por separado —negó Marc—. Yo, hasta este fin de semana, hacía al menos un par de años que no la veía... y Paolo... no lo sé, la verdad —dijo lanzando una mirada inquisitiva a su compañero.

—Unos siete meses —se limitó a explicar el italiano sin convicción.

—¿Otro proyecto común?

—No exactamente —negó Paolo—. Un proyecto que no tenía nada que ver conmigo pero en el que yo asistí como fotógrafo científico.

—Ya veo —asintió Valentina, prometiéndose ahondar en ese punto más adelante—. ¿Y no saben a dónde fue Wanda tras la comida?

—No, teniente —contestó Marc—. De hecho, me extrañó que no se despidiese. Tras el almuerzo, continuaron las actividades en la carpa, y lo cierto es que nos dispersamos.

—Se dispersaron —repitió lentamente Valentina, mordaz—. Ya veo. ¿Y usted, Paolo, también se dispersó? —insistió, con cierto sarcasmo contenido.

—Eso parece —contestó por fin Paolo, mirando fijamente a la teniente—. La verdad es que había tantas personas en la carpa, tantas actividades que realizar, que resultaba fácil perderse y separarse. Aquí cada uno escoge lo que más le apetece: deporte, conferencias, concursos, adquisición de material de espeleología... hay para todos los gustos.

Valentina apreció el suave acento italiano de Paolo, y notó cómo la escrutaba con la mirada. Comprendió que no había estado callado por timidez, sino por prudencia. Al hablar había perdido un ápice de su atractivo: de pronto, un gesto de cansancio inmenso había cubierto el rostro del italiano.

—¿Y no recuerda nada de lo que hizo después de comer, Paolo?

—Sí, por supuesto. Ofrecí una ponencia sobre fotografía científica que duró unas tres horas. Puede comprobarlo.

Riveiro seguía anotando información en su libreta.

La teniente suspiró suavemente, sabiéndose de nuevo en un callejón sin salida:

—¿Y ninguno de ustedes dos tiene claro los intereses específicos de la profesora Karsávina? ¿No les comentó si pensaba asistir a algún acto concreto del congreso tras la comida del domingo?

—No —volvió a contestar Paolo—, porque ella, en principio, tenía que marcharse tras la comida o a media tarde. Debía regresar a Santander; el lunes comenzaba a impartir un seminario del medievo, que es lo que realmente le interesaba. Después de comer supongo que estuvo saludando a más colegas o asistiendo a algún acto en particular, pero lo cierto es que yo también le perdí la pista, y también me extrañó que se marchase sin despedirse.

Valentina pareció meditar unos segundos. Aquello volvía a coger un matiz extravagante. Unos amigos con los que cena y con los que come, pero que no saben ni dónde duerme ni cuáles son sus intereses fundamentales en el Congreso, salvo el medievo. Y que tampoco tienen ni la menor idea de a dónde fue tras la comida. Algo no le cuadraba: las declaraciones de Paolo y Marc eran muy ambiguas, contenidas, y apenas parecían apesadumbrados por la pérdida. Quizás no tuviesen nada que ver, y Wanda cogiese un taxi para regresar a Santander y en el camino sucediese algo inesperado. Era pronto para saberlo. Pero pensaba averiguarlo. La teniente Redondo miró a Enrique Díaz:

—Le voy a pedir dos cosas, señor Díaz. La primera, que ya hemos convenido, es que nos entregue a la mayor urgencia todo el material videográfico de que disponga. También necesitaremos un listado de todos los asistentes al Congreso, incluyendo a sus organizadores —solicitó, mirando expresamente a Marc y a Paolo—. Y la segunda, que me muestre el edificio donde se celebraron la cena y la comida, así como la habitación destinada a Wanda Karsávina y la carpa donde se han desarrollado las actividades.

—Por supuesto, teniente.

—Ah, y una cosa más. El menú.

—¿El menú? —preguntó Díaz con extrañeza.

—Sí, por favor, el menú que ofrecieron a los invitados, tanto de la cena del sábado como de la comida del domingo. Tengo entendido que también tuvieron una cena ese día, el domingo, de temática oriental, ¿no?

—Sí, aunque eso lo organizaba directamente el Congreso, ya que la Fundación se limita a ceder las instalaciones.

—Entiendo —asintió Valentina volviendo su mirada a Paolo y a Marc. Estos se dieron rápidamente por aludidos, y Marc respondió al instante.

—Sí, por supuesto, le daremos una copia enseguida. Colaboraremos en todo lo posible.

—Me alegra escuchar eso, porque me gustaría tener una charla más profunda con Paolo y con usted, además de con el otro compañero que compartió mesa con la señorita Karsávina el domingo —añadió, procurando no utilizar la palabra interrogatorio de momento.

—Claro... avisaré a Arturo. Ahora mismo, incluso, si le parece... —dijo Marc, solícito, levantándose como si ya fuese a salir a buscarlo.

—Sí, se lo agradezco.

Enrique Díaz intervino; su voz rota y grave anunciaba una despedida:

—Entonces, si no me necesitan, yo...

—Ahora no, pero lo necesitaremos cuando terminemos de hablar con los responsables del Congreso; le agradeceré que nos enseñe las instalaciones.

—Por supuesto. Tendré también preparados los archivos gráficos grabados por la Fundación. ¿Dentro de una hora?

—Le avisaré, si le parece.

—Por supuesto. Puede localizarme a través de Lucía, la chica que los atendió en recepción —dijo, y se marchó a través de una de las grandes e impresionantes puertas ojivales del paraninfo. Valentina volvió a dirigirse a Marc.

—Y si a usted no le avisamos antes, le ruego que, a lo sumo, esté aquí en media hora junto con su compañero. Entretanto, hablaremos con Paolo.

—De acuerdo, no se preocupe.

Cuando Marc ya iba a salir de la habitación, Riveiro, que parecía concentrado en su libreta, comenzó a hablar sin levantar la vista, y sus palabras se quedaron flotando en el aire.

—Oigan, por curiosidad... hemos sabido que este congreso se celebró en la República Checa hace cuatro años... Ahora aquí, y, después, parece que lo celebrarán en Australia —dijo levantando por fin la vista—. Parece un congreso de envergadura. Me pregunto... ¿cómo es que este año vienen aquí, a Comillas, que es una villa que apenas se distingue en un mapa de escala nacional? Quiero decir... ¿qué pinta aquí un Congreso Internacional de Espeleología que es capaz de congregar a más de mil personas de todo el mundo?

Paolo y Marc intercambiaron miradas de sorpresa.

—¿Lo pregunta en serio? —preguntó el italiano.

—Y tan en serio. ¿Me ve cara de broma?

Paolo Jovis suspiró con cierta tristeza y, mirando fijamente a Riveiro, enunció su explicación:

—Ustedes tienen un patrimonio natural extraordinario. En poco más de cinco mil kilómetros cuadrados, Cantabria dispone de seis mil quinientas cuevas, diez de ellas declaradas Patrimonio de la Humanidad. De todas sus cavidades conocidas, más de mil disponen de yacimientos arqueológicos, y más de sesenta conservan arte rupestre de la época del paleolítico... un tesoro muy codiciado por arqueólogos, científicos, historiadores y geólogos... De hecho, algunos historiadores se han formado en espeleología para poder acceder así de forma más segura a las cuevas, que resultan lugares de extraordinarias cualidades para la conservación de todo tipo de restos.

—¿Restos prehistóricos? —preguntó Riveiro, que estaba sinceramente asombrado.

—Prehistóricos, medievales... hasta de la mismísima guerra civil española, se lo aseguro —afirmó Paolo que, en este tema, al parecer, no era parco en palabras.

—Parece interesante.

—Es interesante —confirmó el italiano, con vehemencia—. En realidad, sargento, en Cantabria se están descubriendo nuevas cavidades, de media, cada dos años.

—Vaya —replicó Valentina enarcando las cejas de puro asombro y mirando a Riveiro, que no había abandonado su gesto de sorpresa—. Pero ¿tantas cuevas hay en Cantabria?

—Ya lo creo, pero para la espeleología es especialmente interesante el valle de Asón —intervino Marc, para completar con media sonrisa la explicación de su compañero—: Cantabria, teniente, es como un puto queso suizo lleno de agujeros. Un maldito, enorme y maravilloso queso suizo.

El viajero del Sótano de las Golondrinas
Quinta reflexión

Han venido a Comillas una teniente extraña y un sargento haciendo preguntas. Como si no fuese suficiente con haber perdido a Wanda, como si resultase posible explicarles a ellos, que viven en la más absoluta ignorancia, el alcance de lo que somos, de nuestro trabajo y del beneficio común que puede suponer.

¿Qué pueden saber ellos de la vida, de la historia, de la ciencia? Están aletargados, viviendo en un mundo de artificio, sin comprender que la Tierra es naturaleza viva, que somos animales, una plaga que arrasa con todo.

No sé si voy a poder con esto, Wanda. ¿Cómo podré hacerlo?

No sé dónde lo leí por primera vez, pero recuerdo parte de aquel poema que escribió una noche la madre Teresa de Calcuta, hace ya tantos años, en una colonia de leprosos a las orillas del Ganges:

> La vida es un combate, acéptalo.
> La vida es una tragedia, domeñala.
> La vida es una aventura, arróstrala.
> La vida es felicidad, merécela.
> La vida es la vida, defiéndela.

Solo las palabras de esta mujer, rebotando en mi mente, me dan algo de consuelo; a mí, que en nada creo. No logro recordar el resto del poema, Wanda. Creo que hasta tu rostro se desvanece y empieza a dejar de pertenecerme. Tengo la sensación de que me estoy volviendo loco... la presión acaba conmigo, ese hombre no deja de llamarme, me atosiga, me pone nervioso. Y, ahora, esa teniente, rebuscando una verdad en nosotros. Nunca, nunca, me había sentido tan solo.

El juez Jorge Talavera miraba la pantalla de su ordenador con fingida concentración, a pesar de encontrarse solo en su despacho, y de no tener que disimular ante nadie una ocupación efectiva. Intentaba leer con detenimiento una sentencia dictada por un compañero; eran nueve folios de contenido farragoso e inconexo, y del que deducía que su autor había recurrido al «corta y pega» de otro conglomerado de sentencias, de la forma más artesanal y catastrófica imaginable.

La mente del juez Talavera, en realidad, se debatía entre el texto que tenía delante y la fiesta a la que su hija mayor pretendía acudir aquel fin de semana. Solo era una adolescente, pero la niña sabía tanto de maquillaje y complementos como una sofisticada *drag queen*. Había pasado todo tan rápido... de niña a mujer, la historia más vieja del mundo. ¿No podía ser como su hermana pequeña, cuyo único interés era montar a caballo y hacer deporte? Solo tenían un año y medio de diferencia, pero eran tan distintas... el juez suspiró, resignado: la dejaría ir a la fiesta, pero permanecería en la puerta del local hasta que ella saliese. Disimulando, claro, no iba a dejarla en evidencia. Y si no, la niña se quedaba en casa y todos tan contentos. Decidido. Sonó su teléfono móvil. Comprobó quién era y descolgó con una sonrisa.

—¿Clara? ¡Clarita Múgica! Qué honor, señora forense, pensé que era usted la nueva ministra de difuntos, vaya agenda, ha sido imposible localizarla... —la regañó, con la confianza que le daban casi ocho años de amistad. Clara, al otro lado del teléfono, sonrió:

—Es que hoy perdimos un brazo de Frankenstein y anduvimos locos para encontrarlo y recomponérselo. El pobre anda llorando por las esquinas, ya sabes, es muy sensible —bromeó, sabiendo que al juez le daba especial repelús todo lo vinculado con las ciencias forenses. Aludir a Frankenstein en sus conversaciones había llegado a convertirse, casi, en un requisito formal.

—Pobre Frank, qué mal me lo cuidáis. Hablando de todo un poco, Clarita, guapa, que no me has cogido el teléfono en toda la mañana...

—Vaya, perdona —se disculpó Clara, acercándose a un tono más serio—. Es que hemos tenido un lío tremendo, hasta me he visto obligada a dejar una autopsia a medias para reunirme con la Guardia Civil, no te digo más.

—¿Y eso? —se extrañó Talavera. Para que Clara abandonase una necropsia debía de haber sucedido algo importante.

—La chica de la Mota de Trespalacios. Ni te imaginas cómo la mataron.

—Cómo.

—Un método muy antiguo, uno que usaban los romanos. Le untaron estramonio por todo el cuerpo y le hicieron un masaje erótico.

—Pero vamos a ver... ¿un masaje erótico? ¿En serio?

—En serio. Alto voltaje sexual, ya ves.

—No me jodas.

—No quisiera. Bajo ningún concepto, señoría —negó Múgica con ironía.

El juez pareció hacer caso omiso al posible doble sentido y a la mordacidad del comentario de la forense, y se mostró concentrado en lo que acababa de escuchar.

—Me imaginaba algo más... medieval. Con la ropa que llevaba puesta la chica, y por dónde la encontraron, no sé...

—Sí, la verdad es que parece bastante rebuscado —concedió Múgica—. Por eso creí necesario un breve receso en la autopsia, para poder explicarle a Redondo el caso con un poco más de detenimiento. Además, Cardona y Míguez han continuado trabajando con el cuerpo del hombre del pantano hasta mi regreso. Por eso no he podido llamarte hasta ahora, acabamos de terminar.

—Ya veo... pues te he dejado al menos tres recados —insistió él, con un punto de rencor.

—No me los han dado todavía, Talavera. Ya ves, te he llamado nada más terminar.

—¿No te los han dado? ¿Y eso? ¡Insistí en la urgencia! El fiscal y el capitán Caruso me han llamado ya varias veces esta mañana para ver cómo avanzamos con el caso.

—Lo siento, Jorge. De verdad, ni siquiera he llegado todavía a mi despacho, no sabía nada.

—¿No sabías nada? Entonces, querida Clara... ¿por qué me llamas?

Clara tomó aire.

—No es que no fuese a llamarte igualmente a lo largo del día para tenerte informado de todo lo que nos pasa aquí a Frankenstein y a los forenses...

—Ya...

—... pero ha surgido una pequeña incidencia en la autopsia del hombre del pantano, y necesitaremos solicitar, si tú lo estimas conveniente, y creo que sí, unas pruebas patológicas de urgencia.

—¿Otra vez?

—Otra vez.

—Los de Toxicología van a pensar que en Cantabria queremos romper algún tipo de estadística... dime, ¿qué pasa? —preguntó suspirando Talavera.

—¿Que qué pasa? Pues, para empezar, nos está resultando muy difícil realizar un cronotanatodiagnóstico fiable porque, a pesar de que el cadáver parece bastante reciente, lo cierto es que los ambientes húmedos de los pantanos y las ciénagas ayudan a conservar de manera natural los restos...

—A ver, a ver... que tampoco tenemos que saber fecha y hora exacta del deceso, Múgica, con hacer una aproximación creo que podemos despachar el asunto —la interrumpió Talavera, en tono práctico.

—No, Jorge, no me has entendido. No me refiero a dificultades de cronotanatodiagnóstico que oscilen en unas horas, sino que estoy hablando de márgenes de días o de incluso semanas.

—¿Semanas?

—Sí, los altos niveles de PH de los ambientes cenagosos permiten conservar de manera especial los restos orgánicos, incluso el contenido del estómago, y lo único que empieza a deteriorarse es el hueso, porque el ácido que genera la turba de los pantanos disuelve el fosfato de calcio.

—¿El qué? ¿El fosfato de calcio?

—Sí, el que hay en los huesos. Verás, el cuerpo ya había comenzado el período enfisematoso, y se había hinchado por efecto de los gases, pero esto podría deberse al tiempo que estuvo más cerca de la superficie, después de que lo arrastrara la marea; en un período anterior aún por determinar podría haber estado perfectamente conservado dentro del fango.

—Pero qué me estás contando, Clarita, mujer. A ver si no vais a saber ahora datar la muerte del fulano porque estaba en un pantano.

—Pues mira, sí que sabemos, pero sería necesario analizar y contrastar datos de los tejidos del cadáver en Toxicología, y a ser posible con urgencia. Te recuerdo que es a ti a quien están presionando el fiscal y el capitán Caruso.

—Cierto, pero soy yo quien dirige la escala de prioridades.

—Y siempre con mucho acierto, señoría.

—Clara —replicó él impostando seriedad—, no me adules, que sabes que eso no funciona.

—Lo sé —contestó la forense con la sonrisa de la que ya se intuye ganadora—, pero que sepas que el asunto no es tan fácil... en los lugares en que la temperatura del agua es muy baja y hay poco oxígeno, añadiendo la acidez de las ciénagas, el nivel del PH acaba siendo parecido al del vinagre, para que me entiendas, y se forma una especie de salmuera que favorece la conservación de los cuerpos.

—¿Me estás diciendo que el fulano del pantano lo teníamos ahí, en la ciénaga, como si estuviese conservado en vinagre?

—No tanto, pero casi. Estamos en febrero, Talavera, y hace un frío de mil demonios, y las condiciones de las ciénagas ya te las he explicado. Mira, en el norte de Europa hay muchos casos en que se han encontrado cuerpos que parecían tener solo cincuenta o sesenta años de antigüedad, y luego han resultado pertenecer al siglo I o II después de Cristo. El hombre de Tollund en Dinamarca, Franz *el Pelirrojo* en Alemania, el hombre de Cashel en Irlanda...

—Joder, entonces, ¿se puede saber qué coño de prueba quieres hacer? ¿La del carbono 14? Te recuerdo que, según el informe previo del SECRIM, el tipo llevaba un traje de Hugo Boss, que no me pega allá por el siglo I, no sé si me explico.

Clara suspiró de forma sonora y contundente, mostrando que se estaba armando de paciencia.

—No estoy diciendo que se trate de un caso así, solo que no puedo hacer un cronotanatodiagnóstico fiable sin unos análisis de urgencia.

—Es decir, que hay que tramitar otra causa con preso —replicó Talavera resignado.

—Sí, pero no solo por eso. En realidad, datar fecha y hora de la muerte es algo casi secundario, en este caso.

—¿Cómo que secundario? —se extrañó Talavera, que, por inercia, y sin apenas percatarse, ya se había deslizado hasta el gran recipiente lleno de avellanas que había sobre su mesa. Talavera sujetaba el teléfono entre su oreja y su hombro derecho, al tiempo que abría la gran urna transparente y llenaba su mano izquierda de frutos secos.

—Sí, es que verás... parecía que el hombre había sido estrangulado porque tenía marcas alrededor del cuello, pero lo cierto es que no murió asfixiado.

—¿No? ¿Y quién se lo cargó? ¿El PH maléfico y ácido de algún pantano? —se burló el juez, que apenas se esforzaba por disimular que estaba hablando y comiendo al mismo tiempo.

—No... no es algo que tengamos claro. A ver, el hombre no fue ahorcado, porque no hay ningún tinte azulado ni en los labios ni en la lengua, ni esta muestra ningún síntoma de congestión. Tampoco parece que haya sufrido asfixia, porque no se aprecian equimosis conjuntivales, ni pulmones congestionados y edematosos, ni espuma sanguinolenta en tráquea y bronquios, ni...

—Vale, vale, Clarita, hija mía, qué pesada eres, ¿quieres hacerme vomitar? —se quejó el juez, evidentemente asqueado con lo escatológico de la información. Suspiró y retomó el hilo de la conversación—: Vamos, que no lo estrangularon. Pero, entonces, ¿qué pasa con las marcas del cuello?

—Pues que no son tan profundas ni agresivas como inicialmente parecían. Da la sensación de que intentaron estrangularlo, pero que no lo consiguieron. Quizás el agresor no fuese tan fuerte, o quizás paralizase su acción por algún motivo que desconocemos. Lo cierto es que no se aprecian focos de infiltración hemorrágica en el plano profundo del cuello, ni desgarro transversal de la túnica íntima de la carótida...

—Resumiendo —la interrumpió el juez—: que no lo estrangularon o al menos no lo consiguieron. Entonces, ¿cómo murió? ¿Lo envenenaron? ¿Se ahogó en el pantano?

—No, no se aprecia signo alguno de envenenamiento

y su cuerpo tampoco presenta evidencias de ahogamiento, y ni siquiera tiene agua en los pulmones, aunque sí vemos probable que, por el contenido del estómago, ingiriese alcohol horas antes de morir. Por eso, y para poder realizar un cronotanatodiagnóstico acertado, necesitamos unos análisis de laboratorio urgentes. Entre otros datos, necesitamos saber si hay diatomeas en la sangre y en los tejidos del individuo.

—¿Diatomeas? Joder, Clara, parece que hiciese falta que viniese la NASA a hacerle la autopsia a este fulano...

—No es para tanto, Talavera. Es una prueba sencilla para saber si el hombre estaba vivo o no cuando se cayó o cuando lo tiraron a la ciénaga... y, por cierto, podrías dejar de comer mientras hablas conmigo, que no estoy sorda... ¿No estabas a dieta?

—Sí, pero me llaman forenses antipáticas por teléfono y se me ponen a hablar de causas con preso, de hombres de Tollund y de diatomeas y, ya ves, me estreso.

—Puedo explicarte lo de las diatomeas, es sencillo. Mira...

—No, no, no, deja, tranquila... confío en ti y en el buen hacer de tu laboratorio de Frankensteins. Despachamos la causa con preso y andando. Pero una cuestión: ¿de qué ha muerto el tipo, entonces? Si no lo han estrangulado ni se ha ahogado, no habrá venido san Pedro a ajusticiarlo sin más, digo yo.

Clara suspiró de nuevo, esta vez reflexiva, dedicándose la exhalación a sí misma.

—No lo sé, Talavera. La causa inmediata de la muerte ha sido una parada cardiorrespiratoria, pero la causa fundamental la desconocemos. Si te digo la verdad, ahora mismo tengo a Cardona como loca rebuscando en nuestros archivos algún expediente similar que nos pueda dar una explicación. No tenemos ni la menor idea de qué ha podido matar a nuestro hombre del pantano.

El subteniente Santiago Sabadelle miró con gesto aburrido al cabo Camargo. Después, deslizó su vista hasta el reloj que contaba los minutos en su pantalla de ordenador.

—Joder, como siga más tiempo chequeando listaditos de alumnos universitarios y profesores, es que me muerdo las putas venas. Me voy a comer, ¿te vienes?

Roberto Camargo dudó. Pero el titubeo inicial dio paso a la practicidad: a fin de cuentas, tenía que comer, y solo iban a bajar al comedor de la Comandancia. Después, ya seguiría cotejando huellas y registros de desaparecidos. Terminó por aceptar la iniciativa de Sabadelle, pero cuando ambos ya iban a levantarse, sonó el teléfono. El subteniente descolgó con pocas ganas, aunque quien estaba al otro lado del auricular iba a infundirle curiosidad en solo unos segundos.

—¡Alfredo! Coño, menudas horas de llamar, ¿qué pasa, que en Madrid no coméis?

—Santiago, no me jodas, que te estoy haciendo un favor —replicó al otro lado de la línea Alfredo Cánovas, del Museo Arqueológico Nacional.

—Que ya hombre, qué poco humor, en Madrid os ponéis chulapos enseguida —se rio Sabadelle, repantingándose en su silla—. Dime, ¿tienes novedades?

—Sí, aunque los datos que te voy a dar no son cien por cien fiables, ya que no tengo las monedas, solo las fotografías.

—Por supuesto, por supuesto, dime —replicó Sabadelle, cogiendo un bolígrafo y disponiéndose a realizar anotaciones.

—Bueno, pues he ampliado y estudiado con más detenimiento la foto de la primera moneda que me enviaste...

—¿La de la chica?

—¿Qué chica?

Sabadelle recordó, justo a tiempo, que la información que manejaba era absolutamente confidencial, y que su amigo solo sabía que habían encontrado la moneda en una investigación que tramitaban en la Comandancia. Seguramente, Alfredo Cánovas creía que se trataba de un expediente de patrimonio, y no de uno de homicidios.

—Nada, cosas mías. La moneda del año 1563, ¿no?

—Exacto. Pero no es de ese año.

—¿No? Pero si tú dijiste...

—Dije que parecía de ese año, pero estudiando con detenimiento la imagen y el resellado, creo que hay un dígito en el que nos equivocamos, porque no se trata de un resello del año 1563, sino de 1663.

—Coño, no me digas... ¡del siglo XVII! Entonces, del Siglo de Oro.

—Exacto. A ver, vamos al grano, que si no te importa yo también tengo que ir a comer y no me pagan por esto, ¿sabes?

—Anda, anda, que bien sabes que te voy a mandar un cargamento de sobaos y un par de quesaditas para Madrid. Les voy a poner lacito y todo.

Cánovas resopló, negando con la cabeza y haciendo caso omiso al comentario de su amigo, dispuesto a ventilar la información solicitada y a olvidarse del asunto:

—A ver, Sabadelle, toma nota: lo que me mandas aquí parece una moneda de cobre, aunque el material te lo tendrá que confirmar el laboratorio al que habéis enviado la pieza, ¿conforme?

—Conforme.

—En el anverso hay un castillo con tres torres, símbolo del Reino de Castilla, y en el reverso un león coronado, símbolo del Reino de León. Yo diría que tiene el valor de seis maravedíes —concluyó Cánovas.

—Ya veo. ¿Y alguna idea de su procedencia?

—De Castilla y León, ya que ha sido acuñada en una ceca de allí; claro que las monedas circulan, así que es bastante normal que la hayáis encontrado en Cantabria, porque en realidad podría estar en cualquier punto de la península.

—Ya. ¿Y la otra moneda? —preguntó el subteniente refiriéndose a la que habían encontrado junto al hombre del pantano.

—Ah, esa es diferente; esa sí que es de la época de los Reyes Católicos, yo diría que de entre los años 1475 y 1497.

—Hostias, ¿una del siglo XVII y otra del XV? ¿Doscientos putos años de diferencia? —preguntó Sabadelle, casi en una exclamación.

—Pues te diré que esta se encuentra mejor conservada que la otra, ya ves. Creo que esa «B» que aparece en el reverso testimonia que fue acuñada en la ceca de Burgos, y es evidente que se trata de los Reyes Católicos, porque en ese mismo reverso se ve la «Y» coronada, que es la inicial de Isabel la Católica en el castellano antiguo, y la «F» coronada en el anverso, que es la inicial de Fernando el Católico, obviamente. Por si no lo tuviésemos claro, incluye la inscripción *Casti.Legionis.Rex.Et.*, en latín, que significa Rey de Castilla y León, y añade *Ferdinandus et Helisabet*, del latín...

—Ya, Fernando e Isabel —lo interrumpió Sabadelle, que tenía su locomotora cerebral trabajando a toda máquina—. ¿Y algo más que consideres de relevancia?

—Pues, como no puedo calibrar peso, ni diámetro, ni nada que no se desprenda de las fotografías, poco más que añadir, salvo que es un vellón, una moneda blanca, o al menos me lo parece. Tendrán que confirmártelo los del laboratorio.

—¿Vellón? ¿Te refieres al material?

—Sí, una aleación a partes iguales de plata y cobre.

—Pues vaya gaita, ya verás cuando le cuente a mi teniente que son monedas de siglos distintos... ¿Sabes de dónde pueden haber salido? ¿Te suenan de alguna colección o algo?

Alfredo Cánovas, al otro lado del teléfono, pareció meditarlo durante unos segundos.

—No, ni idea, Sabadelle. Si habéis encontrado estas

monedas juntas, pueden pertenecer a una colección privada, pero ahora mismo no me viene a la cabeza ninguna concreta. Claro que aún tendréis que verificar si son falsas o no, a ver qué os dicen los de la Fábrica de Moneda y Timbre.

—Sí, a ver qué dicen —contestó Sabadelle, intentando encajar de una forma práctica la información que acababa de recibir. Se despidió de su amigo tras otro par de minutos de conversación y, cuando colgó el teléfono, se dio cuenta de que el cabo Camargo también estaba hablando, muy excitado, por su propia línea telefónica.

Cuando el cabo colgó, miró a Sabadelle, todavía con el gesto alterado, pero sin decir nada.

—¿Y bien? ¿Camargo, qué pasa?

—El anciano que vive en la casa de las calabazas...

—¿La qué...? Ah, la casa de Comillas... coño, es que lo de la casa de las calabazas suena al Mago de Oz. Te refieres al viejo que vive en la casa de Oyambre, ¿no?

—Sí, el anciano que encontró el cadáver del hombre del pantano...

—No me digas que también la ha palmado, joder.

—No, no, es él quien llamaba por teléfono. No sé si está bien de la cabeza, me ha dicho algo de que había visitado el cementerio y de que quería entregar algo a la Guardia Civil, pero que solo se lo daría a la teniente Redondo.

—Anda el viejo, ¡qué exquisito! ¿Solo le vale la teniente? Y qué le va a dar, ¿su número de teléfono a ver si se la liga?

—No —el rostro del cabo permanecía serio—, una cartera con la documentación y el pasaporte del hombre del pantano.

Y entonces, Santiago Sabadelle, por una vez, no supo qué decir, y se limitó a observar cómo, con urgencia, el cabo volvía a coger el teléfono y llamaba a la teniente Valentina Redondo.

Puente Viesgo, Cantabria
Dos años atrás

Había transcurrido solo un mes desde el encuentro entre Wanda y Paolo en Gliwice y ella estaba entusiasmada. Llevaban tres días recorriendo Cantabria, y había hecho descubrimientos asombrosos. Por su experiencia, sabía que resultaba extraordinario localizar restos medievales de cierta entidad dentro de cuevas prehistóricas. Sin embargo, en la cavidad de la Garma, a menos de media hora en coche de Santander, colegas arqueólogos habían encontrado artefactos del período paleolítico superior avanzado, así como restos de tigres, elefantes, osos, leones e información de casi cien mil años de historia geológica, pero también restos de cinco hombres jóvenes del alto medievo.

Sus maltrechos esqueletos estaban rodeados de restos de teas y hogueras. ¿Qué demonios harían allí? ¿Habrían bajado por su propio pie? ¿Por qué? ¿Los habrían depositado ya muertos en aquel abismo de piedra? Uno de ellos llevaba un cinturón con broche metálico de tipología visigótica, que en teoría era más propio de los siglos V, VI o VII.

Muchas personas podrían pensar que el misterio, en este caso, era algo hueco y absurdo: ¿a quién podía importarle ahora ninguno de aquellos individuos? ¿Y qué más daba si uno de ellos llevaba un cinturón de otra época? Pero a Wanda le importaba. La curiosidad cimentaba su ilusión por descubrir, por averiguar, y esa motivación era la que hacía que la vida valiese la pena y que no fuese un interminable y largo baile de piedra. Por eso había dejado su casa en Cracovia y se había ido a trabajar a Nördlingen buscando conocimiento, oxígeno, aventura. Podría haber estudiado el medievo desde su ciudad natal, pero no quiso; dejó a su madre y a su hermano atendiendo la panadería familiar en la calle Florianska con la conciencia de que trabajar en un lugar tan encantador les haría la vida más llevadera, más feliz. ¿Acaso ansiaban ellos algo más? Su hermano nunca había parecido tener más aspiración que la de preparar pasteles de manzana, el pan diario y las típicas tartas de queso polacas. Aquello parecía resultarle suficiente, y ella casi lo envidiaba: era capaz de disfrutar de lo sencillo, cuando ella siempre necesitaba ver más allá. Su madre, sin embargo, y a pesar de su dulce carácter y apariencia, disponía de un fondo más inquieto: era plenamente consciente de que había un mundo más allá de sus costumbres sencillas y de la propia Cracovia; pero, tras quedarse viuda y criar a sus dos hijos prácticamente sola, se había conformado con dirigir sus pasos hacia una amable rutina sin sobresaltos. Wanda, en cambio, lo ansiaba todo: respirar y sentirse viva. Por eso, tras Nördlingen, se había ido a la Universidad de Friburgo, enseñando el mundo a sus alumnos mientras ella todavía lo descubría. Y por eso nunca había intentado abiertamente detener a Paolo, ni le había insinuado la posibilidad de una vida más sedentaria, más estable, con ella a su lado. No lo había hecho porque veía en él un espejo de ella misma, y porque lo amaba lo suficiente como para no pretender cambiarlo, ni encadenarlo, ni desear marchitar esa chispa inquieta que él llevaba dentro.

—¡Por santa Elena! ¿Se puede saber en qué piensas, Wanda? ¡Llevas ya un buen rato ensimismada! —exclamó Arturo, acompañando su comentario con un suave y cariñoso codazo.

Wanda le sonrió, y se sorprendió al comprobar que, abstraída en sus reflexiones, aún no había tocado el café de su propio desayuno. Ella, Paolo, Arturo y Marc almorzaban ante una amplia mesa redonda. Se encontraban en la terraza del Gran Hotel de Puente Viesgo, justo delante del monte del Castillo, que habían programado visitar aquella mañana.

Puente Viesgo era un pueblo pequeño salpicado de unas pocas casas, sobre las que destacaba el flamante y elegante balneario. El río Pas partía en dos el enclave, verde y tranquilo, dejando a un lado el ayuntamiento y los principales edificios y, al otro, el discreto monte del Castillo que ahora podían ver con claridad, y cuyo aspecto no presagiaba los tesoros que escondía. Wanda, por fin, contestó a Arturo.

—Pensaba en los cinco chicos de la Garma... ¿cuál será su historia?

—Yo creo que, desde luego, si los depositaron muertos no fue bajo ningún rito cristiano —dijo Marc sin dejar de masticar una gran sobao y sin permitir que Arturo contestase—. Puede que se tratase de un grupo estigmatizado, o afectado por una epidemia; en el siglo XVI hubo varias, y también una gran peste, aunque no aparezca registrado en los archivos locales. En los de Santander sí consta, y la distancia hasta la Garma no es mucha. A mí me recuerda a lo que se encontró en Roma en el 2006.

—¿En Roma? —preguntó Paolo con curiosidad, al tiempo que parecía recordar algo vinculado al asunto—. Ah, ¿te refieres a lo del Vaticano?

—Exacto. La tumba colectiva antigua más grande descubierta jamás. Dos mil cadáveres cubiertos con yeso.

—¿Con yeso? —se extrañó Wanda, dudando—. Pero, en caso de epidemia, al menos en el medievo, se usaba cal...

—Exacto. Pero descubrimos que no solo se quería evitar la propagación de enfermedades, sino preservar los cadáveres, que eran aproximadamente del siglo III.

—No entiendo —insistió ella—, ¿para qué preservarlos? ¿Eran mártires cristianos o algo así?

Marc se rio de buena gana.

—No, querida, ya le hubiese gustado al Vaticano que fuesen mártires. Esos pobres diablos eran ricos.

Wanda y Arturo miraron a Marc con expectación. Paolo, en cambio, ya conocía la historia. Marc, que estaba encantado de ser el foco de atención, siguió hablando.

—No, eran unos muertos cualquiera. A algunos les encontramos cristales rojos en los bolsillos...

—¡Por santa Elena! ¡Romanos con rubíes! No me lo creo —espetó Arturo, negando con la cabeza.

—No hombre, qué coño rubíes. Ámbar báltico. Por entonces, era más valioso que el oro, así que quienes lo llevaban no eran mendigos precisamente, y sin duda eran romanos bien situados. Enterrarlos por apestados sería razonable, pero intentar preservarlos implicaría una muestra de respeto.

Wanda asintió, admirada, como siempre, de los conocimientos de Marc, que en este viaje parecía especialmente feliz, dado que era arqueólogo paleontólogo, y las cavidades que estaban visitando aquellos días eran su especialidad.

Cuando terminaron el desayuno, decidieron dar un paseo hasta la entrada de las cuevas, que estaba cerca de la cima del monte del Castillo. Paolo y Wanda caminaban el uno cerca del otro, pero sin tocarse, y sin dejar traslucir que entre ellos hubiese algo más que compañerismo. De hecho, a pesar de que Marc y Arturo sabían de las visitas nocturnas de Paolo a Wanda, dormían en habitaciones separadas. Permanecían fieles a aquel comportamiento ambiguo, como si al no oficializar su intermitente relación fuese más fácil soltar amarras en la próxima despedida.

Por fin, y contemplando el maravilloso paisaje verde y azul del valle, llegaron a la zona de aparcamiento, donde había un autobús escolar aparcado.

—Joder, ¿habéis visto? ¡Aquí sube todo el mundo en coche! —se quejó Marc, viendo la amplitud del aparcamiento—. Esto lo habéis planeado para matarme de un ataque al corazón, cabrones.

—Es por tu bien —declaró Arturo, riéndose—, para que te siente bien el desayuno y no te exploten las venas. Venga vamos, ¡esta última cuestecita y ya estamos!

Cuando llegaron, el coordinador de las cuevas, Juan Pereda, los guio personalmente hasta el vestíbulo de la Cueva del Castillo, que era realmente imponente; además de disponer de algunas vitrinas en las que se exponían útiles y piezas hallados allí mismo, había una gran excavación, sobre la que todavía se estaba trabajando, y que revelaba un yacimiento arqueológico con testimonios humanos de los últimos ciento cincuenta mil años.

—Ya verás —dijo Marc, acercándose a Wanda—. Cuando entremos será como viajar en el tiempo. Es uno de esos pocos lugares donde parece que se conserva parte de las personas que lo habitaron, ¿comprendes?

Wanda asintió con un leve cabeceo. Lo comprendía perfectamente. Había lugares que solo custodiaban piedras y ruinas de algo que ya no existía. Y había otros que, aunque también compuestos de elementos inanimados, todavía se encontraban impresos de carácter, de alma y de fuerza.

Tras terminar la visita a la Cueva del Castillo, que, efectivamente, impresionó vivamente a Wanda, se encaminaron hacia otra cueva por un sendero de tierra y gravilla, que se deslizaba por el lateral de la pequeña montaña donde se hallaban. Juan Pereda comenzó a explicarles detalles técnicos en un registro didáctico, como un autómata acostumbrado a ese reiterado discurso para los turistas.

—Si se detienen ustedes a analizarlo, Cantabria es el territorio de mayor densidad de cavernamiento de la Tierra...

—Bueno, no sé si yo diría tanto, en Asia, por ejemplo... —comenzó Marc a objetar.

—Incluida Asia —le interrumpió Juan Pereda, con

suficiencia—, porque no hay proporciones similares en ninguna otra parte del planeta. En Cantabria tenemos casi cueva y media por kilómetro cuadrado, sin perjuicio de todas las grutas que todavía estén pendientes de localizar y prospectar, por supuesto.

Marc miró al guía con asombro, porque sabía de la riqueza de cavidades de la zona, pero le impresionaron los datos estadísticos.

—Vaya —dijo sonriendo y mirando a sus compañeros—. Entonces, no nos hemos equivocado al decidir hacer aquí el congreso de espeleología...

—¡Sin duda! —exclamó Pereda, satisfecho. Acto seguido, y de forma casi artificial, comenzó a hablar de nuevo de forma didáctica, mientras seguían caminando.

—El monte del Castillo en el que nos encontramos, en apariencia, podría pasar por una pequeña montaña sin relevancia, pero esconde una compleja red kárstica subterránea, formada por decenas de cavidades, cinco de ellas decoradas en el Paleolítico Superior.

—Muy interesante —concedió Marc—, por cierto, la cavidad que vamos a visitar ahora, ¿cómo se llama? ¿Cueva de los Osos?

—Oh, no, ya no se llama así. Al principio era conocida con ese nombre por los restos de huesos de oso que se encontraron en su interior, pero ahora se llama Cueva de las Monedas.

—¿De las monedas? —preguntó Paolo.

—Sí, por las que localizaron ahí dentro.

—¡Por santa Elena! —exclamó Arturo—. Esto es nuevo, monedas en una cueva prehistórica, ¡lo nunca visto! ¿Y cómo es eso?

—Sí, es cierto, no es habitual —reconoció Pereda—. Se trata de un pequeño tesoro de la época del medievo —explicó ya en la entrada a la cueva.

El espacio era modesto, discreto y poco efectista —nada que ver con el impresionante vestíbulo de la Cueva del Castillo—, sin presagio alguno de las maravillas que albergaba. Se veía, primero, una reja de aspecto carcelario. Tras esta, un pequeño vestíbulo y una puerta ciega, plana y diminuta, por la que tendrían que entrar para llegar al submundo.

Wanda, que hasta el momento había guardado silencio, interesada solo a medias, no pudo evitar intervenir:

—Perdone, ¿ha dicho monedas medievales?

—Eso he dicho —asintió Pereda—, de la época de los Reyes Católicos, creo —explicó conforme abría el candado de la verja que protegía la cavidad.

—Vaya, ¡qué interesante! —exclamó Wanda acercándose a su interlocutor—. ¿Y se sabe algo de su origen?

Pereda negó con la cabeza.

—Es difícil saberlo. Quizás las perdió un buscador de tesoros. A ver... —suspiró, como si le diese pereza contar la historia—. El viejo guardabosques ya sabía de esta cueva allá por los años veinte, pero hasta 1952 no se entró en ella de forma oficial. Primero se fijaron en las espectaculares formaciones kársticas y en las pinturas rupestres, claro. Pero al iluminar bien la cueva comprobaron que había pequeñas excavaciones en el suelo.

—¡Excavaciones! No puedo creerlo —intervino Arturo—. ¿Cómo que excavaciones? ¿De qué época?

Pereda abrió las manos e hizo el gesto de que esperase, que tuviese calma: se lo iba a explicar:

—De una época relativamente reciente, unos siglos nada más. Era como si alguien hubiese estado buscando algo. Alguien con una bota de tres clavos en el talón.

—Nos toma el pelo —replicó Marc.

—En absoluto —se rio Pereda—. Si me dejan, se lo cuento.

—Por supuesto —se disculpó Marc.

El grupo guardó silencio.

—Siguiendo el rastro de esta huella, se llegaba a una sima que hay en la cueva, de unos veinte metros de profundidad. Al lado de la entrada de este pozo se apreciaban más pequeños hoyos, algunos para clavar antorchas, y, al lado de estos, la huella de una bota con tres tachuelas, que se repetía por gran parte de la cavidad. Cuando decidieron bajar a la sima para ver qué había en ella, descubrieron, en la maniobra de descenso, unas veinte monedas diseminadas, al lado de un cordón de metal. Posiblemente este hubiese servido para cerrar una bolsa de cuero donde se encontrase el tesoro, pero esta bolsa, evidentemente, con el paso del tiempo se habría descompuesto.

Hubo un breve silencio. Wanda empezó a atropellarse con preguntas:

—¿Y no encontraron al hombre de la huella? ¿No han podido identificarlo en forma alguna?

—Me temo que no —negó Pereda—. De hecho, creo que hubo cierto entusiasmo con la idea de encontrarlo en el fondo de la sima, pero allí no había nada.

—¿Y no han localizado ningún archivo ni referencia de la época que pueda explicar quién era ese hombre?

—Lo cierto es que no. Como les decía, lo más probable es que se tratase de un buscador de tesoros, o de un ladrón escondiendo su botín, incluso. Y, en todo caso, me imagino que varios vecinos tendrían conocimiento de esta gruta, de modo que es posible que otras muchas monedas decoren colecciones privadas —añadió, guiñándoles un ojo y abriendo por fin la puerta ciega de la cueva.

Wanda no hizo ademán de entrar. Se quedó quieta, como buscando un pensamiento hundido en su cabeza.

—Señor Pereda, no entiendo... esas monedas dan incluso nombre a esta cavidad, pero no las he visto expuestas en la entrada del monte del Castillo ni había oído hablar antes de ellas... ¿Dónde están?

Juan Pereda se encogió de hombros.

—Según creo, en el Museo de Altamira, en Santillana.

—Ah, estupendo, ¡iré a verlas! —exclamó entusiasmada.

—No.

—¿No?

—Quiero decir que no están expuestas, sino en un cajón.

—¿Cómo que en un cajón? No es posible... ¡Un hallazgo así! En un cajón, ¿sin más?

—Un cajón del almacén del Museo de Altamira, debidamente custodiadas.

—Olvidadas, querrá decir —replicó Wanda.

Pereda hizo una pausa, haciendo una mueca de disculpa.

—Señorita Karsávina, en Cantabria no disponemos de ningún museo medieval en el que poder exponer debidamente las monedas...

—Pues a mí me parece inconcebible —declaró ella sin disimular su enfado.

—Esto es España, querida —intervino Marc, divertido—. El concepto de inconcebible aquí se difumina.

Todos rieron, incluso ella, aunque de manera suave y moderadamente forzada.

—¿Y puedo ir a ver esas monedas, señor Pereda? —indagó ella.

—Sí, por supuesto, supongo que a ustedes les darán permiso en el almacén sin problema. Puedo llamarlos, si quieren.

—Sí, por favor —confirmó Wanda.

Por supuesto que pensaba ir a ver las monedas, estudiarlas y revisar sus fichas e informes. Si resultaban interesantes, procuraría que saliesen de su lamentable secuestro en un cajón. Su aliciente principal para visitar Cantabria había sido estudiar la mota medieval que se encontraba en el municipio de Suances, además de acompañar a Paolo, aunque cada día se sugería más a sí misma despegarse de aquella relación, que no caminaba hacia ninguna parte. Sin embargo, ahora había nacido un nuevo interés, que eran aquellas monedas olvidadas en un ridículo almacén.

Antes de entrar en la Cueva de las Monedas, repleta

de salas, coladas, columnas y estalactitas, Wanda cerró los ojos y respiró profundo. ¿Por qué ella era diferente a los demás? ¿Por qué siempre tenía preguntas cuando la mayoría se limitaba a vivir lo que le era dado? ¿Qué esperaba encontrar en unas viejas monedas? Unos simples trozos de metal no servirían para entender y descifrar el mundo. Pero podrían ser una herramienta para avanzar, para comprender, para no dejar que se destejiese el conocimiento ni la historia.

Cuando Wanda por fin abrió los ojos y accedió a la cavidad, sintió como si el hombre del talón con tres clavos la acompañase, susurrándole al oído que, si la dejaba, la llevaría con él a través del tiempo.

9

—¿Infierno le llamáis? —dijo don Quijote—. Pues no le llaméis ansí, porque no lo merece, como luego veréis. [...] Me hallé en la mitad del más bello, ameno y deleitoso prado que puede criar la naturaleza, ni imaginar la más discreta imaginación humana.

«La Cueva de Montesinos»,
Don Quijote de la Mancha,
MIGUEL DE CERVANTES SAAVEDRA

Valentina Redondo no tendría por qué haber ido personalmente a visitar al señor Velarde. Podría haber ordenado que fuese una patrulla de Comillas y seguir con su trabajo de investigación en la Fundación, pero sintió que ni toda la practicidad del mundo podría derrotar la humanidad que quedaba en ella. Aquel anciano le había inspirado ternura. Y no quería siquiera visualizar las técnicas de persuasión que podrían llegar a utilizar los guardias de Comillas para obtener los documentos que atesorase el anciano. No serían violentos, al contrario, pero desde luego no emplearían técnicas de psicología forense. Claro que también resultaba posible que Benjamín Velarde no tuviese nada realmente interesante que mostrarle; pero Valentina tenía la intuición, la sensación, de que aquel hombre no habría llamado a la Comandancia por un ataque de senilidad. No, había llamado porque tenía algo para ella. Algo importante.

Valentina y Riveiro, por cortesía de Enrique Díaz, comieron un sándwich rápido en la Fundación, sin moverse del paraninfo, y ella dejó al sargento al mando de los interrogatorios mientras se acercaba a la casa de las calabazas, que estaba a apenas quince minutos en coche.

Benjamín Velarde, cuando la vio, esbozó un gesto de disculpa con la mirada. Dijo que aquello había aparecido un par de días antes que el cadáver, allí, en aquella orilla cenagosa, abandonado y sin dueño aparente. Que hasta ahora no lo había vinculado al hombre del pantano. Pero Valentina sabía que mentía. Ahora lo hacía para protegerse, pero el día anterior lo había hecho por su propio y cuestionable beneficio. Una persona con un Trastorno por Acumulación como el que aquel hombre sufría habría visualizado una increíble utilidad a cualquier cosa que encontrase, guardándola y almacenándola como un verdadero tesoro. Un tesoro del que ahora se desprendía. Había dado un primer paso: pequeño pero significativo. Al menos, había ido al cementerio para despedirse de su mujer. La teniente, sin hacer ningún comentario recriminatorio, disculpó al anciano con una mirada amable, que él aceptó, sabiéndose descubierto.

El encuentro entre Valentina y el señor Velarde fue breve, y desde luego no se centró en la conducta del anciano. No hubo tiempo para análisis de comportamiento, para conversación agradecida, ni para hablar sobre la visita del señor Velarde al cementerio. Cuando la teniente Redondo vio el contenido de la cartera del hombre del pantano, apartó de su mente los agujeros y esperanzas que aquel hombre tenía en el corazón y llamó por teléfono, con urgencia e incredulidad, al capitán Marcos Caruso.

—Helmut Wolf —leyó en voz alta Roberto Camargo, escrutando los datos que tenía en la pantalla de su ordenador. El rostro del cabo estaba marcado por una sombra de estupor.

—Increíble, uno de los que teníamos pendientes de verificar en el SAID.

El capitán Marcos Caruso, a sus espaldas, caminaba de un lado a otro de aquel despacho de la Comandancia.

—Joder, lo que faltaba, ¡esto es el súmmum de los colmos! Si es que estaba claro que no íbamos a poder tener una temporada normal, cojones. A ver, Camargo, ¿podemos verificar ya esa necrorreseña?

—Mi capitán, yo... antes de confirmar que se trata de la misma persona, deberíamos enviar las huellas a la Oficina Central Nacional... —se atrevió a proponer el cabo.

—¿Antes de confirmarlo, dices? ¿Y qué mayor confirmación puede haber? Un cadáver, una documentación y unas huellas, de entre miles, que prácticamente son idénticas. ¿Coincidencia? ¡Yo creo que no, cabo! —concluyó, casi explotando en un grito. Roberto Camargo no perdió la compostura.

—Mi capitán, de todos modos deberíamos confirmar la identidad entre la necrorreseña del individuo y la huella registrada en el SAID... quizás podríamos remitir los datos a la UTPJ... y que, desde allí, realicen los trámites precisos directamente con la Interpol. La teniente Redondo siempre nos hace seguir el esquema preestablecido, mi capitán —recordó ya que, según el protocolo, debían remitir los datos a la Unidad Técnica de Policía Judicial.

El capitán Caruso suspiró y, al contrario de lo que se podría prever, habló con inesperada tibieza, resignado, como si se dirigiese a un alumno de preescolar.

—En efecto, cabo. Haga lo que deba. Contacte, contacte usted con la UTPJ. Sin embargo, debemos dar por hecho, en aras de agilizar esta investigación, que el hombre del pantano es Helmut Wolf. No hay otra. Usted y yo sabemos que lo es.

—Por supuesto, mi capitán.

—Bien. Entonces, recapitulemos. ¿Qué sabemos de este hombre? —preguntó, y prosiguió sin aguardar respuesta—: Helmut Wolf. Alemán, cuarenta y seis años. Divorciado, dos hijos. Geólogo y arqueólogo. Responsable de una de las comisiones de investigación más importantes del Instituto Arqueológico Alemán, en Berlín. Desaparecido desde hace casi tres semanas. Tres putas semanas. —El capitán Caruso resopló.

—¿Qué más sabemos?

El cabo desvió la vista hacia la pantalla del ordenador, donde un Helmut Wolf, con la cara completa, sin mordiscos submarinos, sonreía afablemente desde una foto de pasaporte.

—Parece que había venido a España a una reunión en la sede que el Instituto Arqueológico Alemán tiene en Madrid.

—Madrid. A casi quinientos kilómetros de distancia. Pongamos que eso son unas cinco horas en coche o una hora en avión. El súmmum de los colmos, joder; desaparecer en Madrid y venir a morirse aquí, precisamente. ¿Qué es lo último que se sabe de este tipo?

—Mi capitán, parece que tuvo varias jornadas con reuniones en la sede de Madrid, y después, sencillamente, desapareció. Se evaporó.

—Se evaporó —repitió el capitán Caruso—. La gente no se evapora, cabo. Es asesinada, torturada, violada, metida en maleteros de los coches, descuartizada, enterrada en cal si hace falta, pero no se evapora —apostilló suspirando.

Sabadelle, que estaba presente en la reunión, chasqueó la lengua y decidió intervenir:

—Mi capitán, la chica que ha muerto envenenada, Karsávina, era profesora de Arqueología e Historia Medieval. La última vez que fue vista se encontraba en el Congreso de Espeleología de Comillas, que reúne a decenas de arqueólogos. Dado que Helmut Wolf es del gremio y ha aparecido en Comillas...

—Por supuesto, Sabadelle —lo interrumpió el capitán—, el vínculo es evidente. El porqué, el cómo y el para qué es lo que tenemos que averiguar. Y no solo nosotros: mañana a primera hora el fiscal alemán estará en España.

—Pero... —comenzó a decir Camargo, dudando—. Es todavía pronto, ¿para qué...?

—Para tocarnos los cojones, cabo, para qué va a ser. Por lo visto, el fulano del pantano era toda una eminencia en Berlín, y ha habido un gran revuelo desde su desaparición. Y en Alemania quienes dirigen las investigaciones penales son los fiscales, no los jueces, como aquí, que hacen y piden lo que les sale de los huevos, y luego los fiscales españoles tienen que apañarse en los juicios con lo que les dan.

—Mi capitán, el juez Talavera... —empezó a decir Camargo, con gesto de defensa, siendo interrumpido al segundo:

—El juez Talavera es el máximum de la puta suerte y la eficiencia para nosotros, cabo; trabaja muy bien, pero seguro que con sus directrices a veces también le toca los huevos a los fiscales de Santander —añadió, con una sonrisa cansada—. Sigan trabajando, señores, Redondo y el sargento Riveiro posiblemente pasarán la tarde en la Fundación de Comillas, y Torres y Zubizarreta regresarán de Hinojedo en un rato. Informen a la teniente de la mínima incidencia o matiz, aunque parezca irrelevante. ¿Estamos?

—Sí, capitán —respondieron Sabadelle y Camargo al unísono.

—Bien. Caballeros, estaré en mi despacho —se despidió Caruso. De pronto, la posibilidad de quedarse sin sus vacaciones de Semana Santa había pasado a ser una preocupación completamente secundaria.

Sabadelle se quedó quieto, callado y pensativo. Camargo lo observó con curiosidad.

—¿Qué pasa? —le requirió el cabo.

—Joder, que no lo he mirado.

—Que no has mirado el qué.

—Internet.

—¿Internet?

—Claro, coño; mirar, lo he mirado, pero solo para ver monedas concretas, no una colección o el tesoro este de los cojones —replicó dirigiéndose a su escritorio con progresiva velocidad.

—A ver, Google, patrono de las putas causas perdidas... «Monedas Comillas» —tecleó. No obtuvo ningún resultado interesante, más allá del teléfono de algún anticuario. Volvió a repetir el experimento: «Monedas Hinojedo»; «Monedas Suances». Nada. Parecía que su idea no había obtenido resultado alguno. Tendría que visitar a expertos en numismática especializados en la zona norte. El cabo Camargo lo miró, asombrado: era difícil observar en el subteniente Sabadelle —que, por lo general, cumplía con las exigencias mínimas sin mostrar mayor interés— iniciativas impulsivas en las investigaciones. Su búsqueda en Google no era precisamente de alto nivel, pero al menos había logrado provocar cierta emoción en el subteniente.

—¿Y qué tal si tecleas «Monedas Cantabria»? —sugirió el cabo.

—A ver —suspiró Sabadelle, desanimado al pensar en todas las llamadas, visitas y gestiones que tendría que realizar para establecer un nexo entre las monedas. Sin embargo, el resultado con esta búsqueda resultó ser diferente—. ¡Hostias! Aquí está, Camargo, ¡aquí está! —exclamó eufórico.

En la pantalla podían verse múltiples entradas que hablaban de monedas, de cuevas, del monte del Castillo. La web de turismo de Cantabria y otros muchos sitios web recogían diversa información. Camargo fue hasta el puesto de Sabadelle, que de forma febril entraba en las páginas e iba anotando datos que le parecían relevantes.

—¿Y dónde están esas cuevas? —preguntó el cabo—. Nunca había oído hablar de ellas.

—Aquí pone que en Puente Viesgo —contestó Sabadelle.

—Me suena, sí. Lo de las cuevas, digo, pero no sabía lo de las monedas. ¿No es ese el pueblo donde está el balneario?

—Y yo qué coño sé si hay o no un balneario, Camargo...

—Sí, hombre, que la selección de fútbol ha estado ahí en alguna concentración.

—Y qué más da, joder. Lo importante es que son estas monedas las que buscamos, seguro.

Camargo optó por la prudencia:

—A lo mejor no son esas monedas... —aventuró.

—Calla, coño, no seas cenizo. Monedas, cuevas, espeleólogos. Blanco y en botella. Mira, lee: «Cueva de las Monedas... a seiscientos metros de la Cueva del Castillo... declarada por la Unesco, por sus pinturas rupestres, Patrimonio Mundial en el 2008... Su nombre se debe al hallazgo de unas monedas de la época de los Reyes Católicos en su interior».

—Monedas de los Reyes Católicos en una puta cueva. Tienen que ser estas, no sé dónde coño las conservarán... —comentó Sabadelle, pensando en alto.

Roberto Camargo asintió, era probable que hubiesen dado con el nexo de unión adecuado... demasiadas coincidencias. Sabadelle, pletórico, continuó hablando:

—Joder, si hasta sale en Wikipedia, macho. No sé cómo no se me ocurrió antes. Estaba pensando en colecciones privadas, no en monedas medievales que apareciesen en cuevas prehistóricas, ¿a quién se le ocurre?

¿Por qué demonios los dos cadáveres tendrían entre sus manos monedas medievales procedentes de una cueva prehistórica? ¿Quizás por sus actividades vinculadas a la espeleología? Con cierto nerviosismo, y tras localizar el número en internet, Sabadelle cogió el teléfono y llamó a la central de las cuevas del monte del Castillo. Mientras esperaba que lo atendiesen, perdió su mirada en la pantalla del ordenador: el lema publicitario «Cantabria infinita» acompañaba al número de teléfono. El subteniente sonrió.

—Joder, y tanto que es infinita —dijo, hablando consigo mismo—. Lo que pasa aquí no ocurre en ningún otro lugar del puto mundo. ¿Has visto, Camargo? ¡Cantabria infinita! —exclamó, riendo.

El cabo lo miró sin comprender nada, pero guardó silencio, porque pudo escuchar que Sabadelle, por fin, tenía a alguien al otro lado del teléfono.

Michael Blake estaba raro. Sus bromas y su verborrea habitual habían desaparecido de forma súbita e inexplicable. Incluso se había olvidado de la música. Según su ánimo, podía decantarse por melodías contemporáneas, como en el desayuno de aquella misma mañana; o podía sorprender a los huéspedes con las *Cuatro Estaciones* de Vivaldi... aunque su preferido de los clásicos fuese Chopin, por su limpieza y elegancia. Para la cena casi siempre escogía piezas de música klezmer o de jazz —donde dejaba traslucir su debilidad por Billie Holiday: *Body and Soul*, decía él—. Pero hoy no había puesto música durante la comida. Ni siquiera había dicho nada. Oliver, a pesar de la excitación que le había supuesto la gran novedad sobre el posible paradero de su hermano en Nepal, no pudo dejar de darse cuenta de que algo le pasaba a su amigo.

Aun así, dejó a Michael y Anna tomando el café en Villa Marina mientras él bajaba a la cabaña para llamar de forma más íntima y tranquila a Valentina. Ella cogió al tercer tono.

—*Hi, baby*. Qué tal vas, ¿ya has cogido a los malos?

—Estoy en ello. Acabo de aparcar en la Fundación otra vez; antes tuve que salir, había quedado con un chico muy guapo al lado de un pantano, y ya sabes, a mí las citas en los pantanos cenagosos me encantan.

—¿Un chico guapo? ¿Quién?

—Es confidencial, señor Gordon, no creerá usted que voy a facilitarle información clasificada.

—¿No? ¿Ni con un buen masaje antes de dormir?

Valentina negó con la cabeza, recordando el masaje letal que había recibido Wanda Karsávina:

—No, de momento vamos a dejar los masajes...

—¿Sesión de baño de espuma, entonces? Señorita, tengo que organizar con tiempo los servicios para ese cuerpo de la Benemérita.

Valentina sonrió.

—¿El cuerpo de la Benemérita? ¿Quieres que te mande a Sabadelle?

—No, que me vacía la nevera. Te prefiero a ti, aunque te pongas el pijama de franela ese tan bonito, el de jirafa.

—Es una cebra, y me lo regaló mi madre...

—Qué perversa, mi suegra.

—Anda, no seas malo. Dime, ¿sabes algo más de lo de tu hermano?

—De momento no, hay que esperar la orden judicial para poder abrir el buzón en Nepal, y he dejado ya mis datos en varias ONG de la zona por si lo conociesen. Mañana por la mañana seguiré enviando correos y haciendo llamadas.

—No desesperes, es una vía muy buena, seguro que de aquí sale una información contundente, ya verás.

—Sí, eso creo. Oye...

—Qué.

—En serio... ¿Con qué chico quedaste?

—Con uno guapísimo, de unos setenta y cinco años y que tenía la casa llena de calabazas. Nada que ver con la modelo que tenemos en casa, ya ves —añadió Valentina, irónica. Oliver se puso más serio.

—Valentina, yo... sobre Anna... no sé ni qué hace aquí. Parece una desconocida. No solo se ha hecho budista, sino que ahora es vegana, y se ha pasado el desayuno quejándose de lo que se le servía a los clientes.

—¿En serio?

—En serio, está volviendo loco a Michael; que, por cierto, no sé qué le pasa, desde la hora de comer está muy callado.

—Ya. Estará cansado. ¿Y tú...? ¿Qué tal con Anna? —se aventuró a insistir Valentina. La antigua prometida de Oliver estaría cambiada, pero seguía siendo muy femenina, interesante y atractiva.

—Bien, supongo. Es raro verla después de tanto tiempo. Parece que quiere contarme algo, pero no se me ocurre qué puede ser.

—Vaya... ¿algo más allá de su limpieza kármica?

—Sí, algo más aparte de eso.

—Ya sabía yo... —murmuró Valentina.
¿Por qué se sentía tan vulnerable, tan insegura? ¿Qué le estaba pasando? Intentó aparentar desenfado, aunque su tono de voz reflejaba cierta preocupación:
—Ya sé. Se marchó embarazada y ha venido a decirte que tenéis un hijo en común y que lo está criando en la India. Le ha rapado la cabeza y le ha hecho aprenderse toda la biografía de Buda, ¿a que sí?

Oliver se rio.
—¡Espero que no! Además, es imposible.
—Imposible por qué.
—Porque Anna no puede tener hijos. La quimio y la radioterapia inutilizaron todo su aparato reproductor, en teoría. Además...
—¿Sí?
—Con su enfermedad llevábamos meses sin tener relaciones, así que me temo que tus deducciones detectivescas son un poco fantasiosas.
—Ya, ya... —se limitó a replicar Valentina.
—No te preocupes por nada, de verdad —insistió Oliver como si le leyese el pensamiento—. Entiendo que para ti resulte incómodo tenerla de visita, pero se marchará y nosotros seguiremos con nuestra vida. Con nuestro perrito beagle... —aventuró.
—¿No íbamos a negociar ese punto, caballero?
—Sí, durante el baño de espuma de esta noche.
—¡Oliver! Pero si ni siquiera vivimos juntos...
—¿No? Pues no me había dado cuenta. Juraría que estás aquí casi todas las mañanas. ¿Quieres que lo formalicemos? Si quieres voy a tu apartamento esta tarde y traigo a la cabaña todos tus pijamas de cebras y jirafas, para no perder el tiempo...
—Ya lo hemos hablado... —Valentina se reía—. De momento, me viene bien tener el apartamento en Santander. Trabajo allí, ¿recuerdas?
—A ver, sí, deja que recuerde... Santander, ¿no es esa ciudad que está a solo veinte minutos de Suances? Ya me

imagino que todas las mañanas te sientes como Ulises viajando a Ítaca. La odisea total.

—Muy gracioso. Yo diría que me lleva más bien media hora, pero podemos hablarlo más tarde... ¿vale?

—Vale.

—Oliver... —empezó a decir ella, desnudando la duda en su voz—. Lo de vivir juntos no me parece mala idea... pero no quiero que nos precipitemos.

Valentina lo amaba, pero le aterrorizaba no tener todo bajo su control. Su obsesión por el orden no era anecdótico, y él lo sabía: cuando los parámetros del juego no dependían exclusivamente de ella, Valentina sentía un miedo atroz por no ser capaz de preservar el orden ni garantizar el éxito.

—Y yo no quiero dejar de precipitarme. No quiero perder el tiempo —suspiró Oliver, que en los últimos tiempos había visto morir a muchas personas cercanas—. Pero lo hablaremos con calma, no te preocupes —dijo dando un tono de comprensión a su voz.

—Gracias, guapo. Eres el mejor, ¿lo sabías?

—Por supuesto, los ingleses sabemos de todo, teniente. Bueno, pues vamos a posponer el traslado de pijamas, pero le voy a decir al señor de la Tablía que pasaremos por allí el fin de semana para escoger al pequeñajo... ¿Qué te parece?

Valentina suspiró. La seguridad de Oliver, firme como una apisonadora, la desarmaba.

—Bueno, pero solo para dar un paseo y echar un vistazo.

—Claro —repuso él con una sonrisa amplia y triunfadora.

—Oliver...

—Ya sé, tienes que irte.

—Sí, tengo que dejarte. Me espera Riveiro, lo he dejado solo con todo el follón ahí dentro —suspiró Valentina, señalando con la cabeza la Fundación de Comillas, a pesar de que Oliver, al otro lado del teléfono, no podía verla.

—Vale, nos vemos por la noche. Ten cuidado, ¿vale? Te quiero.
—Y yo.
—¿Y yo qué? —la picó él riéndose.
—Y yo también.
—¿También qué, teniente?
—También te quiero —contestó Valentina con una sonrisa. Le costaba decirle a Oliver cuánto lo amaba. Él le decía «te quiero» con naturalidad. Le salía, sin más. Era sincero. A ella, sin embargo, le resultaba difícil decírselo. ¿Y si no estaba a la altura? ¿Y si el amor de él por ella se resquebrajaba? ¿Qué le pasaría? Besaría el suelo y no volvería a levantarse.
—Ya veo que te tengo completamente entregada —replicó él, riendo—. Nos vemos por la noche, *baby*.
—Claro. Quiero mi baño de espuma...
—Hecho.

Sonó un beso al otro lado del teléfono y Valentina, feliz, aunque todavía con un punto de inquietud por Anna Nicholls, se despidió y comenzó a caminar hacia el paraninfo de la Fundación. Tenía mucho trabajo por delante.

Oliver, por su parte, colgó el teléfono con una sonrisa. Le resultaba divertido provocar a Valentina. ¿Conseguiría que ella, algún día, perdiese su necesidad de control absoluto sobre las cosas? Siempre estaba alerta, con ese miedo infantil a mostrar sus verdaderos sentimientos, como si al hacerlo se deshiciese de una armadura que para él era invisible. Se querían. Eran felices. Pero ella no consentía cerrar los ojos y dejarse llevar en una entrega definitiva. Él no quería cambiarla, solo darle un lugar de confianza, un puerto escondido. La prudencia de Valentina era tan extrema que ni siquiera le había contado a su familia que tenía novio. Ni una palabra, a pesar de que parecía ser un tema recurrente en las conversaciones telefónicas que a veces presenciaba Oliver:

—¿Y no sales con nadie? —le había preguntado su hermana la última vez.

—No tengo tiempo, Silvia.
—Por qué, ¿duermes en la Comandancia?
—Muy graciosa.
—Que tu hermana pequeña tenga que explicarte estas cosas... Te arreglas un poco, te pones el vestido ese que te regalé, el entallado, y te sales a tomar unas copas por Santander, ¿ves qué fácil?
—Facilísimo, me enamoraré de algún borracho encantador. Que no, pesada, que estoy bien, cuando tenga algo que contar ya os lo diré.
—Huy, ese tonito... Tú tienes algo, que no me engañas.
—Que nooo, ¿qué tal los niños? —Valentina sabía que era una buena fórmula para cambiar de tema: sus sobrinos. Sin embargo, Silvia y su madre no tardaban en volver a supervisar esa parcela personal de la teniente Redondo. Ella daba largas a su familia y, al colgar el teléfono, miraba a Oliver con una sonrisa de disculpa: «Todavía es demasiado pronto para contárselo. ¡En cuanto se lo diga no me dejarán tranquila!». Su mirada bicolor transmitía dos mensajes diferentes: el ojo sano, desde el verde brillante, le decía a Oliver que Valentina temía que él le rompiese el corazón para luego tener que dar lastimeras explicaciones a su familia. El oscuro, negro como el fondo de una gruta, le contaba que aún no la había conquistado ni traspasado del todo, que nunca la tendría por completo. Oliver suspiró, riéndose de sí mismo y pensando que solo un loco intentaría conquistar a su mujer todos los días.

Cerró la puerta de su cabaña y subió hasta Villa Marina: quería saber cómo estaba Michael y qué le pasaba. No tardó en saberlo. Michael discutía con Anna en la biblioteca. Escuchó parte de la conversación. La cabeza empezó a dolerle poderosamente, negándose a asimilar la certeza de lo que acababa de saber. Qué curioso: tanto tiempo en la incertidumbre de la ignorancia para, en solo un minuto, descubrir que una verdad sencilla, diminuta y vulgar, lo explicaba todo.

Eran casi las cinco de la tarde. Marta Torres y Alberto Zubizarreta estaban a punto de terminar su trabajo en la Mota de Trespalacios. Habían pasado toda la mañana interrogando a los vecinos, visitando algún bar de la zona, e incluso un ultramarino en el que, a falta de indicios, habían encontrado los artículos más heterogéneamente imaginables. Nada. Ni una sola pista. Nadie había visto ni oído nada: ningún ruido, ningún grito, ninguna sombra extraña que hubiese inquietado a los vecinos. A los guardias les pareció normal: si el cadáver de Wanda Karsávina había sido depositado la madrugada de un domingo allí, en mitad de la Mota de Trespalacios, y con aquel frío... ¿quién iba a darse cuenta? En pleno mes de febrero, el campo ofrecía una sensación térmica siberiana que disuadía de pasear a esas horas. Además, el lunes tocaba jornada laboral.

A Torres y a Zubizarreta no les hacía ninguna gracia volver con las manos vacías a la Comandancia pero, tras una jornada de pesquisas, no tenían ni una sombra de sospecha que anotar en sus informes. En el asfalto que daba acceso a la Mota, los del SECRIM tampoco habían localizado huellas de derrape de vehículos, ni marcas o manchas inusuales. Tampoco había entidades bancarias ni comercios con cámaras, porque aquella era una zona esencialmente residencial.

Decidieron seguir las indicaciones de la teniente Redondo y terminar su rastreo por el barrio visitando al presidente de la comunidad vecinal, un tal Manuel Cerdeño, que por lo visto el día anterior había tenido más que palabras con el subteniente Sabadelle. Oficialmente, no tenían por qué informar a nadie de aquella comunidad vecinal, pero Valentina había dado indicación clara de hacerle una breve visita para calmar los ánimos y evitar problemas tras la incidencia del día anterior.

—¿Dónde era, Marta?
—Bloque Uno. Primero B.

Llamaron. Les abrió la puerta el propio Manuel Cerdeño, con gesto de apuro y de estar haciendo varias cosas a la vez. Llevaba un traje que le quedaba grande, y su cabello rubio estaba repeinado hacia atrás, dándole una imagen de comercial mal pagado y desgastado. ¿Cuál sería su profesión? Marta Torres se lo imaginó al instante como vendedor de seguros. Tras él, un niño de unos ocho años y una niña de no más de cinco espiaban a los guardias con curiosidad.

El señor Cerdeño les hizo pasar a la cocina, donde estaba terminando de dar de merendar a los niños.

—Mi mujer trabaja por las tardes, ¿saben? Aquí nos repartimos las tareas. Conciliación familiar y equidad —manifestó con una suficiencia un poco forzada.

En realidad, él, vendedor de coches a media jornada, nunca reconocería que su mujer era la que llevaba el grueso del salario a casa. Marta Torres hizo caso omiso al comentario, intentando terminar lo antes posible con su misión informativa.

—Señor Cerdeño, solo queríamos poner en su conocimiento que, de momento, hemos terminado nuestra labor en la zona, de modo que si usted o algún vecino detectan cualquier información que nos pudiese ser de utilidad...

—Por supuesto, como portavoz de esta comunidad, les haré saber cualquier incidencia que estimemos relevante. No sé si finalmente saben ya quién era la chica que apareció en la Mota... —indagó, con curiosidad.

—Me temo que no podemos facilitar esa información, señor Cerdeño. Al menos, de momento —suspiró la agente Torres, suponiendo que al día siguiente el nombre de Wanda Karsávina ya estaría cubriendo las portadas de muchos periódicos.

—¿La princesa de la Mota? Yo sí sé quién era —dijo orgullosa la pequeña de cinco años, sorprendiendo con su intervención a los guardias y a su propio padre.

—¡Barbie princesa! —exclamó sin dejar de comer un generoso sándwich de crema de cacao, que ya le había marcado unos amplios y dulces bigotes.

—Pero qué dices, Aldara, hija. Anda, acaba de merendar y no digas disparates —ordenó el señor Cerdeño mientras intentaba dirigir a los agentes hacia la salida para despedirse.

—Espere, un momento —lo frenó Torres, dirigiéndose a la pequeña—. Hola, yo me llamo Marta, ¿y tú?

—Aldara.

—Qué bonito, tienes un nombre precioso —añadió, inclinándose y poniéndose a su altura—. Dime, ¿viste a la princesa de la Mota?

Manuel Cerdeño intervino:

—Agente, solo es una niña; mejor dejarlo, debe de estar inventándose todo, los niños tienen mucha imaginación y al escuchar cosas, en fin... —concluyó, intentando proteger a la niña. Esta, sin embargo, negó con la cabeza:

—¡Yo no me invento nada! Mentir está mal, yo no miento. Yo vi cuando ponían a la Barbie princesa en el prado, ¡es verdad!

—¿Que tú qué...? —preguntó el señor Cerdeño, atónito—. Pero ¿cómo ibas a verlo? Aldara, no digas disparates o tendré que castigarte sin ver los dibujos.

—¡No! Que no miento, papi, no me castigues —comenzó a gimotear sin dejar de defenderse—. Es verdad, yo vi cómo Batman dejaba a Barbie princesa en el prado.

—¿Batman? —preguntó Torres, mirando a Zubizarreta y volviéndose a inclinar al lado de la niña.

—Sí, no se veía bien, pero yo creo que era Batman. Lo vi de espaldas, cuando vine a la cocina por la noche.

—Pero ¡bueno! ¿Se puede saber qué hacías tú en la cocina por la noche? —explotó Manuel Cerdeño. La niña se encogió.

—Yo... me entró sed, y vine a beber agua.

—Tranquila, Aldara —intervino Torres sonriendo a la pequeña—. Es normal que vengas a beber si tienes sed, ¿verdad?

—Sí, solo me bebí un poco de agua —se justificó la niña mirando a su padre, que ya se había arrodillado junto a ella.

—Bien —siguió Torres—, ¿y sabes qué hora era cuando viste a... Batman?

—No, yo... no sé mirar bien la hora. Pero ya sé contar hasta cien. ¿Quiere que le cuente?

—No; gracias, guapa. Me gustaría que me contases todo lo que viste. Por ejemplo, ¿recuerdas la cara de Batman?

—No, lo vi de espaldas —explicó la niña señalando con la vista hacia la puerta de cristal de la cocina, que daba a un minúsculo lavadero desde el que se veía con facilidad la Mota de Trespalacios.

—¿Y qué es todo lo que viste? ¿Lo recuerdas?

—Sí... Batman puso a la Barbie princesa en el prado, la peinó muy bien y se marchó. Iba vestida muy guapa, pero estaba dormida.

—Claro, debía de estar cansada y tendría sueño. ¿Dices que la peinó?

—Ay, sí, la dejó muy guapa, le arregló el pelo con las manos y se marchó.

—¿Y viste si Batman iba en coche? ¿Recuerdas el color?

—Oh, no, no lo vi. Se marchó y me quedé mirando un rato a la Barbie princesa; después me fui a dormir porque al día siguiente tenía cole, y tenemos que dormir para crecer, que lo dice mi mamá.

—Claro, tu mamá es muy lista. Entonces, ¿no recuerdas si Batman cogió un coche o una furgoneta para marcharse?

La niña negó con la cabeza, divertida.

—No, pero ya sé en qué se fue...

Todos guardaron silencio, expectantes, esperando a que la pequeña continuase hablando.

—¡En el Batmóvil!

Torres y Zubizarreta se miraron desarmados por la ocurrencia de la pequeña. Pero Marta intentó rascar un poco más en el recuerdo de la niña, aunque el padre, protector, estuviera deseando zanjar la conversación.

—Y... entonces, el señor que dejó a la princesa en la Mota, Batman, ¿era muy alto?

Aldara se encogió de hombros.

—No sé, era normal. Grande, como los mayores. Como mi papá. Como hacía frío, iba todo abrigado, con gorro, guantes y todo. Pero era Batman porque iba de negro. Aunque yo no vi ningún murciélago en el cielo, a lo mejor es que ya había salido antes —resolvió la niña.

—Esto de Batman se lo mete su hermano en la cabeza —justificó el señor Cerdeño—; es su superhéroe favorito... pero, en fin, la niña es muy pequeña, entiendo que no tendrá que declarar ni nada parecido, ¿no?

—Despreocúpese —se apuró a decir Torres para tranquilizarlo—. Procuraremos no molestarla, la llamaremos si fuera necesario, pero esta declaración ha sido informal, solo es una niña, aunque lo que nos ha contado puede resultar interesante.

El padre asintió con la cabeza, evidenciando su desconfianza.

—De todos modos —intervino Zubizarreta, dirigiéndose al señor Cerdeño—. ¿A qué hora suelen acostarse usted y su mujer?

—Sobre las once, más o menos —respondió el hombre, con un gesto en sus labios que delataba incertidumbre. Zubizarreta miró a Torres dándole a entender que, entonces, el cuerpo de la princesa debía haber sido depositado en la Mota después de esa hora, cuando todos los habitantes de la casa ya se habían acostado.

Tras varios minutos de conversación, tranquilizando al señor Cerdeño y a la propia chiquilla, que había visto reflejada la preocupación en el rostro de su padre, los guardias Marta Torres y Alberto Zubizarreta se despidieron para llamar inmediatamente a la teniente Redondo: ya sabían, al menos, que quien había dejado a la princesa en la Mota de Trespalacios había sido un hombre de carne y hueso. Un alma vestida de negro por completo.

La Mota de Trespalacios, Suances (Cantabria)
Dos años atrás

Wanda se reía como una niña, feliz. Se había tumbado en mitad de la Mota, mirando al cielo y echando sus brazos a volar, como si hiciese la figura del ángel en la nieve. Se recordó a sí misma en Cracovia, junto a su hermano, cuando ambos dibujaban así sus siluetas sobre la tierra esponjosa y congelada. Se echaban sobre la nieve que se acumulaba en el patio trasero de su casa mientras su madre, Irenka, los observaba con una sonrisa.

   Irenka sabía que su hijo tenía una mente operativamente rústica, de verdades y posicionamientos absolutos que nunca ahondaban en complejidades. Su hija, sin embargo, era diferente. Más lista, más decidida, más libre de lo que ella había sido nunca. La admiraba. Sabía que no tardaría en alejarse, en buscar senderos más altos por los que discurrir. Irenka lucharía consigo misma para facilitarle el camino, para permitir que viviese intensamente su vida en lugar de estar a su lado. Simularía conformidad natural y satisfacción completa cuando su pequeña Wanda desease echar a volar. ¿Existe, acaso, mayor prueba de amor que la de dejar marchar a quien amas?

   Ahora, Paolo, Marc y Arturo observaban a Wanda y la acompañaban en su alegría, aunque parecían mirar más allá de su gesto feliz e impulsivo: era como si resultase difícil apartar la vista de su frescura, de su belleza: Por cómo se dibujaba sobre la hierba su melena rubia —el perfil del dibujo cambiaba según el baile de su cuerpo, que ahora se impulsaba por pura alegría desenfadada—. Por cómo extendía sus brazos sobre la hierba haciendo que lo ridículo fuese hermoso. Quien no se enamorase de Wanda Karsávina, sin duda, sí podría comprender por qué la amaban otros.

Ella se empezó a incorporar, todavía sonriendo, y paseó una mirada descuidada sobre los tres hombres:

—Qué, ¿vosotros podéis ser fans de las dichosas cuevas y yo no puedo serlo de los restos medievales?

—Bueno, restos... —se burló Paolo, que se acercó a Wanda para ayudarla a incorporarse—. Yo diría que esto son solo montículos de tierra —dijo, rozándole con disimulo la curva de su cadera.

—Y yo diría que vuestras pinturas rupestres son solo garabatos.

—¡Eso sí que no! —exclamó Marc haciéndose el ofendido—. ¿Garabatos? Pero si precisamente en Cantabria está Altamira, ¡la Capilla Sixtina del arte cuaternario!

—Vaya revuelo por unos bisontes pintarrajeados en el techo —se burló ella, poniéndose en jarras.

—Pues sepa usted, señorita —continuó Marc siguiéndole el juego—, que hay vida más allá de los bisontes. ¿Sabías que se encontraron hasta treinta y dos símbolos idénticos pintados en cuevas de toda Europa?

—Artistas viajeros —resolvió ella—: por entonces eran nómadas...

—Muy aguda; pues debían de tener un avión privado a su servicio, porque reprodujeron esos símbolos en África y Australia, con tres mil años de diferencia.

—Se correría la voz —argumentó Wanda de nuevo, riéndose y guiñándole un ojo a Paolo y Arturo.

—Qué insolente es la juventud —aseguró Marc, que negó con la cabeza—. No hablarías así si conocieses la cueva francesa de Chauvet. ¡Pinturas exquisitas de 32.000 años de antigüedad! Las más antiguas conocidas del mundo...

—Ya estamos con Chauvet —intervino Arturo, interrumpiéndolo—. ¡Qué obsesión!

—Seguro que son una maravilla —concedió Wanda, guiñándole un ojo a Marc.

—¡No lo dudes! —exclamó el catalán que, complacido, intentó mostrar interés por los estudios medievales de Wanda, quizás solo por devolverle la cortesía profesional—. En fin, ya que estamos aquí, cuéntanos... No parece que quede mucho de la Mota, ¿por qué tanto interés?

—Ah, porque las motas son el origen del feudalismo, caballeros —dijo con fingida seriedad; salió del centro del montículo de tierra y caminó hacia el segundo anillo exterior, dejándolos atrás.

—¿De veras? —se sorprendió Arturo, al que por lo general el medievo le interesaba más bien poco.

Todos la siguieron, y ella se paró justo donde se encontraba la valla con los paneles explicativos de la historia de la mota. Wanda se volvió y esperó a que llegasen a su lado, para mostrarles desde un ángulo más amplio lo que tenían ante sus ojos. Paolo la miraba embelesado, apreciando en ella la pasión irracional por el medievo que él mismo tenía por la geología y el mundo subterráneo.

—Las motas supusieron una revolución social y defensiva, y gracias a ellas existen los castillos románicos que hoy conocemos.

Wanda cerró los ojos un instante y volvió a abrirlos sin perder la concentración. Apoyó las manos en una pared imaginaria, con las palmas abiertas, como si les estuviese mostrando una película invisible que se proyectara sobre la mota:

—Retroceded mil años en el tiempo: vikingos intentando penetrar en Europa a través de Francia e Inglaterra, aniquilando todo lo que encontraban a su paso. Los franceses comenzaron a construir fortificaciones de madera, dejando fosos y puentes levadizos como medidas de seguridad. Los señores de las motas protegían a los campesinos y, a cambio, adquirían derechos sobre ellos.

—Y qué pasa, ¿que los vikingos solo entraban por Francia y por Inglaterra? —preguntó Arturo.

—No, hombre, pero esas eran las zonas calientes, y donde más restos de motas castrales se recogen, aunque también se han encontrado en los Países Bajos y en Alemania. Lo que a vosotros ahora os parecen solo montículos de tierra, hace mil años simbolizaban el rango social del señor, el valor y la audacia.

—Muy literario suena eso —contravino Marc—; a mí me parece más el inicio del caciquismo y del abuso de poder.

Wanda sonrió.

—Lo que los hombres pervertimos no tiene por qué ser malo en su origen.

—Ya —se limitó a replicar, escéptico.

Wanda suspiró.

—Piensa que, en realidad, nuestros intereses son idénticos, Marc. Los cuatro somos recolectores del tiempo. Vosotros intentáis entender una sociedad ancestral en un contexto planetario concreto, y yo quiero comprender otra, solo que un registro temporal más reciente.

—No os aguanto cuando os ponéis tan intensos —se rio Paolo, conciliador—. A ver, Wanda, entonces, ¿qué pinta aquí esta mota? ¿No decías que solo se daba en Francia y en el norte de Europa?

—Eso decía y eso mantengo. Por eso es tan extraordinaria esta construcción en Suances y por eso quería visitarla; aunque, por su ubicación, podría tratarse más bien de una fortaleza para custodiar una zona de paso. Tendría que estudiarlo a fondo.

—¿Y por qué dejaron de construirse las motas? —se interesó Arturo.

—Por lo perecedero de los materiales, y porque eran altamente combustibles; imaginaos: una docena de flechas incendiarias y adiós mota. Pero de aquí se sacó la base para las fortalezas pequeñas, y para los castillos posteriores. Aunque lo que realmente me interesa de esta estructura es su trazado, su diseño; es prácticamente idéntico al de otras que he estudiado. En realidad, ni siquiera hacía falta un arquitecto ni personal especializado para construirlas, pero las características coincidentes me hablan de un solo maestro.

—Otro viajero —intervino Marc, mordaz.

Wanda volvió a reírse, esta vez con ganas.

—¡Sin duda! Yo lo llamo Wally.

—¿Wally? —se extrañó Paolo.

—Sí, ¿no teníais esos libros de pequeños? Los de *¿Dónde está Wally?* A mí me encantaban. Tardaba una eternidad en encontrar al dichoso Wally en los dibujos, pero al final daba con él. Y lo mismo pienso hacer con este arquitecto, aunque sé que es muy difícil; aunque estuviésemos encima de su mismísimo esqueleto, no sabría que es él. Cómo me gustaría averiguar por qué viajaba tanto.

Paolo cambió el gesto: estaba interesado.

—Bueno, el porqué daba saltos por Europa puede ser difícil de entender, pero si localizases sus restos sí podrías saber, al menos, por dónde había viajado.

Arturo asintió, como si acabase de recordar una posibilidad que él también sabía, aunque dejó que Paolo terminase su explicación:

—Hay un GPS geológico para saber por dónde ha pasado un cadáver.

Wanda lo miró fijamente, atenta y expectante: ella sabía todo sobre arqueología medieval, pero muy poco sobre geología.

—El estroncio —comenzó a explicar Paolo—... se encuentra distribuido en el lecho de la roca de la Tierra y se acumula en los tejidos vegetales y animales. Las variaciones difieren de un lugar a otro, creando marcas geográficamente localizables, que por lo general son bastante fiables y delatoras de por dónde ha viajado un determinado individuo.

—¿Bromeas?

—Claro que no, me he puesto perfectamente serio —dijo riéndose.
—Es verdad, Wanda —intervino Arturo—. Si localizas una momia por alguna parte, ya sabes, con el estroncio veremos su puñetero GPS... —dijo guiñándole un ojo y mirando después a su alrededor—. Pero digo yo que por aquí no hay mucho más que ver hoy, y ya está bien de cuevas y arquitectos medievales; ¿qué tal si vamos a comer un buen cocido a Santillana? Wanda, ¿tú no tenías que volver por Altamira esta tarde para ver las fichas de las monedas?
—Sí —asintió ella, que ya había ido el día anterior a verlas y las había sacado de su cajón—. Me van a pasar unas copias de los informes de investigación numismática.

Marc intervino:
—Nos quedan dos días aquí, y creo que ya podemos dar por decidido que el lugar más adecuado para el congreso es la Fundación de Comillas, porque entre hoteles y salas de congresos es el único sitio que tiene un espacio exterior adecuado para las espeleolimpiadas... Así que podemos vaguear un poco y hacer algo de turismo normal, para variar —propuso.

—Por supuesto —confirmó Paolo, mirando a Arturo con complicidad—. Podemos hacer algo absolutamente normal y turístico, como visitar la Cueva del Soplao.

—En esa no hay pinturas rupestres —dijo Marc con desdén.

—Claro que no. Solo tiene la mayor concentración de excéntricas del mundo —dijo Paolo, refiriéndose a las formaciones kársticas de la cavidad—. Allí, mi máquina y yo —dijo señalando su inseparable cámara de fotos— podemos hacer filigranas.

Paolo siguió hablando, pero dirigiéndose exclusivamente a Wanda:

—Después, todavía tenemos un día para hacer lo que queramos, para disfrutar.

—Salvo que, aquí, la princesa quiera seguir buscando a Wally —bromeó Arturo.

—O al hombre de los tres clavos en su bota —añadió Marc, recordando al misterioso hombre de la Cueva de las Monedas.

Marc y Arturo, animados con la idea de comer un buen cocido montañés, se dirigieron hacia el coche.

Paolo dejó que se alejasen y se acercó a Wanda, sin tocarla, pero en un gesto de intimidad que ella ya conocía. Por fin estaban solos.

—Me ha gustado eso que has dicho antes.

—El qué.

—Lo de que somos recolectores del tiempo.

—Pues juraría que te habías burlado.

—Cariñosamente...

—Ya. En tu caso, eres más bien un aventurero.

Él se rio.

—Sí, vamos a tener que solicitar que se acepte «aventurero» —dijo, dibujando con sus manos unas comillas imaginarias en el aire— como profesión formal. Lo de geólogo suena aburrido.

—Geología, arqueología, fotografía... no creo que parezca aburrido; en realidad, casi suena agotador. Muchas ocupaciones para un hombre normal.

—Qué pasa —se rio él—. ¿Es que yo no lo soy?

—No eres convencional.

—Te equivocas, Wanda. Soy exactamente como los demás, con la diferencia de que no me conformo con quedarme a medio camino, con la mediocridad. Busco la excelencia, el conocimiento —dijo, poniéndose serio.

—Un transgresor —añadió ella, con una sonrisa desvaída.

—No, Wanda. Yo no voy contra corriente porque sí, necesito saber, necesito explorar: sin esa adrenalina me muero.

—Lo sé —admitió ella desviando la mirada hacia la

mota pero dejándola perdida, sin ver nada que no estuviese dentro de sí misma—. Eres como un león blanco.

—¿Un qué?

—Un león blanco. Anoche —comenzó a explicarle, saliendo de su abstracción—, antes de cenar, mientras revisabas tus fotografías, Marc nos contó la leyenda del león blanco.

—¡Qué majadero el viejo Marc! —exclamó riéndose—. ¿Os contó una historia de un león albino y lo comparó conmigo?

—No seas egocéntrico —replicó ella, matizando su mirada con un suave reproche—. Nos contó la historia sin vincularla contigo. Y no es un león albino, sino blanco —aclaró, pellizcándole cariñosamente en un brazo—. Lo he recordado porque los dos sois únicos. Y algo extravagantes, creo.

Paolo sonrió sin ocultar su curiosidad. Ella siguió hablando.

—Por lo visto quedan muy pocos y solo viven en el sur de África. Según la vieja tradición, están aquí para guiar a la humanidad hacia la naturaleza, hacia el conocimiento; ese conocimiento que tú buscas tanto y que también le quieres mostrar a todos. Tú y tus ideas de la búsqueda de la excelencia me habéis recordado esa historia. Eres... somos... bichos raros. Cisnes negros, leones blancos. Nos salimos de la norma... quién sabe, quizás estemos perdiendo el tiempo —suspiró Wanda mirando hacia el coche para comprobar si Arturo y Marc se impacientaban por la espera.

—Somos lo que tenemos que ser, lo que nos pedía el cuerpo desde niños. Si no existiésemos, tendrían que inventarnos —la contradijo Paolo con una sonrisa, abrazándola y besándola en la cabeza. Se quedó pensativo—. No sabía esa leyenda del león blanco.

—Pues me pareció preciosa —replicó Wanda—. Parece ser que es un misterio el porqué tienen esa mutación genética que los hace blancos y por qué solo nacen en un territorio concreto de África.

—¿En serio? Tengo que preguntarle a Marc; es curioso que lo hayas comparado conmigo.

—Bueno, no creo que llegues a su nivel... —dijo ella con sorna—. La leyenda dice que vienen de las estrellas y que son seres místicos que ayudan a los hombres a elevar su consciencia ante el mundo; parece que tú también tienes esa clase de aspiraciones tan *elevadas*.

—¿Te burlas?

—Un poco.

—Pues mira, a lo mejor sí soy un poco como uno de esos leones blancos, y tú también. Incluso Marc y Arturo, y otros muchos que conocemos. Vivimos al límite, sobrepasamos las últimas fronteras conocidas para mostrárselas a los demás. Sé que suena pedante, pero en mi caso es lo único que sé hacer y es lo que me mantiene vivo.

—¿Y qué demonios crees que vas a conseguir? ¿La sabiduría universal? ¿El secreto del sentido de la vida? —preguntó ella con vehemencia—. A veces creo que ni siquiera sabes hacia dónde te diriges, que das palos de ciego apuntándote a todos los proyectos que te ofrecen para viajar, para jugar, a ver si das con una llave perdida... y, mientras tanto, consigues la adrenalina que necesitas.

Él la miró sorprendido, pero sin retirar la sonrisa de su rostro.

—Es posible, quizás lo haga por egoísmo, por mi propia satisfacción. Pero es algo que va conmigo, es a donde me dirijo constantemente, al lugar al que siempre voy: el conocimiento. Eso es lo que codicio.

—Un buen lugar a donde ir.

—¿Acaso tú no persigues lo mismo?

—Claro, Paolo. Pero no lo antepongo a otros placeres de la vida. Salir, ir de fiesta, tener rutinas sencillas, una familia...

—¿Y mi renuncia? ¿No tiene valor?

—¿Tu renuncia? ¿Tu renuncia a qué?

—A todos esos placeres, a toda esa maravillosa pérdida de tiempo.

—Dudo que te suponga mucho sacrificio... —sonrió ella, cáustica—. Disfrutas demasiado buscando ese lugar a donde quieres ir —añadió.

Wanda había comprendido hacía mucho tiempo que Paolo se dejaba guiar por una fuerza interior inmensa, que le salía de las tripas y que no dejaría nunca de apretarle por dentro. Él no replicó, y le devolvió la sonrisa, dejando un brazo sobre sus hombros y comenzando a caminar hacia el coche: con un solo vistazo, ya había adivinado que Marc y Arturo comenzaban a impacientarse. Paolo deseó restar profundidad a la conversación y, por una vez, limitarse a disfrutar de la compañía de Wanda. Cambió completamente de tema:

—Por cierto, señorita, nunca me habías contado lo de la búsqueda de tu amigo Wally.

—Nunca me habías preguntado.

Paolo la miró con cariño.

—Debieras ser una princesa y viajar en una máquina del tiempo solo para ver construir una de esas fortalezas.

Ella rio halagada.

—Una princesa... no estaría mal, solo por conocer de verdad cómo se vivía entonces. Si te digo la verdad, este viaje está siendo más provechoso de lo que esperaba. Estoy deseando ver las fichas de las monedas del monte del Castillo. Según su ceca también sabremos por dónde han viajado...

—No descansas nunca, ¿eh? —le dijo, hablándole con complicidad—. Tienes que venir al Congreso de Espeleología, conocerás muchos colegas con trabajos de investigación increíbles.

Wanda meditó unos segundos. Unas semanas antes habría rechazado la idea, pero ahora le parecía interesante y sugerente.

—Sí, quizás vaya, Paolo.

—Será estupendo, ya verás —sonrió él.

Wanda suspiró con decisión y miró la mota por última vez, sintiendo que a cada paso que daba, cuanto más exploraba, más comprendía el mundo. Quizás no fuese tan diferente a Paolo. Sí, iría a aquel estrafalario congreso de espeleología. Las almas libres viven sabiendo que la muerte es irremediable, que el tiempo es finito y las oportunidades, únicas.

10

... me encontré en la boca de una gran caverna [...] surgieron en mí dos cosas a la vez: temor y deseo; temor por lo amenazador y oscuro de la gruta, y deseo de ver si allá dentro hubiera alguna cosa maravillosa.

Códice Arundel 155 r, Leonardo da Vinci

La biblioteca de Villa Marina parecía girar alrededor de Oliver. Los libros, las mullidas butacas, la mesa llena de revistas. Michael Blake lo miraba con gesto preocupado, sin moverse un centímetro. Anna Nicholls estaba pálida.

Oliver no daba crédito. Acababa de escuchar parte de la discusión entre Michael y Anna y lo había comprendido todo, por fin. Había entrado en la biblioteca de Villa Marina justo en el instante en que Michael exigía explicaciones a la antigua prometida de su amigo. Pero, al verlo llegar, ambos habían guardado un repentino silencio. ¿Cómo lo habría descubierto Michael? ¿Se lo habría contado la propia Anna?

Oliver ya no sabía qué pensar. Se sentía traicionado, engañado, estafado: ni siquiera las verdades que hasta ahora había dado por asentadas eran fiables. ¿Conocemos de verdad a nuestros amigos, a nuestros seres queridos? ¿Sabemos hasta dónde pueden llegar? El honor, la lealtad... ¿son solo conceptos románticos y pasados de moda?

—No queríamos hacerte daño, Oliver —se atrevió a decir ella, hablando en inglés—. Sé que hicimos mal, pero queríamos protegerte.

—¿Protegerme? ¡Protegerme! Tú y tu karma de mierda, ¿es eso lo que venías a limpiar, no? Tu conciencia. ¿Cómo pudisteis? ¿Cómo pudiste tú? —le recriminó con rabia e incredulidad en la mirada. Estaba furioso.

—Tranquilízate, Oliver. Sabíamos que pasaría esto, que te pondrías así...

—¿Lo sabíais? ¿De verdad? ¿Y sabía el idiota de Guillermo cómo lo estaban pasando mis padres al no saber de él? Dime, ¿eso también lo sabía?

Anna guardó silencio.

—¿Desde cuándo estabais juntos? —preguntó Oliver sin mirarla, desviando su vista hacia el mar que le ofrecía el ventanal.

—No fue premeditado, yo...

—Joder, no te he preguntado si os lo pensasteis o no, Anna. Te he preguntado desde cuándo. No es tan difícil.

—No, Oliver, lo que pasa es que no es tan fácil. Ya no estamos juntos, y hace casi un año que no sé dónde está.

Oliver se volvió a mirarla.

—¿Cómo? ¿Guillermo no está en Nepal?

—No lo sé. No lo creo.

—¿Cómo que no lo sabes?

—Lo dejamos hace ya muchos meses.

Oliver miró a Michael. Este negó con la cabeza, se llevó las manos al rostro, en un gesto de rezo e incredulidad.

—Entonces, ¿no sabe lo de mi madre?

—No. Al menos estando conmigo no lo sabía. Sucedió poco después, pero yo tardé en enterarme. Y no tuve manera de localizarlo y decírselo.

—Cómo que no tuviste manera, joder. ¿Qué le pasó a Guillermo? ¿Se evaporó? ¿Se marchó a otro país?

—No lo sé, Oliver —contestó Anna compungida—. Ya sabes cómo es tu hermano.

—No, no lo sé. Aunque según parece el muy cabrón a mí me toma por estúpido —declaró mirándola con dureza.

Toda la conversación, vehemente y directa, se desarrollaba en inglés, y los adjetivos sonaban así más radicales. Michael intervino.

—Quizás si nos sentamos podamos hablar esto más tranquilamente.

—Claro, hombre, con unas cervecitas y algo de picar para la señora —replicó Oliver, sarcástico y furioso. Miró a Michael, intentando serenarse. Había dirigido su enfado hacia la persona equivocada—. Perdona.

—Sin problema, amigo.

Michael miró a Anna con seriedad, dirigiendo su vista hacia el sofá y las butacas que había a un lado del gran ventanal.

—Sentémonos —ordenó.

Oliver siguió la indicación de Michael y tomó asiento sin quitarle la vista de encima a Anna, con los nervios retorciéndose entre sus costillas, con los nudillos apretados y rojos de la tensión. Tomó aire.

—Empieza desde el principio —le dijo a ella en tono imperativo, sin ningún matiz de amabilidad en el color de su voz; su manera de hablar, que acostumbraba a ser muy cercana, se había vuelto glacial y sólida como el hierro.

Anna miraba a Michael buscando auxilio, compañerismo, pero este se mostraba ajeno a ella, frío y expectante. Estaba claro de parte de quién estaba.

—Bueno... como te dije, no fue algo premeditado. Guillermo apareció en Patna aproximadamente un mes después de su desaparición. De todos modos, por entonces ni siquiera lo habíais dado por desaparecido. Él me contó que había llamado a tu madre desde Lanzarote para decirle que tenía otro proyecto.

—Sí, ya veo cuál era su proyecto —ironizó Oliver—. ¿Cómo llegó hasta la India?

—En barco. En Lanzarote se unió a un buque ecologista, y después embarcó en otro más de la misma flota que lo llevó hasta la India.

—Y qué coño iba a hacer allí. ¿Visitarte? ¿Ya estabais juntos?

—No exactamente.

—No me jodas, Anna, háblame claro.

Ella pareció dudar.

—Oliver, cuando yo estuve enferma, tu hermano

vino a visitarme algunas veces al hospital. Nos entendíamos bien... los dos lo habíamos perdido todo.

—No me digas. Tú solo habías perdido la salud. Tenías a tu familia —la miró con una profunda decepción—... me tenías a mí.

—No, Oliver —se envalentonó ella—, tenía buenas palabras: fantasías y espejismos que solo valían para los que podían vivir. Guillermo me entendía de verdad porque había visto la muerte de cerca, se le había metido dentro. Y había comprendido que la única manera de que valiesen la pena nuestras vidas era hacerlas partícipes del mundo. Él decidió dejar de ser un espectador, Oliver.

—Sí, sois nuestros salvadores. Sin vosotros dos las ONG no valdrían para nada —replicó cáustico—. Y, en definitiva, ¿qué me estás diciendo?, ¿que os enrollasteis mientras estabas en el hospital?

—No —suspiró ella—; nos hicimos amigos, nada más. Te recuerdo que me fui a la India con mi compañero de quimioterapia, Peter.

—Sí, lo recuerdo. El bueno de Peter, que te metió todos aquellos pájaros en la cabeza.

—Oliver —insistió ella, intentando tranquilizarlo—, ya te dije que no habíamos planeado nada, fueron las circunstancias. Varias casualidades juntas, el destino... no lo sé. Quizás estaba escrito.

—Claro que sí, estaba redactado en las putas tablas de Moisés, tallado en piedra, porque era vuestro destino —afirmó Oliver, ácido y mordaz.

—Así no vamos a poder mantener una conversación, tu energía no es buena... entiendo que te duela que tu hermano y yo estuviésemos juntos, pero estoy intentado explicártelo.

—Encima dice que mi energía no es buena —se rio él, hablando como si ella no estuviese delante—. No entiendes nada, Anna. No me importa que hayas estado con Guillermo. ¿Que os enamorasteis...? Perfecto. Había millones de hombres en todo el planeta, y tenías que escogerlo precisamente a él, pero lo acepto. Lo que no voy a perdonaros ni a ti ni a mi hermano es que durante un año no hayáis dicho nada. Y no me refiero a vuestra relación, sino a su puta fe de vida. ¿Tienes idea del sufrimiento que le ha ocasionado Guillermo a mis padres? ¿La tienes? ¿Y a mí? —le reprochó Oliver prácticamente gritando.

Michael se acercó a él para intentar tranquilizarlo. Anna miró al suelo y guardó silencio, incómoda.

Oliver dedicó unos segundos a ordenar sus ideas, y alzó la mano en señal de calma hacia su amigo: todavía tenía el dominio sobre sí mismo. Michael volvió a sentarse y Oliver, inflexible, continuó con su interrogatorio:

—Dime, ¿por qué fue a la India? ¿Por ti?

Anna torció el gesto: le costaba contar aquella historia.

—No. Él fue para ayudar en un proyecto de microrredes solares en Dharnai, que está al sur de Patna, que es donde yo vivo normalmente. Te hablé de ello esta mañana, precisamente. Fue a verme y después, en fin... una cosa llevó a la otra. Colaboró con mi ONG y con otras de la India con sede en Nepal, viajamos juntos por el país y por la zona...

—Con razón no lo encontraba en las organizaciones de Nepal —se quejó Oliver, interrumpiéndola y mirando a Michael—. ¡Colaboraba con las de la India!

El gesto de Oliver se volvió concentrado.

—Un momento. Michael, ¿cómo lo supiste? ¿Por eso estabas tan callado este mediodía?

Su amigo asintió.

—Fue casualidad. Estaba mirando el mapa de Nepal en internet y, al ampliar la imagen, me di cuenta de lo cerca que estaba de la India. De Patna a Katmandú hay menos de trescientos cincuenta kilómetros. No lo tenía claro, pero me parecía una coincidencia extraordinaria que Anna estuviese tan cerca del último emplazamiento donde había estado tu hermano. De todos los lugares de la Tierra, los dos habían terminado siendo vecinos a miles de kilómetros de casa; así que, después de comer, le pregunté a Anna, y lo estábamos discutiendo cuando tú llegaste —explicó mirándola.

Ella guardó silencio, preparada para más preguntas de Oliver. Tras tanto tiempo de búsqueda, tenía que estar sediento de información. Y rabioso.

Oliver, tal y como Anna esperaba, retomó su interrogatorio.

—Así que Guillermo sabía que tú trabajabas allí y, casualmente, de todos los proyectos del mundo, tuvo que ir a colaborar al tuyo. Y tú quieres que me lo crea —dijo en tono despectivo.

—No quiero que te creas nada, Oliver. Solo que sepas la verdad y limpiar mi karma.

—¿Tu karma? ¿Así de fácil? ¿Haces daño a la gente y si lo cuentas se te perdona? Tienes una religión cojonuda.

—Oliver —replicó ella, haciendo caso omiso al sarcasmo dolido de Oliver—, tu hermano se sentía atraído por mí desde hacía tiempo, desde el hospital, pero por respeto a ti nunca había dicho ni intentado nada, tienes que entender que...

—Perdona, ¿has dicho por respeto a mí? ¿Respeto? ¿En serio? Eso no es respeto, es miedo a un enfrentamiento abierto. Anna —la increpó—, yo te quería, pero habría sobrevivido, como lo hice cuando me dejaste; a quien no ha respetado Guillermo es a mis padres, y eso no tiene perdón.

Anna intentó justificarse de nuevo.

—Yo quise decírtelo, quise que al menos avisase a tus padres de que estaba bien, pero él me decía que estabais acostumbrados, que pasaba meses fuera de casa y que no había ningún problema.

—Claro que había problemas, Anna. Claro que los había. La última vez se fue nueve meses y apareció en Stirling como si nada, cuando mis padres ya estaban a punto de que les diera un ataque al corazón por su culpa; creo que ya tenías conocimiento de eso, ¿no?

—Sí, por eso insistí. Pero él decía que terminarías enterándote de lo nuestro y sería peor, porque te haríamos daño sin necesidad.

—Qué considerados. Gracias a vuestra amabilidad mi madre ha muerto sin saber dónde estaba su hijo mayor. Ahora entiendo por qué mi hermano me evitaba los últimos meses. No solo por su estrés postraumático, sino porque sabía lo que iba a hacer con mi prometida.

—Lo siento, Oliver —se limitó a murmurar Anna, a punto de llorar.

Él se percató del inminente sollozo, y tuvo serias dudas de esa puesta en escena: de hecho, puede que le hubiera colado ya una buena lista de mentiras. Intervino de inmediato, inflexible.

—Ni se te ocurra ponerte a llorar, Anna. Todavía tienes mucho que explicar. ¿Se puede saber qué hicisteis durante el año que estuvisteis juntos?

Ella pareció retomar aplomo y consistencia en su mirada.

—Trabajar, Oliver. Trabajar mucho por los demás. Guillermo y yo nos entendíamos bien porque habíamos decidido ser valientes y cambiar nuestras vidas, ya no éramos espectadores de lo que hacían los demás...

—... como nosotros, ¿no?

—Yo no he dicho eso.

—Pero lo piensas.

Ella guardó silencio sin apartar la mirada. Oliver se levantó y se dirigió hacia el ventanal. Olas suaves dibujaban el perfil de la orilla de la playa de la Concha. Aquella calma contrastaba con la furia contenida de Oliver. Su enfado con Guillermo anulaba parte de la angustia por no saber de él, pero no la disipaba por completo. ¿Dónde demonios estaría ahora?

—¿Por qué os separasteis? —le preguntó a Anna sin mirarla, como si estuviese hipnotizado observando el vaivén de la marea sobre la arena. Ella resopló como si estuviese soportando un suplicio.

—Nos distanciamos. No pensábamos lo mismo sobre algunas cosas. Simplemente, se terminó.

—Se terminó —repitió Oliver—; así, sin más. Una aventura de apenas unos meses, con la que habéis hecho daño a tanta gente. Espero que valiese la pena y que fuese el puto año de vuestras vidas.

Un incómodo silencio se adueñó de la biblioteca de Villa Marina. Por fin, Oliver salió de su ensimismamiento reflexivo, se volvió y la miró.

—A dónde se fue. Dime la verdad, Anna.

Ella, como si fuese una niña cogida en una travesura, bajó la vista.

—No lo sé. Tu hermano no estaba bien, Oliver. A ratos era maravilloso, intrépido, innovador... ayudaba a todo el mundo. Pero otras veces se volvía violento, desquiciado. Tenía pesadillas horribles por las noches. Despierto, decía ver cosas imposibles. Hablaba con una calma como fingida, como si dentro estuviese conteniendo una bestia.

—Claro, Anna, porque Guillermo necesitaba medicación. Pero si te pasas los días salvando el mundo a lo mejor se te olvida tomarte la pastillita. Normal —ironizó, cruel.

—Yo no sabía que tenía que tomar medicación —se defendió Anna—. Cambiaba de parecer con relativa frecuencia, cada vez más, y su último plan incluía colaborar con organizaciones nepalíes para lograr también energía sostenible. Pero además le rondaba en la cabeza pasar una temporada con los monjes tibetanos, para equilibrar y limpiar su alma.

—¿Y entonces? Qué pasa, ¿también se había hecho budista? —preguntó Oliver al borde de la sonrisa incrédula.

—Practicaba ya algunos de sus principios. Y le hacía bien. Pero una mañana, sencillamente, desapareció. Se había llevado sus cosas y se había ido sin despedirse.

—¿Y ya está? —intervino Michael, asombrado—. ¿Volvió a desaparecer? ¿Y no lo buscaste?

—¿Buscar a quien no desea ser encontrado? No me pareció una buena idea. Vosotros quizás no lo comprendáis, porque seguís atados a los conceptos occidentales, pero él y yo sabíamos que éramos libres, que nuestros cuerpos no eran más que vehículos a los que dejar buscar su camino. Disfrutábamos de una relación abierta, y no teníamos que darnos explicaciones.

Oliver estalló.

—¡Te has vuelto completamente loca, Anna! Tú y tus nuevos principios. ¿Tan especiales os creéis? ¿Tan elevados sobre los demás?

Ella se mostró firme.

—No, Oliver. Somos conscientes de la limitación de nuestros cuerpos. Nuestro compromiso es con la naturaleza, con el mundo. Quizás si hicieses el viaje interior que yo he hecho podrías liberarte de tus prejuicios, de esas ideas preconcebidas tuyas, que están encorsetadas por una educación que no conecta tu alma con la Tierra.

Oliver resopló y miró a Michael. Se dirigió a él.

—No puedo con esto —declaró enfadado; y volviendo a dirigirse a ella—: No te reconozco, Anna. Tus principios y nuevas creencias me son indiferentes. Pero aún quiero saber dónde está el idiota de mi hermano.

—¿Para qué? —se rebeló ella—. ¿Para partirle la cara y sentirte más hombre?

—No —replicó Oliver, sólido—. Para darle al menos un poco de tranquilidad a mi padre. Dime, ¿no tienes ni la más remota idea de dónde puede estar?

—Ya te he dicho que no —contestó Anna con convencimiento—. Te he contado todo lo que sé. Puede estar en cualquier parte.

—¿Y en la India o en Nepal no tenía ningún amigo, ninguna persona cercana a la que podamos preguntar? —intervino Michael en tono práctico.

Ella se encogió de hombros.

—Teníamos conocidos comunes. Todos saben lo mismo que yo, o eso creo.

—¿Y por qué Nepal? —se interesó Oliver.
—¿Perdona? No entiendo —se extrañó ella.
—Sí, el apartado postal estaba en Nepal. Si él vivía en Patna contigo, ¿por qué tenía allí su correo?
—Porque mi campamento base estaba en Patna, pero él viajaba constantemente y se movía mucho; ya te dije que también colaboraba con Nepal, donde pasaba mucho tiempo. Yo también viajaba frecuentemente con Guillermo; los activistas debemos movernos para que las comunidades se familiaricen con nosotros y confíen en nuestros proyectos.
—Qué vida tan interesante —ironizó él—. Pero tengo otra pregunta. Cuando Guillermo se marchó, ¿por qué no nos contaste que había estado allí, contigo? No tendrías por qué haber dicho que habíais sido pareja.
—Era complicado explicar su estancia allí habiendo guardado silencio tantos meses, Oliver. Tuve que pensar mucho cómo contártelo. Además, ¿de qué iba a servir decírtelo si yo desconocía su paradero? Seguiría estando desaparecido.
—Serviría para mucho. Habríamos sabido, por ejemplo, que no había muerto en Lanzarote. Nos habríamos quitado esta incertidumbre de mierda de las venas... pero claro, tú eso no lo entiendes, porque las personas ya no te importan; tú solo salvas el mundo.
—Estoy aquí —replicó Anna, alzando la voz—, y vine a contártelo personalmente.
—Qué honor. Pero solo para limpiar tu karma y porque te pillaba de paso camino de Inglaterra, no porque te preocupes por mí.
—Me preocupo por ti y por Guillermo. Cuando supe de la muerte de tu madre, intenté localizarlo, pero no conseguí nada.

Oliver negó con la cabeza.
—Él aún tiene perdón porque está enfermo. Pero tú, Anna... y encima está lo de la llamada.

—¿Qué llamada? —preguntó ella sorprendida.

—Guillermo llamó a Oliver desde su móvil hace unos seis meses —intervino Michael.

—¿Y hablaste con él? —preguntó ella muy excitada. Quizás, a pesar de sus palabras, seguía enamorada o encaprichada de Guillermo.

—No. Vi la llamada más tarde —contestó Oliver sin ganas—. Estamos intentando localizar la señal. Un momento —dijo; su mirada se iluminó—. ¿Cómo se comunicaba Guillermo contigo?

—Con el teléfono móvil que le había dado la ONG. Todos teníamos uno; lo dejó al marcharse, y yo ni siquiera sabía que su otro móvil siguiese operativo. Creía incluso que lo había perdido. Desde que tenía el móvil de la ONG, yo nunca le vi usar el viejo, quizás no tuviese ni saldo... —razonó nerviosa. Comenzó a sollozar y se levantó, haciendo el ademán de irse. Mirando al suelo, continuó hablando con voz entrecortada—. Oliver, entiendo que esto sea duro para ti y que estés enfadado conmigo. Recogeré ahora mismo mis cosas y me marcharé.

—Quieta —ordenó él, tajante e impasible ante sus lágrimas—. Tú no sales de esta casa hasta que me cuentes todo lo que sepas.

—Pero ya te he contado todo lo que... —replicó ella.

Anna levantó la vista. Ahora era ella la que no reconocía a Oliver, el amable, tranquilo y predecible prometido que había tenido hacía no tanto tiempo. Había una fuerza en él, una determinación, que nunca había visto.

—No, Anna. Me lo vas a contar todo. Absolutamente todo.

Oliver le señaló el sofá con la mirada para que volviese a tomar asiento. Conocía a Anna desde hacía años, y, a pesar de aquella nueva personalidad que mostraba, tenía la sensación de que había algo más detrás de sus declaraciones: una información oscura que se le escapaba. Se sentó frente a ella y, con una serenidad que a él mismo le sorprendió, comenzó un incómodo y tortuoso viaje de preguntas hacia el pasado.

Cuando Valentina llegó al paraninfo de la Fundación de Comillas, el sargento Jacobo Riveiro la esperaba muy atareado junto a un par de compañeros del SECRIM: revisaban material gráfico buscando a Wanda Karsávina entre cientos de imágenes que iban apareciendo en distintas pantallas de ordenador. Valentina los saludó brevemente y puso al sargento al día sobre lo sucedido en la casa de las calabazas y sobre la identidad del hombre del pantano, que había resultado tratarse de Helmut Wolf.

—¿Y tú qué tal, Riveiro?

—Bien, teniente, aunque de todas estas fotografías no creo que podamos sacar nada en limpio.

—¿Y eso?

—Porque en algunas sale la víctima, pero casi siempre está con uno de estos tres tipos, mira —le dijo señalando algunas imágenes que había seleccionado. En ellas, se veía a Wanda con Arturo, Marc o Paolo. La mayoría habían sido sacadas durante el baile medieval, donde muchas personas estaban disfrazadas.

—¿Y este quién es?

—Cuál, ¿el alto? Ese es Arturo, el suizo.

Valentina sonrió desganada, sentándose a su lado.

—Esto parece un chiste fácil. El catalán, el italiano y el suizo. ¿Crees que estarán implicados?

Riveiro dudó.

—Es posible. Los he interrogado a los tres, aunque creo que podríamos profundizar en sus declaraciones. Todos la conocieron el mismo día de hace cinco años, en Nördlingen.

—Sí, lo comentaron antes. Ellos y otro chico, el que dijeron que había muerto.

—Exacto —asintió Riveiro—, un tal Helder Nunes, que ya podemos borrar de la lista de sospechosos. Los otros tres han coincidido en otras ocasiones con la chica, pero especialmente el italiano. Supongo que Wanda y Paolo tenían algún tipo de relación, aunque él no lo haya reconocido expresamente.

—Tenemos que revisar sus coartadas para la hora estimada de fallecimiento.

—Ahí está la gracia, teniente. Si Karsávina fue asesinada sobre las ocho o nueve de la tarde del domingo, estos tres estaban en la carpa: el italiano terminó su ponencia y estuvo atendiendo a los asistentes un buen rato, lo tenemos en vídeo y fotografías con registro horario. Arturo Dubach participó en las espeleolimpiadas hasta la hora de la cena, que fue a las diez de la noche, y Marc Llanes era uno de los miembros de una mesa redonda sobre arte rupestre y estuvo en ella desde las siete hasta las nueve y media.

—Todo ello documentado y con decenas de testigos, supongo.

—Supones bien —confirmó Riveiro—; aunque a mí me ha dado la sensación de que no me lo han contado todo, de que hay algo que se nos escapa.

—Ya —comenzó a razonar Valentina—. A mí me dio la impresión de que estaban demasiado contenidos, teniendo en cuenta que acababa de morir una amiga suya. ¿Qué te pareció Arturo? —Era el único al que no había visto personalmente.

—Estaba afectado por lo de la chica. Quizás él y Paolo fuesen los más impresionados por el asunto. Presioné a Marc, el catalán, sugiriendo que lo veía muy tranquilo para lo que acababa de pasar, y me soltó que tenía ataraxia. ¿Qué te parece?

—¿Cómo? ¿Ataraxia? —se sorprendió Valentina, que por sus estudios sabía perfectamente a qué se refería—. Vaya con el catalán... puede ser estoico, pero eso no obsta para que sienta tristeza.

—Y yo qué sé teniente, me dijo eso y no supe qué contestar, así que me limité a anotarlo. Pero lo mejor fue lo del suizo.

—¿Lo del suizo? ¿Por?

—Porque ese, cuando le he preguntado por su trabajo, me ha dicho que tiene el gen aventurero. Eso ni existe, ¿no?

Valentina dudó.

—Creo que sí, una especie de mutación genética, pero vamos... tendría que mirarlo. Vaya grupito nos ha tocado. ¿Y al italiano no le pasa nada? —preguntó ella riendo—. ¿A que va a ser uno de esos personajes de *El Señor de los Anillos* que buscabas ayer en el pantano?

—No creo —respondió Riveiro haciendo una mueca mientras seguía pasando imágenes en el ordenador, del que no despegaba la mirada—. No, ese parece normal; aunque, desde luego, es de pocas palabras. Ya te digo que creo que es el que tiene más posibilidades de haber tenido algo con Karsávina. En el baile medieval tienen varias fotos juntos y son los que más han coincidido en proyectos desde que se conocieron.

—Vale, y qué más. ¿Fuiste ya a ver el cuarto de la chica y la carpa o vamos ahora?

—Ya fui hasta allí. Creo que usó el baño, pero desde luego su maleta no estaba en la habitación y no había tocado la cama. He ordenado que cierren el cuarto y que vengan los del SECRIM a echar un vistazo —añadió, señalando con la mirada a los dos compañeros que trabajaban también con los ordenadores—. Si hay alguna huella o algún maldito pelo que valga la pena, nuestros chicos lo sabrán.

—Perfecto, Riveiro —asintió Valentina, aliviada de no tener que supervisar absolutamente todo: las iniciativas del sargento solían ser prácticas, prudentes y resolutivas.

—¿Y la carpa?

—Nada de interés —negó Riveiro con un gesto de decepción.

Valentina reflexionó unos segundos.

—¿Y desde cuándo están estos tres en Cantabria?

Riveiro la miró, comprendía a dónde quería ir a parar.

—Todavía no sabemos cuánto tiempo llevaba el tipo aquel muerto en el pantano.

—Cierto, pero tenemos que ir controlando todas las posibilidades hasta que Múgica nos dé una fecha aproximada. Si queremos saber quién mató a Helmut Wolf, también tendremos que investigarlo; parecía ser alguien importante y conocido en su país. Imagínate si sería importante que mañana mismo aterrizará aquí un fiscal alemán.

—¿En serio?

—Sí, como lo oyes, me ha avisado Caruso... Espero que ese fiscal no nos dé demasiado la paliza —suspiró la teniente mirando a su alrededor. Tomó una decisión—: Que los del SECRIM se lleven este material para revisarlo en la Comandancia. Antes, quiero echar un vistazo por aquí y que me pases copia de tus apuntes para preparar mañana un interrogatorio más profundo a esos tres individuos. Voy a pedir informes sobre ellos, a ver qué tenemos. Y vamos a comprobar desde cuándo están en España. Nunca se sabe... ¿Les has dicho algo de las monedas?

—No, todavía no. Tomé datos de pasaportes, profesiones, vínculos con la víctima, últimas interacciones con la misma, sospechas de quién podría haberla asesinado... pero no quise facilitarles datos que de momento son secreto de sumario —se justificó.

—Bien hecho —concedió la teniente, concentrada—. De momento no tenemos más que conjeturas y puede que no tengan nada que ver con este asunto.

Un pitido estridente sonó dentro de la cazadora de Valentina.

—Un momento, Riveiro.

La teniente suspiró, viendo que la llamada provenía de la Comandancia. ¿Sería Caruso? ¿Qué demonios querría ahora? No. Era Sabadelle. ¿Cómo? ¿Que las monedas eran de siglos diferentes? Calma, el subteniente parecía demasiado contento como para llamar para dar unas noticias tan desmoralizantes. Pero ¿cómo era posible? ¿Monedas medievales en una cueva con pinturas rupestres? ¡Por fin! ¡Un nexo real que les podía dar un poco de luz! Sabadelle acababa de hablar con Juan Pereda, coordinador de las Cuevas del Castillo, en Puente Viesgo. Sí, las dos monedas que habían aparecido en los cadáveres podrían pertenecer al pequeño tesoro de la Cueva de las Monedas; lo extraordinario era que las piezas estaban bajo llave en el almacén del Museo de Altamira y que no les constaba que hubiese habido ninguna incidencia con ellas.

Cuando Valentina colgó el teléfono aún tenía la boca abierta. Si se hubiese visto, se habría burlado de sí misma.

—¿Y bien? —preguntó Riveiro.

—¿Dónde están nuestros tres amigos arqueólogos? —interrogó ella, haciendo caso omiso a la pregunta del sargento.

—En la carpa, supongo. Cuando terminé con ellos dejé que fuesen a atender sus obligaciones. Y no son todos exactamente arqueólogos; el suizo y el italiano son geólogos.

—Para este caso, creo que resultará indiferente; tenemos que preguntarles por su visita a la Cueva de las Monedas hace un par de años.

—¿Una cueva con monedas? ¿Dónde?

—Aquí, en Puente Viesgo. ¿La conocías?

Riveiro se encogió de hombros.

—Ni idea. He llevado a los niños a ver la réplica de Altamira, pero a mí lo de las cuevas me aburre, la verdad...

—Pues Sabadelle dice que el coordinador de las cuevas del monte del Castillo asegura que nuestros tres arqueólogos estuvieron allí hace un par de años acompañados de una mujer. Adivina quién se mostró interesada por las monedas que daban nombre a la cavidad.

—¿Wanda Karsávina?

—Exacto. Nuestra princesa estaba vinculada de alguna forma a esas monedas.

—Entonces, ella y estos tres hombres tenían una relación más estrecha de lo que parece.

—Es posible, aunque ellos no han negado que hayan coincidido en otras ocasiones. Vamos a darle otra vuelta a los interrogatorios de estos tres hoy mismo, Riveiro.

—¿Y eso? Ya es tarde, yo...

¿Tampoco aquel martes podría ver a sus hijos a la hora de cenar? Su mujer Ruth solía llevar con bastante paciencia aquellos horarios interminables, y no temía sus reproches, pero lamentaba, sencillamente, no poder pasar más tiempo con su familia.

—Lo sé, Riveiro, lo siento. Mañana haremos el interrogatorio en condiciones, pero hoy al menos quiero preguntarles a estos tres caballeros sobre su visita con Karsávina a la Cueva de las Monedas. Y sobre Helmut Wolf. Quizás lo conozcan, ¿no crees?

Riveiro no pudo responder. El teléfono de Valentina volvió a reclamar su atención con aquel sonido estridente.

Era Caruso. A Valentina solo le dio tiempo de ordenar que un par de guardias de Comillas, de paisano, se personasen en la Fundación para verificar que en su ausencia todo seguía en orden por allí. Y para controlar visualmente a Paolo, Marc y Arturo. Por si acaso. Ella y Riveiro salieron corriendo del paraninfo: lo que Caruso les acababa de comunicar iba a suponer un revuelo mediático internacional. Si no resolvían rápido aquel caso, los apartarían para que lo gestionasen agentes de la Unidad Central Operativa.

Valentina, sintiendo los martillazos de su corazón, montó en su coche, apretó el acelerador y dirigió el viejo Alfa Romeo hacia Santillana del Mar.

Clara Múgica estaba en su despacho. Iban a ser las ocho de la tarde del martes y ya tenía dos casos increíbles en la misma semana, ambos registrados el lunes. Por la mañana, una princesa medieval; por la tarde, aquel hombre sacado del pantano con medio rostro comido por los peces. Y ambos con una vieja moneda haciéndoles compañía.

La forense desvió la mirada de su pantalla de ordenador y la detuvo en el césped, que ya apenas se podía ver desde su ventana; si no fuese por los potentes farolillos exteriores del IML no se vería nada en absoluto. Qué negra era la noche y qué oscura era la muerte, tan rotunda e irreversible. Su madre había muerto hacía solo medio año, y este hecho la había zarandeado por dentro. No comprendía por qué la echaba tanto de menos si, cuando ella vivía, apenas se veían. Quizás porque la conoció de verdad cuando ya estaba muerta. ¿Por qué no mostraremos a los demás la verdad de nosotros mismos cuando todavía estamos a tiempo? ¿En qué momento dejamos de ser jóvenes y libres? Ahora ya no había lugar alguno al que ir a gritar, a desprenderse del dolor, porque ella ya no estaba para escuchar su aullido.

—¡Hola, Clara! —saludó Almudena Cardona entrando en su despacho.

—Qué pena que se pierdan las buenas costumbres, como la de llamar a la puerta —rezongó la forense con resignación.

—Perdona, se me ha pasado, es que menudo día llevamos hoy... —contestó Cardona.

—Sí, una jornada completita. La verdad es que yo ya iba a apagar el ordenador e irme para casa, y tú deberías hacer lo mismo.

—Sí, recogeré mis cosas en un rato, pero venía a comentarte algo.

—Tú dirás.

Cardona pareció dudar.

—Bueno, antes de nada... ¿Conseguiste que Talavera ordenase causa con preso en el tema del fulano del pantano?

—Por supuesto. Ya hablé con él al final de la mañana.

—Genial. Esos análisis confirmarán mi teoría; creo que ya sé lo que puede haber pasado con ese hombre.

—¿Sí? A ver, cuéntame, aunque te advierto que hasta mañana no tendremos el resultado de las pruebas.

Cardona se sentó frente a Clara Múgica y fue directa al asunto que la había llevado hasta allí.

—Bien. Dadas las marcas del cuello, debemos suponer que intentaron estrangularlo pero que no lo consiguieron, o que pensaron que sí lo habían logrado y lo tiraron vivo al agua.

—Sí, es posible que quedase inconsciente y que el asesino pensase que ya estaba muerto —meditó Clara—. Pero, al caer al agua, habría terminado muerto por ahogamiento, y nada en su cuerpo señala esa opción. Ni siquiera tiene agua en los pulmones, Cardona.

—Cierto, pero ya que no murió estrangulado, podemos suponer que estaba vivo al caer al agua, y que no tenía por qué estar inconsciente, sino solo aturdido.

—Es una posibilidad: lo sabremos mañana, con el análisis de las diatomeas. ¿A dónde quieres ir a parar? —preguntó Clara, impaciente.

—Al ahogamiento seco.

—Perdona, ¿al qué?

—Ahogamiento seco. No es que a mí me lo hayan enseñado en la facultad, pero hace un par de horas lo he descubierto documentado en un artículo científico norteamericano de hace varios meses, y lo he cotejado y contrastado antes de traértelo —dijo.

Cardona puso unos papeles llenos de anotaciones sobre la mesa de Clara. La forense comenzó a ojear esas notas, pero volvió a desviar la mirada hacia su ayudante.

—Cuéntame —le propuso imperativa.

—Se trata de un espasmo en la laringe provocado por la impresión al caer al agua. Da lugar a una fuerte subida de tensión y paraliza el corazón. Nuestro hombre del pantano pudo morir de esta forma, creo que es la única posibilidad que lo explica de forma plausible.

Clara sonrió.

—¿Quieres que le cuente al juez y a la teniente Redondo que este hombre la palmó de la impresión? ¿De puro miedo?

—Básicamente, sí.

Clara, escéptica, se detuvo a leer la información que su ayudante le había traído. Cardona, nerviosa, esperaba su opinión como si fuese un veredicto. Por fin, Clara suspiró y la miró.

—Increíble. Pero creo que tienes razón, es una posibilidad. Esperaremos a mañana; cuando tengamos los resultados de los análisis veremos si es posible esta teoría y se la comunicaremos a la Guardia Civil y al juzgado.

Cardona, emocionada por su posible descubrimiento, que suponía un caso completamente inusual en medicina forense, se limitó a asentir con gestos vigorosos de cabeza.

—Y por cierto —añadió Clara, sonriendo—. Eres la mejor ayudante que podría encontrar. Esto nos va a dar para unos cuantos congresos y ponencias, verás.

Cardona iba a contestar, pero sonó el teléfono sobre la mesa de Múgica. La forense vio de dónde procedía la llamada y contestó con monosílabos, acostumbrada a lo escueto de aquella clase de avisos internos. Cuando colgó, su rostro estaba marcado por la sorpresa.

—¿Qué ocurre? —preguntó Cardona.

—Hay otro cadáver con una moneda, tengo que salir.

—¿Cómo? ¿Otro? ¿Dónde?

—En Santillana del Mar, en la Cueva de Altamira —Clara suspiró, negando con la cabeza—: en la puñetera biblioteca del mismísimo Museo de Altamira.

Congreso Internacional de Espeleología, baile medieval
Noche del sábado

Sonaba la canción *The One You Love*, de Passenger, que hablaba del amor de aquellos que no se cuestionan mutuamente, que no se piden cambios, ni renuncias, ni perfecciones idealizadas, que son imperfectas porque solo pueden amoldarse a un único amor.

La fiesta tenía como único rasgo medieval el atuendo de los asistentes, que alcanzaban casi el millar, aunque no todos iban disfrazados. El Gran Salón del Pabellón Hispanoamericano de la Fundación brillaba con esa luz que solo se encuentra en las noches alegres. La restauración del edificio había sido realizada con mimo, aunque con materiales modernos. Se habían reestructurado antiguas salas, pues en el viejo seminario no había originalmente ningún espacio tan amplio, ni mucho menos un lugar pensado para fiestas.

Wanda bailaba con Paolo. Estaba espectacular y natural, como si aquel atuendo medieval no fuese un disfraz, sino su vestimenta habitual. Él, que no iba disfrazado, trataba de convencerla de algo hablándole suavemente al oído.

—Si vienes conmigo a este viaje, te daré una sorpresa especial.

—¿Qué clase de sorpresa?

—Si te lo digo ya no tendrá gracia.

—No me digas que después de cinco años por fin me concedes el honor de invitarme a Capri —le recriminó, descreída.

—No, pero si tú quieres iremos más adelante. Se trata de otro tipo de viaje.

—No será nada relacionado con saltos en paracaídas, espero.

Ella se arrepintió de haber realizado el comentario en cuanto vio la sombra de seriedad en el rostro de Paolo.

—No, desde lo de Helder no he vuelto a tirarme. Pensé que lo sabías.

—No, no lo sabía —se excusó Wanda.

Paolo se había vuelto más prudente, incluso más retraído desde el accidente de Helder, pero no pensaba que hubiese abandonado aquella afición por completo. Paolo retomó su sonrisa y continuó hablando, intentando convencerla.

—¿Qué tal Hawái?

—¿Hawái? —replicó ella asombrada.

—Nos encontraríamos en Honolulú, y pasaríamos allí una semana entera... Como un viaje de novios —añadió para persuadirla.

—No sé si me apetece, Paolo —replicó ella suspirando y mirando al suelo, que brillaba de forma insolente, como recién encerado.

—¿Que no te apetece? ¡Te regalo una semana entera en Hawái y me dices que no te apetece!

—No es eso —se justificó ella—. Hace meses que no nos vemos, y ahora me propones esto de golpe, como si fuésemos novios planeando unas vacaciones. Es raro.

Él asintió.

—Wanda, las oportunidades hay que cogerlas cuando vienen. Sabes que yo no tengo mucho tiempo libre. De hecho, durante un par de días tendríamos que recorrer la senda del Kalalau para hacer fotografías.

—¿Encima pretendes llevarme a la selva para hacer uno de tus trabajos?

—¡Oh, vamos! Pero si esa senda es una de las más bonitas del mundo, te encantaría. Allí rodaron *King Kong*, ¿lo sabías?

—Vaya, entonces tenemos que ir sin falta —ironizó Wanda.

Paolo no se dio por vencido, e intentó fomentar su curiosidad.

—Tú viajarías en un vuelo normal, pero que sepas que yo, por estar contigo, tendría que hacer un viaje en el tiempo.

Wanda arqueó las cejas y resopló. Por fin, una sonrisa.

—Tú y tus viajes estrafalarios. Explícate.

—Técnicamente, yo saldría de Japón a las nueve de la mañana y llegaría a Honolulú sobre el mediodía, pero del día anterior.

—¿Cómo? —preguntó ella casi en una exclamación.

—Hay una diferencia horaria de diecinueve horas —le explicó guiñándole un ojo.

—Qué simpático; ya veo que sigues siendo el mismo.

—¿Y eso es malo?

—No, supongo que no.

Bailaban ya casi sin moverse, solo balanceándose, en silencio. Paolo miró a Wanda a los ojos antes de volver a hablar.

—Dime, ¿qué te pasa? Estás fría, distante. Hace meses que no nos vemos, te propongo un viaje romántico y me das largas...

—Un viaje de trabajo con el que quieres hacer el doblete —le interrumpió ella—; como siempre.

—No seas injusta conmigo, sabes que mi agenda es complicada. Para un par de días que tenemos ahora, resulta que llegas fría, áspera... es como si no estuvieses aquí.

—¿Ah, no? Pues juraría que estamos bailando abrazados.

—No me refiero a eso, Wanda. Estás sin estar. No tengo la sensación de que desees estar conmigo.

—Y, sin embargo, aquí estoy —respondió ella despacio, mirándolo al fondo de los ojos. Él suspiró, incómodo.

—Ya sabes lo que quiero decir. Me has visto y me has

saludado como si fuese uno más, o como si fuésemos un viejo matrimonio al que ya le da todo lo mismo.

Ella fingió reír.

—Lo dices como si estar casado y llegar a viejo fuese malo, Paolo.

—No me refería a eso —se defendió—, sino a tu falta de interés.

—¿Ahora soy yo la que no tiene interés en esta... *relación*? —se exasperó Wanda—. Si tú lo dices... En fin, creo que deberíamos dejar de hacer planes conjuntos, Paolo.

—¿Cómo?

Habían dejado de bailar, aunque sin abandonar su posición de abrazo.

—Solo digo que esto no camina hacia ninguna parte. La última vez que te vi fue hace siete meses. Ahora, me propones un viaje romántico a Hawái, así, de pronto, sin saber de ti desde hace semanas. Yo también tengo vida, Paolo.

—Yo... Pensaba que entre nosotros... ¿Es que tienes a alguien en Friburgo?

—No, no tengo a nadie. Pero no hay un nosotros, nunca lo ha habido en realidad. Y yo no soy una novia a la que mimar cuando te apetece o cuando alguno de tus proyectos coincide cerca de su casa.

—Joder, Wanda, ¿y qué quieres? ¿Que vivamos en un pisito de Friburgo, tengamos criaturas y ya no hagamos nada más en la vida?

—No, Paolo, no vayas por ahí. Ni yo soy un ama de casa aburrida ni tú el mayor explorador de todos los tiempos. Yo no pretendo cambiarte, pero necesito más estabilidad, algo a lo que agarrarme de vez en cuando. Llevas muchas semanas sin llamarme, sin enviarme mensajes siquiera —dijo, mirándolo y requiriéndole, en silencio, una explicación.

—He estado muy ocupado. El proyecto en Japón nos ha llevado mucho tiempo.

—Ah, sí, tu viaje al centro de la Tierra —replicó ella con una sonrisa cansada y triste pero maliciosa.

—No es eso, es más complicado... Hemos tenido problemas con la financiación.

—Vaya novedad.

Él la miró con tristeza. Le tomó el rostro entre las manos.

—Wanda, no salgas de mi vida. Te quiero.

Ella inclinó la cara hacia el suelo. No quería que él la viese llorar. Era la primera vez que le decía que la quería. La primera vez. Tomó aire.

—Llevamos demasiado tiempo con este juego, Paolo. Nuestras prioridades son diferentes, y yo necesito ser la prioridad de alguien, ¿lo entiendes?

—No, no lo entiendo. Hasta ahora eras como yo, me comprendías, entendías que teníamos una misión y que nuestras vidas personales estaban supeditadas a fines científicos, a proyectos que sirviesen para mejorar y para cambiar el mundo.

—¡Cambiar el mundo, nada menos! No eres un dios menor, Paolo. Y no, yo nunca he sido como tú. Y si lo fui, he cambiado. Posiblemente lo verás como algo negativo, pero yo lo siento como una evolución.

—¿Una evolución a qué? —preguntó él—. ¿A una vida burguesa? ¿A no salir de tu zona de confort?

—No me vengas con demagogias, Paolo. Estoy hablando de evolucionar para entender que no somos tan trascendentales, tan importantes, y que el mundo que tenemos son las personas a las que amamos y por las que nos preocupamos. Y yo no siento que tú hayas tenido en los últimos meses ningún interés por mí. Podría haberme muerto y ni te habrías enterado.

—No digas eso ni de broma, Wanda. He estado muy ocupado, de verdad. El proyecto en el que trabajo se ha complicado, estábamos tan cerca...

—Déjalo, Paolo. Ésta es nuestra realidad y ya es hora de que la veamos. No puedes cambiar, y yo no lo pretendo. Sencillamente, eres así y no puedes elegir.

Él negó con la cabeza.

—Espera, déjame que te explique...

—¡Permiso! A ver, pareja, ¡permiso para bailar con esta princesa medieval! —exclamó Arturo. Este, que se acercaba a ellos junto a Marc, que estaba ya bastante bebido, tomó directamente a Wanda de las manos justo cuando comenzaba a sonar el alegre *Qué rico el mambo* de Pérez Prado, que logró que toda la sala reaccionase de forma jovial olvidando el sopor de la balada anterior.

Wanda fue arrastrada al centro de la sala de baile por Arturo, que con su corpulencia lograba que el resto de bailarines les abriesen paso fácilmente. Marc los seguía, e iba danzando con todo aquel con el que se encontraba.

—¡Por santa Elena! ¿Estás llorando? —le preguntó Arturo a Wanda, al observar sus ojos, acuosos y tristes.

—No... Se me ha metido algo en el ojo, creo.

—Así que algo en el ojo. Un tractor, por lo menos —dijo, mirando de reojo hacia donde estaba Paolo—. Anda, sigamos bailando un rato.

Ella sonrió haciendo un esfuerzo. Todo debiera ser perfecto: por una vez, Paolo le mostraba cierta devoción, un tipo de interés más allá de la plena coincidencia corporal o intelectual. El ambiente era idóneo: los tonos pastel, los frisos artesonados de las paredes de aquel enorme salón... Y, sin embargo, a pesar de haber ansiado un momento así, tras tanto tiempo, Wanda sentía que todo estaba mal, que se le escapaba, que ya no era aquel tren en el que deseaba hacer el viaje.

—¿Te importa que bailemos más tarde? Voy un momento al servicio.

—De acuerdo —asintió Arturo—. Pero ¿estás bien? ¿Puedo hacer algo? Yo...

—Nada, Arturo. Gracias. Luego nos vemos, ¿vale?

Wanda no esperó respuesta y, esquivando bailarines y personas que no dejaban de abrir botellas de vino y de otros licores, se dirigió hacia la salida del Gran Salón.

—Qué pasa, ¿se cambia la fiesta de sitio? —preguntó Marc, tan borracho que aparentemente no hubiera sido capaz de enterarse de lo que ocurría. Acto seguido, sin haber obtenido respuesta y como si nada hubiese pasado, siguió bailando y mezclándose con la multitud, compuesta por decenas de científicos, arqueólogos e historiadores con muchas ganas de diversión.

Arturo siguió con la mirada a Wanda, al igual que hizo Paolo, que no la había perdido de vista ni un segundo. Tan pronto como vio que salía del Gran Salón, Paolo se dirigió también hacia la puerta. Tenía que hablar con ella. Explicarle todo. El porqué, el para qué, el cómo.

Wanda no lo había percibido —Paolo, Marc y Arturo tampoco—, pero había otra persona que los observaba de cerca. El plan no podía fallar por una pelea de enamorados. Los objetivos eran tan altos y tan ajenos a aquellas trivialidades que no podía permitir un solo tropiezo. Ya no. Se deslizó discretamente entre los invitados y se escurrió por una puerta lateral. Caminó directamente hacia la salida y visualizó a Paolo, que ya había alcanzado a Wanda. Ambos se habían sentado en un sofá apartado, cerca de una gran escalera de madera tallada con extraños animales fantásticos. Se acercó sin disimulos: el disfraz medieval ejercía de camuflaje perfecto. Sin embargo, al llegar a su lado, se refugió tras la escalera. Desde allí, podía escucharlo todo.

Y no le gustó lo que Paolo decía.

Y no le agradó la inagotable curiosidad de Wanda, la cantidad de preguntas que hacía, las deducciones que ella misma alcanzaba. Pero lo peor no era el conocimiento, sino el miedo: lo había percibido claramente en su voz. Y las personas asustadas actúan de forma estúpida e imprevisible, y suelen traer problemas. Ahora, no quedaría más remedio que intervenir. Cerró los ojos y, cuando los volvió a abrir, la frialdad y la determinación se habían clavado en su retina.

El viajero del Sótano de las Golondrinas
Sexta reflexión

Qué guapa estaba Wanda en el baile. Aquel último baile. Cada vez que la recuerdo me arde la pena dentro del pecho. Creo que mi princesa sabía que los tres estábamos un poco enamorados de ella.
    Pero yo, ahora, estoy abocado al abismo. ¿Qué he hecho? Ya resulta irreparable. La culpa se acumula, me corroe por dentro. Aquel pobre hombre de Altamira...
    Tuve que hacerlo.
    ¿Tuve que hacerlo?
    Habrían acabado descubriendo lo que hice, y hubieran terminado vinculándome con la muerte de Wanda, de una forma u otra. O quizás no. Quizás solo hice aquello en Altamira porque estaba fuera de mí, porque me encontraba solo y furioso, perdido, desbocado. La rabia me devoraba, y él no dejaba de atosigarme. Acababa de perderte, Wanda. Era evidente que ya nada saldría bien. Si aseguraba su silencio podría continuar explorando, investigando y buscando respuestas. No es que yo codicie la libertad. Solo necesito el conocimiento. No es egoísmo, es entrega. Pero, aun así, me percibo cada vez más desquiciado, menos centrado. Hay momentos en que me siento fuerte, en que creo que todo está sucediendo como de verdad debería. Pero hay ratos, como ahora, en que pienso que todo esto es una locura que se nos ha ido de las manos. Ahora, que ya han sucedido hechos irreversibles, no queda más que afrontar lo que venga.

Me sorprende que solo los versos de una monja católica de Calcuta sean capaces de darme calma e impulso. Creo que porque los entiendo solo a mi conveniencia y hago que viajen conmigo por el tiempo:

> La vida es un sueño, hazlo realidad.
> La vida es un reto, afróntalo.
> La vida es un deber, cúmplelo.
> La vida es un juego, juégalo.

II

¿No es un escándalo que el arte pictórico —una cosa tan difícil, según los pintores— comience desde luego con lo perfecto [las pinturas de Altamira]?

El espectador, José Ortega y Gasset

Aunque ahora el hombre estaba tendido en el suelo, había sido encontrado sentado sobre su mesa de trabajo de la biblioteca de Altamira, de espaldas a la puerta. Iba vestido con unos vaqueros y un grueso pero confortable jersey de lana azul; no había nada siniestro en su indumentaria ni en su gesto, salvo porque no respiraba y porque parecía como dormido, con ese aspecto bobo que da el sueño profundo. O conocía a su agresor y estaba tan tranquilo dándole la espalda, o bien este lo había pillado por sorpresa y lo había eliminado de forma violenta y rápida.

Múgica se alejó del cadáver para tomar perspectiva y observó el cuerpo. No, aquel joven no había muerto por un espasmo de laringe, como el individuo del pantano. Ni había sido envenenado como Wanda Karsávina, o al menos carecía de síntomas para deducir tal cosa. Aunque no siempre resultaba fácil detectar un envenenamiento. Hasta con la muerte del mismísimo Mozart había habido una gran controversia, aunque estaba bastante claro que había fallecido intoxicado por un medicamento contra la depresión. ¿Le habrían dado al genial Wolfgang Amadeus aquella composición de sales de mercurio y antimonio de forma inocente? ¡Cuántos antiguos misterios podrían resolverse con la ciencia moderna!

—¡Menudo sitio para morir! —exclamó Riveiro, que parecía estar más interesado por estudiar la singular biblioteca en la que se encontraban que por observar el cadáver.

El escenario era, sin duda, inusual. La biblioteca del Museo de Altamira era un lugar cuyo acceso estaba restringido: solo el personal podía utilizarla. Tanto Riveiro como Valentina llevaban superpuestos los trajes blancos de Criminalística, que de nuevo les hacían parecer salidos de una serie televisiva espacial. La Patrulla Ciudadana de Santillana vigilaba la zona, mientras agentes del SECRIM buscaban huellas y señales por todas partes y un médico del servicio de urgencias terminaba de recoger sus cosas. Había intentado reanimar al hombre durante más de veinte minutos, sin éxito. Clara Múgica se dirigió a él:

—Entonces, lo encontrasteis así, sentado, sin más.

—Exacto. El guarda de seguridad nos dijo que no lo había tocado, y nos lo encontramos sentado en esa silla ante su ordenador, con la cabeza reclinada hacia atrás y los brazos laxos, cayendo hacia los lados. Supongo que debieron de cogerlo por sorpresa y que debió intentar resistirse. Quizás entre las uñas encontréis algo —aventuró el médico de urgencias.

—Quizás, sí. ¿Algún otro dato de interés?

—Nada. Lo tumbamos para la reanimación, aunque no tenía pulso. Ya estaba muerto y no había mucho más que pudiésemos hacer —se justificó.

—Por supuesto, gracias.

El médico se marchó y Clara se dio la vuelta, uniéndose a Valentina y Riveiro, que de momento se limitaban a observar el escenario. Se trataba de una gran sala rectangular con suelo de láminas de madera de color haya, a juego con el moderno mobiliario. El lado largo del rectángulo era un enorme ventanal desde el suelo hasta el techo, completamente acristalado y transparente.

Sin embargo, la amplia cristalera no se abría directamente al exterior: entre la biblioteca y el paisaje se interponía una mole enorme de forma irregular, de tono grisáceo y de aspecto acartonado, que parecía el molde sin brillo de una gigantesca piedra de juguete unida al techo por cientos de cables.

—¿Qué coño es eso? —preguntó Riveiro, sin apartar la vista de lo que tenían ante ellos.

—La neocueva —replicó Clara.

—¿En serio? —se asombró Valentina—. ¿Esa es la réplica de la Cueva de Altamira?

—Como lo oyes. La cáscara exterior, vamos —suspiró Clara dándole la espalda a la cristalera. Ella, que había llegado antes, ya había preguntado lo mismo al personal que estaba allí.

Valentina asintió sin disimular su asombro, y volvió a repasar con la mirada el escenario del crimen. Todo estaba en perfecto orden, las mesas limpias e impolutas, con sus ordenadores blancos de sobremesa ajenos al alma que se había evaporado en aquella habitación. Ni siquiera la mesa donde parecía haber sido asesinado aquel hombre presentaba un especial desorden. Daba la sensación de que el joven había estado trabajando hasta el último segundo. Valentina reprimió su enfermizo impulso de ordenar el escritorio. Miró a Riveiro.

—Otro arqueólogo. ¿Cómo se llamaba?

—Alberto Pardo. Treinta y siete años. Responsable del Departamento de Patrimonio e Investigación de la Cueva de Altamira. Esto se nos va de las manos, teniente.

Valentina mantuvo una expresión indescifrable.

—¿Y bien? —preguntó la teniente a Clara.

La forense suspiró.

—Redondo, ha sido un día largo, no me hagas explicarte lo de siempre.

—No te pido que me confirmes nada, solo que me digas cuál es tu impresión inicial.

—Acabo de llegar hace un rato.

—Lo sé —replicó Valentina con una mirada elocuente.

No iba a desistir. Clara volvió a suspirar, esta vez con una sonrisa. La teniente Redondo era la mujer más metódica, disciplinada e implacable que había conocido nunca. Había algo enfermizo en su obsesión por entender y controlar todo lo que estaba a su alcance, pero Clara sabía que aquello formaba parte de su forma de ser y de afrontar la vida. Valentina le caía bien, y ya apenas le desconcertaba que sus ojos fuesen de colores tan radicalmente dispares. Ambas tenían una relación especial, que en los últimos meses se había hecho más profunda y se había extendido hasta sus parejas; Clara había logrado, gracias a esa mayor intensidad y a algunos cafés y largas charlas, entender cómo el pasado de Valentina la había moldeado, castigado y obligado a renacer. Pero no era su fortaleza, sino su determinación, la que hacía que Valentina fuese realmente valiosa en su trabajo.

—A ver, lo que yo pienso que ha ocurrido no resulta de fácil diagnóstico, porque, como veis, el cuerpo apenas presenta ninguna lesión destacable...

—¿Envenenado, entonces? —preguntó Riveiro, que ya había sacado su libreta de anotaciones.

—Oh, no. Ningún síntoma externo de intoxicación, al menos de momento. De entrada, y sin olvidarnos de que se trata de una primera impresión, diría que estamos ante una estrangulación antebranquial.

Riveiro mantuvo su posición sobre la libreta, estrechando la frente y mirando a la forense de forma interrogante.

—Quiero decir que lo han estrangulado comprimiendo el cuello entre el brazo y el antebrazo. Se observa por las equimosis puntiformes que tiene aquí, ¿veis? —preguntó, agachándose y girando delicadamente el cuello del fallecido para mostrar los suaves hematomas—. La ligera cianosis que se observa en el rostro es otra muestra que refuerza esa posibilidad.

—Ah, cianosis... —repitió Riveiro, con cierto tono cáustico, solicitando de forma tácita una explicación.

—Cuando hay una oxigenación deficiente en la sangre, la piel y hasta las mucosas adquieren una coloración azul o un poco más lívida, como en este caso —explicó Clara—, aunque, como ya sabéis, podré confirmaros todo más tarde. Con los análisis sabremos si lo atontaron con algún producto para hacer más fácil el trabajo, aunque no percibo ningún olor extraño cerca de las fosas nasales.

—Pudieron inyectarle algo... —sugirió Riveiro.

—Pudieron, sí. En la autopsia comprobaremos si hay marcas de pinchazos, aunque por la intensidad de las equimosis yo diría que alguien entró por ahí —dijo, señalando la puerta ciega de la biblioteca, a solo cinco metros del escritorio— y vino directamente a por este hombre. Tuvo que ser rápido, y creo que sí debió de haber algo de resistencia, porque de lo contrario las marcas serían más suaves.

—Tuvo que hacerlo una persona fuerte, y rápida —razonó Valentina, observando primero la puerta y a continuación el cadáver—. ¿Un hombre?

Clara Múgica asintió con la cabeza.

—Posiblemente. Una mujer de complexión normal dudo que hubiese logrado realizar una estrangulación antebranquial tan limpia.

—Ya... ¿Y cuánto tiempo...?

—Tres horas a lo sumo —contestó Clara sin dejar que la teniente terminase su pregunta. Era la cuestión eterna cuando había un levantamiento de cadáver. Miró su reloj.

—Teniendo en cuenta la temperatura del cuerpo, debieron asesinarlo sobre las seis de la tarde, aproximadamente. Mirad —volvió a insistir, tocando el rostro del cadáver con las manos enguantadas—: además de la temperatura, las lividices aún no están fijadas, y... Señor, aún está caliente. ¡Pobre chico!

Valentina se sorprendió y miró a Riveiro, que le devolvió la mirada incrédula. Clara Múgica nunca solía hablar de las víctimas de forma personal, sino solo como «individuos» o «elementos de estudio», añadiendo alguna broma mortuoria. Quizás no siempre le fuese posible mantener en pie el muro de acero de que disponía para protegerse del dolor de los demás. O quizás, sencillamente, su sensibilidad se había agudizado tras los sucesos de Villa Marina meses atrás. Tal vez aquello había calado tan profundamente en la forense que esta todavía no había rehecho su habitual ironía, que utilizaba para blindarse ante lo que la rodeaba.

—Bien, Clara, si tienes algo más, ya sabes —dijo Valentina, intentado cortar aquel momento de repentino duelo por el hombre que yacía en el suelo—. Nosotros vamos a hablar con el director de Altamira, a ver qué nos cuenta de la víctima.

La forense pareció reflexionar unos segundos.

—Espera. Sí, puede haber algo más. Pero no en relación a la víctima.

Valentina la miró con curiosidad.

—En relación a quién, entonces. ¿Al asesino?

—Exacto. Si ha sido una estrangulación antebranquial, lo normal será que el agresor también tenga equimosis y pequeños hematomas en los brazos, incluso en la palma de sus manos. La fuerza que ha tenido que ejercer ha sido considerable. Y también puede que tenga algún arañazo o hematoma por el forcejeo.

—Ya veo —asintió Valentina, esperanzada, dirigiéndose a Riveiro—. Creo que a nuestros tres arqueólogos de Comillas vamos a realizarles una inspección médico-forense, por si acaso.

—Y otra cosa más —añadió Clara, volviéndose en un gesto de tácita despedida—: la posición de las lesiones en el cuello de la víctima son claros indicios de con qué antebrazo se llevó a cabo la ejecución.

—¿Ah, sí? —se sorprendió Riveiro—. Madre mía; esto, ni Hércules Poirot.

La gracia pareció caer al vacío, sin réplica.

—Vuestro asesino es diestro. Si se le hace una revisión forense, habrá que estudiar las posibles lesiones en el brazo derecho.

—Conforme —asintió Valentina—. Gracias, Clara, aunque nos falta una cosa.

—¿Cuál?

—La moneda. Caruso me dijo por teléfono que había una, pero no la veo por ninguna parte.

—Ah, eso. Estaba sobre el escritorio. Le han hecho fotos los del SECRIM y ya la ha retirado Lorenzo para llevarla a analizar. Lo encontraréis fuera, seguro —intuyó Clara.

—Gracias —se apuró a decir Valentina, que estaba deseando abandonar aquella habitación y buscarle una lógica a aquel rompecabezas.

Antes de salir, se dirigió al fondo de la biblioteca, y observó qué se veía al otro lado del cristal. A Alberto Pardo lo habían asesinado justo enfrente de la neocueva, pero ante las mesas del fondo ya no se veía el paisaje abierto tras la enorme mole de cartón piedra, sino una gran sala cerrada de aspecto aséptico y hospitalario. Los colores blanco níveo y gris suave eran los predominantes. Había mesas de trabajo que parecían quirúrgicas, archivos y cajones de muestras, y batas blancas olvidadas en el respaldo de algunas de las sillas.

—Parece un laboratorio —dijo Riveiro a sus espaldas.

—Sí, es posible —concedió la teniente, pensativa—. Me pregunto dónde estará el almacén donde se guardaban las monedas de la Cueva de Puente Viesgo. Vamos fuera, tenemos que hacerle unas cuantas preguntas al director del museo.

Salieron de la biblioteca con la sensación de que el aire allí dentro se había vuelto más pesado y pegajoso, como si el alma de aquel pobre arqueólogo aún estuviese peleándose con el diablo para rogarle que lo dejara regresar a su cuerpo. Atravesaron un largo pasillo, bajaron la escalera y llegaron al gran espacio de entrada del museo, donde, en efecto, se veía la puerta que señalaba la entrada a la neocueva, junto a la que se leía: «Altamira hace 18.500 años».

Allí estaba Lorenzo Salvador hablando con el capitán Caruso, que en esta ocasión parecía haber hecho un esfuerzo y había abandonado su despacho en la Comandancia. El asunto no pintaba nada bien.

—Capitán —se limitó a saludar la teniente, al igual que Riveiro, que añadió un gesto asertivo de cabeza.

Caruso obvió el saludo y fue directo al grano.

—Redondo, a ver si espabiláis, joder, que llevamos tres muertos en dos días.

—Pero capitán —se rebeló ella—, todo esto empezó ayer, y ya hemos hecho grandes avances, es imposible que...

—¿Imposible? No me joda, teniente, no hay nada imposible, quiero que me demuestre que sigue siendo el máximum de la eficiencia, del puto orden y el rigor. Terminarán viniendo de Madrid los de la UCO, y cuando haya que pasarles el asunto tenemos que tener todo hilado en oro fino, bien atado y sin flecos. ¿Estamos?

—Sí, capitán —contestó Valentina conteniendo su malestar. Era el protocolo habitual. ¿Por qué ella tenía que ser tan expeditiva absolutamente en todo? ¿No sería mejor pasarle lo antes posible aquel engorroso asunto a los de la UCO? Otros muchos tenientes y sargentos, en su posición, estarían encantados de deshacerse de un caso semejante. Pero ella no, ella tenía que ser doña impecable. A veces, hasta a ella misma le costaba aceptar esa soberbia constante de sentirse imprescindible, de ser la llave para alcanzar todas las respuestas. Caruso rebajó el tono.

—Redondo, lo estáis haciendo bien, pero hay un cabrón hijo de la gran puta que lo está haciendo mejor, así que no podemos perder ni un minuto. Así que atentos... ¡y a trabajar! Y atenta al *display*, ¿eh, teniente?

—Sí, señor.

El capitán Caruso dio media vuelta y se puso a hablar por teléfono con los que parecían sus propios superiores. Era la viva imagen del estrés y la desesperación. Valentina miró a Riveiro y contuvo un suspiro. Estaba acostumbrada a aquel tipo de presiones, pero debía reconocer que el caso se estaba complicando. Si el cadáver de Alberto Pardo hubiese aparecido en cualquier otro sitio habría sido menos notorio, pero en la Cueva de Altamira... era demasiado llamativo. Un caramelo para los periódicos.

—Lorenzo, dime qué tienes.

—Bueno, ya sabes, estamos ahora con lo de las huellas...

—Ya, ya, no me refería a eso.

—¿No? Pues podría haber algo interesante, porque creo que nuestro asesino apoyó el rostro en la puerta de la biblioteca.

—¿Cómo? —se sorprendió Riveiro, que frunció el entrecejo.

—Pues que, el muy capullo, quiso escuchar qué había al otro lado antes de abrir la puerta y se agachó y apoyó la oreja al lado del pomo. No es una huella de buena calidad, y quizás ni siquiera sea de él, pero nos ha llamado la atención y la hemos tomado. Quién sabe.

—Un otograma, ¿no? —preguntó Valentina.

—Exacto. No es habitual, pero no sería el primero al que pillamos por las huellas de sus orejas.

—Joder —renegó Riveiro—. Ya sería raro, ya. Pero, en este asunto, solo nos falta ya un marciano verde con antenas.

Valentina esbozó una ligera sonrisa pero mantuvo su actitud de concentración. Dirigió su mirada hacia Lorenzo.

—¿Y qué tenéis de la moneda?

—Ah, eso. Le hemos tomado fotografías y...

—¿Podéis mandarlas ya a la Comandancia? —lo interrumpió—. Tenemos un contacto que puede ir agilizando su identificación, aunque es posible que las monedas pertenezcan a una colección que haya sido robada aquí mismo.

—¿Aquí? ¿En el museo?

—Sí. Parece que podría pertenecer a un pequeño tesoro encontrado en una cueva en Puente Viesgo que se almacenaba precisamente aquí, en el museo.

—¡Vaya! No podría ser más enrevesado.

—Ya ves —replicó ella.

—Bueno, pues es una moneda parecida a las anteriores, creo que quizás más vieja, incluso. Tiene un león por un lado y un castillo raro por el otro, como si fuese un rombo, pero no puedo decirte más. Enviaré las fotos inmediatamente a la Comandancia.

—Te lo agradezco —dijo Valentina mirando en otra dirección—; ahora tengo que hablar con una persona, pero avísame urgentemente ante cualquier novedad.

—Por supuesto, teniente —replicó el jefe del SECRIM siguiendo la mirada de ella, que se había posado sobre alguien en particular.

Un hombre apoyaba sus codos con desesperación sobre el mostrador de recepción con las manos en la cabeza, agarrándola como si en cualquier momento esta fuese a caerse. La teniente sabía que aquel individuo era Sebastián Loureiro, el director del museo. Lo había visto entrar cuando ella se ponía el traje del SECRIM, y sus propios compañeros la habían informado de su identidad. Valentina hizo un gesto a Riveiro para que la siguiese y ambos se acercaron a él.

—Es usted el director del Museo de Altamira, ¿verdad? —le preguntó al llegar a su altura. El hombre se volvió sin ánimo de disimular la desesperación de su rostro.

—Sí, soy yo —respondió suspirando, como si el cargo de director fuese una losa insoportable en aquellos momentos. Valentina se presentó a sí misma y a Riveiro e intentó ganarse la confianza de aquel hombre, que parecía completamente sobrepasado por la situación.

—Lamentamos lo ocurrido, intentaremos esclarecer este asunto cuanto antes, señor Loureiro.

—Por mucho que investiguen, teniente, Alberto ya no podrá contarlo. ¿Cómo se lo digo ahora su mujer? Dios mío, ¡tiene dos niñas pequeñas!

Valentina miró a Riveiro, que ya había sacado su cuaderno de notas, y sintió cómo él también acusaba el golpe: siempre que las víctimas tenían familia, niños, vida... su oficio se volvía más difícil. Desde que Valentina tenía sobrinos, también se había vuelto más sensible a esa clase de dolor ocasionado a los niños, ya fuese de forma directa o indirecta. Un crimen suele tener muchas más víctimas que las que aparecen en los sumarios. La teniente tomó aire.

—Nuestro trabajo es localizar al culpable cuanto antes para evitar que vuelva a hacer daño a nadie, señor Loureiro. Por eso debemos hacerle unas preguntas.

Él asintió cabizbajo.

—Diga.

—Necesitamos información sobre Alberto Pardo. Según sabemos, era el responsable del Departamento de Patrimonio e Investigación de la Cueva de Altamira; ¿llevaba la gestión de alguna otra cueva, como la de Puente Viesgo?

—No, en absoluto. Solo gestionaba la de Altamira.

—¿Y sabe si estaba vinculado de alguna forma a la espeleología?

El rostro de Sebastián Loureiro dibujó una expresión de extrañeza.

—No, lo dudo. Que yo sepa su única afición era ir a navegar con un pequeño velero que tenía atracado en Puertochico.

—De acuerdo... ¿Y sabe si colaboraba con el Congreso Internacional de Espeleología que se está celebrando en Comillas?

El director negó con la cabeza. Valentina limó sus dudas:

—¿Y participaba alguien de este museo?

—No, para nada —negó convencido—. No tenemos ningún vínculo con ese congreso, aunque sí sabía que se estaba celebrando, salió ayer en el *Diario Montañés*.

—Ajá. Y a Wanda Karsávina, ¿la conocía? ¿Le dice algo su nombre?

—No, no creo. Qué es, ¿rusa?

—No, polaca afincada en Alemania... ¿Y Helmut Wolf? ¿Le suena?

—En absoluto. No, no lo conozco —negó apesadumbrado.

Valentina y Riveiro volvieron a cruzar miradas. Todas las puertas a las que llamaban parecían estar cerradas.

—¿Y sabe si el señor Pardo tuvo alguna incidencia con algún visitante en los últimos meses o semanas?

—No, no —negó convencido—. Además, Alberto no trataba con turistas ni visitantes, él trabajaba de puertas adentro.

—Ya veo... ¿Y no tuvo ningún comportamiento extraño, nada inusual, en estos últimos días?

—En absoluto. Quizás sus otros compañeros puedan contestarle mejor, pasaban más horas con él. De hecho, yo hoy ni siquiera he estado en el museo, tenía un congreso de paleontología en Santander —declaró, ya más entero y explícito—; aunque sí le diré que tenía una llamada perdida de Alberto esta misma tarde. No la escuché porque tenía mi móvil en silencio.

—¿A qué hora? —preguntó Valentina, animada, por fin, ante un posible dato en el que apoyarse.

Sebastián Loureiro sacó su teléfono del bolsillo y les mostró la pantalla. 17.02 h. Y Clara Múgica había estimado que el joven había fallecido sobre las 18.00 horas. ¿Por qué llamaría Alberto Pardo a su jefe una hora antes de morir?

—¿Solía llamarle por teléfono durante la jornada? —preguntó Valentina, que buscaba más retales que zurcir.

El director dudó.

—No, solo para temas relevantes, pero no se me ocurre qué podría ser.

—Ya. De todos modos —y aquí Valentina desvió la mirada hacia las cámaras de seguridad— he visto que tienen sistema de vigilancia. ¿Graban imagen o las cámaras solo las tienen para registrar entradas y salidas?

—Me temo que solo sirven para visualizar al momento lo que ocurre. Tienen acceso desde recepción y desde la taquilla, donde está el guarda de seguridad.

—Me lo temía. ¿Cuántos guardas tienen?

—Depende de la temporada, pero como mínimo siempre hay uno en taquilla, que es por donde entra la gente y compra las entradas: está al lado del aparcamiento; y uno o dos más en el propio museo.

—Ajá. ¿Y quién encontró a Alberto Pardo?

—Fue Tristán, el guarda de la taquilla, a eso de las siete y media. A esas horas solo estaba él, porque el museo cierra a las seis.

—Las seis... —repitió Riveiro, recordando la hora aproximada en que la víctima había sido asesinada.

—¿Y qué hacía Pardo aquí a esas horas? —preguntó Valentina—. Se supone que el museo estaba cerrado.

—Pero solo al público —objetó Loureiro, que parecía estar a punto de volver a perder la compostura en cualquier momento—. Alberto solía trabajar en la biblioteca, otros empleados también lo hacen. Es de acceso privado.

—Sí, eso nos han dicho. He visto que la puerta tenía cerradura, imagino que si hay alguien dentro no echan la llave, ¿no?

—Siempre se lo decía a Alberto —se lamentó—, que cerrase con llave... la mayoría del personal lo hacía, porque a veces ha pasado que algún curioso se ha colado. Tenga en cuenta que este museo lo visitan de media más de doscientas cincuenta mil personas al año. Imagino que Alberto dejaría abierta la puerta... al estar solo él en la biblioteca y con el museo cerrado...

—Cerrado a partir de las seis, claro.

—Sí, por supuesto. A partir de las seis. Aunque los turistas que están dentro a veces remolonean, y hasta las seis y cuarto o seis y media no cerramos las puertas.

—¿Y por qué fue a buscarlo el guarda? ¿No debería estar en su puesto en la taquilla?

—Debería. Pero la mujer de Alberto llamó por teléfono. No conseguía contactar con él en el móvil y tenían que hacer no sé qué con las niñas. Tristán fue a buscarlo por si estuviese aún en el museo y se lo encontró muerto.

—Luego hablaremos con el guarda —dijo Valentina mirando a Riveiro, que asintió con gesto serio—. Pero antes necesitamos aclarar un tema importante con usted en relación a unas monedas que al parecer tienen aquí almacenadas.

—¿Monedas?

—Sí, unas procedentes de una cueva en Puente Viesgo.

—¿Se refiere al tesorillo de la Cueva de las Monedas?

—Sí, creo que sí.

—Claro, pero no entiendo qué pueden tener que ver con...

—Es posible que matasen a Alberto a causa de esas monedas, señor Loureiro. Necesitamos información sobre ellas; y verlas, si es posible.

El rostro del director del museo era puro asombro.

—Yo... no entiendo, ¿a quién podrían interesarle esas monedas? La mayoría de la gente ni siquiera sabe que están aquí, las guardamos en el almacén anexo al laboratorio.

—Perfecto, querríamos verlas.

—¿Las monedas? ¿Ahora mismo?

—Sí, por favor.

Sebastián Loureiro no daba crédito. Acababa de morir asesinado uno de sus mejores arqueólogos, un hombre joven y con familia, y la Guardia Civil solo quería ver lo que en aquellas circunstancias le parecían unas ridículas y viejas monedas. Resignado, condujo a Valentina y a Riveiro hasta el almacén. Conforme caminaban, Valentina seguía encajando preguntas:

—¿Quién llevaba el inventario del almacén?

—¿El inventario?

—Sí, quiero decir... ¿Quién se encargaba del mantenimiento y custodia de los materiales que tienen almacenados?

—No hay un encargado propiamente dicho. El almacén lo utiliza todo el personal: investigadores, historiadores y arqueólogos, y solo se registra si entra o sale algo de él de forma definitiva o temporal para otro museo o para una exposición.

—¿Y para mostrárselo a alguien?

—Me temo que no se enseña nada del almacén a los turistas, teniente.

—Ya, me lo imagino. Me refería a otro arqueólogo, a un científico. En fin, a un colega.

—Ah, eso no necesita registro. Si algún compañero desea simplemente ver algún material, se le muestra, sin más. Otra cosa sería que desease hacer un estudio concreto para un proyecto y tuviese que retirar unos fósiles, por ejemplo. Entonces sí habría que solicitar permiso y registrarlo.

Riveiro miró a Valentina. ¿A dónde quería ir a parar? Quedaba claro que, si algún arqueólogo hubiese solicitado ver las monedas, le habrían dejado sin más, sin necesidad de registrar el acceso. Pero la teniente seguía sus propios caminos, dejando cada vez más asombrado a Sebastián Loureiro, que todavía no acababa de entender qué hacían dirigiéndose hacia el almacén, cuando Alberto Pardo yacía muerto en la biblioteca.

—Supongamos que yo soy una arqueóloga interesada en las monedas de Puente Viesgo, señor Loureiro. Y supongamos que llamo al museo para solicitar echarles un vistazo. ¿Quién me atendería, Alberto Pardo?

El director dudó.

—No necesariamente. Podría ser él o cualquier otro compañero del laboratorio. Depende de quién estuviese disponible en ese momento. O de quién atendiese la llamada de teléfono cuando lo solicitaron. No hay un responsable directo del almacén en ese sentido.

Valentina asintió. Le produjo una inmensa tristeza

pensar que Alberto Pardo podría estar muerto por el absurdo azar de haber sido él quien hubiese atendido al asesino. Los inocentes nunca debieran ser víctimas de la casualidad.

Llegaron al almacén. Todo estaba completamente oscuro. Al encender las luces, pudieron comprobar que su aspecto era bastante similar al del laboratorio: tonos blancos y grises, todo en orden. Sebastián Loureiro se acercó a un gran *dossier* verde que reposaba sobre una mesa. Tras consultarlo, se aproximó a una columna de cajones.

—Están separados un poco del resto, son contenedores acondicionados a una humedad relativa baja, para evitar el proceso de corrosión —les explicó, mientras buscaba el cajón concreto en los archivadores.

Valentina y Riveiro esperaban en silencio. Sentían curiosidad, aunque, en realidad, ambos suponían que aquel contenedor estaría vacío. ¿De dónde si no iban a salir las monedas que acompañaban a los cadáveres?

La sorpresa fue enorme cuando comprobaron que el diminuto contenedor, donde deberían estar las legendarias piezas, parecía estar lleno de monedas.

Fue una jornada larga e interminable. Cuando Valentina llegó a la cabaña ya eran casi las dos de la mañana. Se alarmó al ver a Michael saliendo del porche para subir a Villa Marina a aquellas horas. ¿Qué habría pasado?

—Michael, ¿todo bien? Pero ¿qué...?

—No te lo vas a creer, chiquilla.

—¿El qué? ¿Oliver está bien? —preguntó preocupada.

—Tranquila, tranquila, Oliver está bien. Más o menos.

—Cómo que más o menos. Oye —le dijo, aproximándose—, ¿has bebido?

—Solo por compañerismo. Un whisky escocés buenísimo, por cierto.

—Michael... no tengo el cuerpo para acertijos. ¿Qué pasa?

El músico asintió, comprensivo, y se lo contó todo. Que Anna Nicholls había estado casi un año con Guillermo Gordon, salvando el mundo entre la India y Nepal. Que la vida era un círculo sencillo y perverso que a veces nos estrangulaba. Que el hermano pródigo, putadas de la vida, al final seguía estando desaparecido. Que a Anna la habían interrogado hasta la extenuación, y que el propio Michael tuvo que pedirle a Oliver que parase y que la dejase descansar.

Valentina no daba crédito. ¿Qué había ocurrido en las últimas cuarenta y ocho horas? El mundo, de pronto, había empezado a caminar en la dirección equivocada. Se despidió de Michael y entró en la cabaña. Oliver estaba recostado en el sofá observando el fuego casi marchito en la chimenea. Sobre la mesa había una botella medio vacía de whisky escocés Balblair, envejecido en roble americano. La música sonaba muy suave, y solo era perceptible porque la rodeaba el silencio. Matt Simons cantaba *Catch & Release*, recordando que algunos nos inventamos un puerto secreto al que acudir cuando el mundo es aterrador, y que todos tenemos una razón para ser como somos.

Valentina observó unos segundos a Oliver, que solo la saludó con un leve cabeceo. Ella no dijo nada: regresó al porche y buscó un par de leños para reavivar el fuego. Oliver la miraba impasible, como si ella fuese un fantasma inofensivo al que había dejado entrar en su casa. Valentina tomó una manta de un cesto de mimbre que había al lado del sofá y se sentó con Oliver. Lo descalzó en silencio, y luego hizo lo propio consigo misma. Dejó que la manta los envolviese.

—Michael me lo ha contado todo —dijo, casi en un susurro.

—Os he escuchado.

—¿Cómo estás?

Él se rio con amargura.

—Borracho, cabreado y agotado. ¿Y tú?

—Sobria —dijo con una media sonrisa—... y cansada. Oliver, lo siento mucho. Que tu hermano estuviese con tu antigua prometida... En fin, es para volverse loco.

—Ya ves, soy un hombre afortunado, todo queda en familia —replicó con ironía. Valentina lo observó con tristeza. Estaba agotada, pero sus sentidos estaban completamente despiertos. ¿Cuándo habrían empezado a beber Oliver y Michael? Debía de hacer horas, porque ninguno de los dos le había parecido especialmente ebrio y aún quedaba bastante Balblair en la botella. Oliver no tenía esa borrachera ligera, alegre y despreocupada del que bebe un poco en una fiesta, sino la amarga y oscura del que lo hace para olvidar. Su voz no era pastosa, pero estaba desprovista de filtros y solo escupía verdad.

—Dime, teniente, ¿tengo algo malo? ¿Eh? ¿Algo que sugiera a los demás que pueden darme patadas en el culo?

—Oliver, yo...

—No, Valentina, tú también juegas a dos bandas —la interrumpió, con pesadumbre abierta, afilada y descreída—. Me quieres pero no me lo dices, vienes aquí a dormir pero no quieres vivir conmigo, me respetas pero no lo bastante como para contarle a tu familia que estamos juntos. ¿También te vas a ir a la India? Mira qué suerte, allí tienes al otro Gordon; el más divertido, el canalla de la casa, os irá fenomenal. Tú qué dices, ¿si me vuelvo un poco más cabrón me querréis más? Mi padre, mi hermano, tú... ¿Qué te parece, teniente? A los hijos de puta siempre se les guarda más respeto. Y las mujeres siempre preferís al chico malo.

Ella, sorprendida, sintió la acidez de sus palabras y digirió su inesperado tono agresivo y mordaz. Guardó silencio, incapaz de mirar otra cosa que no fuese la llama creciente de la chimenea, como si el crujir de la madera quemándose fuese el único sonido en el que cobijarse. Valentina, que no lloraba nunca, fue incapaz de controlar algo que se le rompía dentro. Lloró sin aspavientos, sin melodramas. Quizás fuese el cansancio; quizás, que él había dado en el clavo. La mirada bicolor fijada en el fuego, sus lágrimas diciendo que él había puesto palabras a la verdad. Ella no se entregaba por completo, se guardaba un poco de sí misma: era la única forma de poder volver a levantarse si algo salía mal.

Mañana por la mañana, temprano, tendría que estar en la Comandancia de Santander, pero había ido a la cabaña de Villa Marina a dormir —en vez de hacerlo en su apartamento de la ciudad— porque quería a Oliver con toda su alma y porque necesitaba compartir el abrazo nocturno y dormido de la noche con él. Sin embargo, no se lo decía. Esperaba que la prueba de amor del viaje fuese suficiente para convencerlo. Que los hechos siempre suplantasen a las palabras.

Oliver cerró los ojos y suspiró en silencio.

—Lo siento. No es justo que lo pague contigo. Perdóname.

Apoyó su frente en la de Valentina, se acercó más y secó con sus manos los surcos húmedos que resbalaban por las mejillas de ella.

Él extravió una de sus propias lágrimas, que resbaló por su rostro llevándose parte de su rabia, su ingenuidad y su indignación. La vida era una cuerda de funambulista sobre la que caminar: nada era seguro ninguno de los días del mundo, pero Oliver sentía que estaba perdiendo los ejes más básicos y asentados de su vida. Pocas cosas parecían ya amables, lógicas, normales. Respiró hondo. Estaba decidido a no perderse a sí mismo, a no dejar que torbellinos ajenos se lo llevasen. Comenzó a besar despacio el camino que habían seguido las lágrimas de Valentina. Ella se dejó hacer, incapaz de rearmarse. Despacio, y con una ternura natural, fue devolviéndole caricias.

Después, empezaron a besarse con desesperación apremiante, como si ambos necesitasen sentirse vivos justo en aquel momento. ¿Cómo saber si su amor sería para siempre? La pasión se esfumaría, pero ¿y la lealtad? ¿Y la necesidad de tocarse, de tenerse, de volcarse entero y vaciar en el otro sus secretos?

Se desnudaron el uno al otro y se miraron a los ojos sin disfrazar qué había dentro de sí mismos. Valentina nunca se había ofrecido así, por completo, mostrándose entera. Le entregaba sus miedos, su confianza, sus secretos... y, al hacerlo, dejaba de ser invulnerable.

Hicieron el amor sobre el sofá, ella navegando sobre él, abrigados por el fuego de la chimenea, entregados al ritmo que ella imponía con el baile suave pero decidido de su cuerpo. Se abrazaron, volvieron a mirarse, se susurraron «te quieros», se prometieron que se amarían siempre. Esa noche encontraron un lugar a donde ir, una buena razón para caminar por las mañanas con una sonrisa reveladora. ¿Sería ese el secreto de la felicidad? ¿Darse a la vida sin miedo? Odiar sin intensidad, amar sin prudencia; sonreír cuando el juego termine, sabiendo que, aunque pierdas, no has dejado de respirar durante toda la partida.

Se despertaron en el sofá, abrazados y asombrosamente descansados, a pesar de que debían de haber dormido apenas unas horas.

—Hola, mi amor.

Un beso largo. Palabras zalameras, más besos. A Valentina ya no le daba vergüenza mostrarse así. Ya no le parecía extraño ni ridículo el romanticismo, porque ya no era algo inventado: los besos sabían deliciosos, las caricias no buscaban a dónde ir porque se movían solas. Algo había cambiado entre ellos. Sin conversaciones largas, sin frases sentenciosas e impropias.

—Tengo que irme, amor.

—Lo sé. Ve a la ducha, yo prepararé el café —contestó Oliver con una sonrisa—. Uf... —Se llevó una mano a la cabeza.

—¿Resaca? —rio Valentina.
—Un poco —reconoció él, atrapándola, cuando ella ya se levantaba, para besarla de nuevo—. Oye, ¿qué haces hoy? ¿Comillas?
—No —suspiró ella—. Me voy pitando a la Comandancia, tenemos mucho trabajo hoy. Se ha complicado todo... En el periódico verás que han asesinado a otra persona en Altamira.
—¿Cómo? Estás de broma.
—Ojalá, pero no. El asunto es grave.
—¿Y también llevas tú ese caso?
—Sí, está todo conectado: arqueólogos, espeleólogos, medievo... —explicó, sabiendo que hasta ahí podía informar a Oliver de su trabajo—. Me voy a la ducha. Por cierto, chef, hoy puedo sobrevivir sin el tocino y los huevos; un café y unas tostadas me bastan —le dijo guiñándole un ojo.

Oliver asintió sonriendo, y se levantó al tiempo que lo hacía Valentina. Ella, ya camino de la ducha, se volvió como si se hubiese acordado de algo importante:
—Y tú, ¿qué vas a hacer?
—Hoy tengo que ir a la Universidad de Santander, luego... me encargaré de lo de mi hermano —contestó, suponiendo que eso era lo que realmente quería saber Valentina.
—¿Y... ella?
—Anna se irá hoy mismo. Al menos en eso quedamos ayer.

Valentina dudó antes de hacer la siguiente pregunta.
—Entonces... ¿Seguirás con lo de Guillermo?
—Sí, buscaré a ese idiota —replicó con media sonrisa rota mientras se dirigía hacia la cocina—; aunque solo sea por mi padre. Cuando lo llamé ayer y le conté las novedades se volvió loco de contento. Ya sabes, privilegios que suceden con los hijos pródigos.

Valentina asintió, comprensiva.
—Oliver...

—¿Sí?
—Es verdad que algunas mujeres escogen a los chicos malos. Pero las chicas listas nos quedamos siempre con los buenos.

Él contestó solo mirándola.

—Me refiero solo —comenzó a decir ella con sonrisa convencida y brillo felino en los ojos— a las chicas listas y extraordinariamente atractivas, por supuesto.

—Por supuesto —replicó él con gesto divertido.

Valentina reflexionó un instante antes de volver a hablar:

—Por cierto, ya que vas a Santander, me gustaría que hicieses un recado, ¿puedes?

—Claro, dime.

—Pásate por mi piso y tráeme todos los pijamas de franela que encuentres. Vivo con mi novio en una cabaña al lado del mar y hace un frío que pela.

Oliver dejó la cafetera sobre la mesa y miró a Valentina. Se quedó quieto, atrapando el momento con una sensación de felicidad extraña que lo recorría. ¿Cómo era posible? Cuando todo estaba mal, cuando él se cuestionaba los pasos que había dado en su vida, y las sombras alargadas de otros parecían estropearlo todo, él renacía con la sonrisa de una mujer que tenía los ojos de dos colores. ¿Sería normal sentirse a salvo en ese lugar, en campo abierto y a merced de la tormenta? Había comprendido que Valentina no había decidido vivir con él para contentarlo, sino porque realmente deseaba hacerlo.

Los dos permanecieron quietos, mirándose, sin moverse, sin acercarse, solo sonriéndose, sin más música que el aire limpio danzando en sus pulmones.

Ella, por primera vez en muchos años, sintió ligereza, alivio y una rotunda seguridad: tomaba decisiones sin filtros, sin prudencia enfermiza, sin guardar escondrijos en los que estar a salvo. Se dio la vuelta y se fue a la ducha sabiendo que Oliver, feliz, la seguía con la mirada.

12

El hombre se había lanzado al descubrimiento de otros mundos y otras civilizaciones sin haber explorado íntegramente sus propios abismos, ese laberinto de oscuros pasadizos y cámaras secretas, sin haber penetrado en el misterio de las puertas que él mismo ha condenado.

Solaris, STANISLAW LEM

Miércoles, 7.00 h

Helmut Wolf, Helmut Wolf... Jacobo Riveiro pensaba en el arqueólogo alemán mientras se afeitaba y se miraba, sin verse, en el espejo de su cuarto de baño. Todavía era temprano y sus hijos aún estaban en la cama. Dentro de un rato, cuando él ya se hubiera marchado, la casa se llenaría de vida, de ruido y de peleas por ver quién entraba antes en el baño mientras su mujer, Ruth, preparaba el desayuno. Ella era de La Laguna, en Tenerife, y, a pesar de los años que llevaba en Santander, parecía no haber abandonado su isleña y tranquila forma de ser: ese encanto amigable, ese acento suave y risueño que a él lo había encandilado hacía ya tantos años: «¿Ya te levantas? ¿Tan pronto? Pero si ayer llegaste tardísimo... ay, mi niño, ¿a comer vendrás? Ya, me lo imaginaba. Tú me llamas, ¿vale?». Un beso largo y un abrazo; y Ruth, como un peluche adormilado, se había vuelto a acurrucar entre edredones para volver a cerrar los ojos hasta que, en menos de una hora, comenzase el frenesí diario que acompañaría la salida de sus hijos al colegio.

Riveiro estaba concentrado. Sabía que tras el de la princesa de la Mota de Trespalacios vendrían otros muchos, y que todos requerirían atención, interés y tiempo, pero no era usual que hubiese en la Comandancia asuntos tan extraordinarios. Por eso hoy no le costaba madrugar. Porque no era algo habitual y porque su propia curiosidad apenas le había dejado dormir.

Estaba claro que Wanda Karsávina estaba vinculada a los tres arqueólogos y que ella conocía la existencia de las monedas. Posiblemente tuviese algún tipo de relación con Paolo Jovis, pero este tenía coartada para el asesinato de la chica. Para el de Helmut Wolf aún no lo tenían claro, porque habría que determinar cuándo había fallecido realmente; y para el de Alberto Pardo... ¿Cómo saberlo? Lo averiguarían. Riveiro había terminado los interrogatorios el día antes, el martes, sobre las cinco de la tarde. Por entonces, Paolo, Marc y Arturo no eran sospechosos, ni la Guardia Civil sabía que habían visitado la Cueva de las Monedas con Wanda.

Cuando él mismo había terminado con los interrogatorios de Paolo, Marc y Arturo, los tres se habían despedido para ir a la carpa de la Fundación de Comillas. Pero ¿quién le aseguraba que realmente todos se habían dirigido hacia allí y que habían permanecido en el recinto? Habría que comprobar sus agendas del día, los testigos, las nuevas pruebas fotográficas si las había... si Alberto Pardo había sido asesinado sobre las seis, cualquiera de los tres arqueólogos podría haberlo hecho. La distancia entre Comillas y Santillana del Mar apenas suponía veinte o veinticinco minutos en coche. El asesinato se había ejecutado de forma limpia y rápida. En realidad, ir, volver y hacer el «trabajo» podría haberse hecho en una hora. El asesino podría haber regresado a la carpa y fingir que había pasado allí toda la tarde. No habría sido difícil pasar desapercibido entre mil personas.

Sin embargo, quien más curiosidad suscitaba a Riveiro no era Alberto Pardo, que posiblemente se habría visto envuelto en el asunto a causa de las monedas, ni Wanda Karsávina, a pesar de que la imagen de su espectacular cadáver sería algo difícil de eliminar de su memoria.

Jacobo Riveiro solo podía pensar en Helmut Wolf mientras se pasaba la maquinilla con la inconsciencia del hábito. Un hombre de su posición y prestigio, que había desaparecido tres semanas antes en Madrid y que había vuelto a mostrarse al mundo en aquel extraño pantano de Comillas. Geólogo y arqueólogo. Responsable de una de las comisiones de investigación más importantes del Instituto Arqueológico Alemán en Berlín. El vínculo común de la arqueología con los tres asesinados era evidente, pero ¿por qué Helmut Wolf? ¿Y por qué así? Algo tenía que relacionarlo con las otras víctimas de forma más estrecha. ¿Sería un proyecto concreto en el que trabajaba? ¿O uno que a lo mejor hubiese abandonado? Quizás existiesen estamentos y puestos codiciados dentro de la arqueología, y quizás los asesinatos fuesen el resultado de un atroz juego de tronos, de una lucha de egos, de las maquinaciones de un loco que desease el prestigioso puesto de Helmut Wolf. Una vez más, para poder entender al asesino, tendrían que ahondar en la víctima: qué hacía, por qué, a quién beneficiaba o perjudicaba con sus actos, quién calentaba su cama.

Riveiro terminó de afeitarse, pensativo, y se dio una ducha rápida. Estaba deseando llegar a la Comandancia. Pensó que este caso era muy parecido a la propia vida, en la que, a veces, para ganar el juego hay que saber perder alguna partida. Para saber quién mata, antes hay que saber, entender y conocer quién es el que ha perdido la vida.

El mundo parecía girar cada vez más rápido. Al menos eso fue lo que pensó Clara Múgica cuando recibió, a primera hora de la mañana, los resultados de las analíticas realizadas a Helmut Wolf, el hombre del pantano. Un siglo atrás, ni siquiera habrían podido distinguir a ciencia cierta si un resto de sangre procedía de un hombre o de un animal. Y ahora eran capaces de encontrar lazos genéticos con un simple folículo de cabello.

—¿Ya han llegado los resultados? —preguntó Almudena Cardona, que entraba por la puerta del despacho de Clara seguida de Pedro Míguez.

—Buenos días a ti también —replicó la forense, irónica—. ¿Qué tal, Míguez? —añadió al ver que el joven forense también entraba. Este masculló un saludo ininteligible.

—Buenos días, perdona —saludó Cardona, por fin—. Es que no he podido ni dormir pensando en el hombre del pantano. En casa estuve revisando el asunto y encontré un par de artículos más sobre el ahogamiento seco.

—Ya. Cuando duermas mejor seguro que no se te olvida llamar a la puerta antes de entrar —la reconvino Clara, frotándose los ojos. Estaba realmente cansada, y hoy tendrían que hacer la autopsia de Alberto Pardo, el joven arqueólogo asesinado en Altamira.

—Lo siento, disculpa, de verdad —se apuró Cardona en contestar, aun viendo que Clara entornaba los ojos con resignación y sin darle mucha importancia—. Entonces, ¿han llegado?

—Que sí, pesada. Aquí los tengo, estaba empezando a leerlos. Déjame ver. —Clara comenzó a estudiarlos en silencio—. Hum... Ajá... Sí..., «disueltas las muestras en ácido...» bla, bla, bla... justo lo que pensábamos.

Almudena Cardona la miraba nerviosa y expectante.

—¿Qué?

—Sí, había diatomeas en la sangre.

—¡Lo sabía! ¡Lo sabía! —exclamó Cardona, haciendo un ademán de triunfo con el brazo.

Pedro Míguez miró a Clara pidiéndole con el gesto una explicación. Sabía algo del asunto, pero era el ayudante más joven de todo el Instituto de Medicina Legal, y no tenía una experiencia muy extensa, y menos en casos tan inusuales. A Clara, aunque jamás lo reconocería abiertamente, le daba un poco de rabia que hubiese sido su joven colega, y no ella, quien hubiera dado con la clave para resolver el enigma forense del hombre del pantano.

Observó que Cardona comenzaba a dar pequeños e irritantes saltitos de alegría por su despacho, de modo que accedió a hacer una aclaración al joven Míguez:

—Cuando alguien se ahoga, los tejidos del cuerpo absorben con el agua unos organismos microscópicos llamados diatomeas, que están tanto en el agua salada como en la dulce. Al disolver muestras de tejido en ácido, los esqueletos silíceos de las diatomeas se ven en el microscopio...

—Ah. Entiendo, entiendo —titubeó Míguez, dejando claro que la exposición, en realidad, había supuesto una aclaración limitada. Cardona dejó por fin de dar aquellos ridículos saltitos. Clara sonrió y continuó:

—... Si en la sangre y los tejidos del individuo hay diatomeas, es que estaba vivo al caer al mar.

—¡Ahogamiento seco!, ¿entiendes? —intervino Cardona de nuevo, zarandeándolo por los hombros. Él, tímido, procuró deshacerse de la efusividad de su compañera y no desvelar que aún se estaba formando una idea de qué era aquello del «ahogamiento seco». Clara Múgica se mostró reflexiva mientras seguía leyendo el informe toxicológico:

—Esperad, hay algo más. «Analizados humor vítreo, contenido gástrico y sangre...»; a ver, nuestro hombre parece que se tomó un par de copas unas horas antes de morir. Y hay restos de barbitúricos. —Clara miró hacia el techo, como si en él concentrase mejor su pensamiento—. Quizás le pusiesen somníferos en la bebida.

—O quizás intentase suicidarse —especuló Míguez.

—Qué va, hombre —negó Cardona—, imposible. No puede intentar suicidarse emborrachándose con somníferos y luego morirse de puro miedo. Que no. Además, intentaron estrangularlo, y por la posición de la marca tuvieron que hacerlo por la espalda, no pudo hacerse esas hendiduras en el cuello él mismo.

—Exacto —confirmó Clara—. Tenemos claramente a un asesino, en el caso de Helmut Wolf; pero quizás no fuese muy fuerte. A fin de cuentas, no fue capaz de estrangularlo.

—O quizás pensó que sí lo había hecho, y por eso dejó caer a la víctima en el pantano —contravino Cardona.

—O puede que todo sucediese lejos del pantano y se limitasen a arrojarlo allí pensando que ya estaba muerto —puntualizó Múgica—. En todo caso, y vistos los informes, el cronotanatodiagnóstico ya podríamos aproximarlo de una manera bastante ajustada.

Almudena Cardona guardó silencio, inquiriendo información con la mirada. Clara comenzó a hablar como si lo hiciese al mismo tiempo que desarrollaba sus razonamientos.

—Viendo la temperatura del agua y el tipo de pantano al que fue arrojado el cadáver, el estado y composición del mismo, el resultado de las analíticas del cuerpo... Creo que lo mataron el mismo día o al siguiente de desaparecer, hace tres semanas. Y creo que lo intentaron estrangular en el mismo pantano o en un lugar cercano, y que lo arrojaron al lodo de forma inmediata. Por eso el cuerpo se conservó razonablemente bien al principio. Después, las mareas, o una rama, o los dichosos peces que lo dejaron sin media cara, debieron de hacer que saliese a la superficie. Y ahí debió de empezar el proceso normal de descomposición.

Cardona asintió, siguiendo el hilo de su razonamiento y mostrándose pensativa.

—Qué lugar tan horrible para dejar un cadáver.

—Lo horrible es hacer a un hombre cadáver, la sepultura ya es secundaria, querida. Vamos a llamar al juez Talavera y a la teniente Redondo —añadió, guiñando un ojo a sus ayudantes—, ya veréis qué felices se ponen cuando les expliquemos que el pobre hombre del pantano, algo borracho y con barbitúricos en el cuerpo, se murió de puro miedo.

La Comandancia de la Guardia Civil de Peñacastillo, en Santander, presentaba un movimiento inusual para ser tan temprano. Todo el equipo de la Sección de Investigación estaba allí desde primera hora. Llevaban ya un largo rato hablando sobre los tres casos que tenían entre manos. Valentina Redondo exponía la situación en una gran pizarra mientras sobre su mesa se apilaban, perfectamente ordenadas, fotografías, documentos y listas.

—A ver, Sabadelle, ¿qué tenemos de la moneda que apareció ayer en Altamira con la tercera víctima?

El subteniente hizo un esfuerzo sobrehumano para no chasquear la lengua. Tenía un sueño atroz.

—He activado mis contactos con carácter de urgencia —declaró en tono grave. En realidad, lo único que había hecho la noche anterior había sido suplicar a su amigo Alfredo Cánovas que le echase una mano; a cambio, le prometió todas las compensaciones imaginables que estuviesen a su alcance, particularmente en lo relativo a multas de tráfico—. Podemos decir, a pesar de que todavía necesitamos confirmarlo con el laboratorio, que la moneda parece de la época de Enrique IV, de entre los años 1454 y 1474 —dijo tomando aire—. Es decir, que es la única propiamente medieval.

Santiago Sabadelle desvió la mirada hacia sus apuntes y leyó de forma sesgada:

—Se trataría de un dinero de la ceca de Toledo. Por un lado un castillo en un rombo y por otro un león, también dentro de un rombo... en fin, poco más hay que decir —concluyó levantando la vista—: mi contacto cree que posiblemente sea verdadera.

—¿Y está dentro del inventario del tesorillo de las monedas de Puente Viesgo?

—Sí —confirmó Sabadelle—. Es una de las diecinueve monedas catalogadas en el tesorillo, al igual que las que encontramos con los cuerpos de Wanda Karsávina y de Helmut Wolf. Y coinciden exactamente con tres de las cuatro que faltaban ayer en el Museo —apostilló.

La noche anterior, tras un análisis exhaustivo realizado por el propio Sebastián Loureiro y por personal del laboratorio de Altamira reclamado con urgencia para asistirlo, se había descubierto que faltaban cuatro de las monedas del pequeño tesorillo. Cuatro. Y tres ya estaban repartidas. Cada una con un cadáver. ¿Habría ya programada una cuarta víctima? La lógica decía que era una posibilidad a tener en cuenta.

—¿Y qué pasa con las pruebas del laboratorio de la Fábrica de Moneda?

—Todavía no me han llegado —se justificó Sabadelle, con un gesto de suficiencia que parecía revelar que guardaba un as en la manga—, pero he llamado hace unos minutos y me han confirmado que las monedas tienen un porcentaje muy elevado de posibilidades de ser las que buscamos; vamos, que parecen las verdaderas, aunque no pueden datarlas.

—¿No pueden? —se extrañó Valentina.

—No. Pueden emitir un dictamen, pero sin utilizar elementos no destructivos no pueden datar la pieza. Por lo visto, algunas pruebas provocan ablaciones en las monedas y las estropean, pero hay un sistema bastante efectivo mediante una fluorescencia de rayos X o algo así —intentó explicar—; al mediodía tendremos los resultados.

—Perfecto —asintió Valentina, satisfecha—. Entonces, vamos a suponer que son las monedas que buscamos, ya que se corresponden a tres de las cuatro que faltan del tesorillo. Aunque fuesen falsas, la coincidencia ya es reveladora por sí misma. Al menos, podremos dejar de perder tiempo y esfuerzo en investigar esa línea —resolvió. Pareció recordar algo concreto y siguió desgranando dudas con el subteniente—: ¿Y qué hay de la posible relación de esas monedas con los arqueólogos o la espeleología? ¿Tenemos algo?

Sabadelle se encogió de hombros.

—No he encontrado nada, es un puto misterio, teniente. La única relación que se me ocurre es que las monedas fueron encontradas en una cueva que ya sabemos que fue visitada por Karsávina y sus amigos. A ver qué le cuentan los *buscahuesos* ahora.

Valentina suspiró. Los *buscahuesos*, Paolo, Marc y Arturo, habían accedido voluntariamente a un reconocimiento médico forense, que debía de estar realizándose justo en aquel momento. Inmediatamente después, irían a la Comandancia para un interrogatorio más intenso, mientras agentes del SECRIM registraban sus habitaciones: era una suerte que hubiesen accedido sin reparo alguno. Quizás no tuviesen nada que ver con el asunto y les estuviesen estropeando el congreso de espeleología, pero quizás sí, y, entonces, con su actuación estarían salvando alguna vida. ¿Para quién sería la cuarta moneda? Además, Wanda Karsávina era amiga o al menos colega profesional de los tres. Su trágica muerte, sin duda, merecería el esfuerzo.

La teniente siguió mirando a Sabadelle: todavía no había terminado con él.

—¿Qué hay de las listas de profesores y de alumnos de las Caballerizas?

—Todo correcto, teniente —replicó Sabadelle, chasqueando la lengua de pura satisfacción consigo mismo: hoy se estaba luciendo—. Ninguno con antecedentes ni ninguna incidencia de relevancia en sus historiales.

Valentina hizo caso omiso al chasquido del subteniente y bebió un buen trago del café que había sobre su mesa. Necesitaba estar despierta y atenta a los detalles.

—¿Y Astrid Strauss? ¿Nada?

—En principio, no —negó Sabadelle, convencido—. He solicitado información en su país de origen a través del CCPA —dijo aludiendo al Centro de Cooperación Policial Aduanera— y nada; por no tener, no tiene ni multas de tráfico.

—Ya. De todos modos, la interrogaremos de nuevo esta mañana —dijo Valentina mientras hacía anotaciones en sus propios apuntes—. ¿Y has verificado si alguno de los asistentes al curso de Karsávina o alguno de los profesores de las Caballerizas estaba también inscrito en el congreso de Comillas?

Sabadelle enrojeció. «¿Qué se cree esta tía? ¿Que soy una puta computadora?»

—Eeeh... No, no lo he cotejado.

—Hazlo cuanto antes, por favor. Y, para terminar, ¿qué hay del listado de asistentes al congreso de espeleología?

—No he podido terminar de chequearlo, son más de mil asistentes y... es complicado. La mayoría son extranjeros y, si no los localizo a través de la CCPA, hay que hacer la gestión con los compañeros de Madrid de la Unidad Técnica de la Policía Judicial para que contacten con las embajadas y...

—Y nada —le cortó Valentina—; sé que es complicado y tedioso, pero esta mañana te ayudarán en la tarea Torres y Zubizarreta. —Los dos guardias de su Sección asintieron con sendos movimientos de cabeza—. E infórmame tan pronto tengas los resultados de los informes del laboratorio de la Fábrica de Moneda.

—Sí, teniente —rezongó. Intuía el arduo trabajo que tendría por delante aquella mañana.

Valentina sabía que su equipo estaba haciendo un buen trabajo, pero la situación era extraordinaria y requería que se entregasen al máximo. La noche anterior, tras lo que había sucedido en Altamira, los había reunido con instrucciones precisas y urgentes. Aquel ritmo no podrían soportarlo mucho tiempo, pero en realidad llevaban con el caso solo desde el lunes. Para ser miércoles por la mañana, habían avanzado de forma espectacular.

—Camargo, ¿has podido comprobar lo que te pedí anoche?

—Sí, teniente —replicó el cabo. Se levantó y se dirigió hacia la pizarra. En ella había un calendario de fechas sobre una línea. Comenzó a hablar señalando puntos en el encerado.

—El Congreso Internacional de Espeleología estaba programado desde el miércoles pasado hasta el miércoles siguiente, es decir, hasta hoy mismo. Se supone que se clausura con una gran cena esta misma noche. Según parece, gran parte de los asistentes no acuden al congreso completo, sino días sueltos, cuando hay actividades que les interesan. El pico de mayor asistencia ha sido, como es lógico, el fin de semana, que es cuando Wanda Karsávina estuvo allí.

—De acuerdo, Camargo —lo interrumpió Valentina lo más amablemente que pudo—. Pero no me refería a eso, sino a la llegada a España de los arqueólogos; ¿has podido verificar los vuelos?

—He podido, sí —confirmó el cabo, que dio a entender con un gesto que esa parte era la que precisamente iba a explicar a continuación—. Paolo Jovis, Marc Llanes y Arturo Dubach llegaron el lunes pasado a España, cada uno desde una procedencia diferente. Jovis, desde Nápoles; Llanes, desde París, y Dubach, desde Ginebra. De entrada, parece todo bastante lógico, corriente y normal. Forman parte del comité de organización del congreso, así que es comprensible que hayan llegado un par de días antes para los temas organizativos.

—Bien —asintió Valentina con gesto reflexivo—. ¿Y Astrid Strauss?

—Llegó con Karsávina el jueves por la noche; volaron juntas desde Alemania. Se supone que Karsávina dio una charla el viernes en las Caballerizas y que el sábado por la mañana ya se marchó a Comillas en taxi.

—Perfecto, Camargo, gracias. Quiero que esta mañana compruebes dónde estaban los tres arqueólogos y Astrid Strauss hace tres semanas, que es cuando desapareció Helmut Wolf. Revisa compañías aéreas, empresas de alquiler de automóviles, movimientos de tarjetas bancarias... todo.

—Pero necesitaremos autorización judicial —replicó Camargo con gesto de contrariedad.

—Exacto. Quiero saber los movimientos de los potenciales sospechosos y también de las víctimas en los últimos dos meses.

—Con el tema de Astrid Strauss puede haber problemas —contravino el cabo—. No será fácil justificar una motivación sólida para un rastreo así. Solo era su compañera de piso.

Valentina suspiró.

—Siempre hay problemas, Camargo. Pero estoy segura de que el juez Talavera, después de la alarma social que se va a levantar esta mañana tras lo de Altamira, no va a poner muchos obstáculos. Si eso sucede, hablaremos con Caruso. En el tema de Strauss, además, quiero que compruebes su coartada para el domingo; ella dice que estuvo con otros profesores y que cenó con ellos, pero no está de más verificarlo. Quiero que también contactes con el puesto de la Guardia Civil en Comillas: que muestren a las empresas de transporte fotos de Wanda Karsávina, a ver si alguien recuerda haber llevado a la chica el domingo por la tarde. Autobuses, taxis... ¿conforme?

—Conforme, teniente.

—Bien. Por cierto, ¿alguna novedad del SECRIM?

El cabo negó con la cabeza.

—Nada de momento. Estaré pendiente.

—De acuerdo. Torres, Zubizarreta, ¿vosotros habéis podido sacar algo en limpio de lo que os encomendé ayer?

—Sí, teniente —contestó Torres con ímpetu—. Parece que lo que ocurrió en México fue un accidente, sin más.

—Ya... —contestó Valentina, pensativa. La noche anterior, había pedido a Torres y Zubizarreta que investigasen la muerte de Helder Nunes, uno de los cuatro hombres que había conocido a Wanda Karsávina hacía cinco años en una ciudad alemana. Era curioso que la víctima los hubiese conocido a todos el mismo día. Además, quedaban tres vivos y eran potenciales sospechosos de haberla asesinado.

—En realidad —añadió Marta Torres—, se realizó una investigación para esclarecer los hechos, pero no hubo ningún imputado y, desde luego, parece que no cabe duda: fue un accidente. Había docenas de testigos e incluso fotografías del suceso. —Torres tomó aire para continuar con su discurso—. El fallecido era un arqueólogo portugués; iba a hacer un salto en paracaídas en un lugar llamado el Sótano de las Golondrinas. Perdió el pie, tropezó y se cayó al vacío, muriendo al instante. En el fondo del pozo le esperaban los otros tres arqueólogos.

—¡Hostias!, ¿de un pozo? —intervino Sabadelle—. Pero ¿no se tiraba en paracaídas?

—Sí, pero no desde un avión, subteniente. Se lanzaba a una cueva enorme con forma de pozo. Hemos visto las fotos en internet y es una pasada —añadió mirando a Zubizarreta e incluyéndolo en la conversación.

—Pues ya hay que ser tonto —replicó Sabadelle—. Palmarla lanzándose a un agujero... —farfulló a media voz.

—Vale —asintió Valentina, que tachó el nombre de Nunes en la pizarra—. Vía muerta, entonces. ¿Qué hay de las declaraciones de la familia de Karsávina?

—Poca cosa —contestó Marta Torres al ver que Zubizarreta, como siempre, bajaba la vista para cederle a ella la palabra—. A través de la embajada hemos sabido que han tenido que ingresar a la madre, la tienen a base de sedantes. El hermano no ha declarado nada de interés; por lo visto, se llevaban bien pero no hablaban a menudo. Él pensaba que Karsávina era lesbiana porque vivía con una chica y porque desde el instituto no les había presentado a ningún novio. Al menos no había llevado ninguno a casa. Sin embargo, cuando le preguntaron por los conocidos de su hermana, resulta que él sí conoció a Paolo Jovis, aunque parece que no pensó que fuera su novio, sino un colega de trabajo. El chico debía de estar convencido de que Astrid Strauss era la verdadera pareja de su hermana, no su compañera de piso.

—Bueno, algo de eso hay —intervino Riveiro, que hasta el momento había permanecido callado—. Karsávina mantuvo una relación con Astrid Strauss, pero ahora ya no estaban juntas. Al menos, eso dice Strauss.

—Es cierto —asintió Valentina—. Y si Karsávina tenía una relación más próxima con Paolo Jovis que con los otros arqueólogos, puede que también hubiese algo entre los dos. No debemos olvidar la posibilidad de un crimen pasional. De todos modos —añadió volviéndose de nuevo hacia la agente Torres—: ¿El hermano de Karsávina no dijo si había observado nada raro en los últimos meses?

—Por lo que ha declarado, parece que no.

—Otra vía cerrada, entonces —meditó Valentina, que hizo otro tachón sobre el encerado, esta vez donde ponía «Familia de Wanda Karsávina»—. Nos quedan Helmut Wolf y Alberto Pardo. Del primero espero que obtengamos información útil esta mañana: el fiscal alemán debe de estar al caer, y la hermana del fallecido ha venido con él para identificar el cadáver. Después los veremos —suspiró.

Antes de continuar, se detuvo a mirar la pizarra como si dentro de ella se encontrasen todas las respuestas.

—Riveiro, tú hablaste ayer con la mujer de Pardo. ¿Algo de interés?

El sargento negó con la mirada.

—A ella no le consta que conociese a las otras víctimas. Tampoco habían visitado Alemania recientemente, ni las cuevas de Puente Viesgo, aunque ella conocía la de las Monedas por el trabajo de su marido.

—¿Y nada más?

—Me temo que no. Ninguna incidencia extraña en los últimos meses, tampoco nuevas amistades ni problemas dentro del matrimonio, según parece. Ella estaba convencida de que nadie podría querer hacerle daño a su marido, que parecía ejemplar.

—Cuando morimos nos convertimos en santos.

Siempre pasa —sentenció Zubizarreta, que logró que todos sus compañeros lo mirasen—... Será por lo solos que se quedan los muertos.

—Ya está el Hare Krishna diciendo *becqueriadas*... —murmuró Sabadelle ahogando su burla en un susurro.

—Bien, compañeros —anunció Valentina—: este asunto va a requerir nuestra máxima concentración. Lo único que tienen en común las víctimas son las monedas de la Cueva de Puente Viesgo y sus profesiones, vinculadas a la arqueología. No tenemos móvil, no tenemos finalidad... no tenemos nada salvo esos tres arqueólogos que acompañaron a Karsávina hace dos años a ver la Cueva de las Monedas y que, precisamente, estaban con ella el fin de semana en que la mataron. Esto los convierte en los únicos sospechosos de su asesinato, pero no del de las otras dos víctimas.

—Quizás tengamos que centrarnos entonces en lo que sí tienen en común... —intervino Riveiro, que hizo una pausa de efecto antes de proseguir— las monedas.

—Tienes razón —coincidió Valentina—. ¿Por qué serán tan importantes? ¿Y por qué querría el asesino que las descubriésemos?

—Es un tesorillo sin importancia, teniente —dijo Sabadelle en tono despectivo—. Hasta el propio museo lo tenía ahí olvidado en el almacén.

—Quizás sea por eso, porque estaba olvidado en un almacén. ¿Y si el asesino quisiera rescatarlo de su abandono en un cajón?

Riveiro negó con la cabeza.

—Puede ser, pero no le veo sentido. No matas a tres personas para lucir un resto arqueológico que carece de importancia, ¿no?

—Quizás para el asesino sí la tenía... en todo caso, debemos intentar establecer su perfil.

—¿Un hombre? —aventuró la agente Torres.

—Posiblemente —concedió Redondo—; especialmente por la forma de morir de Alberto Pardo y de Helmut Wolf. El primero requería fuerza física para el estrangulamiento; y el segundo, para transportar el cadáver y arrojarlo al pantano, ya que no logró asfixiarlo. Si nos guiamos por la edad de todas las víctimas para perfilar al homicida, estaríamos ante un varón de entre treinta y cuarenta y cinco años. Y por la ubicación del cadáver de Karsávina y su forma de matarla, podemos deducir que tiene amplios conocimientos de historia: el método, desde luego, no es nada común. Pero el modo de tratar el cadáver de nuestra princesa es revelador: nuestro Batman —dijo mirando a Torres y Zubizarreta, que ya habían explicado el resultado de su visita al presidente de la comunidad de propietarios— peinó incluso a Karsávina, la dejó perfumada y en perfecto estado. Es un tipo de veneración que implica o bien proximidad con la víctima o bien una paranoia recurrente que quería escenificar... —reflexionó, aunque era consciente de que comenzaba a perorar sobre un tema que no tenía todavía claro.

—Sin embargo, solo escenificó un crimen, no los otros dos —intervino Riveiro mientras miraba los esquemas que llenaban por la pizarra.

—¿Y si fueran varios asesinos? —sugirió Camargo.

—Es posible —concedió Redondo—. Aunque, en ese caso, o colaboran o se copian, porque la firma de la moneda es única.

Todos asintieron e hicieron comentarios entre ellos. La teniente Redondo bebió otro sorbo de café y tomó aire:

—Si no tenéis nada más que comentar, vamos a dar por terminada la reunión. Todos sabéis lo que tenéis que hacer. Riveiro y yo nos encargaremos de los interrogatorios de esta mañana y de completar los que faltan en el Museo de Altamira; hay guías y arqueólogos con los que no pudimos hablar anoche —explicó buscando con la mirada al sargento, que la apoyó con un gesto afirmativo—. Ante cualquier novedad, no dudéis: avisadnos inmediatamente.

Todos se mostraron conformes, y Sabadelle fue quien

abrió la puerta para salir del despacho. Al hacerlo, sin embargo, se encontró con un muro de casi metro noventa de alto. Un hombre rubio, corpulento y de mandíbulas marcadas le cerraba el paso. Sus ojos grises resultaban indescifrables.

—Deje paso, subteniente, deje paso —ordenó Caruso a Sabadelle mientras se adelantaba al gigante—. Me alegro de que estén todos todavía aquí. Eh... Redondo, le presento a Jaime Lerman, el fiscal alemán al que estábamos esperando. A la hermana de Helmut Wolf la tenemos ya de camino al IML para identificar su cuerpo.

—Ah, hola... buenos días —saludó Valentina, sorprendida. No lo esperaba tan pronto, ni tan alto ni con una mirada tan sólida. El resto del equipo guardó silencio expectante. El fiscal los miró con seriedad e introdujo una mano en el bolsillo de su traje, que sin duda estaba hecho a medida. El gesto fue tan exageradamente lento y tranquilo, que Riveiro pensó que si sacaba una pistola sería un movimiento que encajaría a la perfección en aquel caso tan estrafalario. Sin embargo, el fiscal extrajo una pequeña cajita de caramelos y, con gesto desenfadado, se introdujo uno en la boca. Jugueteó con él unos segundos antes de comenzar a hablar.

—Buenos días, teniente Redondo, he oído hablar mucho de usted. Señores —añadió, y saludó con la cabeza al equipo—. Señorita... —matizó al ver a Marta Torres.

—Vaya, no esperaba que hablase usted español —observó Valentina asombrada.

—Teniente —aclaró Caruso—. Herr Lerman tiene doble nacionalidad, su madre es española, ¿verdad? —dijo dirigiéndose al fiscal.

—En efecto —replicó él.

Lerman dirigió su cuerpo entero hacia Valentina y la evaluó con la mirada. Su acento extranjero era evidente, pero no muy marcado. Sonrió y ofreció caramelos a los presentes.

—Flores de saúco, ¿gustan?

Hubo un extraño y cortés reparto de caramelos en el despacho mientras Riveiro y Valentina cruzaban sus miradas atónitos. Desde luego, no se esperaban un fiscal con aquella planta; y, mucho menos, que ofreciera caramelos de flores de saúco a la Guardia Civil a primera hora de la mañana. La teniente Redondo suspiró y, viendo los nervios de Caruso, que trataba de disimularlos entre risitas amables, decidió tomar la iniciativa.

—Señor... Herr Lerman, siéntese, por favor.

—«Señor Lerman» está bien, teniente. Gracias —contestó tomando asiento.

Desentonaba por completo en la habitación. Todos, salvo Caruso, iban vestidos de paisano, y el gigante alemán llenaba el espacio con su presencia. Quizás fuese el impresionante traje, quizás la determinación de los ángulos de su rostro. Era incluso atractivo, el señor Lerman.

—Bien, quizás podamos poner en común todo lo que sepamos sobre Helmut Wolf —intervino Valentina, preparada para abordar una línea sucesiva de hechos sobre la pizarra.

—Por supuesto —asintió el fiscal con gesto firme.

Durante varios minutos, escuchó atentamente los datos que Valentina y su sección habían recogido sobre Wolf. No era mucho. Justo cuando él se disponía a iniciar su exposición sobre el misterioso hombre del pantano, llamaron a la puerta. Siempre igual. Valentina entornó los ojos. Dudó sobre si aquellas interrupciones solo ocurrían en reuniones importantes para martirizarla.

—¿Qué pasa? —preguntó la teniente al guardia que abrió la puerta con gesto de apuro. Iba a preguntar si se trataba de algo urgente, pero observó su rostro y lo confirmó sin preguntarlo.

—No quería molestar, pero creo que es importante. Tengo al teléfono a Enrique Díaz, el director de la Fundación de Comillas.

Valentina le hizo una señal con la mirada, animándolo a continuar. El guardia, ante la presencia del capitán

Caruso y del fiscal alemán, parecía haberse empequeñecido.

—Dice que han aparecido la maleta y el bolso de Wanda Karsávina en la recepción de la Fundación.

Hubo un murmullo generalizado en la sala.

—Vaya, no me lo esperaba —reconoció Valentina—. ¿Los han abierto?

—Solo el bolso. Cuando vieron la documentación, ya no tocaron nada más. Con la maleta ya no se han atrevido, nos han llamado inmediatamente. Parece que alguien debió de dejar sus cosas allí por la noche.

—Por la noche... Bien, mandaremos al SECRIM a que recoja los enseres... de paso, que registren las habitaciones de los arqueólogos; ¿algo más?

—Sí, teniente. Hay un nuevo testigo.

Todos se mostraron expectantes.

—Una chica de recepción, Lucía Santillana, que dice que vio a la víctima la tarde en que murió saliendo de su habitación con una maleta. Al parecer, asegura que escuchó cómo Karsávina hablaba con una mujer de acento extranjero.

—¡Una mujer! ¿Y escuchó lo que decían?

—Muy poco; dice que daba la sensación de que se hubiesen tropezado por casualidad. Comenzaron a hablar en español, pero luego una de ellas se mostró sorprendida, como si reconociera a la otra, y cree que siguieron hablando en otro idioma. Pero bueno, la chica de recepción tampoco les estaba prestando especial atención, con todo el trabajo que tenían esos días. Asegura que siguió a lo suyo y que no oyó nada más mientras se alejaba de ellas.

—¿Y pudo verla?

—¿A la otra mujer? No, teniente —negó el guardia, con gesto apesadumbrado—, pero la tal Lucía viene para aquí con el director de la fundación para hacer una declaración formal; les he dicho que sería lo más conveniente.

—Muy bien hecho, chico —dijo el capitán Caruso,

volviendo la vista hacia Jaime Lerman—. Ya lo ve: ¡nuestro equipo es el máximum de la eficacia!

—Acento extranjero... —repitió Riveiro en alto, concentrado y mirando a Valentina.

Ella comprendió al instante. Una mujer no encajaba en absoluto con el perfil que estaban construyendo sobre el asesino, pero de momento cualquier posibilidad era factible. El interrogatorio de aquella mañana con Astrid Strauss iba a ser muy, muy interesante.

Fundación de Comillas

Domingo al mediodía, tras el baile medieval

Wanda recogió las cosas de su cuarto y fue a pasar la noche con Paolo. Pero no fue una noche romántica ni de reencuentro, sino de larga conversación, de estupor y de asombro. Apenas pudo dormir.

¿Era real todo lo que Paolo le había contado? ¿Cómo era posible? Él, llevado por sus obsesiones, por su afán aventurero, había traspasado los límites. Y ella ya no podía más: la tensión le había provocado un fuerte dolor de cabeza, y su ánimo, sabiendo que aquel era el final, estaba como adormecido, preparándose para las noches tristes que vendrían. ¿Por qué cuando dos personas se aman dejan que la distancia lo corrompa todo? Esa diferencia de pareceres en el modo de entender la vida, esa apuesta diferente para el único tiempo que vivirían sobre la Tierra, lo había estropeado todo. ¿Es que hay un plan para enamorarse de la persona equivocada?

Las explicaciones de Paolo no solo no habían logrado retenerla, sino que confirmaron el final de aquel espejismo de relación que ambos habían vivido. Además, ahora ella tendría que cargar con el peso del silencio obligado sobre todo aquello que él le había desvelado. Ella nunca lo traicionaría, nunca diría nada a nadie: ese era su firme propósito.

A la mañana siguiente, Wanda se reunió con sus viejos compañeros presintiendo que aquel domingo sería el último que estarían todos juntos. No es que Marc y Arturo no fuesen también sus amigos, pero el vínculo que los había unido era Paolo, no la ciencia. Quizás volviese a verlos en algún proyecto, pero sería difícil que los cuatro volviesen a juntarse, y más aún para algún encuentro puramente lúdico. Wanda casi no probó bocado; Paolo apenas habló durante la comida, consciente de que no podía evitar aquel final, y Marc, hundido en una potente resaca, tampoco hizo alarde de sus grandes dotes como conversador; Arturo, sin embargo, que intuía algo de lo que ocurría allí entre Paolo y Wanda, entretuvo la comida hablando sin parar de sus próximos proyectos, del éxito que estaba resultando ser el congreso de espeleología, del viaje que pensaba hacer a Australia con su novia Verónica para visitar el enorme monolito rojo de Uluru...

Arturo tenía claro que con Verónica había alcanzado el equilibrio perfecto, y estar con ella le daba ganas de recortar sus viajes y proyectos en el extranjero, para poder así permanecer más tiempo en Ginebra y disfrutar de su compañía, de sus amigos, de su familia.

Aunque Verónica también viajaba con frecuencia, no lo hacía tanto como él, y a Arturo su propia madurez vital le pedía asentamiento, calma, cierto deleite en la rutina. Hacia aquella suerte de felicidad se dirigía: para él era un buen lugar hacia el que caminar. Ahora, en aquella mesa con comensales apagados, parecía que ninguno le hacía especial caso, a pesar de su vehemencia al hablar del monolito australiano de Uluru.

«¿No os parece increíble? Es una formación geológica de más de quinientos millones de años... ¿Sabíais que a sus pies se encuentra el sendero humano más antiguo del mundo?» Pero Arturo solo recibía contestaciones con monosílabos, desinteresadas y apáticas.

Cuando terminó la comida, Paolo se dirigió con gesto malhumorado hacia la gran carpa, donde, más tarde, tenía previsto dar una charla sobre la fotografía científica en las cuevas. Marc y Arturo, que también tenían obligaciones que atender como organizadores del congreso, también abandonaron la mesa; un poco más tarde, cuando Wanda tuviese que marcharse a Santander, se despedirían de ella. Karsávina, rodeada por un halo de distancia y tristeza, decidió dar un paseo por la fundación y saludar a otros colegas que asistían al congreso.

Caminaba desorientada, como si el abatimiento se le hubiese instalado dentro y no quedase más que la derrota. Habría dado cualquier cosa por escuchar de nuevo a los vigías de Nördlingen con sus vozarrones serenos y sólidos diciendo que todo iba bien, que no había nada de qué preocuparse.

—*So G'sell, so* —murmuró con tristeza.

Tuvo la sensación de haber vivido en Nördlingen en otra vida, una eternidad de tiempo atrás. Sus pasos, después de un largo paseo, la llevaron hacia donde *él* estaba realizando su ponencia. ¿Cómo no? Sus pies la habían conducido hasta Paolo, que ahora hablaba para un nutrido público mientras señalaba datos e imágenes en enormes diapositivas.

«Hace años, los fotógrafos espeleólogos lo tenían difícil; al principio no les quedaba más remedio que utilizar polvo de magnesio para iluminar sus tomas... por supuesto, fue un gran avance la aparición del horquillado automático, que permitía experimentar con varios diafragmas en un solo disparo.»

Wanda oía sin escuchar, miraba sin ver. Aquel no era Paolo, ya no. En su cabeza, ya lo había desvestido del aura de perfección que ella siempre le había dado. Era un hombre que jugaba a ser algo más, sencillamente. ¿Cómo podía haber aceptado entrar en un juego que traspasaba los límites de aquella forma? Ella no se lo contaría a nadie. Volvería a casa, curaría sus heridas e intentaría borrarlo de su mente, eliminar las fantasías que ella misma había creado en su cabeza.

—Debéis tener cuidado con la ropa que lleváis dentro de la cueva, porque su color se terminará impregnando en el *flash*.

Los oyentes anotaban lo que Paolo decía con interés febril, como si aquellas verdades fuesen extraordinariamente importantes. Wanda deseó marcharse: sí, debía salir de allí cuanto antes, terminar de una vez. Llamaría un taxi, dejaría atrás el pasado e intentaría vaciar su alma para empezar de cero.

—Recordad sacar la foto con alguna persona en la imagen, así tendréis al menos referencias del tamaño y de la dimensión real de la cavidad.

Las últimas palabras de Paolo sonaban mecánicas, desapasionadas. Quizás también él quisiera huir.

Cuando Wanda salió de la carpa se dirigió hacia el Pabellón Hispanoamericano: ni siquiera pensaba despedirse. ¿Para qué? Demasiadas explicaciones, o ninguna. Ya era bastante doloroso. Recogió sus cosas de la habitación de Paolo: al final, salvo para ponerse su traje medieval, ni siquiera había utilizado el cuarto que tenía reservado. No es que no resultase previsible que en aquel viaje se dijesen adiós: ella lo había meditado mucho durante los últimos meses. Lo que no esperaba era lo que Paolo le había revelado: él ya no tenía ley, ni límite, ni cordura.

Cuando salió del cuarto, se cruzó con la chica de recepción mientras se dirigía hacia el ascensor. Al abrirse las puertas, apareció una joven que, al salir, prácticamente la arrolló. Tardó unos segundos y un par de disculpas en reconocerla y en cambiar incluso de idioma para dirigirse a ella. ¿Cómo era posible que se hubiesen encontrado allí? Una simple casualidad, como las miles que se dan a diario. No la esperaba en la fundación, en absoluto. Superada la sorpresa inicial y sus fugaces explicaciones, le agradó tener compañía. Cuestionarse por qué aquella mujer estaba allí era secundario, porque su propia tristeza lo nublaba todo. Si la melancolía no le hubiese atenazado la garganta, probablemente se hubiese hecho más preguntas, habría atado cabos. Pero aquel domingo, no: sin duda, el destino le marcaba el paso; vaya casualidad, su amiga también se iba a Santander justo en aquel momento. Compartirían el taxi y así Karsávina evitaría la melancolía que podría sentir de hacer el viaje en solitario. Antes debían subir a la habitación de la mujer, dos plantas más arriba, para recoger su equipaje. Wanda la acompañó con su propia maleta, que no era grande; había dejado otra en las Caballerizas de Santander para el resto de la semana.

El cuarto de su amiga era más amplio que el de Paolo, y disponía de vistas sobre la gran carpa y el mar Cantábrico, que se mostraba calmo y amigable. Mientras la mujer recogía sus cosas, Wanda, ante la ventana, perdió su mirada entre las personas que entraban y salían de la carpa, sabiendo que en realidad solo buscaba a Paolo para verlo una última vez. ¿Habría terminado ya su ponencia? No pudo evitar que una lágrima salada resbalase por su rostro.

—¿Estás bien?

—Sí, no es nada.

—Mal de amores, al parecer.

Wanda sonrió, desganada y encogiéndose de hombros. La mujer, que estaba ante ella, le acarició el rostro, retirándole la lágrima.

—Anda, siéntate. Antes de irnos, bebamos algo. Tengo pequeños tesoros en mi nevera —dijo, guiñándole un ojo y señalando con la cabeza la pequeña neverita que, junto con un calentador de agua, daba algo de sustento a aquella habitación, pensada para estudiantes.

—¿Y eso? —preguntó Wanda al ver un par de botellas de vino y algo parecido a una ensalada de marisco en el pequeño frigorífico.

—Lo birlé del bufet. Nunca se sabe qué puede necesitar una dama en apuros —replicó su amiga con una sonrisa traviesa mientras abría una botella—. Cuéntame, preciosa, ¿qué te han hecho?

Wanda suspiró. Nunca había hablado de su relación con Paolo a nadie. ¿Qué podía contar? ¿Era, acaso, una relación de verdad? No había habido promesas, ni mentiras ni deslealtad. Todo había estado claro desde el principio. Y, sin embargo, tenía aquella sensación de fracaso y de pérdida. Había sido una vulgaridad de mujercilla desvalida esperar que Paolo cambiase y se enamorase de ella. En eso radicaba el interés, el reto: en ser la primera, la única, la que hiciese posible el cambio. Pero había fracasado. Tras lo que había averiguado la noche anterior, resultaba completamente impensable un futuro juntos. De hecho, su pasado en común ahora solo parecía una suma de anécdotas y recortes robados al tiempo.

Y sin planearlo, casi sin quererlo, Wanda le contó a aquella mujer toda su aventura con Paolo. Cómo se conocieron en Nördlingen, cómo habían coincidido en otros proyectos, casi siempre de forma buscada y premeditada. Recordó cuando lo había acompañado a Sri Lanka, al sur de la India, porque él tenía que fotografiar las cuevas de Dambulla, llenas de templos budistas. Aquel viaje, dos años atrás, había sido lo más parecido a unas vacaciones en pareja que habían tenido Wanda y Paolo. Rememoró aquel inolvidable periplo por la India con aquella mujer, saboreando anécdotas, riéndose incluso.

Su interlocutora la escuchaba con paciencia, asintiendo de vez en cuando, haciendo alguna pregunta, diciéndole que se tranquilizase, que el futuro le deparaba cosas mejores que un bala perdida que no la cuidaba. Llevaban ya casi dos horas en el cuarto, y Wanda se había vaciado por completo, se había desahogado y llorado como nunca, por fin. Por supuesto, no le había contado a su amiga lo que Paolo le había revelado la noche anterior. Aquello no podría decírselo a nadie: sencillamente, ya no había vuelta atrás y debía alejarse de él y de su mundo.

La mujer, intentando destensar el ambiente, puso música y ofreció a Wanda otra copa de vino. Charlaron un rato de temas banales, hasta que la profesora Karsávina decidió marcharse. Ahora se sentía un poco más fuerte, un poco más decidida a levantarse e irse, a cerrar aquel capítulo de una vez.

—¿Ya quieres marcharte? Con lo bien que estábamos ahora... con que lleguemos a Santander por la noche, es suficiente. Te mereces un descanso. ¿Qué tal un masaje?

—No sé... ¿Un masaje? ¿Ahora? —se extrañó Wanda, que terminaba su copa de vino sentada en la cama.

—¿Y por qué no? Para quitarte ese estrés, preciosa. Y luego nos vamos. Hasta ahora no te he cuidado mal, ¿no? —dijo su anfitriona hablando despacio y mirándola fijamente, persuasiva. Wanda se quedó sin saber qué contestar, y vio cómo la mujer se acercaba y se sentaba a su lado.

Debían de ser las siete y media de la tarde, y los últimos rayos del sol invernal ya hacía rato que no iluminaban el cuarto, pero la luz tenue de una pequeña lámpara dibujaba el rostro de aquella mujer, de aquella confesora que la había escuchado durante tanto rato; y lo cierto es que era muy guapa. Por unos instantes, Wanda dudó de sus intenciones. Sin embargo, sus dudas acerca del propósito de la mujer se disiparon cuando esta se acercó más y empezó a acariciarle con dulzura las mejillas: en el gesto había más lascivia que ternura. Del rostro deslizó sus manos hacia los hombros, y después hacia los pechos de Wanda, que recibieron con agrado la delicadeza de unas caricias que endurecieron sus pezones.

¿Debía levantarse y salir de aquella habitación? Lo cierto es que aquella chica la había escuchado, la había cuidado, la estaba acariciando, y lo hacía muy bien. Y era muy, muy guapa. ¿Por qué no? No le debía nada a Paolo, y llevaba meses sin estar con nadie. No deseaba vengarse de él, sino vivir tranquila y feliz, sin aquella constante sensación de abandono. Wanda se dejó hacer. La bella mujer que le acariciaba los pechos comenzó a besarla en los labios de forma suave pero invasiva, con determinación. Quizás fuesen las dos copas de vino, pero comenzó realmente a excitarse. Su improvisada amante deslizó despacio su mano hasta el sexo de Wanda, y lo empezó a masajear bajo la ropa con mano experta.

—Eres preciosa, ¿lo sabías? —le dijo a Wanda, sin dejar de acariciarla y sin esperar respuesta. En un solo gesto le bajó los pantalones y la dejó en braguitas—. Me encantas —declaró, mientras volvía a ponerse a su altura y le quitaba el jersey.

Después, le quitó también el sujetador. Wanda se dejaba llevar, especialmente excitada, quizás por lo inesperado de la situación o por la belleza de la mujer que la poseía ahora con sus manos haciéndola gemir de puro placer.

Estuvieron así largo rato, haciendo el amor despacio, sin prisas, con dulzura al principio, de forma más agresiva después. Finalmente, la mujer besó a Wanda en los labios de forma muy intensa, como si se tratase de una despedida, y le pidió que se pusiese de espaldas sobre la cama: iba a darle el masaje prometido.

Wanda vio cómo la hermosa joven se levantaba y cogía un frasco de aceite de su maleta. Observó la figura perfecta de su inesperada amante, la femineidad de sus gestos, la sonrisa que le dedicaba conforme se acercaba. Wanda cerró los ojos y esperó, disfrutando de su propia expectación ante el placer que ella iba a darle, sin duda. Un suave aroma a vainilla le hizo suponer que aquel aceite iba a dejarle la piel deliciosamente perfumada.

Wanda mantuvo los ojos cerrados, disfrutando de las caricias intensas por todo su cuerpo. Su amante, tras masajearle espalda y glúteos, la obligó a ponerse boca arriba y le esparció el aceite por el vientre, para luego repartirlo con mimo por sus pechos, sus piernas y su sexo, donde se detuvo especialmente, provocándole suspiros de placer. Pasados unos minutos, las caricias parecieron multiplicar sus efectos sobre ella de forma extraordinaria, provocándole orgasmos consecutivos, fieros e intensos como latigazos de calor diabólicos que su cuerpo abrazaba pidiendo más. Los suspiros de placer se fueron transformando primero en gritos, luego en un desenfreno completo y, finalmente, en un exceso enfermizo de placer tóxico. Wanda apenas pudo percibir ya la seriedad en la mirada de su amante, que ahora solo se concentraba en taparle la boca.

Las convulsiones violentas, el sudor y el calor sobre la cama contrastaban con la amabilidad y dulzura de *Les yeux ouverts*, de Enzo Enzo, la música que sonaba. Como si siguiese la letra de la melodía, Wanda soñaba, deliraba con los ojos abiertos: ¿estaba realmente allí, en aquella habitación? ¿No era una alucinación? Aquello no podía ser real. ¿No era Paolo quien la amaba aquella tarde? Sí, sin duda era él, ahora lo veía claro. Paolo, su moreno italiano, su león blanco, el que buscaba la excelencia, el conocimiento absoluto. Lo dejaba todo por estar con ella, allí, ahora, siempre. Dime, amor, ¿estaré siempre en tu memoria? ¿Te resultará suficiente con esto que soy, con esto que te doy?

Llegó un momento en que Wanda ya no fue consciente de la realidad, atrapada por los espejismos y las alucinaciones que hacían que volara hacia un plano elevado y ficticio. El éxtasis absoluto había sido real, pero luego se había convertido en un delirio intenso que le apretaba fuertemente dentro del pecho. Llegó un momento en que el dolor torácico era secundario, apenas tangible entre visiones imposibles, y lo único que importaba era poder respirar: Wanda intentaba sorber bocanadas de aire, como si fuese un pez fuera del agua que, desesperado, quiere engancharse a la vida. Poco después, el dolor en el pecho se reactivó de forma radical, y la disnea fue tan irreversible que Wanda, de haber estado plenamente consciente, habría deseado morir, tal y como hacían ahora las células de su corazón, víctimas de una imparable cascada isquémica.

La agonía duró solo un par de minutos más —que incluso a su cruel amante le parecieron eternos— hasta que por fin Wanda Karsávina dio su último latido. Su cuerpo, caliente y lleno de sudor, se ofrecía hermoso a la vista. La mujer que estaba a su lado suspiró con tristeza. Había sido más difícil de lo que había imaginado: no le resultaba agradable matar, y menos a personas como Wanda. Se levantó y se dirigió al pequeño servicio privado de la habitación. Se dio una ducha rápida y se vistió despacio, reflexionando. Miró por la ventana y comprobó que la gran carpa era lo único que daba luz a la noche, fría y oscura. Entonces, decidió hacer lo único que en aquella situación le resultó lógico: cogió su teléfono móvil y llamó a aquel viajero que había cambiado para siempre tras descender al Sótano de las Golondrinas.

13

Únicamente aquellos pueblos que hacen descubrimientos son dueños del futuro de la civilización.

Berthold Auerbach

Clara Múgica miraba fijamente una fotografía que reposaba sobre la mesa de su despacho en el Instituto de Medicina Legal. En la imagen, ella y su marido Lucas sonreían, felices y bronceados, al objetivo de su cámara fotográfica. Habían transcurrido ya años desde aquella instantánea, que habían tomado en las islas Cíes un verano que se habían escapado a Galicia. Hacía ya tiempo que no hacían un viaje como aquel, no programado, vivo. No estaría nada mal repetir la experiencia y despegarse de las historias crudas y de la rutina del dolor.

Tal vez podrían irse los cuatro. No estaría mal: ella, Lucas, Valentina y Oliver huyendo juntos durante unos días de la vida rutinaria. Estaba a gusto con ellos, y apreciaba la complicidad que se había creado entre las dos parejas, aunque se debiera a acontecimientos como los de Villa Marina, que jamás hubiera deseado vivir. Sí, quizás les propusiese hacer algo juntos más allá de su paseo de los viernes, aunque fuese una excursión de un solo día.

La forense mantenía la mirada clavada en esa imagen suya y de Lucas rodeados de aquel azul cristalino y de aquella vieja arena isleña que había sido pisada por piratas, mientras escuchaba atentamente a Valentina Redondo, que la había llamado para que la pusiera al día acerca de la autopsia del hombre del pantano. No había resultado fácil explicarle lo del ahogamiento seco, pero la teniente era práctica e inteligente: por eso Clara confiaba en ella por completo.

—No me lo puedo creer, Clara. ¿Cómo es posible? ¿Ahora resulta que todos tienen hematomas?

—La chica no, ella está limpia. Deberías estar contenta: una que puedes eliminar de la lista —se burló Clara, socarrona.

—No creas —negó la teniente Redondo—. Astrid Strauss puede no haber estrangulado a Alberto Pardo, pero creo que tiene todavía muchas cosas que explicarnos. Lo que no me esperaba es lo de los arqueólogos; demasiada casualidad. ¿Tienen todos marcas en los dos antebrazos? ¿En los dos? ¿Y encima son todos diestros?

—Me temo que sí —lamentó la forense—. Los tres presentan equimosis y algún hematoma suave de diversa consideración en brazos, manos e incluso piernas. Creo que, dadas las circunstancias, es normal.

—Dichosas espeleolimpiadas —suspiró Valentina—, y dichosas escaladas y pruebas de resistencia... ¿a quién se le ocurre hacer esas cosas dentro de una carpa?

—Pues no te lo pierdas, le han dicho al auxiliar que hasta tienen espeleobar...

—Bebidas y barritas energéticas, seguro —rio Valentina, cansada—. Gracias por haber atendido mi llamada, Clara, no sé qué haríamos sin ti.

—Llamar a otra.

—No sería lo mismo.

—Por supuesto que no. Parecido. Pero vamos, que si me lo quieres agradecer, puedes invitar a la siguiente ronda de tapas cuando quedemos con los chicos.

—No da usted puntada sin hilo, señora forense —sonrió Valentina—. ¡Eso está hecho!

—Pues que sepas que además nos vamos a ir todos de excursión un día de estos.

—¿Sí? ¿A dónde? —replicó Valentina sorprendida.

—Y yo qué sé, ¿acaso piensas que he tenido tiempo de organizar nada con este lío de fiambres por aquí? —pre-

guntó Clara, que recuperaba así su fúnebre sentido del humor—. En fin, querida... si no te importa, tengo una autopsia que realizar... No sé si me explico.
—Te explicas. Y yo tengo una sala llena de guardias civiles esperándome; por eso te he llamado ahora, porque sabía que tardarías en volver a estar disponible.
—Chica lista.
Valentina, al otro lado del teléfono, sonrió con cariño:
—Gracias, Clara.
Colgó el teléfono con la extraña sensación de moverse sin avanzar en absoluto. Cuantos más datos tenía, más se asentaban las incógnitas. Se adentraba en un mundo desconocido para ella: podía saber cómo era una cueva, dónde estaba y qué profundidad tenía, pero desconocía los recovecos de su interior, el estremecimiento que transmitían los silencios de sus sombras y, más aún, la clase de pasta de la que estaban hechas las personas que se adentraban en ellas para explorarlas y desentrañar sus secretos.

Alberto Pardo podía haber sido estrangulado por cualquiera de los tres arqueólogos. Curiosamente, los tres hombres tenían coartada para el asesinato de Karsávina y, sin embargo, cualquiera de ellos podría ser el homicida de Alberto Pardo. Astrid Strauss, en cambio, no tenía marcas en los antebrazos, así que no podía haber matado a Pardo; además, también tenía coartada para el asesinato de Karsávina, pues a la hora de su muerte ella estaba con unos compañeros, aunque este dato habría que corroborarlo con ellos. Y sobre Helmut Wolf... ¿qué demonios sabían sobre él? El fiscal alemán podría ayudarlos; tras la interrupción de la reunión por la llamada de Enrique Díaz desde la fundación, todos habían decidido tomar un café rápido en la Comandancia, y Valentina había aprovechado para llamar a Clara Múgica.

La teniente Redondo se dirigió hacia su despacho, donde ya estaba su equipo con el capitán Caruso. Valentina entendía que, dada la gravedad del caso, el capitán desease estar presente, pero no le agradaba especialmente verlo en sus reuniones. No le quedaba más remedio que aceptarlo pero, para ella, no era más que un intruso.

Ahora, por fin, le tocaba al fiscal alemán contar todo lo que supiera sobre el hombre del pantano. Jaime Lerman, con su impresionante figura trajeada, caminaba por la sala con decisión, seguro de sí mismo, hablándole a su reloj de mano en alemán.

—¿Este quién coño se cree? ¿Michael Knight? —Escuchó Valentina que le decía Sabadelle al cabo Camargo en voz baja—. Igual que en *El coche fantástico*: «Kitt, te necesito» —añadió el subteniente con una sonora carcajada.

—Es un teléfono Android en un reloj, Sabadelle —replicó el cabo—. Dentro de nada los usaremos todos aquí, yo ya los he visto en El Corte Inglés.

—¡Anda ya!

—Que sí.

—Señores —dijo Valentina en tono elevado para cortar las conversaciones y lograr silencio—. Retomamos la reunión. Señor Lerman —dijo, dirigiéndose al fiscal—, lo escuchamos con atención.

Jaime Lerman, que ya había terminado su conversación telefónica, carraspeó y, con voz firme, comenzó a hablar:

—Llevábamos casi tres semanas buscando a Helmut Wolf. Su aparición en ese pantano de Comillas ha supuesto un impacto en mi país, y me temo que toda la prensa allí recoge ya el suceso. Piensen que Wolf era toda una institución en Berlín; era director del Instituto Arqueológico Alemán, que, para que se hagan una idea, dispone de la biblioteca arqueológica prehistórica más grande del mundo. Es un organismo líder en investigaciones arqueológicas a nivel mundial, y se encuentra bajo el patrocinio y protección del Ministerio de Asuntos Exteriores alemán.

—Un hombre con un puesto importante, entonces —comentó Valentina haciendo anotaciones.

—En efecto. En principio, había venido a España para una reunión rutinaria en la sede del instituto en Madrid. Al término de su último encuentro, Wolf comió con unos colegas en un restaurante cercano al instituto. Al día siguiente iba a coger un vuelo directo a Berlín, a primera hora. Sin embargo, no se presentó en el aeropuerto y, por lo que hemos sabido, tampoco durmió aquella noche en su hotel.

—Sí, eso nos lo acaban de confirmar nuestros compañeros de la capital —confirmó Valentina señalando con la mirada unos informes que habían llegado por fax aquella misma mañana. Lerman continuó su exposición:

—Lo que ocurrió con Wolf aquella tarde es un misterio. No hemos podido sacar nada en limpio de las videocámaras del restaurante donde comió, ni de las de su hotel ni de las de los comercios de la zona. En el hotel, entró y salió siempre solo, y la última vez que lo hizo fue para asistir a la reunión en su sede, porque, como les digo, no consta que regresase nunca a su habitación.

—¿Ningún testigo, ninguna incidencia que pueda resultar de interés?

—Nada en absoluto —negó Lerman—. Los colegas con los que comió aseguran que hablaron de trabajo y nada más, y que Wolf se despidió diciendo que estaba cansado y que daría un paseo hasta su hotel para descansar antes de preparar su maleta.

—Es decir, que el asesino lo interceptó en el paseo —intervino Riveiro.

—Eso suponemos, aunque no tenemos claro qué camino siguió. Cerca del restaurante había una parada de taxis, quizás cogiese uno. También había una entrada de metro próxima, pero dudamos que haya accedido a ese medio de transporte... —Su lógica se debía a la elevada posición económica de la víctima—. Tal vez atravesara parte de la ciudad a través de los jardines del Museo de Ciencias Naturales, que está cerca de la sede del instituto; tal vez, incluso, visitara el museo... en fin, es una incógnita qué camino siguió o a quién se encontró por las calles de Madrid.

—La investigación sigue su curso —dijo Valentina mirándolo fijamente.

—Sí, así es. La policía española sigue rastreando las cámaras de vigilancia de la zona, buscando posibles testigos... en fin, todo lleva tiempo.

—Ya. ¿Y su teléfono?

—Limpio. Se ha verificado con la compañía la entrada y salida de llamadas, los mensajes... nada que parezca relevante, aunque aún tenemos que localizar el terminal.

—Quizás esté en el fondo del pantano, pero de momento no se ha encontrado nada —se lamentó Valentina—. ¿Y su correo?

—Estamos en ello. Wolf cruzaba una media de treinta a sesenta correos diarios, y eso solo en su cuenta profesional. Y más ahora, que estaba colaborando con el comité del Advanced Grant.

—Perdón, ¿el qué?

—El Advanced Grant. En español sería...

—¿Subvención avanzada? —aventuró Valentina, rápida. Su inglés había mejorado mucho con Oliver en casa.

—Exacto. Un programa europeo que subvenciona la excelencia científica.

—Ajá... ¿y tampoco hay ninguna incidencia en relación a ese programa?

—De momento no nos consta. Estamos revisando correos, llamadas y gestiones una por una. Lleva tiempo, teniente Redondo.

—Lo imagino —concedió ella, con una suave mueca de compañerismo—. ¿Y sabe si dentro de sus últimos correos o llamadas había algo vinculado con el Congreso Internacional de Espeleología, que se está desarrollando en Comillas?

Lerman negó con gesto firme.

—En absoluto. Cuando supimos que se había encontrado su cadáver y nos informaron de la situación, fue uno de los primeros puntos que comprobamos. Tampoco tenemos nada que lo relacione con la primera víctima, Karsávina. Ni llamadas, ni mensajes, ni conferencias. Tampoco visitas a Friburgo, donde trabajaba la profesora. Nada.

—¿Y su familia? Estaba divorciado, según nos consta.

—Sí, desde hace años. Tenía dos hijos, y hablaba con su mujer exclusivamente a través de sus abogados.

—Idílico.

—Práctico —replicó el fiscal, haciendo que Valentina sospechase de la existencia de alguna exseñora Lerman.

El equipo, mientras tanto, observaba la conversación como si asistiesen a un partido de tenis. Caruso, por su parte, se entretenía leyendo correos y mensajes.

—¿Amantes, aventuras, escándalos?

Jaime Lerman se hizo con otro de sus caramelos de flor de saúco y lo saboreó unos segundos antes de contestar.

—Sus amistades nos han confirmado que a Wolf le gustaba frecuentar los servicios de *profesionales*, pero no nos consta predilección por ninguna señorita en concreto.

—Ya... —asintió Valentina.

—Os digo yo que se fue de putas —intervino Sabadelle chasqueando la lengua.

Valentina entornó los ojos. El fiscal alemán y Caruso presentes, y a Sabadelle no se le ocurría una expresión menos soez que aquella. Sin embargo, lo que había dicho el subteniente se aproximaba a las cábalas a las que ella misma había llegado.

Un hombre que suele recurrir a servicios profesionales y que tiene una tarde libre en una ciudad que no es la suya... ¿Por qué no? Podría ser. Valentina se dirigió al fiscal, que mantenía el gesto firme de su mandíbula de forma natural, sin apretarla.

—¿Han comprobado si había algún *pub* o alguna... *zona de encuentro* en las inmediaciones?

Lerman dudó.

—No, pero no lo creo. Estamos hablando de las inmediaciones del Museo de Ciencias Naturales.

Sabadelle le dio un codazo al acabo Camargo: «Qué cabrón el Wolf, ese encontró un bar a tono, seguro», le dijo en voz baja y conteniendo una risotada. Valentina escucho claramente el comentario y envió una mirada asesina al subteniente. Sin embargo, sus palabras fueron para Lerman.

—Quizás habría que revisar todos los hoteles, bares y locales de la zona donde pudiese haber establecido algún contacto; es posible que algún camarero lo recuerde, o que incluso alguna de sus videocámaras privadas tenga alguna imagen interesante.

El fiscal asintió, concediendo con su gesto que no habían reparado en aquella posibilidad.

—En todo caso —aclaró Valentina—, creo que tendríamos que intentar analizar qué pueden tener en común las tres víctimas, además de la moneda que acompañaba a sus cadáveres. Parece que no se conocían entre ellos, pero sí tenían en común la arqueología. Y creo que ese es el hilo del que debemos tirar.

Todos, incluso Lerman, asintieron con un murmullo de aprobación. Valentina miró el encerado: las flechas que se dibujaban de uno a otro lado, los nombres, las fechas, las hipótesis abiertas...

—Tendremos también que revisar el posible vínculo de Helmut Wolf con los potenciales sospechosos que ya tenemos: Astrid Strauss, Paolo Jovis, Marc Llanes y Arturo Dubach.

—¿Y esos quiénes son? —preguntó el alemán.

—Personas que conocían a Wanda Karsávina. Le explicaremos ahora los detalles. Vendrán en un rato; si lo desea, puede presenciar los interrogatorios.

—Me gustaría, sí.

Valentina suspiró. La mañana que tenía por delante iba a ser intensa y había dormido muy poco. Sin embargo, todavía llevaba consigo el sabor dulce y la calidez de la noche pasada con Oliver, y se sentía sorprendentemente ligera; iba por buen camino. Miró al fiscal con gesto pensativo.

—Y usted, señor Lerman, ¿tiene alguna teoría de lo que pudo pasarle al señor Wolf? ¿Algún sospechoso?

El gigante rubio se encogió de hombros.

—Por mi experiencia, sé que detrás de todo crimen suele haber una de estas dos cosas: corazón o dinero.

—¿Corazón? —se extrañó Riveiro, que no pudo evitar interrumpir.

—Familia, hijos, padres, hermanos, pasión, amor, desamor... Ya saben —explicó con un ademán de moderada suficiencia.

—¿Y entonces? —Valentina no le iba a dejar divagar.

—Entonces, viendo que solo trataba con putas —dijo Lerman mirando a Sabadelle—, y atendiendo a las circunstancias del caso, me inclino más a pensar que el motivo sea el dinero.

—Lo escucho —dijo Valentina animándolo a detallar su suposición.

—Helmut Wolf era unos de los miembros más relevantes del comité de decisión del Advanced Grant y, como les dije, los últimos meses había estado muy implicado en la selección de proyectos a financiar. Como imaginarán, y tal y como está la comunidad científica, hay cientos de peticiones.

—Pero ¿es solo para arqueólogos? —preguntó Valentina interesada.

—Oh, no. El Consejo Europeo de Investigación subvenciona de esta forma cualquier área temática: historia, ciencias, ingeniería, docencia...

—Pero habrá filtros, requisitos...

—En efecto, claro. Los proyectos de investigación deben ser excelentes y altamente innovadores, y deben estar liderados por investigadores con al menos diez años de experiencia; da igual que sean españoles, australianos o americanos. En realidad, el requisito fundamental es que el proyecto se desarrolle en Europa durante un plazo máximo de cinco años.

—Ya... ¿y de cuánto dinero estaríamos hablando, aproximadamente?

—¿Por proyecto? Unos tres millones y medio de euros como máximo; en la práctica, me he enterado de que es difícil superar los dos millones y medio.

Se escuchó un silbido. Para sorpresa de todos, fue el propio capitán Caruso quien lo había lanzado al aire. Se dirigió a Valentina:

—Ahí tenéis un móvil, teniente. La pasta. Tirad de ahí.

Dicho esto, se excusó: unos asuntos ineludibles lo esperaban en su despacho. Posiblemente fuese cierto, pues sus superiores, la prensa y los ayuntamientos de Santillana, Suances y Comillas debían de estar quemando su teléfono.

Valentina estaba francamente sorprendida con la existencia de aquel programa europeo de ayudas.

—Pero... ¿Cómo es posible? Es decir... todos sabemos que universitarios y científicos españoles se marchan al extranjero porque aquí no hay dinero para investigar, no hay ya apenas becas, ni subvenciones...

—El Advanced Grant existe desde el año 2007, pero deben tener en cuenta que cuando se convoca proporciona menos de trescientas ayudas al año, que apenas son seiscientos cincuenta millones de euros. No es mucho dentro del presupuesto europeo.

—Pues no tenía ni idea de que existía —reconoció ella. Los comentarios del resto del equipo evidenciaban que ellos tampoco.

—Se subvenciona la excelencia científica, se busca prestigio internacional y, a nivel práctico, la base para nuevas industrias y mercados.

—Pues no creo que los arqueólogos sirviesen mucho para esas innovaciones —observó Riveiro.

—Es posible pero, por lo que sé, tenían cabida toda clase de proyectos.

—¿Y cuál es su teoría entonces, señor Lerman? —preguntó Valentina—. ¿Cree que mataron a Helmut Wolf por esa subvención?

—No lo sé —reconoció el fiscal—, pero sí sé que es en lo que trabajaba en los últimos meses, y que su decisión sobre lo que se aceptaba y lo que no era fundamental, porque era un peso pesado del comité.

Valentina se volvió hacia su equipo.

—¿Sabemos si alguno de nuestros sospechosos o la propia Karsávina había solicitado el Advanced Grant?

Encogimientos de hombros. Tímidas negaciones. El gigante alemán se levantó y sonrió a la teniente Redondo.

—Creo que tengo lo que necesitan —dijo, resolutivo; miró su reloj como si fuese a consultar la hora e hizo ademán de ir a escribir algo sobre la pantalla. Se dirigió a Valentina—: ¿Un correo electrónico, por favor?

—Claro, ¿para qué?

—Para enviarles el listado de los solicitantes del Advanced Grant de este último año —dijo con un toque malicioso.

La teniente apenas se atrevió a preguntarlo:

—¿Cuántos son...?

—Unos dos mil quinientos.

Valentina contuvo un suspiro. Sí, definitivamente, aquella iba a ser una mañana extraordinariamente larga.

El viajero del Sótano de las Golondrinas
Séptima reflexión

Nos han hecho una revisión médica. Dos forenses que apenas han abierto la boca, salvo para decir «súbase aquí», «póngase allá» o «su mano, por favor». Me han tomado las huellas. No me ha importado. Me puse guantes cuando fui a Altamira. A nadie le llamó la atención; con el frío que hacía fuera, todo eran guantes, bufandas y abrigos. No entiendo por qué nos han mirado a todos los antebrazos y las orejas. Quizás piensen que matar a alguien siempre deja huellas, pero no, por suerte fue algo aséptico y rápido. Matar no debería ser tan fácil, pero ahora es tarde.

Wanda, Wanda, Wanda: El mundo era mejor contigo dentro. Debería haber evitado que murieras. Debería incluso haber impedido cualquiera de las otras muertes; pero es demasiado tarde, también para las lamentaciones.

Maldito sea el poema de la madre Teresa. Hay dos versos suyos que me condenan:

> La vida es preciosa, cuídala.
> La vida es riqueza, consérvala.

Casi siento ganas de reír y de llorar al mismo tiempo, porque es curioso... al final, todo lo que me ha sucedido ha sido por culpa de seguir uno solo de sus versos:

> La vida es misterio, desvélalo.

Madrid
Tres semanas atrás

La mujer era paciente, perseverante, observadora. Se movía por la ciudad como una gata felina y primitiva. Hacía mucho tiempo que no se vestía así: tacón fino y alto, vestido de marca levemente ajustado hasta las rodillas, maquillaje suave y labios de un intenso rojo mate. Elegante, burguesa, europea. Lo vio salir del restaurante como si observase a un actor dentro de una película. Era alto, tenía una mirada concentrada, el gesto de hombre importante.

Se hizo la encontradiza, él tardó en reconocerla aunque, en realidad, hacía solo cuatro días que se habían visto. Resultaba asombroso lo que la descontextualización de una persona y un poco de maquillaje podían hacer. La joven mintió descaradamente: le contó que estaba allí atendiendo unos negocios familiares y que venía de una reunión importante. Vaya una casualidad que se encontraran allí.

—Pensaba que estaba usted enfadada conmigo.

—Bueno, señor Wolf, una discrepancia de pareceres no va a situarle en mi lista negra para siempre —replicó ella con un mohín coqueto.

—Me alegro, cuando nos vimos en Alemania estaba usted un poco... alterada.

Cuatro días atrás, la joven había visitado el despacho de Wolf en Alemania para rogarle que reconsiderase su decisión. Ahora, estaba en Madrid exclusivamente por él, como medida desesperada pero radical: había decidido que tanto esfuerzo no podía ser en balde. No, al menos, por culpa de un solo hombre, por una única y parcial decisión.

—Querido —alzó una mano y la movió en sentido negativo, como si restara importancia a lo ocurrido—, eso ya pasó. No voy a negar que esa subvención resultaba vital para el proyecto, pero si usted nos denegó la ayuda, será porque tiene otras investigaciones extraordinarias en las que invertir, ¿me equivoco?

—Todos los proyectos tienen algo de extraordinarios, lamento que en el que participaba usted no encajase en el concepto del Advanced Grant.

—No vamos a discutir ahora, querido —replicó ella riendo—, pero algunos de sus compañeros no pensaban lo mismo; si no hubiera sido por su voto, ahora mismo tendríamos concedida la subvención —le recriminó sin deslizar la sonrisa de su rostro, como si él solo hubiese incurrido en una simpática travesura infantil.

—Bueno, hasta el mes próximo no se cierran las aceptaciones definitivas, lo estamos revisando —dijo Wolf conciliador.

—Me imagino que no me dejará intentar convencerlo...

—Señorita, me temo que yo no...

—¿Una copa? Mi hotel está justo aquí al lado —lo interrumpió ella con una sonrisa limpia y angelical—. La verdad es que no conozco a nadie en Madrid, y hasta mañana no sale mi avión, ¿le apetece?

Claro que le apetecía. Ella era muy guapa, muy lista y absolutamente convincente. Helmut Wolf, en efecto, no fue difícil de convencer. Del bar del hotel a la habitación tardaron menos de dos horas y algo más de tres Tanqueray con tónica. Pero él no cambió de opinión sobre el Advanced Grant: era un alemán duro, aquel Helmut Wolf. La joven sabía que, si él modificaba su voto, aquello estaría hecho, pero Helmut Wolf no cambió de parecer ni antes ni después de acostarse con ella; se molestó incluso cuando la mujer, desnuda ante él, volvió a sacar el tema.

—Qué creías, ¿que ibas a convencerme con un polvo? Mira, guapa, ha estado bien, pero mejor me marcho a mi hotel, que mañana tengo que madrugar.

Ella estrechó la mirada. Él no tenía ni la más remota idea de hasta dónde podía ella llegar. Decidió hacerse la tonta: a lo largo de los años había comprobado que era una actitud que solía dar resultado. Sin embargo, su cerebro trabajaba rápido, muy rápido. Si aquel voto no era positivo, al menos, que no fuera nada, que no restase. Sin él, tendrían su subvención. Y si él era sustituido por otra mano, sería una a la que acariciar para convencer. Era simple y pura lógica matemática.

Lo decidió justo en aquel momento, no fue nada premeditado. Ella llevaba somníferos en su neceser, los usaba desde hacía tiempo, porque a veces las noches se le hacían eternas. ¿Cuántas pastillas harían falta para matarlo? ¿Y cuántas para dejarlo solo inconsciente? ¿Y qué haría con el cuerpo? No podría dejarlo allí, aquella habitación estaba registrada a su nombre. Y era alto, y grande; ¿cómo lo sacaría de aquel hotel sola y sin ayuda?

—Venga, no te enfades, con lo bien que lo estábamos pasando —le dijo, exagerando la postura de sus labios como si fuese a darle un beso sensual y carnoso—. Podemos jugar un rato más.

Helmut Wolf destensó el gesto, pensando que no estaría mal terminar de aprovechar la tarde con aquella belleza. Encima, gratis. Ella se ofreció a preparar un par de copas con lo que encontrase en la pequeña nevera de su habitación. Él pensó que, al final, aquella aburrida reunión en Madrid no había salido tan mal.

Para ella resultó extraño y muy sorprendente asumir su propia serenidad. Lo estaba intoxicando con una tranquilidad de conciencia pasmosa, como si le estuviese dando el biberón a un bebé. Había tomado la decisión y la estaba ejecutando, sin más. El beneficio iba a ser tan alto, tan desinteresado, tan enriquecedor para el futuro de tantas personas...

En cuanto empezó a verlo ligeramente atontado, comenzó a vestirse.

—¿Qué haces? —le preguntó él, a quien comenzaba a pesarle el sueño en los párpados como si fuese hormigón.

—Te voy a llevar a tu hotel, que estás hecho polvo.

—¿Tienes coche?

—Claro, uno de alquiler. Te veo cansado.

—Sí, yo... la verdad es que estoy un poco mareado.

Empezaba a hablar de forma lenta y mal articulada, pero no era suficiente. La mujer se apuró en llevarle un vaso de agua, en el que había diluido mucha más cantidad de barbitúricos. Con la bebida anterior, para que no se notase, solo había podido introducir una pequeña dosis: la justa para alterar el nivel de conciencia de Wolf.

—¿Ves? Espera, te ayudo a vestirte.

Cuando llegaron al coche, él ya estaba casi inconsciente y su marcha era titubeante. Lo dejó allí y volvió a la habitación; recogió sus cosas y el maletín de Wolf, pagó la factura en recepción y se despidió con una sonrisa inmaculada, inocente y cándida. Oficialmente, había dormido allí sola, nadie sabía de la existencia de Helmut Wolf en aquel hotel ni podía vincularlo a ella.

Ahora solo quedaba deshacerse del cuerpo. ¿Le habría dado ya una dosis suficiente como para matarlo? Era un hombre grande. ¿Y si solo lo había dejado inconsciente? Tenía que salir de allí, salir de Madrid. Cuando descubriesen su desaparición, sería la primera ciudad en donde empezarían a buscar. ¿Y si...? ¿Por qué no? No pensaba subir todavía, pero estaba en su plan de viaje: de hecho, cuando había alquilado el coche ya había dicho que lo devolvería en una oficina de Cantabria. De todos modos, en un par de semanas tendría que estar allí. Aprovecharía para realizar otras gestiones: una era presencial e ineludible, interesante incluso. Otras, podría hacerlas desde su portátil. Convencida, tomó dirección hacia Cantabria y se preparó para conducir toda la noche.

No había prisa, su clase en la universidad no comenzaba hasta las diez y media, así que se tomó un segundo café antes de salir hacia Santander. Tiempo para pensar, para ordenar su mundo sentado en su porche con un café fuerte y caliente sobre la mesa.

Oliver iba a portarse como un perfecto *gentleman*, como siempre. No tenía ni siquiera que meditar cómo iba a despedirse de Anna. Ya no era la pelirroja dulce y amable, inteligente, tradicional y previsible —como él mismo— pero divertida que él había conocido. Se había convertido en una desconocida: fuerte, decidida, vegana, budista, ajena. Traidora y desleal. Ya no estaba enamorado de ella, pero sí dolido. Humillado por ella.

Dentro de una vida hay otras muchas; pero ¿dentro de una persona puede haber más de un alma? ¿Qué quedaba de Anna en aquella nueva mujer que él alojaba en Villa Marina? ¿Será posible que en algún momento de nuestras vidas cambiemos tanto que nos diluyamos, como si fuésemos jabón escurriéndose por el desagüe de la ducha, dejando solo un envoltorio de carne, nuevo y aséptico?

—Ya hay que ser gilipollas. ¿Cómo no me di cuenta? —susurró, sorprendido de su propia inocencia.

No quería volverse enfermizamente suspicaz ni desconfiado, pero sabía que lo que había averiguado el día anterior también lo había cambiado a él para siempre.

—Buenos días, Oliver.

No la había oído llegar. ¿Tan abstraído estaba?

—Hola, Anna. ¿Ya has desayunado?

—Sí, hace un rato.

—Pobrecita, con tanta leche, salchichas y huevos en el comedor te ha debido parecer el holocausto caníbal.

—Oliver, no vengo a discutir.

—No, vienes a despedirte. Pues nada, adiós y buen viaje —replicó él, tranquilo pero firme. Su tono no era agresivo, sino sarcástico.

—¿Tenemos que terminar así?

—No lo sé, ¿tenemos que terminar de alguna manera? Has venido, me has contado tus miserias, ya tienes un karma de puta madre y bien limpio, y ahora te marchas para seguir explicando al mundo cómo ha de salvarse. Todo perfecto, ¿no? —le dijo, con una sonrisa cínica.

En realidad, Oliver no estaba visceralmente enfadado, porque después de la noche que había pasado con Valentina se encontraba razonablemente feliz. Pero sí se sentía dolido y desgastado.

Ella se envalentonó.

—Al final Guillermo tenía razón. No valía la pena contártelo. Ibas a ponerte así, como un niño enrabietado, sin entender nada en absoluto.

—¿Perdona? Me parece que he entendido vuestra jugada bastante bien. Pero somos adultos, así que tranquila que el tiempo lo cura todo.

—No todo —declaró ella con firmeza; hizo una breve pausa—. Actúas como si siguieses enamorado de mí.

—¿Qué? ¿Te has vuelto loca? —preguntó Oliver atónito. Ella alzó su fino cuello, en un gesto provocador.

—De lo contrario, no te habrías enfadado tanto.

Él mostró su sorpresa con un gesto de la cabeza.

—Me enfado, pero no porque te quiera, Anna, sino porque te quise. Y porque quiero a mi hermano. Pero sobre todo porque Guillermo y tú habéis hecho un daño inmenso a mis padres de la forma más egoísta e irresponsable imaginable.

—No estábamos de vacaciones, Oliver.

—Lo sé, teníais la misión de cambiar el mundo. Me sorprende que no tengáis trajes de superhéroes, la verdad.

Ella se aproximó y se sentó a su lado con un gesto de tristeza.

—Te burlas por despecho y por desconocimiento. Si

viajases conmigo a la India y a otros países, si vivieses solo unas semanas conmigo, lo comprenderías todo. Ni yo ni Guillermo nos hemos movido por actitudes egoístas, sino por completa entrega a los demás, al planeta. Un único gesto puede hacer mucho, Oliver, aunque tú no lo entiendas.

—Claro, yo no entiendo nada porque soy idiota. Venga ya Anna, no me des discursos paternalistas, por favor.

Ella suspiró mirando hacia la playa de la Concha: estaba claro que no iba a haber un punto de encuentro, ya no tenían nada en común. El frío hizo que el aire que había salido de sus pulmones se volviese blanco y dejase de ser transparente.

—Oliver, posiblemente no volvamos a vernos. Quiero que sepas que lo siento, y te pido perdón por el daño que te haya podido hacer. Has sido parte importante de mi otra vida y siempre me has tratado bien...

—Igual que tú a mí. Ah, no, perdona, que tú no tratas bien a tus novios, sino a los hermanos de tus novios.

—Ya basta, por favor —suplicó ella.

Anna parecía estar a punto de llorar.

—Sí, ya basta —concedió—. Te reconozco el mérito de, al menos, haber venido aquí a contarme la verdad. La necesitaba. —Miró a Anna a los ojos y observó que ya ni siquiera su físico era igual, porque por dentro su fuerza era diferente—. Gracias por haber venido, al menos, con la intención de contármelo.

Ella dejó resbalar una lágrima.

—Era mi obligación. Quiero hacerte una promesa, Oliver.

Él la miró de nuevo con desconfianza. Ya no cedía ni a lágrimas ni a promesas ni a concesiones. Ella continuó hablando:

—Iré un par de semanas a casa de mis padres y luego regresaré a la India. Te prometo que haré lo posible por encontrar a Guillermo y que, si sé de él, te avisaré.

—Te lo agradezco; la policía y yo mismo haremos

también gestiones. De hecho, es en lo que pienso trabajar toda la tarde —añadió, bebiendo un poco de su café, que ya había empezado a perder su calor.

—Bien —asintió ella más entera—. Si lo encontrase, ¿deseas que le transmita algún mensaje de tu parte?

Oliver rio.

—Sí, dile que le voy a partir la cara, y que después de eso lo espera mi padre en casa para calentarle la mejilla que le quede sana.

Ella hizo caso omiso de la broma y pareció pensarse lo que iba a decir.

—Oliver, imagino que en la herencia de tu madre debió de haber alguna adjudicación para Guillermo.

Hubo un breve silencio lleno de desconfianza.

—Sí. ¿Y?

—Que quizás Guillermo, si sabe que en Londres tiene algo a lo que aferrarse para tener una estabilidad, pueda decidirse a volver.

—¿A volver? No, Anna, no te equivoques. Mi intención no es que Guillermo vuelva a casa y que se adapte a una vida convencional; solo quiero saber si está vivo y si está bien. Me encantaría verlo, pero si él prefiere vivir en la Luna, por mí vale.

La miraba fijamente. Intentaba traspasarla, ver de verdad a dónde quería llegar a parar. Ella insistió:

—En todo caso, creo que sería conveniente que él supiese con qué cuenta en Europa. Imagino que si tú te has quedado con Villa Marina a él le habrá tocado el piso de Chelsea...

—Sí, eso y algo más —contestó todavía desconfiado, sin querer detallar más información—. Pero no entiendo tu planteamiento, Anna. Un hombre que deja todo, que cambia radicalmente de vida, ¿te crees que va a volver a Inglaterra solo por unas miles de libras y por un apartamento?

—Bueno, el piso está en una de las mejores zonas de Londres y sabes que su valor es muy elevado. Y tu hermano no es un activista normal ni un aventurero, sino un hombre que necesita medicación, como tú mismo dijiste ayer —razonó ella.

Oliver no dejaba de mirarla incrédulo.

—¿Qué crees, Anna? ¿Que Guillermo va a enterarse por fin de que su madre ha muerto y que lo primero que va a hacer es venir a coger su herencia? Sería lo más incongruente del mundo para una persona tan poco interesada en todo lo material, ¿no te parece?

—No lo sé, Oliver, quizás tengas razón. Yo solo buscaba un soporte que darle a Guillermo para motivar su regreso, en caso de que pudiese localizarlo.

—¿Y qué tal un padre y un hermano? ¿No se te había ocurrido? —preguntó Oliver un poco molesto.

—Solo exploraba todas las posibilidades, está claro que ya no te puedo decir nada, te has posicionado en mi contra. —Se levantó con actitud ofendida.

—¿Que yo qué? —Él también se puso en pie—. Eres tú la que se ha puesto a preguntar por herencias sin venir a cuento, Anna.

—Da igual, déjalo, me marcho ya. Gracias por la estancia en Villa Marina, espero que te vaya muy bien con el hotel y con tu novia policía.

Oliver estuvo a punto de volver a recordarle a su antigua prometida que Valentina pertenecía a la Guardia Civil, no a la policía, pero no dijo nada. Era mejor terminar aquello lo más limpiamente posible. Y quizás le interesase mantener a Anna entre sus contactos por si ella daba con alguna forma de encontrar a su hermano. Oliver también podía ser interesado y calculador si aquel era el juego en el que había que entrar.

—Yo también espero que te vaya bien en todo lo que hagas, Anna. Suerte con tus ideas y tus proyectos en la India. —Oliver había desvestido de ironía su voz e intentaba ser amable.

—Gracias —replicó ella mirándolo fijamente a los ojos.

Los separaban apenas un par de metros, pero ninguno hizo ningún amago de beso o abrazo de despedida. Se miraron con esa intensidad que a veces sacude los gestos cuando ya no hay nada más que decirse salvo un adiós seco. Probablemente no volverían a verse nunca.

Oliver sonrió, haciendo que el instante dejase de ser tan afilado, pero no lo hizo por hacerle a ella el trago más agradable, sino porque, en realidad, se reía de sí mismo. Era como si la vida fuese una larga broma, una interminable sucesión de hechos que te daban y te arrancaban todo con crueldad en un minuto, llenándote de esperanza o de más oscuridad al instante siguiente.

Ella subió la pequeña cuesta que por el jardín la llevaba hasta Villa Marina, mientras Oliver, que no la acompañó, entraba en la cabaña. Recogería todo un poco antes de marcharse a Santander. Pensaba pasar por el piso de Valentina y recoger algo de ropa, como ella le había pedido. Aquello le daba energía y vida: tenía algo que hacer, un paso más que dar, un objetivo que alcanzar. ¿Habría sido siempre así a lo largo de la historia? ¿Qué habían hecho los hombres para darle sentido a todo, al saber que tarde o temprano el juego terminaría? ¿Ir a las guerras, luchar por algo? ¿Unas tierras, un honor, unos hijos, la simple supervivencia? Oliver pensó que lo que lo único que podía mantener un espíritu fuerte, una mente sana, era tener un lugar a donde ir, una pasión por la que dejarse llevar, un deseo ante el que sucumbir, algo que le ofreciese la posibilidad de dar un paso más allá. Si él mismo llegase a carecer de un destino, de un anhelo, ¿en qué se convertiría? Sería un mero fantasma esperando que pasasen los años para, por fin, deshacerse de su cuerpo.

Una vez más, como en los últimos meses, y a pesar de todas las historias grises que arrastraba, Oliver se sintió afortunado. Y fuerte. Aunque le hiciesen daño, era capaz de reconstruirse y sonreírle al destino por muy cabronazo que este fuese.

Se marchó de la cabaña una hora después sin saber que, en la bandeja de entrada de su correo, le esperaba un mensaje urgente que provenía de un lugar en la otra punta del planeta. Cuando lo leyese, horas más tarde, comprendería que la verdad no es más que lo que dibujan los que la cuentan, y que el miedo físico es un latigazo firme que se expande por las tripas, el pecho y las costillas: una culebra que se te instala dentro, salvo que corras como un salvaje desbocado hasta ella para cortarle la cabeza.

No estaban detenidos, ni imputados, ni eran formalmente sospechosos. No había pruebas, solo teorías, suposiciones, conjeturas. Tres arqueólogos y una profesora especializada en Historia Antigua y Antropología Social. Valentina era consciente de que habían tenido suerte de que accediesen a presentarse en comisaría sin objeciones, sin abogado y con ánimo colaborador, al menos, en apariencia. Habían permitido incluso que los agentes del SECRIM registrasen sus habitaciones sin reparo alguno.

Empezaron con Marc Llanes.

—¿Dónde estaba usted hace tres semanas, señor Llanes?

—¿Tres semanas? A ver, déjeme pensar... en Schöneck, creo. Sí, en Schöneck-Kilianstädten, un pueblo cerca de Fráncfort, en Alemania.

Valentina y Riveiro estaban concentrados en el interrogatorio, mientras Jaime Lerman observaba sentado en una esquina de la sala procurando pasar desapercibido: algo realmente difícil con su cabello rubio, su traje a medida y su espectacular altura.

—Ya veo, ¿y qué hacía usted allí exactamente?

—Trabajar con veintiséis cadáveres.

—¿Cómo?

—Mujeres, hombres y niños torturados y asesinados, la verdad es que tuvo que ser horrible —razonó Llanes, que de pronto pareció darse cuenta de algo—. Bueno, me refiero a cuerpos de la Edad de Piedra, ¡por supuesto!

Unos siete mil años de antigüedad. En fin, una pena... pero absolutamente fascinante.

—Ah —acertó a decir Valentina, que no se esperaba aquella salida del arqueólogo—. ¿Y tiene testigos que acrediten su estancia en Scho... en Fráncfort?

—Sí, por supuesto. Pero qué pasa, ¿soy sospechoso de algo? —se extrañó.

—No, no, solo queremos contrastar datos e información.

—Pues pueden confirmarlo con la Universidad de París; tengo fotografías, un reportaje y hasta una entrevista publicada ya en *Science*, ¿quiere que se la pase? —preguntó con la mayor naturalidad del mundo.

—Sí, sí, por favor —confirmó Valentina; Riveiro anotaba información en su libreta—. ¿Y qué puede decirnos sobre la visita que realizó con Wanda Karsávina a la Cueva de las Monedas hace dos años?

—¿Y por qué les interesa eso? ¡Vaya tontería! —exclamó casi riéndose.

—A Wanda la encontraron muerta con una moneda de esa cueva entre sus manos, señor Llanes. ¿Le sigue pareciendo una tontería?

Valentina escrutó al arqueólogo para observar su reacción. Llanes abrió mucho los ojos y mostró su incredulidad:

—Pero ¡si esas monedas estaban en el Museo de Altamira!

—Eso es, en Altamira, donde anoche asesinaron a otra persona.

—No sabía nada.

—Lo verá en la prensa de hoy. —Le adelantó Valentina, sin apartar la mirada de Llanes—. Dígame, ¿qué pasó en la Cueva de las Monedas cuando usted y sus amigos la visitaron?

Marc dudó. Aún estaba asimilando que hubiese habido otro asesinato, ahora en Altamira.

—¿Pasar? No ocurrió nada especial, teniente, no entiendo nada. A ver: Paolo, Arturo, Wanda y yo estábamos en Cantabria para buscar una ubicación adecuada para el congreso de espeleología e hicimos algo de turismo profesional, ¿entiende? Visitamos esa cueva, sin más, y a Wanda le interesaron mucho las monedas medievales que habían encontrado allí. Si no recuerdo mal, se había cabreado bastante.

—¿Por qué?

—Porque las tenían abandonadas en un cajón de un museo sin exponer al público. Hasta nos hizo ir a Altamira para poder verlas y estudiar sus informes numismáticos. Era tenaz, Karsávina —añadió, sonriendo y mostrando con su mirada cómo recordaba a Wanda.

—¿Y ya está? ¿Nada más?

—Creo que no; Wanda intentó que expusiesen las monedas, pero no le hicieron ni caso porque, por lo visto, en Cantabria no hay ningún museo especializado en la época medieval. Supongo que terminó por olvidarse de ellas... la verdad es que yo no la veía con frecuencia y no volví a preguntarle.

—Ya... ¿y fue usted con ella al Museo de Altamira cuando se presentó para ver las monedas?

—Claro. Fuimos todos.

—¿Recuerda quién les atendió?

—Un chico joven, no recuerdo el nombre, la verdad.

Valentina acercó una carpeta y le mostró una fotografía de Alberto Pardo.

—¿Es este?

Marc no se lo pensó demasiado.

—Sí, creo que sí, es posible, aunque no podría asegurárselo a ciencia cierta, pero me suena su cara. Sí, creo que podría ser él.

—Bien, gracias —contestó Valentina mientras guardaba la fotografía de Alberto Pardo—. ¿Y por qué Wanda había venido con ustedes a Cantabria? No formaba parte del comité organizativo.

—La invitó Paolo.

—¿Paolo?
—Sí.
—¿Por qué? ¿Tenían algún tipo de relación?

Marc dudó. Parecía no querer meter en problemas a su amigo.

—Bueno, ya sabe, gente joven, sin pareja, sin hijos, que viaja mucho... Supongo que de vez en cuando se darían una alegría, pero nada más. En todo caso, dudo que pudiesen verse demasiado: Paolo no para ni un segundo.

—Entiendo... Oiga, ¿y le suena a usted el Advanced Grant? ¿Sabe lo que es?

—¡Anda! Como para no saberlo... yo mismo lo he solicitado un par de veces.

Valentina cruzó una mirada fugaz con Riveiro.

—¿Sí? ¿Y se lo concedieron?

—No, parece que no soy lo bastante innovador —contestó riéndose.

—¿Y sabe si Paolo o Arturo lo habrán solicitado?

—Supongo que sí, posiblemente. Si no lo hicieron ellos directamente, lo habrá hecho algún compañero de los proyectos en los que han trabajado. Pero no solo esa subvención, claro, sino otras tantas... es muy difícil lograr financiación para la ciencia, teniente —se lamentó.

—Me lo imagino... ¿Y solicitó usted esa subvención este último año?

—Pues no, la verdad es que no. Mi trabajo para las revistas y la universidad está ocupando últimamente todo mi tiempo.

Valentina asintió reflexiva.

—Marc, nos gustaría saber también dónde estuvo usted ayer por la tarde, a eso de las seis, ¿lo recuerda?

—Claro, en las espeleolimpiadas.

—¿Toda la tarde?

—Prácticamente, sí. Es más, a las cinco y media di una entrevista para un periódico local. El *Diario Montañés*, creo que se llama. Me tuvieron liado más de una hora entre la charla y lo que tuvimos que esperar al fotógrafo, pueden comprobarlo.

—Lo haremos, gracias —asintió Valentina.

Llanes no podía tener nada que ver con ninguno de los asesinatos: parecía tener coartada para todos. El arqueólogo mostró una sonrisa confiada y se dirigió hacia Valentina.

—Oiga, teniente, ya ve que soy cooperativo: he ido a su reconocimiento médico, he contestado sus preguntas... y lo único que me parece es que ustedes me tienen enfilado como sospechoso, ¿no es así?

—No es que sea usted sospechoso de nada, señor Llanes, nos limitamos a contrastar información.

—¿Ve? Precisamente, a eso me refiero, a que ustedes están ejerciendo de detectives, y me parece bien, es su obligación, pero yo también soy detective, así que si me cuentan más cosas quizás pueda ayudarlos. Tengan en cuenta que debo de ser una de las personas que más conoce a todos los arqueólogos del congreso.

—Perdone, ¿qué dice? ¿Que es detective? —preguntó Valentina atónita.

—Bueno, podríamos decir que soy un policía científico de la historia, teniente. —Sonrió ufano—. ¿Qué cree que hacemos los arqueólogos, entonces? Deducir, indagar, explorar el sentido y la causa de los yacimientos para entender qué estamos viendo: ¿un basurero? ¿Un lugar sagrado de enterramiento? —preguntó con toque teatral—. Saber ante qué estamos nos dirá también a quién hemos encontrado. Lo nuestro es una especie de ciencia policial, ¿comprende? Nos exige rigurosidad, búsqueda de testigos...

—¿De testigos? —interrumpió Riveiro, sin poder contenerse, asombrado—. No encontrarán muchos en yacimientos de siete mil años de antigüedad —argumentó, recordando la excavación en la que Llanes decía haber estado hacía solo unas semanas.

—Ah, se equivoca, señor...

—Sargento.

—Perdone pues, sargento. —Se corrigió, encantado por haber suscitado su interés—. Las crónicas de la época son testigos escritos de lo que sucedió. A veces nos las encontramos en piedra, dibujadas; otras, más fáciles, sobre papel. Y a menudo tenemos que deducirlo todo de restos, de fósiles. Por ejemplo, lo que les comentaba antes sobre mi trabajo en Schöneck, ¿saben cómo averiguamos quién y por qué había matado a aquellas veintiséis personas?

Valentina, Riveiro y Jaime Lerman no contestaron, pero dejaron claro con sus semblantes que, para su propia sorpresa, esperaban con curiosidad la respuesta.

—¡Los LBK!

—¿Los qué? —Valentina no daba crédito. Aquello era surrealista. El testigo-sospechoso-potencial conocedor de hechos importantes, dirigía ahora la conversación.

—La tribu de los Lineas Band Keramik: su forma de matar seguía un patrón común: golpes en la cabeza, aplastamiento de espinillas, flechas... lo típico. Siguiendo el patrón encuentras al asesino, como en las novelas de misterio.

—¿Y por qué lo hicieron? Matar a esa gente, digo —preguntó Riveiro, que ya no podía moderar su curiosidad.

—¡Geología!

—¿Qué?

—De la geología sacamos la respuesta, por eso colegas como Paolo o Arturo son tan importantes, ¿entienden? Por los registros geológicos sabemos que estas grandes matanzas coinciden con períodos de grandes cambios climáticos. Es muy posible que la supervivencia dependiese de las bocas que hubiese que alimentar. Épocas difíciles, como ven. Quizás se aproxime una pronto: el comienzo del nuevo cambio climático es un hecho, ¿no les parece?

Valentina estaba asombrada. No sabía si Marc Llanes

era un charlatán o un arqueólogo extraordinario. En todo caso, tenía mucho trabajo por delante aquella mañana; y estaba bastante claro que, de poder confirmar las coartadas de aquel hombre, este no tenía nada que ver con los asesinatos. De modo que necesitaban avanzar, y no precisamente hablando sobre el inquietante tema del cambio climático.

Se levantó y se despidió del arqueólogo agradeciéndole su cooperación y rogándole que les facilitara un teléfono de contacto.

Tenían que actuar con rapidez: el congreso terminaba aquella noche y, al día siguiente, la práctica totalidad de los asistentes estaría cogiendo aviones y trenes hacia otros destinos.

Cuando Marc Llanes estaba a punto de salir de la habitación, se volvió y se dirigió hacia Valentina.

—Teniente, quizás no le parezca un tipo muy sensible, pero apreciaba a Wanda, de verdad. Si puedo colaborar en algo más, no duden en decírmelo.

—Gracias, señor Llanes, se lo agradezco.

Valentina esperaba que el arqueólogo se diese media vuelta y se marchase, pero este se quedó en pie, mirándola, como si todavía tuviese algo que contarle.

—Quizás les ayude ver las pruebas, las víctimas, de forma individual, ¿entiende? No como un conjunto, sino como historias independientes.

—Perdone, no entiendo qué quiere decir.

Marc suspiró, como si en el aire que movían sus pulmones se contuviese el peso de una gran sabiduría.

—Antes, cuando se descubría una cueva, ponían focos por todas partes, iluminando toda la escena para descubrir todas y cada una de las huellas, de las pinturas, de los fósiles. Pero era un error hacerlo así.

Valentina se vio obligada a preguntar.

—¿Por?

—Porque el trabajo no había sido hecho para verse de esa forma. Por eso el conjunto de pinturas rupestres y de asentamientos carecía de sentido. ¿Acaso cree que hace diez mil años los hombres entraban en las cuevas con focos de luz? No, claro que no. Lo hacían con pequeñas antorchas que iluminaban sus pasos progresivamente, e iban explicando, dentro de la oscuridad total, por dónde iban y a dónde se dirigían. Si siempre entrásemos de esta forma en las cuevas, entenderíamos que lo que pensamos que eran simples dibujos de caza pintados al azar eran en realidad guías y señales para acceder a otra parte de la cueva o hacia otra salida.

—¿Qué me quiere decir, señor Llanes? Le advierto que no tengo tiempo para adivinanzas —dijo Valentina con impaciencia. Él sonrió.

—Solo sé lo que le he contado, teniente. Pero se enfrentan ustedes a la investigación de tres asesinatos que, al parecer, tienen algo en común. Sin embargo, yo siempre termino encontrando respuestas cuando analizo cada uno de los fósiles por separado, con la luz adecuada.

«Me está dando consejos de detective. Hay que joderse», pensó Valentina. Llanes se despidió del fiscal y de Riveiro con la mirada y se dirigió una última vez a Valentina:

—Me gusta ver a las cuevas como veo a una mujer. No está el misterio en observarla completamente desnuda desde el principio, sino en ir desvistiéndola poco a poco, dejando que se insinúe. Por partes, ¿comprende? Al final, la cueva siempre muestra lo que esconde.

14

... dejando las elecciones más urgentes para nuestro propio destino en manos de una pequeña élite de dirigentes militares y políticos [...] les hemos permitido que estrechen los objetivos de la ciencia, que han pasado de ser una búsqueda de progreso global a ser una búsqueda de poder nacional y provecho personal. [...] Y somos nosotros, y solo nosotros, quienes podemos y debemos ponerla de nuevo en su sitio.

Los humanos, las orquídeas y los pulpos,
JACQUES COUSTEAU

Santiago Sabadelle cotejaba listas en su ordenador con el mismo hastío con el que hubiera trabajado como operario en la cadena de montaje de una fábrica de coches. Dudaba seriamente que su salario compensase el esfuerzo de toda la tarea que realizaba. Además, con todo aquel jaleo, no había podido ensayar con el grupo para su próxima obra de teatro. Solían actuar en la sala de teatro Miriñaque de Santander, pero en esta ocasión realizarían la representación nada menos que en el Palacio de Festivales. Era por una buena causa, ellos no iban a cobrar nada, por supuesto: todos los beneficios irían a parar a la Cruz Roja y a varias ONG que él ni conocía ni le importaban. Santiago Sabadelle solo codiciaba el aplauso del público, ser alguien en un mundo ajeno. Bueno, y a Esther, a ella sí que la codiciaba lo más discretamente que era capaz. Por ella había entrado en el grupo de teatro, pero solo por su propia satisfacción había continuado actuando. ¿Cómo iba a suponer que iba a gustarle tanto ser actor en su tiempo libre? Ella vivía en el Astillero, como él, e iban paseando juntos hasta los ensayos dos veces por semana. Anoche ya había perdido una de sus citas, y le daba la sensación de que a la del día siguiente, jueves, tampoco iba a poder acudir. Justo cuando seguro, casi seguro, iba a atreverse a pedirle a Esther una cita en condiciones. Maldito caso enrevesado, malditos arqueólogos y dichosas monedas medievales.

Sabadelle alzó la vista y observó la sala como si fuese un espía parcialmente escondido tras la pantalla de su ordenador. El cabo Camargo y los guardias Torres y Zubizarreta trabajan de forma febril, atendiendo el teléfono y revisando datos en sus ordenadores como si les fuese la vida en ello. «Joder, será verdad que los tontos siempre son más felices», pensó Sabadelle, despectivo. Sonó su teléfono. Era del laboratorio de la Fábrica de Moneda y Timbre, desde Madrid.

—¿Sí? ¿Cómo? Ah, ya veo. Por supuesto, por supuesto. Bah, lo esperaba. Claro, blanco y en botella, leche. Muchas gracias; sí, enviádnoslo por fax cuando lo tengáis. Eso es, sí, gracias.

Colgó el teléfono y todos lo miraron expectantes. Él disfrutó torturándolos unos segundos antes de darles explicaciones.

—Pues nada, chavales, que era del laboratorio de Madrid. Que las monedas son buenas, que son las de verdad. Lo que yo decía, caía de cajón siendo justo las que faltaban del inventario.

—Habrá que decírselo a Redondo —dijo Camargo animado—. Yo también tengo varias novedades.

—¿Sí? A ver, Sherlock, cuéntanos.

—Han llamado los del GREIM, que han estudiado las corrientes y mareas de la ría donde apareció Helmut Wolf...

—Pero ¿no era un pantano? —interrumpió Sabadelle.

—Sí, bueno, está en la desembocadura de la ría. El caso es que han hecho un estudio preliminar y concluyen que el cuerpo tuvo que ser arrojado muy cerca de donde lo encontraron.

—Joder, ¿y no habrá sido el viejo de la casa de las calabazas?

El cabo dudó.

—No lo sé, no creo, reconozco que no lo había ni pensado. No tiene pinta de tener mucho que ver con arqueólogos ni con monedas medievales, la verdad.

—Nunca se sabe.

—Claro, eso es verdad, nunca se sabe —concedió, aunque poco convencido—. También he confirmado con los compañeros de Comillas el resultado del rastreo hecho con los taxistas y con los conductores de autobús que estaban de servicio el domingo: nada, a ninguno le suena Karsávina.

—Es decir, que no salió viva de la fundación —razonó Sabadelle—. Una rubia así no creo que pasase desapercibida.

—Subteniente —intervino Marta Torres, mostrando unas listas que llevaba en la mano—. He cotejado la lista de asistentes a los cursos impartidos en las Caballerizas con la de los asistentes al Congreso Internacional de Espeleología y no coincide ningún nombre.

—¿Y has comprobado también los profesores?

—También, sí.

—¿Astrid Strauss?

—Nada, no estaba inscrita en el congreso.

—Pudo aparecer por allí —aventuró Camargo—. Redondo dijo que Astrid Strauss tenía un acento extranjero muy marcado, y resulta que vieron a Karsávina hablando con una mujer a la que conocía con acento de fuera. Qué casualidad, ¿no? —añadió con un tono irónico.

—A ver, cabo —objetó Sabadelle—, centrémonos, coño. Que allí había mil personas, ¡será por acentos extranjeros!

—Esto es como buscar una aguja en un pajar —resopló Torres, vencida.

—Hay otra cosa —intervino Zubizarreta.

Todos se volvieron esperando una de sus frases sentenciosas o algún argumento filosófico que, sin duda, no les iba a resultar nada práctico.

—A ver —lo apremió Sabadelle—, qué cosa.

—El estómago de Karsávina.

Sabadelle suspiró entornando los ojos.

—Joder, qué rarito eres chaval. Qué pasa con el estómago.

—Karsávina había comido marisco, una especie de ensalada con pescado, langosta y angulas, y he comprobado en el menú del congreso que aquello lo pusieron de entrante el domingo para comer.

—¿Para comer? —se extrañó Torres—. No puede ser; según la autopsia ingirió la comida poco antes de morir, casi a la hora de la cena. Como mucho pudo tomarlo a la hora de la merienda, vamos.

—Pues es muy posible —replicó Zubizarreta con una sonrisa de completa satisfacción—, porque no todos comían en la fundación. Parece que el congreso facilitaba recipientes para llevarse la comida a los que decidiesen hacer excursiones o lo que les apeteciese.

—Tiene su lógica —intervino Camargo—: un «todo incluido», ¡como en los hoteles!

—Sí, lo hacían también con el desayuno y la cena, por si alguien se las saltaba por alguna visita a las cuevas de la zona. Por lo visto, había varias actividades de espeleología programadas para el valle de Asón.

—A ver, y eso qué quiere decir —reflexionó Sabadelle con aire socarrón—, ¿que Karsávina se fue con su asesino a explorar una cueva y el tipo, como era muy simpático, antes de matarla le dio la merienda que llevaba en un *tupper*? Venga ya, joder.

—No creo que fuese a una cueva —lo contradijo Zubizarreta—, porque no había ninguna salida programada para aquella tarde, sino charlas y espeleolimpiadas; además, para matar a Karsávina de la forma que lo hicieron, tenía que estar desnuda. Dudo que se desnudase voluntariamente en una gruta, sobre todo teniendo en cuenta que parece que mantuvo la relación sexual de forma consentida. Tuvo que ser en la fundación o en sus inmediaciones, en un sitio cómodo.

Sabadelle chasqueó la lengua, sorprendido.

—Al final resulta que el filósofo de la Comandancia

es Hércules Poirot —declaró, irónico—. A ver, voy a contarle todo esto a la teniente —dijo. Mientras se levantaba, añadió—: ¿algo más?

—Sí, hay algo más —asintió el cabo Camargo—. Acaba de llegar un mensaje del SECRIM: han registrado las habitaciones de los tres arqueólogos y nada, aunque aún tienen que cotejar las huellas. También han echado ya un vistazo a las cosas de Karsávina que aparecieron en la recepción de la fundación. Tienen el portátil y el teléfono móvil, y ya han podido acceder, ni siquiera tenían clave. No han encontrado nada raro, de momento, aunque tienen que revisarlo todo más a fondo y cotejar los números de teléfono. La maleta y el bolso, dicen que parece que los limpiaron por fuera, pero que quizás puedan encontrar algo.

—¿Los limpiaron? —se interesó Marta Torres.

—Sí, parece que eso lo tienen claro, porque apenas había huellas; creen que las que pudieron tomar corresponden al chico de recepción que se encontró los bultos.

—Vamos, que el asesino borró el rastro —opinó la guardia.

—No le sería difícil —le explicó Camargo—. Un poco de vinagre, agua y limón y no hay huella que se te resista, te lo digo yo —añadió guiñándole un ojo.

A Marta Torres le sorprendió el guiño. Últimamente, el cabo estaba más cercano con ella, aunque aún no había dejado de tratarla como a una niña. Intentó mantener un gesto lo más profesional posible.

—¿Y el otograma? ¿Los del SECRIM no te han dicho nada?

—Poca cosa, no es de muy buena calidad. No sé si valdrá, ya nos lo dirán, los estamos haciendo trabajar a toda mecha.

—¡Chicos! ¿Qué tal? ¿Hay algo? —preguntó Valentina entrando como un huracán en la zona de trabajo.

—Precisamente iba ahora a comentarle las novedades, teniente —contestó Sabadelle, muy firme y con un exagerado gesto de suficiencia—. Pensábamos que estabais despachando los interrogatorios.

—Y estamos; he venido a por otro café, lo necesito —replicó ella.

Estaba completamente alerta y despierta, pero un ligero dolor de cabeza le atravesaba el cerebro como una onda de agua que iba y volvía con odiosa constancia. La noche que había pasado con Oliver lo merecía, pero la tensión de la investigación no podía tolerar que ella sucumbiese al cansancio que progresivamente se iba adueñando de ella. Hoy no.

Sabadelle le resumió a Valentina todas las novedades y ella regresó a la sala donde la esperaba Arturo Dubach. Llevaban ya un rato con él, y hasta le había caído simpático: aquella historia de su gen aventurero, cuando, al parecer, era el hombre más prudente sobre la Tierra... Pero no tenían tiempo para anécdotas ni para matices inservibles: necesitaba estar despierta para detectar los brillos sutiles que las palabras de aquel hombre pudiesen ofrecerle.

Cuando la teniente Redondo entró en la sala, el propio Arturo terminaba un zumo tras el brevísimo receso, y Riveiro prosiguió con el interrogatorio.

—Entonces, hace tres semanas estaba usted en Islandia, ¿es así?

—Por santa Elena que lo es, ¡pasamos un frío de mil demonios! Estuvimos una semana y media, puede comprobar las fechas... teníamos ese viaje programado desde hacía más de tres meses.

—¿«Teníamos», quiénes?

—Pues quién va a ser, ¡mis alumnos de la universidad y yo! Soy profesor de Geología, ¿qué mejor sitio para llevar a los estudiantes que a Islandia? Sargento, allí funciona el país gracias a la fusión de los glaciares y a la propia energía geotérmica. Es una tierra de fuego y hielo, ¿comprende? Géiseres, volcanes activos... Un subsuelo alucinante, se lo aseguro.

Riveiro asintió, asombrado por la vehemencia de su interlocutor. Arturo hizo una mueca de extrañeza.

—¿Y por qué quieren saber dónde estaba yo hace tres semanas?

—Porque fue entonces cuando asesinaron a Helmut Wolf, señor Dubach.

—¿Y qué tengo yo que ver con ese señor?

—Seguramente nada —contestó Riveiro mirando a Valentina, que había dejado que siguiese él haciendo el interrogatorio; el sargento sentía que daban palos de ciego—. Y ayer por la tarde, sobre las seis... ¿qué estaba usted haciendo?

—Estaba en las últimas pruebas de las espeleolimpiadas. Pasé allí toda la tarde... después de despedirme de usted, precisamente. Puede comprobarlo. Como miembro del comité, soy uno de los responsables de que vaya todo perfecto, de que nadie se haga daño, ¿entiende? Claro que no tiene nada que ver con una cueva real, lo hacemos como un juego, como unas pruebas de resistencia.

—Claro, claro. ¿Y cuánto hacía que no veía a la profesora Karsávina? —se interesó Riveiro—. Me refiero a antes del congreso.

—Uf, muchísimo... —contestó Arturo como si hiciese memoria—. Creo que desde que vinimos con ella a Cantabria, hace ya dos años. Quien sí la veía de vez en cuando era Paolo, porque coincidían en algún proyecto.

Valentina intervino.

—Háblenos de Paolo, señor Dubach. Sea franco, por favor: ¿qué tipo de relación tenía con la señorita Karsávina?

Arturo tomó aire, era plenamente consciente de que cualquier cosa inapropiada que dijese podría comprometer a su amigo.

—Dejémonos de preguntas amables, si les parece. Está claro que tanto Marc como Paolo como yo mismo somos sospechosos; y no solo de lo que le ha ocurrido a Wanda, sino también de lo que le ha sucedido a Helmut Wolf.

—Y a Alberto Pardo, un arqueólogo asesinado ayer por la tarde en la biblioteca de las cuevas de Altamira —añadió Valentina mostrándole una foto del joven y observando su reacción.

—¿Qué? ¿Otro asesinato? —se sorprendió Dubach, que miraba alternativamente a Valentina, a Riveiro y a Lerman como para asegurarse de la autenticidad de lo que le acababan de revelar—. ¿Por eso querían saber qué hice ayer por la tarde? ¡Esto es una locura! ¿Y en qué se basan para creer que nosotros tenemos algo que ver? ¿Solo en que conocíamos a Wanda?

—No he dicho que tengan nada que ver —le aclaró Valentina—. Ninguno de ustedes está imputado, ni detenido, solo están colaborando con la investigación; entenderá que es lógico que comprobemos sus coartadas.

—Lo entiendo, pero no deja de ser preocupante. Extraño, por lo menos. Hemos permitido que registren nuestro cuartos, hemos asistido a los reconocimientos médicos que nos han solicitado, hemos venido aquí a declarar... y eso que hoy es el último día del congreso y tenemos un jaleo de mil demonios. Al menos podrían darnos un voto de confianza... —concluyó con la mirada fija en la teniente Redondo.

—Nadie les está acusando de nada —insistió ella—, solo queremos obtener toda la información posible para poder resolver este asunto, nada más.

—Sí, pero me ha preguntado por Paolo. Como si él fuese culpable de algo, y ya le digo yo que no. Es un hombre bueno, conciliador y trabajador. Vive por y para su trabajo.

—¿Y qué sabe de su relación con Karsávina?

—Se llevaban muy bien, aunque en los últimos meses ya ni siquiera coincidían por trabajo. Hacía un tiempo que Paolo no veía a nadie que no tuviese que ver con sus proyectos. Pero últimamente parecía haber empezado a salir de esa especie de depresión que le había dado: por fin parecía querer socializar y vernos a todos en el congreso... también a Wanda, por supuesto. Me llevé una alegría por él, porque desde lo que pasó en México no había levantado cabeza.

—Se refiere al accidente que ocurrió hace tres años en el Sótano de las Golondrinas, entiendo.

—¿Cómo sabe eso?

—No es un secreto, según creo.

—No, no lo es —confirmó él, todavía con expresión de asombro.

—¿Qué quería decir con que Paolo no había levantado cabeza?

—Que se había visto muy afectado por lo que ocurrió porque él había organizado el viaje y... se sentía responsable del accidente. Desde entonces no volvió a practicar paracaidismo y se volvió más retraído; solo quería trabajar. No volvimos a hacer más viajes de amigos, salvo cuando vinimos a Cantabria buscando la localización para el congreso; y eso, porque había un motivo de trabajo... si no, dudo que hubiésemos coincidido.

—Pero ya se había recuperado, ¿no? Dice que estaba animado, con ganas de verlos a todos. A Wanda...

—Sí, bueno, con Wanda tenía una historia un poco rara, un «ni contigo ni sin ti», ya sabe. Pero él nunca le haría daño. Paolo, sencillamente, lo pasó mal cuando ocurrió lo de Helder, pero creo que por fin ha empezado a encontrarse mejor; me tenía preocupado, estuve con él aquí hace unos seis meses y, entonces, ni siquiera conseguía dormir durante toda la noche.

—¿Estuvieron aquí, en Cantabria?

—Sí, vinimos él, Marc y yo, por el tema del congreso, ya sabe, para concretar los temas organizativos. Estuvimos solo un par de días.

—Ajá. ¿Y no volvieron a verse hasta ahora ni volvieron por Cantabria?

—No, qué va. Antes del congreso solo volví a trabajar con Paolo en Japón, unas semanas después, hará unos... cinco meses. Ya le digo que el pobre estaba hecho polvo: apenas dormía, era incapaz de leer, vivía en su mundo, solo trabajo y más trabajo.

La teniente sopesó las palabras de Dubach: había algo en ellas que le gritaba una verdad, pero no era capaz de verla. Quizás todas las respuestas estuviesen en Paolo: sin embargo, era cierto que disponía de coartada para el asesinato de Wanda; cuando la mataron, él estaba dando una conferencia de fotografía ante decenas de personas. Valentina sentía que las respuestas estaban frente a ella, pero cubiertas por un velo fino y semitransparente que no era capaz de arrancar y tirar al suelo.

—Ha dicho usted que estuvo en Japón hace cinco meses con Paolo. ¿Qué hacían allí?

—Ah, sí, pero coincidimos solo una semana. Él se quedaba en las instalaciones, pero yo solo soy colaborador del IODP, un proyecto que explora fondos marinos.

Valentina alzó las cejas invitando a Dubach a que siguiese hablando.

—Perforamos para obtener muestras evolutivas de la Tierra, pero, sobre todo, para prevenir riesgos geológicos... de lo contrario, no obtendríamos financiación.

—Y ustedes colaboraban en su calidad de geólogos, entiendo —lo interrumpió Valentina. No deseaba entrar en términos científicos o técnicos que no le interesaban.

—Sí, pero nuestra finalidad real no era la de participar en el estudio de riesgos geológicos, sino en la del apartado de estratigrafía y paleontología: queríamos indagar sobre la vida en el interior de la Tierra.

Riveiro intervino.

—¿La vida? ¿Qué vida?

—Es curioso... —comenzó a responder Dubach sonriendo—. La gente se cree tranquilamente que los polos se derriten, o que se puede viajar a otros planetas, pero nadie asimila la posibilidad de otro tipo de vida en algún punto interior hueco de la Tierra. Pero no crean que somos unos científicos desquiciados —dijo al ver sus caras de escepticismo—, no solo buscábamos excavar la Tierra, sino que también participábamos en estudios colaterales sobre energía sostenible, energía geotérmica... lograr aplicaciones prácticas resultaría muy provechoso en las zonas más desfavorecidas: China, la India, parte de Oceanía...

—¿Y ese trabajo tenía algún vínculo con Cantabria o con la espeleología, señor Dubach?

—No, que yo sepa; ninguno en absoluto. Y si ya nos ponemos, le diré que España fue expulsada del proyecto principal por no pagar la cuota desde el año 2011.

—Vaya.

—Como ve, la ciencia está acostumbrada a quedarse a la cola.

—Hablando de eso, ¿ha solicitado usted el Advanced Grant?

—¡Oh, sí! —contestó, sorprendido—. ¿Cómo lo sabe?

—No lo sabía. ¿El de este año?

—Sí, el de este año. Precisamente para uno de estos estudios colaterales del IODP. ¿Le interesa?

—Claro, cuéntenos —lo animó Valentina, viendo la tensión en la mirada de Riveiro y del fiscal Jaime Lerman, y que no se perdían ni una sílaba.

—Bueno, no lo he pedido yo directamente, claro. Lo ha pedido otro compañero, Raphaël Louison, en nombre de varios.

—¿Paolo entre ellos?

—Sí, claro. Para que lo entiendan fácilmente, queremos excavar la Tierra no solo para colaborar con el proyecto de los riesgos geológicos: como le dije, para nosotros esa es solo la excusa. Nuestro objetivo real es perforar lo máximo posible la Tierra e investigar la geosfera, y buscar además fuentes de energía geotérmica que, según su ubicación, puedan repercutir en beneficio de distintos países. Por ejemplo, la India. ¿Saben que este país depende del carbón para generar casi el sesenta por ciento de su energía? Han hecho muchos avances con la energía eólica y la termosolar, pero ¿se imaginan qué avance supondría poder prescindir del carbón? ¡La India es uno de los países más contaminados del mundo!

—Sin embargo, el Advanced Grant se concede a proyectos que se desarrollan en Europa, ¿no es así?

—Sí, así es —confirmó Dubach—. ¿Cómo lo sabe?

—No tiene importancia, continúe —lo apremió. Valentina empezaba a conformar un puzle siniestro en su cabeza, pero había piezas que no terminaban de encajar.

Arturo Dubach continuó hablando:

—Sabíamos que habría trabas, pero sin esa financiación esa parte del estudio no podría llevarse a cabo. Los investigadores de ese proyecto derivado seríamos todos europeos. Lo malo era que, aunque intentaríamos realizar la mayor parte de las pruebas en laboratorios italianos, lo cierto es que muchas de ellas tendrían que realizarse in situ, donde pudiésemos hacer los experimentos geotérmicos directamente.

—Es decir, que era muy posible que no les concediesen el Advanced Grant.

—Bueno, no hay nada imposible, creo que si se pudiese estudiar nuestra propuesta con resultados a largo plazo, no solo sería innovadora, sino que supondría un cauce inestimable para estudiar el interior de la Tierra a nivel geológico y como fuente de energía, ¿no cree?

—Supongo.

Hubo un silencio extraño, en el que Lerman, Riveiro y Valentina se miraron sin hablar, encadenando pensamientos. Ya tenían un posible móvil para matar a Helmut Wolf: que aprobase la financiación del proyecto. Quizás lo quisieron presionar y se les fue la mano. Pero ¿por qué Wanda Karsávina? ¿Quizás se enteró de algo inapropiado? ¿Y por qué Alberto Pardo? La teniente Redondo pensó que quizás no fuese tan descabellado actuar como le había indicado Marc Llanes, investigando los asesinatos de forma independiente para luego conseguir encajar un mapa de intenciones, causas y conclusiones.

Valentina despidió a Arturo Dubach tras hacerle aún alguna pregunta más. No parecía que tuviese nada que ver con el caso de las monedas. El suizo y el arqueólogo catalán esperarían en la cafetería de la Comandancia. Solo le quedaba interrogar al tercer y mayor sospechoso: Redondo hizo que llamaran a Paolo Jovis. Mientras lo esperaban, Riveiro se dirigió a ella:

—Creo que podemos descartar a estos dos arqueólogos. Y el que viene ahora tiene una coartada irrefutable para el asesinato de Karsávina. Salvo que saquemos algo muy contundente...

—Lo sé, Riveiro, lo sé.

El fiscal alemán se levantó e intervino:

—¿Y no pueden detenerlos de forma preventiva?

—Sí, claro, hasta setenta y dos horas —contestó Riveiro—. Pero de momento no tenemos nada: no hay pruebas ni indicios claros. Y encima todos tienen coartada... si no para todos, al menos para uno de los asesinatos. Imagínese la que se liaría si nos ponemos a detener gente «por si acaso», sin criterio alguno. Encima ciudadanos extranjeros: los consulados iban a arder, se lo aseguro.

—Formalmente no están detenidos —explicó Valentina—. El juez Talavera tendría que ser el que decretara la detención preventiva o no, según el contenido de sus declaraciones. Caruso debe de estar ahora mismo hablando con el juez y con la mitad de la prensa de la ciudad... por no hablar de la UCO, que estoy segura de que vendrá en breve a rescatarnos.

—¿La UCO? —preguntó Lerman.

—Sí, la Unidad Central Operativa, la élite, ¿comprende? Son los que llevan los casos complejos.

—Como este.

—Exacto. Es muy posible que mañana ya no llevemos este asunto, seremos simples colaboradores.

—Quizás no. El cadáver de la chica se encontró el lunes por la mañana, el de Wolf esa misma tarde, al día siguiente el del chico de Altamira y hoy todavía es miércoles, ¡acaban de empezar! Quién sabe, quizás lo resuelvan hoy mismo —aventuró el fiscal para contrarrestar el tono desencantado de Valentina.

Dejaron de hablar cuando Paolo Jovis entró en la sala. Su gesto era serio y desafiante, aunque también había una mezcla de resignación y tristeza en su mirada desgastada, como si ya no tuviera nada que perder.

Valentina comenzó con unas preguntas rutinarias, a las que el italiano respondió con monosílabos, concentrado pero ajeno a aquello, como si no fuese con él. La teniente lo observaba intentando escudriñar en su alma, pero no siempre es fácil saber cuándo alguien miente. Ella intentaba, con sus preguntas, quebrarle la coraza, hacer que se tambaleara, pero un mentiroso engaña con mayor facilidad a quien no lo conoce. Valentina no conseguía salir de aquel laberinto.

—¿Reconoce entonces haber solicitado el Advanced Grant?

—Claro, ya se lo he dicho. Pero no yo directamente, encabeza el proyecto otro geólogo, Raphaël Louison. Pero vamos, dudo que nos la den.

—¿Y eso?

—Por lo general, lograr subvenciones para investigaciones que no supongan resultados inmediatos es difícil. Es la historia de siempre...

—¿Y sabía que Helmut Wolf, que apareció ayer muerto en Comillas, era una de las personas que decidían sobre la concesión de esas subvenciones?

—No, no lo sabía —replicó impasible—. ¿Qué tiene eso que ver conmigo? ¿No vengo aquí a hablar de Wanda?

—Sí, viene a eso y a más cosas, señor Jovis. Ayer asesinaron a otro arqueólogo en la biblioteca de Altamira. Alberto Pardo, ¿lo conoce? —le preguntó enseñándole su foto.

Paolo se encogió de hombros.

—Sí, es posible, me suena. Fui hace un par de años a ese museo, cuando estuvo Wanda aquí... puede que fuese él quien nos atendió entonces.

—Ya, ¿y no ha vuelto a verlo?
—No, que yo recuerde.
—¿Y dónde estaba hace tres semanas, señor Jovis?
—En Nápoles, colaboro con la universidad. Impartí un curso sobre geología que duró quince días, pueden comprobarlo.
—Lo haremos; ¿no se desplazó en esas dos semanas? ¿Madrid, quizás?
Él frunció el ceño extrañado.
—¿Madrid? ¿Y qué iba a hacer yo en Madrid? ¿Y por qué hace tres semanas?
—Porque es cuando mataron a Helmut Wolf —contestó Valentina, que sentía que aquel diálogo ya lo había tenido con los otros dos arqueólogos.
—Pues no, estuve en Nápoles, y antes pasé una semana en Capri, en casa de mis abuelos, porque venía de Japón, de un proyecto que...
—Sí, conocemos su proyecto —atajó Valentina—, pero no conocemos exactamente cuál era su vínculo con Wanda Karsávina. El otro día, en la fundación, no nos dijo que fuesen novios. Y creo que era importante.
Paolo palideció.
—No... no éramos novios, ni mucho menos. Llevaba siete meses sin verla. No he tenido una vida muy adecuada para tener pareja, precisamente.
—Y sin embargo usted y ella tenían una relación...
—¡Teniente! —Sabadelle había entrado por la puerta sin llamar y con un gesto de acelerada preocupación.
—Subteniente, estamos reunidos —dijo ella enfadada—. Lo menos que puede hacer es llamar a la puer...
—Lo siento, teniente Redondo, pero... ¿puede salir? Es... urgente —dijo señalando a Jovis con la mirada.
Valentina entendió que necesitaba un tipo de urgente privacidad. Ella y Riveiro salieron de la sala. Sabadelle la miró:
—Creo que el señor Lerman también debería venir.
El fiscal alemán no necesitó comentarios, autoriza-

ciones ni instrucciones adicionales. Se levantó con rapidez y los acompañó.

—¿Qué pasa, Sabadelle? —preguntó Valentina con urgencia una vez que habían entornado la puerta—. ¿Es sobre Paolo Jovis?

—No, no. Ha llamado Oliver a la Comandancia porque su móvil estaba apagado, teniente.

—¿Qué? Claro, lo tengo silenciado —replicó Valentina estupefacta.

—¿Oliver? —preguntó el fiscal, arqueando una ceja y mostrando su desconcierto.

—Su novio —aclaró Sabadelle, señalando con la cabeza hacia Valentina.

Ella estaba atónita y comenzaba a ponerse roja de la indignación y del apuro que estaba pasando. No entendía nada. ¿Cómo se atrevía Sabadelle a interrumpir un interrogatorio? ¡Y por una llamada personal! ¿Qué podía ser tan importante? De pronto, se le aceleró el corazón: ¿le habría pasado algo a Oliver?

—Qué pasa, Sabadelle, ¡dilo... ya! —le ordenó.

—Oliver ha recibido un correo electrónico desde la India, de una ONG, por lo de su hermano...

El cerebro de Valentina se colapsaba por la furia. Aquello era importante, sí, pero no prioritario, ¡estaban trabajando! El bochorno de que aquello estuviese pasando ante el fiscal Lerman acrecentó su enfado. Justo cuando iba a comenzar a maldecir y a gritar una orden radical, Sabadelle, viendo el gesto severo y airado de Valentina, se apresuró a continuar:

—No estábamos buscando a la mujer adecuada. Astrid Strauss no tiene nada que ver con esto. De hecho, acabamos de verificar su coartada para el domingo por la tarde: visitó con otros profesores el Museo de Prehistoria en el Mercado del Este, en el centro de Santander, y luego se fue a cenar con ellos; eran unas seis personas. Hasta tienen fotografías y *tickets*: ella no pudo matar a Wanda Karsávina.

Valentina seguía sin entender nada, y Riveiro y Lerman observaban la escena sorprendidos y expectantes.

—¿Y qué coño tiene esto que ver con Oliver? —preguntó en un tono duro y cortante que dejaba claro que, de no satisfacerle la respuesta de Sabadelle, el subteniente no saldría bien parado. Sin embargo, este se mostró seguro, firme y vehemente como nunca.

—Tiene todo que ver: él ha averiguado quién puede estar detrás de los asesinatos. Tenemos que pedir al juez que curse una orden de búsqueda y captura contra Anna Nicholls.

Lerman volvió a levantar la ceja para preguntar quién era la tal Nicholls. Sabadelle sonrió con malicia, consciente del vodevil que presentaba:

—La antigua prometida del novio de la teniente Redondo.

Todos clavaron la mirada en Valentina, que por una vez no conseguía encajar las piezas del puzle y, al tiempo que ordenaba el tropel de preguntas que tenía en mente, solo era capaz de visualizar a la perfecta, femenina y espiritual Anna Nicholls discurriendo sobre cómo salvar el mundo mientras dejaba volar al viento su melena pelirroja.

Oliver colgó el teléfono con la sensación nerviosa de que debía actuar de inmediato. Lo que había descubierto era aterrador: Anna Nicholls, su Anna, a la que había amado y había pedido matrimonio, no solo se había convertido en una desconocida, sino también en una desequilibrada que había perdido la medida de sus principios, de sus objetivos y de los medios para conseguirlos.

Oliver, en su cabaña y con Michael a su lado, releyó el correo electrónico que le había llegado de la ONG Chakra. El texto comenzaba bajo un logotipo que representaba un sol enorme sobre el que se superponía la figura de una persona en posición y gesto similar al del Hombre de Vitruvio de Leonardo da Vinci.

Estimado señor Gordon:

Mi nombre es Amelia Llobregat, y soy española, de Valencia. Mi compañera Rachel me ha informado de su contacto el pasado lunes. Disculpe que no le devuelva la llamada, las conferencias son caras y hay una diferencia horaria de casi cuatro horas.

Me ha sorprendido, la verdad, no sabía que Guillermo tuviese familia viva; daba la sensación de ser un vagabundo vital, alguien sin ataduras en su lugar de origen.

Aquí vienen muchas personas europeas con intención de ayudar, pero otras llegan buscando un rumbo, un lugar a donde ir. Una finalidad y un sentido para sus vidas, no sé si me explico. Su hermano nunca nos habló de ningún pariente vivo ni nos constaba que lo tuviese, aunque tampoco hicimos preguntas, porque las rehusaba. Colaboró con nosotros varios meses, cerca de un año, aunque no solía estar en nuestro centro de Patna ni en la sede de Dharnai, desde donde le escribo, sino que frecuentaba la que disponemos en Nepal, pasando la frontera India. Quizás por este motivo, la distancia, no llegamos a intimar especialmente.

Habrá visto el nombre de nuestra ONG, Chakra. Tiene un doble sentido: según el hinduismo, los Chakras son los centros de energía inmensurables situados en el cuerpo humano, pero la traducción literal del sánscrito quiere decir «centro energético». Y a eso nos dedicamos, a mejorar los sistemas energéticos del país en términos ecológicos y de desarrollo sostenible. Aquí muchas personas dependen de la agricultura, y no se imagina la cantidad de envenenamientos y atrocidades que se comenten por ignorancia, economía de costes y uso indiscriminado de plaguicidas. Por eso trabajamos no solo en la implantación de microrredes solares, sino en la concienciación social, para que las próximas generaciones asuman que la salud del ecosistema será la suya propia y su más potente fuente de autosostenibilidad. El empleo de energías renovables, como el sol, el agua o el viento no solo puede dar de comer a mucha gente, sino que ayudará a salvar el planeta. Le cuento esto porque es nuestra filosofía y porque de ella participaba su hermano.

Él llegó a nosotros a través de Anna Nicholls, que en principio estaba vinculada a ayuda social y a menores desprotegidos y que trabajaba en Shiva, una ONG que lucha contra el esclavismo infantil, entre otras cosas, y con la que mantenemos muy buena relación. Se preguntará por qué le cuento esto, pero creo que es importante si realmente quiere encontrar a su hermano.

Esta mujer que le digo, Anna, comenzó a implicarse en temas de ecologismo y sostenibilidad, haciéndose eco de las más apocalípticas teorías sobre el fin próximo del planeta a causa del calentamiento global, el cambio climático... en fin, supongo que ya se imaginará de lo que le hablo, últimamente se ha incrementado la alarma social en relación a eso. Ella se introdujo en grupos ecologistas radicales y en concreto en uno llamado Lovelock, que se autodenomina así en honor a un científico británico que en los setenta hizo unas predicciones bastante funestas sobre el futuro del planeta. Este grupo es tan extremo, tan obsesivo, que nos ha llegado a parecer peligroso y hemos comunicado su existencia y sus métodos a las autoridades, hecho que nos ha ocasionado múltiples represalias, en las que ya no vamos a entrar, pero que le aseguro que han excedido la mera amenaza. El ecoterrrorismo no es particularmente conocido pero existe, y en este caso no estamos hablando de cuatro locos que suelten visones destinados a una fábrica de abrigos, sino de gente organizada y con objetivos de cierto nivel. Por eso le escribo este correo y por eso estoy intentando facilitarle detalles, para que entienda la dimensión de lo que voy a explicarle y la gravedad de la situación, porque creemos que Lovelock actúa en gran medida como una secta y pensamos que, al menos en su momento, captó a su hermano a través de Anna Nicholls.

Tenemos conocimiento de información interna de este grupo radical porque Santiago, uno de nuestros colaboradores, el año pasado estuvo en contacto con ellos y por poco es absorbido por la organización; por fortuna, nos tenía a nosotros y a su familia, con la que sí mantenía contacto, y que incluso vino a la India para poner fin al intento de captación. No quiero quitarles mérito, pero lo cierto es que aparecieron en cuanto vieron que sus cuentas bancarias se veían afectadas: las sectas suelen buscar gente con dinero o servidores que les den acceso a algún tipo de beneficio.

Santiago nos ha contado que su hermano Guillermo era un activista convencido, y desde nuestra posición observábamos cómo se iba distanciando de nuestras actividades y acercándose a las de Lovelock, llegando finalmente a vivir en la sede del grupo, en Nepal, donde también acabó residiendo Anna Nicholls. Por nuestra parte, hace ya un año que nos desvinculamos totalmente de su hermano, pero gracias a Santiago sabemos que Guillermo sufría cambios de humor muy fuertes, no sabemos si por causa de algún tipo de enfermedad o porque le suministraban drogas. Al parecer, llegó hasta Lovelock —no sé cómo— la noticia del fallecimiento de su madre (también fue nuestra primera noticia de que tuviese algún pariente vivo), y Guillermo quiso regresar a Inglaterra para estar con su familia, pero la organización y la propia señorita Nicholls se lo impidieron; al parecer, ella sabía que Guillermo podía disponer de una herencia importante, y su valor podría aplicarse en favor de las causas de Lovelock, ya que, según ella, perseguían un «beneficio global». Imagino que sabrían que, de regresar Guillermo a su casa, difícilmente podrían lograr después la transmisión patrimonial.

Supongo que no es fácil entender el poder que una secta puede tener sobre una persona... a pesar de ello, parece que su hermano sí intentó regresar a casa, sin conseguirlo. La última vez que lo vio Santiago, hará unos seis meses, nos dijo que estaba en la sede de la organización en Nepal, mirando sin ver, como aturdido, asistiendo a las sesiones de meditación y a los tiempos marcados de silencio. Posiblemente lo tengan drogado. De hecho, nuestro compañero Santiago, además de por nuestra propia intervención y por la de su familia, terminó por desvincularse de Lovelock tras asistir a la captación y al deterioro de su hermano, señor Gordon.

No sé dónde está Guillermo ahora, esa es la verdad, pero creo que es muy posible que permanezca en la sede de Lovelock en Nepal (aunque la organización tiene otra sede en Sri Lanka), mientras lo mantienen incomunicado y lo siguen machacando para lavarle por completo el cerebro y poder así hacerse con su patrimonio; creo que ahora entiendo por qué están tardando tanto: imagino que tienen que convencerlo de forma radical; que aparente no estar dirigido por nadie para que no exista conflicto sobre su patrimonio.

Antes le hablaba de Anna Nicholls por un motivo: ha sido ella quien ha introducido a su hermano en Lovelock, y se ha terminado convirtiendo en una de las líderes más carismáticas del grupo. Si quiere rescatar a su hermano de donde se ha metido, le advierto que esta mujer es peligrosa y que cada vez está logrando más adeptos, incluso de entornos científicos. Lo último que sé de ella es que regresó a Europa hace un mes aproximadamente buscando financiación para proyectos que, a la larga, parece que podrían tener repercusiones positivas en temas energéticos.

Es curioso, parece que Chakra y Lovelock nos dedicamos a lo mismo, ¿verdad? Acabo de releer lo que le he escrito y las finalidades, en realidad, son las mismas, aunque los métodos sean tan, tan diferentes. Nosotros no consideramos que cualquier acto sea lícito con tal de salvar el planeta. Sabemos que los cambios cuestan generaciones, y que lo que logramos no parece muy efectista, pero sí que sembramos una tendencia social, ¿comprende? Grupos como Lovelock quizás se vuelvan agresivos y sectarios porque buscan cambios inmediatos, visibles y contundentes. No lo sé.

Quedo a su disposición por si puedo ayudarlo en algo, o por si necesita algún tipo de asistencia en caso de que venga a la India, aunque, como le digo, lo último que sé de su hermano es que estaba en la sede de Lovelock en Nepal. Solo ahí o a través de Anna Nicholls podrá localizarlo. Santiago, que está aquí conmigo ahora, me dice que sabe que ella iba a asistir a un congreso de espeleólogos o algo similar en Cantabria (España), donde se iban a reunir muchos científicos. Si da con ella, insisto, tenga cuidado, porque sabemos de su agresividad y radicalismo.

Espero que encuentre a su hermano, de verdad. No me pareció un mal hombre, al contrario, sino alguien perdido que no sabía a dónde ir.

Un saludo,

AMELIA

—Qué hija de puta —murmuró Michael asombrado, porque era la primera vez que él leía el correo, cuando Oliver ya lo había hecho tres o cuatro veces antes de llamar a la Comandancia—. Te digo yo que fue Anna la que hizo que Guillermo se fuese a la India, que no fue cosa de él.

—Pues ya me creo cualquier cosa —admitió Oliver desencajado—. Ahora entiendo por qué vino a Villa Marina: quería confirmar conmigo qué patrimonio le había tocado a Guillermo.

—¿Cómo? ¿Cuándo te hizo preguntas sobre eso?

—Esta misma mañana, antes de despedirse. Y creo que ese era su verdadero objetivo al visitarme. No quería limpiar su karma, sino averiguar cuál era el patrimonio efectivo de Guillermo.

—¿Y sabes a dónde fue?

—Ni idea, suponía que al aeropuerto, y que habría llamado a un taxi. Yo, de hecho, iba a Santander, y ni me ofrecí a llevarla. No entiendo cómo ha podido ser tan cínica, tan falsa. ¿Recuerdas cuando estábamos en la biblioteca y se enteró de que Guillermo había intentado llamarme?

—Sí, lo recuerdo, se puso muy nerviosa.

—Exacto. Yo pensé que era por la emoción de saber de él, y no. Era porque no sabía que él tuviese un teléfono guardado por alguna parte.

—Coño, ¡claro! Por eso quería irse enseguida... te digo yo que esa quería llamar a Nepal para que le quitasen a Guillermo el teléfono.

—Es posible; de todos modos, él no debía de tener apenas batería, y mucho menos cargador, porque no volvió a llamarme. Debió de aprovechar un momento de descuido de los de Lovelock.

Michael renegó con aspavientos marcados:

—Es que es alucinante, compadre, no me lo puedo creer... Anna, con su karma y su buena onda me tenía completamente engañado...

Michael comenzó a dar paseos nerviosos por la habitación y a rememorar todas y cada una de las conversaciones de aquel par de días, por si pudiese sacar algo más en claro de ellas. De pronto, pareció tener una revelación:

—Oye, ¿y no la has llamado?

—A quién.

—¡A Anna! ¿No la has llamado? Si nos coge ahora el teléfono podemos hacer que no sabemos nada e intentar localizarla.

—Sí, tan pronto leí el mensaje la llamé por teléfono, pero lo tenía desconectado. Casi mejor, porque no creo que hubiese sido capaz de controlarme. Supuestamente, ya te digo que iba al aeropuerto. Después de intentar localizarla, llamé inmediatamente a Valentina.

Michael marcó un gesto de extrañeza en su rostro.

—¿Y por qué crees que tiene que ver con los crímenes? Que haya metido a tu hermano en una secta no quiere decir que...

—Ya lo sé, ya lo sé —lo interrumpió Oliver, alzando la mano para que le dejase explicarse—, pero he leído en prensa y en internet todo lo que ha salido estos días sobre los asesinatos, porque te recuerdo que es mi novia la que está buscando al asesino. Hoy no solo ha salido en el periódico el arqueólogo que mataron ayer en Altamira, sino mucha información sobre Wanda Karsávina, Helmut Wolf y el Congreso de Espeleología. Como te imaginarás, en cuanto leí este correo, además de intentar localizar a Anna y de llamar a Valentina, busqué en internet a ese grupo, a Lovelock, y no te imaginas las barbaridades que hacen. Han saboteado flotas enteras de barcos de pesca que no consideran ecológica, han quemado mataderos...

—Qué bestias. Pero bueno, tiene su lógica. Si todos son como Anna, no comen carne.

—Ya. Pues esta gente ha destruido laboratorios experimentales que trabajaban con animales, y mira tú qué casualidad, uno de ellos investigaba curas para el cáncer. Ese cáncer del que se salvó Anna por los pelos. Están tan locos que han llegado a secuestrar al directivo de una central nuclear en la India...

—¿También secuestros? No fastidies.

—Sí, como lo oyes. Resulta que hay más de veinte centrales nucleares en la India, pero no fue eso lo que me dio la pista. Podía ser casualidad que Anna estuviese en España cuando desapareció Helmut Wolf, o incluso que hubiese ido al dichoso congreso ese de Comillas; aunque ya era bastante sospechoso, porque no nos contó que hubiese estado allí... Pero lo que me hizo llamar a Valentina fue esto.

Oliver manipuló su portátil para cambiar la pantalla y abandonar la carta que había recibido de Chakra. Michael miró la pantalla. Era el blog de Lovelock. Oliver entró en la galería de imágenes; en algunas fotos, de muy diferente antigüedad, podía verse a Anna. La primera vez que Oliver había accedido a la galería había buscado de forma febril a su hermano Guillermo, pero no lo había localizado por ninguna parte. Un rostro femenino, sin embargo, le había resultado familiar: al principio, quizás no reparó en él porque sencillamente no era su objetivo. Oliver buscaba a Guillermo. Pero en una segunda vuelta, lo vio claro. Accedió a la versión digital del *Diario Montañés* y contrastó la imagen. No había duda: era Wanda Karsávina que, en la foto del blog, sonreía, feliz y suavemente bronceada, abrazando por la cintura a Anna Nicholls, que a su vez miraba risueña a la cámara y estrechaba con el otro brazo a un hombre que ni Oliver ni Michael conocían. Aquella fotografía parecía tener un par de años. Eran demasiadas coincidencias y demasiado extrañas.

Michael, atónito, miró a Oliver a los ojos.

—¿Y esa qué hacía ahí, chiquillo?

—Eso digo yo, amigo, eso digo yo. ¿Qué hacía ahí Wanda Karsávina?

Valentina, Riveiro y Lerman, junto con todo el equipo de la Sección de Investigación, leyeron aquel correo electrónico de la ONG Chakra con mudo asombro. Después, Sabadelle les informó de que Oliver había atado cabos porque había visto la foto de Anna Nicholls con Wanda Karsávina en el blog de Lovelock.

—¿La tenéis? —preguntó Valentina dirigiéndose a Camargo, mientras este tecleaba de forma endiablada el teclado de su ordenador.

—Un momento, un momento, creo que... ¡aquí está! Sí, teniente, la tenemos. Anna Nicholls: confirmado, está en la lista de invitados del Congreso de Espeleología. Nosotros no podíamos saber...

—No pasa nada, Camargo —le tranquilizó Valentina—. Si hubiese sido yo quien hubiese revisado esas listas, sí que habría reconocido el nombre. ¿Tenemos ya sus antecedentes?

—Sí, teniente, y está limpia.

Valentina resopló.

—Voy a hablar con Caruso, y a llamar al juez Talavera para que ordene su detención preventiva formalmente; avisad al aeropuerto y mandad guardias a las estaciones de tren y de autobuses. También al muelle marítimo. No podemos dejar que salga de la ciudad aunque quizás ya sea tarde.

—Pero la niña de la Mota de Trespalacios dijo que había visto a un hombre...

—... y quien estranguló a Alberto Pardo tenía la fuerza de un varón —completó la teniente en aquella comunión de intelectos que solían compartir cuando estaban en una investigación.

—¡Teniente! —interrumpió Marta Torres, que permanecía sentada ante su propio ordenador—. Ya he entrado en el blog de Lovelock, ¡mire quién está con Nicholls y Karsávina en la foto!

En la imagen, un hombre fibroso, bronceado y atractivo, sonreía al objetivo con suave timidez. Era Paolo Jovis.

Corrieron hasta el cuarto donde lo habían dejado. Cuando llegaron a la sala, estaba vacía. Todo fueron carreras, asombro, frases de incredulidad. Valentina estaba atónita y enfadada.

—¿Cómo coño ha salido este hombre de la Comandancia sin que nadie se diese cuenta? A ver, ¡cómo!

Sabadelle se atrevió a intervenir, más para su propia exculpación que por dilucidar la lógica de lo que había sucedido.

—Teniente, yo no había visto la foto hasta ahora, pero, además, Jovis no estaba detenido, ni se nos había ordenado vigilancia; vino voluntariamente... no tuvo más que salir por la puerta.

Valentina maldijo con un sonoro exabrupto que hizo que Lerman volviese a alzar la ceja: estaba siendo una mañana entretenida. Sin duda, los españoles hacían del mundo un lugar más vivo y racial. La teniente salió disparada hacia la cafetería, donde Marc Llanes y Arturo Dubach aún esperaban.

—No, no lo hemos visto.

Valentina les preguntó por su vehículo.

—¿Que en qué coche hemos venido? Un Ford gris, está aparcado fuera, al otro lado de la Comandancia, cerca de unos columpios...

—¿Y la matrícula?

—No, no sé la matrícula. La empresa de alquiler, quizás...

Valentina llegó a tiempo para ver desde la ventana cómo Paolo, apurado, arrancaba el vehículo, y tardó medio segundo en ordenar a Riveiro con la mirada que la siguiese. Volaron, literalmente, hacia el Alfa Romeo 159 verde camuflaje de ella, aunque Riveiro se montó cuando el coche ya estaba en marcha. No sabían exactamente qué había hecho Paolo Jovis, ni tenían pruebas, pero estaba claro que huía por algún motivo. Valentina y Riveiro cruzaron una mirada decidida. En menos de un segundo, comenzó la persecución más veloz y extraña de sus vidas.

Fundación de Comillas

Domingo por la noche
Paolo se volvió loco. Wanda estaba completamente desnuda sobre aquella cama, como un maniquí de carne inerte que no reaccionaba a sus zarandeos, a sus abrazos ni a sus lágrimas mientras Anna Nicholls observaba la escena apoyada en la repisa interior de la ventana, seria y con los brazos cruzados, como si le aburriese el drama histérico que Paolo representaba.

—Baja la voz, pueden oírte —lo reconvino. Su tono era frío, neutro, desprovisto de empatía alguna.

—¡Serás hija de puta! —vociferó él.

Paolo se abalanzó hacia la mujer, que, aun previendo el golpe, no se movió un milímetro. Ambos rodaron por el suelo, y él terminó a horcajadas sobre ella, resistiendo la tentación de aplastarle la nariz con un puñetazo que mantuvo unos segundos en el aire, indeciso. Las lágrimas, la negación, marcaban su rostro. Anna se mantenía seria, sin miedo, sin aparente remordimiento.

—¡Ha sido culpa tuya, Paolo! —le dijo escupiendo las palabras—. Si no le hubieses contado todo, aún estaría viva.

—¡Yo no le he contado nada!

—Mientes. Os escuché anoche, en el baile. ¿Cuánto crees que tardaría en querer descargar su conciencia, Paolo? Hubiera sido cuestión de tiempo que empezasen a salir datos en los periódicos, lo sabes.

—¡Me da igual lo que salga en la prensa!

—A mí también, pero cuando esté todo en su sitio. Nosotros somos secundarios, pero la misión no.

La misión. Él pareció recordar por qué estaba allí, cuál era su objetivo principal, y se tapó el rostro con las manos llorando.

—Wanda nunca lo hubiera contado —murmuró derrotado.

—¿Ah, no? Pues esta tarde a mí me lo contó casi todo. Si hubiese apretado un poco, también hubiera cantado todo lo que le dijiste anoche. No seas ingenuo, Paolo.

La mujer, viéndolo desecho y completamente abatido, lo empujó y logró apartarlo sin esfuerzo. Se incorporó. Desvió la mirada hacia el cuerpo desnudo de Wanda, que todavía se veía hermoso, como dormido, y siguió hablando.

—Además, ya no erais nada, no ibais a volver a estar juntos nunca, te lo aseguro. Ella lo tenía muy claro, no deseaba volver a verte.

Paolo la atravesó con una mirada de profundo rencor y de rabia contenida.

—Iba a pedirle que nos casásemos en Hawái. Cuando todo esto terminase, cuando lo de Japón estuviese en marcha...

Anna estalló en una carcajada inmisericorde.

—Vuelves a mentir. Eres ridículo, Paolo. Te imaginaba más fuerte, más listo y más realista. No puedes escapar de ti mismo, de lo que eres. Después de Japón habrá otro proyecto, y después, otro, como siempre. ¿O pensabas ser un anodino profesor en una ridícula comunidad universitaria?

—No —replicó él, que no dejaba de llorar, aunque ahora lo hacía de forma menos histriónica—. Pensaba llevarme a Wanda conmigo.

—Sabes que ella nunca lo hubiera aceptado. Qué querías, ¿una concubina? ¿Una mantenida sin más ocupación que la de adorarte? ¡Por favor!

—Solo necesitaba un poco más de tiempo. Podría haber llegado a colaborar con nosotros... —Y, mirando al suelo y hablando ya casi en un susurro, dijo—: No debiste hacerlo.

—No, Paolo, no debiste tú inmiscuirla en esto. Y te aseguro que nunca hubiera accedido a formar parte de Lovelock. He estado toda la tarde escuchándola, y solo deseaba escapar de aquí, de ti y de todo lo vinculado a tu mundo, a nuestro mundo.

Anna se acercó a Paolo de nuevo, se arrodilló a su lado y cambió su tono de voz por uno más cálido.

—La tenías idealizada... suele ocurrir cuando se mantienen relaciones a distancia. Se discute poco, se mitifica mucho. Ya ves que se acostó conmigo con solo unas caricias... Era una zorrita muy guapa, pero no te merecía, Paolo.

—¡Cállate, cállate! —gritó él apartándola.

Paolo se levantó y se sentó en la cama junto a Wanda, observando su rostro con ternura.

—Debemos deshacernos del cuerpo cuanto antes —dijo Anna sin piedad—. Lo haces tú o lo hago yo, como prefieras.

—Lo haré yo —replicó Paolo tras unos segundos de silencio en los que pareció calmarse, reflexionar y ganar aplomo—. Tú ni la toques —le advirtió con una mirada llena de rabia.

Su interlocutora asintió.

—¿Qué vas a hacer? Podrías tirarla al pantano donde me deshice de Wolf, queda cerca.

—No. Vete de aquí. Volveremos a reunirnos solo en lo que resulte estrictamente necesario para la misión. Después no quiero volver a verte en mi vida.

A ella le sorprendió el tono firme e inesperadamente decidido de Paolo, que parecía haber vuelto en sí y destilaba determinación.

—¿Y no vas a necesitar mi ayuda para sacar el cuerpo? Habrá que tener cuidado con las huellas, los posibles rastros...

—Yo me encargo —la interrumpió él tajante—. Lárgate.

Cada sílaba dicha por Paolo se impregnaba de desprecio, rabia y tristeza. Ella pudo percibirlo claramente. ¿Podría confiar en que no hiciese nada que entorpeciese el plan? Lo sopesó unos segundos, calibrando su verdadera entereza. Sí, confiaría en Paolo. Él no dejaría que la muerte de Wanda careciese de valor; a pesar de todo, era un sacrificio muy pequeño para todos los avances que podrían lograr si la misión salía adelante. La mujer recogió sus cosas y, sin despedirse, abandonó la habitación.

Paolo miró a Wanda sin atreverse a tocarla, sin querer lastimar más aquel cuerpo inerte tan hermoso. Vio sus cosas a los pies de la cama. Una pequeña maleta y un bolso. En el suelo, la ropa que llevaba puesta hacía solo unas horas. La simple imagen de Wanda haciendo el amor con Anna le apretaba el estómago, le provocaba arcadas. Habría deseado ser distinto, ser mejor; haber podido darle el calor que ella necesitaba, la conexión con la vida que ella soñaba. Él la amaba. Nunca amaría tanto a ninguna mujer: ¿se habría dado cuenta Wanda de sus verdaderos sentimientos hacia ella, del fuego que él llevaba dentro? Ahora ya era tarde: estaba en el infierno. Paolo se levantó, abrió la maleta. No había mucho, solo un neceser y unas mudas, y lo que más ocupaba era el vestido que ella había llevado la noche anterior. Era un traje que llevaba generaciones en la familia de Wanda, ella se lo había contado muchas veces. Paolo pensó en la madre de Wanda, en su hermano. No merecían sufrir la incertidumbre que provocaría su desaparición. Especialmente su madre: cuando la había conocido, había comprobado en solo unas horas cómo quería a Wanda. Aquel trago iba a resultar demoledor: al menos, merecía tener el cuerpo de su hija. La muerte es un golpe seco, pero si se mira de frente se termina curando.

Paolo sacó el vestido de la maleta. El mejor homenaje que podía hacerle a Wanda, la última y, quizás, única prueba de su amor sería cuidarla en sus últimas horas, mientras aún hubiese calor en su cuerpo, y tratarla como una princesa.

La llevaría a aquel lugar, ¿cómo se llamaba? Aquellas ruinas medievales... Ella se había tumbado allí, en aquellas ruinas, y había jugado a dibujar un ángel sobre la hierba. Aquello parecía haber sucedido hacía ya una eternidad. ¿Cómo habían llegado a aquella situación? ¿Cuándo se había agotado la esperanza? Despacio, se acercó al cadáver y comenzó a vestirlo con la máxima delicadeza. Sí, la llevaría a aquel extraño lugar para que la descubriesen enseguida, por la mañana.

No sería difícil sacarla de la fundación: todo el mundo debía de estar ocupado en la cena temática de aquella noche, al otro lado del edificio. Lo ampararían la oscuridad, la suerte y el mismísimo diablo. Cuando terminó de vestirla, revisó el baño, la nevera y la papelera. Se llevó todo lo que no perteneciese al cuarto, incluido el equipaje. Se cambió en su habitación y se puso una ropa oscura y discreta. Regresó en solo unos minutos y, con Wanda ya vestida, la cogió de la cama y la depositó con cuidado en el suelo para poder poner en su sitio las sábanas y la colcha. En realidad, resultaba una precaución innecesaria: a fin de cuentas, aquel cuarto no podía vincularse con Wanda ni con él de ninguna forma, y en el edificio había cientos de habitaciones. Cuando pudo comprobar desde la ventana que la carpa estaba ya llena de gente y que la cena ya había comenzado, tomó a Wanda del suelo y la llevó en brazos, como el novio que traspasa por primera vez el umbral de casa con su esposa. Wanda, por fin, y sin saberlo, era amada y portada como una novia.

El viajero del Sótano de las Golondrinas
Octava reflexión

He jugado un juego equivocado. No he sido más que el niño que buscaba cuevas de piratas, como si estuviese en la costa de Capri navegando con el abuelo Carlo. Qué inocente y qué estúpido.

No sé qué fue lo que me envenenó el alma, qué me hizo ser diferente para buscar respuestas a preguntas que muchos ni siquiera se planteaban. ¿Pudo ser aquel cuadro, la *Grotta della Minerva*? Cuántas veces fui a la cartuja para contemplarlo. Quizás Wanda tuviese razón, y solo se tratase de una cuestión de vanidad: quería ser un explorador que descubriese nuevos caminos. ¿Por qué no? Los grandes pioneros se atrevieron a vivir de forma diferente enfrentándose a la sociedad de su tiempo. Shackleton, Humboldt, Bonpland... sin sus viajes y expediciones nuestro mundo conocido sería distinto.

Pero ahora todo esto ya no importa. Conduzco a toda velocidad, pero creo que solo es cuestión de tiempo que me atrapen. ¿A dónde podría ir? Aquí solo conozco un par de carreteras, y todas me dirigen a cuevas, a grutas que no llevan a ninguna parte. Al final, parece que solo me encuentro seguro en ellas, oculto de este mundo obtuso. Quizás pueda marcharme a un país de oriente, donde será difícil que me encuentren. Pero ¿quién me contrataría a mí, a un fugado, a un asesino? Ni fotografías científicas, ni investigaciones, ni proyectos de envergadura, ni nada que supusiese visibilidad internacional.

Wanda, Wanda, Wanda.

Concéntrate, Paolo.

¿A dónde vas? Ni siquiera conozco este puto país, ¿cuántas horas podría llevarme conducir hasta Nápoles? No, no puedo ir a casa. Y tengo que cambiar de coche. Todo ha sido culpa de Anna; si no fuese por ella, no habría pasado nada de esto.

No sé a dónde voy, aunque creo que ya no me importa: el juego, definitivamente, está perdido para mí.

15

No todos los que deambulan están perdidos.

El Señor de los Anillos, J. R. R. Tolkien

Anna Nicholls se impacientaba. Su avión hacia Londres debería haber salido hacía ya un cuarto de hora. No estaría mal ver a sus padres, después de tanto tiempo. Esperaba que no se pusiesen demasiado pesados con aquello de volver a casa, de asentar la cabeza y llevar una vida insípida, aburrida y, en definitiva, inútil.

Su regreso a Europa no había hecho más que confirmar lo ridículo y artificial que era el mundo en el que había vivido la mayor parte de su vida. Sus antiguos amigos y el propio Oliver vivían en una burbuja transparente e ignorante: sabían que existía un mundo más allá de sus fronteras, pero no lo entendían, no lo exploraban y no pretendían mejorarlo. Se conformaban con la suerte que les había tocado, con el burgués acomodamiento que terminaría por hacer morir al mundo.

A pesar de haber matado, Anna no se consideraba una mala persona, sino una mujer que había sido salvada por su enfermedad. Si no hubiese tenido cáncer, no habría dado aquel vuelco a su vida, y tampoco habría llegado a conocer a Guillermo Gordon en la forma en que lo había hecho. Al principio, todo fue bien entre ellos. Él pensaba como ella, y entendía su propia vida como un hilo conductor para cambiar y mejorar el mundo. Juntos recorrieron gran parte de la India estudiando las necesidades de cada zona y visitando templos budistas.

Llegaron a coger un avión a Sri Lanka, donde Lovelock disponía de una pequeña sede. Jamás olvidaría su ascenso a la enorme roca de Sigiriya, mediante escalones tallados en la piedra entre enormes y pétreas garras de león. Guillermo la cogía de la mano y sonreía, haciendo que ella no desease estar en ningún otro lugar del mundo. Anna atesoraba aquellos instantes con una mezcla de nostalgia y tristeza, porque Guillermo ya no volvería a ser aquel que entonces la llevaba de la mano.

Muy cerca, en Dambulla, fue donde los conocieron. Qué guapo él, qué italiano, qué bronceado y fibroso. Qué bella Wanda, qué inteligente, qué mujer. Eran diferentes: europeos, inmersos en el sistema pero vivos. Buscaban el conocimiento, desafiaban los roles preestablecidos, y eso hizo que le gustasen.

Paolo había ido a fotografiar aquellas cavidades reconvertidas en templos. A Anna le dio ternura que Wanda recordase aquel viaje en la habitación de la Fundación de Comillas. No resultó incoherente explicarle que estaba en el Congreso solo para unas reuniones con unos científicos que iban a ayudarles con el tema de la energía sostenible: una reunión ida por vuelta, porque ya se marchaba a coger un avión para visitar a sus padres en Londres, ¡vaya casualidad encontrarse allí! En aquel momento, ya había decidido eliminarla, y no se lo había puesto fácil en la habitación de la fundación: le recordó los momentos que habían vivido juntas con Guillermo y Paolo en Sri Lanka, bebiendo aguardiente de coco y comiendo platos asombrosamente especiados. Allí, los invitaron a ver la sede de Lovelock y les explicaron sus principios, que en aquel momento parecían frescos, sanos y modernos. Anna aún no estaba tan involucrada en el grupo, y Guillermo acababa prácticamente de llegar a la India. Se hicieron un par de fotos y se despidieron prometiendo seguir en contacto. Solo habían coincidido un par de días en el viaje, y era una verdadera pena... Wanda era muy atractiva. Anna había cambiado y abierto tanto su mente que le interesaba no solo hacer lo posible por salvar el futuro del planeta, sino también por disfrutar de su vida terrenal. Hasta entonces solo había disfrutado moderadamente de su cuerpo; pero, tras su enfermedad, se había abierto a las experiencias que la vida pudiese brindarle. No le había ocultado a Guillermo esa nueva libertad que la describía. Deseaba sumergirse en un concepto natural del amor y la entrega a las personas con las que hubiese algo bello que compartir: tiempo, comida, sexo. Mujeres, hombres, grupos. Aquello era lo animal, lo natural, sin ridículas imposturas sometidas a tradiciones y creencias.

Por fortuna, sí volvió a encontrarse con Paolo cuando este viajó a la India en un par de ocasiones, y se vieron en la sede de Lovelock. Él quedó fascinado por lo que aquella organización pretendía hacer a favor de los científicos y del planeta. No tardaron en iniciar un contacto continuo y absorbente: Paolo se entregaba a la ciencia con extraordinaria vehemencia, sin importarle que la organización se hubiese radicalizado notablemente desde que la había conocido junto a Wanda. Pero, ahora, para Anna lo único que importaba era salir de allí cuanto antes.

—Disculpe, ¿vamos a tardar mucho en despegar?

La azafata le dedicó una sonrisa nerviosa. Llevaban quince minutos de retraso; los pasajeros ya habían ocupado sus asientos y se habían ajustado los cinturones. Había murmullos de preocupación: ¿se trataría de algún problema con los motores? ¿El equipaje, quizás?

—No, señorita, despegaremos enseguida. Estamos esperando pista libre para el despegue.

—Ah. Gracias.

¿Pista libre? Anna miró por la ventanilla, y no vio ni un solo avión en las pistas y tampoco en el aire. Empezó a sentirse inquieta. Había apagado su móvil al llegar al aeropuerto, pero quizás debiese encenderlo. ¿Habría pasado algo? Ella ya no tenía nada que hacer allí, y Paolo se marchaba a primera hora de la mañana siguiente. No había pruebas, no había vínculos, no había nada. Si el italiano mantenía un mínimo de cordura, esquivaría fácilmente cualquier pregunta. ¿Por qué se preocupaba? ¿Y por qué demonios se había tenido que complicar todo tanto?

Estaba deseando llegar a la sede de Lovelock y hablar con Héctor, el líder. Había confirmado con Oliver lo que ya ella misma sospechaba: Guillermo disponía de una sólida herencia que podría ayudar a subsistir a la organización durante una larga temporada. Tendrían que persistir en el proceso de *reconversión* con él, porque el sabelotodo de Oliver se estaba acercando peligrosamente. No les quedaba mucho tiempo. Quizás lo más práctico fuese eliminar a Guillermo y obligarlo antes a dejarla a ella como heredera. Testar a su favor no resultaría extraño: al fin y al cabo, habían mantenido una relación sentimental y él era, oficialmente, un excéntrico trotamundos.

Lo meditaría con calma. Ahora, todavía estaba centrada en el Advanced Grant. Le daba rabia pensar que, después de tanto trabajo y tanto sacrificio, al final pudieran quedarse sin la subvención. Héctor no podría negar que ella había hecho todo lo posible: había matado a dos personas solo por aquello.

Había eliminado a Helmut Wolf limpiamente, deshaciéndose de él en aquel pantano. Tras haberlo drogado en Madrid, había decidido ir a Comillas porque pensaba estar allí unos días más tarde, por el congreso. No le quedó más remedio que dormir en un hotel de la villa, así que buscó un lugar para deshacerse del cadáver que estuviese cerca de su alojamiento pero no demasiado; estaba agotada tras conducir toda la noche, hacía un frío horrible y estaba a punto de amanecer.

Recordó el encargo de Paolo justo a tiempo; en Alemania, furiosa por no haber conseguido la subvención, lo había olvidado. ¡Era un detalle tan romántico e inservible!

Seis meses atrás, Paolo se había reunido con sus amigos arqueólogos en Cantabria para revisar todos los detalles del congreso con la Fundación de Comillas. A Paolo se le había ocurrido la majadera idea de solicitar en Altamira la revisión de las monedas que habían encontrado en la Cueva de Puente Viesgo; la excusa era la fotografía científica, pero la finalidad real era estrafalaria: Paolo pretendía darles notoriedad y reconocimiento a aquellas estúpidas monedas. En un momento de despiste de aquel pobre infeliz, Alberto Pardo, sustrajo cuatro monedas del tesorillo. Pensaba colocarlas en sitios relevantes de distintos puntos de Europa —museos, naturalmente— para que se suscitase la curiosidad sobre ellas y que, al investigarlas y con «un poco de ayuda», se descubriese su procedencia. Quizás aquello lograse sacarlas de su cajón. También serviría como muestra alocada y gamberra de entrega a Wanda, para que entendiese que el amor no tenía por qué estar sujeto a vidas estables y siempre presenciales. Paolo había empezado a salir de aquella espiral de culpa desde el accidente de Helder y, cuando terminase el proyecto de Japón, pretendía cambiar de vida y pedirle matrimonio a Wanda. En realidad, también pretendía cambiarla a ella para que entendiese su nueva forma de ver el mundo: el éxito de su acción resultaba improbable, a juicio de Anna, pero ella terminó por acceder a su encargo, porque por entonces Paolo se había implicado lo suficiente con Lovelock como para entender que su misión, su búsqueda de conocimiento, se encontraba en paralelo con la de la organización, que buscaba el bien futuro y común.

—¿Y qué demonios quieres que haga yo con esta moneda? —le había preguntado Anna al principio, extrañada por aquella propuesta.

—Vas a ir a ver a Wolf a Alemania. Haz que aparezca la moneda en su propia sede, ellos la estudiarán, y ya me encargaré yo de que localicen su origen.

—¿Y por qué no la llevas tú? Es tu plan romántico, no el mío.

—Porque fui yo el que estuvo en Altamira. Tan

pronto la identifiquen, se acordarán de mi visita hace unos meses, porque dudo que nadie más haya solicitado ver las piezas. Si la llevas tú, yo tendré coartada porque estaré en Nápoles, ¿entiendes? Si me preguntan, diré que solo fotografié las monedas y nada más: ni siquiera registraron mi visita.

—¿Y de verdad crees que un despliegue semejante le gustará a Wanda? ¿No has pensado que tal vez sea mejor regalarle unas flores?

—Ella valorará más esto —había replicado él convencido—. He pensado repartir las demás por otros museos pero, a lo mejor, cuando llegue a Cantabria hago que las tres restantes aparezcan a la vez en otra localización importante, incluso en el propio Museo de Altamira, y ya verás cómo se habla de ellas entonces.

—Quizás las devuelvan al cajón —le contravino Anna, escéptica.

—Quizás. Pero, en definitiva, no es nada negativo, solo les damos un paseo y, al final, volverán a su origen...

—Anda, trae —concedió Anna tomando una moneda—. Ya la dejaré allí en un mostrador o lo que se me ocurra.

Paolo resopló.

—Al menos, haremos eso. Dudo que el cabrón de Wolf conceda la subvención; ese solo tira a lo seguro, a lo que lo mantenga en su puesto.

Anna, sentada en aquel avión con destino Londres, sonrió para sí misma con cinismo. Paolo había tenido razón: Helmut Wolf no había cedido.

Cuando, tres semanas atrás, llegó al borde de aquel pantano cenagoso, pensó que sería un buen lugar para dejar el cuerpo. Recordó el encargo de Paolo y sonrió con malicia: el italiano se iba a sorprender del destino final de su moneda. ¿No quería notoriedad? Nada mejor que depositarla en aquel cadáver. Qué extraño: no había sentido remordimientos ni culpabilidad, solo cierto nerviosismo ante la posibilidad de que pudieran descubrirla. Su misión era tan alta y tan desinteresada que eliminar a aquel hombre era lo más lógico del mundo.

Un putero menos. Anna tomó aire para cargar con él y arrastrarlo un par de metros hasta el pantano. Sin embargo, justo al cogerlo por las axilas, descubrió que no estaba muerto. No, no lo estaba. La respiración era casi imperceptible, pero allí estaba. «Qué cabrón, no la palma ni con un cargamento de somníferos.»

Mientras habían ido en coche, y aún inconsciente, Wolf había hecho un amago de vómito: ¿habría expulsado parte de las pastillas que le había dado? Tomó el largo lazo acordonado y azul de una camisola que llevaba en su maleta y, ya en la orilla y con el hombre boca abajo, comenzó a estrangularlo. Veinte segundos. Treinta. ¿Estaría realmente inconsciente o se trataría de una mera actuación, una última estrategia de escapatoria de un moribundo? Cogió la moneda: la guardaba en una de esas pequeñas bolsas de plástico para botones de recambio: introdujo el lazo azul por una ranura y luego lo ató a la presilla del pantalón. Paolo quería visibilidad. La tendría. De aquella moneda iba a hablar todo el mundo cuando encontrasen el cadáver al día siguiente. Claro que aquello fue un error de cálculo. ¿Cómo iba a suponer que a aquel maldito alemán se lo iba a tragar el pantano durante tres semanas?

Cuando Anna se incorporó, vio cómo Helmut Wolf comenzaba a moverse. Se quedó paralizada, con la sorpresa que puede suponer ver respirar a un muerto. «¿Qué coño le pasa a este tío? ¿Es inmortal?»

El hombre consiguió, aturdido, ponerse a cuatro patas. Después se arrodilló, ciego y desorientado; parecía a punto de desplomarse y se llevaba las manos al cuello: algo le había hecho un daño atroz en la garganta. Daba la impresión de que iba a desmayarse en cualquier momento; ni siquiera era capaz de articular una sola palabra, y una lastimera lágrima de saliva le caía desde la comisura izquierda de los labios. Anna lo empujó al pantano creyendo que se ahogaría, sin saber que Helmut Wolf, casi inconsciente y ayudado por los somníferos y la falta de oxígeno, moría al instante por puro y súbito terror.

Anna arrojó el maletín de Wolf junto al cuerpo mientras observaba cómo este se hundía en el agua oscura y cenagosa.

—Oiga, en serio, llevamos aquí ya media hora. No es normal. ¿Despegamos o no?

La azafata miró a Anna con nerviosismo mal disimulado.

—Sí, enseguida, ya le dije que estamos esperando pista.

—Pero ¡qué pista! ¡Si no se ve un alma por aquí! —se quejó señalando las pistas del aeropuerto desde su ventanilla.

Los otros pasajeros, impacientes, también se quejaban.

—Será un momento, tengan paciencia, por favor —resolvió la azafata, que se marchó ligera hacia la cabina del piloto, donde parecía haber bastante acción a puerta cerrada: toda la tripulación, agitada, parecía haberse concentrado allí.

¿Habría pasado algo con Paolo? ¿Se habría derrumbado por fin? ¿A pesar de la misión que ambos tenían, que supondría salvar a las futuras generaciones? Anna comenzó a sentir un nerviosismo histérico que le escaló por dentro desde el estómago hasta todas las ramificaciones de sus sentidos, que estaban completamente alerta.

Anna, en su desesperación, aún tuvo tiempo de pensar en lo patético que le pareció el gesto de Paolo: él creía que amaba a Wanda, pero podía estar meses sin verla, sin llamarla, sin saber si respiraba o no. ¿Y por qué? Porque tenía otro amor más poderoso que lo acompañaba desde niño, que lo desafiaba, lo incentivaba, le marcaba las metas y un camino que seguir. Amaba el conocimiento, la ciencia, mucho más que a ninguna mujer. Y, sin embargo, había cometido aquella teatralidad absurda de depositarla en un prado, vestida de princesa. Supo lo que Anna había hecho con su moneda y, sintiéndose ya perdido, dejó otra pieza entre las manos de Wanda como símbolo de lo que aquella mujer hermosa y cultivada significaba para él. Wanda había encontrado sentido al juego de nacer sabiendo que hay que morir; ella rescataba conocimientos, historia, modos de vivir para entender por qué el esfuerzo de respirar valía la pena. Era una recolectora del tiempo. Aquello era lo que contaba la moneda que llevaba entre sus manos la princesa de la Mota.

En el caso de Alberto Pardo, sin duda, Paolo había dejado la moneda siguiendo la tendencia ya iniciada: al menos, desempolvaría aquella reliquia en honor al cariño y el respeto que sentía por Wanda.

Pero estos conceptos se escapaban de la lógica y practicidad de Anna. Ella estaba segura de saber qué era el amor, pero para ella era un sentimiento sobrevalorado, camuflado de esencial, cuando no era más que el resultado de muchas hormonas alteradas, del instinto básico de reproducción y de la atracción física. La amistad, la entrega desinteresada por una causa, aquello sí que era un tipo de amor más estable, más elevado y permanente, porque había descubierto que cuanto más interactuaba con el entorno más formaba parte de él.

Lo que Anna no tenía claro era cómo el arqueólogo de Altamira se había enterado de que faltaban las monedas y cómo vinculó tan rápidamente su ausencia a Paolo. La prensa no había dicho nada de las piezas. El caso es que Alberto Pardo había descubierto que faltaban cuatro monedas y le había enviado un correo electrónico a Paolo manifestándole sus suspicacias. Y no dejaba de llamarlo por teléfono. Sí, quizás el italiano fuese el único idiota que había preguntado por aquellas ridículas piezas en muchos meses.

Paolo quiso evitar que Alberto Pardo lo delatase, y hay que reconocer que fue rápido y que lo hizo bien. Después de lo de Wanda, a Anna no le dirigía la palabra, pero sí le había informado de lo que había hecho a aquel hombre: estaba como enajenado, fuera de sí, perdido. Y aquel arqueólogo de Altamira llamándolo sin cesar, presionándolo... el cuerpo de Wolf acababa de aparecer, y vincular las monedas al italiano era cuestión de tiempo: lo acusarían de la muerte de Wolf y de la de Wanda. Paolo ya no era el mismo, había perdido el rumbo. Pero cabía la esperanza de que, sin su querida profesora polaca, volviese a entregarse íntegramente a la ciencia y terminara aquel lamentable episodio.

Aunque era una pena que los acontecimientos se hubiesen desarrollado de aquella forma: si él no le hubiese revelado a Wanda su colaboración con un grupo radical y lo que *alguien* de la organización había hecho a Helmut Wolf... ¿Por qué demonios tuvo que contarle todo? ¿Tanta mala conciencia tenía, tanta carga? Estaba claro que ella no lo entendería. Al menos, no le había dicho que se trataba de Lovelock; de lo contrario, Wanda ni siquiera habría acompañado a Anna a su habitación. Pero era cuestión de tiempo que atase cabos, que hiciese preguntas, que se diese cuenta de hasta qué punto se había radicalizado la organización desde que ella la había conocido.

Anna se disculpó a sí misma: lo del alemán, al menos, no lo había planeado. Sucedió, sencillamente. Si hubiese accedido a sus peticiones, todo hubiera sido diferente. Pero dejar aquella estúpida moneda en el cuerpo... seguramente fue un error, porque significaba un posible vínculo incriminatorio contra Paolo, a la larga.

Quien, sin embargo, la tenía asombrada, era Arturo Dubach. Él sabía todo lo que ocurría con Lovelock y lo que ella había hecho a Helmut Wolf para lograr la subvención; Dubach también participaba del famoso proyecto de Japón. Paolo se lo había presentado. Arturo le había parecido un hombre inusual: extremadamente precavido y, a la vez, inesperadamente intrépido. Él había intentado que Paolo no le contase nada a Wanda en aquel estúpido baile medieval vigilándolos, interrumpiendo la posible confidencia del asesinato de Wolf en mitad de aquella sala de la fundación, secuestrando a la profesora para que bailara con él. Pero no lo había logrado, y tampoco sabía que Anna, disfrazada con velos de dama medieval, también había oído todo y había seguido a la pareja, escuchando la confesión final de Paolo y sentenciando con ello a la propia Wanda.

Nunca lo sabría nadie. Arturo era lo bastante listo como para haberse implicado solo hasta donde no lo salpicasen los demás.

Un momento. Más revuelo en la cabina del piloto. Desde la ventanilla puede verse claramente cómo vuelven a poner la pasarela de acceso al avión. Todo son murmullos. La azafata abre la compuerta y aparecen dos guardias civiles.

Todo se vuelve silencio. Anna lo sabe, lo ha presentido, lo ha lamentado antes incluso de que suceda. Siente miedo, como cuando era niña y hacía una travesura: temía más el enfado que el castigo.

No se atreve a mirar a los guardias: a cambio, pierde la vista en la ventana, observando solo las pistas, tan grises como un futuro desdibujado y fallido. Cuando llegan a su altura, un guardia enorme e impresionante hace que los compañeros de su fila se levanten. La nombra: Anna Nicholls. La forma en que se ha dirigido a ella es determinante. Ella contesta con la mirada y se levanta. Acaba de envejecer; así, de repente. Ha perdido la altivez, su sensación de invulnerabilidad. Apenas es capaz de escuchar nada, todo sucede con rapidez. Se requisa su equipaje de mano, la conducen fuera del avión sujetándola fuertemente, la registran a ella, registran sus maletas. Le recuerdan sus derechos.

Anna, durante mucho tiempo, de su detención solo recordará el paseo irreal y extraño que hizo hasta salir de la aeronave, acompañada por el silencio insólito y sepulcral de los pasajeros y la tripulación de aquel avión que nunca la llevó a Londres.

Santiago Sabadelle sudaba. Su sobrepeso y el estrés de aquella mañana no ayudaban especialmente a la contención de su sistema de transpiración. Entre Camargo y Torres habían logrado identificar la matrícula del coche en el que se había fugado Paolo, y eso que la empresa de alquiler de automóviles no había facilitado demasiado las cosas. Resultó necesario que un agente de la Guardia Civil se personase en sus oficinas para que accediesen a facilitarles la información. Para entonces, Valentina y Riveiro habían perdido el rastro de Paolo y circulaban por la ciudad a toda velocidad, buscando la salida hacia la que creían que se había dirigido Paolo la última vez que habían establecido contacto visual con su coche.

—Aquí, teniente Redondo, ¿me copias?

—Sí, teniente —respondió Sabadelle a través de la radio del vehículo.

La voz de Valentina reflejaba aceleración y urgencia.

—Si ya tenéis la matrícula, pasad su identificación y la descripción del vehículo a todas las unidades de Cantabria, tenemos que localizarlo. Creo que ha tomado la A8 hacia Bilbao, voy a intentar seguirlo en esa dirección, ¿estamos?

—Estamos, teniente.

—Avisad a la estación de tren, a la de autobús y al aeropuerto de Bilbao por si Jovis quisiese embarcar allí. Y, especialmente, a todas las unidades que puedan controlar su paso por tierra: Solares, Colindres, Laredo, Castro Urdiales...

—Pero, teniente, es posible que no haya seguido esa dirección y que baje por las comarcales hacia Liérganes o Puente Viesgo, o...

—Joder, Sabadelle, ya lo sé, ¡por eso te he dicho que aviséis a todas las unidades de Cantabria! —exclamó Valentina—. ¿Qué hay de Anna Nicholls?

—Acaban de detenerla en el aeropuerto, ya había embarcado en un vuelo a Londres.

A pesar del ruido ambiental en la comunicación, Sabadelle pudo escuchar un claro y sonoro suspiro de alivio.

—¿Lo sabe ya Caruso?

—Acaba de ir Zubizarreta a informarlo, y a vosotros íbamos a decíroslo ahora.

—Bien.

Valentina, sabiendo que al menos Nicholls había sido detenida, respiraba algo más serena. Sin embargo, era difícil encajar que la persona detenida fuese Anna, aquella Anna con la que en su imaginación había competido en generosidad, belleza y amor por Oliver. Cuando la había conocido en persona, había intuido que había algo más en ella, un punto oscuro y oculto, pero por culpa de sus celos había sido incapaz de reconocerlo, de entender o de buscar la verdadera razón por la que ella había ido a Villa Marina.

—Avisadme de cualquier novedad —ordenó. Su voz estaba envuelta por el ruido del motor y de la velocidad.

—Sí, teniente.

Al instante, sonó el teléfono. Les pasaban una llamada desde la centralita. La cogió el propio Sabadelle.

—¿Quién? ¿Sebastián Loureiro? ¿Y ese quién coño...? Ah, el director de Altamira. A ver, ¿qué le pasa? Ah. ¿Unos correos electrónicos? ¿Nos los has reenviado? Vale. Sí, pásamelo.

El subteniente mantuvo una charla de menos de dos minutos con Sebastián Loureiro, que se encontraba absolutamente nervioso y sobrepasado. Había revisado su correo y había descubierto un mensaje que Alberto Pardo le había enviado, al no localizarlo por teléfono, una hora antes de morir.

Y, revisando su ordenador, habían encontrado otro mensaje que el propio Pardo había enviado el día anterior a Paolo Jovis:

CORREO DEL MARTES (Enviado por Alberto Pardo a Paolo Jovis)

Estimado señor Jovis:

Contacto con usted por causa del tesorillo que fue hallado en la Cueva de las Monedas de Puente Viesgo, y del que solicitó permiso hace unos seis meses para realizar una serie de fotografías de orden científico e histórico, para la revista *National Geographic Historia*. He revisado las piezas del almacén y faltan cuatro de las monedas inventariadas. No me consta que tras su visita haya habido ninguna otra, por lo que le ruego me confirme si observó alguna incidencia cuando tomó las imágenes.

Asimismo, sería interesante ver las fotografías, para verificar si el tesorillo se encontraba o no completo cuando fueron tomadas, ya que he revisado los números de *National Geographic* desde que usted estuvo aquí y en ninguno he visto el reportaje sobre este material.

Le he llamado varias veces por teléfono, pero no he logrado localizarle. Por favor, póngase en contacto conmigo urgentemente. Muchas gracias por su colaboración.

Atentamente,

ALBERTO PARDO
Departamento de Patrimonio/Conservación
Museo Nacional y Centro de Investigación de Altamira

CORREO DEL MIÉRCOLES (Enviado por Alberto Pardo, una hora antes de morir, a Sebastián Loureiro)

Hola, Sebastián:

Te he llamado, pero no he conseguido contactarte.

Lamento tener que informarte de que nos han sustraído parte de uno de los depósitos que tenemos en el almacén. Se trata del tesorillo de la Cueva de las Monedas, del que faltan cuatro piezas, que ya tengo identificadas.

La verdad es que me he dado cuenta de la manera más increíble. Ayer por la mañana leí en el periódico que había aparecido una chica muerta en Suances, en la Mota de Trespalacios, y en la prensa digital de la tarde ya estaba su fotografía. Se trataba de Wanda Karsávina, una profesora polaca que se interesó precisamente por esas monedas hace un par de años. Casualmente, un amigo de ella, un fotógrafo italiano, pidió hacer fotos al material hace unos seis meses. Me dio una corazonada y fui al almacén; revisé las piezas y ya te digo que faltaban cuatro.

Creo que es posible que las tenga este fotógrafo, Paolo Jovis, y me hace sospechar el hecho de que finalmente no vimos las fotografías publicadas. Le he enviado ayer un correo electrónico solicitándole las imágenes para ver si cuando él vino estaban o no todas las piezas, pero aún no me ha contestado, y tampoco responde a mis llamadas. Y es especialmente curioso porque solo él ha preguntado por ese material en mucho tiempo, además de la propia chica que ha fallecido. Por si acaso, no he sido muy directo ni he insinuado que fuese él, sino solo que quiero ver las fotos que sacó en su día.

Quizás tendría que haberte informado ayer mismo, pero esperaba resolverlo por mi cuenta, aunque al ver que este fotógrafo no contesta creo que habrá que tomar medidas más contundentes y mi deber es informarte para ver cómo procedemos.

No estoy seguro de que haya sido este hombre quien se ha llevado el material, pero he hecho memoria y lo cierto es que le dejé sin vigilancia haciendo fotos, aunque creo que solo fueron unos minutos. Lo siento, es culpa mía. Cuando vengas por el museo lo hablamos y asumiré toda la responsabilidad que me competa.

Un abrazo,

Alberto Pardo
Departamento de Patrimonio/Conservación
Museo Nacional y Centro de Investigación de Altamira

—Joder, vaya putada, morirse por una corazonada —reflexionó Sabadelle tras leer los dos correos electrónicos.

Marta Torres, que, a su espalda, leía también los mensajes, hizo un apunte:

—Era cuestión de tiempo. Ya se ha colado hoy en prensa que los cadáveres llevaban monedas medievales.

No lo ha matado la mala suerte, sino un asesino —sentenció.

—Imagino que habrá sido Paolo Jovis —añadió Camargo—. A fin de cuentas, ha huido y tenía marcas en los brazos —dijo simulando estrangular al aire con su antebrazo.

—Pues espero que la teniente lo coja y que pase mucho tiempo en la peor de las cárceles —replicó la guardia con el gesto enfurecido, sorprendiendo a sus compañeros. Se estaba endureciendo, la agente Torres. Quizás fuera porque Alberto Pardo, la víctima, era joven y tenía dos niñas pequeñas. Quizás porque pensaba que era una putada que se hubiera muerto sin haber hecho nada para merecerlo y cuando todavía era demasiado pronto para irse.

Valentina estaba atónita, no podía creerlo. ¿De verdad? ¿Sin gasolina? ¿Quién era ella, el inútil del inspector Clouseau en *La pantera rosa*?

—Redondo, tranquila; nos llevará dos minutos, tenemos una gasolinera ahí mismo. —Le indicó Riveiro, completamente acelerado.

—Joder, ¡joder! ¡Venga, vamos!

Valentina, que también estaba completamente acelerada, giró hacia la derecha para entrar en la gasolinera. No había puesto la sirena en marcha, aunque sí llevaba la luz rotativa sobre el coche girando a toda velocidad. Aquel faro giratorio y veloz había sido suficiente para que se apartasen todos los coches. En la gasolinera, sonaba a todo volumen el hilo musical, que sin duda era la radio. *Love Runs Out*, de One Republic, daba rotundos golpes de ritmo llenando el silencio que se había apoderado del resto de conductores, que observaban con curiosidad la escena que protagonizaban Redondo y Riveiro, como si viesen repostar a un impaciente piloto de carreras de Fórmula 1.

—De todos modos, no sabemos ni a dónde nos dirigimos —razonó Valentina, poniendo los brazos en jarras con desesperación mientras el operario les llenaba el depósito.

Aquel obligado momento de espera hizo que visualizara a Oliver como si estuviese allí mismo; ¿cómo estaría? Encajar lo que había hecho su antigua prometida tenía que ser complicado. Y mucho más sabiendo que, por culpa de Anna, su hermano Guillermo —en caso de que siguiese vivo— debía de sufrir un gran deterioro físico y se encontraría en peligro. Cuando ya casi habían repostado, sonó el teléfono de la teniente. Una patrulla había visto el coche de Paolo Jovis.

—¿En la Nacional 629? ¡Y a la altura de Ampuero! ¿Y hacia dónde demonios va por ahí?

—Habrá pensado que en las comarcales habría menos controles —pensó en alto Riveiro.

—¿Lo habéis perdido? Ya —asintió Valentina, seria.

El guardia que le hablaba al otro lado le decía a Valentina que un compañero lo había identificado, pero que no tenía el vehículo cerca y no le había dado tiempo a seguirlo. La teniente pensó que lo más probable era que el guardia en cuestión estuviese tomándose un café en una terraza, pero no hizo ningún comentario.

Salieron de la gasolinera como una exhalación; One Republic todavía golpeaba el aire con un compás endiablado, cantando que mataría cada segundo hasta salvar su alma, aunque, ¿a quién le importaba el espíritu? Algunos, como en aquella canción, hacían lo que les daba la gana y luego, exhaustos y despreocupados, se perdonaban sus propios excesos rezando por las noches.

—Llama a la Comandancia, Riveiro —ordenó Valentina.

Estaba concentrada en la carretera. Había puesto ya la sirena e iba a mucha velocidad, adelantando a todos los vehículos como si fuesen hormigas lentas y en serie que, obedientes, se apartaban de inmediato al escuchar su aullido.

—¿Qué les digo?
—Que quiero hablar con Marc Llanes, todavía tiene que estar allí.
—¿Con Llanes?
—Sí, él conoce bien a Jovis, quizás sepa hacia dónde se dirige.
—El arqueólogo detective —recordó Riveiro llamando ya a la Comandancia. Tardaron menos de dos minutos en escuchar a Llanes al otro lado del aparato.

Tal como había supuesto Redondo, ni él ni Arturo Dubach se habían movido de la comandancia: ya no había ningún Congreso más importante que aquello.

—¿Ampuero? —se extrañó el arqueólogo—. Pero eso está llegando ya casi a Rasines, en el valle de Asón... Conocemos la zona, fuimos la semana pasada a prospectar cuevas.

—¿Cree que habrá ido hacia allí?

Llanes dudó. ¿Qué debía hacer? ¿Sería realmente culpable Paolo de alguna conducta delictiva? Era su amigo, pero no podía dejar de colaborar con aquella teniente de mirada bicolor: era su obligación, incluso para ayudar a Paolo. Si se había metido en problemas, la mejor manera de salir de ellos sería enfrentándolos.

—Yo... No lo sé. No lo creo, la verdad. Quizás no vaya a parar a ninguna parte, y solo se haya metido por esa carretera porque la conocía, pero...

—¿Pero? —Valentina no dejaba de pisar el acelerador.

—... pero la zona que Paolo conocía bien es la de Ramales de la Victoria, porque prospectó varias veces la Cueva de Cullalvera. Es posible que se haya dirigido hacia allí —concluyó Llanes, mostrando un gesto insólito de preocupación en su rostro, que solía estar desquiciantemente tranquilo. ¿Sería verdad el efecto imperturbable de su supuesta ataraxia? ¿O se trataría de una simple y entrenada máscara del arqueólogo catalán para protegerse del dolor?

—¿Dónde está esa cueva? —preguntó Riveiro, con el navegador GPS en la mano.

—Al lado del mismo centro urbano de Ramales de la Victoria, en un barrio que se llama Ciruela o algo parecido.

—¡Anciruela! —replicó Riveiro, triunfal, viendo ya la dirección de la cueva marcada en el GPS del navegador.

Valentina dio un rápido vistazo de dos segundos al mapa virtual y siguió esquivando coches a toda velocidad con su viejo Alfa Romeo. Cuando, por fin, llegaron a Ramales de la Victoria, se les unió una patrulla de la localidad con la que Riveiro había contactado por radio, guiándoles hacia la entrada de la Cueva de Cullalvera.

La carretera terminaba justo donde lo hacía el asfalto, y daba paso a caminos de tierra y a una valla de madera abierta que señalaba un camino cementado por el que dirigirse hacia la cueva.

Brillaba el sol y, aunque hacía un frío compacto y afilado, Valentina y Riveiro sudaban. En sus cuerpos se había condensado todo: la carrera, la velocidad, los nervios.

—¡Allí! —exclamó el sargento señalando tras una de las casas del final del camino.

Y sí. Allí. El coche de Paolo Jovis descansaba de su propia carrera simulando su retiro entre los vehículos de los vecinos. Incluso estaba bien aparcado. Pero no había nadie. El automóvil estaba vacío. Todos volvieron la vista hacia el camino que se dirigía a la cueva y que, como si fuese el sendero de adoquines amarillos de *El mago de Oz*, los invitaba a seguirlo y a adentrarse en el interior de la Tierra.

Oliver todavía no sabía que Anna Nicholls había sido detenida. Tampoco tenía ni la menor idea de que su novia Valentina se encontraba a punto de entrar en una cueva del valle de Asón para perseguir a un presunto asesino. Desde que había llegado a Suances, hacía ya seis meses, se había visto más o menos vinculado a asesinatos, amenazas, mentiras, desencuentros, engaños. Y, sin embargo, se sentía más vivo que nunca: dueño de su tiempo y de sí mismo, por fin. El destino no existía. Solo él y sus decisiones. Ya había llamado a Scotland Yard, a la Interpol y a su padre. Tomaría un vuelo para Nepal. Hoy, ahora.

—A ver, tranquilízate —le aconsejó Michael mirándolo de frente y cogiéndolo por los hombros—. Primero, deja a los profesionales, esa gente de Lovelock puede ser peligrosa y, si vas allí y entras en plan Rambo, puedes ser tú quien se lleve una paliza o algo peor.

—Ya, ya lo sé —asintió Oliver. Acto seguido, bajó su mirada celeste al suelo, como si allí pudiese hallar la respuesta a la difícil decisión que debía tomar.

—A ver, vamos a lo práctico —resolvió Michael—: la Guardia Civil, qué te ha dicho.

—Que espere, que van a contactar con la policía local para estudiar la verdadera infraestructura de Lovelock, comprobar si van armados y todo eso antes de hacer una intervención.

—Es decir, para ver si los de Lovelock tienen algún amigo en las altas esferas —replicó Michael con desconfianza. Se arrepintió al momento de lo que había dicho.

—¿Qué?

—Nada, nada. Digo que esperes hoy, al menos. Piensa que si cogen a Anna ya tendremos más información; y vamos a ver qué dice Valentina. Confía en ella, sabe lo que hace.

—Ya lo sé, pero no puedo quedarme aquí sin hacer nada.

Michael se acercó a su amigo y suspiró:

—Oliver, si hemos llegado hasta aquí, y si conseguimos rescatar a tu hermano, será porque tú lo has hecho todo. Todo lo que estaba en tu mano, no lo olvides.

Un camino silvestre idílico los dirigía hacia la gruta, en la ladera del monte Pando. Llevaban dos linternas, una cada uno, y la pistola Sig Sauer P229 de 9 mm de Valentina.

Uno de los guardias se había quedado custodiando los vehículos por si Paolo regresaba y pretendía continuar la fuga. El otro, un muchacho de no más de veinticinco años, los seguía nervioso, supuestamente para orientarlos, aunque se mantenía prudentemente en retaguardia.

Recorrieron los casi cuatrocientos metros hasta la entrada de la cueva a buen paso, sin correr. No sabían si Paolo iría o no armado, o si los esperaba en cualquier curva del camino, tras algún árbol o alguna roca. Aunque quizás ni siquiera hubiese entrado en la gruta.

—¿Qué es eso? —preguntó Valentina al joven guardia al observar a lo lejos una pequeña construcción rectangular que, como un pequeño fortín de juguete hecho de travesaños de madera, se encajaba en la base de la montaña.

—Es la caseta para los guías de la cueva.

El chico, precavido, no dejaba de mirar hacia todas partes.

—¿Está abierta al público?

—Sí, sí, claro. Hoy es... ¿miércoles? Sí, está abierta, en esta época solo cierra los lunes y los martes.

—Mierda —rugió Valentina, mirando hacia Riveiro—. Puede haber civiles dentro. Vayamos con cuidado.

Conforme se aproximaban, y a pesar del frío cortante que ya hacía fuera, Valentina y Riveiro pudieron percibir claramente cómo una suerte de aliento húmedo y pétreo se acercaba a ellos. Era como si la montaña les soplase y, a la vez, los reclamase hacia su interior, tentándolos con los secretos que guardaba dentro. El joven guardia pareció leerles el pensamiento.

—Es la cueva. La corriente de aire. Espero que la entrada no esté inundada, en invierno a veces pasa... Pero estos días aquí no ha llovido.

Llegaron rápidamente hasta donde se encontraba la

caseta, que parecía querer mimetizarse con el paisaje sin conseguirlo del todo. A su derecha, el camino continuaba un par de docenas de metros, e iba a dar a una inesperada y sobrecogedora puerta catedralicia en forma de arco ojival, que cubría una abertura de unos treinta metros de alto por casi quince de ancho. Era, sencillamente, impresionante. Valentina y Riveiro enmudecieron: desde luego, no esperaban una cueva de aquellas dimensiones.

—Riveiro, llama otra vez a Llanes, por favor —ordenó Valentina, concentrada en mantener su pistola en posición de alerta, sujetándola con ambas manos—. Que te diga qué sabe de esta cavidad: longitud, posibles salidas..., ya sabes.

Riveiro respondió llamando inmediatamente a la Comandancia y poniendo el manos libres. El arqueólogo catalán se mostró inmediatamente participativo.

—Cullalvera es la cueva con pinturas prehistóricas a mayor profundidad del mundo —comenzó explicando.

Valentina lo cortó de inmediato.

—No, no, Marc. Necesitamos datos concretos, como si tiene otras posibles salidas además de la entrada principal.

—A ver, es una cueva enorme, y no me consta que tenga habilitadas otras entradas o salidas. Toda la gruta supone unos doce kilómetros de recorrido, pero les advierto que en zonas menos practicables puede segregarse hasta la longitud de unos dieciséis kilómetros.

«Maravilloso —pensó Valentina—. Una cueva tremenda con un espeleólogo profesional dentro, y nosotros con un superequipo de dos linternas.»

Justo en aquel momento salió del interior de la cueva, escapando de sus sombras, un pequeño grupo de turistas capitaneado por un hombre vestido íntegramente de verde inglés. El grupo no cesaba de charlar y de sacar fotografías: su aspecto era completamente desenfadado y tranquilo. Valentina no perdió un segundo y se aproximó:

—Policía Judicial, soy la teniente Redondo —se presentó ante el guía, sin mayores miramientos y obviando el hecho de que empuñaba un arma—. ¿Han visto a un hombre entrar en esta cueva?

El guía, de pelo canoso y gesto afable, se mostró atónito, prudente y receloso. Valentina y Riveiro no llevaban uniforme, aunque el guardia que los acompañaba sí: el joven guardia civil saludó al hombre con un gesto de confianza. Lo bueno de los pueblos es que se conoce a todo el mundo.

—Sí, sí, pero no entiendo... el señor Jovis ha entrado hace un rato. Ha venido ya un par de veces estos días...

—¿Y les dijo algo?

—Claro, me explicó que iba a recoger su equipo, que habían dejado parte dentro tras las prospecciones del otro día. Pensé que mandarían a otra persona, pero ha venido él mismo.

—Un momento —intervino Riveiro mirando a Valentina—. Sabemos que está dentro y que no hay más salidas. Podemos esperar en la entrada a que vengan refuerzos con equipos adecuados. Jovis no va a poder ir a ninguna parte.

—Perdone —interrumpió el guía—, ¿ha dicho que no hay más salidas?

—Eso he dicho; no las hay, ¿no?

—No, normalmente no, pero el señor Jovis iba a recoger el equipo que utilizaron para acceder a una.

—¿Cómo? —Valentina no daba crédito—. ¿Qué salida?

—Hay una sima de difícil acceso, a unos dos kilómetros de la boca de la cueva. Va a dar al monte, justo al lado de otras cavidades pequeñas donde se refugiaban los maquis en la guerra.

—Los maquis... —murmuró Valentina casi inconscientemente, recordando que ya había oído hablar de ellos seis meses atrás mientras investigaba el caso de Villa Marina. Gracias a aquel extraordinario caso había terminado conociendo a Oliver. De forma instintiva, tomó una decisión.

—Riveiro, vamos. Tú —dijo al joven guardia— quédate aquí por si precisamos apoyo exterior o por si sale mal algo ahí dentro. Pide refuerzos de inmediato. Ustedes —añadió, dirigiéndose a los turistas y al guía—, márchense de aquí inmediatamente, por favor, esto podría ser peligroso.

—Yo prefiero acompañarlos —se ofreció el guía—. Podría orientarlos dentro de la cueva.

Valentina sopesó su ofrecimiento. Miró a Riveiro para confirmar su respuesta:

—No, es un riesgo que no debemos asumir. Como mucho, puede quedarse dentro de la caseta. Si precisamos asistencia podremos avisarlo.

—Bien —asintió el guía—; me llamo Emilio. Tomen, con esto podremos comunicarnos —les dijo entregándoles una especie de *walkie-talkie*—. Les aseguro que dentro se quedarán sin cobertura.

Y así, con aquel modesto apoyo logístico, Valentina y Riveiro se dirigieron al interior de la enorme caverna para buscar a un hombre que no sabían todavía exactamente qué había hecho, pero que escapaba de ellos con la urgencia con la que una madre protegería a sus crías de un depredador.

Paolo caminaba rápido, muy rápido. Estaba acostumbrado, aquel era su medio. Sabía que lo habían localizado. Cuando aquella teniente y el sargento habían frenado cerca del camino de la Cueva de Cullalvera, él estaba muy cerca, en el bosque, observando.

Se preguntaba a dónde demonios se dirigía. ¿Valía la pena todo aquello? ¿Cómo había llegado a esa situación? Unas semanas antes se había planteado suavizar sus aspiraciones, pedirle matrimonio a Wanda y comenzar una nueva etapa en su vida. Si hubiesen logrado aquella maldita subvención, por fin podría haber investigado el interior de la Tierra.

Hacía una semana tenía toda la vida por delante.

Hoy, se sentía morir. Huía, quizás, por mera supervivencia, porque la verdad era que ya no sabía hacia dónde dirigirse.

Todo había empezado a torcerse al llegar a aquel congreso. Cuando Anna le contó lo que le había hecho a Helmut Wolf, se estremeció. Pero no demasiado, para su sorpresa. Había sido un asesinato, pero con una finalidad limpia, ¿no? Y Helmut era un cabronazo. Sin embargo, que Anna dejase una de las monedas de Wanda en el cadáver del alemán no le hizo ninguna gracia; Anna Nicholls había oscurecido algo que debería haber sido bonito en un gesto sórdido. Paolo sospechaba que Anna tenía celos de Wanda. Se había ofrecido a él en varias ocasiones y la había rechazado. Quizás dejar la moneda en el cuerpo de Wolf no fuese sino un gesto de puro despecho del que quizás ni siquiera Anna hubiese sido plenamente consciente.

Y ahora, ¿cuál era el plan? Ninguno, absolutamente ninguno. Wanda había muerto. Y él se había convertido en un asesino al haber matado a aquel pobre arqueólogo en Altamira. No había pensado hacerle daño, solo decirle que lo dejase tranquilo, que él no tenía nada que ver con la desaparición de las monedas. Pero algún tipo de terror ancestral e indómito se le coló dentro: sintió que tenía que eliminar el problema. Acababan de encontrar a Wolf y, sin duda, llevaría la dichosa moneda encima. Terminarían atando cabos. Encontrarían el correo que Alberto Pardo le había enviado a Paolo, revisarían sus últimas llamadas. Maldita sea, ¿por qué lo había atosigado tanto? Si lo hacía rápido, sería como si nunca hubiese sucedido. Haría como si no hubiera sido más que una larga y horrible pesadilla. Si él permanecía libre, ajeno a toda sospecha, al menos podría seguir investigando para intentar mejorar el mundo y que la muerte de ella no hubiese sido en vano.

Pero ¿había tenido sentido dejarse llevar por aquella sed radical de conocimiento, por aquella locura colectiva de Lovelock? No, claro que no. Había traspasado la línea de la vida, del amor, de la cordura. Cuando aquella misma mañana estaba en la sala de la Comandancia y fueron a buscar a la teniente, supo que terminarían descubriéndole. Quizás por aquel correo electrónico que le había enviado Alberto Pardo, quizás porque alguien del Museo de Altamira terminase reconociéndole, por mucho que hubiese intentado aparentar ser un vulgar turista perdido por los pasillos.

Y ahora, ¿para qué huir? ¿A dónde? Ya no tenía ningún lugar a donde dirigirse, ningún objetivo limpio que afrontar. Su familia en Italia ni siquiera estaba acostumbrada a verlo con frecuencia; y solo le quedaban sus primos, que tenían sus propias vidas, ajenas a sus delirios y obsesiones de investigador.

Ahora, ella estaba muerta, y ya no soportaba aquella nueva culpa.

Wanda, Wanda, Wanda.

Escuchó voces. Se aproximaban.

Valentina y Riveiro habían atravesado, tras el enorme arco natural de entrada, una puerta metálica de fuertes barrotes que protegía la cavidad. Si habían esperado un submundo excepcional, se habían equivocado. Aquella cueva, aunque sus dimensiones resultaban extraordinarias, tenía una entrada asombrosamente austera. Caminaron con cuidado a través de una pasarela metálica, pero el recorrido de esta no parecía superar los cuatrocientos metros.

Hasta allí su visita como turistas. Y hasta allí la iluminación artificial. Desde aquel punto, tuvieron que continuar caminando sobre rocas y barro, intuyendo el camino con sus linternas. Conforme avanzaban, aumentaba el número de estalactitas, coladas y cascadas de la cueva, que parecían anunciar que su verdadera belleza se guardaba en sus tripas, mucho más allá. La humedad era tangible, y la temperatura no debía de superar los diez grados. El camino parecía bastante recto, con pequeñas galerías a los lados que a veces hacían dudar a Valentina sobre cuál sería el camino correcto para seguir avanzando. De vez en cuando, Riveiro recibía alguna indicación por radio de parte de Emilio, el guía, que les acababa de confirmar que ya habían llegado refuerzos.

Tarde.

Paolo Jovis los observaba a unos cien metros de distancia. La imagen era completamente fantasmagórica, pues solo su propia linterna, desde el suelo, lo iluminaba. No parecía ir armado. En sus manos, solo el equipo de escalada.

Valentina, seguida por Riveiro y sujetando de forma especialmente incómoda la pistola junto con la linterna, se fue aproximando. Paolo la miraba quieto y tranquilo, ajeno, indescifrable.

—Paolo, tranquilo, solo queremos hablar con usted, nada más —le dijo Valentina alzando la voz, ya a unos cuarenta metros de distancia—. Deje lo que tenga en las manos y póngalas en la cabeza. Hablemos.

Paolo obedeció, dejó las cuerdas y los arneses en el suelo. Pero no. No alzó las manos sobre su cabeza. No hubo réplica ni explicación final que justificase qué había hecho ni por qué. Miró a Valentina durante unos segundos y hasta ella, a aquella distancia, supo que él estaba llorando. Paolo sonrió de manera trágica, y murmuró algo que ni Valentina ni Riveiro pudieron escuchar con claridad.

—Recolectores del tiempo. Y yo un estúpido león blanco. ¡Un león! —rio, sin contener ya su congoja.

—¿Qué coño dice de un león? —acertó a preguntar Riveiro, mientras él y Valentina, prudentes pero firmes, seguían avanzando.

Pero Paolo hizo algo inesperado. Se tapó el rostro con

las manos y dio un paso atrás. Recordó que en las cuevas no existen el día ni la noche, que se olvida el ritmo del tiempo, y que uno debe tener cuidado porque, de lo contrario, duerme cada vez más hasta que ya no despierta nunca. Dos pasos. Sí, dormir sería un alivio, el único descanso, porque ya era imposible escapar de sí mismo. Cerró los ojos, por fin, y dejó de ver. Al principio, vio solo oscuridad. Después, el abrazo inesperado del campo luminoso de estrellas que, de niño, contemplaba en la isla de Capri.

Dio un tercer paso y se lo tragó la cueva.

Solo escucharon golpes rasgados en el aire, mitigados por el sonido de alguna corriente de agua que no veían, y el ruido seco y final de la caída: ni un quejido, ni un grito de arrepentimiento o de terror en el último instante.

Cuando llegaron corriendo al borde de la sima, estrecha, profunda y angosta, no pudieron ver el fondo, ni siquiera enfocando sus potentes linternas. Era imposible que hubiese sobrevivido.

Después, todo ocurrió rápido: la llegada de los refuerzos, del servicio de urgencias, de los espeleólogos profesionales para rescatar el cadáver. Valentina estaba desolada: un hombre acababa de suicidarse ante sus ojos y ella no sabía por qué. Era la segunda ocasión en que un detenido bajo su mando se quitaba la vida. Pensó qué diría Sabadelle en aquella ocasión si creía que ella no podía oírle: «Joder, la jefa no deja uno vivo».

Resultó revelador y tristemente adecuado que, en el bolsillo de Paolo Jovis, encontrasen la moneda que faltaba del tesorillo de Puente Viesgo. Al final, el geólogo italiano, al menos, logró que se hablase de las piezas durante mucho tiempo.

Los viejos amigos de Jovis, Marc Llanes y Arturo Dubach, continuaron con su trabajo tras todo el revuelo, pero nunca nadie supo que el suizo había conocido a Lovelock ni a Anna Nicholls. El proyecto japonés en el que él también trabajaba, como era de esperar, nunca recibió la subvención del Advanced Grant.

Tras salir de la Cueva de Cullalvera y hablando con la Comandancia, Valentina supo lo de los correos electrónicos y comprendió que, probablemente, había sido Paolo quien había matado a Alberto Pardo. Pero solo la confesión íntegra de Anna pudo aclarar aquellos puntos. Si no la hubiesen detenido, aquel asunto habría permanecido oscuro en tantas vertientes que nunca habría dejado de ser un misterio. Lo que le había ocurrido a Paolo lo comprendería algún tiempo después, tras revisar muchas declaraciones, el material videográfico de la Fundación de Comillas, las palabras de Anna Nicholls y algunos perfiles psicológicos de personas con trastornos mentales.

¿Cómo no se había dado cuenta antes? Cuando había interrogado a Arturo Dubach, este había defendido a Paolo, que desde que había sucedido el accidente de Helder «estaba hecho polvo: apenas dormía, hasta era incapaz de leer, vivía en su mundo, solo trabajo y más trabajo».

Incapaz de leer.

No es que no tuviese tiempo, es que era incapaz porque no podía concentrarse. Apenas dormía. Se había centrado y obsesionado con su trabajo. Estaba claro, padecía un trastorno por estrés postraumático que no había sido tratado como debiera. Posiblemente, Paolo reviviese aquel episodio del accidente de Helder con enfermiza asiduidad, y se desapegaba de las personas —privándose incluso de Wanda— para castigarse con ese aletargamiento emocional; hasta que por fin había visto la posibilidad de honrar el recuerdo de Helder consiguiendo aquella subvención para seguir explorando, como él pensaba que al portugués le gustaría. Quizás cuando Paolo empezó a sentir, por fin, que podía saldar aquella deuda imaginaria con Helder Nunes, comenzó también a salir de aquella espiral autodestructiva y a ver otro futuro para él. Pero había estado demasiado tiempo sufriendo en soledad aquella situación, que la Organización Mundial de la Salud calificaba, dentro de los trastornos mentales y de comportamiento, como F43.

Cuando un F43 no es debidamente atendido, no se le da tiempo, no se cura, una experiencia traumática puede dar un salto hasta el F62: la transformación persistente de la personalidad. Quizás, incluso, le hubiese sucedido algo similar a Anna Nicholls cuando se había visto al borde de la muerte años atrás a causa del cáncer linfático. El *shock* había sido tan fuerte, tan radical, que había generado un cambio irreversible dentro de ella, un sentimiento inevitable de ser diferente a los demás que la abocaba al vacío y a la desesperanza y la había arrastrado al límite.

Ahora, con Paolo muerto, era imposible hacer un diagnóstico serio de qué le había pasado, de por qué había excedido sus propios principios para sucumbir a extremismos carentes de sentido. Valentina reflexionó mucho sobre aquello, y concluyó que Paolo se había suicidado no porque no amase la vida, sino porque en la vida ya no estaba la persona a quien amaba, porque había matado a un hombre tras la ofuscación de perderla, porque su sentimiento de culpa era insoportable y porque no tenía ya ningún lugar a donde ir.

Mayo
Tres meses después

¿Cómo era posible que en solo unas semanas hubieran sucedido tantas cosas?

—¡*Duna!* Deja mis zapatillas... Te lo advierto, perra mala... ¿A que duermes en el porche?

La pequeña beagle, traviesa, agachó las orejas y el rabo, agrandando los ojos hasta el extremo, caricaturizándose en una especie de peluche de carne. Era bonita: con todo el pecho y parte de la cara de color blanco níveo y el resto del cuerpo *beige* claro, expandiéndose ese tono sobre los ojos, que parecían simpáticos parches de pirata. Comenzó a gimotear.

—Que no, tonta, que no. ¿Cómo voy a dejar a esta cosita tan bonita en el porche? —le preguntó Valentina, que endulzó la voz como si hablase con un bebé y se la llevó al regazo.

—La malcrías —la regañó Oliver mientras entraba en la cabaña.

Estaba sorprendido por la mutación de Valentina con aquel cachorro. Pensaba que ella no llevaría bien la convivencia con el animal, pero la pequeña *Duna* había suavizado su obsesiva necesidad de orden y limpieza. O quizás el cambio hubiese empezado antes, cuando Valentina había accedido a derrumbar algunos de sus muros. En cualquier caso, y a pesar de que seguía siendo estricta con su necesidad de orden, parecía haber relajado un poco las formas, y se permitía no estar constantemente alerta.

Habían escogido juntos a la pequeña *Duna*, y la habían bautizado así porque el primer día, al llevarla a la playa, se había hundido en una duna de arena: cuando fueron a rescatarla, ella volvió a lanzarse, feliz, al montón de arenilla, como si pudiese bucear dentro de él.

Oliver se dirigió a la perrita:

—Pero vamos a ver, ¿tú no te cansas nunca?

Y *Duna*, como si lo comprendiese, movió el rabo contestando que no, que solo quería jugar.

Ya había empezado a hacer una temperatura primaveral, y antes habían ido en coche a dar un paseo con *Duna* hasta la cala en la que Oliver se bañaba en su infancia, a su puerto escondido. La pequeña beagle había correteado por allí casi dos horas pero, a pesar de ser solo un cachorro, parecía no haberse cansado en absoluto. A Oliver siempre le maravillaba, cada vez que volvía a aquel lugar, lo diminuto que le parecía. Cuando uno es pequeño, todo se perfila más grandioso de lo que es en realidad: quién tuviese siempre la inocencia, la energía y la incombustible mirada de los niños.

Oliver estaba deseando que llegase el mes de junio. Su hermano, si el médico lo permitía, iría a Cantabria para estar un par de meses con ellos. Si no, él y Valentina pasarían dos semanas en Stirling, en la casa familiar escocesa, para estar con él y con su padre y recuperar el tiempo perdido. A su regreso, iban a visitar Galicia, porque Valentina ya les había hablado a sus padres de él, y Oliver incluso había llegado a charlar con su hermana Silvia por teléfono. Aquello no iba nada mal.

Tras la detención de Anna, todo había ocurrido muy rápido. La organización Lovelock, por supuesto, se había desentendido de todas las acciones de Anna Nicholls, que al final había resultado ser más radical que su propio líder. Encontraron a Guillermo dos días después de la detención de Anna. Desnutrido, delgado, drogado, en permanente oscuridad. Por supuesto, en una zona cerrada de Lovelock, que difícilmente pudo hacer creíbles sus explicaciones de que aquel hombre se pasaba allí las horas meditando.

A Oliver le había resultado muy difícil entender cómo su hermano había llegado a sucumbir a aquella especie de secta. Quizás por ignorancia, pensando al principio que podría marcharse cuando quisiera. Quizás por ego, sintiendo que en aquel grupo era especial. O quizás por miedo, porque estando entre aquellos muros creyese que nadie podría hacerle daño, ni siquiera sus fantasmas de la guerra de Irak. Lo habían domesticado con pastillas para dormir y ansiolíticos. Pero un día no: un día se rebeló, rescató su viejo teléfono móvil de la mochila, casi sin batería, y llamó a su hermano pidiendo auxilio: aquella llamada que Oliver no había llegado a contestar.

Finalmente, el rastreo de aquella conexión de teléfono móvil no obtuvo ningún resultado, pero, en cambio, la pista del apartado de correos que había encontrado Oliver en Nepal sí había resultado ser muy buena; aquel apartado había resultado estar intacto desde hacía meses, desde que Guillermo había descubierto, a través de los mensajes que Anna recibía de su propia familia, que su madre había muerto. Entonces, lo habían recluido para convencerlo de que no solo su vida, sino también su dinero, existían por y para aquella causa.

Oliver ya había hablado con él por teléfono, pero Guillermo estaba muy débil y solo balbuceaba disculpas y frases sin sentido. Tras unas atenciones hospitalarias básicas, lo enviaron inmediatamente a Gran Bretaña para recuperarse junto a su padre, y Oliver, acompañado de Valentina, voló a su isla durante una semana para estar con él, para reencontrarse y reconocerse, porque ninguno de los dos era ya el mismo.

Oliver había pensado que, tras saludarlo, se empezarían a tirar los errores en cara, pero nada de eso sucedió. Se abrazaron, lloraron, se volvieron a abrazar. Tuvieron la inteligencia de comprender que el pasado, a veces, es mejor cerrarlo tras una gruesa puerta de acero: de lo contrario, los nuevos tiempos siempre saben agridulces.

Tras varios días, Oliver sintió que había empezado a recuperar a Guillermo: ya no era la misma persona, pero mantenía en cierto modo su esencia infantil, su gesto familiar. Y Oliver volvió a ver una sonrisa en el rostro de su padre. Estaban juntos. Al menos, estaban; Oliver recuperó las ganas de bromear, como si en el humor se encontrase la esencia para poder sobrevivir.

—Oye, gilipollas, como vuelvas a irte sin avisar, me quedo con tu cuarto en casa de la abuela.

—Ni lo sueñes. El hermano mayor manda —había replicado Guillermo, todavía con una sonrisa débil—. Oliver...

—Dime.

—Siento lo de Anna.

—Tranquilo, ahora ya no importa. Tú solo céntrate en recuperarte, en tomar la medicación, ya sabes.

—En ser un niño bueno.

—No, Guillermo —replicó Oliver, serio—. En ser un hombre. Después, decidirás qué quieres hacer con tu vida, nadie va a impedírtelo. Puedes ayudar a alguna ONG, hacerte submarinista... hasta casarte y tener una ristra de críos, pero no me jodas y no te vuelvas a perder por el camino, ¿me oyes?

—Te oigo, Dalái Lama.

—Hablo en serio.

—Lo sé.

Y en la mirada de Guillermo ya no había sarcasmo descreído, como antes de desaparecer dos años atrás, sino agradecimiento, aunque era consciente del largo camino que le quedaba por delante para poder rehacerse y caminar con firmeza hacia alguna parte.

—Oye.

—Qué.

—Esa novia tuya... es interesante. ¿Cuándo me va a explicar alguien por qué tiene un ojo de cada color?

Oliver había sonreído, entendiendo la curiosidad de su hermano como el inicio de una posible cura. Cuando una persona no siente interés por nada, es difícil ofrecerle un poco de luz.

Ahora, y mientras *Duna* volvía a atacar las zapatillas de Valentina en la cabaña, Oliver observaba cómo ella hablaba por teléfono caminando de una esquina a otra de la cocina, mientras el sol de media tarde comenzaba a perderse tras una nube oscura. Terminaría por llover aquella noche.

—Es increíble —le dijo Valentina cuando colgó el teléfono—. ¡Al final, va a haber más pruebas contra Paolo Jovis que contra Anna Nicholls!

—¿Y eso? ¿Con quién hablabas?

Valentina resopló, mirando hacia el teléfono como si el aparato tuviese la culpa de aquello.

—Con Caruso, que acaba de hablar con el juez Talavera. Increíble. De Paolo teníamos el otograma, que coincidía plenamente; lo habríamos pillado ya solo por la huella de la oreja, ¿te lo crees? Bueno, y por los correos electrónicos, las llamadas, las declaraciones de Nicholls y las equimosis en los brazos... mató a Pardo con su fuerza bruta, sin más.

—Ya, eso ya lo sabíamos —reflexionó Oliver acercándose a ella e intentando tranquilizarla—. Pero ¿qué pasa con Anna?

—Bueno, pues que en Alemania, al parecer, el fiscal Lerman solo encuentra pruebas indiciarias para encausarla por el asesinato de Wanda, y eso que lo confesó.

—A ver, explícamelo —le pidió Oliver.

Él ya sabía que Anna Nicholls había sido trasladada a Alemania para ser juzgada porque su primera víctima había sido el alemán Helmut Wolf y porque la segunda, Wanda Karsávina, que llevaba años viviendo en Alemania, disponía de doble nacionalidad —polaca y alemana— y también era considerada, a todos los efectos, ciudadana alemana. No se había tratado exactamente de una extradición, sino de un acuerdo de detención y entrega europeo amparado dentro de algo llamado euroorden.

—Pues es increíble, pero imagino que por recomendación de su abogado, ahora nuestra querida Anna dice que confesó presionada y que no hizo nada a Wanda. Y el tarro con el ungüento de estramonio no ha aparecido por ninguna parte. Pero se olvida de que tenemos la declaración del líder de Lovelock, que reconoció haber usado esa clase de «crema» para sus fiestecitas y orgías. Teníamos que habernos dado cuenta, las semillas del estramonio proceden no solo de Sudamérica, sino de la India, ¡allí sabían cómo elaborar el ungüento!

Oliver se mostró reflexivo. Ya no le dolía hablar de Anna: la que él había conocido ya no existía.

—¿Y las huellas de Wanda en la habitación de Anna, en la fundación?

—Sí, las tienen, pero que estuviese allí no prueba que Anna la asesinase. —Suspiró—. En fin, espero que Lerman hile fino y demuestre su culpabilidad. Además, lo que sí está demostrado es lo de Wolf: las cámaras del hotel donde durmió Anna recogen la entrada de los dos en recepción. Y en su confesión dio tantos detalles de su muerte que no habían sido publicados, que es imposible que se eche atrás; por no hablar de la blusa que encontraron en su equipaje, sus cordones azules coinciden con el que usaron para estrangular al alemán —razonó, ansiando que la justicia no se viese burlada por estratagemas y normativas legales.

Oliver se acercó a Valentina, la besó en los labios y le pidió que se tranquilizase, que ahora ya no estaba en sus manos, que seguro que la justicia alemana actuaría como debía.

—Sí, tienes razón —asintió ella, cansada.

—Pues claro. No puedes controlarlo todo, Valentina.

—Ya..., oye, ¿sabes qué?

—Qué.

—Un día tendríamos que dar un paseo hasta Comillas.

—¿A Comillas? Si ya vamos muchas veces, el otro día fuimos con Lucas y Clara, ¿no? ¿O es que han llamado mis primos? —preguntó, porque tras los acontecimientos de los últimos meses, había descubierto que tenía familia en la localidad.

—No, no es eso. Quiero ir a otro sitio; quiero enseñarte la casa de las calabazas. Tengo un amigo allí. Le haría bien que fuésemos a verlo.

Oliver sonrió.

—No será ese amigo de setenta años que se encuentra cadáveres mientras desayuna.

—Ese mismo. Ya verás, es majo.

—Ay, Valentina.

Oliver se acercó a su reproductor de música y puso su cedé de George Ezra, que era el que casualmente cantaba cuando había comenzado aquella pesadilla de Anna y de la princesa de la Mota de Trespalacios. Escogió la canción de *Listen To The Man* y, tomando una cuchara a modo de micrófono, se puso a bailar por el salón, como si fuese él mismo quien cantase a Valentina, que se había apoyado en la pared con los brazos cruzados y una sonrisa infinita para contemplar el espectáculo.

—Mira que eres payaso.

Oliver hizo caso omiso y siguió bailando subiéndose al sofá, cantándole que debía escuchar al hombre que la amaba, que no necesitaban ni podían tener un plan porque el mundo seguiría girando y ella no podría sujetarlo.

Mientras Oliver destrozaba su propia coreografía, *Duna* dejó de atender las zapatillas de Valentina y se acercó inquieta a la puerta de la cabaña. Daba la sensación de que hubiese alguien fuera. Valentina fue la primera en percibir la agitación del cachorro. ¿Quién podría ser a aquellas horas? Michael se había marchado a Londres dos meses atrás. Había prometido regresar pronto, y los huéspedes no solían acercarse a la cabaña.

Valentina fue hasta la puerta y la abrió con decisión. Nada. Nadie. ¿Sería el viento? ¿Un ratón? El jardín era muy grande, y el cachorro de beagle todavía muy joven: cualquier cosa podría haberlo inquietado.

Oliver se acercó y echó un vistazo ligero sin mucho afán, apenas asomándose. Cerró la puerta y cogió a Valentina en el aire, obligándola a seguir bailando con él en el salón. Ella se negaba entre risas, él hacía como que no la escuchaba. *Duna* les siguió los pasos, y comenzó a enredarse entre sus pies hasta hacerlos casi caer, aunque se retiró a su canasto rápidamente. La pequeña beagle percibía algo que aquellos dos bailarines jóvenes y enamorados no veían. Había algo fuera. Alguien. Se había acercado y había vuelto a retirarse. Pero volvería. Oliver y Valentina no lo sabían, pero, aquella noche, una persona que ambos conocían los había estado observando. Llevaba tiempo haciéndolo. Codiciaba el momento del encuentro como una liberación.

No, no sería aquella noche. El sol ya se ponía y no resultaba fácil tomar la decisión. Se alejó, dejando que el atardecer proyectase su silueta sobre la cabaña de Villa Marina como una larga, oscura e inesperada sombra.

Apéndice: curiosidades

Hacía tiempo que quería escribir una historia en la que tuviesen protagonismo las cuevas de Cantabria. Mi abuelo Miro me había contado que, allá por los años cuarenta, él y otros muchachos acompañaban a los turistas hasta la Cueva de Altamira. Normalmente eran ingleses o franceses, y pagaban unas monedas a cambio de que los condujesen hasta aquel tesoro escondido. Allí, mientras la mayor parte de los jóvenes cántabros de entonces despreciaban con amable indiferencia las pinturas de la gruta, los franceses se tumbaban en el suelo de la caverna, observaban los insólitos cuadros de bisontes en movimiento y exclamaban «*Merveilleux! Ah, c'est magnifique!*».

Comencé a visitar las cavernas de la zona con desapasionado interés, pero tras cada inmersión sentía como si parte de las cuevas se me hubiese quedado dentro. Todo lo que se cuenta en la novela sobre los complejos kársticos en Cantabria es verídico, así como lo que se relata sobre la Cueva de las Monedas, tanto la anécdota del hombre con tres clavos en su bota como el confinamiento del pequeño tesorillo en el almacén del Museo de la Cueva de Altamira.

Soy consciente de que las aventuras y proyectos en los que trabajan los arqueólogos y geólogos de este libro pueden parecer fantasiosos, pero en su práctica integridad se corresponden con trabajos y estudios reales sobre los que me he permitido muy pocas libertades literarias.

Así, el Congreso Internacional de Espeleología existe, incluyendo sus espeleolimpiadas y sus reuniones cada cuatro años en distintos puntos del planeta, aunque no me consta que esté programado ningún evento en Cantabria. El Advanced Grant [Subvención Avanzada] del Consejo Europeo de Investigación existe tal como lo describo, aunque no me consta tampoco que ningún directivo del Instituto Arqueológico alemán disponga de puesto ni influencia alguna en su dirección ni en su toma de decisiones. En este sentido, también es real el Programa de Perforación Integrada de los Océanos (Ocean Drilling Program), pero desde luego no tengo conocimiento de que ninguno de sus colaboradores haya solicitado el Advanced Grant.

Asimismo, todos los datos de las autopsias y la información forense que aparece en la novela se corresponden con información histórica y médica contrastada.

Todas las localizaciones que se describen en *Un lugar a donde ir* —tanto a nivel local como internacional— existen, y os he hablado de ellas tal y como yo las he vivido y construido en mi cabeza. Debo aclarar que mi imaginación, en la Fundación de Comillas, ha restaurado el viejo edificio del Pabellón Hispanoamericano o Cuartel de Montaña, que en realidad se encuentra en estado semi ruinoso y, que a mí me conste, no dispone de salones de baile ni de habitaciones para estudiantes.

En ocasiones, a lo largo de la novela aludo a curiosidades forenses o históricas en las que no profundizo por el bien de la agilidad de la trama, pero es justo que recuerde aquí a la «Chica de Egtved», cuyo cuerpo, desenterrado en Dinamarca en 1921, y tras analizar el estroncio que contenían sus uñas, pelos y dientes, mostró cómo esta joven había viajado por gran parte de Europa hace ya 3.500 años.

Los otogramas, o huellas de las orejas, llevan siendo utilizados con éxito por parte de la Policía Científica desde hace años; en concreto, en Cantabria, ya en el año 2000, se logró con este método detener a unas «ladronas de casas» que no dejaban huella alguna, salvo las de sus orejas: su «sistema de escucha» antes de entrar en las viviendas.

Son tantas las anécdotas científicas e históricas que salpican esta aventura literaria que no puedo entrar a comentarlas todas, pero sí espero que os hayan interesado, apasionado y acompañado tanto como a mí.

Para terminar, os recuerdo la última cita de esta historia, de Tolkien, que es una sencilla voz de esperanza, porque «no todos los que deambulan están perdidos». Yo, que he vagado sin rumbo alguna vez, deseo que todo el que haya leído este libro, si no lo tiene, encuentre un buen lugar hacia el que dirigirse.

Agradecimientos

Tengo que dar las gracias a los siguientes profesionales, que han sido extraordinariamente generosos conmigo:
 Jesús Alonso, guardia civil de la UOPJ de Cantabria en Santander: creo que tú has sido, con diferencia, al que más he dado la tabarra. Eres fantástico, de verdad.
 Pilar Guillén Navarro, directora del IML de Cantabria en Santander.
 Daniel Garrido Pimentel, coordinador de las Cuevas Prehistóricas de Cantabria. Ha sido fantástico conocerte gracias a este libro.
 Joaquín Eguizábal, guía de las Cuevas Prehistóricas de Ramales de la Victoria.
 Jose Luis Martínez —jefe de área de Metales y Proyectos— y Roberto Somolinos —técnico de Laboratorio— de la Fábrica Nacional de Moneda y Timbre de Madrid.
 Alfredo Prada, conservador/restaurador del Museo Nacional y Centro de Investigación de Altamira. Por tu culpa conocí la biblioteca donde, de inmediato, decidí «matar» a alguien.
 Felipe Agell, amigo personal y clarinetista del grupo Caramuxo. Sin ti, los conocimientos musicales de Michael Blake habrían estado cojos y yo nunca habría sabido qué alma hay tras la música *klezmer*.
 Gracias a los ayuntamientos, bibliotecas y concejalías de cultura de Santillana del Mar, Comillas y especialmente Suances, por allanarme el camino.

Gracias a mi madre, a mi padre y a toda la familia y amigos que han mostrado ilusión con mi trabajo (Amparín, ¡sin ti no habría visitado La Mota de Trespalacios!); a mi hermano David, por su interés y constancia; y a mi hermano Jorge, porque nuestras conversaciones sobre los viajes en el tiempo me ofrecieron puntos de vista inesperados.

Gracias a mi marido. Cuántas horas robadas, cuántos viajes, qué inmensa tu confianza y paciencia. Tú y Alan sois mi puerto escondido.

Gracias a Emili Rosales, Anna Soldevila, Alba Serrano, Juan Vera y a todo el equipo de Destino, por confiar en mí y por hacer tan bonito este trabajo.

Y gracias a Antonia Kerrigan y a su equipo, por su profesionalidad y por devolverme la confianza.

Y a vosotros, blogueros, seguidores, críticos y, en definitiva, lectores, os dejo para el final porque esta es la parte que siempre disfruto más al escribir. Habéis sido tan generosos conmigo que solo tengo palabras de sincero agradecimiento. Vuestros comentarios, críticas, opiniones, sentimientos... os escucho y os leo a todos, formáis ya parte de mí. Vosotros, y solo vosotros, sois el verdadero éxito.